천강홍의장군 곽재우

● 김현우 장편실록소설

망우정 앞 장강 낙동강이 도(道)요 구름에 잠긴 산은 법이라
낚시는 기다림 거문고는 어짊(賢)이며,
솔잎은 비움(空) 술 한 병은 부드러움이며,
탁상의 종이와 붓은 울림(鼓) 벽의 칼과 활은 의(義)요 빛남이었네.

작가의 말

　문무를 겸비하여 유학자이면서도 위대한 전략가로, 영민하고 준수하며 걸출한 인물로 신선의 길을 걸었던 망우당 곽재우의 일생은 오늘날까지 큰 감동으로 다가온다. 그의 기절과 의지는 필부이자 유생으로서 민족혼을 떨쳐 일으켜 나라의 간성이 되고자 하였다.
　사후 광해 임금 9년에 내린 제문(賜祭文)에 '삼광과 오악의 정기'인 곽재우는 백세의 명사라 하였다. 삼광은 하늘의 해, 달, 별을 오악은 중국의 다섯 높은 산을 비유한 것이다.
　그에 대한 행적과 평가는 만년에 살았던 영산 창암 망우정 곁에 서 있는 높은 이광정이 지은 창암유허비명에서 "문무유선文武儒仙" 곧 '문식文識, 무략武略, 유학儒學, 선술仙術을 겸비했다'고 밝혀 그의 일생 행적을 일목요연하게 알려주고 있다. 또 '해동에서 태어났으나 천하의 선비가 되었으며' '명성은 천하를 움직였고' 세상 사람들은 그의 무공만 진심으로 존경했으나 학문에 지극한 뜻을 둔 현인임을 알지 못했다고도 현풍 가태리의 대제학 권유가 지은 신도비명에 밝혀져 있다.

식암 김석주가 지은 전傳에는 곽망우당은 영준걸출英俊傑出한 이인異人이라 하였으니 바로 '영걸英傑 곽재우'라 함은 거기서 비롯된다. 또 현명하고 슬기가 있는 철인哲人이라고 미수 허목이 묘지명에서 밝혔고, 젊을 때부터 망우당 지근에서 의병으로, 장서기로 함께 싸웠던 모정 배대유는 광해군에게 지어 올린 전傳에서 '문무를 다 갖춘 재간才幹'이라 하였다.

곽재우는 일세의 전략가 영웅이며 호걸로 전설적인 천강홍의장군으로 민초의 추앙을 받았으며 갖가지 일화들은 오늘날 사화史話와 전설로 구전되어 전해오고 있다. 특히 그가 눈부시게 활약한 무대였으며 등을 눕혔던 땅이었던 의령, 창녕, 현풍, 함안, 합천, 진주 일대에는 사서에다 기록하지 못한 행적들이 지역민들에게 야사로 여전히 전해 내려오고 있다.

1970년대에 6·25 때 불탄 망우정의 재건을 위해 지방 유림이 지어 올린 건의문과 《용사별록》 필사본을 읽은 적이 있었다. '해전의 용장으로는 이순신 장군을 꼽는다면 육전陸戰의 용장은 바로 천강홍의장군 곽재우'라고 천명하면서 그가 만년에 살며 나라를 살릴 계책을 쓴 상소문을 지어 임금께 직언을 올렸던 역사적인 장소인 망우정을 재건해 달라는 글이었다.

망우당은 낙동강을 가슴속에 품고 살았다. 과거 보기를 그만두고 은거했던 거룬강 돈지도 낙동강과 남강의 합수 지점의 동리였고 벼슬을 마다하고 만년을 보낸 영산현 창암 망우정도 낙동강변이었으니 그는 낙동강을 사랑하고 지킨 용이기도 하였다.

왜군의 침공에 나라가 위태롭고 혼란한 때 충성과 의용義勇으로 분연히 일어나 의병을 모아 달려간 첫 싸움터는 바로 낙동강이었다. 정암진

작가의 말

대승첩 이후 의령을 지키는 한편 왜선들을 격파하여 전라도로 가려는 적을 막아내기 위해 낙동강 중류 아래위를 쉼 없이 오가면서 지켜냈다. 또 현풍 창녕 영산성에 오랫동안 주둔했던 적군을 쳐서 몰아내고 북으로 가는 길을 차단하기도 하였다. 왜군은 의병장 곽재우를 만나면 벌벌 떨며 피해 도망쳤다.

그뿐만 아니라 정유재란 때 창녕현의 화왕산성 방어를 성공적으로 이끌고 네 고을의 백성들을 보호했던 일은 그 시대의 장수들이 감히 하지 못했던 쾌거였다. 옛 기록에는 싸움도 없이 산성을 지키는데 왜군이 그냥 물러갔던 것처럼 되어 있다. 그러나 산성 양 협곡으로 기습 공격해 온 왜군과 치열한 전투가 벌어졌는데 곽재우군은 천여 명밖에 안 되는 적은 군사로 왜군 만여 명과 대적하여 수천 명을 몰살한 사실이 전설과 사화로 전해져 오고 있으며 그래서 그 골짜기도 왜(倭)골로 불리게 되었다는 사실도 지명조사를 통해 밝혀졌다.

이처럼 정사나 기존 사서에 없는 사건이나 이야기들을 전투 관련 지역의 지명조사와 현장 답사로 자료를 수집하여 반영했다. 또 관련 지역의 '군지'들을 뒤져 곽재우 의병군에 투신하여 싸웠던 용장들과 의병들의 활약상도 함께 엮고자 하였다. 따라서 이 역사소설이 실록이나 평전이라 하여도 무방할 듯하다.

이 모두 십여 년 전에 필자가 지명유래 조사를 하고 책으로 엮어내는 데 관여한 적이 있었는데 그 과실이라 하겠다.

망우당의 외손자 신시망과 사위 성이도가 초간으로 펴낸 《망우집》의 끝부분에 부록으로 《용사별록》이 있다. 필자의 이름을 밝혀놓지 않았으나 시망의 형인 신동망이라 유추된다. 어릴 때부터 망우정의 주인 망우당에게 글을 배우며 따라다녔던 외손자 신동망은 서동으로, 낚싯배의 어린 사공으로 함께하며 많은 얘기를 들을 수 있었다.

특히 망우정을 물려받은 선비 이도순과 외할아버지 망우당과의 대화를 귀담아듣고,

충효 의기忠孝義氣 지명 자족知命自足
충과 효, 의로운 기개가 있고, 천명을 알아 스스로 만족하다.

라고 외조부의 일생을 되새기며 훗날 《용사별록》을 집필하였으리라. 그래서 이 소설도 신동망이 쓴 《용사별록》을 저본으로 해서 천강홍의장군 곽재우를 만나 보고자 한다.

여러 자료와 자문을 해주신 윤재환 시인, 표지 사진 등을 촬영·자료를 제공해 주신 의령군청 제광모 사진작가, 의병박물관 김상철 관장, 그리고 분에 넘치는 〈해설〉을 주신 문학평론가 김복근 박사께 감사를 드리며, 책을 내주신 도서출판 경남 직원 여러분의 노고에도 감사드린다.

2021년 여름에
김현우

차례

작가의 말   4

서설	신동망이 《용사별록龍蛇別錄》을 쓰다	10
제1장	낙동강에서 기이한 인연을 만나다 洛江奇緣	16
제2장	기음강 돈지강사에 장사들이 모여들다 歧江 遯池江舍	60
제3장	의군들이여! 창검을 들고 떨쳐 일어나라 壬辰倡義	98
제4장	정암나루에서 왜적을 크게 이기다 鼎巖大捷	146
제5장	낙동강을 오르내리며 격전을 벌이다 洛江激戰	190
제6장	열 번 싸워 열 번을 이기니 패한 적이 없다 十戰十克 常勝不敗	232

제7장	외로운 성 화왕산성 방어전에 승리하다 火旺山城 防禦決戰	278
제8장	한 시대에 쌍이 없는 장수 영암으로 귀양 가다 一代無雙將 靈巖 流配	326
제9장	망우선자가 근심 잊고 누웠네 忘憂仙子 忘憂臥	366
제10장	망우정의 유선자 중흥삼책소를 올리다 儒仙子 忘憂	396
종장	망우정 아래엔 쓸쓸히 물만 흐르네	430

| 해설 | 사초에 기저를 둔 곽재우 의병 전사戰史,
그 돌올한 상상력과 유려한 언술 · **김복근** | 438 |

서 설
序 說

신동망이
《용사별록龍蛇別錄》을 쓰다

마을 앞 넓고 깊은 낙동강이 해동되자 드디어 얼음장이 "쩡쩡!" 깨지는 소리가 사방에 울리며 강물이 흘러갔다. 봄이 온 것이다.

지난겨울 내내 혹한으로 강이 꽝꽝 얼어 사람이나 소가 끄는 달구지가 짐을 싣고 강을 쉽게 건너다녔던 것도 어저께인 듯한데…… 얼음이 풀린 걸 보니 봄이 온 것만은 틀림없었다. 강가를 따라 길게 늘어선 갯버들. 기다랗게 늘어진 가지마다 새싹이 돋는 듯 파아란 빛깔이 한층 따뜻한 햇볕에 반짝이고 있었다. 갯버들과 함께 강변과 야산 이곳저곳에 갈대나 억새가 사람 키만큼 자라 말라버린 채 바람에 일렁이고 있었다.

강물은 서쪽 영산현 욱개(上浦)(지금의 창녕군 남지)나루에서 동으로 하류인 창암 망우정을 지나 요갱이(要江院) 절벽으로 흘러왔다. 절벽에 부딪힌 강물은 둥글게 굽이쳐서 남동쪽 산모롱이를 돌아서 김해로 흘러갔다. 용龍등(지금의 함안군 이룡) 들판에서 쇠나리(松津) 들판까지 강폭

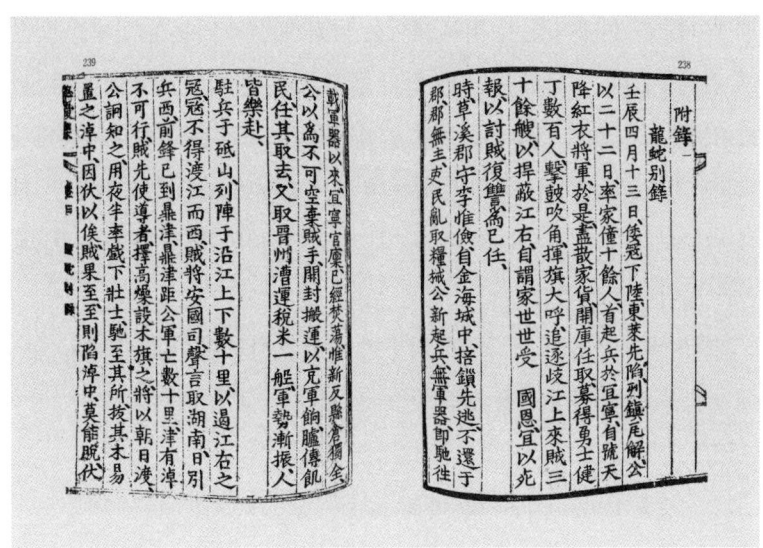

《용사별록》

이 십 리나 되었고 하얀 모래사장과 함께 이어져 드넓게 펼쳐져 있었다. 나루터에서 마을로 가는 길가에는 짙푸른 소나무 100여 그루가 촘촘하게 늘어서 거센 강물을 막고 있었다.

자진子眞 신동망辛東望은 동생 자중子重 신시망辛時望[1]과 함께 망우정에 올라 외조부 망우당忘憂堂 곽재우郭再祐의 파란만장했던 일생을 되살펴서 글을 쓰고 있었다. 붓을 드니 10여 년 전 요갱이 절벽 아래에서의 낚시하던 소년 시절이 떠올랐다.

요갱이 절벽 아래 돛이 없는 조각배가 그림처럼 강물 위에 떠 있었다.

---

1 신동망(1596~ ?): 자는 자진, 신시망(1606~1676): 자는 자중, 호는 택은澤隱, 《망우집》을 편찬함.

패랭이를 쓴 쉰대여섯 살 되어 보이는 남자가 길고 가는 낚싯대를 뱃전에 걸쳐놓았다. 고물에서 노를 잡고 졸고 있는 아이는 열두어 살 먹어 보이는데 그 옆에는 읽다 손에서 놓쳐버린 듯 책이 바닥에 아무렇게나 펼쳐져 있었다. 손자는 졸고 있었는데 역시 할아버지도 강물 위에 뜬 찌를 바라보는지 졸고 있는지 미동조차 없었다. 다만 물결 따라 편주片舟만 일렁이고 있었다.

외할아버지와 함께 낚시하러 다녔던 기억을 한참 동안 회상하다가 붓에 먹물을 듬뿍 찍어 글을 썼다.

충효 의기忠孝義氣 지명 자족知命自足
충과 효, 의로운 기개가 있고, 천명을 알아 스스로 만족하다.

옆에 있던 동생 신시망이 물었다. 동생이 형보다 학문을 좋아하니 모를 리 없는데.
"형님! 이 글이 무슨 뜻이요?"
신동망이 대답 없이 잠깐 동생을 바라만 보다가 말했다.
"바로 외조부님의 일생이라 하고 싶어. 외조부님 지으신 시에 지족지기知足知機 하고 수명분隨命分이라 하셨지."
"아! '만족할 줄 알고 낌새를 알아 명분에 따른다.' 영회詠懷에 나오는 시구군요."
"지금 내가 쓰고 있는 글이 바로 외조부님께서 임진 계사년에 충효와 의기로 분연히 일어나 우리나라에서 처음으로 의병을 일으켜 왜적과 싸워 나라를 지킨 사적을 적어 후손들이 알도록 남기고자 하는 것이야. 그리고 다른 시에 사사망우謝事忘憂니 신자한身自閑이라 하셨지."
"역시 영회에 나오는 시구이군요. '세상일 간섭 않고 근심 잊으니 몸이 절로 한가롭네.' 망우정에 은거하신 뜻이기도 하고 망우란 호의 뜻이기도 하지요? ."

"맞아! 그 시 말미에 '신선이 없다고 말하지 마라, 한 번 깨달으면 신선이 있다.'고 하셨지. 외조부께서는 신선의 경지에 이르렀지."

"아아! 형님 생각이 참 좋습니다. 저도 돕고 싶습니다."

"책 제목을 《용사별록龍蛇別錄》이라 할 것이다. 이 글을 참고하여 훗날 이모부(곽재우의 둘째 사위 성이도成以道)와 함께 네가 외조부님의 시문을 모으고 연보를 정리하여 문집을 만들기 바란다."

"예. 형님. 우선 《용사별록》이 완성되도록 돕겠습니다."

"임진 계사년 용사 두 해의 행적은 아버지(신응辛膺)와 자형(이도순李道純)이 외조부님과 주고받았던 이야기들을 옆에서 내가 자주 들어 환하거든. 정유년 이야기까지 쓰고자 한다."

신동망은 눈을 지그시 감았다. 그가 열두 살 때(1607년 선조 40) 망우정에 한강寒岡 정구鄭逑를 비롯해 많은 손님이 찾아오고 이어 낙동강 중류의 명승지를 찾았던 뱃놀이가 생생했다. 그때 외조부와 아버지를 따라 배를 탔던 기억이 새삼스럽게 떠올랐다.

제 1 장
낙강기연

낙동강에서
기이한 인연을 만나다

용화산에서 바라본 낙동강 기음강나루

제 1 장
낙강기연

낙동강에서 기이한 인연을 만나다
洛江奇緣

지이다리 주막의 이인異人

젊은이는 빠르게 걷고 있었다.

밀양부 초동에서 영산현으로 가는 고개의 내리막길이었다. 스무 살 안팎으로 보이는 그는 김해에서 의령으로 가려고 경쾌하고도 빠른 걸음으로 걷고 있었다.

부리부리한 눈에 굳게 다문 입은 의기가 충만해 보였으며 활기에 찬 몸가짐이었다. 어릴 적부터 크고 매서운 눈매로 용의 눈과 봉鳳의 눈썹을 가졌다는 말을 들었던 비범한 용모를 가진 젊은이의 속보는 보통 사람들과 달랐다. 흔히 알려진 하루에 천 리를 간다는 천리마처럼 빨라 땅을 주름잡아 걷는다는 축지법이나 다름없어 보이는 달음박질이었다.

젊은이는 스승의 심부름으로 편지를 전하러 김해를 다녀오는 길이었다. 김해에서 큰 강 낙동강을 건너면 밀양 땅이요, 영산현 경계 네거리에 들어서니 지이다리(지금의 창녕 부곡면 인교)란 주막거리였다. 큰 내를 경계로 남쪽은 밀양 땅이요 북쪽은 영산 땅이었다. '지遲이'는 천천히, 더디게 뜻이라 쉬어 갈 만한 동서남북 사방으로 통하는 주막거리였다.

젊은이는 목이 말라 주막에 들어갔다. 주막은 지붕이 나지막한 삼간 초가인데 마루는 비어 있었고 마당 한쪽 나무 그늘에 평상이 놓였는데 사오십 대로 보이는 사람이 앉아 먼산바라기를 하고 있었다. 차림새로 봐서 벼슬아치나 선비 같아 보이지는 않았으나 선뜻 다가갈 수 없을 위엄이 감지되었다.

"술 주오."

젊은이는 주인에게 말하고 다시 그 사람을 살펴보았다. 분명 보통 사람이 아님을 직감했다. 아무런 내색도 하지 않았지만, 나이를 종잡을 수 없을 듯했다. 조금 전에는 40~50대 장년으로 보였는데 이제 다시 살펴보니 환갑을 훨씬 넘긴 늙은이의 골 깊은 주름이 많은 얼굴이었다. 다만 수염이 희끗희끗했으나 상투 머리는 백발이 아니어서 그런가 싶었다. 주인이 소반에다 술병을 올려 가져오자 젊은이는 먼저 술 한 사발을 부어 들고 늙은이에게 다가갔다. 늙은이 앞에는 아무것도 놓여 있지 않았기 때문이었다. 그는 허리를 굽혀 절을 하면서 두 손으로 술잔을 내밀었다.

"어르신! 술 한 잔 올리겠습니다."

늙은이는 의아하다는 듯 잠시 젊은이에게 눈길을 주었다가 스스럼없이 잔을 받아들여 단숨에 술을 들이켰다.

"어어! 오늘 술이 맛이 더 좋구만!"

늙은이의 말에 주막 주인이 반갑게 말을 받았다.

"아이구! 호장 어르신! 날마다 싱겁다고 핀잔하시더니…… 오늘은 웬일이십니꺼?"

"여보게! 젊은이로부터 공짜로 얻어 마시는 거 돈 주고 사 먹는 것보다 몇 배로 맛이 있다고."

주막 주인은 그제야 크게 웃으며,

"아이구! 진작 호장 어르신께 술을 올려야 되는데 깜박했습니다. 젊은 선비가 저보다 눈치가 빠릅니다."

하고 급히 술상을 차리겠다고 달려가자 호장이라 불린 어른은,

"새로 차릴 술상은 그만두게! 술이나 한 병 더 내오게. 젊은이와 대작하면 될 꺼로!"

하고 술상을 차리지 말라고 말렸다.

"젊은이! 자네 술상을 이리 가져오게. 이렇게 자리 같이하는 것도 인연일세."

늙은이는 같이 앉자고 그를 불렀다. 그는 술상을 들고 늙은이 앞에 가서 앉았다. 노인 앞에 놓인 잔은 빈 잔이라 청년 선비는 공손하게 술을 따랐다.

"보아하니 우리 영산 고을 사람이 아닌 듯하구먼? 어딜 가는 길인가?"

초면에 자신의 신분을 다 드러낼 수 없었으나 위엄 있는 웃어른의 질문에 헛말을 할 수 없어 수굿하게 대답했다.

"네, 집이 의령 세간이라 이곳을 지나가게 되었습니다. 저는 산음에 계시는 남명南冥 스승님의 심부름으로 김해 산해정에 다녀오는 길입니다. 영산을 거쳐 박진나루로 가서 낙동강을 건너면 세간이 아닙니까?"

늙은이는 젊은이 대답에 조금 놀라는 눈빛이었다.

"오호! 남명 선생의 제자라? 요즘 선생이 연만年晩하여 제자를 통 받

지 않는다던데? 자넨 어찌 그 문하생이 되었는가? 분명 자네가 장차 큰 인물이 될 것을 선생이 알아보신 거야."

"아닙니다. 미숙합니다만 아버지께서 스승님께 특청을 하셨다고 들었습니다."

"고향이 어디라?"

"태어난 곳은 의령 세간이지만 원 고향은 현풍 솔례率禮입니다."

"그, 그러면 포산 곽씨로구먼? 가만있자…… 남명의 제자라면 혹시……? 고조께서 점필재 문인으로 한훤당과 동문이었으며 증조께서 예안현감을 지낸 곽위郭瑋시고……? 청백리 집안으로 이름났고 줄줄이 문과 급제자가 나온 가문이구먼."

"아, 예."

"허어! 내가 익히 잘 아는 가문의 자제로군, 정암定庵 곽월郭越[1] 장령이 부친이구만. 자네 누이가 창녕 성씨 권암倦菴 성천조成天祚[2]에게 시집을 왔기에 창녕 영산 사람들이 다 자네 집안을 소상하게 알고 있지. 솔례가 현풍 땅이지만 창녕 바로 옆 동리가 아니던가? 그곳 사람들이 다 창녕장에 드나들지. 그러고 보니 나도 들은 소문이 있구먼. 자네가 바로 남명의 외손녀 사위가 됐다는 곽 머시기……."

젊은이는 노인이 자신의 집안 내력을 환히 꿰고 있음을 알자 더 신분을 감추기 어렵다고 생각 들었다. 그래서 수긋하게 고개를 숙이면서 성명 삼자를 밝혔다.

"곽재우郭再祐입니다. 계수季綏라 불러주십시오."

"오오! 곽재우? 자字가 계수라? 자네 눈을 보니 부리부리하고 형형하

---

[1] 정암 곽월(1518~1586): 곽재우의 부친. 문과급제. 의주목사, 관찰사 역임.
[2] 권암 성천조(1556~1607): 자는 숙길叔吉. 임란 때 창녕의병장으로 활약. 옥포현감沃浦縣監 역임.

게 빛나니 곧 용의 눈이네. 눈썹 또한 봉황새의 눈썹이니 비범함을 한 눈에 알아보겠군. 이래 만난 것이 자네와 나 사이의 인연이야. 정암이 문과 급제자이면서 활쏘기와 병법에 능해서 문무를 겸비했다 들었는데 자네도 그러하네. 선비라 속 좁게 공자 왈 맹자 왈만 찾지 말고 호방하게 말도 타고 활쏘기도 하게. 가만히 보니까 무인의 결기가 있을 재목이로군. 조금 전 자네 걷는 걸 보니 뭔가 비술을 익힌 듯하구먼?"

곽재우가 어린 시절(15살) 의령 자굴산 보리사란 절에서 1년여 공부할 때였다. 빨리 걷는 보법步法을 익히게 된 것은.

보리사는 의령현에서 이십 리쯤 떨어진 자굴산 깊은 골짜기인 쇠목재 아래 갈골(乫谷: 加乙谷)(지금의 가례면 갑을리로 '가블'이라 불리기도 한다)에 있는 큰절이었다. 그가 태어나고 자란 세간리에서는 유곡동 깊은 골짜기와 신덕산의 정삼이재 갈골버재 같은 높은 고개를 여러 곳 넘어야 보리사가 있었다.

그는 1년여 절에 있는 동안 그곳 명경대明鏡臺에 소장되어 있던 천여 권의 책을 섭렵 탐독하게 되었다. 그곳은 남명南冥 조식曺植이 한동안 공부한 적이 있는 곳이었다. 불경도 있었지만 《춘추》를 비롯하여 제자백가의 서책도 있었고 기문벽서奇文僻書도 있어 이 책 저 책 가리지 않고 탐독한 적이 있었다. 그러면서 주지 스님이 가르쳐 주는 대로 기氣를 움직이고 마음을 비우고 숨을 조절하는 운기조식運氣調息하는 법도 배워 심신을 단련했었다.

1년 후 자굴산 보리사를 떠났다. 지리산 밑 산음 산천재에서 제자를 기르던 학덕 높은 남명 조식 선생에게 유학儒學을 배우라며 아버지 정암 곽월이 보냈다. 산천재에서는 《논어》를 주로 읽고 배웠다. 또 《춘추》를 즐겨 읽었다. 곽정암이 남명 선생에게 아들을 일찍이 보내 공부를 하도록 한 것은 대대로 과거급제하여 벼슬을 한 큰 문중의 전통을 이어가야 할 자손이었기 때문이었다. 곧 그 당시 가문의 위세가 대단한 명문세가 출신 남자가 가야 할 선비의 길이기도 했다.

그렇지만 자신도 모르게 보리사에서 기문벽서를 보고 익힌 그 기이하고도 이상한 술법이 불쑥 나타나곤 했다. 숨기고 조심스럽게 행하였지만 바로 걸음걸이가 보통 사람과 달라져 있었다. 보법步法이 어느덧 축지법과 유사해져 있었다.

곽재우는 무언가 비범하면서도 신비로운 기운을 지닌 노인과 대좌하면서 말도 타고 활도 쏘는 선비가 되라는 말에 공감하였다. 그래서 대답이 자연스럽게 나왔다.

"아! 예. 요즘 공부하는 틈틈이 조금 익히고 있습니다. 세간리에 새로 집을 지어 분가하면서 말도 타고 활쏘기도 합니다. 아버지께서 활쏘기를 가르쳐 주십니다."

"그래, 꼭 사서오경만 읽을 것이 아니라 병서나 무경武經도 보면서 안목을 넓힌다면 장차 나라에 큰 쓰임이 될 수 있을 거네."

"아, 예. 어르신. 가르침 감사합니다."

사어서수射御書數, 곧 활쏘기 말타기 같은 무예와 서예와 산술을 계수 곽재우는 과거 공부를 하면서 여가가 있으면 연마하고 있었다. 사내대장부가 큰일을 하자면 무예도 병법도 알아야 한다고 남명 스승님은 강조하고 있었다. 남명 선생은 스스로 허리춤에 칼(경의검)을 차고 또 옷에 방울(성성자)을 달고 경계하며 올곧은 선비의 길을 제자들에게 가르치고 있었다.

'경敬'은 수양을 '의義'는 도의 표출이라면서 경의검敬義劍을 찬 남명 선생은 경과 의를 강조하면서 가르쳤다. 곧 실사구시와 실천을 강조했다. 곽재우가 조금 숨통이 트인 것은 남명 선생이 유학자로 성리학을 연구하고 가르치면서 그때 유학자들이 이단시하던 노장사상을 포용했기 때문이었다. 선생은 노자나 장자에게서도 취할 점이 있다고 했다.

축산신인鷲山神人 문호장

"앞으로 자주 만나세. 계수 군. 난 영산 고을 인산걸에 짚신을 삼으며 살고 있는데 사람들이 날 문호장이라 부르네. 또 날 축산신인鷲山神人이라고도 하더군."
"축산신인 문호장 님이시군요. 잘 알겠습니다."
"틈이 나거나 지나는 길이 있으면 찾아오게. 아니야! 며칠 안에 만날 수도 있겠구먼."
문호장文戶長[3]이라 스스로 밝힌 노인은 잠깐 생각에 잠기더니 고개를 끄덕거렸다. 곽재우는 며칠 안에 다시 만날 것이란 뜬금없는 예언에 의아해졌다. 그의 표정을 읽은 듯 문호장은 빙긋 웃으며 말했다.
"기강岐江을 아는가? 거룬강이라고도 하지. 바로 낙동강과 남강이 만나는 곳 말일세. 그곳에 기음강용단岐音江龍壇이 있지. 가을철이면 용단에 제사를 지내는데 영산현감과 함께 내가 주제主祭라네. 그래서 자주 용단을 둘러보며 향불을 올리네. 며칠 후면 보름이라서 거길 갈 참이야. 계수 자네에게 기이한 일을 보여줄 것이 있으니 그때 꼭 오게."
"아, 예. 기음강용단을 압니다. 가야 시대부터 있었다고 들었습니다. 해마다 나라에서 제물을 내려보내어 영산현감이 제사를 지낸다고 들었습니다."

---

[3] 《창녕군 구전문학》 p.261 〈영산의 신인 문호장〉: 임진왜란 때 영산 보림사를 근거로 의병으로 활약한 임대장(사명대사의 성) 또는 심대장이라 구전되어 오는 전설의 주인공. 영산읍성 내 태자봉에 "문호장 사당"이 현존한다.

"그래! 이달 보름에 꼭 오게. 자네의 앞날이 어떨지…… 용단에 오면 놀랄 일을 만날 걸세."

"아! 예……."

축산신인 문호장은 횡! 하고 바람을 일으키며 밖으로 나가면서 또 한마디 했다.

"며칠 후에 만나세. 곧 계수 자네 오늘내일 기이한 인연을 만날 운수네. 하나는 악연이고 하나는 좋은 인연인데 자네가 대처를 잘하면 불운을 피하겠지만 그렇지 못하면 악연이 따라다닐 걸세."

곽재우는 문호장에게 고개를 숙이는데 바람처럼 노인은 사라져 버렸다. 악연은 뭐고 인연은 뭔가? 오늘 축산신인 문호장을 만난 것도 기연奇緣이란 생각이 들었는데 이달 보름날에 꼭 만나자고 다짐을 받더니 오늘내일 또 다른 인연이 기다린다는 예언은 또 뭔가?

"호장 어르신이 가셨군."

주막집 주인이 문호장이 나가자 빈 그릇을 치우려고 그에게 다가오면서 중얼거렸다. 그도 기이한 노인을 만나서 얘기를 나눴으나 그 정체가 어떤지 궁금했다.

"금방 그 어른이 정말 축산신인이라 소문난 분이요?"

"암요. 신선도 아이고 사람도 아이라서 신인神人이 아이고요, 신선이기도 하고 사람이기도 해서 축산신인 문호장이라 캅니더. 진짜 이름이 뭔지 나도 모릅니더만 아이들까지 호장이라 부르지예. 보름골 구씨네 사위인데 오래전에 호장을 지냈다꼬 소문으로 알고 있습니더. 축산은 영산 고을 다른 이름이고요."

"정말 호장을 지냈나? 호장이라면 향리의 우두머리인데?"

"아, 예. 호장을 지냈다꼬 소문이 났습니더. 지금도 고을의 큰 어른입니더. 현감도 꼼짝 못 한다고 합디더. 아마 환갑이 넘었을 꺼로요."
 "뭐요? 환갑이라니? 연세를 가늠하기 어려웠지만 머리나 수염은 조금 반백이지만 이제 오십 줄에 든 분 같았는데?"
 주인이 웃으며 고개를 크게 내저었다.
 "아입니더. 문호장 저 어르신은 신선이고 도인 아닙니껴? 도를 닦아 노옹께 조화를 부려서 하나도 늙어 보이지 않는 기라요. 정말로 놀랠 일이 아닙니껴? 그러니 보통 사람이 아니고 도사거나 신선이 되었다 카지요. 문호장 어른은 사람을 한번 쫙악 훑어보았다 하면 평생 사주팔자를 다아 알아 맞춘답니더. 선비도 장래에 대해 뭐 들은 말 없습니껴? 아까 관상을 봤는지 뭐라카는 듯 하던데예?"
 "……."
 곽재우는 정말 믿을 수 없어 고개를 가로저었다.
 "참! 호장 어른도 새개(鶴浦)로 가셨는데 북쪽 고개를 넘어 가매실(지금의 부곡)로 해서 영산 고을로 가지 말고 큰내(지금의 무안천)를 따라 서쪽으로 가면 낙동강 본포나루이니 거기서 배를 타고 가시이소."
 "왜요?"
 "북쪽 산길은 험하고 떼도둑이 길목을 지키다가 행인을 죽이고 강도질을 하니 젊은이 혼자서는 가지 마이소."
 "허어! 그럼 나도 배 타러 가야겠습니다."
 그때 마당에 키가 좀 크고 몸집이 당당한 청년이 빠른 걸음으로 들어섰다. 그도 목이 말랐는지 들어서자마자 술부터 청하며 곽재우의 양해를 구하지도 않고 조금 전 문호장이 앉았던 자리에 털썩 주저앉았다.
 "조금 전에 나가신 어른이 문호장 님이지요?"
 청년은 평상에 궁둥이를 붙이면서 주인에게인지 맞은편에 앉은 곽재우에게인지 분간 않고 물었다. 가까이 앉은 사람이 응당 대답하리란 표정이었다. 곽재우는 술병을 흔들어보고 술이 남아 있어 문호장이 마시고 간 술잔에다 술을 따랐다.

"목이 마르신 모양인데 우선 이걸로 목을 축이십시오. 새 술을 가져오기 전이니……."

"어? 고맙소. 사실 급히 오느라 목이 말랐소. 가을날인데도 좀 덥소그려? 그런데 문호장 님과 무슨 얘기를 했소? 아아! 난 영산 원천(지금의 도천면)에 사는 신초라 하오. 서로 통성명하고 주는 술을 마셔야지."

그러면서 청년은 곽재우가 따라준 술을 단숨에 들이켰다.

"의령 세간에 사는 곽재우라 합니다. 자는 계수입니다."

청년은 호걸스럽게 크게 웃으며 영산 신辛가에 이름이 초礎고 자字가 지수支叟라고 하면서 손을 내밀었다.

"날 지수라 불러주시오. 서로 편하게 자를 부릅시다. 계수라 했던가……?"

"아, 예. 그런데 문호장이란 분 어떤 분이길래 축산신인이라 합니까?"

신초는 큰기침을 하고 나서 문호장에 관한 이야기를 시작했다. 술을 가져온 주막집 주인이 옆에서 신초의 이야기에 더러 웃기도 하고 그렇다고 감탄을 하기도 하며 흥을 돋우었다.

"믿기 어렵겠지만 문호장이 예전에 영산 고을에 감찰을 나왔던 감찰사監察使[4]를 혼내 주었다는 얘기가 있소."

"감찰사라니요? 요새 감찰사가 어딨소? 사헌부라 해야 맞지요."

"아! 사람들이 감찰사라꼬 모두 말합니더."

주인도 신초의 말에 찬동했다.

"글쎄! 그러니까 믿을 수도 안 믿을 수도 없는 부질없는 얘기요. 하여

---

4 감찰사: 고려시대 있었던 관직, 조선시대에는 사헌부로 바뀌었다.

간 암행어사를 그렇게 불렀는지 경상감사를 감찰사라 잘못 알았는지 모르지만 하여간 감찰사가 영산현의 사정을 살피러 왔는데 거창한 행렬이었다오. 영산 고을 입구를 인산걸이라 부르는데 마침 거기를 지나가게 되었지. 그 근처에서 문호장이 짚신을 삼고 있어서 감찰사의 행렬을 구경하게 되었고! 그때가 모내기 철이라 논에 물을 가득 잡아 놓고 써레질을 하거나 모심기를 하던 중이라…… 길가에는 일꾼들이 먹을 점심참을 담은 광주리와 반찬 그릇들이 여기저기 널려 있었지."

"그런데 문호장이 인산걸에서 짚신을 삼다가 감찰사가 탄 말이 점심밥 광주리를 밟아 박살을 내자 화가 났지예!"

신초의 얘기에 주막 주인이 거들었다.

어느새 신초의 말씨는 공대에서 반말 비슷하게 친구에게 편하게 말하듯 바뀌어 있었다. 그러거나 말거나 곽재우는 개의치 않고 얘기를 흥미롭게 듣고 있었다.

"그런데 말이 그만 일꾼들이 먹을 점심밥 광주리를 밟았으니 밥이나 국이 사방으로 튀고 그릇들이 박살이 났지. 그러자 이상한 일이 벌어졌어. 갑자기 말이 꼼짝을 않는 거야. 말의 네 발이 땅에 딱 들어붙어 버린 거지."

"말발굽이 땅에 딱 들러붙어요?"

주인이 또 끼어들었다.

"말이 오도 가도 못하게 문호장이 도술을 부린 기라요. 문호장이 회초리로 땅바닥을 딱! 딱! 딱! 세 번 치면서 '저 발자국!' 하고 한마디 외친거제. 그 바람에 말 네 발이 땅에 붙는 일이 생긴 기라예."

"말이 움쩍도 하지 않자 영접을 나온 영산현감에게 연유를 물었어. 현감은 인산걸에서 짚신을 삼고 있는 문호장이 도술을 부린 것이란 걸 알았어. 현감은 감찰사의 닦달에 이실직고했지. 간혹 인산걸을 지나면 이

상한 일이 생긴다고."

"그래, 그다음은 어떻게 되었소?"

"감찰사가 서슬이 시퍼렇게 돋아 당장 문호장을 잡아들이라 호령했어. 감찰사 호령에 나졸들이 몰려가서 문호장을 잡아 현청 마당에 대령을 시키고 문초를 했어. 매질부터 하려 했는데……."

"문호장이 도술을 부리니 곤장이 닿기도 전에 뚝 부러지고 씨뻘건 부젓가락을 갖다 대니 얼음덩이로 변해 뿌리고요!"

"감찰사의 문초에 문호장이 안색도 변하지 않고 태연하게 말했어. '쌀농사를 지어서 나라님 섬기고 부처님 공양하며 죽은 조상 봉제사에 산부모 봉양하며 만백성이 양식하는 것이온데 그 농군들의 점심밥을 짓밟아서야 될 일이기나 합니까?' 하고 대답을 하니 감찰사란 위인이 성이 크게 났지."

주막 주인이 또 끼어들었다.

"인자부터 진짜 도술을 부려 이상한 일이 일어났제. 곤장이 볼기에 닿기 전에 뚝 부러지고 마는 것이 아니니껴? 감찰사가 요술을 부린다꼬 당장 죽일라꼬 숯불에 달군 부젓가락으로 지지라고 했제. 그런데 시뻘겋게 단 부젓가락이 몸에 닿자마자 얼음덩이로 변해버리고 말았능 기라요."

주인의 황당한 소리에 곽재우는 속으로 놀랐으나 믿을 수가 없어 피식 웃고 말았다.

"에이! 그런 일이 있을 수 없소."

또 주막 주인이 신이 나서 끼어들었다.

"감찰사가 더 성이 나서 죽일라꼬 활을 쏘라 했능기라! 그런네 문호장은 피하지도 않았제. 화살들이 그 앞에서 날아와서는 힘없이 떨어지거나 공중으로 치솟고 말았능 기라요. 더욱 성이 나서 화승총을 쏘았능 기

라. 그런데 총구멍에서 물이 흐르고 총알 대신 개구리가 뛰어나오는 것이 아닝기요?"

신초가 손을 홰홰 저었다.

"그러니까 문호장이 신인이고 이인이지. 현감이 그랬지. '저 사람은 도술을 잘 부리는데 폐문루閉門樓를 뛰어넘어 댕기고 범을 잡아타고 하룻밤에 수백 리를 간다고 합니다. 그만 방면합시다.' 하고 구슬렸어. '총이거나 칼이거나 그 무엇으로도 다스리지 못합니다. 무인이 아니면서도 말 잘 타고 활 잘 쏘며 검술, 도술도 잘 부리고 축지법도 합니다.' 하고 그러니 방면하입시다…… 했지."

"어허! 갈수록 못 믿겠소. 지수 형의 얘기는!"

"그래서 감찰사가 너무 놀래서 그만 두 손 두 발 다 들고 풀어주고 말았다는 얘기야. 감찰사를 혼내주었다는 얘기는 영산 고을 사람이라면 다 알고 있어!"

곽재우는 문호장이 무술도 하고 도술도 하지만 함부로 쓰지 않고 불의를 보면 참지 않고 응징하는 초인적인 힘을 지닌 인물임을 알게 되었다.

대수大水를 거스르다

주막 주인의 안내대로 곽재우와 신초는 부곡 온정리를 지나 영산 고을로 가는 북쪽 팔도八盜고개라 불리는 고갯길을 오르지 않고 낙동강으로 가기로 했다. 강으로 가면 영산 욱개로 가는 장배를 얻어 탈 수 있다고 했다. 길은 큰 강으로 흘러 들어가는 무안천을 끼고 골짜기와 산기슭을 따라 있었다. 논에는 나락이 누렇게 익어가는 가을이라 길은 꼬불꼬

불 끊어짐 없이 이어지고 있었다. 곽재우의 빠른 걸음에 신초가 따라오지 못해 뒤처졌다.

장강 푸른 강물이 도도히 흘러가는 창원 본포나루 맞은편 새개(학포) 강가에 다다르자 그는 잠시 발걸음을 멈추고 강을 바라보았다. 강폭이 넓은데 이쪽이나 건너편이나 넓은 모래사장이 펼쳐져 있었다. 그가 앞으로 가야 할 상류 쪽 강변에는 높다란 절벽이 하늘 높이 서 있었다. 그쪽에 독이나 옹기를 만드는 점촌店村이 있어 옹기굴에서 흰 연기가 치솟고 있었다. 모래사장 끝에는 나루터가 있었다.

배가 몇 척 있는 나루터에 달려가니 조금 전 주막에서 헤어졌던 문호장이 수염을 바람에 휘날리며 어떤 배 위에 앉아 있다가 반갑다는 듯 손을 흔들어 그를 불렀다.

"어서 오게! 역시 걸음걸이가 빠르군. 보법을 많이 연습했구먼. 보통 사람이면 아직 도착하려면 멀었는데 빨리도 왔어."

"어르신을 여기서 뵈올 줄 몰랐습니다."

"이 배가 욱개장으로 간다네. 자네가 뒤따라올 줄 알고 미리 사공에게 부탁해 놨네. 같이 가려고……."

"아, 고맙습니다."

행운이랄까? 영산 욱개장(上浦津)으로 간다는 배를 만났으니 반가웠다. 소금을 실어 나르는 돛이 달린 작은 배였는데 바람이 약하면 노를 저어야 하는 목선이었다. 소금배 뱃사공은 인심이 좋았다. 공짜로 태워 주는 대신,

"젊은이! 새개에서 욱개장까지 강을 거슬러 올라가야 하니 바람이 자면 날 도와서 노를 좀 저어 줘야 하네." 했다.

"아 그러지요."

그때 달음박질로 뒤따라온 청년 신초를 보자 문호장이 웃으며 한마디

했다.

"허어! 젊은이도 빠르군. 내가 주막을 나설 때 본 듯한데? 계수, 자네를 따라오느라 힘껏 달려온 듯하네."

문호장이 너털웃음을 터뜨리며 뒤따라 달려온 신초에게 손짓을 했다. 신초는 곧장 그들이 탄 배 앞으로 달려왔다. 숨을 헐떡이며 배로 뛰어오르더니 고개를 뒤로 젖히고 호흡을 가다듬었다.

"아따! 계수와 같이 가려고 뜀박질로 해 왔소. 우째 그리 걸음이 빠르시오?"

그는 뛰느라 삐뚤어진 갓을 바로 잡고 바람에 흐트러진 두루마기 옷매무새도 여미며 곽재우와 문호장을 바라보았다. 그러다 문호장 앞에 가서 두 손을 잡고 절을 했다.

"호장 어르신 아닙니까? 저는 원천에 사는 신초입니다. 지수라 불러 주십시오."

"아하! 신희수辛希壽 현감의 자제분이 아닌가? 원천 산다면, 내 작은 댁이 죽전竹田에 있어 자주 다니는구먼. 영산 신씨 명문가의 자손답게 씩씩하게 생겼어. 원천의 신씨 집안은 자고로 무반이었어. 무과 급제자에 장군도 여럿이 나왔지. 척 보니까 자네도 무반으로 이름을 날리겠군."

"예? 과찬입니다. 그저 흉내를 내고 있습니다."

신초는 예기치 못한 집안 칭찬에 약간 우쭐해했다. 영산 고을의 호장을 지냈다니 이름만 들먹이면 어느 집 누구 아들이고 잘살거나 못살거나 집안 형편, 문중 내력이나 대소사를 꿰고 있을 듯했다. 신초는 현감을 지낸 신희수의 아들로 성격이 활달하면서 기골도 건장하고 무예를 좋아해 궁술이나 검술을 평소 익히고 있었다. 앞으로 기회가 닿으면 무과시험을 볼 작정이었다.

문호장은 영산과 원천 사이 죽전마을에 첩을 두고 있었다. 소문에는 그에게 딸은 있는데 본처가 아들을 낳지 못해 자인(지금의 경북 경산)과 죽전에 첩을 얻어 왕래하면서 아들 얻기를 소원하고 있다고 했다. 자인으로 갈 때는 영축산 호랑이를 불러 타고 다닌다고 소문이 났다. 도사니 신선이니 하며 굉장한 도술을 부린다고 널리 알려져 있었지만 정작 아들 낳기는 뜻대로 되지 않았던 모양이었다. '첩을 얻더라도 상대편 관상이나 운수를 보아 아들을 낳을 여자를 골랐으면 되련만.' 그런 생각이 든 신초는 웃음이 나왔으나 어른 앞이라 꾹 참았다.

"벌써 서로 인사를 나누었구먼? 자네들은 장차 국난이 닥치면 큰일을 도모할 청년들이야. 오늘 만난 인연이 소중하니 자주 왕래하게. 보아하니 둘은 늙어 저승에 갈 때까지 이웃으로 지낼 친구로구먼."

앞날을 다분히 암시하는 문호장의 말에 둘은 서로 고개를 숙였다.

그러는 사이 소금배가 출발했다. 순풍이어서 돛을 올리니 배는 우쭐우쭐하며 움직이기 시작하였다. 배를 부리는 사공은 중늙은이로 소금을 욱개장에 팔기 위해 간다고 했다. 문호장과 청년 둘을 태운 배는 넓은 강 가운데로 곧바로 나갔다. 욱개는 역시 강 마을로 창원부 합포나 칠원현에서 한성으로 가는 주요한 큰길의 하나로 인근에서 가장 큰 동리여서 오일장 역시 규모가 큰 시장으로 소문이 나 있었다. 배는 곧 절벽을 멀리하며 갔다. 절벽 쪽으로 붙으면 물길이 급해 배가 잘 나가지 않는다고 하면서 강 복판으로 몰아갔다.

문호장은 강을 따라 올라가면서 이곳 지리에 관한 얘기를 했다. 조금 더 상류로 올라가자 또 다른 나루가 나타났다. 문호장은 이야기를 계속했다.

"이곳이 밀포[蔑浦]나루⁵라네. 칠원현에서 영산현으로 통하는 큰길의 나루터이지. 과거 길이기도 하고 봇짐 장사꾼들이 많이 다니는 요로이기도 해. 예전에 고려 충신으로 이름난 조민수 장군이 이 나루까지 와서 노략질하러 온 왜구[倭寇]와 싸워 크게 무찔렀다고 하네. 아 참! 지수 자네 선조께서 왜구와 싸우다 돌아가신 것 잘 알고 있겠지. 삼강려의 내력 말일세."

문호장의 말에 신초는 말할 기회를 잡았다 싶었는지 얘기를 시작했다.

"어르신의 말씀에 집안 자랑 같지만, 계수는 타지 사람이라 잘 모를 듯해서 얘기해야겠습니다. 그 시절 왜구들의 노략질이 얼마나 잦았는지 잘 알 겁니다만…… 이 근처 영산현에 살았던 사람들 피해가 막심했지 않았습니까? 삼강려라 불리는 정문旌門이 저어기 산 너머 우리 동네 원천에 서 있지요. 영산 신씨 삼 부녀와 사위가 왜구와 싸우다가 무참하게 전사하거나 목숨을 잃었던 걸 기려 나라에서 정문을 내려주셨지요."

"그 시절 왜구의 분탕질이 극심하였다 들었습니다."

곽재우는 영산 신씨 삼 부녀와 사위가 이곳에서 왜구에게 항거하다 죽어 삼강려三綱閭⁶가 세워졌다는 얘기에 놀랐다. 고려 우왕 8년(1382년)에 일어난 일이라 했다.

"한 가문의 가족이 '충·효·열'의 지조를 지키다 죽으니 나라에서 정려를 세워 주었지요. 먼저 우리 곡강曲江 신사천辛斯蕆 할아버지께서 전조前朝(고려)에 낭장이었는데 낙동강을 거슬러 올라와 노략질하는 왜구를 토벌하는데 큰 공을 세우셨지. 그런데 곡강 할아버지 큰따님과 사위

---

5 멸포나루는 창녕군 길곡면에 있는데 강 양쪽 지역은 영산현 관할이었다. 지금 이곳에는 '창녕함안보'가 있다.
6 《창녕군지명사》 p.19.

가 먼저 희생되었지요."

"암! 신씨 삼 부녀와 사위가 충·효·열 도리와 절개를 지켰으니 곧 삼강려가 세워진 거라네."

신초가 얘기를 마치자 문호장이 한숨을 쉬었다.

"예전 왜구의 노략질이 극심했는데 요즘 또다시 왜倭가 야심만만 조선을 탐낸다고 들었습니다."

신초의 말에 문호장이 고개를 끄덕였다.

"그래, 그런 말이 돌고 있지. 그런데 나라에서는 붕당 싸움으로 날을 새고 있으니……."

왜구가 낙동강을 거슬러 이곳까지 올라와 해적질하는 바람에 피해가 막심했다는 문호장과 신초의 얘기에 곽재우는 앞으로 나라에 큰일이 터질 것이라고 걱정을 하던 지리산 밑의 남명 스승님 말씀이 생각났다. 왜구가 또다시 침입한다면 그 주요통로가 바로 낙동강이 될 것이니 강을 지켜야 할 것이란 생각을 했다.

"허어, 그런 곳이군요. 정말 바다 건너 왜구가 요즘도 우리나라를 만만하게 보고 틈만 나면 노략질하려고 덤비지요."

"아으! 그놈들이 최근 힘을 기르고 있다는데 우리 조정에서는 대비를 잘 하는지 모르겠어."

창암滄巖에서 기강岐江까지

배는 멸포나루를 지나갔다. 신초가 선조 할아버지가 왜구와 싸우다 순절한 이야기를 길게 했는데 곽재우는 왜구가 이곳까지 올라와서 노략질했다는 말에 분노했다.

소금배는 강 양쪽에 들판이 펼쳐진 곳을 천천히 올라갔다.

배가 산모퉁이를 돌아가는 순간 그는 푸른빛이 뻔쩍이는 절벽을 만났다. 임해진에 펼쳐진 절벽과 달리 그리 높지 않았으나 바위들은 서편으로 기울어진 햇빛에 반사되어 푸르게 빛이 났다. 강물은 서쪽에서 흘러와서 절벽 바위에 거세게 부딪혀 하얗게 부서지며 빛나고 있었다.

"저기 저곳은 물길이 험하기로 소문난 곳이제. 잘못해서 우묵하게 파인 절벽 쪽으로 배가 몰리면 파선을 하기 십상이지, 물살이 빠르게 빙빙 도는 회수回水가 있어."

"뱃길을 잘 알아야 하겠군요."

"맞아! 이런 곳에 군사를 매복해 있다가 왜구와 싸워야 하지. 물길도 세고 절벽도 있으니…… 반드시 적을 공격하자면 먼저 우리 군사를 잘 숨기고 불시에 공격을 퍼부어야 하지."

문호장은 잠시 병법을 들먹이고 절벽을 가리키며 요강나루가 적을 막을 요충지임을 강조했다.

"어르신 말씀이 일리가 있습니다. 오목하게 둥글게 요강처럼 생겼다나? 물이 빙빙 돈다고 이곳 나루를 요갱이라 하니 물길을 모르는 왜구가 당할 수 있겠습니다. 강이 꼬부라졌다고 해서 점잖게 곡강曲江이라고도 하지."

여기서 오 리 떨어진 원천마을에 살아 이곳 지리를 잘 아는 신초가 문호장의 말을 받으며 곽재우에게 제 나름대로 이곳 지형을 설명했다.

"이곳에 출장 나온 관원들이나 길손에게 잠자리를 제공하는 요강원이 있다네."

요강원要江院은 그 시절 출장 나온 관원들에게 숙식을 제공하는 교통 요지에 있었던 역驛·원院 중의 하나였다. 그러므로 이 나루가 조금 전 지나온 멸포나루보다 인마의 왕래가 잦은 곳임을 알 수 있었다.

"저 절벽 옆 툭 튀어나온 덤바구를 푸르다고 창암이라 부르지."

신초의 말에 곽재우는 강물이 넘쳐흐르는 절벽 안쪽의 검푸른 덤바구를 찾았다. 덤바구는 그리 크지도 작지도 않은 절벽 바위를 말한다. 그는 강변에 늘어선 소나무와 갯버들 숲 너머 그리 크지도 높지도 않은 검푸른 바위 절벽을 바라보았다. 과연 창암滄巖이라 부를 만하였다. 창암이라 불리는 검푸른 절벽은 강물이 흘러가는 남쪽을 바라보고 곧게 서 있었다. 그는 그 절벽 위에 있을 자그만 집을 떠올렸다. 문득 저런 곳에 초옥 한 채를 짓고 살았으면 하는 생각을 떠올렸다. 과연 예기치 못한 풍치에 몰입해서 그는 배 위에서 그곳을 응시하기만 했다.

"사공! 나와 이 젊은이는 이곳에 내려서 원천으로 가야 하니 배를 나루터에 좀 대 주게나."

문호장의 부탁에 사공은 배를 나루터로 몰아 모래를 쌓아 만든 곳에 댔다.

"잠깐 기다리게. 우리 모두 배에 내려 산천 구경을 할까 하네."

"아이구, 호장님. 해가 기웃해서 욱개나리에 가면 어두워지겠는데요? 퍼뜩 구경하이소."

"고맙네. 뒤에 영산 고을에 오면 날 찾아오게. 술도 한 잔 같이하고 꽁보리밥이라도 함께 나누세."

문호장은 그러면서 곽재우와 신초를 배에서 내리게 하고 아까 창암이라 부르던 절벽 덤바위로 향했다. 문호장은 곽재우에게 의미심장한 예언을 했다.

"내가 계수 자네를 이 창암 덤바구로 왜 데불꼬 온 줄 아나? 이곳과 자네는 깊은 인연이 있다네. 혹시 느낌이 없는가? 이 땅이 확 자네를 끌어 땡기고 있는 그런 느낌……."

"인연이라니요? 그, 글쎄요……."

"자네는 이곳 창암과 거문강 두 곳에 깊은 인연이 있다네."

"창암과 거문강이라니요?"

"그래, 천지만물의 이치를 다 깨우치려면 오랜 수련과 공부가 있어야 하네. 남명 선생도 은둔 수도에 두류산 아래를 찾아가 산음 산천재에서 제자를 가르치는 것이 다 같은 이치네. 자네도 과거 공부도 해야지만 천문 지리 공부를 멀리하지 말게. 나처럼 도술 부리는 사람이라 소리를 들을 거까지 없지만 보법에 사어서수를 익히면 반드시 나라를 구하는 데 도움이 될 거야."

"예……."

"한마디만 더 당부하겠네. 내가 보기에는 둘 다 의협심이 강하고 불의를 보면 남보다 먼저 나서는 기개와 성정을 지녔네. 그런데 성급하고 괜한 의협심은 사람을 다치게 하지. 악연을 만든단 말일세. 그러니 심사숙고한 다음 옳다고 판단이 되거든 전진하도록 하게."

문호장의 말에 곽재우와 신초는 고개가 숙어졌다. 축산신인이란 소리를 듣는 기인奇人의 당부라 당장 긍정도 부정도 할 형편이 아니었다. 그러나 아버지 정암공의 바람대로 과거 공부에 매진해야 하는 그는 그냥 마음속에 문호장의 말을 간직할 뿐이었다.

"보름날 만나세. 지수 자네도 계수와 인연이 있으니 그날 거문강으로 오게."

"그, 그러지요."

곽재우는 문호장과 신초에게 작별 인사를 했다. 그는 이제 19살이었고 신초는 그보다 세 살 많은 22살이었으니 형 대접을 해도 될 듯하였다.

혼자 배에 올라 요강원 마을을 바라보고 또 창암을 오래 응시하였다. 문호장의 예언 비슷한 말을 들은 후라 그곳은 우연이라 하기엔 그냥 지나칠 수 없는 숙명과 같은 끌림이 있었다.

곽재우는 30여 년 후에 이곳 검푸른 절벽 위에 강정 망우정을 지었고 66세에 저세상으로 떠나기 전까지 15년여 살았으며 5리 떨어진 원천에 살던 신초와 두터운 교분을 나누었다. 그뿐만 아니라 여기서 임금님이 내린 벼슬을 사양하면서 조정에 써 올린 간절한 소疎가 여러 편이었다. 문호장의 말이 그저 지나가는 빈말이 아니었다.

영산 욱개나루에 도착해 배에서 내린 곽재우는 걸음을 재촉했다. 뉘엿뉘엿 서산에 걸렸던 해가 져 어두웠다. 서쪽으로 십 리만 더 가면 거룬강나루요 강을 건너면 의령 땅이었다. 해가 지면 나룻배가 다니지 않으므로 강을 건널 수 없었다. 나룻배가 끊기기 전에 거룬강까지 가야 했다. 그러므로 걸음을 재촉했다. 강변을 따라 난 십리 길은 솔밭이 무성한 들판이었는데 모래밭이라 발이 푹푹 빠져 걷기에 불편했다.

거룬강岐音江·岐江[7] 바로 그곳은 북쪽에서 흘러오는 낙강洛江이 동으로 물길이 돌아 흐르면서 '동東'자 붙어 '낙동강洛東江'이라 불리게 되었다는 유래가 전해오는 강폭이 갑자기 넓어지는 곳이었다. 지리산 골짜기에서 진주를 거쳐 흘러오는 남강南江과 합류하는데 의령 쪽은 거룬강나루, 영산 쪽 나루는 창날(창나루, 창진倉津)이라 불리었다.

나룻배는 창날 나루터에서 출발해서 낙동강 본류를 건너 거룬강나루로 오갔다. 남쪽 남강이 흐르는 함안 땅으로 가지 않고 나룻배는 똑바로 서쪽으로 가서 의령 땅에 배를 갖다 댔다. 의령 쪽에는 주막이 없고 이

---

[7] 《세종실록지리지》에 기음강은 가야진伽倻津이라 기록되어 있다. 가야시대부터 군사요충지였다.

쪽 창날 쪽에는 산기슭에 잠을 잘 수 있는 주막이 있었다.

곽재우가 사는 의령 세간리는 바로 기강나루에서 십 리쯤 강을 거슬러 올라가면 박진나루가 있고 거기서 고개만 넘으면 마을이 있었다.

곽재우는 빠르게 걸어 거룬강나루에 도착했으나 해가 지고 나룻배가 끊어진 후라 주막을 찾아 들어야 했다. 강을 건널 수 없으면 거룬강 나루터 마을인 창날 주막에서 하룻밤을 자야 했다.

청의요귀青衣妖鬼를 쫓다

이튿날 새벽 일찍, 곽재우는 일어나자마자 강가로 나갔다. 나룻배가 닿은 선창 가에서 세수도 하고 평소 수련하던 숨쉬기 동작을 통해 전신의 기氣를 순환시키기 위해서였다. 그가 물에 손을 담그고 낯을 씻는데 괴상한 그림자가 물에 비쳤다. 등 뒤에서 뭔가 움직이는 느낌이 감지되었다. 휙 돌아서 바라보았는데 짙은 푸른색 치마저고리를 입은 여자가 그를 바라보고 웃고 있는 것이 아닌가? 소리가 낮았지만 낄낄거리는 웃음이었다. 그 여자의 낄낄 웃음은 괴이하고도 싸늘한 얼굴과 함께 사람을 단번에 얼어붙게 할 만치 냉기를 품어냈다.

―저, 저게 뭔가? 사람이 아니구먼.

그는 단박에 여자의 정체를 알아챘다. 인간이 아닌 요물임이 틀림없었다. 사람을 공격하거나 홀려서 죽게 하거나 미치게 만드는 흉악한 요귀였다. 보통 사람들의 눈에는 그 정체가 보이지 않았을 것이다. 그러나 매서운 용의 큰 눈에는 그 정체가 환히 보였다. 바로 보리사에서 기문벽서를 읽고 수련하였기 때문이었는지 몰라도 여자의 정체가 무엇인지 금방 알아볼 수 있었다. 그는 낮으면서도 뚜렷한 음성으로 엄하게 나무랐다.

"인간도 아닌 귀신이 여기가 어디라고 아침부터 바로 앞에 나타나! 당장 물러가거라!"

여자는 말이 없이 어전한 냉소를 그에게 보냈다.

"내가 너의 정체를 모를 것 같으냐? 누굴 해코지하려고 나타났느냐?"

그러나 청의요괴青衣妖怪[8]는 꼼짝도 하지 않고 곽재우를 핼끔핼끔 보며 괴기하게 웃기만 했다.

"나와 아무 원한도 없을 터인데? 인제 보니 너를 그냥 놔두면 사람들을 해코지할 것임이 틀림없다. 당장 너를 잡아서 없애야겠다."

어제 문호장이 그랬다. 쓸데없는 의협심은 사람을 다치게 하고 악연을 만드니 신중히 처신하라던 말이 문뜩 떠올랐지만 개의치 않았다. 그는 조금도 두려워하지 않고 요귀를 향해 달려들었다. 주위에 눈에 띈 것이 강가에서 빨래할 때 빨래판 대신 쓰는 둥글납작한 돌덩이였다. 그 무거운 걸 번쩍 들어 요귀를 향해 던졌다. 요귀는 히죽히죽 비웃음을 던지며 살짝 피해 물러났다. 그는 약이 바짝 올랐다. 요망스러운 귀신을 때려잡아야겠다는 일념으로 달려나가니 요귀는 홀짝 가볍게 뒤로 물러섰는데 여전히 약을 올리려는 듯 비웃는 표정이었다. 그는 쫓아가면서 주막 울타리에 세워놓은 커다란 막대기를 뽑아 휘둘렀다. 요귀는 '아나! 잘 잡아봐라!' 하는 듯 몽둥이를 피하면서 아장아장 걷고 약을 올리면서 이번에는 깔깔거리며 달아났다.

―저 요괴를 잡아서 없애야겠다. 그냥 놔두면 사람들을 괴롭힐 거야.

그는 앞뒤 생각할 겨를 없이 요귀를 잡아야겠다는 일념으로 돌진했

---

[8] 《창녕군 구전문학》 p.235. 〈곽郭장군과 천병〉. 요괴를 쫓아내 임진왜란 때 곽재우 장군이 사용한 의병疑兵, 홍의, 철립, 장도와 병서가 든 궤櫃를 얻게 된다는 창녕지역에 구전되어 오는 전설.

다. 요귀의 걸음걸이가 빨라지자 그의 걸음새도 어느새 가뿐한 달음박질 속보로 변했다. 아호늪 뒷산인 도초산을 넘어 산길 들길이 휙휙 지나갔다. 요귀의 새파란 치맛자락이 펄럭거렸다. 잡힐 듯 잡힐 듯하였지만, 그는 따라잡지 못했다. 요귀의 발이 땅에 닿지 않을 지경으로 달아났는데 그도 그에 못지않게 뛰고 또 뛰었다.

요귀를 놓치지 않으려는 한결같은 마음으로 산길 들길을 있는 힘을 다해 달리니 삽시간에 몇십 리쯤을 쫓게 되었다. 산골짜기가 나타났다. 양편에는 높은 산이 치솟아 있는 골짜기에 집이 여남은 채 있는 작은 마을이었다. 새파란 옷을 입은 귀신은 골목을 이리저리 내달리더니 드디어 어느 기와집 솟을대문 안으로 사라졌다. 동리에서 제법 규모가 큰 집이었다. 집 안을 살피니 그 마을에서 제법 잘사는 부잣집임이 틀림없었다. 요귀가 집 안으로 들어갔으니 곧 무슨 사단을 벌어질 것이 틀림없었다.

아니나 다를까? 갑자기 집 안에서 소란스러운 소리가 나고 사람들이 뛰어다니는 것이었다. 여자의 비명이 들렸다. 그는 급히 대문을 두드렸다. 그러자 나이가 제법 지긋한 하인이 나왔다.

"지나가던 과객인데 아침 요기라도 할까 하고 찾았소."

짐짓 아무것도 모르는 척하면서 주인 만나기를 청했다.

"뭐요? 지금 우리 집에 난리가 났소. 갑자기 별당 아씨가 숨길을 몰아쉬면서 죽어가는 판인데 아침부터 과객을 받을 수 없소! 다른 집으로 가 보슈!"

"허어! 그렇다면 큰일이구료."

"우리 집이 며칠 사이에 난장판이 되었소. 며칠 전에 판관 주인어른께서 비명횡사하시고 엎친 데 덮친 격으로 어제 안방마님도 급사하시고! 이게 무슨 난리인지 모르겠소."

"내가 그래서 온 거요. 당장 주인 양반을 만나게 해 주오."

"허어! 별당 아씨가 돌아가시게 되었단 말이오. 우리 주인 어르신과 안방마님도 똑같은 증세로 급사하셨는데 이번에도 또 똑같은 일이 벌어졌소."

"그, 그럼 더욱 내가 필요하오! 내가 지금 요귀를 쫓아 이곳까지 달려온 사람이오. 당장 아가씨 방으로 인도하시오. 내가 아가씨를 구해야겠소. 그리고 이 동리에서 힘을 좀 쓸 만한 장정들이란 장정은 모두 모이게 해 주시오."

집 안에서 사람들이 우르르 대문간으로 몰려나왔다. 그는 조금 전 일어났던 일을 급하게 이야기했다. 그러면서 힘깨나 쓸 동리 장정들을 불러 모으게 했다. 그리고는 청의요괴가 집 안에 들어가서 아가씨를 죽이려고 하니 때려잡아야 한다고 설명했다. 하인들은 급히 동리 사람을 불러오려고 달려 나갔다.

마을 촌장 영감과 장정들이 곧 달려왔고 마당에서 곽재우의 얘기를 들더니.

"며칠 전 판관 내외분이 비명횡사한 것도 요괴의 짓이라니!"

하고 분통을 터뜨렸다.

"어찌하면 좋겠소? 젊은이! 우리 눈에는 요괴가 보이지 않으니 말이요."

"모두 참나무 몽둥이를 들고 아가씨 방 앞을 지켜주십시오. 만약 무슨 기미가 있어 내가 신호를 하면 몽둥이를 휘두르시오."

"자자! 여러분 젊은 장사님 말대로 몽둥이를 들고 방문 앞을 지켜! 빨리! 빨리 움직여!"

촌장의 고함에 긴가민가하고 의심쩍은 듯 머뭇거리던 사람들이 몽둥이를 찾아들고 모였다. 이 마을 촌장 영감이 곽재우의 지시대로 꼭 따를 것을 하인과 장정들에게 당부했다.

"지난번 판관 어르신이 비명횡사한 것도 분명히 저 방 안에 있는 요괴가 한 짓임에 틀림이 없어. 젊은 장사 말대로 파리라도 한 마리 방에서 도망쳐 나오면 뚜드려 잡아야 해!"

"예!"

10여 명의 장정은 각오를 단단히 다지면서 별당 대청에 뛰어 올라가서 묵직한 참나무 몽둥이를 꽉 잡고 방문을 지키기 시작했다. 만반의 준비를 마친 후 그는 방문을 와락 열고 재빨리 방 안으로 쳐들어갔다. 방 안에는 이 집 아가씨가 방바닥에 누워 숨이 넘어가는 고통으로 발버둥이 치다가 기진맥진 기절 직전이었다. 고통에 못 이겨 몸부림쳐서인지 치마가 벗겨지고 저고리는 찢겨져 하얀 몸이 드러나 반라 상태였다. 보통 사람들 눈에는 보이지 않았지만, 아까 쫓아왔던 그 청의요괴가 아가씨의 가슴 위에 걸터앉아 목을 조르고 있었다.

"이놈! 감히 어디라고 인간이 아닌 요물이 사람을 해치려고 하느냐? 당장 처자에게서 떨어져!"

요귀는 히죽히죽 음산하게 비웃음을 그에게 보내며 고개를 저었다.

"정말 이 참나무 몽둥이맛을 보아야겠느냐?"

요괴는 깔깔거리고 웃었다.

"다시금 묻는다. 당장 거기서 못 내려오겠느냐? 아니면 내 몽둥이찜질을 당하겠느냐? 정통으로 때려서 한 방에 널 죽일 수가 있어!"

그제야 요귀가 낮고도 음산한 소리를 냈다.

"흐흐흐! 괜한 일에 참견 말고 물러나거라. 난 내 남편의 원수를 갚으러 왔어. 이 집안 씨를 말려야겠어."

"그냥 말로 해서는 안 되겠군. 몽둥이맛을 봐야 네 잘못을 깨닫겠느냐?"

"이 싱거운 놈아. 이년 애비가 내 남편 오백 년 적공積功을 물거품으로 만들었구나. 나는 거룬강에 사는 강치기다."

용이 되기 위해 강에 사는 능구렁이를 이 지방에서는 강치기라 불렀다. 그런데 용은 비가 오게 하는 조화를 부리는데 용이 못된 강치기는 요동을 치면 날씨가 가물고 비가 오지 않는다고 전해오고 있었다. 속담에 '용 못된 강치기'라면 해코지만 하는 용렬한 사람을 지칭하기도 했다. 청의요괴는 계속해 말했다.

"나도 내 남편도 오백 년을 기다려 드디어 용이 되어 등천할 때가 얼마 남지 않았는데 이 집 주인 놈이 활로 내 남편을 쏘아서 죽이려고 하는 바람에 크게 다쳐서 등천하지 못하게 되고 말았다. 이 원한을 어찌 갚아야 할 거냐? 당장 이 집 식구들을 몰살하는 수밖에!"

"이 세상에 가장 귀한 게 인간인데 네까짓 미물이 용이 된다고? 아무리 오백 년 묵은 능구렁이라지만 살려 둘 수가 없구나! 에잇!"

그는 호통을 치면서 몸을 날려 요귀를 향해 몽둥이를 휘둘렀다. 한 방 맞으면 가마솥이라도 박살이 날 엄청난 완력이었다. 요귀는 순간 아가씨 몸 위에서 날렵하게 공중으로 날아올랐다. 그는 틈을 주지 않고 밀가루와 고춧가루를 뿌리고 몽둥이를 위로 아래로 옆으로 후려치고 쑤시고 내리치고 휘둘렀다. 요귀도 몽둥이를 피해 방 이 구석 저 구석으로 피했다. 한참 격전이 벌어졌으나 얼른 승부가 나지 않았다. 순간 요귀가 천장으로 올라가 붙었다. 그는 사정을 두지 않고 천장에 붙은 요괴를 향해 몸을 솟구치며 몽둥이를 휘둘렀다.

아뿔싸!

천장에 구멍이 나 버렸다. 흙먼지가 풀썩 쏟아지는데 지붕까지 뚫어져서 푸른 하늘이 보였다. 순간 요귀는 '히히히' 웃으며 구멍을 통해 밖으로 달아났다. 지붕 위에서 요귀의 소리가 들렸다.

"이놈아! 두고 보자. 네가 날 이기나 어쩌나. 내가 널 따라다니며 네가 하고자 하는 일이 안 되도록 방해를 할 거야."

악다구니하고 저주를 퍼부으며 요귀는 사라졌다. 그러자 거짓말처럼 곧 죽을 것처럼 숨을 몰아쉬던 아가씨가 멀쩡해져서 정신을 차렸다.

황금색과 붉은색 두 개의 궤

동리 사람들이 다 모여들고 마을 촌장이 젊은이의 기이하고도 용감한 행동에 놀라고 기가 막혀서 어쩔 줄을 몰라 했다.

"청년 장사가 판관댁 악귀를 물리쳤다!"

"장사가 우리 동네를 구하러 오셨다!"

곽재우는 아침에 일어났던 일을 소상하게 사람들에게 설명하고 다시는 이 집에 그런 요귀가 오지 않을 것이니 안심하라고 말했다.

"젊은 장사! 그래도 알 수가 없네. 며칠간 이곳에 머물면서 지켜봐 주게. 돌아가신 형님과 형수님의 장례를 치러야 하는데 젊은이가 그냥 가 버리면 흉흉한 소문을 잠재울 수가 없고 우리는 불안해서 살 수가 없는구먼."

"허어! 저는 속히 집으로 돌아가 봐야 합니다."

촌장의 말에 촌민들이 이구동성 '장사께서 며칠만 더 머물면서 그들을 지켜 달라.'고 애원하는 것이었다. 사실 청의요괴를 쫓아내었지만, 그가 이 마을을 떠난 것을 알면 되돌아와 무슨 해코지를 할지도 몰랐다. 그러니 쉽사리 떠난다는 것이 무책임한 일이라 생각되어 쉽게 움직일 수도 없을 듯하였다. 곽재우는 며칠 동안 마을에 머물며 마을과 아가씨를 지켜주기로 결국 마음먹었다.

"좋습니다. 며칠간 처자를 지켜 드리겠습니다. 제가 검술이나 활쏘기를 좀 배웠으나 아직 미숙하여 요귀를 때려잡지 못했으니 내 잘못이 큽니다."

"아니요! 장사의 담력과 귀신을 알아보는 눈이 어디 우리에게는 있지도 않네. 이 동리는 화왕산 깊은 골짜기에 있어 스미꼴(숨은 골(二十谷))이라 불리는데 훈련원 판관(判官)(종오품 무관) 벼슬을 지낸 김유득이 바로 나의 형님이요."

촌장이 판관을 지낸 김유득이 사냥을 나갔다가 겪은 일을 이야기했다.

김 판관이 10여 일 전에 사냥을 나갔다가 범을 만나 활을 쏘며 쫓아갔는데 도초산 거문강 기슭에서 놓쳐버렸다고 했다.

"제가 요괴를 본 곳이 바로 거문강나루였습니다."

"그래, 바로 그곳 강가에서 커다란 능구렁이를 보았다지 뭔가? 능구렁이는 마침 노루를 잡으려는 중이라 형님은 활을 쏘았지."

화살을 맞은 구렁이는 노루를 놓아주고 강 건너 용화산 큰 바위가 있는 동굴 속으로 사라져 버렸다.

"강치기를 만난 바로 그 강가에 기음강용단이란 제각이 있네."

"기음강용단이라면 나라에서 매년 봄가을로 제사를 드리는 곳이 아닙니까?"

문득 문호장이 기음강용단의 제사를 맡고 있다는 말이 뇌리에 스쳐지나갔다.

"맞아! 낙동강 용왕님께 드리는 제사이기도 하지. 어쩌면 그 강치기가 용단을 지키는 지키미(지킴이 구렁이)인지도 몰라. 혹시 그것이 미물이지만 수백 년을 살며 도를 닦으면 용이 되어 하늘로 오른다지 않던가? 형님은 활을 쏘아 다치게 했지만, 그것에게 미안하다며 후회를 했었지.

그래서 급히 용단에 촛불을 밝히고 맑은 술과 안주를 차려 제사를 올리며 위로했다고 하더군. 이런 사단이 생기게 된 것이 바로 그거였어."

그제야 그는 청의요괴가 강치기라 불리는 능구렁이의 변신임을 깨달았다. 그리고 요괴가 했던 말을 되새겨보면 남편의 복수를 위해 왔다 했으니 김 판관이 쏜 화살에 치명상을 입은 능구렁이가 큰 부상으로 용이 되어 등천하기에 불가능하게 되었음이 틀림없었다.

촌장과 마을 사람들의 부탁으로 며칠간 마을에 머물기로 하였다. 판관댁 아가씨는 아무 일도 없었다는 듯 말끔히 나아 그와 마주 앉게 되자 그간의 일을 얘기하였다.

"젊은 장사님. 너무나 고맙습니다. 이 은혜를 어찌 다 갚을 수가 있겠습니까? 이제 부모님이 다 악귀에게 비명횡사하셨으니 소녀는 앞으로 의지하고 살아갈 길이 막막합니다."

"힘을 내십시오. 부모님의 상을 한꺼번에 당했으니 얼마나 애통하겠습니까?"

김 판관의 딸은 곽재우가 며칠 머무는 동안 지극 정성으로 대접을 했다. 청의요괴는 멀리 달아나 버렸는지 다시 나타나지 않았다. 그사이 김 판관 내외의 장례를 무사히 치렀다. 드디어 약속한 날들이 지나고 떠나야 하는 아침이었다.

"장사님, 저를 데리고 가셔요. 평생을 장사님을 모시고 살겠습니다. 집안 어르신들에게도 말씀을 드려 허락을 받았습니다."

아가씨는 무릎을 꿇고 애원하였다. 벌써 집안에서 의논이 된 듯 촌장도 심각한 표정으로 앉았다가 거들었다.

"젊은 장사요, 우리 가문이 한미하지만 내로라하는 뼈대 있는 집안이기도 하네. 가르친 법도가 엄하지는 못하지만 이 아이를 데려가게."

아가씨와 촌장은 거듭 권했다. 그제야 곽재우는 자신의 정체를 밝했다.

"미처 말씀을 드리지 못했는데 저는 벌써 혼인을 한 몸이라오."

곽재우는 그제야 자신은 산음 산천재에 계시는 남명 선생의 제자로 16살 때 스승님의 외손녀 상산 김씨에게 장가를 들었다고 사실대로 밝혔다. 또 나이도 열아홉 살로 어린데 정실 외에 부실副室을 들인다는 건 꿈에도 생각해 보지 않은 일이라 난감함을 강조하였다. 무조건 거절해야만 했다.

"허어! 우리는 젊은 장사가 총각이라고 생각했네. 그러고 그리 지체 높은 가문의 선비인 줄 미처 모르고 혼담을 넣었어."

촌장은 어쩔 줄 몰라 했으나 아가씨의 결심은 변함이 없었다.

"지금 당장은 어려우면 나중에라도 저를 데려가기만 해 주십시오. 첩이라도 좋습니다."

"안될 말입니다. 첩이라니요? 명문가의 따님이! 그리고 부모님의 상사喪事 중이니 더더욱 안 됩니다. 상주 노릇도 않고 나를 따라나선다는 것은 불효가 아니겠습니까?"

촌장이 옆에서 거들었다.

"데려간다고 약조만 하면 되네. 3년이고 몇 년이고 질녀가 상주 노릇을 끝내고 나면 되잖나?"

"아닙니다. 그런 약조도 할 수 없습니다. 아씨는 앞으로 더 좋은 혼처가 반드시 나타날 것입니다. 너무 섭섭하게 생각하지 마시고 훌륭한 가연佳緣을 만나기 빌겠습니다."

곽재우는 고개를 단호하게 저었다. 아가씨의 호감을 일거에 꺾어버리는 말을 하자니 너무나 미안하고 야박한 일이었지만 상대가 조금이라도 미련을 갖게 해서는 안 되겠다 싶어 완강하게 거절했다. 그러나 아가씨는 고집을 부렸고 촌장도 첩이라도 좋으니 부모님의 허락을 얻어 훗날

에라도 데려가라고 강권했다.

 그는 절대 그럴 수 없다고 계속해서 단호한 어조로 잘라 말했다. 아가씨는 결국 그의 고집을 꺾을 수 없다고 판단이 되었는지 따라가기를 단념하였다.

 "장사님의 고상한 뜻을 잘 알겠습니다. 소녀가 너무 욕심이 많았습니다."

 "아니요. 서로 만났으나 이어질 연분이 아니었나 봅니다. 곧 좋은 혼처가 생길 터이니 너무 섭섭해하지 마시고 앞으로 행복하기를 빌겠습니다."

 "장사님의 배려 고맙습니다."

 아가씨는 그러면서 안방으로 그를 데려가더니 다락에서 큰 궤짝 두 개를 꺼내놓았다.

 "이것은 무과 급제하시고 호군護軍(정4품 무관)을 지내신 증조부께서 금강산에 살던 어떤 신선으로부터 받은 귀중품으로 대대로 물려받아 보관해 오던 겁니다. 우리 집안에서 무과에 급제하는 자손에게 물려주라고 하신 거라 집안 보물로 여겨 왔습니다. 이제 이것 주인이 장사님임을 알았습니다. 부디 이것이라도 가져가셔요. 장사님께서 훗날 꼭 쓰일 때가 있을 것입니다."

 "아니! 이런 유물을 저에게 주시다니? 어찌 선조로부터 물려받아 보관하던 물건을 제가 받다니요? 안될 일입니다."

 "장사님. 이제 판관을 지내신 아버지께서도 돌아가시고 보니 이 귀중품은 더 우리 집에서 물려받을 자손이 없습니다. 장사님께서 이어받을 기연機緣이 있습니다. 받아주셔요."

 "허어! 이거 황감합니다."

 간곡한 어조에 그는 아가씨의 선물까지 거절할 수가 없었다. 금강산 신선으로부터 받았다는 황금색 궤짝은 밀랍으로 단단히 밀봉되어 있어 뜯기가 조심스러워서 개봉하지 못했고 호군을 지낸 증조부의 유품이 들었다는 붉은색 옻칠을 한 궤를 아가씨가 열어 보였다. 안에는 붉은색 비단 여러 필과 무인들이 쓰는 관冠, 그리고 병서 여러 권과 환도가 두 자루 들어 있었다. 아마 선대가 사용하던 것으로 후손이 무과에 급제하여 벼슬길을 나서면 쓸 수 있게 대대로 보관해 온 것임이 틀림없었다.

"황금색 궤짝 안에는 금강산 어느 신선이 도술로 만든 천병天兵이 들어 있다고 오래전부터 증조부님께서 말씀하셨습니다. 큰 난리가 나면 소용이 될 테니 그때 열어보라고 금강산 신령님이 말씀하셨다고 전해옵니다."

"천병이라니요? 금강산 신령님이 도술로 만드셨다니. 어찌 내가 이 귀한 것을 받겠어요?"

여러 번 사양했으나 촌장과 아가씨는 가져가기를 강요하다시피 하여 받지 않을 수가 없었다.

"장사님이 타고 가게 말도 내 드리고 또 나귀에다 궤짝을 실어 따라가도록 하인에게 당부해 두었습니다."

촌장의 말에 아가씨는 다시 먼 앞날을 예견하는 듯 말을 했다.

"부디 가져가서 잘 간수해 뒀다가 장사님께서 큰일을 하시거나 난관에 부닥쳤을 때 황금색 궤짝을 열어보시면 큰 도움이 될 것입니다. 붉은색 궤 안에 든 것도 꼭 필요할 때가 있을 것입니다. 아버지께서 평소 하신 말씀이 이 궤짝에 든 물건들은 나라에 큰일이 생겼을 때 아주 긴요하게 쓰일 것이라 하셨으니 앞으로 큰일을 하실 장사님께 꼭 드리고 싶습니다."

"알겠습니다. 향후 어딘가 용처用處가 꼭 있겠지요. 고맙습니다."

곽재우는 촌장이 내어주는 말에 올라타고 집을 나섰다. 두 개의 궤짝을 하인이 끄는 나귀 등에 싣고서. 거룬강나루 주막에 도착하면 사람과 말을 돌려주겠다고 했다. 아가씨와 촌장, 그리고 마을 사람들이 동구 밖까지 따라 나오며 작별을 아쉬워했다.

곽재우가 동구 밖 서낭당 고갯마루에 올라서서 한 번 더 판관댁 아가씨와 마을 사람들의 안위를 걱정하며 동리를 둘러보았다. 청의요괴는 보이지 않았다. 어디론가 도망을 간 게 확실했다. 단번에 때려잡아야 했는데 그러지 못했음을 아쉬워했다. 혹시 후환을 남기지나 않았을까 우려되기도 했다. 앞으로 칼과 활쏘기 수련에 더 집중해야겠다고 다짐했다. 그는 스미꼴마을 사람들과 김 판관댁 아가씨의 행복을 위해 작별 묵례默禮를 보냈다.

스미꼴 판관댁 아가씨에게서 받아 나귀 등에 싣고 온 궤짝 두 개는 후일 임진왜란이 일어났을 때 아주 유용하게 사용되었으니 사람과 사람 사이에 맺어지는 기연奇緣이 생사화복과 함께 어찌 모두 헤아릴 수 있으리오?

기음강용단과 용오름

곽재우는 화왕산 높은 산 사이 골짜기 물이 넘쳐흐르는 큰 내를 따라 내려오다 산을 넘고 들판을 지나니 드디어 낙동강과 남강의 합류 지점 기강에 닿았다. 창날 나루터 주막에는 그의 부인 상산 김씨가 보낸 중늙은이 노복이 기다리고 있었다.

"며칠째 소식이 없어서 마님께서 걱정을 많이 하셨습니다. 그래서 소인더러 마중을 나가보라 하셔서 수소문해서 여기까지 왔습니다."

"허어, 걱정하지 않아도 될 일인 걸. 며칠쯤 늦을 수도 있는데 사람을

용화산에서 바라본 낙동강

찾아 나서게 하다니!"

"그래도 길이 멀고 험하지요. 범도 있고 도적도 있는데 말입니더."

"내가 범이나 도적을 겁낼 것 같으냐?"

"강 건너에 말을 매어 두었습니다. 뭐가 이리 짐이 많습니까?"

중늙은이 노복은 황금색 궤와 붉은색 궤를 번갈아 돌아보며 궁금해했다. 김 판관댁 말과 짐을 싣고 온 나귀를 돌려보내며 또다시 아가씨에게 감사 인사를 전하도록 하인에게 당부했다.

청의요괴를 제압하면서 기음강용단[9] 근처에서 사건이 일어났다고 했으므로 먼저 용단을 찾아보기로 했다. 이곳을 가야진명소伽倻津溟所라고도 하는데 명소는 강의 신에게 제사를 모시는 곳이란 뜻이며 이곳 땅이

---

9 기음강용단:《동국여지승람》권27 영산현. 祀典稱伽倻津溟所 春秋本邑致祭

름이 '가야伽倻'이어서 역사가 깊은 유적지임을 알 수 있었다.

기음강용단은 규모가 큰 제각으로 천여 년 전 가야 시대부터 기음강 요새를 지키다가 전몰한 가야나 신라 군사들, 또는 바다를 건너와 노략질을 한 왜구와 싸우다 전사한 고려, 조선의 장졸들의 혼백이나 용왕께 제사를 올리던 곳이었다. 낙동강 하류 양산에도 이러한 용단이 있는데 조선 시대에 이르기까지 순조로운 조운漕運이나 범람을 막기 위해 제사를 지냈다고 전해오고 있었다. 물론 가뭄이 심하면 여기 와서 기강 용왕님께 기우제를 지내기도 하고 아이를 못 낳으면 촌민들이 찾아와 치성을 드리는 곳이기도 하였다. 그런 풍습이 신라와 고려 시대를 이어 이 왕조에도 이어져 영산현감이 봄가을 향촉을 비롯하여 제수를 마련해 와서 제사를 드리는 곳이었다. 제수祭需는 임금이 하사하였다고 하나 아마 임금께 바칠 특산품 일부를 사용했기 때문이리라.

그가 용단 앞에 갔을 때 문호장과 신초를 만났다. 며칠 전 요강원 나루에서 헤어지면서 문호장이 용단에서 만나자고 하던 그 보름날이었다. 신초도 말을 타고 와 있어 반갑게 인사를 나누었다. 문호장이 데려온 동자가 향촉, 몇 가지 주과酒果와 포해脯醢를 준비해 와서 제상에 진설하고 있었다. 문호장은 곽재우가 오늘쯤 거룬강나루에 이르러 이곳을 찾을 것이라 예견하고 있었다는 표정이었다.

"어서 오게나. 계수! 오늘쯤 도착할 줄 알고 있었네."

신초는 절친한 친구를 만난 듯 곽재우의 손을 잡고 반가워했다.

동자가 제사를 준비하는 사이 곽재우는 무엇부터 얘기해야 할지 잠시 망설이다가 나흘 동안 일어났던 일을 두서없이 이야기했다. 문호장은 한참을 듣고 있더니 당연한 일이었다는 듯 고개를 끄덕였다.

"자네의 성정이 불의를 보면 참지 못하는 의협심 때문에 좋은 인연도 만나겠지만 한편 번거롭고 귀찮은 일을 겪게 된다고 내가 전에 말하지 않았던가? 계수 자네의 무예가 미숙한데도 요괴를 잡으려 했으니……
그래도 요괴를 쫓아내고 죽음 직전의 처녀를 구한 것만도 자네 힘을 다
한 것이니 가상한 일이네."

"앞뒤 분간 못 하고 덤빈 것이 탈이지요. 이제 무술을 열심히 연마하
렵니다."

"불의를 보고 최선을 다해야지 외면해서는 안 되지. 한꺼번에 안타까
운 인연도 또 성가실 악연도 만났구먼."

"이번에 깨달았습니다. 사내가 나갈 때와 들어가야 할 때를 분별할 줄
알아야 함을. 오늘 이 용단에 오면서 스미꼴 김 판관에게 상처를 입어서
용으로 등천 못 하게 됐다는 강치기를 위무하려고 생각했습니다."

"그러세. 내가 깨끗한 제수를 준비해 왔으니 함께 소지를 올리면
되네."

곽재우와 신초는 문호장 뒤에 두 손을 모으고 섰는데 문호장은 향을
피우고 술을 따랐다. 그리고는 용왕께 큰절을 여러 번 한 다음 엎드려
다친 용을 위무하는 주문을 중얼중얼했다. 소지도 여러 장 태워 올렸
다. 아마 상처를 입은 강치기를 위로하고 또 청의요괴로 변하여 사람을
괴롭히는 못된 강치기에 대해 꾸짖고 앞으로 해를 끼치는 일을 하지 말
라고 경고하는 듯했다.

문호장은 한참 동안 꿇어앉은 채 반쯤 눈을 감고 묵도黙禱를 하고 있
었다. 곽재우는 신초와 함께 뒤에 서서 묵묵히 문호장이 하는 행동을 오
랫동안 지켜보았다.

이윽고 제사와 위무, 묵도를 마친 문호장은 일어나더니 용단 제각 밖
으로 나갔다. 그도 따라 나가니 문호장이 너그러운 표정으로 말했다.

"안심하게. 내가 묵도 중에 기강 용왕님을 만났어. 용왕님이 자네가
죽었으리라 생각하는 용은 멀쩡하다고 하네. 김 판관의 화살에 약간 긁

히는 상처를 입었지만, 곧 수년 후에는 하늘로 오르는 데 지장이 없다는 구먼. 판관 내외를 죽이고 딸을 욕보인 못된 청의요괴 강치기는 원래 천성이 고약해 천년이 아니라 만년이 지나도 용이 되기는 어렵다고 하는군. 다시는 사람을 해치지 않도록 단단히 경을 쳐 선도하겠다고 용왕님이 나와 약속을 했네. 그러니 김 판관댁 딸의 전정前程도 무난할 것이니 안심해도 되네."

문호장은 곽재우를 안심시키는 말을 했다. 아마 묵도 중에 기강의 용왕을 만나 담판을 지었던 모양이었다.

"그리고 다시 자네의 운수를 보니 남쪽을 지키는 적제신장赤帝神將[10]의 화신이 틀림없네. 판관댁 아가씨가 주었다는 붉은색 궤에 붉은 비단이 들어 있었겠지?"

"그걸 어떻게 아십니까?"

"그게 다 자네와 인연이 깊다네. 붉은 옷 곧 홍의紅衣를 입고서 큰일을 할 운세일세."

곽재우는 문호장의 말에 우두망찰하여 긍정도 부정도 못 했다. 그저 듣고서 마음에 새길 뿐이었다. 문호장은 그가 이해하기 어려운 예언을 계속했다.

"오늘 계수나 지수 둘은 운수가 좋네. 평생에 좀체 보지 못할 놀랄 일이 곧 벌어질 걸세."

"평생에 보지 못할 놀랄 일이라니요?"

신초가 궁금하다는 듯 물었다.

"지수! 큰 구경거리야. 이제 자네들이 기이한 장관을 볼 거야. 동시에

---

[10] 적제신장: 오방신장 중 신병을 거느리고 남쪽을 지킨다고 전해온다. 붉은 깃발, 주작朱雀.

자네들 가슴속에 큰 감동을 간직하게 될 것이지."

문호장의 말이 채 끝나기도 전에 북쪽에서 '우르릉!' 하고 먼 우렛소리가 들려왔다. 그것을 시작으로 갑자기 하늘에 구름이 모여들고 날이 어둡기 시작하였다.

"소나기가 올 듯합니다."

곽재우가 하늘을 올려다보았다. 검은 구름장이 동북쪽 도초산에서 몰려 내려오더니 삽시간에 강 건너 남쪽 용화산 산마루까지 까맣게 덮어 버렸다. 이번에 더 가까이에서 천둥소리가 들려왔다. 북소리가 가슴을 울리듯 천둥은 젊은이들의 마음을 울렁거리게 했다. 바람이 거세게 불기 시작했다. 신초와 곽재우는 컴컴해지는 하늘을 바라보는데 어딘가에서 번쩍! 하고 빛나더니 용화산 산등성마루에 강렬한 빛이 비쳤다. 아니 불기둥이 꽂혔다. 굵은 빗방울이 후두둑! 떨어지기 시작했다. 둘은 급히 용단 제각 추녀 아래로 피하려 하자 문호장이 크게 나무랐다.

"사내대장부가 이깟 소나기를 피해 추녀 밑에 숨으려 하다니! 그냥 비를 맞게."

문호장의 말이 떨어지자마자 바로 눈앞에 번쩍! 하고 세찬 회오리바람을 뚫고 강물 속에서 강렬한 빛이 솟구쳐 올랐다. 강물이 회오리바람에 말려 오르기 시작했다. 우르릉! 우레가 울리고 비가 세차게 쏟아지고 칼날 같은 번개가 쉴 새 없이 번쩍거렸다. 둘은 겁이 났으나 문호장의 호령에 세찬 비바람을 맞으며 버티고 서서 소용돌이로 끓고 있는 강물과 연달아 벼락이 떨어져 꽂히는 용화산을 응시하였다.

"드디어 용이 등천을 시작하네. 용이 등천하며 진기眞氣를 품어서 자네들에게 한평생 가질 굳센 의기와 힘을 줄 테니 단단히 각오들 하고 받을 준비를 하게나!"

문호장은 얼굴에 흐르는 굵은 빗방울을 닦을 생각 없이 고함을 쳤다.

순간 둘은 가슴이 울컥해지며 뜨거운 불길이 솟았다. 캄캄한 사위에 번쩍거리는 번개와 귀청을 울리는 우레는 그들에게 떨리는 격정으로 다가왔다. 역시 얼굴에 흘러내리는 굵은 빗방울을 훔칠 생각도 않고 버티고 서서 강에서 솟아오르는 빛기둥을 감탄하며 바라보았다.
 "하나! 둘! 셋!······."
 찬란하고 너무나 밝은 빛기둥은 번쩍거리며 일곱 번이나 하늘로 솟구쳤다. 아니 하늘에서 내리꽂히는 듯도 하였다. 일곱 마리의 용이 등천할 때마다 용 비늘 광채 조각들이 곽재우의 가슴으로 칼날이 되어 치고 들어왔다. 그럴 때마다 그의 가슴이 빛 조각으로 붉게 타버리는 듯했다. 감열感熱은 전신을 타고 흐르며 온몸을 떨리게 했다. 열꽃이 온몸에 피어올랐다.
 드디어 용오름이 끝났다. 거친 비바람이 잠잠해졌다. 정적이 흘렀다. 언제 그랬냐는 듯 빤짝하고 햇빛이 환하게 났다.
 용화산은 차가운 낙동강을 베고 누워 있었다.
 문호장은 거문강 일대의 지리를 설명하면서 그 중요성을 두 젊은이에게 강조하였다.
 "낙동강 북쪽의 산줄기는 수용(雄龍)으로 꼬리는 동쪽 송강에 있고 몸통은 도초산이네. 10리를 뻗어 용두는 창날산으로 서쪽 거문강에 머리를 담그고 있지. 이 기음강용단이 있는 이곳은 용의 알(龍卵)로 지맥이 뭉친 요지로 장차 격전이 벌어지면 승리할 곳이라네. 수용이 대수大水를 힘차게 역류하고 있기에 장군이 태어날 명지名地라 앞으로 계수 자네가 눈여겨봐 두게."
 "그리고 보니 정말 대수를 거슬러 오르는 역동적인 모양의 지세군요."
 문호장은 품속에서 뭔가 꺼냈다. 그리고는 불쑥 곽재우에게 내밀었다.

"이 책을 인연이 있는 자네에게 주고 싶구먼. 오래전에 어떤 도인으로부터 얻은 비서秘書인데 내가 이것을 읽고 수행 단련하여 지금까지 건강하게 유유자적하면서 살고 있다네. 내 나름대로 주해를 달기도 했지. 유학공부를 하는 틈틈이 이 비서도 살펴보면 양생養生에 도움이 될 걸세."

엉겁결에 곽재우는 비서를 받아 들었다. 사양한다거나 거절한다거나 하는 의사표시를 할 틈이 없었다. 문호장이 평생을 읽고 수련했다는 비서를 받았으니 언젠가는 그 책을 자신도 펼쳐볼 날이 있을 것으로 생각했다.

"우리 날을 잡아 두류산 구경을 하고 싶구먼. 남명 선생 존안도 우러러 뵙고 싶고 큰 스승의 말씀도 한마디 듣고 싶으이."

"그러십시오. 제가 자주 산천재에 다니며 가르침을 받고 있으니 언제든 소식 주십시오. 두 분을 모시고 가지요. 스승님께서 천왕봉에 자주 올라가셨습니다. 저도 따라 올라갔었지요. 스승님께서 산수만 본 것이 아니라 사람도 보고 또 세상도 보고 나라도 생각한다고 하셨지요."

문호장과 신초 두 사람과 헤어진 곽재우는 거룬강을 건너 세간리 집으로 돌아갔다.

그날 밤 곽재우의 꿈에 하얀 두루마기를 입은 선비풍의 사내가 나타났다.

"너무나 고맙소. 용왕님이 청제신장님(문호장)의 축문을 듣고 나의 부상도 낫게 해 주고 또 나의 적공기한이 다 차면 능전하도록 윤허해 주었다오. 그나저나 고약한 심보를 지닌 내 내자가 적제신장님께 해코지를 하려다 도리어 야단을 맞았으니 인과응보요. 허지만 사람 목숨을 해쳤으니 영원히 용이 되지 못하고 강치기로 남을 것이요. 하늘이 내리신〔天降〕 적제신장님은 나라를 위해 큰일을 할 분이라 곧 천강홍의장군天降紅衣將軍이시지요. 나라에 큰 난이 있을 것이니 그때 부르시면 내가 도울 수도 있을 것이요."

하얀 두루마기의 사내는 다시 허리를 굽혀 예를 하고는 말을 이었다.

"적제신장님은 이곳을 지켜야 하오. 나도 거룬강 용으로서 이 주변의 사람들에게 도움을 주고 싶다오."

그 선비풍 사내의 예언처럼 곽재우는 훗날 거룬강 돈지에서 은둔 기거하면서 나라의 장래를 걱정하였고 왜적이 쳐들어오자 분연히 떨치고 일어나니 의병으로서 관군이 막지 못했던 왜적을 격퇴하였다. 또다시 낙동강 일대를 떠나지 못하고 국운을 살펴 근심하면서 망우정에서 은거하다 생을 마감하는 질긴 인연을 갖게 되었다.

제 2 장
돈지강사

기음강 돈지강사에
장사들이 모여들다

첫 전승지 낙동강 기음강나루와 멀리 보이는 돈지마을

제 2 장
돈지강사

기음강 돈지강사에 장사들이 모여들다
歧江 遯池江舍

사어서수射御書數와 남명의 가르침

곽재우는 의령에서 산음 산천재를 오가며 남명 스승의 가르침을 열심히 듣고 배웠다. 그간 가르침에 따라 학문을 하는 틈틈이《육도삼략》,《손자·오자병법》같은 무경칠서武經七書 등 여러 병서를 읽어 통달하려고 하면서 여가에 사어서수를 익히는데 힘을 기울였다. 거문강나루에서 문호장과 신초와 헤어지고 난 그해 늦가을에도 산천재를 찾아갔다. 강론이 있었기 때문이었다. 강론이 있는 날이면 남명 문인門人들이 많이 참석하였다.

남명 선생이 나이 예순여섯 되던 해 열여섯의 곽재우가 찾아가 제자가 되었으니 거의 마지막 제자나 다름없었다. 그는 일 년여 산천재 근처 민가에 거접居接하면서 동접同接들과 함께 글을 읽고 배웠다. 스승님의 촉망과 귀여움을 받아 외손녀의 사위가 되었으니 일생일대의 큰 행운이었다. 막내 제자가 되고 보니 선배들이 또 얼마나 많은가? 만나면 거의 그보다 나이가 많고 출입을 한 지 오래된 유생儒生이거나 사환士宦들이었다.

남명 선생은 1561년, 예순한 살에 천왕봉이 보이는 산음(지금의 산청)에 자리 잡으며 삼가(지금의 합천군 삼가 외토리)의 뇌룡정 집과 재산을 동생에게 맡기고 생애 마지막 거처가 될 산천재로 왔었다. 그리고 지리산을 스승으로 삼아 자신의 도덕과 학문을 더욱 높이고, 현실에 대한 비판을 꾸준히 전개하려 했다. 김해 산해정, 삼가 뇌룡정을 거쳐 산천재에 머물기까지 수십 년 끊임없이 제자를 가르쳤으니 그 수가 수백 명에 이르렀다. 그중 곽재우는 막내 제자였으니 과거 급제하였거나 벼슬길에 진출한 선배들은 후배에 대해 촉망과 격려를 아끼지 않았다.

남명 선생의 허리춤에는 '깨어 있다'는 뜻의 '성성자惺惺子'라는 방울과 손잡이에 '내명자경內明者敬(안으로 마음을 밝히는 것은 경), 외단자의外斷者義(밖으로 행동을 결단하는 것은 의)라 새겨진 '경의검敬義劍'이라고 불리는 패검을 차고 있어 곽재우는 그것을 볼 때마다 스승의 깊은 뜻에 따라 '늘 깨어있는 정신상태'와 마음과 정신을 강하게 수련하고자 했다. 그리고 젊은 나이에 성미를 잘 다스리라는 가르침으로 받아들였다.

선배들은 수시로 남명 선생을 찾아뵙고 강론을 하거나 들었다. 산천재에서 강론이 있다면 의령에 사는 죽계竹溪 오운吳澐과 송암松巖 이로李魯, 함안 사는 모촌茅村 이정李瀞 같은 선배들과 동행하였다.

임란 때 오운은 의령의병군 소모관, 수병장을 맡아 홍의장군 곽재우의 최측근 막하로 활약했고, 이로는 곽재우의 장인으로 초유사 학봉 김성일 휘하 소모관으로 활약했으며 후에 《용사일기》를 저술했다. 이정과 동생 이숙李潚도 창의, 의병장으로 활약했다.

지난 늦가을 강론 때 걸출한 선배들이 많이 참석하였다. 곽재우의 손위 동서 동강東岡 김우옹金宇顒을 비롯하여 내암來庵 정인홍鄭仁弘, 한강 정구, 덕계德溪 오건吳健, 수우당守愚堂 최영경崔永慶 등 고제들의 얼굴도 보였다. 또 대소헌大笑軒 조종도趙宗道, 서계西溪 김담수金聃壽, 모계茅溪 문위文緯 등등 많은 선비들이 참석하여 산천재 마루까지 앉아서 경청해야 했다. 강론이 끝난 후에는 선배들이 곽재우에게 참고될 말들을 많이 해주기도 하였다.

동강 김우옹은 고향이 성주로 아랫동서 곽재우를 친동생처럼 여겨 공부를 돕고 챙겼다. 그는 용모가 잘생기고 기질이 단아하였으며 문장이 뛰어나 19세에 진사 회시에, 3년 전(1567년) 문과에 급제하였으나 아직 벼슬길에 나가지 않고 있어 산천재에서 자주 만날 수 있어 동서 간의 우애를 다졌다.

"계수, 열심히 학문을 닦아 과거에 급제를 해야 하네. 과거 길이 평탄하지는 않지만 몇 번이라도 시도하면 문이 열리게 되어 있네. 스승님으로부터 심경근사록心經近思錄을 열심히 배우게."

하고 격려를 아끼지 않았다.

동강은 나중에 남명 선생의 성성자를 물려받는 애제자이기도 하였는데, 일찍이 남명 선생이 《신명사도神明舍圖》를 찬撰하여 그에게 소설《천군전》을 짓게 하였다. 스승이 그런 일을 맡긴 것을 보면 동강이 외손서로 선택된 것과 함께 큰 인물이 될 것을 일찍 알아보았던 것이었다.

또 남명 선생으로부터 경의검을 물려받게 되는 내암 정인홍은 곽재우를 만날 때마다 그의 의기를 높이 칭찬하곤 했다.

고향인 합천에 머물며 공부하던 정인홍은 단성소의 꿋꿋한 정신을 항상 강조하였다. 좌충우돌하고 강의剛毅한 성품을 지녀 돌격장이란 세평을 듣기도 하는 사람이었다.

김우옹은 벼슬길에 나가자 왕의 총애와 예우를 받아 삼사三司, 양관兩館을 거쳐 예·이·형조참판 등 여러 요직을 두루 지내기도 하여 남명 문인의 고제高第로 소문이 났다. 남명의 수제자로서 학통을 이어받은 정인홍은 임란 때 의병장으로 활약했는데 벼슬길에 나서자 사헌부 지평, 장령으로 칼날 같은 성품을 지녀 신하들의 잘못을 가려내고 임금에게는 간언을 서슴없이 올렸다.

"자네는 스승님의 단성소를 읽어보았는가? '정숙하신 대비께서는 다만 깊은 궁중의 한 과부에 지나지 않으시고, 전하께서는 어리시어 선왕의 외로운 아들에 지나지 않습니다. 그러니 백천 가지의 재변과 억만 갈래의 인심을 어떻게 감당할 것입니까? 냇물이 마르고 곡식이 내렸으니〔雨粟〕 그 조짐이 어떠합니까? …… 망할 징조가 벌써 나타났습니다.' 하고 극언하셨지. 국가의 위태로운 형세를 걱정한 스승님의 근심이 그 상소문에 오롯이 담겨 있다네."

정인홍은 말을 계속했다.

"스승님이 그때 유일로 천거되었으나 권관權官 윤원형이 나랏일을 맡아 그르치니 벼슬을 할 뜻이 없어 시폐時弊를 아뢰면서 사직소를 올린 것이니 자네도 스승님의 고결한 뜻을 잘 알고 따르도록 하게나."

"예, 저도 열심히 스승님의 단성소를 읽고 감동하여 고결한 뜻을 배우고 있습니다."

김해 산해정에서부터 문하생이 된 한강 정구는 현풍 이웃 고을 성주 사람이어서 곽재우를 동향의 청년과 다름없다면서 각별 친밀하게 대했다. 동향인 동강 김우옹과 한강 정구를 성주의 양강兩岡이라 사람들이 말했다.

홀로 《중용》을 수백 번 반복 연마해 통달한 덕계 오건, 선대의 전장田庄이 있는 진주의 도동道洞에 은거하였던 수우당 최영경 또한 곽재우를 좋아했다. 지극한 효성으로 명성이 있었던 서계 김담수는 동강, 한강과 같은 성주 사람으로 친하게 지냈으며 오건에게도 배웠다.

남명 선생은 제자들에게 예禮, 악樂, 사射, 어御, 서書, 수數 육예를 가르치면서 그중 활쏘기와 말타기, 서예, 산학을 강조하였다. 선비는 모름지기 육예를 갖추어야 한다고 공자께서 가르쳤는데 남명 선생은 제자들에게,

"예절과 음악(풍류)도 중요하다. 하지만 학문을 한다 하는 선비라 행세를 하면서 활도 쏠 줄 모르고 말도 못 타며 행서에서부터 초서까지 글을 제대로 읽지도 쓰지도 못하면 그게 무슨 선비냐?"

고 하였다. '수'는 단지 셈하는 것만 아니라 천문 지리에 역학까지 포함하여 충분하게 반복하고 숙달하기를 가르쳤다. 곧 경세치용적經世致用的 학문을 강조하였던 것이었다.

1572년(선조 5) 남명 선생이 일흔두 살에 돌아가시기까지 곽재우는 산천재를 출입하면서 선생의 가르침과 동접들의 강론과 토론을 듣고 배우니 날로 학문이 성숙하고 있었다.

의주에서 명나라까지

곽재우가 스물세 살 때 그의 포부와 안목을 크게 넓힐 기회가 있었다. 우리나라의 변방 의주義州로 가서 남쪽 경상도의 풍토와 전연 다른 평

안도에서 또 다른 경험을 하게 되었던 것이었다. 그뿐만 아니라 스물일곱 살 되던 해(선조 11년)에는 명나라 북경까지 가서 외국의 문물을 접할 절호의 기회를 얻기도 했다.

부친 정암 곽월이 의주목사에 제수되어 부임할 때 아버지의 수발을 돕기 위해 서동으로 따라가게 되었다. 그는 재희, 재록 두 형님과 동생 재지, 재기를 제치고 아버지를 따라가는 행운을 잡은 것이었다. 정암은 1556년 문과에 급제하여 승문원정자·영천군수를 지낸 후에 지평, 장령, 사간을 거쳐 선조 7년(1574)에 외직 의주목사로 부임하였던 것이었다.

의령에서 의주까지는 이천 리가 넘으니 전연 다른 세상에 간 것이었다. 겨울이면 허리까지 차는 펑펑 쏟아지는 눈이며 살갗을 파고드는 혹독한 추위는 남쪽의 온화한 동절기와는 전연 딴판이었다. 짐승 털이 달린 외투를 두루마기 위에 껴입고도 한기를 느끼니 오직 그것을 이겨낼 방법은 무예 익히기와 말타기 같은 땀이 나는 단련뿐이었다.

마침 무예에 조예가 많은 박수덕이란 군관과 친하게 지냈다. 북쪽 여진족들의 내왕이 잦고 또 그들의 약탈이 끊이지를 않아 그것에 대비해 군사들이 의주에 많이 배치되어 있었다. 궁술과 마술에 관심이 많았던 곽재우는 박수덕 군관과 친해지니 자연히 실전을 방불케 하는 교습을 받을 수가 있었다. 군 연병장을 들락거리면서 군사들이 사용하는 창, 칼, 활, 방패 등 실전 무기를 가지고 병사들과 훈련을 똑같이 받았다. 목사의 아들이라 박수덕 군관은 여러 편의를 제공하려 했지만 마다하고 군사들과 똑같은 자세로 훈련에 매진했다.

말타기도 그랬다. 광활한 황무지와 험한 산이 의주에는 많았다. 그 황무지에는 제멋대로 자란 풀과 나무로 사람도 다니기 어려웠다. 곳곳에 물웅덩이가 있어 예측불허의 험난함이 존재했다. 그런 곳에서 박 군관은 말을 타고 빠르게 달리면서 말 등에서 서기도 굴리기도 하고 배 옆구리에 붙기도 하였다. 실전에 쓰이는 마술이란 날아오는 화살을 피하면서 적에게 활을 쏘든지 아니면 창으로 찌르든지 하는 기술이었다. 곽재우는 땀을 흘리면서 또 물웅덩이에 빠져 진흙투성이가 되면서도 열성을 다했다.

"장하오. 목사님 자제분이라면 잘 먹고 편하게 아전들을 부리면서 부친께서 과체瓜遞되도록 지내시다 가시면 되는데……. 이런 자제분은 처음 만났소."

"박 군관님. 남명 스승님께서 평소 강조하신 것이 무엇인 줄 아십니까? 앞으로 난리가 날 터이니 그에 대비하라 하셨지요. 그래서 제자들에게 병서를 읽으라 하셨고 또 선비이지만 사어서수를 익히라고 늘 가르쳤습니다."

"정말 남명 선생은 나라의 앞날을 내다보신 분입니다. 압록강 두만강 너머 만주에 사는 여진족들이 날로 강성해지고 있습니다. 심심하면 야인들이 작당해서 야밤에 쳐들어와서 도적질해 갑니다."

"허어! 변방을 지키는 군사들이 큰 고생을 합니다. 그걸 막으려면 강력한 군이 항상 방비책을 세우고 열심히 훈련해서 전력을 양성하는 도리밖에 없지요."

"옳은 말씀입니다. 병졸들이 백발백중 활도 잘 쏘아야 하고 창술도 검술도 능해야 합니다. 이제는 창술도 검술도 제법 실력이 늘었으니 이제 또 다른 걸 배웠으면 합니다."

하루는 박 군관이 전에 보지 못한 활을 들고 나왔다. 멀리 날아가고 명중률이 높은 쇠뇌는 쏘아 보았지만 그 활은 처음 본 것이었다.

"이게 편전片箭이라는 겁니다. 평소에 쓰는 활은 화살이 백 보 이백 보를 나가지만 완력이 없는 군사들이 쏘면 화살이 가다가 그 힘이 꺾여 중도에 힘없이 떨어져 버리는 게 대다수입니다. 그래서 개발된 것이 편전입니다. 이건 중국 사람들도 모르는 군사기밀입니다. 특히 야인들에게 노출되지 않게 훈련에 임합니다."

"허어! 그런 비밀 병기가 있었단 말이요?"

곽재우는 박 군관이 내미는 편전이라는 짧은 화살과 통아라는 대통을 받아 이리저리 살폈다.

"이거는 보통의 화살보다 절반이나 짧습니다. 군사들은 이걸 애기살이라고 하지요, 작고 가볍기에 멀리 날아가고 속력이 빠릅니다. 과녁에 쏘면 일반 화살보다 힘이 있어 더 깊이 박히지요."

"멀리 날아가고 속도가 빠르면 적에게는 화살이 날아오는 게 보이지 않겠네요?"

"그럼요. 그러니까 잘 쏘기만 하면 백발백중 적을 쓰러트립니다."

곽재우는 당장 편전 쏘는 법을 박 군관으로부터 배웠다. 야인이 볼까 봐 군사주둔지 울타리 안에서 과녁을 향해 쏘는 연습을 했다.

"아니! 넌 과거를 볼 공부는 안 하고 틈만 나면 군관들과 무예를 겨루니 어쩔 작정이냐?"

곽 목사는 아들의 일탈에 걱정이 되어 야단을 치면서도 자신의 업무를 도우도록 하고 있었다. 의주목 관아의 업무는 여러 가지였다. 송사도 세금도 관청의 살림살이나 아전들의 인사까지 살펴야 했다. 그뿐만 아니라 접경지역이라 명나라 사람과 야인들이 드나들었고 또 우리 관원이나 상인들이 명나라로 왔다 갔다 하였으니 출입국 관리 업무 또한 중요하였다. 거기다 변방을 지키는 군사들이 있는 군영이 있으니 의주목사는 여러 군사 지휘관들과도 마찰 없이 잘 지내야 했다. 곽재우는 아버지 비서 역할을 맡아 처리하였으므로 역시 관아 일에 실전 경험을 쌓고 있는 셈이었다. 그는 중국말도 몇 마디 알아듣게 되고 말하기도 했다.

정암 곽월이 2년간 의주목사를 지내고 과체瓜遞(근무기간 다 되어 교체됨)되어 호조참의로 자리를 옮기게 되니 곽재우는 한양에서 과거 공부에 집중하게 되었다. 그리고 얼마 지나지 않아 과거시험을 보았으나 낙방하고 말았다. 쓰라린 경험이라 치부하고 더 열심히 하라는 아버지와 선배들이 위로하고 격려하였으나 그로서는 크게 낙망하기도 하였다. 그 후 몇 차례 대과와 소과에 응시하여 초시初試에 합격하기도 하였다.

1578년(선조 11) 그가 스물일곱 살 때 아버지를 따라 명나라 북경에 가는 기회를 잡기도 하였다. 역시 정암이 동지사冬至使로 가게 되니 배행하게 된 것이었다. 외국 문물을 접하게 되었으니 일생에 다시 없는 좋은 기회였다. 의주에서 중국 말을 조금 배운 터라 그는 마음껏 북경 거리를 다니며 구경하면서 처음 보는 책도 사고 명나라 관리나 선비들을 만나면서 넓은 세상과 선진 문물을 접해 안목을 크게 넓힐 수 있었다.

과거시험을 보러 한양으로 가다

곽재우가 34세 되던 1585년(선조 18, 을유)에 원천에 사는 신초가 말을 타고 세간리로 찾아왔다. 사랑방에서 글을 읽고 있던 곽재우는 친구의 방문에 반가워했다.

"계수! 나라에 경사가 있어 다음 달에 과거가 있다네. 문과, 무과 양과 시험이 있다는군. 이번에 나도 한양 가려네."

"우수 형! 소문 하나 빠르군요. 형은 무예가 출중하니 무과에 무난히 합격할 거요."

신초는 무과를 보려고 준비 중이었다.

아니나 다를까? 또 다른 손님이 왔다고 하인이 달려와 알렸다.

"부곡에 사시는 송암 선생과 초계 사시는 안 선비께서 오셨습니다."

남명 선생 문하의 선배인 부곡리孚谷里(지금의 의령 정곡면 오방리) 송암 이로와 초계 사람 뇌곡磊谷 안극가安克家[1]가 왔다는 소리에 곽재우는 대문간으로 달려 나가 반갑게 맞았다.

송암은 곽재우보다 여덟 살, 뇌곡은 다섯 살 많았다. 그들은 곽재우와 함께 한양으로 왕래하면서 과거 시험 공부도 하고 낙방도 거듭하는 연장자이기도 하였다.

송암 이로는 21세(1564년, 명종 19)에 일찍이 진사시에 합격하였으나 누이와 아우의 요절에 연이어 부모상으로 내리 6년간이나 시묘를 하는 등 집안에 여러 일이 생겨 과거 시험을 중단할 수밖에 없었다. 그러나 과거 시험을 쉽사리 포기하지 않았다. 그래서 과거가 있다는 소식만 들리면 송암은 안극가와 곽재우에게 연락하여 함께 한양으로 동행하곤 하였다.

곽재우도 과거 공부를 하느라 한양을 오르내리면서 동향인 송암과 교분이 두터워졌다. 그러는 사이에 송암 이로의 딸이 곽재우의 부실副室이 되었으니 이 또한 과거 길에 맺어진 인연이라 하겠다. 송암은 과거 때문에 한양을 자주 오르내렸는데 그때 측실側室을 그곳에 두고 있었다. 이로는 정실에서는 자녀가 없었으며 무남독녀인 측실의 딸을 곽재우와 부부로 맺어준 것이었다.

"나에게 딸이 있는데 정승 판서가 될 사람에게 시집을 가겠다고 큰소리치는구먼."

한양을 오르내리면서 한참 과거 공부를 함께하던 어느 날, 송암이 난

---

[1] 뇌곡 안극가(1547~1614): 의병장, 임란 때 왜군에게 부친이 전사하자 결사 항전.

데없이 측실에서 난 딸 얘기를 꺼냈다. 곽재우는 한양의 송암의 집을 들락거리며 그 처녀를 본 적이 몇 번 있었다. 한양서 태어나 자란 처녀라 성격도 구김이 없고 활달하고 생김새도 반듯했다. 그는 송암의 속마음을 간파했다. 송암이 그에게 딸을 주겠다는 언질을 넌지시 준 것임을 알아챈 것이었다. 한창 과거 공부에 전념할 때였지만 송암의 은밀한 청을 딱 거절할 수 없었다.

"제가 앞으로 정승 판서가 될 재목이 아니겠소?"

곽재우의 능청스런 말에 송암은 파안대소했다.

"그러잖아도 어미나 아이나 계수 자네를 남이라 생각 않고 내 식구라 생각하고 있었구먼."

그래서 그는 송암의 서녀庶女를 부실로 받아들이기로 하였다. 그러나 당장 의령으로 데려올 형편이 아니었다. 사전에 부친이나 적처嫡妻 상산 김씨 부인의 내약內約을 받아야 할 절차가 남아 있었기 때문이었다. 부실로 받아들이기로 했으나 고성 이씨를 한양에 머물게 했으니 일 년 전쯤의 일이었다.

1574년 스물세 살 때, 의주목사로 부임한 부친 정암공을 따라 의주에서 3년을 지내는 동안에 그곳 거들먹거리던 양반 자제들이 기생방을 드나들며 목사의 아들을 함께 데려가서 놀고자 했었다. 그러나 곽재우는 딱 거절하고 의주에 있는 동안 무예를 연마하면서 기생이나 여색을 멀리하는 엄격한 절제 생활을 했었다. 방종하지 않고 고결한 성품의 그가 송암의 권유에 부실을 들인 것은 참 예상을 뛰어넘은 이례적인 일이었다.

"금방 지수 형이 와서 과거가 있다는 얘기는 들었습니다. 지수 형은 무과를 지원했지요."

"잘되었군. 이번에는 동행이 넷이니 심심치 않았군."

이로와 안극가는 신초가 무과를 보러 동행하게 됐다는 말에 반가워했다.

과거를 보러 이로의 동생 이지李늘까지 다섯이 동행이 되어 한양으로 길을 떠났다. 이지는 지난해(1584) 형과 함께 별과 초시에 합격했었다.
문과보다 무과 시험이 먼저 있었는데 신초가 무난히 무과 급제를 해서 일행에게 용기를 갖게 해 주었다. 곧 문과 1차 시험 격인 정시庭試가 있어 기대에 부풀어 나섰다. 신초가 대궐 앞까지 따라왔다.
"모두 꼭 입격하기를 빕니다."
"그러세. 이번에야말로 젖 먹던 힘까지 내야지!"

과거시험 정시庭試와 전시殿試

이번 문과 과거 시험은 복시覆試로 대궐 뜰에서 보이던 정시와 전시殿試로 나뉘어 있었다. 정시는 과거의 최종 시험이 아니라 초시와 회시를 거치지 않고도 임금이 친히 참석하는 전시에 곧바로 응시할 수 있는 자격을 부여하는 시험이었다.
그들은 그동안 공부한 것을 다 짜내어 답안을 지어냈다. 곽재우는 무난히 정시에 2등으로 합격하였다.
"허어! 우리 사위가 최고로구먼. 축하하네!"
"축하하네! 정시에 입격했으니 2차 시험인 전시에도 급제하게!"
이로와 안극가는 곽재우에게 격려했다. 신초도 틀림없이 과거에 급제하리라 장담했다.
"계수 자네의 실력이라면 전시에서도 1, 2등으로 급제할 걸세."

전시는 왕이 친히 참석하고 문과의 복시에 선발된 선비들을 궁궐에 모아 보던 시험이었다. 그러나 곧바로 2차 시험인 전시에 응시하였으나 그는 불운하게도 합격하지 못했다.

과거의 시제試題는 '당나라 태종이 대궐의 뜰(殿庭)에서 여러 장졸에게 활쏘기를 가르쳤다'를 논하라는 '당태종교사전정론唐太宗敎射殿庭論'이었다.

당 태종이 대궐에서 장졸들을 모아놓고 활쏘기를 하게 한 것에 대해 후대의 평가가 엇갈리고 있었다. 옹호하는 쪽은 제왕이 위험을 무릅쓰고 정예병 육성을 중요하게 여겼다는 점을 높이 샀고 반대쪽은 임금이 예악禮樂으로 교화하기를 먼저 해야 하는데 그 도리를 잃었다고 비판했다.

과거 제목이 제왕의 도리를 거론하는 것이었으므로 곽재우는 소신껏 답을 썼다. 얼마 후 곽재우도 합격했다는 방榜이 내걸렸다. 그런데 며칠 지나지 않아 임금의 마음에 들지 않는 글이라 하여 입격을 취소하라는 명이 내리니 곧 파방罷榜되고 말았다. 그가 제출한 답지가 그 시대에 용납되지 않는 시휘時諱에 해당하는 글귀가 있었기 때문이란 이유였다.[2]

"이, 이럴 수가 있나! 파방이라니!"

이로와 안극가는 기가 막혀 울분을 토했고 신초는 위로하는 말을 아꼈다.

"또 다음이 있잖나? 낙심하지 말어."

사실 곽재우는 서른 살이 넘도록 여러 차례 소과와 대과에 응시하였고 이들 시험에 몇 차례 초시에 합격하기도 하였으며 또 정시에 합격하

---

[2] 《망우 선생 문집》 연보, '만력13년 선조 18, 1585, 을유년' 기사

였으니 자질을 갖춘 선비임이 틀림없었다.³

여하튼 과거의 최종 문턱에서 좌절을 맛본 셈이었다. 기대했던 과거 급제가 허무하게 사라졌으니 뛰어나게 영민하고 준수한 영준걸출英俊傑出한 기질의 그는 이제 더 과거를 봐야겠다는 생각이 흐릿해지고 말았다.

평소 남명 선생의 가르침을 받아 '경'과 '의'가 그의 학문의 토대가 되었으며 또 그의 학문의 기초가 《춘추》에 잠심潛心하여 명분을 바르게 하고 시비를 밝히려 했으며 선악을 구별하는 왕도의 큰 법을 깨우쳤는데 그러한 춘추대의의 포부가 선조의 심기를 불편하게 했다 하여 파방으로 하루아침에 물거품이 되었으니 충격이 아닐 수 없었다.

시묘살이 3년

이듬해(1586년)에 아버지 정암 곽월은 별세할 때에 여전히 아들이 과거 급제를 해서 벼슬자리에 나아가기를 바랐다. 그래서 임종을 앞두고 정암은,

"내가 조정에 갈 때 입던 조복朝服을 가져오너라."

하고 허씨 부인에게 말했다. 부인이 정암이 입었던 당상관의 예복을 가져오자 그것을 아들에게 주라고 손짓하고는,

"이 옷은 내가 조정에 나아가 하례賀禮할 때 입었던 조복이다. 아들이 여럿이지만 아무래도 네가 이 옷을 입을 것이라 생각 드는구나. 너는 우

---

3 《망우당 곽재우》(김해영 저) p.22. 후일 《광해군 일기》에 좌의정이었던 정인홍이 광해군에게 곽재우를 추천하면서, "정시에 입격했으나 전시에서는 급제하지 못했다.' 고 함.

리 집안의 가업을 이을 사람이다."

하고 힘을 주어 말했다.

한번 낙방했다고 낙심하지 말고 더 열심히 공부하여 기필코 급제하라는 당부였다. 만약 아들이 임금이 싫어하는 답안으로 과거에 낙방을 당했다면 선조 임금에게 낙인이 찍혔을 것이니 차후 과거시험에도 영향이 있으리란 사실을 정암이 모를 리 없었을 것이다. 그런데도 자신이 입었던 조복을 내어주며 과거시험 보기를 당부한 것을 미루어 짐작해 보면 정시에 합격하고도 전시에는 합격하지 못하였으니 더욱 매진하여 급제를 꼭 하라는 격려라고 볼 수 있다.

아버지 대에 이르러 항렬이 '달아날 주走자' 형제들 곧 현풍팔주玄風八走로 명성이 자자했다. 곧 곽재우의 아버지 곽월은 황해도 감사였으며 숙부 규赳는 문과 급제하여 참의를 지냈고 종숙 간趕은 통례원 통례를, 재종숙 준赾은 안음현감을, 족숙 율赺과 익趚은 각각 초계군수와 울산부사를 또 다른 족숙 황趪과 초超는 각각 함양군수와 당대 3대 문장가로 이름을 날렸었다.

부친의 유언을 저버리지 않고 불효를 하지 않으려면 과거 공부를 계속해야 할 형편이었으나 기개가 남다르고 담대해 무슨 일이든 거리낌이 없는 곽재우는 삼년상을 치르고 난 다음에는 생각이 달라졌다.

어느덧 그의 나이가 38세나 되었으니 다시 과거 공부를 하기에는 좀 지났다는 생각이 들었기 때문이었다. 또 기질이 호방한 그에게 책만 끌어안고 공부하는 것이 맞지 않았다. 말을 타고 활을 쏘며 자유롭게 세상을 유유자적하며 살고 싶었다.

현풍 신당 선산에서 3년간 시묘를 하느라 여막을 짓고 거친 밥과 물로 지낼 때였다.

그때 이로의 딸 고성 이씨 부인이 여묘살이하는 남편의 뒷바라지를 한다면서 낙동강 건너 합천 밤말(밤마리(栗旨洞))에 와 있었다. 거기서 조금 동쪽으로 모듬내를 건너가면 고령 손터(客基津) 나루이고 낙동강을 건너면 이방 굽다리(曲橋)로 통했다. 또 밤말에서 곧바로 나루를 건너면 이방 우산나루이고 솔골(松谷)마을이었다. 창녕현과 현풍현의 경계가 되는 굽다리를 지나면 바로 곽씨 문중 선산이 있었다.

여름이라 무엇을 잘못 먹었는지 부인이 토사곽란에 걸렸다. 토하고 설사하고 그 증상이 심하여 죽기 일보 직전에 이르렀다.

곽재우와 혼인한 지 일 년쯤 지났는데 시묘살이한다면서 산소에 머물러 남편의 얼굴도 볼 수 없게 되었으니 갓 혼인한 새색시로서는 너무나 황당한 일이 아닐 수 없었다. 그래서 여묘를 지키는 낭군의 뒷바라지를 한다면서 한양에서 쫓아 내려와 합천 율지동에 머물고 있었지만 여막에 여자가 갈 수 없다고 했다. 낭군의 얼굴을 못 본 지 2년이 넘으니 부인은 속이 탔다.

시골 생활에 익숙하지 못했던 부인이니 당연히 몸살에 토사곽란에 걸릴 만하였다. 숨이 곧 넘어갈 것처럼 이씨 부인이 소동을 벌이자 하인이 신당 묘소까지 달려와서 위급하다는 소식을 전했던 것이었다.

"목숨이 경각에 달렸으니 죽기 전에 한 번이라도 보고 싶다고 빨리 오시라고 합니다."

그때 곽재우는 심부름 온 하인에게 딱 잘라 말했다.

"내가 부모님 시묘를 살고 있는데 무슨 소린가? 산문(山門)을 나갈 수 없구나. 인명은 재천이라 병구완에 힘쓰라."

그렇게 부모의 집상(執喪)에 대해 그는 예를 다하여 근엄했으며 소홀함이 조금도 없었다. 아마 보통 사내라면 사랑스러운 아내가 죽는다고 야단하면 만사 제쳐 놓고 달려갔을 것이다. 그런데 그는 사리 분별이 분명했다.

고성 이씨 부인은 우여곡절을 겪은 후에야 합천에서 곽재우가 3년간 시묘살이를 할 동안 몸종 유월이와 머물다가 기강 강변 마을 돈지에 강사를 짓고 나서야 남편의 곁으로 숨어들듯 살림을 옮겨 함께 살게 되었다.

기음강 돈지강사에 은거하다

기음강 돈지는 의령현 지산砥山(지금의 지정면)에 있는 강변 마을로 남강이 지리산에서 시작해 진주를 거쳐 경상우도 가운데를 가로질러 흐르면서 동쪽으로 흘러 드디어 장강 낙동강과 만나는데 그곳이 바로 기음강, 기강이었다. 기강은 의령현 동쪽 10리 지점, 영산현 서쪽 28리 지점에 있는 강으로 진주 남강 하류의 또 다르게 불리는 하천이었다.

이두문(吏讀·吏頭)인 기음강을 사람들은 거룬강, 거름강이라 불렀다. 기강은 곧 낙동강의 갈림길(岐), 갈라진 강이란 데서 유래하는데 산청 근처 상류는 경호강, 진주 부근은 남강, 의령 부근에서는 정암강, 더 하류는 기강이라 불리지만 본류를 통칭하여 남강으로 불렀다.

옛사람들이 도보로 다니던 시절에 나루터는 교통 요지였다. 돈지 동쪽으로는 장강 낙동강을 건너는 거룬강나루가 있었고, 남쪽으로는 함안으로 가는 장포나루가 있었다.

돈지에 강사를 짓고 갈건야복葛巾野服으로 은거할 무렵에 기축옥사가 벌어졌다. 기축옥사란 선조 22년(1589년) 10월 정여립의 모반으로 3년여에 걸쳐 조정의 고관대작을 비롯하여 천여 명의 선비들을 죽음으로 내몰았던 참혹한 사건이었다. 그때 남명 선생의 문인으로 진주에서 살았던 수우당守愚堂 최영경崔永慶이 주모자로 몰려 억울하게 옥사를 했다. 존경하던 대선배인 수우당이 무고로 죽임을 당하자 곽재우는 충격적인 일에 영향을 받아 과거급제나 사환仕宦의 무상함을 더욱 깊이 느끼게 되었다.

1590년(선조 23) 송암 이로와 안극가가 10월에 과거 시험이 있다는 소식을 곽재우에게 전하러 왔다. 과거가 있으니 같이 가자는 권유를 받았으나 기축옥사에 대한 불만과 대의가 통하지 않는 조정에 나가 벼슬살이를 한다는 게 썩 마음에 내키지 않았다.
"동인이니 서인이니 하는 조정의 당파싸움이 한심합니다. 관직에 앉으면 어느 쪽이거나 몸담아야 한다니 말입니다."
"자네는 그래서 과거 시험이 썩 달갑지 않은 모양이군. 가을에 과거가 있어 함께 가자고 왔구먼!"
송암은 사위의 뜻에 크게 실망하는 표정이 역력했다. 뇌곡도 송암을 바라보며 중얼거렸다.
"계수는 벼슬살이가 싫어 돈지강사에서 평생 은거하기로 마음을 굳힌 모양입니다."

송암 이로는 돈지강사를 다녀간 그 해 가을 증광문과增廣文科 갑과甲科에 드디어 급제를 하였다. 그의 나이 마흔일곱 살이었다. 아주 늦은 나이임에도 포기하지 않고 분발한 끈질긴 의지의 승리였다. 곽재우가 1585년 파방당한 지 5년 후였는데 송암은 그 후에도 사위를 만나면 낙심하지 말고 과거시험 보기를 강권强勸했었다.
또 뇌곡 안극가는 1년 후, 마흔다섯 살이 되던 1591년(선조 24)에야 사마시에 합격하였고, 하위직에 맴돌다 사직서참봉社稷署參奉 벼슬을 하기는 8년이나 흐른 1599년이었다. 그 당시 과거 급제란 선비들이 평생 목표로 내걸었던 것이니 호호백발이 되더라도 포기란 어림없었다.

낙방한 이후 은둔하기로 뜻을 굳힌 것은 춘추대의를 체득한 것이기도 했고 남명 스승님의 거경행의居敬行義를 본받아 그 길을 가고자 했던 것이었다. 남명선생은 과거에 뜻이 없이 일생을 초야의 처사로 처신했었다.

곽재우는 과거를 포기하는 대신 농사짓기에 전념하면서 언젠가 닥칠 왜구倭寇의 침략에 대한 대비책을 조용히 강구하고 있었다. 수년 전 과거 때문에 오가던 시절 새재[鳥嶺]에서 왜에서 조선으로 몰려드는 나쁜 기운의 먹구름을 감지한 이후 그는 영산현 원천에 살고 있던 지수 신초를 자주 만나면서 미래에 닥칠 왜구의 노략질과 당쟁에 정신없는 나라의 앞날을 걱정하고 있었다.

그가 19살 때 김해 산해정을 다녀오면서 영산의 신인이라 불리는 이인異人 문호장과 함께 만나 인연을 맺은 신초는 나이가 그보다 세 살 많았는데 서로 의기가 통해 절친한 친구가 되었다. 그래서 자주 만나곤 했는데 곽재우가 신초를 찾아 영산현에 가면 함께 문호장을 찾아가곤 했다. 문호장은 신선처럼 도술도 부리지만 무인으로 칼과 창을 그들에게 주면서 검술과 창술을 가르치곤 하였다. 또 운기조식하는 양생법과 기이한 술법도 가르쳤다.

자굴산 보리사에서 기문벽서를 읽은 적이 있는데 그때 주지 스님께 복기조식服氣調息 수련을 배운 적이 있었다. 역시 문호장이 가르치는 수련법도 숨을 조절하여 장생하려는 양생술이었다. 문호장의 무예를 접하며 심신을 단련하게 되니 그는 다른 유생과는 좀 달라졌다.

문호장을 자주 찾아가 많이 배우지는 못하였지만, 문호장의 검술이나 창술을 집에 돌아와 틈틈이 익혔다.

"계수는 칼보다는 활 솜씨가 훨씬 뛰어나네. 어디서 배운 것인가?"

문호장은 곽재우의 백발백중하는 활쏘기 실력에 감탄하면서 물었다. 신초가 냉큼 곽재우 대신 대답했다.

"정암공이 명궁이었으니 부친께 배웠지요."

곽재우는 그게 옳다고 고개를 끄덕였다.

"아버지께서 활을 참 잘 쏘셨습니다. 선비가 나랏일을 할 때 꼭 붓으로만 되는 것이 아니라 무용武勇이 쓰일 때도 있다고 하셨습니다. 공청에서 퇴청하면 과녁을 펴고 정곡正鵠 맞히기를 저와 겨루곤 했습니다. 쏘면 명중이었지요. 아버지께서 저에게 활쏘기를 가르치면서 그랬습니다. 문무를 겸비해야 나라에 급한 일이 있을 때 큰일을 맡을 수 있다고 하셨지요."

"활도 화살도 우리 영산에서 만든 게 최고 품질이네. 특히 영축산 병풍암 일대에서 자라는 시누대로 만든 화살은 매년 임금님께 진상하지. 진죽으로 살이 매끄럽고 단단하면서도 굵기가 고르고 길어 허투루 날아가는 일이 없지."

"활도 좋아야 하지만 화살도 적당하게 굵고 무게가 알맞게 나가야 잘 날아가고 과녁에 잘 꽂히지요."

"계수도 앞으로 영산에서 만든 화살을 써 보게."

신초는 선조 16년(1583)에 여진족 이탕개尼湯介의 반란을 평정할 때 함경도 회령까지 가서 공을 세우고 돌아온 무인으로 성장하고 있었다. 그의 동생 신갑辛䌖이 스무 살도 안 된 어린 나이임에도 나라에서 반란군을 진압할 병사를 모병하자 이에 응해 출전하려 지원했다. 이를 뒤늦게 안 형인 신초가 동생의 출전을 말리고 대신 싸움터에 나갔던 것이었다.

곽재우가 과거에 낙방한 을유년(1585년)에 신초는 무과에 급제했었다. 참 우연이라도 그런 우연은 없었다. 같은 해 친구 둘 중 하나는 문과에서 낙방했고 하나는 무과에 무난히 올랐으니……. 그런데 무과에 급제한 신초는 쉽게 그럴듯한 벼슬자리에 오르지 못하고 여러 해를 출신 군관으로 하위직에서 맴돌고 있었다. 출신 군관이란 그때 무과에 급제하고도 아직 벼슬에 나서지 못한 사람을 말한다.

"계수! 자네 생각은 어떤가? 과거가 꼭 대과 급제만 있능가? 나처럼 무과에도 뜻을 두면 좋을 텐데?"

하고 은근히 문과에서 낙방하느니 진작 무예도 익혔으니 무과에 도전해 보라고 권했다.

"지수 형! 난 과거 보는 것 접었소. 여묘 3년을 살면서 곰곰이 생각한 끝에 내린 결단입니다. 혼란스러운 이때 벼슬살이가 좀 어렵겠소?"

"그야…… 훗날 다시 과거를 본들 연전의 과거 전력을 임금이 들추면 결과를 예측할 수는 없구먼. 그러나 너무 낙망하지 말고……."

호방한 성격의 그는 임금의 혼란스러운 낙방 조치에 크게 낙심을 하면서도 한편 새로운 결심을 하게 되었다. 즉 남명 스승님처럼 평생 처사로 처신하며 살기를 과단성 있게 작정하였던 것이었다. 신초는 그래도 기회 있을 때마다 무과를 은근히 권했다.

곽재우와 신초는 자주 소식을 주고받으면서 지냈는데 돈지에 강사를 짓고부터는 왕래가 더욱 잦아졌다. 기강 돈지와 영산 원천은 낙동강을 사이에 두고 이삼십 리쯤 떨어진 거리였기에. 흉허물이 없는 사이가 된지라 문과가 싫다면 무과라도 보라고 은근히 권한 것이었다. 물론 자존심이 걸렸기에 여간 친한 사이가 아니면 꺼내기가 거북할 말이었다.

"글쎄? 자네가 말타기나 활쏘기 실력이 나보다 월등한데 그걸 썩혀서야 하나? 무과의 시험과목인 보사步射나 기사騎射나 백발백중이니 무과 급제는 떼어놓은 당상일 건데. 무과로 방향을 바꾸어 도전해 보세나?"

"이젠 농사나 열심히 지어야겠소. 돈지 황새등이나 먼당산 가매등 산자락 논밭도 있고 서쪽 한심이들 논도 옥토는 아니더라도 나락 농사는 괜찮을 듯해요. 머슴이나 가동家僮들이 열심히만 일하면 한 해 식량은 무난할 듯합니다."

곽재우는 비 올 때 쓰는 삿갓을 만들고 있었다. 산에서 나는 산죽을 베어다 손질해 쓰는데 삿갓을 만드는 방법을 마름인 진비에게서 배운 것이었다.

"이거 만드는 방법을 배웠소. 지수 형도 내가 가르쳐 줄 터이니 한번 만들어 보시오. 재미 삼아!"

"허어! 누가 과거 접은 유생 아니라 할까 봐! 삿갓을 만들고 있나?"

신초는 사뭇 한심하다는 듯한 표정이었다.

"삿갓뿐만 아니라 패랭이도 만들 수 있소. 심심풀이 삼아……."

집안 농사일을 도맡아 관리하는 마름 진비는 울진 사람으로 현풍으로 와 살았는데 사람이 믿음직하고 부지런하며 글도 좀 알아 곽재우가 불러서 마름으로 쓰고 있었다. 그런데 진비는 기술자여서 각종 농기구를 만들거나 개량하는데 실력이 있어 대장간 일도 잘했다. 삿갓을 만드는 기술도 심심풀이 삼아 진비에게서 배웠다. 삿갓뿐만 아니라 갓 대신 흔히 쓰는 패랭이를 만드는 것도 배웠다. 낚시할 때는 직접 만든 삿갓이나 패랭이를 쓰고 나갔다.

곽재우는 세간리 농사는 마름인 진비辰飛에게 맡겼고 또 현풍이나 가태리의 농사는 마름인 노군魯郡에게 맡겨 놓고 있었다. 둘 다 곽씨 문중의 마름으로 오래전부터 일해 와서 믿을만한 사람들이었다.

"그러나저러나 대과를 접었으니 무과를 생각해 보게나."

곽재우는 신초의 권에 결기 있게 고개를 가로저었다.

"지수 형! 영산에서 만든 화살을 임금님께 진공進貢한다니 그 화살이나 몇 죽 구해 보내주시구려. 곧 초겨울이 되니 가동 몇몇과 함께 사냥이나 다닐까 합니다."

강사에 모여드는 장사壯士들

기강 돈지강사에 은거한 지 2년이 지난 1591년(신묘) 가을, 그의 나이 마흔 살.

패랭이를 쓴 곽재우는 기강 벼랑 가까이 조각배를 띄워 낚시를 하고 있었는데 강변에 몸이 우람하고 키가 큰 장골壯骨 하나가 나타나 손을 흔들며 고함을 쳤다.

"계수 성님! 빨리 오소! 빨리 와!"

낚시찌를 바라보고 있었던 그는 고개를 들어 소리 나는 쪽을 바라보았다. 박필朴弼이었다. 박필이 왔으면 의령 당동에 사는 서른다섯 살의 훈련원 판관을 지낸 바 있는 덕보德甫 심대승沈大承도 왔을 것이니 오늘 낚시는 그만둬야 할 듯했다. 심대승은 무과 시험을 준비 중인 스물아홉 살인 동생 심대생沈大生을 데리고 오기도 했다. 또 기골이 장대하고 힘이 장사인 박필은 언제나 심대승을 따라 기강의 돈지강사에 왔다. 마침 크고 비늘이 누런 잉어 두 마리를 잡아 올린 터라 회를 치면 집에 온 객에게 술대접할 안줏감이 될 터라 기분이 좋았다.

"어! 알았네!"

곽재우는 손을 흔들어 대답하면서 낚싯대를 거두고 일어나 노를 저어 강가로 향했다. 돈지강사 옆 나루터 강변에는 큰덤 벼랑이 있어 그 근처가 낚시하기에 좋은 곳이었다. 기강 물줄기가 함안 땅 장구산에 부딪쳐 의령 소코등산을 휘감아 북쪽으로 틀어 흐르다 돈지 큰덤에 와서 동쪽으로 물길이 꺾이면서 강물은 낙동강으로 흘러들었다.

바로 큰덤 옆에 함안 장암으로 통하는 나루가 있는데 의령 쪽은 돈지나루라 하고 함안 쪽은 장암나루라 하는데 십여 리 떨어진 서쪽에는 함안 대산마을과 지정마을을 잇는 요로要路인 송도나루가 있었다.

돈지 강사를 자주 찾아오는 사람들은 신초나 심대승, 박필뿐만 아니라 세간리에 사는 서른두 살인 장숙壯叔 배맹신裵孟伸이 있었다. 배맹신은 그보다 나이가 여덟 살 많은 곽재우와 한동네에 살았다. 그래서 소년 시절부터 글을 읽다 모르는 것이 있으면 이웃에 사는 곽재우를 찾아와 묻고 배운 적이 있는 사람이었다. 그의 부친에게 무예를 익혀 선비이면서도 검술도 출중하고 궁술도 곽재우에 뒤처지지 않았는데 그중 궁마술弓馬術이 뛰어난 편이었다. 심대승은 낚시에는 관심이 없고 항상 힘이 장사인 박필과 함께 활을 쏘거나 강변 모래사장을 마음껏 말을 타고 달리며 무예 단련을 즐겼다. 배맹신, 심대승과 자주 어울리는 또 한 사람이 있었으니 봉사와 군위현감을 지낸 대수헌大樹軒 권란權鸞이었다. 그는 30대인 심대승이나 배맹신보다 나이가 많은 40대 후반으로 곧잘 장문장張文章이란 젊은이와 함께 와서 격의 없이 그들과 어울려 무예를 겨루며 하루를 유쾌하게 보냈다.[4]

어쩌다 대여섯 명이 모이면 활을 메고 창이나 칼을 들고 돈지 뒷산에 올라 세간리로 통하는 산줄기인 지산祇山 낙동강을 따라 성산에서 유곡, 박진나루까지 북으로 치올라가며 사냥을 즐겼다. 그럴 때는 곽재우 집의 젊은 노복 지동只同과 말개末介와 머슴 서너 명이 몰이꾼으로 따라나섰다. 그들도 창이나 활을 들거나 북이나 꽹과리를 들고 따랐다. 토

---

4 심대승(1556~1606): 호는 이안伊安, 홍의장군 휘하 17의장義將 중 선봉장.
배맹신(1560~1592): 호는 력봉. 선봉장. 영산전투에서 전몰.
권란(1546~?): 돌격장으로 활약.

끼나 노루, 멧돼지를 잡으면 세간리 곽재우의 본가로 가서 잔치를 벌이고 장사들을 대접하곤 했다. 그럴 때는 동리 사람들을 다 오라고 해서 술도 안주도 푸짐하게 내며 대접해 인심을 크게 얻었다.

박필와 장문장은 곽재우를 형님으로 부르면서 수시로 돈지강사에 들락거리며 무예를 배우고 익히면서 술도 즐겨 마셨다.

잡은 잉어를 들고 강사에 들어가니 벌써 주인이 있건 없건 상관없이 배맹신과 심대승은 술상 앞에 앉아 웃고 떠들고 있었다. 아마 고성 이씨가 자주 오는 사람들이라 평소와 마찬가지로 일찍 술상을 차려 손님께 내놓은 모양이었다.

"회를 쳐서 내오게."

그는 대문간까지 마중 나온 노비 이갑=甲이에게 잉어를 내주고 대청에 앉은 사람들과 인사를 나누었다. 그런데 심대승이 마루에 올라앉는 그에게 반가운 소식을 알려주는 듯 큰 소리로 말했다.

"계수 성님! 우리 범 잡으러 갑시다."

"난데없이 범이라니?"

"아! 범도 모릅니까? 범 호! 황소만 한 대호가 자굴산에 나타나 쇠목재 고개를 넘는 사람 둘이나 해쳤답니다."

심대승의 거침없는 소리에 배맹신이 토를 달듯 말했다.

"자굴산에 범이 나타나 고개를 넘던 행인이 둘이나 당했답니다. 그래서 고을 현감님이 방을 붙였답니다. 범을 잡는 사냥꾼에게 큰 상을 주겠다고. 우리 노루나 멧돼지를 잡아 봤지만, 범을 잡아본 적이 없지 않습니까?"

"그러니까 덕보! 장숙과 함께 범을 잡으러 가잔 말이구먼. 그거 오랜만에 마음에 드는 소식이야. 당장 가세나!"

곽재우는 둘의 제안에 토를 달지 않고 반갑게 호응했다. 그러면서 속

으로,

　—범을 잡자! 이번 기회에 그간 무예를 닦은 사람들 실력도 알 수 있겠지. 우리 집 젊은 노복들 실력도 가늠해 볼 수 있을 거야. 언젠가 밀어닥칠 왜구 침범을 대비해서 키워온 사람들의 실력을 이 기회에 범을 잡으면서 활용해 보는 것도 좋은 일이지!

하고 다짐을 했다.

"범이 인육 맛을 봤으니 쉽게 그곳을 떠나지 못할 것입니다. 우리만 갈 게 아니라 대수헌 권란께도 연락하입시다."

"참! 이 기회에 의령현감을 찾아가 인사도 하고 현청 무기고에 병장기도 좀 내달라 해서 몰이꾼들도 북이나 꽹과리만 들 게 아니라 창도 좀 들게 합시다. 위험하니까! 몰이꾼이 많이 있어야 할 터이니 창을 들게 하면 혹시 범이 몰이꾼들에게 달려들더라도 방어할 수 있을 것이니 조금 안심이 되겠지요."

"그거 좋습니다. 당당하게 현감의 응낙 속에 제대로 된 무장도 하면…… 떳떳하게 사냥도 할 수 있고!"

곽재우의 제안에 심대승은 크게 기뻐하며 찬성하자 다들 범을 잡을 생각에 마음이 들떴다.

　잉어회가 놓인 술상이 나오자 서둘러 먹는데 대문간에 젊은이들이 나타났다. 영산 원천에서 온 사람들이었다. 말 등에 뭔가 실어 와서 하인 이갑이와 득술得述이가 짐을 부리고 있었다. 바로 신초의 동생 신갑과 신초의 처남인 자장子張 배대유裵大維[5]였다. 신갑이나 배대유는 신초를

5　배대유(1563~1632): 자字는 자장. 호는 모정慕亭. 정유재란 화왕산성 수성 때 장서기로 활약. 승지, 병조참의. 그가 지어 임금에게 올린 〈망우당전〉이 실록에 실렸음.

따라 몇 번 왔으니 그와는 구면이었다. 신갑은 무예를 닦아 무과를 준비 중이라 후일 무인으로 활약할 청년이었고 배대유는 정한강 문하생으로 성주 고을을 드나들며 과거 공부에 열중하고 있었다. 그런데 뒤따라 낯선 총각이 공손하게 읍하며 들어섰다. 신갑이 우렁차게 말했다.

"형님이 이번에 천성만호로 제수되어 떠날 채비를 하느라 제가 대신 왔습니다."

그 소리에 곽재우는 깜짝 놀라 되물었다.

"뭐어? 지수 사형이 천성만호가 됐어? 을유년에 무과 급제를 하고도 드러난 벼슬도 못하고 몇 년이 흘렀는데! 이런 반가운 소식이 있나?"

"그리고 화살을 스무 죽이나 가져왔습니다. 활도 몇 개 구해오구요. 화살이라 카면 영산 영축산 병풍암에서 난 산죽으로 만든 게 최고 아입니까?"

화살 한 죽이 열 개이니 스무 죽이라면 이백 개가 된다. 곧 범 사냥을 떠날 텐데 화살이 당도하였으니 더욱 반가운 일이었다.

"허어! 지수 형이 때맞춰 화살도 보내주었구먼. 고맙고 고마우이. 그리고 그걸 가져오느라 수고했네."

"그리고 문호장 님이 전하는 말씀이 있습니다. 왜적이 곧 올 텐데 그때 낙강 용왕님께서 용마를 사형께 보낸다고 했습니다. 하늘을 날며 빨라 시석矢石을 피할 수 있다고 했습니다."

"뭐야? 용마를 보내?"

"백마랍니다. 기강 가야진용소의 용왕님과 사형이 서로 인연이 깊답니다."

신갑의 말에 마루에 앉았던 사람들이 낙강(낙동강) 용왕님이 용마를 보낸다는 예언을 듣고서 놀라워했다.

"문호장과 용왕님께 감사를 드려야겠군. 그런데……?"

곽재우는 배대유 뒤에 손을 맞잡고 공손하게 선 총각에게 시선을 돌리면서 누구냐고 묻는 눈짓을 했다. 그제서야 신갑은 깜빡 까먹었다는 듯 뒷머리를 벅벅 긁으며 웃기부터 했다.

"우리 집안 조카입니다. 형님이 조카를 데려가서 인사를 시키라꼬 당부를 합디더. 사위깜이라고 하던데예?"

"뭐라?"

곽재우는 신갑의 말에 웃음이 저절로 나왔다. 큰딸이 이제 열다섯인가 여섯인가 되니 시집을 보낼 나이가 되기도 했지만. 총각은 그제야 마당에서 서 있는 그대로 허리를 깊게 굽혀 인사를 올렸다.

"신응이라고 합니다. 응할 응應자를 씁니다. 종숙부께서…… 어르신."

"응할 응에? 임신생이라 했던가?"

곽재우는 신초에게서 들은 말이 있어 생년을 묻고는 고개를 끄덕였다. 그의 앞에 선 백희伯禧 신응辛應[6]이란 총각이 이제 열아홉 살이니 장가를 들 나이이기도 했다. 여러 사람이 있는 앞이라 더 묻지를 않았다.

"술도 가져왔습니다. 제가 사는 동리 원천이 물이 좋아서 술맛이 좋다고 소문이 났습니다. 그래서 종숙부께서 제가 지고 갈 만치 큰 독에 가득 차게 술을 가져가라고 하셨습니더."

"하하하! 자네 옆에 선 자장이 술맛 좋다고 자랑을 하더니만 자네가 드디어 원천 술맛을 보게 하는구먼. 반갑네."

신응은 다시 허리를 깊게 숙여 예를 올렸다.

"자자! 이리들 올라와서 같이 드세. 서로 인사를 하게."

젊은이들이 마루에 올라 엎드려 큰절했고 곽재우가 배맹신과 심대승

---

6 신응(1572~1609): 자字 백희. 곽재우의 맏사위. 망우정 옆 요강원에 살며 장인을 모셨다.

등 의령 사람들을 소개했다. 사위 후보인 신응보다 곽재우는 배대유를 크게 칭찬하는 투로 추켜세웠다.

"배자장은 영산에 사는 여러 문중 선비들 중에 가장 장래가 촉망되는 청년이네. 과거 공부를 하느라 성주에 계시는 정한강 선생을 자주 찾아 뵙겠지? 한강 선생은 내 동문 중 가장 선배 되시는 분이지."

원천에서 젊은이 셋이 오는 바람에 조금 지체되어 한낮이 기웃해서야 현감을 만나기 위해 의령현청으로 곽재우는 배맹신과 심대승, 그리고 박필과 함께 말을 타고 달렸다. 영산 원천의 젊은이들은 거룬강나루를 건너기 위해 동쪽으로 향했다.

자굴산 범 사냥

임진년 왜란 바로 1년 전인 1591년(선조 24) 곽재우 나이 마흔 살이 된 늦가을, 자굴산 범 사냥이 제법 큰 규모로 진행되었다.

곽재우는 갑골(㐲谷·加乙谷)(지금의 가례면 골짜기) 어구에 나온 사람들을 둘러보았다.

약속대로 장숙 배맹신과 덕보 심대승, 박필 등 장골들도 칼을 허리에 차고 창을 들고서 어깨에는 전통을 메고 활은 말안장에 걸치고 있었다. 수염을 보기 좋게 기르고 있는 대수헌 권란도 장문장과 함께 말을 타고 왔는데 둘 다 창과 활, 칼로 무장을 하고 있었다. 그 뒤로 이십여 명 힘깨나 쓸 만한 젊은이들이 웅성거리며 범을 어떻게 잡아야 하는지 저희끼리 말을 주고받고 있었다. 그들은 북이나 징, 꽹과리, 그리고 창이나 칼을 들고 있었는데 대부분 의령현 무기고에서 빌려온 것이었다. 활을 쏠 줄 아는 청년 몇 명은 등에 화살을 가득 꽂은 전통을 메고 손에는 창,

허리춤에는 칼을 찼다. 모두 긴장감이 넘쳐흘렀다.

곽재우가 가례 골짝으로 범을 잡으러 왔다는 소식을 들은 그 마을에 사는 압호정壓湖亭 허언심許彦深이 아들 허도許橐와 함께 나와 있었다. 허언심은 곽재우의 매형으로 만석지기 큰 부자여서 창고 여러 곳에 곡식이 가득했고 가복家僕도 수백 명이었다. 아들 허도는 장사랑將仕郎으로 진주에 사는 수우당 최영경에게 배운 바 있는 전도유망한 선비이기도 하였다.

그런데 뜻밖에도 정촌(지금의 정곡)에 사는 강언룡이 나타났다. 초정草亭 강언룡姜彦龍은 대수헌 권란과 나이가 비슷하며 곽재우나 배맹신, 심대승보다 나이 많은 연장자라 돈지강사에 오지는 않았고 그들과 친밀하게 어울리지도 않았다. 어쩌다 의령향교에 나가면 만나 인사를 주고받을 정도였다.[7]

"아니! 내게도 연통을 하지! 범 잡으러 간다니 내가 가만있을 수가 있나? 불청객이지만 무조건 찾아왔네. 대수헌 저 친구가 왔는데 내가 못 올 데가 아니지 않나?"

"아이구! 잘 오셨습니다. 초정 선생. 미처 연락드리지 못해 죄송합니다. 갑자기 범을 쫓으려니 두서가 없어 그렇습니다."

곽재우는 얼른 말에서 내려 인사를 하며 강초정의 손을 굳게 잡으며 그간의 안부를 물었다.

"나야 밥만 축내고 살지. 범을 잡으려면 자굴산 골짝 길을 잘 아는 사람이 필요할 듯해서 우리 동네 사냥꾼 둘과 노복 몇 명과 함께 왔네. 오응창吳應昌 현감을 만나 병장기도 빌렸다면서?"

"몰이꾼 수십 명을 산에 올려보낼 작정인데 그들도 창이나 칼로 무장

---

[7] 허언심(1542~1603), 강언룡(1545~1613): 홍의장군 휘하 군향軍餉. 치병治兵으로 활약.

을 시켜야 할 듯해서요. 북이나 꽹과리만 들고 갔다가 범이 갑자기 나타나면 위험할 것 아닙니까? 심덕보가 산길을 잘 아는 약초꾼과 사냥꾼을 서너 명을 불러왔는데 초정 선생도 사냥꾼을 둘이나 데려왔다니 큰 도움이 되겠습니다."

범을 잡으러 갈 사람들이 다 모인 듯해서 곽재우는 범 포획 작전을 상세하게 이야기했다. 어제 오응창 의령현감을 만나 병장기를 구한 다음 저녁에 모여 앉아 누구는 어느 골짜기로 가고 누구는 어느 길목을 지킬지 몰이꾼들은 몇 명을 동원해야 할지 배치는 어떻게 할지 구체적으로 의논했었다.

무예 실력이 있는 배맹신, 심대승, 권란, 박필 등 네 사람을 대장으로 삼아 갑골 입구에서부터 자굴산 정상을 향해 치올라가며 범을 수색하자고 했다. 늦게 온 초정 강언룡은 박필과 동행하기로 했다. 그러면서 곽재우 자신은 갑골 가장 깊은 골짜기인 쇠목재(項谷)를 지키겠다고 했다. 고개를 넘던 행인 두 사람이 범에게 당한 곳이 바로 쇠목재였다.

의령현의 진산 자굴산의 동쪽은 골짝 마지막인 갑골 보리사에서 물이 흘러내리는 계곡이며 들판이라 범이 한들(큰들) 그쪽으로 내려오면 쉽게 발견될 것이었다. 북쪽은 쇠목재를 사이에 두고 서북편에는 합천 쌍백으로 가는데 한우산이 솟았고 동북으로는 궁류 벽계로 통하는데 신덕산, 매봉산과 멀리 선암산이 있으니 범이 정삼이재를 넘어 도망간다면 놓치기가 쉬웠다. 서쪽 또한 합천 대의로 산줄기가 한우산으로 뻗은 준령이 이어져 있었다.

자굴산 산길을 잘 아는 배맹신이 나서서 각자 대장이 맡아서 올라갈 골짜기를 하나씩 지정했다.

"제가 자굴산 바로 아래 동네인 숲말(지금의 봉림마을)에서 지킬 겁니다. 1차 숲말이고 2차가 계수 성님이 지키는 쇠목재입니다. 예전에 계수 성님이 보리사에서 지내면서 제자백가 책을 다 읽었다는 인연이 있으니 그 일대는 손금처럼 환하겠지요."

"범을 그쪽으로 몰아가기만 하면 되는군."

"맞습니다. 직접 범을 잡을 생각은 말고 쫓기만 하면 됩니다. 범을 몰아 궁술에 능한 계수 성님에게 맡길 작정입니다만 나도 용력이 있으니 숲말 쪽으로 범이 오면 창을 던지든지 활을 쏠 겁니다. 그리고 우리 중에 가장 젊은 심덕보는 여기서 조금 더 들어간 쇠실(牛谷)로 가게. 동네 뒤 깊숙한 골짜기가 좌우로 있는데 왼편이 큰골이지. 거기 폭포와 범굴이 있어, 범이 그 골짝에 숨었을 확률이 가장 높아! 며칠 전 그 동네에서 송아지가 범에게 물려갔다고 해. 그리고 대수헌 권란 현감은 장문장과 둘이서 갑골 골짝 초입 동리인 운암에서 산으로 올라가며 범을 제가 지키는 숲말 쪽이든지 계수 성님이 있는 쇠목재로 몰아야 합니다."

"아니! 운암에서 자굴산 만댕이까지 이십 리가 넘는데 그 골짝이 내 담당이군. 장문장과 함께라니 좋아! 담력 있는 몰이꾼이나 여러 명 주게. 범을 몰아 숲말까지 가지!"

"그럼 나는 어디서 범을 몰아?"

몸이 단 초정 강언룡이 곽재우와 배맹신을 바라보며 물었다. 곽재우가 웃으며 대답했다. 비록 칼과 활로 무장을 했으나 그의 무예 실력을 가늠할 수 없어 힘이 장사인 박필과 함께하도록 할 작정이었다.

"초정 선생은 박필 장사와 함께 갈골 중간지점인 가른편(細邊村)에서 들판으로 도망칠 범을 막아내야 합니다. 갈골 아래위를 쫓아다니며 북도 치고 요란하게 징과 꽹과리도 두드려 범이 아예 들판으로 내려오지 못하게 막으며 숲말이나 쇠목재로 몰아야 합니다. 범이 고개만댕이로 도망쳤다 싶으면 점점 범위를 좁히며 오십시오. 그리고 여러 대장들과 연락을 책임지시고 또 솥과 식량을 가져가 밥이나 국도 끓여 몰이꾼들이 배곯지 않도록 공급해 줘야 합니다."

"하하하! 나이 많다고 봐 주는 거로군."

곽재우와 배맹신의 범포획작전 계획을 긴장하면서 들은 사람들이 무리 지어 흩어졌다. 길잡이를 할 사냥꾼이나 약초꾼들에게도 안내할 대장을 정해주었다. 대장들은 자기와 동행할 사람들을 한쪽으로 불러 모은 다음 단합과 각오를 다지는 말을 했다. 몰이꾼들은 젊은 머슴이나 노복奴僕들이 대다수였고 농사짓는 젊은이들도 범을 잡는다는 소문을 듣고서 자원해서 따라온 이가 많았다. 곽재우 집의 말개나 지동 같은 노복들은 겨울이나 봄에 사냥을 하러 다니면서 창이나 활을 쓴 경험이 많았지만 다른 집 하인이나 동리 젊은이들은 지게 작대기로 싸움이나 해봤지 옳은 병장기를 들어본 경험이 없었다.

그럴 즈음 오응창 의령현감이 아전들과 포졸 몇 명을 거느리고 나타났다. 그도 곽재우가 범을 잡는다고 나서자 격려도 하고 구경도 할 겸 나온 것이었다. 과연 범을 잡게 될지 말지 모르겠지만 관내의 힘 있는 명문 세가의 선비들이 모여 범을 잡는다니 궁금하지 않을 수가 없었다. 곽재우 일행은 오 현감을 맞아 인사를 주고받으며 범 잡을 결의를 다시 한번 천명했다.

"기세가 대단하오. 범이 출몰하여 인명을 해하고 송아지도 돼지도 잡아갔다니 반드시 잡아 죽여야 하오. 그래서 나도 활 잘 쏘는 포졸들을 데려왔소. 여러분만 믿겠소."

오 현감은 용감한 출동에 감동하였다면서 사람들 앞에서 격려의 말을 쏟아냈다. 그리고는 나이가 자신과 비슷해 평소 친분이 있던 강언룡이 골짜기 중간인 가른편으로 간다니,

"나는 강초정과 함께 범을 쫓아볼까?"

하고 현감도 그곳까지 따라가겠다고 나섰다. 곽재우가 고함을 쳤다.

"자자! 각자 제 위치로 출발합시다."

그러자 북이 둥둥둥! 골짜기에 울려 퍼지고 꽹과리와 징 소리가 요란해지면서 사람들의 함성이 하늘로 치솟았다.

쇠목재에서 범을 잡다

숲말(지금의 봉림마을)은 갑골 깊숙한 골짜기 마을로 양지땀과 쇠목재 사이에 있는 낮은 지대인데 범이나 산짐승들이 흔히 다니는 길목이기도 했다. 청명산, 신덕산이 뒤에 있어 범이 그곳으로 달아나면 길게 뻗어 있는 산줄기라 놓칠 수가 있었다. 그래서 그곳을 지키기로 한 배맹신은 각오를 단단히 하고 따라온 몰이꾼들을 범이 나타날 만한 길목에 올무를 놓고 몸을 숨기도록 했다. 올무에 발이나 머리가 걸리기만 하면 활이나 창으로 찔러 잡을 수가 있었다.

쇠목재의 곽재우는 틀림없이 범이 숲말을 지나 이 고개로 나타날 것이라 확신하고서 대비에 만전을 다했다. 지동과 말개, 이갑이와 득술이가 밤새 만든 그물을 길목 소나무에 걸쳐 묶어서 여차하면 범이 오면 덮어씌우게 했고 올무도 여러 곳에 놓고 길목 서너 군데에는 구덩이를 깊게 파서 느티나무나 소나무 나뭇가지를 베어 덮어 함정을 만들었다. 그리고는 사람들을 바위와 나무 뒤에 몸을 숨기고 범이 나타날 때까지 긴장을 늦추지 말고 앞을 바라보다가 활을 쏘거나 창을 던지도록 했다.

드디어 강언룡과 박필 장사가 지키는 가른편 쪽에서 꽹과리와 북소리가 들려왔다.

그보다 앞서 심대승이 올라간 범굴이 있다는 갑골 입구 마을 쇠실에서도 북소리가 울려 퍼졌고 권란과 장문장이 운남에서 산으로 올라가면서 고함을 치고 꽹과리와 징을 쳐 범이 놀라 달아나게 했다.

곽재우와 배맹신의 예상대로 들어맞았다.

범은 범굴에 들어앉아 며칠 전 잡아 왔던 돼지를 뜯어 먹다가 북소리에 놀라 도망을 친 모양이었다. 범굴에 먹다 남은 돼지 사체를 심대승이 발견한 것이었다. 심대승에게 몰린 범은 삽시간에 골짜기를 향해 달아났고 운남 쪽에서 사람들의 고함에 쫓겨 가른편 평지로 내달리려다 강언룡과 박필의 꽹과리와 징 소리에 놀라 도로 산속 숲말을 향해 치올라 달아났다.

범이 숲말 오른편으로 치올라 오는데 그곳은 배맹신이 지키고 있는 곳 옆구리라 쇠실이나 운남 쪽을 바라보고 있던 사람들이 깜짝 놀라 급하게 몸을 돌려 숨어야 했다. 범은 쏜살같이 배맹신의 옆을 지나갔고 조금 멀었지만 그는 급하게 활을 쏘았다. 뒤이어 쇠실에서 급히 달려온 심대승과 만났다.

"장숙! 범을 뒤쫓아!"

"덕보! 쇠목재로 범을 몰아!"

달아나는 범을 향해 활을 쏘면서 둘은 달렸다.

"범이 쇠목재로 간다아!"

몰이꾼들이 합창을 하듯 고함을 질렀다. 범이 쇠목재로 향했다는 소리에 빠짝 긴장한 곽재우의 사람들은 숨을 죽이면서 범이 나타날 만한 방향을 점치며 기다렸다.

비호飛虎란 말이 들어맞았다. 범은 날고 있었다. 땅에 발이 닿지도 않고 높게 날고 있는 듯 산모퉁이에서 모습이 나타났다.

"쏴라!"

곽재우는 고함을 치면서 화살을 날렸다. 거대한 몸집이었다. 흔히 용감하고 거센 싸움을 용호상박龍虎相搏이라 했던가? 범을 향해 마주 선 곽재우의 자세는 바로 그와 같았다. 화살은 범의 머리 급소에 가 꽂혔다. 꼬꾸라질 듯하며 공중으로 치솟는데 두 번째, 세 번째 화살이 빠르게 날아갔다. 그때 소나무에 걸쳤던 그물이 포효하는 범에게 떨어졌고 바로 앞 함정에 미끄러지듯 빠져들어 가는데 바위 뒤에 숨죽여 지키던 지동과 말개의 창이 날아가 범의 몸통에 꽂혔다. 사냥꾼과 몰이꾼들이 쏜 화살도 여러 발이 배나 가슴 급소에 꽂혔다.

"와아!"

"범 잡았다!"

화살과 창을 맞은 범이 함정에 빠져들자 사람들이 일제히 환성을 지르며 달려 나갔다. 어느새 범을 뒤쫓아 달려왔던 배맹신과 심대승이 숨가쁘게 구덩이 속에서 버둥거리는 범을 향해 창으로 머리나 몸통에 최후의 일격을 가했다.

곽재우는 천천히 범이 빠져 뒹구는 함정으로 다가가면서 배맹신과 심대승을 끌어안았다.

"장숙! 덕보! 자네들이 범을 잡았네! 마지막 숨통을 끊은 사람은 자네들이네."

"아아! 쇠목재를 지킨 성님이 최고지!"

"아니야! 범을 이곳까지 몰고 온 자네들이나 고개를 지킨 사람들이 공이 크네!"

그러자 쇠목재에 모여든 사냥꾼과 몰이꾼들이 함정을 둘러싸고 내려다보면서 모두 자랑스러운 얼굴로 서로 칭찬하기를 주저하지 않았다. 또 위험했던 순간들을 큰 소리로 떠들었다.

얼마 지나지 않아 가른편에서 사람들이 올라왔다. 말을 탄 강언봉과 박필이 먼저 왔고 말잡이가 끄는 말을 탄 현감이 포졸들과 함께 와서 아직도 숨이 끊어지지 않고 버둥거리는 범을 보며 기뻐했다.

"여러 장사들이 우리 현의 자랑일세! 글만 읽던 선비들이 힘을 합쳐 인명을 해친 범을 잡아주었으니 현감으로서 반갑기 한이 없네. 곽 생원! 큰 잔치를 벌여서 축하하세나."

현감이 기분이 좋아 잔치를 하자고 제의했다. 갑을 골짝 너른 마당에서 떠들썩하게 술과 안주를 먹으며 기세를 올렸다.

제 3 장
임진창의

의군들이여!
창검을 들고 떨쳐 일어나라

의병창의도(의병박물관 소재)

제 3 장

임진창의

의군들이여!
창검을 들고 떨쳐 일어나라

壬辰倡義

임진년 광풍狂風이 불다

봄이 무르익었다.

밤새도록 이슬비가 오는 듯 마는 듯 내렸다. 봄비였다. 다행히 강변의 보리밭은 봄비에 넉넉하게 자라 익어가고 있었다. 망종이 이십여 일 남았으니 올해 보리농사는 풍년일 듯하였다.

마흔한 살의 곽재우는 부슬비가 오는 바깥을 내다보며 일진광풍이 기강 건너 낙동강 저 멀리 남쪽 바다에서 무섭게 불어오고 있음을 느꼈다.

선조 25년(임진년) 1592년 음력 4월 13일(양력 5월 23일). 7년간 왜적의 침략전쟁이 시작된 것이었다. 봄날에 때아니게 사납게 휘몰아치는 광풍이었다.

부산포와 동래성이 부지불식간에 침입한 왜적의 공격에 이튿날(14일) 다음 날(15일) 연이어 무너져 내렸다. 파리 떼처럼 부산 앞바다에 왜군을 실은 배들이 새까맣게 몰려들었다.

그다음 날 초저녁에 난데없이 영산의 신인이라 불리는 문호장이 바람처럼 돈지강사에 나타났다. 뒤이어 신초의 동생 신갑이 따라왔다. 그들 뒤에 지난겨울 그의 사위가 된 신응이 장인에게 허리 굽혀 인사를 올렸다. 문호장이 젊은이 둘을 데리고 나타난 것이었다. 그때 곽재우는 심대승, 배맹신과 함께 바둑을 두며 술을 마시고 있었다.

"아니! 날이 어두운데 호장 님께서 우짠 일이십니껴? 나룻배도 끊겼을 텐데요. 어서 방으로 드십시오."

"거문강 나룻배로 바로 요 앞 돈지나루까지 타고 왔네. 곧 갈 테니 사공더러 기다리라고 했어."

날이 저물어 나룻배가 다닐 수 없는 시각임에도 문호장의 강청強請으로 창날의 나룻배가 돈지강사 앞까지 온 모양이었다. 곽재우는 문호장을 방으로 안내하면서 이갑이에게 술상을 다시 차려 내오라고 하고는 신갑과 사위를 한편 반갑게 맞이했다. 그러면서 황망한 표정의 문호장이 급하게 달려온 이유를 바둑을 두던 셋은 알 듯하였다.

―난리가 터졌구나. 결국.

"맘 편하게 술 마실 계제階梯가 아니구먼."

"우선 좌정하시고 하실 말씀을 풀어 놓으시지요. 급하더라도 둘러가라는……."

문호장은 자리에 앉으면서 침착하게 말문을 열었다.

"인자 계수 자네가 열아홉 살 때 스미골 김 판관 댁네 따님에게서 받은 궤짝을 열어 볼 때가 되었나 보네."

"예? 김 판관님 궤짝이라니요? 아하! 갑자기 그건 왜요?"

"이제 그게 쓰일 때가 되었네. 난리가 났구먼! 왜구가 쳐들어왔지 뭔가!"

"어, 어떻게 아셨습니까? 전 아직 소식을 듣지 못했습니다."

"내가 며칠 전 낌새가 하 수상하여 부산포로 달려갔지 뭔가? 그저께 천문을 보니까 난리가 임박할 기미가 있더구먼. 아니나 다를까? 왜구들의 배가 파리 떼처럼 바다에 깔려 밀려오지를 않겠는가? 내 눈으로 똑똑이 봤네. 부산포가 진작 무너졌다지 뭔가? 그래서 동래성엘 갔지. 순식간에 동래성이 왜구들에게 짓밟히고 결사 항전했던 송상현 부사가 장렬하게 전사하고 군사들도 많이 죽임을 당했고 미처 피란을 가지 못한 백성들까지 놈들의 칼날에 결단이 났지 뭔가!"

"결사 항전했다면 쉽게 무너지지 않았을 텐데요?"

심대승이 의문을 제기했다. 물론 배맹신이나 곽재우도 같은 생각이었다. 조선의 군사들이 엄하게 지키는 동래성이나 부산성이 삽시간에 무너지다니! 있을 수 없는 일이었다.

"세 부족 무기 부족이었어. 배에서 내린 놈들이 생전 처음 보는 조총이란 화약총을 쏘며 벌떼처럼 달려드는데 우리 군사들은 활을 미처 제대로 쏘아보지도 못하고 창칼을 제대로 휘둘러보지 못하고 당했다네. 우리 군사들이 진종일 조총 철환을 피하려 엎드려 다니며 활을 쏘고 분전했지만 끝내 왜적의 공격에 버티지 못했지."

"조정에서 요 근년 왜란에 대비하여 곳곳에 성을 수축하고 병사들의 훈련을 독려하면서 왜군의 침략에 대비한다고 야단을 했건만 크게 효과를 보지 못한 모양입니다? 이곳 의령만 해도 읍성을 쌓느라고 농사철임에도 불구하고 장정들을 동원하여 원성이 이만저만이 아니었습니다."

곽재우는 이갑이가 술상을 들고 오자 큰 술잔에 술을 가득 따르며 한숨을 쉬었다. 문호장은 그가 내미는 술을 단숨에 들이켜고 얘기를 계속했다.

"놈들이 너무나 쉽게 정발 부산첨사를 죽이고 그가 지키던 성을 무너뜨리니 백성들이 떼죽음을 당했어. 동래성도 어이없이 무너지니 왜병들이 신이 나서 북으로 기세 좋게 밀고 올라가기 시작했어. 수만 명 대군이 한성을 향해 달려간다니 정말 어이가 없어. 이 일을 어찌해야 할꼬?"

곽재우는 벽장 속에서 보관해 두고 있던 스미골 김 판관네 아씨로부터 받은 붉은색과 황금색 궤 두 개를 꺼냈다. 먼저 붉은색 궤를 열었다. 홍포紅布를 들어내니 그 아래에는 칼 두 자루가 있었다. 먼저 꺼낸 칼자루에는 충의근왕忠義勤王, 또 하나에는 정도향응正道響應이라 새겨져 있었다.

심대승이 칼자루에 새긴 글을 보자 의미심장한 어조로 말했다.

"충의근왕…… 〈송사병지宋史兵志〉에 '근왕지사 유다둔귀勤王之師 類多遁歸'라 했지요. 나라(임금)에 난리가 나면 군사를 일으켜 평정한다."

배맹신이 또 다른 칼자루에 새겨진 글을 읽었다.

"정도향응…… 올바른 길로 가자는 주창主唱이 울리어 사람들이 따라 일어나 호응하여 행동한다. 그런 뜻이지요?"

곽재우가 고개를 끄덕였다.

"맞네. 덕보, 장숙! 나라에 어려움이 닥치면 충의근왕 하자고 부르짖으면 만인이 정도향응 호응한다는 뜻이지. 김 판관 선조께서 쓰시던 검이라네."

"붉은 비단이 여러 필 들었군요. 십여 년 전 중국 다녀오면서 가져온 비단도 함께 들었군요?"

"선친께서 중국 비단 여러 필을 나에게 주셨지. 그것도 함께 보관해 왔어."

배맹신이 홍포를 헤집어보며 신기해했다. 그때 문호장이 조용히 말했다.

"홍포 아래쪽에 족자가 있을걸세, 그걸 펼쳐보게. 김 판관 선조께서 국란을 당하면 장사가 일어날 것이며 그가 쓸 깃발이라 했네. 족자 바로 거기 뭐라 적혀 있을 거네. 오래전에 내가 기음강용단에서 말했지? 계수 자네는 남쪽을 지키는 적제신장이라고! 그래서 그 글귀가 그대로 족자에 남겨져 있다네."

"글귀가 쓰인 족자라니요? 저는 보지 못했습니다."

"아마 아래쪽에 있어 그런 모양일세. 살펴보게."

배맹신이 홍포를 헤집다가 궤짝 바닥에 있는 족자 한 폭을 발견해 펼쳐 보았다. 그는 족자에 적힌 글을 큰 소리로 읽었다.

"천강홍의장군天降紅衣將軍! 하늘이 내린 붉은 옷을 입은 장군이라!"

"그, 그러니까 계수 성님이 바로 천강홍의장군이란 계시啓示군요. 왜적과 싸워 물리치고 임금님을 지킬 장군이란 말입니까?"

문호장이 조용하게 그러나 단호하게 말했다.

"바로 계수 곽재우가 기강 돈지에서 낙강을 지킬 용이요 남쪽을 지킬 적제신장이니 하늘이 내린 장군이라네! 그래서 낙강 용왕이 용마도 보낼꺼네. 이제 나아가 왜구와 싸울 때는 홍의장군이라 쓰인 홍포를 깃발로 만들어 당당하게 들고 나가게. 저 깃발만 보고도 왜구는 벌벌 떨걸세."

"옳소. 멋진 이름입니다. 궤에 들은 붉은 비단으로 철릭을 해 입으면 바로 천강홍의장군이라 칭할 만합니다. 성님!"

곽재우는 밀봉되어 있어 한 번도 열어보지 못했던 황금색 궤를 열었다. 그 안에는 가느다란 줄에 엮인 빤짝이는 은종이들이 가득 들어 있었다. 마치 사람이나 말 모형으로 오려서 만든 것이었다.

"황금색 궤에 든 이것은 천병天兵이라 불리는 의병疑兵(가짜 병사)이라네. 예전에 내가 김 판관 선조를 만났을 때 들은 적이 있구먼. 이 천병은 꼭두각시로 금강산 청구도사께서 만드신 허깨비 군사라고 하더군. 이 허수아비 군사 모형들을 줄에 달아 공중에 걸어 놓으면 되네. 바람에 흔들리는 이걸 적병이 보면 천군만마가 이리 뛰고 저리 달려가는 천병이라 불리는 형상으로 보여 허깨비 군사들에 놀라 기겁하고 달아날 걸세."

"허깨비 군사에 왜군들이 속을까요?"

심대승이 의문을 제기했다.

"금강산 청구도사님께서 만드신 것이니 믿어보게나!"

문호장의 천병에 대한 설명에 사람들은 놀라기도 하고 믿기지 않는다는 듯 반신반의하는 표정들이었다. 문호장의 말은 계속되었다.

"십여 년 전에 내가 말했듯 난리가 나면 기강의 용왕님이 천하 대의를 위해 계수 자네가 탈 용마를 보내줄 걸세. 그 용마는 날쌔고 빨라 왜적들의 시석矢石을 피해 다닐 걸세."

문호장은 자기가 할 말을 다 했다는 듯 큰 사발에 따라놓은 술을 호기롭게 들이켰다. 한참 생각에 잠겨 있던 곽재우는 신갑과 사위 신응에게 당부하는 말을 했다.

"부산과 동래성을 함락시킨 왜병은 필시 한양으로 곧바로 달려가 임금님을 사로잡을 계책임이 분명해. 왜군이 밀양이나 청도를 거치거나 창원에서 낙동강을 건넌 다음 영산을 지나 대구로 북상할 것이네. 자네들은 집에 돌아가는 즉시 식솔들을 왜군의 통로가 되지 않을 깊은 산속으로 피란을 시켜야 하네."

"아, 예! 현풍이나 대구로 가는 대로를 피하면 되겠지요?"

"그래! 그러면서 집안 장정이나 머슴들을 불러모아 망을 봐 줘야겠네.

왜적이 육로로 가기도 하겠지만 낙동강을 거슬러 올라올 것을 대비해야 하거든. 사람들을 풀어 임해진나루, 멸포나루, 우강나루, 욱개나루, 용화산 동박골 골짝까지…….”

“용화산은 함안 땅인데요?”

신갑이 용화산 쪽은 함안 땅이라 일깨웠다.

“아이! 함안 사는 모촌茅村 이정李瀞 사형이 의기가 높으니 연락해 부탁하면 되겠지. 하여간 산꼭대기나 하류 쪽 강 길이 환히 보이는 높은 산마루에 망대望臺를 짓거나 봉화를 올릴 봉수대를 만들어야 하네. 불을 피우거나 연기를 올리면 될 것이니 신갑 동생이 장정들을 모아 훈련을 시켜 거문강까지 재빨리 소식을 전해지도록 대책을 마련해 주게.”

“아! 안되면 제가 말을 타고 달려오겠습니다. 멸포나루에서 여기까지 삼십 리쯤 되니 금방 옵니다.”

“그보다는 봉화를 올리는 방법을 쓰면 더 빠를 걸세. 그리고 꼭 지켜야 할 것은 적이 보이더라도 공격을 하지 말고 몸을 숨기고 지켜보기만 해. 망을 보는 사람이 노출되어서도 안 되네.”

“알겠습니다.”

신씨 젊은이 둘은 합창하듯 대답했다. 그러자 문호장이 일어섰다.

“난 내일부터 영산 창녕을 돌아다니면서 난리가 난 소식을 전하고 충의근왕이 뭔지 깨우쳐야겠어. 영산에는 신방즙, 신방로가 의기 있는 선비이고 창녕은 성천희, 성안의, 노극홍이 있지. 그리고 계수 자네의 자형 성천조도 있구먼. 또 영축산에 있는 보림사나 고개 넘어 무안의 절과 화왕산에 있는 관룡사 중들에게도 충의근왕을 깨우쳐야겠네. 그리고 금강산에 있는 휴정休靜대사를 만나봐야겠어. 그분에게 쓸 만한 제자들이 많거든. 내가 잘 아는 유정惟政이 무안 사람이 아니던가? 유정이 바로 우리 임가 내 집안 조카야.”

문호장의 얘기에 좌중은 묵직한 침묵과 앞으로 어떻게 대비해야 할지 각자 생각에 잠겼다.

충의근왕 창의를 결심하다

왜적이 부산포로 쳐들어왔다는 난리 소식을 문호장이 전하고 간 다음 날, 곽재우는 붉은 궤에서 꺼낸 칼 두 자루를 심대승과 배맹신 앞으로 내밀었다.

"우리 마을은 우리가 지키면서 충의근왕하면 정도향응이라 했으니 의군義軍을 일으켜 왜적과 싸워야겠네. 나에게는 의주에서 구한 명검名劍이 있으니 두 사람에게 이 칼을 주고 싶네. 앞으로 나와 힘을 합쳐 왜적을 물리치는 데 앞장 서주기 바라네."

두 사람은 칼을 받아 쥐면서 감격하여 목숨을 바쳐 나라를 구할 것을 다짐하였다.

그리고는 온종일 심대승, 배맹신과 함께 기강 강변에 나가 활을 쏘았다. 박필과 장문장도 좀 늦게 나와 합세했다. 곽재우가 아무 말도 없이 활만 쏘자 심대승이나 배맹신도 무심한 표정으로 하루를 보냈다. 온종일 활을 쏘면서 그는 앞으로 어떻게 의군을 모아 어떤 계책으로 싸워야 할지 깊은 생각에 잠겨 있었다. 그저 다섯 명이 쏜 화살을 주워오느라 득술이가 과녁과 사대射臺를 오가며 땀을 흘렸다. 활터는 모래사장으로 발이 푹푹 빠졌다. 그 옆으로는 갈대가 우거져 간혹 화살이 빗나가면 찾기가 힘들었다. 그렇지만 득술은 열심히 쫓아다녔다. 주인은 화살 하나라도 아끼는 사람이란 걸 알았기 때문이었다.

한낮이 기웃했을 때 부림 설뫼立山에 사는 지헌止軒 안기종安起宗[1]이란 사나이가 돈지 강사를 찾아왔다. 의령향교에서 만난 적이 있고 효자로 소문이 나서 조정에서 사옹원 봉사를 제수받은 선비라 알고 있었다. 또 안기종은 서른일곱 살로 곽재우보다 네 살 적었으나 과거를 보러 함께 다녔던 안극가의 집안사람이라 서로 안면이 있는 사이이기도 하였다. 어려서부터 기골이 장대하고 힘이 세어 장골壯骨이라는 소리를 들었던 그는 선비의 집안에 태어났으나 책을 읽는 것보다는 무술을 연마하기 좋아했다. 원래 총명한 데다가 한번 시작하면 그칠 줄 모르는 끈기 때문에 문무가 겸전兼全한 재목이란 소리를 듣고 있었다.

"곽 생원님! 제가 분해서 찾아왔습니다. 왜적이 쳐들어와 동래고 김해성이고 무너졌다면서요?"

"어! 어떻게 소식을 들었는가?"

"어쩌고 계시는지 달려왔습니다. 평소 생원께서 왜적이 바다를 건너와 분탕질을 하면 막고 싸워야 한다고 하셨지 않습니까?"

"그래! 의군을 일으켜 왜적과 싸워야지!"

"보아하니 장사 여러분과 활쏘기를 하고 있었군요. 저도 의군에 동참하고 싶습니다."

안기종의 열성에 곽재우는 크게 감격하며 손을 잡고 한동안 놓지 않았다.

오후에는 보통 활과는 모양이 다른 활을 가져와 쏘기도 했다. 선친 정암공이 의주목사로 따라갔을 때 그곳 군관들과 훈련하면서 쏜 활이었다. 다른 사람도 몇 번 쏘아 본 경험이 있었다.

"어쩌면 이 활이 쓰임새가 더 좋을지 모르겠군."

---

[1] 안기종(1556~1633): 자는 응회應會. 17의장 중 복병장.

"이게 편전片箭이라 했지요? 화살이 보통 화살보다 작아서 쏘면 보이지도 않습디다. 그래서 애기살(童箭)이라고 한다지요?"

심대승의 말에 배맹신이 잘 아는 듯 큰소리를 쳤다.

"덕보, 이게 바로 왜놈이나 야인들 앞에서는 쏘는 훈련을 하지 말라는 임금님의 엄명이 있었다는 편전이지 뭔가? 혹시 이 편전 기술이 새 나가 놈들이 사용할까 우려하신 거지."

곽재우가 거듭 편전에 관해 이야기했다.

"맞아! 나도 의주에서 군관들과 이 편전을 쏘는 훈련을 할 때 야인이나 외인들이 보지 못하는 장소에서 연습하곤 했네. 사졸들에게 항상 훈련장면을 공개하면 큰일 난다고 주의를 환기하곤 하였어. 최근 돈지에 돌아와서 지내면서 그때 배운 것이 생각나 마름 진비를 시켜 통아와 애기살을 만들었지. 시험 삼아 쏘아 봤더니 제대로 날아가지 뭔가? 이제 자네들에게 내가 만든 통아와 애기살을 나누어 줄 터이니 쏘는 연습을 하게나. 왜적에게는 치명적인 무기가 될 것 같구먼."

"정말 고맙습니다. 손수 편전을 만들어 우리에게 주시니……."

"편전뿐만 아니라 어쩌면 쇠뇌強弩가 필요할지 몰라!"

"쇠뇌라니요?"

박필이 물었다.

"쇠뇌는 활의 일종이지. 막대기 위에 활을 올려놓은 건데 노弩, 강노強弩라고도 해. 의주 있을 때 사냥꾼들이 쓰는 걸 보고 나도 쏘아본 적이 있어. 진비에게 쇠뇌를 만들라고 했으니 곧 실물을 보게 될 거네. 우선 편전 쏘는 법부터 익히게."

곽재우는 그러면서 애기살 받침인 통아와 애기살을 여러 개 그들에게 나누어 주었다. 그가 의주에서 본 기억을 더듬어 손재주가 좋은 마름 진비와 직접 깎고 다듬어 만든 것이었다. 그러면서 쇠뇌를 만들 계획을 하고 있었다. 역시 마름 진비에게 의주의 쇠뇌 그림을 그려주고 만들어 보라고 했다. 먼저 읍내 대장간에 가서 방아쇠 틀을 만들어와야 했다.

"하아! 통아나 애기살을 예쁘게 만들었군요. 고맙습니다. 왜적이 쳐들어왔다니 이걸 꼭 써먹어야겠습니다. 연습을 열심히 해서요. 동생 대생에 가르쳐도 되겠지요?"

"덕보 동생이 무과 준비를 한다니 가르쳐도 무방하지."

심대승은 동생 대생에게 편전 쏘는 법을 가르쳐도 된다는 곽재우의 말에 기뻐했다. 올해 서른 살의 심대생은 무과를 준비하고 있었다. 심대생은 몇 년 지나지 않아 당당히 무과 급제를 하였다.

세간리 농토를 관리하는 마름 진비가 저녁때가 되어 왔다. 올해 보리나 밀 농사가 풍작일지 흉작일지 작황을 알려 주러 온 것이었다.

"올해는 보리농사는 그냥저냥 잘되었습니다. 망종 때 비만 오지 않으면 보리타작도 무사히 끝마칠 겁니더."

"진비 자네가 수고한 덕분이네. 나야 밭두렁을 걸으면서 바람이나 쐬었지. 농사 감독은 자네가 다 했으니 말이네."

"보리 섬을 곳간에 다 쌓아놓을 수 있을란가 모르겠네요."

"걱정도 많구먼. 올해는 양식이 아주 많이 필요하게 될 거야. 서둘러 보리를 베어 타작하도록 준비하게."

"예? 소문에 왜적이 쳐들어왔다는데 그래서 그럽니까?"

마름 진비는 곽재우의 생각을 아는 척했다. 평소 주인이 입버릇 삼아 왜적이 우리 동리에 쳐들어와 분탕질하면 칼이나 창을 들고 싸워야 한다고 했으니. 무기가 없으면 괭이나 도끼, 쇠망치, 도리깨, 곰배를 들고 서라도. 왜적과 싸우려면 많은 수의 군사가 있어야 하고 군사들을 먹이려면 양곡이 다량으로 있어야 할 것이었다.

"그러고 쇠뇌를 빨리 만들어야겠어. 내가 그려준 그림 그대로 대장간에 가서 몇 가지 부속을 만들어와야 하네."

"아, 이상하게 생긴 활이더군요"

"그렇다네. 관아의 무기고에나 있을 법한 것인데 쉽게 구할 수 없어 직접 우리가 만들어야 하네."

신초, 김해성을 탈출해 대책을 묻다

마름 진비와 얘기를 주고받는데 말발굽 소리가 요란하게 나더니 대문간에서 멈추었다. 득술이가 쫓아 나가는 듯하더니 두런두런 여러 사람의 말소리가 들렸다. 이내 득술이 고함치는 소리가 들려왔다.

"어르신! 퍼뜩 나와보이소. 영산의 만호 어르신이 오셨습니더."

"만호 어르신?"

곽재우는 자리를 박차고 일어나 대문간으로 달려 나갔다. 몇 달 전 천성만호를 제수받아 김해 인근 섬으로 떠났던 지수 신초가 말에서 내리고 있었다. 반가움보다는 사태가 매우 급하게 돌아가고 있음을 느꼈다. 난리가 나기는 났구나! 신초 뒤에는 나이가 지긋한 군관과 스무 살 안팎의 청년이 역시 말에서 내려 기둥에 말을 매고 있었다. 청년은 군인이 아닌 듯 평복 차림이었지만 둘은 철릭(帖裏)(첩리, 당시 군관 복장) 차림이었다. 전립戰笠도 쓰고 있었으나 구겨져 있어 한차례 격전을 치른 모습이 역력했다. 모두 어깨에는 활과 전통을 메었고 허리에는 칼을 차고 있었다. 격전을 치른 후였는지 붉은색 철릭은 흙투성이에 피까지 튀었는지 검붉고 후줄근하게 물에 젖은 듯 구겨져 보였다. 모두 많이 지쳐 있는 몰골이었다.

곽재우는 안채에 들릴 만큼 고함을 쳤다. 물론 득술이나 마름 진비를 보고 하는 소리였지만.

"당장 옷을 세 벌 내오너라. 그리고 씻을 물도 떠 오게!"

"옷이고 물이고 다 필요 없네! 먹을 것부터 내오게. 왜적과 종일 싸우다 도망쳐 오느라 굶었어."

신초는 마루에 털썩 주저앉으며 허기가 져서 먹을 것부터 찾았다. 사랑채의 소란에 해산달이 며칠 남지 않아 배가 많이 부른 고성 이씨 부인이 쫓아 나왔다. 곽재우가 뭐라 말할 필요도 없이 눈치가 빠른 부인이 이리저리 살피더니 안채로 쫓아 들어갔다. 곧 득술이가 안으로 뛰어가더니 소반에 술병과 잔 몇 개를 얹어 달려왔다.

"우선 목부터 축이십시오. 형님!"

곽재우는 큰 술잔에 넘치도록 술을 부었다. 그리고는 잔을 하나씩 들어 신초와 군관, 청년에게 술을 권했다. 셋은 사양할 생각도 없이 벌컥벌컥 술을 마셨다.

"우째 된 일인교?"

"말도 말게! 우리는 지금 왜적과 싸우다 쫓겨 오는 판이네. 사지를 탈출했구먼."

"예?"

"우리가 지키던 김해성이 무참하게 무너졌어. 포위망을 뚫고 김해성에서 멸포나루를 거쳐 이리로 달려왔네. 왜적이 우리 꽁무니를 바짝 추격해와서 죽을힘을 다해 달렸어. 참! 내가 정신이 없었군, 여기 이분은 제포만호 갈촌 이숙이란 분이고 이 청년은 내 동생 갑이의 처남 박진영朴震英일세. 둘 다 함안이 고향이라네."

신초는 급하게 동행해 온 일행을 간단하게 소개했다. 곽재우는 제포만호 갈촌葛村 이숙李潚이란 이름을 듣자마자 반가워했다.

"그 그럼, 모촌 이정 사형師兄의 제씨구려. 철릭 차림이라 얼른 알아보지 못했소. 남명 스승님께 갈 때 모촌 사형과 곧잘 동행했었는데 그때 같이 가기도 했지요? 갈촌을 오늘 이렇게 황망 중에 만났으니 반갑소."[2]

"아아! 오랜만입니다."

갈촌 이숙도 반가워했다. 함안 사람 모촌茅村 이정李瀞이 남명 문인이라 함께 산음 산천재에 다녔으므로 곽재우는 이숙을 친동기간을 만난 듯 좋아했다.

모촌의 동생 갈촌 이숙은 남명과 정한강 문인으로 1576년(선조 9) 일찍이 무과에 급제하였는데 군관으로 맴돌다 1591년(선조 24)에야 제포만호薺浦萬戶를 제수받았다. 을유년(1585년)에 무과에 오른 천성만호 신초보다 9년이나 급제는 빨랐으나 같은 해에 만호가 되었고 나이도 그가 한 살 많은 마흔넷이니 동년배나 다름없어 서로 친했다.

그들은 왜적 침입 소식을 듣자마자 군사들을 이끌고 김해성으로 싸우러 달려갔던 것이었다. 부산성과 동래성의 군사들이 매우 용맹스럽게 싸웠지만 우세한 왜군의 군사력을 감당할 수 없어 위험사태가 벌어졌다. 그러자 경상감사 김수金睟는 각 현이나 작은 읍성을 지키던 군사는 물론 바다를 지킬 수군까지 김해성으로 모이게 한 것이었다. 그런데 가서 보니 전투를 지휘해야 할 김해부사 서례원徐禮元은 왜적이 부산성, 동래성을 쳐 함락시키고 군사들과 성안의 백성들까지 죽였다는 소식에 지레 겁을 집어먹고 도망치고 없었다. 사실 전쟁이 터지자 해상전을 포기하고 청야전술로 지상전을 하려 했던 모양인데 경상감사로 진주에 있

---

2 이정(1541~1613): 자는 여함汝涵. 함안의병장. 소모관.
  이숙(1550~1615): 호 갈촌. 함안에서 의병장. 소모관.

었던 김수의 오락가락 전략에 차질이 생긴 것이었다. 이순신 장군의 해전 승리가 없었더라면 과연 이 전쟁 결과는 어떠했을지?

신초는 젊은이를 소개했다. 조금 전 동생 갑이의 처남이라고 했으니 그 말은 빼고 나이부터 말했다.

"스물네 살 혈기왕성한 유생인데 광려산 광산사란 절에서 공부하다 왜적이 쳐들어왔다는 소식에 분기탱천하여 이령李伶이란 고향 사람과 군인도 아니면서 싸우겠다고 김해성으로 달려왔지 뭔가? 평소 글공부도 하면서 무예를 익혔다고 하는데! 글쎄 경상감사가 군사를 이끌고 김해성으로 가서 대적한다는 소식을 듣고서 달려온 것이라는군."

박진영이란 청년은 신초의 말에 긍정도 부정도 않고 묵묵히 술잔만 바라보고 있었다. 그는 못내 불만을 품은 표정이었다. 사내가 싸우러 나섰다면 왜적과 힘껏 대적하다가 죽든 살든 아니, 죽더라도 여한이 없다는 투지를 불태우고 있었다. 적이 조총鳥銃이란 화약총을 쏘아대자 철환鐵丸(총탄)을 맞은 병사가 많이 쓰러졌고 이에 겁을 낸 아군은 뒤로 밀리기 시작했다. 전세가 기울자 왜적이 없는 동문으로 군사들이 도망치기에 바빴다. 그러자 나이 많은 두 만호가 소나기는 피하는 것이 상책이라고 우기는 바람에 피가 튀고 사람이 죽어가는 전장에서 결사 항전을 하지 못하고 강제로 이끌려 피신한 것을 못내 후회스러워했다.

성이 무너져 왜적에게 쫓기는 형편이 되자 제포만호 이숙은 신초와 박진영에게,

"이곳에서 싸우다 죽기보다는 김해성을 벗어나 내일을 기약합시다. 고향으로 돌아가 군사를 모아 보국報國하면 더욱 좋지 않겠소?"

하고 일시 몸을 피해 훗날 의병을 모아 왜적과 싸울 것을 제안했다.

신초는 동생의 처남이자 제수씨의 오라비인 젊은이 박진영을 살리기

위해 동행할 것을 강권했다. 박진영은 하는 수 없이 따르고 셋은 포위된 김해성을 탈출하였다. 말을 달려 북쪽 낙동강을 건너기 위해 마금산 온천 고개를 넘어 골짜기인 사촌리를 지나 겨우 멸포나루에 다다랐다. 왜군의 추격병이 바짝 뒤따라오고 있는 위급한 상황이었다.

낙동강 멸포나루에 이르니 며칠 전 비가 온 때문에 강물이 불어 도도히 물은 흐르고 나룻배는 어디로 갔는지 보이지 않았다. 거센 물살에 강을 건너지 못하여 머뭇거리자 신초가 과감하게 말을 몰아 강물에 뛰어들며 외쳤다.

"고려 때 우리 선조 신사천 할아버지께서 왜구와 싸우다 전사하신 곳이 바로 여기요. 할아버지의 혼령께서 우리를 지켜줄 테니 겁내지 마시오!"

다급한 상황이라 신초를 따라 이숙과 박진영도 말에 채찍질을 가해서 강물에 뛰어들었다. 안장에 달린 군장을 강물에 버려 무게를 가볍게 하니 말이 쉽게 강을 건넜다. 그들은 한걸음에 이십여 리 떨어진 돈지로 달려왔던 것이었다.

신초는 곽재우에게 돈지로 오게 된 사유를 말하며 당장 대비책을 물었다.

"내가 이 사람들과 함께 이리로 달려온 이유는 계수 자네의 대책을 듣고 싶어서네. 두 사람은 함안 사람이라 돈지에서 장포나루로 강을 건너가야 하므로 이리로 왔지만."

곽재우는 생각에 잠기면서 말했다.

"감사 그 양반은 진주에서 난리 소식을 듣고 싸우러 간다면서 밀양부 쪽으로 갔다던데? 그리고 이곳 의령현의 오응창 현감도 군사 50여 명과 배를 타고 낙동강을 따라 내려가 김해성으로 싸우러 갔다고 하던데? 자기가 지켜야 할 의령읍성은 비우고 가다니!"

"경상감사가 초장에 군사력을 한데 모아 집중방어 하려고 한 것이지. 왜적의 조총에 당해낼 무력이 우리한테는 없는 걸 몰랐지. 부산성과 동래성이 그렇게 허무하게 삽시간에 결딴날 줄 누가 알았겠나?"

곽재우의 말에 신초가 변명 삼아 말하자 이숙이 고개를 가로저었다.

"우리가 강한 적의 정세를 너무 몰랐던 탓입니다. 감사 그 양반은 코빼기도 안 보였고요. 오응창 의령현감도 온다는 소문은 들었지만 만나지는 못했지요. 아마 중도에 왜적에게 당했는지 모르지만……. 싸움이 치열했는데 어찌 되었는지는 모르겠어요. 우리처럼 몸을 빼 피했는지도 알 수 없습니다."

이숙이 신초와 함께 김해성의 전황을 대충 말했다. 보리밥이지만 밥과 국이 있는 밥상이 오자 셋은 정신없이 먹었다. 고성 이씨가 남편의 옷 세 벌을 가져다 놓았다면서 강물에 젖은 옷을 갈아입으라고 권했다. 밥을 다 먹자 그제야 정신이 드는지,

"왜적의 군세가 너무 강해 막아낼 도리가 없으니 계수 자네가 평소 병서를 많이 읽었으니까 그 대처 방안도 환하게 알 터! 빨리 계책을 세워줘야겠네."

하고 신초가 방비책에 관해 물었다.

"대책이야 바로 싸우는 것이지요."

"어떻게?"

"칼과 창, 활 말고 또 뭐가 있습니까?"

"허어! 묘책을 내놓으란 말일세. 묘책!"

그제야 곽재우는 정색하고서 자기 생각을 말했다.

"수령 방백들이 왜적에 대항해 힘도 쓰지 못하고 쓰러지니 이 또한 국록을 먹는 신하로서 도리가 아니지요. 먼저 제자리를 지켜 왜적에 대해 방비를 해야 하는데 말입니다. 그러니 자기가 지켜야 할 성을 나 몰라라

하고 오응창 의령현감처럼 김해성을 돕는다고 달려갔으니 어쩌겠소? 이젠 곳곳에 수령 방백이 없으니 그 고을 사람들이 힘을 모아 지켜야지요. 소문에는 진주에 있던 감사 영감이 김해성으로 간다면서 나섰다가 왜적과 싸워보지도 않고 적의 성세成勢에 겁을 내 밀양에서 멈칫거리고 있다가 그만 영산현으로 돌아갔다고 합니다."

"우리도 지켜야 할 곳을 놔두고 김해성을 구하고자 달려갔으니! 참 어리석은 짓이었소."

이숙 만호가 머리를 숙이며 부끄러워했다. 그러나 신초는 한숨을 쉬면서 걱정했다.

"우리 뒤를 따라 영산현으로 왜적들이 몰려갔을 텐데? 김해성이 무너졌으니 지금쯤 밀양이고 양산이고 언양이고 간에 피바다가 됐을 거야. 이대로 있다간 임금님이 계시는 한양도 적의 침공을 받을 거야."

"우리 고을은 우리 고을 사람들이 지켜내야 합니다. 비록 내가 관직도 없고 보잘것없는 유생입니다만 창의 기병하여 임금님을 온전하게 위험에서 지켜내려 합니다. 두 분께서도 창의 기병하여 왜적을 쳐야 합니다."

곽재우의 창의倡義 기병起兵하고자 하는 결심을 듣고서 신초는 크게 기뻐하고 함께할 것을 다짐하면서도 걱정을 했다.

"아니! 우리에게 뭐가 있나? 잘 훈련된 군사가 있나? 칼과 창이 있나?"

"그래서 돈지에 온 이후 준비를 하였지요. 사냥을 핑계로 우리 고을의 힘깨나 쓰는 장골들, 병서를 읽었거나 무관을 꿈꾸는 이들과 술잔을 나누며 교분을 두텁게 쌓았지요. 사냥하러 다녔던 것은 바로 군사 훈련이라 보면 됩니다. 우리 노복들 중 젊은이들도 사냥을 핑계로 활도 쏘게 하고 창술도 익히도록 했었지요."

"정말 선견지명이 있는 묘안입니다. 벼슬도 못한 양반이 사람을 모아 군사 훈련을 하는 등 창과 칼을 들고 설치면 당장 역심을 품은 자로 오해받게 되지요. 그러니 사냥을 한다 하고 장골들과 함께 산과 들을 다니며 창과 칼을 쓰게 하고 활도 쏘게 하면 자연히 군사 훈련이 되고 단련이 되지요."

이숙이 무릎을 치면서 반가워했다. 곽재우는 말을 이었다.

"당장 갈촌 만호와 지수 형은 집으로 돌아가 의군을 모아 창의하신 다음 저와 연대하여 왜적을 막아냅시다. 마침 우리가 있는 이곳 돈지가 의령 함안 영산 3개 군현이 낙동강과 기음강으로 접경한 요지이니 이 지역의 지세를 잘 이용하면 될 겁니다. 얼마 전 지수 형의 동생 갑이 문호장 어른과 같이 왔을 때 봉수로 연락하는 방법을 준비하라 했습니다. 갈촌 만호께서도 적의 동태를 잘 살펴 서로 연락하도록 합시다. 100리 밖의 움직임을 환하게 알 수 있다면 언제든 우리에게 승산이 있습니다."

"그렇게 합시다. 나는 돌아가는 즉시 이정 형님과 조방 형님까지 불러 모아 창의하도록 하겠습니다."

이숙의 말에 신초도 결의를 다졌다.

"우리 영산에는 큰 문중 성바지가 영산 신씨 아니겠소?"

"맞아요. 신만호. 신씨 세가가 바로 영산현 아니오?"

"어찌 보면 우리는 패장이 아니겠소? 그래서 나보다 젊은 신방즙辛邦楫에게 의장義將이 되라 권해서 신씨 대소가가 모두 일어나도록 하겠소. 신방즙은 한강 선생 문인인데 계수 자네와도 인연이 있겠구먼. 나는 영산, 원천, 기강까지 말 타고 내달리며 자네의 선봉장이 되겠어."

그날 밤 이숙과 박진영은 돈지나루에서 나룻배를 타고 장포나루를 건너 함안으로 돌아갔고 신초는 기강나루를 건너 영산현 원천으로 돌아가 의병 모집에 착수하였다.

그 후 이숙과 신초는 창의하여 홍의장군 곽재우 휘하에서 의병장으로 함안과 영산에서 협동작전으로 왜군과 싸웠다.³ 박진영은 고향에 돌아가 의병을 모으니 그의 부친 동천桐川 박오朴旿가 의병대장이었으며 함안군수 유숭인 휘하에서 크게 활약하였다.

창의 기병 전야

곽재우는 창의 기병할 것을 단단히 결심한 다음 용연정에서 장사들과 기치를 높이 들기 전에 두 가지 일을 우선 처리했다.

하나는 가묘에 창의 기병을 알리는 고유告諭와 선산을 찾는 일이었고 하나는 의령 고을에서 가장 신망을 받으며 높은 관직을 지낸 사람을 의군대장으로 모시고 싶었다. 그가 고을의 사족士族으로 행세를 하나 대과 급제나 벼슬을 못 한 일개 생원이나 별 볼 일 없는 필부에 지나지 않아 그의 창의 기병에 고을 사람들이 얼마나 호응해 줄 것인지 알 수가 없었기 때문에 의령 고을에서 신망이 높고 벼슬도 한 명문가의 인물을 물색하고자 했다.

먼저 현풍 선산과 사당을 찾았다.

가묘에 가서 섬 오랑캐가 쳐들어오니 왜적을 토벌하고 나라에 보답하겠다는 토적보국함을 선조들에게 고유하였다. 그런 다음 대소가의 어른들에게 그가 하고자 하는 일을 설유說諭하였다. 바로 의군을 일으켜

---

3 《창녕군지》(하) p.910 신초: ……從郭忘憂堂 守鼎津 臨危設奇……. (곽망우당을 따라 정진을 지키며 위험에 대비하여 기묘한 시설을 하였다.)

왜적과 싸우겠다는 결의와 함께 집안에서는 어떻게 대처할지 알린 것이었다. 그런 다음 노복들과 함께 선산을 찾았다. 현풍 구지산의 선산에 가면서 삼으로 꼬아 만든 밧줄을 가져갔다.

"왜적이 쳐들어오면 필시 제가 의군으로 그들을 대적한 것을 알고서 그 분풀이로 선영先塋을 훼손할 것이 뻔해서 크게 염려됩니다. 그래서 봉분을 낮추어서 평지로 만들면 왜적들이 알지 못해 피해가 없을 것입니다."

그의 말에 대소가의 어른들도 옳은 염려라 하며 봉분을 낮추는 데 동의를 했다. 현풍 가태리에 살던 형제들과 큰아들 곽형이 따라가서 함께 고유에 참여했다. 먼저 평지를 만듦에 안장된 영령이 놀라지 말고 안정하시라는 축문을 읽고 절을 올렸다. 그리고는 삼을 꼬아 만든 밧줄로 노복들이 양쪽에서 봉분의 흙을 밀고 당겨 톱질하여 잘랐다. 아버지, 조부, 증조부 삼대의 산소 봉분 흙을 퍼내 평지로 만드니 무덤의 흔적이 사라졌다.

그러면서 어머니, 형과 동생들이 현풍 비슬산으로 피란 가려는 것을 강을 건너 왕령산 깊은 산골에 숨도록 조처를 했다. 현풍 근처는 왜적들이 횡행해 다닐 대로가 될 것이므로 그들의 분탕질을 피할 수 없을 듯했기 때문이었다.

곽재우는 의군에게 먹일 양곡을 구하기 위해 나서면서 의군대장으로 모실 인물도 만났다.

그는 가례에 사는 매형 허언심을 찾아가 군량을 내어줄 것은 청했다.

만석지기 부자인 허언심은 처음에는 처남의 청을 마다했다. 누님도 고성 이씨 부인처럼 고개를 좌우로 저어 동생의 창의 기병에 찬성하지 않았다. 부모가 고개를 가로저으며 주저하자 아들 허도가 의군에 동참하여 힘껏 도와야 한다고 설득했다. 곽재우의 끈질긴 강청强請에 자형은 결국 노복 50여 명과 양곡을 내놓기로 약속하였다. 또 앞으로 군량 확보에 힘을 쓰겠다고 다짐했다. 덕분에 한숨을 돌렸으나 여전히 의군들이 사용할 병장기를 구할 방도가 마땅치 않았다.

"알았어. 노복들과 곡식을 내놓지. 그리고 광주목사를 지낸 오운을 찾아가 봐. 그런 사람이 처남을 도우면 좋을 거야."

"예! 그렇지 않아도 남명 문인으로 대선배이신 그분을 찾아뵙고 의병대장으로 모실까 합니다."

일단 한숨을 돌린 곽재우는 매형의 집 옆 동리인 가례에 사는 호를 백암白巖(또는 죽유竹牖)이라 부르는 광주목사를 지낸 오운吳澐을 찾아갔다. 죽유 오운4은 남명과 퇴계 양 문하의 문인으로 산천재에서 강학이 있으면 자주 참석하면서 청년 곽재우를 평소 눈여겨보았고 의기 있음을 알고 좋아했다. 전부터 산천재로 가려면 가례마을 앞을 지나 칠곡 대의 고개를 넘어 삼가를 거쳐 가야 하니 자주 동행하면서 친밀한 술자리도 같이하곤 하였다. 그러므로 창의 결심을 말하고 의군대장으로 앞장서 달라고 청을 할 작정이었다.

광주목사 같은 높은 벼슬자리에 오른 사람이니 의령현 향내의 양반이나 주변 고을 사람들의 호응을 쉽게 얻을 수 있으리라 생각했다. 또 남명과 퇴계 문인이라서 사족士族들과 끈끈한 유대관계를 갖고 있어 신망이 두터우니 곽재우의 창의에 동조하여 의군에 합세한다면 한층 큰 힘이 될 것이었다.

그래서 허언심을 만나고 난 다음 곧바로 이웃 동리의 오운을 찾아갔다. 유곡찰방을 지낸 초정 강언룡과 함께였다. 쉰세 살의 오운과 비슷

---

4 오운(1540~1617): 홍의장군 휘하 17의장 중 소모관, 수병장으로 활약.

하게 나이도 지긋하고 관직을 지낸 초정의 말에 무게가 실릴 듯해서였다.

오운은 함안 외가에서 태어났으나 가례 허씨 문중으로 장가를 들었기에 가례에 살고 있었다. 퇴계 이황 선생의 처가가 가례의 허씨 집안이었는데 곧 오운의 장인 몽재蒙齋 허사렴許士廉이 퇴계의 맏이 처남이었다. 그런 인연으로 처조카 사위인 오운을 가르쳤었다. 장인에게 딸만 둘 있어 나중에는 집과 전장을 오운이 상속받았다. 그는 스물일곱 살(1566년) 때 서애 유성룡과 개암 김우굉 등 퇴계 문인들과 함께 문과 급제하여 출사하기 시작했다. 여러 관직을 거쳐 충주목사 퇴임 후에는 함안군수로 있던 한강 정구와 고향 함안의 역사를 정리한 《함주지》를 편찬하기도 했다. 쉰 살(1589년) 때 광주목사로 갔다가 2년 만에 물러나 의령 집에 와 있었다. 시속에 영합하지 않은 정의로운 태도로 불의를 보면 참지 못하는 성격 때문에 파직되었다고 뒤늦게 알려졌다.

가례마을은 퇴계 이황이 쓴 '가례동천嘉禮洞天'이라는 글씨가 남아 있는 곳으로 산수가 빼어나 관직에서 물러난 오운은 그때 백암대白巖臺를 쌓고 정취를 즐기고 있었다. 호도 백암으로 했다. 그는 명문 사족들과 동문이나 혼인을 맺어 강력한 유대관계를 갖고 있었다. 곽씨 집안과도 혼인으로 가까워 곽재우의 부친 정암공은 그의 처종고모부였고 곽재우의 자형 허언심은 그의 재종처남이 되는 특별한 관계였다. 두 집안이 서로 친하게 지냈는데 오운은 곽재우보다 열두 살 많은 자형이기도 했다.

오운은 패기가 넘치고 영웅다운 곽재우 풍모와 열성이 넘치는 언설言說에 단번에 감복하여 의군에 참여하겠다고 승낙하였다. 곽재우는 그를 의군대장으로 모시고 싶다고 속내를 털어놓았다.

"저는 오 목사님을 의군대장으로 모시고 싶습니다. 연세도 저보다 지긋한 동문 대선배이시고 여러 관직을 두루 거치면서 일 처리 경험도 많으니 부디 저희의 뜻을 받아 주십시오."

"아니야! 곽 사제! 내가 돌아다니지 않았어도 자네의 창의 기병 계획을 훤하게 듣고 있었네. 늙었지만 왜적의 침공 소식에 나도 팔을 걷어붙이고 쫓아 나가려고 하고 있었지. 그런데 자네 장인 송암 이로가 있잖나? 직장 벼슬을 지냈고 또 평수길(豊臣秀吉)이의 무례를 상소하여 규탄한 일도 있어 송암이 의군대장으로 딱 좋을 듯하군. 그리고 사위가 하려는 일에 앞장서 줄 것이고!"

남명 문인이며 곽재우의 장인인 송암 이로를 들먹였다. 송암은 그때 한양에서 임진란을 맞아 대소헌 조종도와 함께 창의할 것을 결심하고 서애 유성룡을 만나 창의 결의를 말하고 난 후 고향으로 돌아오고 있었다. 그러나 의령에 미처 오지 못하고 초유사(招諭使) 학봉 김성일을 함양에서 만나는 바람에 소모관(召募官)의 중임을 맡게 되어 학봉의 휘하에서 대소헌과 함께 활약하게 되는데 곽재우는 그 일을 아직 모르고 있었다.

"지금 장인어른이 이 고을에 없습니다. 한양에 가 계십니다."

"소문을 들으니 천강홍의장군이라 쓰인 족자가 나왔다면서? 그리고 용마도 난데없이 나타났다면서?"

"……"

곽재우는 고개만 끄떡거렸다.

"천강홍의장군 곽재우! 자네야말로 의군의 기치를 높이 들고서 나설 사람일세. 용마가 나타난 걸 보면 자네의 충심을 하늘이 알고서 내려보낸 것일세. 앞으로 자네가 지휘해야 의군 통솔이 가능할 걸세. 나야 의군을 모으는 소임을 맡아 최선을 다하겠네."

오운은 있는 힘을 다해 의군대장이 되기를 사양했다. 곽재우는 한참 생각하다가 말했다.

"그럼 오 목사님은 의군을 모으는 일을 맡아 주십시오. 지금은 세간

마을 근처 사람들 중심이니 앞으로 의령 고을 사람들이 다 참여하도록 도와주시면 좋겠습니다."

"소모관은 내가 맡겠네. 고을 내에 행세한다 하는 문중 사람들을 다 끌어 모아보세. 먼저 우리 집 노복들과 아들도 의군으로 가라고 하겠네."

오운은 의군대장은 맡지 않겠지만 고을의 장정들을 의군으로 모병하는 소모관 일에 주력하겠다고 다짐했고 용연정에서 의병 창설을 선언하는 날 곽재우 옆에 앉아 좌장처럼 발언하면서 힘을 실어주기로 하였다.

창의 선언 전날 밤 돈지강사에 몇 사람이 모여 왜적을 치기 위한 의군(의병) 창설 결의를 크게 선포하는 모임을 갖기로 했다. 의군대장에 곽재우, 앞서 나가 싸울 좌우 선봉장에 심대승과 배맹신을, 돌격장에 안기종과 권란이 맡기로 우선 작정하였다. 중앙 군영에 앉아 병무를 총괄할 중군장에 오운을 그리고 곽재우를 대장에 추대하면서 붉은색 궤에서 나온 족자에 쓰인 글 그대로 "천강홍의장군 곽재우 장군"이라 쓴 깃발을 만들어 걸고 널리 사람들에게 알리며 부르기로 결의를 하기도 하였다. 그래서 자연히 좌중에서는 곽재우 장군이라 부르는데 조금도 어색하지 않았다. 사실 의군은 곧 군대나 다름없으므로 군율이 세워져야 하는데 먼저 상의하달 명령 계통을 위해서는 중군장, 선봉장, 돌격장, 유격장, 수병장, 아장亞將 같은 군사조직이 당장 필요했다.

"옳소. 이제부터 계수란 자字를 우리는 부르지 말고 곽재우 홍의장군이라 부릅시다."

"당연하제. 이제 우리 대장인데 함부로 계수라 불러서야 안 되지."

곽재우는 고개를 끄덕였다. 이제부터는 강호에 노닐며 한가하게 낚시를 즐기던 처사나 선비가 아니라 비록 임금님이 주는 관직이 아니었지만, 곽재우 장군이라 불리어야만 한 무리의 의병을 이끌 수 있으리란 생각이 들었다. 그의 지휘명령과 통솔이 가능하다면 무엇이든 해야 할 것이기 때문이었다.

현고수懸鼓樹 북소리

선조 25년(임진) 1592년 4월 22일.
해가 중천에 뜰 때쯤 세간리 용연정에는 사람들이 모여들었다.
"진비! 저 느티나무에 북을 달아라!"
굵고 큰 소리가 쩌렁쩌렁 용연정 마루를 울렸다. 세간리 농토를 관리하는 마름 진비辰飛가 어제 준비해 두었던 큰북을 들고 마을 복판에 있는 느티나무로 달려나가 하얀 천을 큰 가지에 던져 걸더니 북을 매달았다.

창의 북을 매단 현고수

"힘껏 쳐라! 우리 마을을 울리고 이웃 동리까지 울리도록! 아니 의령 고을 사람 모두 들을 수 있도록!"

용연정에서 터져 나간 큰 소리에 둘러앉았던 사람들이 박수와 함께 함성이 터져 나왔다. 동시에 북이 '둥둥둥!' 울렸다. 심대승이 앞에 나가 큰소리로 외쳤다. 배맹신도 함께 고함쳤다.

"창의기병! 의군으로 뭉쳐 우리 고을 우리가 나서서 지키자!"

"토적보국討賊報國! 왜적을 쳐서 물리치는 일에 용맹하게 창칼 들고 앞장서자!"

오운이 일어나 앞에 나서며 우렁차게 곽재우를 소개했다.

"곽재우 장군을 의령 의군의 대장으로 정했소! 모두 박수로 환영합시다!"

오운의 선언에 배맹신이 고함쳤다.

"하늘이 내린 천강홍의장군 곽재우! 천강홍의장군 곽재우!"

모여든 사람들이 배맹신의 구호를 따라 외쳤다.

"하늘이 내린 천강홍의장군 곽재우! 천강홍의장군 곽재우!"

어느새 용연정과 북이 매달린 느티나무 주변에 깃발이 내걸렸다. 붉은 깃발에는 〈천강홍의장군 곽재우〉라고 쓴 글씨가 선명했고, 청색 황색의 깃발에는, 〈광주목사 백암 오운 의군 중군장〉, 〈훈련원판관 심대승 의군 좌익선봉장〉, 〈의군 우익돌격장 대수헌 권란현감〉, 〈유곡찰방 초정 강언룡 의군 훈련대장〉, 〈의군 우익선봉장 장숙 배맹신〉, 〈사옹원 봉사 안기종 의군 좌익돌격장〉 의군에 참여하기로 한 용장勇將들의 깃발도 함께 내걸려 나부꼈다.

심대승이 자리에서 벌떡 일어나 용연정 기둥에 걸린 북을 두드리며 고함을 쳤다.

"국난을 구출하자, 의군에 앞장서자, 죽음을 맹세하자."

그러자 대열에 앞장서 있던 노복 지동과 말개[5] 등 사람들이 함성을 질러 동조했다. 곽재우가 노비 문서를 불태우고 면천을 선언하자 감격하여 의군에 참가한 노복들이 대부분이었다.

"국난을 구출하자! 의병에 앞장서자! 죽음을 맹세하자!"

용연정 마당에 섰던 이갑이와 득술은 또 다른 깃발을 펼쳐 대나무 장대에 높이 걸었다.

〈토적보국〉〈창의기병〉〈의군동참〉

용연정에 창의 기병을 알리는 북이 걸리니 사람들이 이곳을 현고정懸鼓亭이라, 또 북이 걸린 느티나무는 현고수懸鼓樹라 불렀다. 이날 이후 적의 동태를 알려주는 신호로 또 매일 아침 의군들의 훈련을 알리기 위해 북소리가 났다.

깃발이 내걸린 의장들 외에 이날 용연정에 모인 사람들은 심대승의 동생 심대생, 10촌 형제뻘 심기일을 비롯해 박필과 장문장 장사, 오운의 장자 오여은吳汝檼, 허언심의 아들 허도 등 수십 명이었다.

용연정 옆 마당에는 장사들이 타고 온 말들이 매여 있었다. 그중 키가 크고 날쌔게 생긴 백마가 사람들 눈에 확 띄었다. 사람들은 백마를 두고 수군거렸다.

"저 말이 바로 용마로구나! 소문난 대로 정말 거룬강 용왕님이 보낸 백마인가?"

"며칠 전 새북(새벽)에 거룬강 물이 부글부글 끓더니 하늘로 용이 솟구쳐 오르더니 백마로 변하더라고 해."

"정말 누가 봤나? 백룡을!"

---

5 지동, 말개: 두 사람은 군공으로 선무원종 3등공신 추증.

"아, 돈지강사에 사는 이갑이가 그날 새북에 똑똑이 봤다능기라. 그날 용이 변해 백마가 되더니 한달음에 집 앞에 날아와서 섰다능기라. 이상하제? 그런데 곽 대장이 우떻게 알았는지 커다란 사구(주둥이가 넓은 질그릇)에 술을 가득 담아 나와서 말 앞에 갖다 놓고 절을 하고 술을 먹게 했다고 해."

"하여간 이상한 일이제. 그라마 저 말이 용이 변한 기 틀림없는갑다."

"왜놈과 싸운다 캉게 용왕님도 도와주시는 기다."

"맞다! 맞아!"

창의 기병에 뜻을 함께하게 된 사람들이 데려온 하인이나 노복과 머슴들, 북소리를 듣고 용연정 앞 너른 마당에 모여든 청년과 동리 사람들을 향해 곽재우가 큰소리로 창의하여 모두 창과 칼을 들고 왜적과 싸우자고 선언했다.

"나는 대대로 국록을 받은 집안의 자손이오. 왜적이 침범하여 나라가 부서질 위기에 직면했소. 여러 성이 적의 공격에 무너지고 장졸과 백성까지 수만 명이 죽었소. 이때 왜적을 토벌해 순절한 장졸들과 백성의 원수를 갚지 않는다면 얼마나 분한 일이겠소? 그래서 죽더라도 백성의 도리를 다하여 회한悔恨이 없도록 창의하여 싸우고자 하오! 곧 왜적을 토벌하여 나라에 보답하겠다고 선조님을 모신 사당에 어제 가서 고유하였소. 또 적과 싸워야 할 수령 방백이 겁을 먹고 적을 피해 다니기만 하니 비록 초야의 서생書生일망정 비분강개하지 않을 수 없고 무관이 아니지만도 어찌 나서지 않을 수가 없겠소?"

곽재우는 팔을 걷어붙이고 두 주먹을 불끈 쥐고 백성의 도리를 다하자고 열변을 토했다.

"내 이제 우리 고을 장사들을 모집하여 왜적과 싸울 것이요. 의군 모병에 참여하는 사람들에게는 농사를 짓지 못하게 되니 그 대신 우리 집 창고를 열어 가족들에게 양식을 줄 작정이오. 또 우리 집 노복들 중 의군에 참여하고 공을 세우면 종 문서를 불사르고 속량하여 제 마음대로 자유롭게 살도록 해 주겠다고 약조했소. 또 내가 가진 토지도 남김없이 나누어 줄 작정이오. 물론 오늘 여기 모인 의군 장수들도 나와 한마음으로 싸워서 공을 세우면 노복 문서를 없애고 속량해 주기로 논의하였소."

곽재우의 연설에 마당에 모인 노복들과 하인, 머슴들이 '와아!' 하고 결의에 찬 함성을 질렀다. 의군으로 지원해 싸운다면 짐승처럼 멸시받고 고되고 힘든 종의 신분에서 평민으로 면역이나 면천을 한다 하니 너무나 반가운 일이었다. 군중 뒤 좀 떨어진 곳에서 관망하고 있던 김 생원과 양반 몇 명은 삐죽거렸다.

"허어! 필부나 다름없는 저 곽 생원이 미쳤군. 의군에 참여하면 종놈을 면천한다니! 양식도 주고 농사지을 땅도 나누어 주겠다니!"

"아까 그러던 걸. 옷가지도 나누어 준대요. 마누라 자식들 입을 옷을 다 내놓겠다니! 의군으로 지원만 한다면!"

"가례에 사는 곽 생원 자형 허언심이 처음에는 처남의 말에 콧방귀를 뀌며 반대를 했다고 하더군. 그러다 처남이 끈질기게 졸라대자 양곡 수천 섬과 집안에서 부리던 종들 수백 명을 의군에 내놓기로 하였다꼬!"

"농사나 짓던 머슴이나 종놈들을 모아 봤자지! 창칼을 쓸 줄 아나, 활을 쏠 줄 아나? 그런 무지렁이를 모아서 왜놈과 싸워?"

"저어기 정자에 앉아 있는 양반들 열두어 명 중 몇몇 빼고는 칼을 들지도 못할 약골이야."

"제정신이 아니야! 완전히 미쳤어. 다들! 곽가 저 사람은 전 재산을 탈탈 털어 거렁뱅이가 될 작정이구먼."

"왜적과 싸우면 활도 한 번 제대로 쏴보지 못하고 죽을끼다."

그렇지 않아도 곽재우는 그제 부실 고성 이씨 부인에게 칼을 휘두를 뻔하였다. 부인이 그의 창의 기병 계획을 듣고서 기겁을 하면서 말리려 들었다. 평소 그는 부인을 사랑하여 웬만한 말은 조금 거슬려도 '오냐 오냐.' 하며 너그럽게 웃으며 넘겨버리곤 했었다. 그래서 부인은 말이나 행동을 거침없이 하곤 했는데…….

"아니! 양식도 땅도 나누어주면서까지 장사들을 모은다고요? 처자식 옷도 벗겨 군사들 가족에게 나누어 주겠다니요? 그럼 우리는 앞으로 뭘 먹고 어찌 입고 삽니까?"

"허어! 군사들을 모으려면 내 가산을 내놓아야 하오."

"그렇게 다 써버리면 우리 집 살림살이는 뭘로 합니까? 우리 식구들이 굶주림을 면치 못할 겁니다."

성질이 급해서 흥분을 잘 참지 못하고 '욱!' 하는 성미를 지닌 그는 두말도 하지 않고 칼을 빼 들었다.

"당장 그만두지 못하겠소?"

서슬이 시퍼런 남편의 고함에 이씨 부인은 목을 움츠리면서 더 말하지 못했다. 몸종 유월이가 겁을 내 벌벌 떨었다. 한참 후에 성을 누그러 뜨린 그는,

"우리 식구들은 가례 누님 집에 가면 되오."

하고 성을 죽였다. 그러나 고성 이씨는 한숨을 쉬었다. 곧 해산달이 가까워 그녀는 운신하기에도 힘든 시기였다. 거기다 상산 김씨 부인이 낳은 아들딸이 넷이었다. 큰딸은 영산 사는 신응에게 시집을 보냈으나 큰아들 형이 16살, 작은아들 활이 13살, 그 아래 작은딸이 11살이니 그들을 데리고 남의 집으로 가야 한다니 기가 막혔다.

"누님댁요? 저는 내일모레가 해산달이라 지금 움직이기 힘들어요……."

"아! 가례에 사는 자형 집은 부자니 걱정을 말고 거기 가서 살면 되오."

가례의 자형이란 바로 허언심이었다. 그러니까 그의 가족들을 자형에게 맡길 심산이었던 것이었다. 고성 이씨는 정암진에서 싸움이 벌어진 후 얼마 지나지 않아 아들 탄灘을 낳았다.

곽재우의 힘찬 연설은 용연정 앞마당에 모인 사람들을 감동하게 했다. 장문장이나 박필 같은 장사는 눈물을 흘리며 왜적을 물리치는데 목숨을 바칠 것을 맹세하기도 하였다.

그때 헐레벌떡거리며 건장한 사람 둘이 달려왔다. 앞선 사람은 세간리 바로 이웃 마을인 유곡에 사는 50대의 자는 희서希瑞, 호는 죽헌竹軒인 이운장李雲長으로 무과에 급제하여 용양위 좌부장左副將을 지낸 무인이었다. 뒤따라온 사람은 자가 백능百能인 조사남曺士男인데 30대의 장악원 주부를 지냈는데 가례 상정上井에 살았다.[6]

"내가 너무 늦었지요? 곽 대장! 풍덕(지금의 의령읍)에 볼일이 있어 나갔다가……."

"허어! 이죽헌! 조백능! 어서 오시오. 그러잖아도 돌격장이나 유격대장으로 두 분을 모실까 기다렸소."

〈의군 우익유격대장 용양위부호군 이운장〉

〈군관 조사남 의군 좌익돌격장〉

곽재우는 두 사람 보는 앞에서 깃발에 크게 글을 썼다. 이운장이 의령

---

6 이운장(1541~1592), 조사남(1560~1592): 17의장義將 중 수병장收兵將, 군관으로 활약.

현감이 전사했다는 소식을 전했다.

"그, 글쎄, 김해성을 구한다고 간 오응창 현감이 거기서 순절하였다는 소문을 듣고 왔소."

"그래요? 오 현감이 순절하다니!"

용연정에 모인 사람들이 의령현감이 김해성에서 전사했다는 소식에 놀라기도 하고 탄식하기도 했다. 비감에 잠겨 왜적을 토벌하여 복수할 것을 굳게 다짐하기도 하였다.

곽재우도 난감했다. 앞으로 의군을 모병하면 그들을 무장시켜야 하고 먹여야 하는데 무기며 양식을 구해대야 했다. 그래서 오응창 현감이 신초나 이숙 만호처럼 김해성에서 살아 돌아오기만 하면 곽재우는 창의 기병 소식을 알리고 협조해 달라고 요청하려 했다. 김해성을 구원하고자 달려간 사람이니 창의에 적극적으로 찬동하고 관아의 양곡이나 무기를 최대한 지원해 줄 것이 분명했다. 지난해 자굴산 범사냥 때처럼 관아의 군사들도 의병과 함께 싸우도록 할 현감이었다.

마름 진비가 달려와 곽재우에게 속삭였다.

"우떤 늠들이 미쳤다꼬 합니더. 의병을 모아 왜놈과 싸운다꼬 종 문서를 불태우고 논밭을 갈라주고 양식도 퍼 준다꼬 미친갱이라꼬 합니더."

곽재우는 그 소리를 들었으나 안색은 변함이 없었다. 마침 창의 소식을 듣고 힘을 실어주기 위해 달려와 뒤에 앉았던 천성만호 신초가 한마디 했다.

"미쳤다는 게 당연하지. 미치지 않고서야 관원들이 제 살길 찾아 도망치는 이 난국에 어찌 창의 기병을 한단 말인가? 의분에 차서 남들이 생각지 못한 일, 불가능한 일을 벌였으니 미친 자라 할 만하지."

신초가 자리에서 일어나 두 손을 번쩍 들며 외쳤다.

"우리 다 함께 큰소리로 창과 칼을 들고 의군으로 싸우자고 외칩시다!"

그러자 용연정에 모였던 용장들이 우 일어났다. 곽재우가 의기에 가득 찬 함성을 질렀다.

"의군들이여! 창검을 들고 떨쳐 일어나라!"

"의군들이여! 창검을 들고 떨쳐 일어나라!"

용연정이 떠나가라 함성이 퍼졌다. 마당에 섰던 의군들도 결의로 뭉쳐 함께 고함쳤다.

전 광주목사 오운이 발 벗고 나서서 창의 기병을 널리 알리면서 의군을 모으는 일에 큰 힘을 쓰자 곽재우를 미친놈이라고 비웃던 사람들의 비난이 곧 잠잠해졌다.

첫 작전 신반창과 초계로

의군 모병 소식에 100여 명이 몰려왔다. 의군에 참여하면 식구들이 먹을 양식도 주고 옷도 주고 면천도 시킨다는 말에 기꺼이 달려온 것이었다. 곽재우는 창고의 곡식을 헐어 나누어 주었고 부인들이 가지고 있는 금비녀나 목걸이 구슬 같은 귀금속을 팔아 나누어 주거나 군비에 보탰다.

모여든 사람들이 대부분 농사일이나 하던 장정들이라 가장 시급한 일은 전장에 나가 활과 창을 들고 싸울 수 있는 병사로 훈련하는 것이었다. 병사들의 훈련은 배맹신과 조사남에 맡겼다. 의군들은 세간리 개울가, 돈시강사 앞 모래사장에 마련한 훈련장으로 새벽에 나와 창술이나 활쏘기 훈련을 받고 낮이면 들에 나가 보리를 베어 타작하거나 나락 모판을 만들어 모심기 준비를 하도록 했다. 그리고는 저녁을 먹고 나면 또 다시 모여 창과 칼을 쓰는 훈련을 하였다. 창과 칼이 없으니 몽둥이를 들어야 했고 활도 많이 없어 돌려가며 화살을 날렸다.

그러니 시급한 것은 병장기를 갖추는 일이었다. 또 그의 창고를 열어 양곡을 나누어주는 한편 모여든 의군들을 먹여야 하니 얼마 지나지 않아 창고가 비어버릴 것이니 충분한 군량 조달도 시급했다.

세간리 농토를 관리하는 마름 진비가 오후에 다급하게 찾아왔다.

"신반에 칼 차고 화약총을 쏘는 왜놈 군사들이 와서 난리를 쳤답니더. 신반에 볼일 보러 갔던 사람이 간신히 살아 돌아왔다고 합니더."

곽재우는 마름 진비 말에 깜짝 놀랐다. 신반창이라면 세간리 북쪽 10리 아주 가까운 옛 고을 신번현新繁縣으로 지금은 세곡을 보관하는 큰 창고가 있었다. 소문을 듣기로는 왜적이 부산과 동래성을 무너뜨리고 난 다음 곧바로 군사들이 한양을 향해 질풍노도처럼 북상 중이라 했는데 난데없이 왜병이라니.

"뭐라? 왜적이 나타났다고? 몇 명이나 되던고?"

"백 명은 안 되고요……."

"허어! 벌써 왜군이 부대를 이탈하여 제멋대로 노략질을 하려는구나! 당장 때려잡지! 그곳 관원들은 뭐했단 말이고!"

"말도 마이소. 관원이란 사람들은 왜군이 총질하는 바람에 놀래서 도망칠 치고 슬슬 숨어 버리고 주인 없는 무주공산이라 캅디더. 초계도 마찬가지랍니더. 이 일을 우짤낍니껴?"

초계군수 이유검李惟儉은 경상감사를 따라가 버려 진작 비어 있었다.

"우짜기는 우째! 그놈들이 나타나면 싸워야지! 아마 그놈들은 몸이 부실해서 북쪽으로 빨리 행군하는 군사들을 따라갈 수 없어 뒤처진 걸 거야."

조사남이 달려오더니 왜군이 나타나게 된 경위를 얘기했다.

"왜적들이 창원성을 무너뜨리고 달아나는 피난민들을 쫓아 칠원으로 올라와 영산 멸포나루를 건너 북상하여 낙동강 오른쪽 강변을 따라 현풍으로 갔답니다. 창녕현 서쪽 이방 적포나루에서 강을 건너 아래쪽으로 왜놈 수십 명이 나타나 신반에서 불을 지르고 또 몇 놈은 북쪽 초계로 가서 노략질을 한답니다."

곽재우는 탄식했다. 옆에 있었던 중군장 오운이 기가 막힌다는 표정을 지으며 물었다.

"허어! 거기 관원들은 뭐했던고?"

"벌써 도망가고 없었답니다. 온 동네를 돌아다니면서 부녀자를 잡으면 겁탈을 하고 반항하는 사람은 칼로 도륙을 낸다고 합니다."

"안 되겠다! 당장 우리가 달려가서 분탕질하는 왜적을 잡아 죽여야겠다."

곽재우의 분노에 오운도 급히 왜적을 잡자고 말했다.

"저놈들이 이곳저곳 다니면서 쑥대밭을 만들다니! 몇 안 되는 우리지만 지금 달려가서 싸웁시다."

오운의 말에 결단을 내린 곽재우가 고함을 쳤다.

"진비야! 장사들을 다 불러 모아라! 당장 신반으로 가보자!"

곽재우 장군의 노성이 군막을 쩌렁쩌렁 울렸다. 신반창은 의군의 중군 군영이 있는 세간리에서 얼마 떨어져 있지 않기 때문에 당장 방어를 하지 않으면 왜적들이 세간리로 몰려올 것이 분명했다. 공격이 곧 최선의 방어라고 했겠다. 성이 난 곽 장군은 냇가에서 한창 훈련 중인 의군들과 오운, 심대승, 이운장, 조사남 등과 함께 신반창으로 말을 몰아 달려갔다. 왜적이 수십 명이라니 의군 장사 서너 명이면 요절을 낼 수 있으리란 자신감으로.

고개를 넘어 신반창으로 달려가니 왜적의 흔적을 찾을 수가 없었다. 벌써 초곡 방면으로 몰려갔다고 했다. 불에 탄 관아는 난장판이었다. 곳곳이 불타고 무너져 성한 구석이 없었다. 다행스럽게도 세곡 같은 양곡을 보관하던 창고는 불에 타지 않고 멀쩡했다.

곽 장군은 다시 말을 몰아 초곡 쪽으로 달려갔다. 역시 초곡군 관아도 불에 타거나 부서져 있었다. 벌써 왜적들은 다른 곳으로 옮겨가고 없었다. 둘러보니 기가 막히는 참상에 분이 더욱 치밀었다. 그러면서 병기 창고에 병장기들이 고스란히 남아 있는 것을 발견하면서 생각에 잠겼다. 지금 의군들에게 쥐여 줄 무기가 없었다. 활도 칼도 창도 부족했다. 빈손으로 싸워야 할 형편인데 초곡 병기고에 온전히 보관된 무기들이 반가웠다. 오운 중군장이 반갑다는 투로 말했다.

"곽 장군! 당장 저 무기들을 가져갑시다. 그냥 두면 왜적의 무기가 되오."

"그럽시다."

오운의 말에 곽재우는 두말할 틈도 없이 심대승과 이운장에게 말했다.

"선봉장들! 저 무기들을 수습하여 세간으로 실어 갑시다. 만약 이곳에 저것들을 내버려 두면 왜적들의 손에 들어가 그들의 무기가 될 것이니 큰일이지 않겠소? 우리 의군들에게 무기가 부족했는데 가져가야겠소."

"아, 맞습니다. 저걸 가져가서 우리 군사들을 무장시키면 더욱 좋지요. 저냥 내버려 둬 왜적들에게 넘겨서는 절대 안 됩니다."

역시 신반창에 와서도 세곡 창고에 쌓여 있는 양곡도 수습하여 실어 가자고 했다. 또 왜적들이 쳐들어와 불을 지르거나 아니면 저들의 군량미로 충당한다면 그 또한 얼마나 큰 손실인가.

의군들은 수레를 구해 초계와 신반창의 병장기와 양곡을 모두 세간리 군영으로 운반했다. 이 일은 얼마 후 합천군수 전현룡田見龍이 도적이 가져갔다고 경상감사 김수에게 악의적으로 모함 보고를 해 곽재우 의군을 토적土賊으로 몰아붙이는 빌미가 되었다. 전현룡의 말에 가세한 김 아무개가 이간질로 감사를 부추겨 일이 확대되어 의군의 해체 위기까지 몰리게 하였다.

의군 훈련과 응전계책

초곡과 신반에서 가져온 병장기와 양곡으로 한층 의군들의 사기가 높아졌다.

"우리가 사용할 무기는 창과 활인데 활은 훈련을 많이 해야 숙달되니 창술을 먼저 가르치도록 합시다. 창은 먼저 찌르고 적의 공격을 제치고 막는 세 가지 기술만 익히면 됩니다."

"알겠습니다. 찌르고 제치고 막고…… 창술을 가르치도록 하겠습니다."

의군 훈련을 맡은 배맹신 선봉장이 힘차게 대답했다.

곽재우 장군은 의군들의 훈련을 더욱 강화하면서 왜적이 쳐들어올 지역으로 예상되는 곳을 용장들과 함께 돌아보면서 대비책을 마련하고자 하였다. 동쪽으로 낙동강과 남강이 만나는 기강나루, 남쪽으로 함안과 남강을 사이에 둔 정암나루가 있는 정호鼎湖, 의령현 서쪽으로 진주, 삼가로 가는 길인 가례 한터고개(大峴).

먼저 기강나루로 갔다. 돈지강사 일대는 이제 의군들의 군영으로 변해 사람들이 많았다. 고성 이씨 부인은 마당에다 큰 가마솥을 걸어 놓고 동리 아낙과 여종들과 함께 밥도 하고 국도 끓여 그들을 먹이는 일에 땀을 흘리고 있었다. 곧 해산할 임산부임에도 일하고 있었다.

"차차 군사들이 밥도 하고 국도 끓이도록 가르쳐 주고 뒤로 물러나구려. 북태산 같은 배를 안고 다니다 잘못되면 큰일이요."

"아이! 남정네들이 무슨 밥을 해요?"

"밥하는 법을 가르쳐요. 이 싸움이 언제 끝날지 모르는데 당신이 계속 전쟁터를 따라다닐 수야 없잖소? 나에게는 당신이 낳은 아이가 중하오. 남들이 뭐라 하든 당신이 낳은 아이들을 서자니 적자니 그런 구분을 하지 않을 것이오."

이씨 부인이 부실이라 나중에 아이들이 서러움을 받을까 염려해 한 말이었다.

곽재우는 나이가 조금 많고 전투력이 떨어질 만한 사람들을 골라 군사들의 취사를 담당하도록 했다. 많은 군량미와 가동 등을 내놓은 매형 허언심에게 군향軍餉 관리를 맡도록 당부했다.

그는 권란, 심대승, 배맹신, 안기종, 심기일, 조사남 의장들과 함께 먼저 동쪽으로 가서 낙동강을 건넜다. 곽재우의 연락을 받은 신초 천성만호가 와 있었다. 그의 동생 신갑, 사위 신응과 영산의 의병장이 될 신방즙과 젊은이들 몇 명을 대동하고 있었다.

먼저 기음강용단을 찾았다. 영산의 신인 문호장이 그러듯 간단한 제수를 차려 놓고 절을 하면서 의군들의 건투와 왜적을 물리쳐 승전할 것을 기원하였다.

전투가 벌어지면 의지할 성城이 될 창날산(지금의 남지개비리길 마분산馬墳山)을 신초와 함께 올라 사방을 살폈다. 산마루에 서니 바로 눈 아래에 기강나루뿐만 아니라 돈지와 지산리(지금의 성산리) 사방이 환하게 보였다. 바로 아래는 강물이 출렁이는 절벽이었다.

"적의 동향을 한눈에 파악할 수 있는 위치로군. 망꾼을 꼭 두고 돈지 군영으로 연락이 되도록 해야겠소. 그리고 이쪽 산이나 저쪽 산에 급한 대로 토성을 쌓아 대비하여야겠소."

곽재우는 기강의 경계를 맡을 조사남 돌격장에게 말했다. 조사남은 활을 잘 쏘는 의병을 이곳에 배치하겠다고 고개를 끄덕였다.

"그리고 강변 양쪽이 모두 모래사장이 아니면 갯버들에 갈대밭이니 매복하기에 불리할 듯해. 지산 쪽 강 건너 솔밭 곳곳에 구덩이를 파 몸을 은신하도록 하고 조총 철환이 날아오면 막을 수 있도록 굵기가 서까래만 한 소나무를 베어 엮어 목책木柵이나 방패를 만들어야겠어. 방패 뒤에서 활을 쏘도록!"

곽 장군의 지시에 신 만호가 모두에게 들리게 큰소리로 왜적에 대항할 방도를 얘기했다.

"내가 김해성에서 왜적과 싸워보니 절대 접근전을 벌이면 안 됩니다. 놈들은 검술에 능하니 우리 군사가 창이나 칼을 들고 싸우고자 가까이 달려들었다가는 죽습니다. 그리고 조총의 철환은 70보 안에 들면 사람이 살상되니 될 수 있는 대로 멀리서 활을 쏘아야 합니다."

"신 만호의 말을 참고하는 게 좋겠소. 모두 화살이 멀리 날아가는 강궁인 쇠뇌를 쏘도록 훈련합시다."

"영산현의 의군 모집이 좀 시일이 걸리지만 호응하려는 장정들이 많아! 곽 장군. 우선 가마실(지금의 부곡) 임해진 나루에서부터 사오십 리 욱개나루까지 망꾼을 총총 꽂아뒀네. 왜선이 창원 본포나루에 나타나면 즉시 봉화를 올려 여기까지 전달되도록 준비하고 있네."

"신 만호 형님이 열심히 뛰어다니시니 모병도 잘 될 겁니다."

"아니야! 난 김해성에서 패해서…… 패장이 아닌가? 그래서 족질族姪 신방즙을 앞세우고 있네."

제3장 의군들이여! 창검을 들고 떨쳐 일어나라

창날산에서 내려오는데 거룬강 나룻배에서 장정 몇 사람이 내려서 달려왔다.

앞서 온 사람이 곽재우와 신초를 알아보고 허리를 굽혀 인사를 했다.

"저는 이숙 제포만호가 보내서 온 칠원 무릉에 사는 조방입니다."

형 극평克平 조탄趙坦과 함께 의군을 모으고 있는 극정克精 조방趙垹[7]은 몸집이나 키가 보통인 서른여섯 살로 허리에는 칼도 차고 어깨에는 전통과 활을 멘 철릭 차림이었다.

"아아! 이 만호가 진작 얘기를 합디다. 황곡 사형의 문인이라고요."

"예. 이 만호는 그의 형 이정과 김해와 창원에서 왜적에 쫓겨 함안 땅으로 넘어온 병사들을 거두어 모으고 있지요. 제가 입은 이 철릭도 그들에게서 얻은 겁니다."

"아아! 그렇군요. 극정 조방."

조방의 스승 황곡篁谷 이칭李偁은 남명 문인으로 일찍이 진사가 된 선비였다. 나중에 석성현감, 지평을 지내기도 했으며 대학자로 추앙받았다. 그는 함안 검암에서 서당을 열고 제자를 가르쳤다. 조방은 황곡 사형師兄의 제자인 셈이니 곽재우는 더욱 반가웠다. 조방은 같이 온 함안 젊은이들을 인사시켰다.

"다들 곽 장군께 인사하게. 스승님께서 셋째 자제인 이명경과 이씨 집안 젊은이들을 장군님께 보냈습니다."

"반갑소이다. 다 난국에 처한 나라를 구하기 위해 왔다니 장하오."

황곡 이칭 선생의 장자 매죽헌梅竹軒 이명호李明怘와 그의 동생 국암菊庵 명경明憼과 종제 명서明恕, 명념明忿, 황곡의 종제 해사海槎 이간李侃,

---

[7] 조탄(1654~): 의병장, 선문원종공신, 조방(1557~1638): 호 두암. 칠원의병장. 곽재우와 교유.

조형도趙亨道, 주세붕의 손자 주익창 등 함안 칠원 사람들이 절을 하자 곽재우는 일일이 손을 잡고 반가워했다.

조방은 임란이 일어나자 전 제포만호 이숙을 만나 탄식하기를,

"고관들이 더럽게 된 것이야 무엇이 마음 쓰이랴만 나랏일을 어떻게 하나?"

하고 탄식하면서 이숙과 함께 창의할 것을 기약하고 형 극평 조탄과 함께 집안의 머슴이나 노복 100여 명을 의병으로 모집해 놓고 홍의장군 의진義陣에 합세하려고 온 것이었다.

"이 만호께서 나더러 용화산에 망꾼을 두고 장포나루를 오가며 곽 장군을 도우라 하였습니다. 기강 남쪽 함안 땅은 강물이 넘치는 뻘(펄)구덩이라 갯버들이 우거져 군사들이 매복하기 좋습니다."

"고맙소. 우리 의령 의군도 여차 하면 강을 건너 조방 대장과 합세하도록 하겠소."

기강의 첫 승전

이른 아침, 세간리 군영에 있는 곽재우 장군에게 급한 전갈이 영산의 신초 만호로부터 날아왔다.

왜선 세 척이 부곡 임해진 나루를 지나갔다고 했다.

곽 장군은 당장 배맹신 선봉장을 비롯한 여러 의장義將들을 기강 돈지 군영으로 모이라고 연락하였다. 왜선이 임해진 나루를 지났으면 한낮쯤이면 거룬강나루 근처에 도착할 것이었다. 순풍에 배가 달린다면 그보다 더 빠르게 올지도 몰랐다.

백마에 올라 세간에서 기강군영까지 단숨에 달려 도착하니 배맹신,

의병탑(의령 소재)

심대승 선봉장과 권란, 이운장, 심기일, 조사남, 박필과 장문장 장사와 심대생까지 달려와 있었다.

"왜선 세 척이 기강으로 오고 있다고 신 만호의 연통이 왔소. 아마 신 만호와 영산 의군 몇 명이 곧 강 건너까지 달려오겠지요. 우리 의군이 처음으로 적과 일전을 벌여야 할 때가 기어이 왔소. 지난번 신반과 초계까지 달려갔지만 적을 놓치고 말았는데 이번에는 꼭 잡아 죽여야 하오!"

"와! 이번에야말로 놈들을 박살냅시다!"

"초전 박살!"

의장들이 의기 충만하여 힘써 싸울 각오를 다지며 외쳤다. 병기를 담당하고 있는 진비가 여러 가지 병장기를 가져왔다. 먼저 눈에 띈 것은 쇠뇌強弩였다. 또 애기살을 쏘도록 만든 편전도 보였다. 의장들은 며칠 전부터 쇠뇌와 편전으로 쏘는 훈련을 해 봤으므로 자신 있게 그 활들을 챙겨 들었다. 곽 장군은 다시 한번 다짐하였다.

"우리 군사는 적고 적은 많을 테니 몸을 꼭꼭 숨겨 공격해야 하오. 그러니 며칠 전 파놓은 강변의 구덩이(호壕) 안에 매복해 있다가 공격 신호가 떨어지면 소나무 방책을 앞세우고 활을 쏘아야 하오."

소나무 방책防柵이란 서까래 굵기의 소나무를 엮어 만든 목책으로 모래사장이나 갯버들과 갈대밭 속에 눕혀서 숨겼다가 적의 공격 때 일으켜 세우면 적의 조총 철환도 피할 수 있고 의군 장사들이 활을 쏠 때 방패가 되기도 하게 만든 것이었다. 강 이쪽이나 저쪽 모두 강 가까이에는 허허벌판이나 다름없는 넓은 모래사장이라 은신할 나무나 바위가 없었으므로 구덩이와 방책이 꼭 필요했다. 갯버들이나 갈대가 자라는 곳이 있기도 했지만 사람 키만큼 자라야 몸을 숨길 수 있을 텐데 이제 5월이니(양력 6월) 갈대는 푸르나 사람 허리에도 못 미쳤다.

"한 놈에게 화살 하나면 족하지요. 화살도 아끼고! 처음 싸움에 써보는 쇠뇌나 편전도 명중률이 높으니!"

곽 장군은 또 다짐하였다.

"공을 탐하여 먼저 나서서 공격하면 안 되오! 반드시 공격 신호가 떨어지면 활을 쏘시오. 접근전도 피하기 바랍니다. 그리고 적병의 목을 베지도 마시오. 비록 적이지만 시체가 온전했으면 싶소."

"예! 알겠습니다."

10여 명의 용장들은 각오를 다지면서 곽 장군의 지시에 따라 흩어져 모래 구덩이에 몸을 숨기면서 공격 준비를 하였다. 곽 장군은 어제 그제 모여 훈련을 하던 기강군영의 의군들이 첫 싸움에 출전했다가 잘못하면 목숨을 잃기가 십상이라 참전을 시키지 않고 멀리 성산 십리솔밭 언덕에 올라 관전하도록 하였다. 첫 싸움에 목숨을 잃는 군사가 생긴다면 겁을 내거나 사기가 떨어질 염려가 있었기 때문이었다.

"여러분은 이번 싸움에 참전하지 않아도 되오. 그러나 북과 꽹과리 나팔과 깃발을 가지고 숨어 있다가 공격 신호가 떨어지면 일제히 일어나서 고함도 치고 북도 치고 깃발도 흔들어 응원해 주십시오."

"예에—!"

진비가 곽 장군의 공격계획을 전달하기 위해 나루를 건너가면서 쇠뇌도 몇 개 가져갔다. 그가 건너가니 조사남 돌격장과 신 만호와 영산 의병 몇 명이 말을 타고 달려왔다.

"만호님! 대장님이 먼저 불화살을 쏘랍니다. 불화살을 쏘아 왜선의 돛에 불을 지르랍니다. 그래야 배가 꼼짝 못한다고요."

"알았네. 가까이 오기만 하면! 이건 쇠뇌 아닌가? 지난번 편전을 만들어 왔더니 이제 쇠뇌까지 만들었군."

"그리고 창날 뒷산 절벽에 가서 활을 쏘랍니다. 배가 창날 쪽 강변으로 붙어서 오면 너무 가까워 위험하다고요. 백사장 구덩이에는 숨지 말고요."

"알았네!"

신 만호는 그렇게 대답했으나 동생 신갑은 겁나지 않은 듯 고개를 내저었다.

"아니! 저렇게 구덩이를 파 놓고 소나무 방책까지 준비해 은신하기 좋은데요. 형님은 절벽으로 가고 저는 모래 구덩이에 가렵니다. 그래야 왜적을 가까이 만나 쏴 죽이지요."

"허어! 넌 또 그런다. 용감한 건 좋지만 너무 무리하면 안 된다."

"하여간 형님이나 조심하소."

신 만호는 호기를 부리는 동생이 걱정스러웠으나 고집을 꺾을 수가 없었다.

북이 "둥둥둥!" 울렸다. 공격 신호였다.

불화살이 여러 발 푸른 하늘을 가로질러 날아가 왜선의 돛에 가 꽂혔다. 기름에 푹 젖은 화살이라 돛에 꽂히자마자 불이 붙었다. 왜적들이 난데없는 불화살이 날아들자 어리둥절하여 뱃전으로 몰려나와 강변을 바라보며 저들끼리 뭐라고 고함을 쳤다. 불화살은 앞에 선 배의 돛에 날아가고 곧이어 두 번째 배, 세 번째 배에도 날아갔다. 불이 붙은 돛은 힘없이 아래로 떨어져 내렸고 순풍을 받아 가던 배가 강 가운데 멈추어 서 버렸다. 모래 구덩이에 몸을 숨기고 있던 장사들이 일어나서 사람 키와 같은 소나무 방책을 일제히 세우면서 화살을 날렸다. 쇠뇌의 우수한 성능이 곧 발휘되었다.

왜적은 뱃전에서 뭐라 떠들면서 조총을 쏘는 듯했으나 의령 쪽 장사들이 매복해 있는 모래 구덩이는 70여 보 밖이라 총탄이 날아와도 힘이 없이 떨어졌다. 장사들은 적병 하나하나 정확하게 겨냥해 활을 당겼다. 조사남과 신초도 창날산 절벽 위에서 활을 쏘았다. 편전은 날아가는 화살이 보이지 않으니 적들은 피하지도 못했다. 맨 앞에 선 배가 뒤뚱거리며 돌아서려 했다. 그러다 뒤따르던 배와 부딪쳤다. 돌발적인 사고에 왜병들은 우왕좌왕하고 있었다. 강 저쪽 모래 구덩이에 있던 신갑은 쇠뇌를 발사해 왜병 여러 명을 쓰러트렸다. 배가 부딪쳐 돌면서 기울어진 배가 영산 쪽으로 다가와서 너무 가까워 위험하였으나 그는 겁도 없이 빳빳하게 일어서서 활을 쏘았다. 왜적들이 강물 속으로 떨어졌다.

맨 뒤에 따르던 배에는 왜병들이 많았다. 앞선 배에는 화물선 같아 병사들이 얼마 되지 않았다. 그러니 왜선 두 척은 잠시 후에 조총을 쏘는 병사가 다 죽었는지 조용해졌다. 장사들이 강 가운데로 달려 나가 갈고리를 던져 뱃전에 걸어 떠내려가지 못하게 했다.

그러나 세 번째 배의 적들은 조총을 쏘면서 배를 돌려 달아나려 했다. 그때 함안 쪽 용화산 절벽 쪽에서 화살이 날아갔다. 바로 조방 의병장이 이끄는 함안 의병들이었다. 배는 용화산 절벽에 부딪혀 가라앉기 시작했다. 살아보겠다고 강물에 뛰어드는 자가 있으면 조방 의병장의 화살이 정확하게 날아갔다. 또 의령 용사들의 쇠뇌 화살도 날아가 하나도 놓치지 않았다.

언덕 위에서 최초의 격전을 바라보던 의군들은 신이 나서 함성을 지르고 북과 꽹과리 나팔을 불어댔다. 〈천강홍의장군 곽재우〉라 쓰인 붉은 깃발과 용연정에 내걸었던 깃발들을 흔들며.

"이겼다! 이겼다! 홍의장군 만세!"

"의령 의군 장사들 만세!"

제 4 장
정암대첩

정암나루에서 왜적을 크게 이기다

정암전투도(의병박물관 소재)

제 4 장

정암대첩

정암나루에서 왜적을 크게 이기다
鼎巖大捷

정호와 삼가를 가다

첫 전투 기강의 싸움이 있고 난 뒤 곽재우는 의장들과 함께 기강에서 정암나루 옆에 있는 정호鼎湖를 찾아갔다. 왜적의 대군이 머지않아 함안, 의령을 거쳐 전라도로 갈 것이라는 예상에 곽재우는 정암나루 일대를 돌아보며 왜적을 막을 계책을 세우려 하였다.

정암나루터 서쪽 산기슭에 서니 봉덕산鳳德山 아래 풍덕 의령읍성이 보이고 그 남쪽에 구룡산龜龍山이 높이 솟아 있었고 만천리와 의령읍성의 남문과 동문 근처는 논밭이 펼쳐져 있었다. 이곳이 다음 싸움터라 예상이 되어 지세를 둘러보고 전략을 짜야 했다.

강 가운데 솥바위(鼎巖)가 보였다. 그리고 백야 들판과 갯버들 숲이 펼쳐져 있는 저습지 정호 일대를 곽재우 장군은 유심히 살폈다. 서쪽 만천

리 쪽 구룡산 줄기를 월나산月那山이라 부르기도 하는데 길게 이어진 산등 너머 멀리 벽화산성이 바라보였다.

벽화산성碧華山城[1]은 가야 시대의 고성古城으로 알려져 있는데 주봉과 중봉 두 곳에 석성을 쌓았는데 벽화산(높이 522m) 아래 골짜기까지 연결되어 있었다. 왜란에 대비하여 1589년(선조 22)에 의령읍성을 현청이 있는 풍덕에 쌓았는데 성의 둘레가 1,570자로 그리 큰 성이 아니었지만 우물이 두 개 있고 토석혼축土石混築으로 바깥쪽은 큰 바위로 쌓았다. 지난해 10월부터 올 3월까지 축성을 감독하는 관원이 김충민이란 무관이었다. 그런데 농사철이 되면 성 쌓기를 잠시 중단하고 농사일을 하게 한 다음 공사를 계속하면 될 것을 김충민은 농사철을 불문에 부치고 일꾼을 강제로 동원하여 읍민들의 원성을 높이 샀다.

"백야 뻘굼티에서 적을 일단 묶었다가 풍덕 쪽 읍성으로 가는 걸 막고 나중에는 구룡산 골짜기로 해서 벽화산성까지 적을 유인해야겠군."

"벽화산성으로 적을 몰아넣어 요절을 내입시다."

"그래, 그래야 할 것이요. 만약 읍성에서 왜적과 싸운다면 백성들의 피해가 막심할 것이니 읍성에서의 싸움은 피해야 할 것이요."

앞으로 정암나루 일대의 경계를 맡을 심대승 선봉장을 위시해 심 대장의 먼 형제뻘 되는 만천리 출신으로 서른다섯 살의 기찰장譏察將 심기일沈紀一[2]이 안내를 맡고 있었다. 그는 정암 옆 동네에 살아 이곳 지리를 훤하게 알고 있었다. 이운장, 권란 등이 동행하면서 곽 대장의 전략을 들었다. 곽 대장의 옆에는 배맹신과 조사남이 따르고 있었다. 또 의령

---

[1] 벽화산성: 경상남도기념물 64호, 지금도 성벽이 약 1km 정도 남아 있다. 임란 때 홍의장군이 이 산성에서 싸워 왜적 수천 명을 무찔렀다고 전해온다. 《의령군지》(상) p.995.
[2] 심기일(1545~1610): 홍의장군 휘하 17의장 중 정찰 정보를 맡은 기찰장으로 활약.

설뫼에 사는 기골이 장대하고 힘이 센 장사 안기종도 함께였다. 안기종은 의군 돌격장을 맡았다.

"역시 뻘구덩이를 피해 갯버들숲 사이에 길이 나 있구먼."

"농사꾼들이 다니며 만들어진 길인데 저어기 남쪽 강 건너 월촌리에서 왜적이 몰려온다면 강을 건넌 그눔들도 이 들길을 이용하겠지요. 그러니 우리 군사들도 강을 사이에 두고 진을 구축해야 할 것 같습니다. 그리고 솥바우 근처는 사람 서너 길 되게 물이 깊고요, 저 아래 동쪽 모래등 쪽은 얕아서 헤엄을 치지 않고 걸어서 건널 수 있습니더."

며칠 전부터 정호늪에 와서 지형지물을 상세하게 조사하였던 심기일이 말했다.

"그렇구먼. 심 기찰이 꼼꼼하게 살펴봤구먼. 우리 군사들을 강 이쪽에 매복시켜 놓아야 할 듯하오. 배수진背水陣보다 강을 앞에 두니 훨씬 유리할 것이요."

그렇다. 탄금대에서 배수진을 치고 기병으로 왜적을 맞아 싸웠던 당대의 명장 신립申砬장군은 패전하고 말았다. 4월 말의 일이었다. 곽재우는 서쪽 월나산을 바라보며 말을 이었다.

"그런데 전투 지휘를 할 막사는 저 정암나루 서쪽 월나산 산허리에다 지어야겠소. 그래야 이 백야 뻘굼티 들판을 한눈에 바라볼 수 있겠으니."

"예! 그렇게 하면 참 좋겠습니다."

"이왕 나선 김에 의령 고을 서쪽으로 가 봅시다. 왜적이 진주를 거쳐 삼가를 둘러 우리 고을로 난입할지도 모르니까!"

곽재우는 삼가로 가면서 오운 목사를 만나 그와 함께 삼가에 사는 남명 선생의 문인들을 만나보기로 하였다. 삼가 토골은 남명이 태어난 곳이며 48세에 제자를 가르친 뇌룡정이 있었다. 또 삼가에는 사마시를 거쳐 성균관 학유學儒를 지낸 경현景賢 박사제朴思齊[3]가 있었다. 나이가 곽재우보다 두세 살 적었으나 평소 친분이 두터웠다. 방문객이 왔다고 연통하자 대문간까지 반갑게 쫓아 나와 맞이했다.

"계수 사형! 아니 이젠 곽 장군이라 불러야겠습니다. 창의 깃발을 높이 들었다는 소문 들었습니다."

"허어! 창의 소식을 들었구료. 오늘 박 학유를 찾은 것은 왜적을 방어하기 위해 힘을 보태달라고 왔네."

"아니! 오운 목사님 아닙니까? 그리고……?"

"나와 함께 창의하여 나라에 목숨을 바치기로 약조한 장사들이네. 삼가고을 현감도 도망을 치고 없다면서?"

"글쎄 말입니다. 그래서 내가 종질 엽燁과 함께 집안 장정들을 데리고 나서서 관아에 있는 양곡과 병장기를 안전한 곳으로 옮겨 지키고 있습니다. 왜적들이 관아로 쳐들어오면 불을 지르고 약탈을 한다니 적에게 내어줄 수가 없지요."

"옳은 조처였네. 나도 신반창과 초계의 양곡과 무기가 적들의 손에 들어갈 우려가 있어 세간으로 모두 옮겼네. 왜적이 바다를 건너면서 군량을 실어 왔겠지만 얼마 지나지 않으면 그것이 떨어질 것이고 그러면 조선의 양곡을 탈취하려 할 거야."

"맞습니다. 놈들이 민가고 관가고 약탈을 자행하니 곽 장군의 조처는 정말 옳았습니다. 그리고 저도 통문을 돌려 곽 장군처럼 의군을 일으키려 합니다. 윤탁尹鐸, 정질鄭晊, 노순盧錞[4] 등등 많은 선비들이 호응하고

---

3 박사제(1555~1619): 호는 매계梅溪, 홍의장군 휘하 17의장 중 도총으로 활약.
4 윤탁(1554~1593), 정질, 노순: 삼가 거주. 17의장 중 영장. 조군, 전향(군량 조달)으로 활약.

있습니다."

"의기 있는 선비라면 당연히 창의하지 않겠나?"

"곽 대장이 오는 줄 알았으면 그분들도 오시라 해서 만났으면 참 좋았을걸."

"삼가 사는 정연이 내가 창의했단 소문을 듣고 달려왔더군. 그리고 허자대도 와서 다량의 군기 제조에 여념이 없네. 왜적의 조총과 대적하려면 쇠뇌 같은 강노強弩가 필요해서 모셔왔구면."

정연鄭演은 진작 곽 장군에게 달려와 독후장을 맡아 군사 훈련을 맡고 있었다. 또 허자대許子大[5]도 삼가 사람이었지만 진비가 무기 제작에 기술이 있다며 모셔오자고 추천해 초빙하여 쇠뇌와 화살, 창 등 무기를 대장장이와 목수들을 지휘하여 만들고 있었다.

"삼가 고을은 진주나 합천에서 의령으로 들어오는 서쪽 입구나 다름없으니 삼가 고을 의병들과 합세하여 방비하면 좋을 듯하여 왔구면."

"아아! 벌써 그렇게 생각하였군요. 좋습니다. 우리도 그리 합세하도록 논의를 하겠습니다. 곧 의군이 모병 되는대로 윤탁 훈련원 부정과 가겠습니다."

삼가에서 돌아오는 길은 떠들썩하였다. 삼가의 의군과 힘을 합치면 큰 승리를 거둘 전망이 확실하였기 때문이었다.

기강 두 번째 승전

5월 초나흘(음, 양 6월 초순) 첫 번째 기강 싸움이 있었던 이튿날, 곽

---

5 정연(1553~1597), 허자대(1555~?): 삼가 거주, 17의장 중 독후장, 군기장으로 활약.

재우 장군은 또 다른 작전을 세우기 위해 백마를 타고서 기강 강가에 섰다. 배맹신 선봉장과 조사남 돌격장, 장문신 장사가 따르고 있었다.
　며칠 전 싸움은 북쪽에서 흘러오는 큰 강 낙동강과 서쪽에서 흘러오는 작은 강 남강과 합류하는 곳 가까이 돈지 쪽 백사장에서 왜선을 쫓았다면 이번에는 그 위 북쪽까지 유인해 축출하겠다는 심산이었다. 수심水深이 창날산 벼랑 쪽은 깊고 십리솔밭 쪽은 얕았다. 십리솔밭 언덕 아래는 어제 싸운 곳의 넓은 모래사장과는 달리 모래밭이 좁게 강을 따라 있었다. 낙동강 건너는 창날산으로 구불구불한 산등성이와 가파른 절벽이 십 리나 이어지고 있었다.
　"이 거룬강 일대는 왜적의 주요한 통로가 될 것이야. 낙동강은 물이 많고 깊어서 큰 배가 다닐 수 있으니 보급품을 실은 배가 북쪽으로 가거나 아니면 군사를 싣고서 박진나루나 합천 적교나 율지, 객기나루[6]까지 올라가 전라도로 진출하려고 할 거야. 그러니 이곳에서 막아야 하고 다음은 박진나루에서 막아야 해."
　배맹신이 알아들었다는 듯 고개를 끄덕거렸다.
　"장군 말씀이 옳습니다. 세간리 의군들은 박진나루로 가서 이곳을 빠져나가 북상하는 왜선을 잡으라고 해야겠습니다. 그리고 이곳 의군은 십리솔밭에 숨었다가 왜선이 나타나면 공격하도록 해야겠습니다."
　"배 대장 말이 맞아. 그래서 오늘 훈련을 여기서 하려고 하네."
　곽 장군은 배맹신 선봉장과 따라온 용장들에게 오늘 훈련할 계획을 설명했다. 의군들이 십리솔밭에 구덩이를 파고 은신하도록 하는데 쇠뇌와 편전을 쏘는 궁수를 중간중간에 배치하고 언덕 아래 좁은 모래사

---

[6] 적교, 율지, 객기나루: 낙동강에 있는 합천, 고령, 현풍 일대의 나루들. 박진나루는 세간리 동쪽에 있다.

장에는 전날과 마찬가지로 구덩이를 파고 병사가 숨되 방책을 함께 가져갈 것을 지시했다. 그러면서 의외의 명령도 함께했다.

"강물 속에 보이지 않게 말뚝을 박아야 하네."

"말뚝이라니요?"

"그래! 왜선들을 강 이쪽으로 몰아붙여야 솔밭에 은신한 우리 의군들이 활 공격을 쉽게 할 수 있지. 어제도 말했지만, 조총의 철환이 70여 보니 우리는 100여 보 밖에서 활이나 쇠뇌를 쏘면 여축없이 적을 결판낼 걸세. 그러니 소나무 말뚝을 만들어 저쪽 영산 창날 강가 쪽에 박아서 배가 그쪽으로 못 가게 막고 왜선이 의령 쪽으로 몰리게 만들어야 하네."

배 선봉장이 조사남과 장문신에게 소나무와 강변 가까이 있는 대나무까지 베어 배로 실어 날라 영산 쪽 강 속에 말뚝을 박으라고 했다. 두 강물의 합류 지점에서 북쪽으로 조금 올라간 곳 거룬강 나루터 위쪽에서 말뚝이 강가에서 강 가운데로 깔때기 모양으로 박히도록 했다. 상류로 올라가던 배가 말뚝에 걸려 더 나아가지 못하면 말뚝을 박지 않은 의령 쪽 통로로 몰리도록 한 것이었다.

한편 곽 대장은 김 판관 따님으로부터 받은 궤에서 천병 허깨비 의병 疑兵(가짜 병정)을 꺼내 지산 쪽 솔밭 키가 큰 소나무 꼭대기에서 창날산 절벽, 다시 남쪽으로 창날나루터 언덕까지 연결하도록 했다. 질기고 가느다란 끈에 천병 허깨비 의병이 셀 수 없이 많이 달려 있었다. 곽 대장은 화살 끝에 천병 허깨비가 달린 끈을 묶어 쏘니 강 건너 벼랑까지 날아갔다. 허수아비 병정 모형은 특수한 유지油紙로 만든 것이라 비에 젖지도 않고 물에 담겨도 흐트러지지 않았고 공중에 걸면 커다란 허깨비가 바람에 날리면서 빛을 반사하는데 마치 큰 도깨비 같은 천군만마가 공중을 오가는 듯했다.

강물 속에 소나무 대나무 말뚝을 박는 동안 기강과 세간의 의군들이 모두 모이자 이번에는 공격하는 훈련을 시작했다. 의군을 거룬강나루 남쪽 솔밭에서 북쪽 끝까지 다섯 부대로 나누어 각각 매복하도록 하고 지휘할 대장을 정했다. 중군은 배맹신이 맡고 좌우 날개는 이운장, 안기종, 강언룡, 심대승 넷이 맡기로 하였다. 이때 의령 사람들로 의군에 참여한 장정들인 조붕趙鵬, 강대필姜臺弼, 안몽량安夢良과 그의 4형제인 안몽윤, 안광윤, 안몽구, 안광업과 강사호姜士豪, 고봉高峰, 전유용田有龍 등도 다섯 대장에게 흩어져 포진布陣하도록 했다.[7]

강 건너 창날산 절벽에는 조사남과 박필, 장문장이 매복했다. 정해진 공격 신호와 여러 가지 군호軍號를 다시 말하며 모든 병사가 숙지하도록 강조했다.

"여러 가지 신호는 장졸이 모두 알고 지켜야 합니다. 특히 공격과 멈춤, 후퇴의 군호는 꼭 알고 지켜야 하오."

"예! 북을 칠 고수鼓手나 꽹과리나 징, 나팔수, 기수旗手까지 잘 알도록 훈련시키겠습니다."

그러고는 득술이에게 말을 몰고 오라고 했는데 곽 대장이 타고 다니는 용마와 색이 같은 백마 다섯 필이었다. 그 다섯 필과 함께 철릭 다섯 벌도 가져왔는데 곽 대장이 입고 있는 붉은색 옷이었다. 그뿐만 아니라 〈천강홍의장군 곽재우〉 붉은 깃발도 다섯 개였다.

"이번 훈련은 바로 적들을 혼란하게 만들어 이기고자 합니다. 우리 대장 다섯이 나와 똑같은 복색으로 변장하여 신호에 맞춰 한 사람씩 적 앞에 나타났다가 감쪽같이 사라져야 합니다."

---

[7] 《용사응모록》 참조.

곽 장군은 모여든 다섯 장사에게 백마를 한 필씩 맡기면서 말했다.
"이 백마는 모두 군마로 키운 것이오. 신 만호가 창녕 화왕산성 아래에 있는 목마산성에 가서 구해 온 것인데 그곳은 가야 시대부터 말을 키운 목장이라 합니다. 최근까지 나라의 군마를 키웠기 때문에 훈련이 잘되어 있습니다. 집에서 키운 말은 전쟁터에 나가면 지레 겁을 먹고 달리지도 못합니다. 그래서 백마는 아니지만 보통 말과 다름없는 황갈색 잘 훈련된 군마 열 필도 구해 왔으니 여러 장사가 타면 될 것이오."
공격과 멈춤, 후퇴하는 훈련이 날이 이슥하도록 계속하였다. 구덩이를 파고 쇠뇌와 함께 서너 명씩 은신하는 법도 익히도록 했다. 백마를 탄 용장 다섯 명은 곽 장군의 신호에 따라 솔밭에 숨었다 나타나며 강변을 달리는 훈련을 거듭했다.

강 속에 소나무 말뚝을 다 박고 또 천군 허깨비 의병을 설치하고 조작하는 법도 익힐 즈음 급보가 날아들었다. 신갑이 말을 타고 달려와 알렸다.
왜선 11척이 임해진 나루를 지났다는 것이었다.
"왜선이 순풍에 돛을 달아 빠르게 오고 있습니다. 형님이 영산 의군을 모아 달려올 것이지만 수십 명에 불과합니다."
"알았네. 이번에는 강 건너에 의령 장졸들을 보내 싸우도록 하겠네."
그 사이 소모관 오운 광주목사가 의령 고을 안을 다니며 의군 모집을 하여 심대승의 정암진 군영에서 훈련 중이니 그 군사들까지 동원해야겠다고 판단하였다. 진작부터 강 건너 군영에 있는 조사남 돌격장 외에 권란 유격장을 군사들과 함께 복병으로 창날산으로 보냈다.
십여 척의 왜선이 북상 중이라는 소식에 기강 군영은 긴장감에 휩싸였다. 이번에는 전과 달리 많은 왜병이 배를 타고 오리라는 말이 진중에 떠돌았다. 병사들이 밥을 든든하게 먹고 주먹밥까지 들고서 각자 맡은 구덩이 속으로 서너 명씩 은신하도록 했다. 숨을 죽이고 매복했다가 왜선이 제일 북쪽 강언룡과 심대승 선봉장 앞까지 올라갔을 때 공격명령이 떨어질 것이었다.

강 건너에는 신초 만호와 동생 신갑, 신방로辛邦櫓, 배대유, 신유경辛裕慶, 이확李穫 등 영산의군 십여 명이 도착했다. 영산, 창녕, 현풍 낙동강 왼쪽 고을 세 곳의 현감들은 경상감사 김수를 따라 가버려 공성空城이 되어 있었다.

영산의군은 권란 조사남 돌격장과 합세하여 창날나루터에서 개비리 절벽까지 은신하였고 함안 땅 용화산 절벽과 남강 남쪽 강변에는 조방의장과 조형도, 이명경, 이간 등 함안 군사들이 매복하였다.

과연 곽재우 장군의 예상은 맞아떨어졌다.

왜선이 기세 좋게 강을 올라오다가 거룬강 나루터를 지나자마자 소나무 말뚝에 걸리기 시작했다. 두 줄이나 석 줄로 떼 지어 올라오던 배들이 말뚝에 걸리거나 받혀서 의령 쪽 강변으로 몰리기 시작했다. 배가 다닐 수 있는 통로는 좁으니 자연히 배가 한 줄로 늘어서며 북상하였다. 솔밭언덕 위에 매복해 있던 의군들은 강가 옆으로 몰리는 왜선들을 환하게 내려다볼 수 있어 활을 쏘기에 아주 쉬웠다.

앞선 왜선이 배맹신, 이운장, 안기종, 강언룡 장수 등 십리솔밭에 매복해 있는 호壕앞을 지나 심대승 선봉장 앞쯤 도착했을 때 북과 징이 '둥둥둥! 꽝꽝꽝!' 공격 신호가 울렸다.

솔밭 소나무에 걸쳤던 줄을 잡아당기자 강물 속에 잠겨 있었던 천군 허깨비들이 공중으로 떠올라 바람에 흔들거렸다. 건너편 개비리 절벽에 걸렸던 천군 허깨비 군사들이 왜적 머리 위에 나타났다. 줄을 잡아당겼다 놓았다 하니 천군이 번개처럼 내달리는 것이었다. 왜적들은 갑자기 하늘에 나타난 군사들을 보고 놀라 어쩔 줄 몰라 했다.

불화살이 날았다. 며칠 전 난파한 왜선에서 노획한 기름이 많았으므로 이번에는 기름이 듬뿍 묻은 불화살을 마음대로 날릴 수 있었다. 예상하지 못한 공격을 받은 왜병들은 당황하여 이리 뛰고 저리 뛰며 조총을 쏘았다. 그런데 붉은 옷을 입고 백마를 탄 장수가 남쪽에서 나타나 활을 쏘며 번개처럼 강변을 달리는데 어느 틈인가 사라졌다가 저 멀리 북쪽에서 나타나 역시 활을 쏘며 달려오는 것을 보고서 왜병들은 놀랐다.

"날라 댕기는 비장군飛將軍이다!"

그런데 금방 후미에 또 나타나 활을 쏘는데 귀신이 아니고야 그렇게 빠를 수가 없었다. 비장군의 출현에 왜적들은 그만 넋을 잃고 말았다. 백마 뒤에는 붉은 깃발이 펄럭거렸다.

〈천강홍의장군 곽재우〉

왜병들은 금방 이쪽에서 나타났다가 사라졌는가 하면 또 저쪽에서 나타나 활을 쏘며 달리니 귀신이나 도깨비라고 겁을 냈다.

배를 돌려 도망치려 했으나 뒤에 배가 있으니 서로 충돌했다. 배가 뒤뚱거리니 적병들은 더 중심을 잡지 못해 조총 사격은 빗나가기 일쑤였다. 뱃전에는 쇠뇌나 편전 화살에 맞은 적병이 꼬꾸라지며 강물 속으로 떨어졌다. 한순간에 적의 공격이 꺾이는 듯하자 강 가까이 매복해 있던 군사들이 갈고리를 배에 던져 잡아당겼다. 물 위에 뜬 배라 쉽게 강변 쪽으로 끌려왔다. 용장들이 배에 올라가 창과 칼을 휘둘렀다. 뒤따라 창병槍兵들이 기다렸다는 듯이 줄을 타고 배에 뛰어 올라갔다. 허둥대는 왜병들은 조총을 쏠 틈도 없이 성난 표범처럼 덤비는 의군의 창에 찔려 숨을 거두었다. 곽재우 장군도 긴 칼을 빼 들고 왜선에 뛰어올라 왜병에게 밀리는 군사가 있으면 그쪽으로 달려가 대신 나서서 제압했다.

강 건너 절벽에 진을 치고 있던 신 만호와 신갑 영산 의병들과 권란,

장문신과 조사남이 이끄는 군사들이 활을 쏘며 싸우다가 배가 뒤로 밀려 나며 배 안에서 접근전이 벌어지자 나루터 쪽으로 달려 내려 나갔다. 전처럼 모래사장의 구덩이의 방책을 의지해 후퇴하려는 배를 향해 권란 돌격장이 화살을 날렸다. 배 위의 왜병들은 꼬꾸라지거나 자빠져서 다시는 일어나지 못했다. 신갑은 용맹스럽게도 말을 타고 모래사장을 달리며 활을 쏘았다. 그러다가 배가 물이 얕은 강변 쪽으로 밀려오자 배에 뛰어올라서 칼을 휘둘렀다. 역시 조사남도 신갑을 따라 적을 베기 시작하였다.

그래도 꽁무니에 따라오던 왜선 두 척은 뱃머리를 돌려 달아나기 시작했다. 역시 남강 남쪽 강변에 매복해 있던 조방의 칠원 함안 의병들이 공격을 퍼부었다. 배가 더 하류 쪽으로 떠내려가자 절벽에 은신하고 있던 군사들의 화살이 날아갔다. 또 한 척이 떠내려갔는데 절벽에 부딪혀 파선되어 물속으로 가라앉아 버렸다. 많은 군사를 잃고서 겨우 탈출한 왜선 두 척은 동쪽 남마南旨 욱개나루를 향해 달아났다.

승리의 환호성이 기강을 울렸다.

"와! 이겼다! 이겼어!"

전유용이 옆에 있던 강몽룡姜夢龍에게 물었다. 후에 군공으로 전유용은 사헌부 감찰을, 강몽룡은 부사과를 제수받았다.

"나는 댓 놈을 쥑(죽)였는데 니는 몇이나 쥑였노?"

"나도 대여섯 넘이나 직있다. 창을 팍! 찌르니까 강물로 뛰어들더라."

"그넘은 물괴기 밥이 되었는기라. 하하하!"

의군들은 서로 적과 격전을 벌인 자랑을 하느라 떠들썩했다.

곽재우 장군은 술을 장병들에게 돌리고 마침 의군을 먹이라면서 소를 잡아 보내온 의령 부자가 있어 소고깃국을 끓여 먹이니 사기가 더욱 높아졌다. 또 영장들을 불러 전투상황을 분석하면서 용감무쌍한 활약을 크게 격려하였다.

송암 이로와 학봉 김성일

세간 군영에서 의군의 훈련을 살펴보고 있는데 진비가 쫓아와 연통하였다.

"송암 선생께서 오셨습니다."

곽재우 장군은 깜짝 놀랐다. 한양에 있어야 할 장인이 홀연 의령에 도착했다니 놀랄 일이었다. 군영 마당에 쫓아 나가니 송암 이로가 여러 영장들의 영접을 받으며 말에서 내리고 있었다. 이로는 과거를 보러 한양으로 다닐 적에 곽재우가 큰일을 할 인재임을 알아보고 그의 딸을 부실로 주어 사위로 삼았었다.

"어서 오십시오, 장인어른! 통기도 없이……."

"왜적이 쳐들어왔는데 그냥 있을 수가 있나! 고향에 돌아와 의병을 모아 싸우려고 하였지. 그런데 곽 서방 자네가 나의 뜻을 알고서 누구보다 먼저 창의 기병하였으니 장하네!"

"백성으로서 해야 할 일을 했을 뿐입니다."

"나는 대소헌大笑軒 조종도趙宗道와 함께 경상도가 왜적에게 유린당한다는 소식을 한양에서 듣고서 함께 의병을 모아 대적하기로 작정하고 유성룡 대감을 만나 창의할 것을 알리고 급하게 귀향하였네."

막사에 안내하여 우선 술부터 대접하였다. 이로는 목이 말랐는지 기분 좋게 술을 마셨다.

"그런데 한양에서 고향으로 오는 도중에 학봉 김성일 대감을 만났지 뭔가? 학봉 대감이 서울로 압송되어 가다가 경상도의 초유사가 되어 도로 오셨네. 공교롭게도 대소헌과 나는 함양에서 초유사 대감의 명을 받들어 소모관 일을 맡게 되었구먼."

이로는 간략하게 경상도 초유사 학봉鶴峰 김성일金誠一을 만나게 된 경위를 얘기했다. 학봉은 통신사의 부사로 왜국을 다녀온 후 왜가 전쟁을 일으킬 기미幾微가 없다고 정사 황윤길과 정반대되는 의견을 피력했었다. 그는 같은 동인이었던 유성룡에게는 전쟁이 일어난다면 민심이 흉흉할 것이기에 그리 말했다고 솔직하게 털어놓았다. 여하튼 그 일이 옳았는지 그른지 제쳐놓고, 왜란이 터졌을 때 학봉은 경상도 병마절도사로 있었는데 파직되어 한양으로 소환 압송되었다. 잡혀 끌려가는 도중, 선조 임금께 '허물을 씻고 공을 세울 기회를 주십시오.'하고 변호한 유성룡, 이항복의 간청으로 직산稷山에서 경상도 초유사로 임명되어 죽음 직전 되살아나는 파란을 겪었다.

"내가 할 일이 뭔가 하면 바로 초유사의 명을 받아 거의 무너져버린 관군을 수습하고 흩어진 병사와 의병들을 모아 왜적과 싸우도록 하는 일일세. 보게. 김 대감의 초병招兵 고시문일세."

송암은 초유사의 격서인 초병 고시문을 내보였다. 곽재우는 급하게 초유문을 읽었다. '지사는 창을 베개 삼을 때다'란 글귀가 눈에 확 들어왔다.

   미증유未曾有의 국난國難을 당하여 방벽防壁과 간성干城이 바람결에 달아나고 무너졌으니, 우리 백성은 누구를 믿어 흩어져 도망하지 않겠는가!
   이때가 지사志士는 창을 베개 삼을 때다.
   충신은 국가를 위해 죽을 날임에도 끝내는 아무런 호신의 보장이 없는 산골에 숨었으니, 설사 적을 피해 몸을 보전한다 해도 열사는 오히려 부끄러이 여길진대, 군신대의는 하늘과 땅의 참된 기강(天經地義)이며, 떳떳한 백성의 길(民彝)이다.
   임금님이 몽진하고 종사가 거꾸러지려 하고 만백성이 썩어 문드러지고 나라가 한꺼번에 무너지는 이때 머리를 싸매고 쥐 숨듯 하지 말고, 떨쳐 나와서 만 번 죽음을 무릅쓰고 함께 살아남을 것을 생각하지 않는다면, 어찌 백성의 도리를 다한다 할 것인가?[8]

'어찌 백성의 도리를 다한다 할 것인가?'하는 초유사의 단호한 고시에 크게 감동을 한 곽재우는 감정을 억누르고 장인 이로에게 그가 창의한 경위를 얘기하려고 했다.

"그러니까 의령에 오셔서 의병을 모아 싸우고자 했는데 초유사의 일을 돕게 되셨군요."

"그렇네. 의령의 군사들도 이제 의병으로 불러. 그런데 급히 물어보세. 신반창과 초계의 관곡과 병장기를 자네가 가져왔는가?"

"예! 그걸 가져와서 의병들을 먹이고 무장시키고 했었지요. 지방 수령들이 왜적이 쳐들어오자 도망치면서 버리고 간 관곡과 병장기를 우리가 수습하지 않으면 언젠가 왜적의 수중에 떨어지지 않겠습니까?"

옆에 앉아 있던 오운이 이로의 말을 받았다.

"삼가의 박사제 학유도 현감이 도망가자 삼가현의 병장기와 군량을 딴 곳으로 옮겨 안전하게 보관하고 있지요. 송암께서도 합천군수 전현룡의 악의에 찬 글을 보셨지요? 그 사람은 낭설을 퍼뜨려 경상감사 김수로 하여금 곽 장군을 죽이려 하고 있습니다."

"그래서 내가 급하게 달려왔소."

이로는 오운의 얘기에 고개를 끄덕이면서 다시 사위를 바라보며 말했다.

"박진나루에 있던 세곡선 4척의 양곡도 털어갔다는 전현룡의 보고에

---

[8] 〈초유일도사민문招諭一道士民文〉에서.

김 감사가 현혹되어 자네를 토적으로 몰아 잡아 죽이려 하네. 의령의 토적 정대성이란 자를 얼마 전 잡아 죽였는데 곽 아무개도 정대성과 같은 자라고 해서 체포령을 내렸으니!"

"참! 기가 막히는 처사요!"

오운이 버럭 고함을 쳤다. 곽재우나 안기종 등 여러 의장들이 그 소문을 듣고서 분개하고 있었다.

세곡선 한 척이 상류 감물창진甘勿倉津(지금의 적포나루)에서 박지곡진朴只谷津(지금의 의령 박진나루)로 떠내려와 그것을 수습한 일이 있었다. 뒤에 알고 보니 초계 합천으로 가는 왜적을 보고 겁을 낸 뱃사공들이 배를 버리고 달아난 것이었다. 그런데 배 한 척이 네 척으로 불어나 있었다. 기가 막혔다. 곽재우는 성이 나서 김 감사에 대한 적개심을 숨김없이 장인에게 털어놓았다.

"경상감사가 왜적과 한 번도 싸워본 적이 없는 겁쟁이로 이리저리 피해 다니다가 얼마 전에는 근왕병을 모아 싸우겠다면서 각 고을의 병사들을 억지로 끌어모으고 있다면서요?"

오운이 거들었다.

"김수 경상감사란 양반이 민심을 몰라도 한참 모릅니다. 당장 곽재우를 역적으로 모는 장계를 취소해야 합니다."

곽재우는 장인 앞임에도 경상감사 김수의 잘못을 성토하면서 과격한 말을 서슴없이 했다. 그러자 송암은 한숨을 내쉬며 한탄하였다.

"김수 군관들이 말하기를 의병이 아니라 도적 떼를 키워 반역하겠다는 역적인데 그 괴수는 정암공 아들 곽 아무개라 사칭하는 가짜라고 하더구먼. 자네가 가짜라는 거야. 사람을 모함해도 유분수지 충의 용사를 세상에 그럴 수가 있는가?"

"아니, 장인어른! 제가 멀쩡하게 두 눈 똑바로 뜨고 펄펄 살아 왜적과 싸우고 있는데 그래요?"

"학봉 대감이 그 말을 듣고서 가소로워하면서 웃었네. 나야 사위 편들면 뭐라 할까 봐 참았는데 옆에 앉았던 대소헌이 경상감사에게 펄쩍 뛰며 대들듯 성을 내어 말했지. '나와 곽재우는 남명 스승님 밑에서 함께 배웠소. 정암공 아들이라 사칭하다니요? 그걸 감사 영감은 곧이들었소?' 하고!"

"대소헌 사형이 성이 났겠습니다."

"그런데 학봉 대감이 자네를 아는 듯했어. 대감이 정암공과 예전에 사간원에서 언관으로 같이 있었다고 하더군. 예전의 교분을 회상하면서 정암공 집안이면 충효의 가문이라 '선대부께서 훌륭한 아들을 두셨다.'고 하셨어. 곧 정암공 아들이면 바로 충의용사이니 도적이라는 말은 얼토당토않은 모함이라고 하면서 당장 초병하여 자네를 의령의 돌격장, 곧 의령의병장으로 삼겠다고 하셨어. 그러면서 수일 내 자네를 만나야겠다고 하셨네. 내가 돌아가 지산 기강싸움의 성과를 보고하면 곧 자네를 부를 거야. 그때 와서 소상하게 창의 기병한 내력을 말씀 올리게."

"내 당장 학봉 김 대감을 만나러 가야겠소."

오운이 김수가 턱없는 일을 모함해 조정에 상소를 올렸다는 말에 성이 났다.

오운은 초유사 학봉과 퇴계 문하의 동문이고 또 학봉의 손녀를 그의 며느리로 삼았다. 곧 오운의 작은아들 오여벌이 학봉의 아들 김집의 사위였으니 서로 친했다.

"참! 학봉 대감과 오 목사와 사돈간이지요? 목사께서 가셔서 해명해 주면 만사가 풀릴 것이오."

"내가 초유사 대감을 당장 만나 그간의 경위를 말해서 곽 장군의 모함을 풀어야겠소. 곽 장군이 이번 일로 낙심하여 의병군을 해산하고서 지리산으로 입산하겠다고 하는 걸 내가 말렸소."

이로와 오운은 경상감사나 초유사의 오해를 풀 방도를 논의하였다. 오운은 곧바로 말을 타고 박사제와 함께 함양으로 출발했다. 초유사를 만나 곽재우의 창의 기병을 알리고 초계에서 벌어진 일의 자초지종을 해명하기 위해서였다. 장인과 사위는 오랫동안 그간에 일어났던 일들을 주고받았다. 이로는 정동(지금의 정곡면 오방리) 본가에 들렀다가 간다며 오운을 먼저 보냈다.

"이제 집에 잠시 들렀다 가야겠어. 고향에 돌아와 식구들 만나보고 가야지. 자네는 오늘 밤 초유사께 보내는 보고서를 써 내일 아침 나에게 보내주게. 사건의 경과를 상세하게 쓰면서 걸출한 영장들의 활약상과 공도 기록하게. 자네가 적의 목을 베지 말라고 장졸들에게 엄명을 내렸다는데 그건 틀린 거네."

그러면서 이로는 학봉이 겪은 일을 얘기했다.

"초유사 김 대감이 일전에 파직되어 압송되려는 찰나 왜적을 만났는데 부관이 달려가 싸워 죽였지. 그리고 적의 목을 베어 소금에 절인 다음 한양 임금님께 급하게 보냈어. 임금님께서 유성룡 대감의 변호도 들으셨겠지만 마침 장계와 함께 왜병의 목을 베어 올린 것 때문이랄 수도 있다네."

"허어! 그런 일이 있었군요."

"비록 공을 탐해 무리한 짓을 하는 자가 있을 수 있겠지만 사기 앙양을 위해 목을 베는 걸 허락하게. 그래야 장졸들의 용맹도 불같이 일어나게 될 걸세."

"예. 알겠습니다. 장졸들의 용맹도 함께 적어 올리겠습니다."

곽재우는 장인의 충고를 알아듣고 차후에는 그렇게 하겠다고 말했다.

"그러면 초유사와 상의하여 김수의 상소문을 반박하고 해명하는 상소문을 써 상감께 올리겠네."

이튿날 아침 일찍, 곽재우는 창의 경과와 전투 결과를 적은 문서와 함께 왜선에서 노획한 조총과 활, 칼 같은 무기들과 왜적의 갑옷, 안장, 술을 수레에 실어 정동 본가에 머물렀던 장인에게 보냈다. 이제 초유사의 초병에 호응하고 의령의 돌격장이란 명이 떨어지게 되면 일개 향병鄕兵에서 정식으로 의병군의 의병장으로 인정받는 것이었다.

박사제와 오운의 해명을 들은 초유사는 이로, 조종도와 상의하여 김수의 상소문에 대해 무고란 해명 장계를 작성하여 산인 모곡에 사는 이간李侃(1535~1612)으로 하여금 임금께 올렸다. 이간은 선교랑 이희(왜적에게 순절)의 동생으로 의병군에 참전해 곽재우와 협력하고 있었다. 선조가 몽진해 있던 의주까지 이천여 리를 달려가 김성일의 장계를 올리자 임금은 이간에게 절충장군 품계를 내렸다. 초유사는 오운을 소모관으로, 곽재우를 의령의병장으로 삼았다.

송암이 다녀간 며칠 후 곽재우에게 김성일 초유사의 통유문通諭文이 날아들었다.

…… 귀 의장은 여염에서 분발하고 일어나 의병을 불러 모아 강 가운데서 왜적의 배를 섬멸하여 의로운 명성을 한 고장에 날려 사람마다 기운을 돋우었다 하오.

선대부께서 훌륭한 아들을 두었다고 하겠소.

…… 의병을 더욱 확장하여 왜적들을 죽이고 백성을 도탄에서 구하여 위로는 임금의 원수를 갚고 아래로는 충효의 가문을 빛낸다면

통쾌하지 않겠소이까?"

　김성일 초유사가 함양에 도착하기는 5월 8일이었으며 곽재우에게 서신을 보낸 날짜는 5월 11일이었으니 기강전투가 있었던 며칠 후였다.
　곽재우는 초유사의 통유문을 읽고서 감복하여 고을 사람들이 다 볼 수 있도록 장대에 매달았다. 의병군 장졸들이나 고을 사람들이 그 편지를 읽었다. 그것으로 천강홍의장군 곽재우의 창의가 도적질이 아니었음을 만천하에 알리게 되었으며 의병들에게는 큰 자부심을 품게 하였다. 또 경상감사나 어느 고을 수령도 의병군의 활동을 막을 수 없다는 것을 알게 되니 사기가 한층 고무되었다.

정암진 용장들의 회합

　왜적이 어디 어디로 가겠다는 소문이 5월 중순부터 떠돌기 시작했다.
　곽재우 장군은 그때쯤 오운과 함께 단성으로 가서 초유사를 만나 대소헌 조종도, 송암 이로가 동석한 자리에서 그간 창의 기병하여 어떻게 활약하였는지 상세하게 전말을 밝혔다. 초유사는 그의 담력과 용맹을 칭찬하면서도 김수에 대한 거친 행동이나 말을 조심하라는 은연隱然중의 충고도 하였다. 그리고는 초유사 일행이 진주로 향하자 진주성까지 따라갔다가 의령 본진으로 돌아왔다. 초유사는 이내 삼가의 박사제 학유, 윤탁 훈련원 부정과 의령 의병군의 소모관 오운 전 광주목사까지 불러서 의병을 많이 모병하여 대적할 것을 재삼 강조하였다. 박사제는 곽

---

9 《난중잡록》 5월 20일조, 김혜영 저 《망우당 곽재우》 pp.48~49.

재우의 의거를 크게 칭찬하며 도적으로 몰리게 된 일에 대한 자초지종을 알려 초유사의 이해를 크게 도왔었다.

초유사의 초병 권고에 각지에서 의병이 들불처럼 일어났다. 소모관 이로와 조종도는 남명 문인이었으므로 주로 경상도내 동문들을 찾아서 창의 기병을 권했다. 남명의 문인으로 스승으로부터 칼을 물려받은 합천의 전 장령 정인홍은 흩어진 관군과 토호들의 노복들을 모아 왜적에 대적하였고, 고령의 전 공조좌랑 김면 등이 의병군을 조직하여 고령, 거창을 중심으로 싸웠다.

얼마 전에 박사제가 정암진 군영을 방문했을 때 곽재우는 삼가 의병군의 도움을 청했다. 박사제와 윤탁이 이끄는 삼가 의병군이 삼락당三樂堂 김응일金應一, 봉사 입재立齋 노흠盧欽, 생원 권양, 군수 권제權濟 등을 비롯해 수백 명이라 하므로 군세가 약한 의령 의병군만으로는 밀려올 왜적 대군을 막기란 버거울 듯하였기 때문이었다. 박사제는 당연히 의령 의병군과 삼가 의병군이 합세하여야 한다고 동의했다.

"곽 장군의 말씀이 옳습니다. 두 의병군이 합치면 천여 명이 넘습니다."

"인근의 의병 용장들을 다 모아 왜적을 막아낼 계책을 논의해야겠소. 수일 내 모일까 하는데 박 학유는 부정 윤탁 대장이나 용장들을 데리고 오시요. 나는 함안과 영산의 의병장까지 다 모아 연합전선을 펼칠까 합니다."

곽 장군은 앞으로 닥칠 왜적의 공격을 어떻게 막을까 하고 심대승과 심기일, 안기종 그리고 이운장, 배맹신 등 측근 의장과 의논을 했고 드디어 인근의 용장들을 다 불러모은 전략 회의를 하기로 하였다.

때맞추어 초유사 학봉 대감이 삼가와 의령 의병군이 합세하기를 소모관 대소헌 조종도를 보내 권했다. 조종도는 의령 가수(임시 수령)를 맡기도 하였다. 그러자 훈련원 부정을 지낸 윤탁은 기꺼이 삼가군을 이끌고 곽재우의 휘하로 들어가 왜적을 물리칠 것을 다짐했다.

"아니오! 윤탁 장군이 통솔하도록 하십시오."

윤탁은 곽재우의 사양에 두 손을 홰홰 저으며 고집을 부렸다.

"남명 선생의 문인으로 남다른 무예 실력과 병법을 통달한 곽 장군이 의병을 이끌어야 하오. 성품이 침착하고 과감하며 원대한 계책이 있잖소? 며칠 전 기강전투의 기계奇計를 익히 듣고 알고 있는데 누구나 장군을 원할 것이오."

"윤 대장이 극구 사양하니 그리 하게. 군령을 세워야 하니 각자 직임을 맡기도록 하게."

초유사의 명을 전하려고 온 소모관 조종도의 권고에 따라 의령 삼가 의병군의 진영을 새로 구축하게 되었다.

곽재우는 모인 용장勇將들을 한참 바라보며 생각에 잠겼다가 입을 열었다.

"삼가의 윤탁 부정은 의병군의 총영장이오. 언제든 나를 대신하여 지휘할 대장代將으로 날 도우시오. 또 박사제 학유는 도총으로 삼겠으니 군무를 총괄하도록 하시오."

윤탁과 박사제가 일어나 두 손을 잡고 읍했다.

"명에 따르겠습니다."

"그리고 허자대 용장은 진작 의령에 와서 진비와 함께 군기를 만들었으니 계속 군기장 일을 맡고, 정질 용장은 군량 조달, 노순 용장은 군량 운반을 맡도록 하시오. 독후장은 정연 용장이 맡도록 하시오."

"예! 맡은 일에 빈틈이 없도록 힘을 다하겠습니다."

"의령 의병군은 진작 군정 직임을 맡긴 바 있으니 그대로 변함이 없습니다.”
"예! 상명하복! 명령만 내리십시오!"
모인 용장들이 일제히 대답했다.

얼마 후 가진 정암진 방어를 위한 전략 회의에 의령 삼가의병장뿐만 아니라 인근 고을의 의병장들과 송암 이로도 참석하였다.

영산에서는 의병군을 이끌고 있는 신방즙 의병장과 신초 천성만호와 그의 동생 신갑과 아장 이확 용장이 참석하였다. 또 함안에서는 의병장 이정과 동생 이숙 제포만호, 이명경, 칠원의병장 조방과 유승인 함안군수의 부관 박진영이 동석했다.

기강전투에서 용맹을 떨쳤던 심대승 배맹신 안기종 조사남 권란 이운장까지 앉았다. 진주 사람 주몽룡朱夢龍 군관이 달려와 강언룡 곁에 앉아 싸울 결의를 다지고 있었다.

곽 장군 옆에는 매형 허언심과 중군장 오운 목사가 윤탁 영장과 나란히 앉아 분위기가 엄중하였다. 그리고 송암 이로는 전 제포만호 이숙 곁에서 초유사의 명을 전달하기 위해 와 있었다. 초유사는 왜적이 곧 함안에서 의령을 거쳐 전라도로 갈 것이 확실하므로 대비하라는 것이었다.

이숙은 그의 형 이정과 함께 김해와 창원성에서 패하여 장수를 잃고 오갈 데 없어 함안으로 몰려온 병사들을 수습하였는데 600여 명이나 되었다. 그 사실을 알게 된 초유사가 이정 형제를 불러 치하하고 역시 흩어진 병사를 모으는 소모관 일을 맡겼다. 그러면서 이숙은 제포만호를 지낸 무인이라 종사관으로 삼아 초유사 막하에서 여러 방략方略을 내어 돕도록 하였다. 이숙은 특히 경상감사가 곽 장군을 토적으로 몰아 잡으려고 할 때 삼가의 박사제 학유처럼 적극적으로 변호하여 험한 일이 일어나지 않게 하는 데 힘을 쏟기도 했다.

곽재우 장군은 용장들이 다 모이자 정암나루 일대에서 싸워야 할 계책을 말하기 시작했다.

"필시 김해, 창원을 무너뜨린 왜적들이 그곳에서 분탕질하다가 이제 함안을 지나 정암진을 거쳐 전라도로 갈 모양이오. 전라감사를 자칭하는 왜적 두목이 안국사(安國寺惠瓊)란 놈인데 며칠 전 함안에 나타났다오. 군사들이 많은 모양이오. 나와 호응하고 있는 함안의병군 이숙 제 포만호의 제보요."

"벌써 왜놈 몇 놈이 강 건너 들판(지금의 월촌 정암들)에 나타나 소나무를 베어 뗏목을 만들고 있다고 합니다."

이곳 정암 군영의 건설과 정찰을 맡고 있는 만천 출신 심기일이 입구에 서 있다가 알려 주었다. 그러면서 제법 상세한 지형과 지세를 그린 지도를 펼쳐 걸었다.

정암나루 바로 서편 옆 강 상류에서 구룡산(龜龍山) 산줄기가 십 리쯤 하류로 절벽과 긴 산등이 흘러내리고 그 골짝에 만천마을 인가가 있었고 더 서쪽 멀리 남산 산마루에 가야시대의 산성이라 전해오는 벽화산성이 있었다. 나루 북쪽 편에는 저습지인 정호늪(鼎湖)(지금의 만천, 백야, 정암마을 일대)가 있었다. 정호늪은 곳곳에 물웅덩이와 뻘밭에다 수렁으로 갯버들과 갈대가 사람 키만큼 우거져 농사를 지으러 자주 다니는 사람이라야 헤매지 않고 길을 오갈 수 있었다. 월나산과 의령천이 그 북쪽에, 좀 더 동쪽에는 용덕천이 흘렀다. 용덕 그 앞에는 강물에 떠 내려와 모래가 쌓여 섬을 이룬 모래톱이 강 가운데 있었다. 하류 그쪽에는 강바닥이 얕아 홍수 때만 아니면 바지만 벗으면 걸어서 건널 수 있었다.

"먼저 왜적은 수가 많고 우리는 수가 적으며 조총을 쏘는 적은 잘 훈련되고 칼싸움 잘하는 군사인데 우리는 정예병이 아니라 어제 그제 모병에 참여한 군사들이라 병장기를 쓰는데도 서툴지요. 따라서 적이 날래고 용맹하면 정면으로 공격함을 피해야[銳卒勿攻]하며 싸울 때는 번개같이 움직여야[動如雷震]할 것입니다."

곽 장군은 손자병법의 한 구절을 들먹이며 이번 싸움의 계책을 말하였다.

"먼저 윤탁 영장은 삼가군 500명과 함께 중군을 맡아 나루터 북쪽 고망산 기슭에 본영을 두고 정호늪 한가운데 곳곳에 구덩이(참호)를 파고 진을 치기 바랍니다. 앞에는 뻘구덩이와 갯버들과 갈대밭이요 뒤로는 밭과 야산이 있습니다만 확 트인 늪지대라 적이 잘 보이기도 하지만 우리 군사들도 적에게 노출되기 쉬워 방어하기에 어렵지요. 구덩이에 매복하였다가 기습 공격해야 합니다. 그러다 적의 공격을 막기 어려우면 사생결단으로 막지 말고 물러나며 동서로 나누어 피해야 합니다. 삼가군은 전투에 처음으로 참전하여 겁을 내는 군사들이 많을 테니…… 그걸 고려하여 어짜든 우리 군사의 희생이 크게 없어야 합니다."

"알겠습니다. 중군으로 싸워 적의 예봉을 꺾겠습니다."

무과 급제로 훈련원 부정副正을 지낸 무관 윤탁 영장이 결의에 찬 표정으로 말했다. 그는 초유사로부터 삼가현 군사의 지휘를 곽재우에게 맡기게 되었으므로 곽 장군의 전략에 대해 다소 의심스러워하는 듯했다. 그래서 다시 토를 달았다.

"사생결단으로 싸워야지 도망갈 구멍부터 찾아서야 되겠소?"

"그래서 영산 의병대장 신초 만호와 신갑이 이끄는 군사들을 배치하려 합니다. 구체적인 군략은 신 만호로부터 듣고 훈련하기 바랍니다. 영산 군사들은 기강에서 싸운 경험이 있거든요. 또 기강에서 용맹을 떨친 조사남 군사들도 함께합니다."

그러면서 신초와 신갑에게 당부했다.

"윤 대장과 합세하여 군호에 따라 나가고 들어옴을 신속하게 움직이도록 훈련을 시켜 주십시오. 그래서 적의 예봉을 꺾기 바랍니다."

신초 대장에게 당부하고서 박사제를 보고 말했다.

"박 도총은 삼가 군사 200명을 거느리고 심대승 좌익선봉장과 합세하여 서쪽 진영에서 싸우는 척하다가 적을 벽화산성 골짜기로 유인하여 아랫 산성(下벽화성)에서 이운장, 권란 돌격장과 함께 박살을 내시오. 강언룡 대장은 일찍 산성 안에 들어가 성 위에 진을 치고 있다가 아군이 성문 안으로 후퇴해 들어가면 돌을 굴리고 활을 쏴 적을 궤멸시키시오."

박사제가 웃었다.

"거짓으로 패하는 척하면서 아군이 매복해 있는 벽화산성으로 유인하라니 좀 그렇소. 우리가 왜적과 싸우러 왔는데 거짓 패한 척하라니! 핫하하!"

"배맹신 우익선봉장은 윤탁 영장 중군 진의 끝 정호 갈대밭에서 동쪽 용덕천 모래톱까지 진을 치되 허새비(허수아비) 군사를 많이 만들어 세워 적이 그쪽으로 가지 못하도록 허세를 부려야 하오. 그래도 적이 몰려오면 역시 패하는 척하면서 골짜기로 유인해 안기종, 장문장과 함께 섬멸하시오."

"염려 마십시오. 왜놈 한 놈도 살려 보내지 않겠습니다."

진작 곽 장군의 명을 받았기에 배맹신은 자신 있게 대답했다. 허수아비 군사란 다름이 아니라 큰 바가지로 탈을 만들고 몸뚱이는 갈대나 보릿짚을 묶어 마을에서 수집한 헌 옷을 입혀 만든 구척장신 허새비를 긴 장대에 매달아 곳곳에 세워 병사가 아주 많은 것처럼 위장하려 하였다. 진지가 길어 바다라면 학익진이라 할 만하였다. 십 리가 넘는 평지인 늪지대에서 활짝 편 학의 날개처럼 진을 치도록 명령하였다. 곧 학익진 진법과 유사하게 중군이 싸우다가 뒤로 물러나면 좌우익 선봉장의 공격이 계속되도록 계책을 세웠다.

"아니! 칠원이나 함안 의병은 뭘 해야 하오?"

칠원의 조방 의병장이 궁금해했다. 그런데 조방에게 뭐라 하지 않고 곽재우는 제포만호 이숙 옆에 수긋하게 앉아 전략을 듣고 있던 박진영에게 고개를 돌렸다. 박진영은 돈지에서 곽재우를 만난 적이 있는 젊은이로 얼마 전 자기와 함께 싸우자며 의령에 오기를 권했었다. 그러나 박진영은 그 말을 따르지 않았다.

"이제는 함안군수 유숭인 휘하에서 용전 분투한다던데?"

난데없는 질문에 박진영은 고개를 끄덕이며 말했다.

"전에 저를 장군께서 불렀습니다만 그때는 유 군수와 함께 적을 치기로 결의하고 그 휘하에 들어갔기에 의리상 장군의 청을 받들지 못했습니다."

둘러앉았던 용장들이 어떤 젊은이기에 곽 장군의 청을 거절했는가 의아해 수군거렸다. 그러자 곽재우가 여럿에게 말했다.

"박진영 이 젊은이는 바로 옆에 있는 신갑 돌격장의 처남이 되는 청년 용사요. 지난번 김해성이 어려울 때 용약勇躍 나서서 충순당 이영을 따라 적을 치러 갔지요. 전사한 충순당처럼 죽을 때까지 싸우려 했는데 신 만호와 이 만호에게 끌리다시피 하며 돌아왔지요. 함안으로 돌아가자마자 모병하여 함안군수 유숭인의 부장副將으로 왜적과 싸우고 있지요."

28세의 청년 유숭인 함안군수는 왜적이 몰려오자 겁을 내 함안읍성을 버리고 산으로 피신하였던 사람이었다. 그가 정암나루를 건너 의령으로 도망오는 것을 알고서 곽재우가 길을 막아서서,

"한 고을의 군수로 왜적과 싸워 죽어야지 도주하다니! 나라의 녹을 먹

는 자가 할 짓이냐?"

하면서 충의와 도의로 설득했다.

마침 초유사의 소모관 명을 받고 그곳에 와 있던 대소헌 조종도의 조정으로 유숭인 군수는 크게 깨달아 돌아간 적이 있었다. 이정, 이숙 형제가 수습한 병사 600여 명과 조탄, 조방 형제가 모은 칠원의병과 이방좌 칠원현감까지 가세하자 심기일전 함안, 창원성의 왜적과 싸우면서 크게 용맹을 떨치고 있었다.

조방 의병장이 궁금하다면서 함안 의병들은 어떻게 싸워야 하는지 재차 일깨웠다.

"함안 의병들이야말로 가장 용감하게 싸워야 할 것이오. 먼저 3개 진영으로 나누어 강 상류 쪽과 구룡산 건너편 죽산과 중간 강 건너 정암들(지금의 월촌들)과 석포 그리고 하류 응암과 대산면 법수산 쪽으로 군사를 분산 매복시키되 왜적이 강을 건너 공격할 때까지 기다렸다가 적이 도강하고 싸움이 벌어지면 후방을 공격하여 교란하면서 나중에 후퇴하는 적병들을 섬멸해야 합니다."

"아아! 강을 건넌 놈들이 도로 돌아서면 잡아 죽이라는 계책이군요."

"그렇습니다. 후미 공격을 하도록 박진영 부관은 유 군수에게 그리 전해주오."

작전 회의는 끝났다. 그러자 미심쩍어하는 삼가의 윤탁 영장이 따로 곽재우를 찾았다. 신초도 따라왔다. 그는 곽재우의 전략을 다시 물었다. 곽재우와 작전을 짠 신초가 지상에서 벌어질 학익진과 유사한 방책을 상세하게 얘기하였다. 얘기를 다 듣고 난 다음 윤탁은 무릎을 치며 크게 좋아했다.

"역시 기계奇計요! 기계! 하늘이 낸 장군이라 천강홍의장군이라더니 과연 그러구려. 묘책妙策을 당장 따르겠소."

신초가 옆에 있다가 한마디 거들었다.

"곽 장군의 계책에 따를 자가 없소. 왜적이 이제 천강홍의장군이라 쓰인 붉은 깃발만 보면 혼이 빠져 도망갈 것이오."

송암 이로 소모관은 의령, 삼가 의병군의 용장과 그들의 군무를 적어 초유사에게 가져갔다.

의병장 곽재우, 영장領將 윤탁, 도총都摠 박사제, 수병장收兵將 오운과 이운장, 선봉장先鋒將 배맹신과 심대승, 독후장督後將 정연, 돌격장突擊將 권란, 조군장調軍將 정질, 전군典軍 허언심, 전향典餉 노순, 치병장治兵將 강언룡, 군기장軍器將 허자대, 기찰장機察將 심기일, 복병장伏兵將 안기종, 군관軍官 조사남과 주몽룡.[10]

정암진 대적 준비

곽재우 장군의 전략에 다소 의아했던 윤탁 영장은 신초로부터 상세한 계책과 훈련 요령을 듣고서는 당장 실행에 옮겼다.

정암나루 북쪽 좀 떨어진 정호늪의 갯버들과 갈대밭에서 의병들이 구덩이를 파기 시작했다. 서너 사람씩 짝을 지어 강을 따라 나란히 구덩이를 파고서 묶은 갈대나 갯버들을 베어 그곳을 가리도록 했다. 신초는 군사들에게 말했다.

"가급적이면 물웅덩이나 뻘밭 구덩이 뒤나 옆에 구덩이를 만드시오. 적이 달려와 뻘밭이나 물웅덩이에 빠지면 공격하기 좋을 것이오."

윤탁 대장은 500여 명의 삼가 의병군을 다섯으로 나누어 정연, 정질,

---

[10] 《용사응모록》 참조.

노순, 허자대 용장들에게 100명씩 통솔하도록 하고 그는 중군 100명을 이끌고 바로 뒤 북쪽에 있는 낮은 고망산 군영에서 지휘하기로 하였다. 그러면서 신초가 이끄는 영산 의병군은 동쪽 허자대의 부대 옆에 배치했으며 박필과 조사남 유격장이 이끄는 의령 의병들은 제일 서쪽에서 돌격장 권란과 심대승 부대와 호응하며 싸우도록 하였다. 윤탁은 긴 사다리 4개를 만들어 눕혀 놓도록 하였다. 강을 건너 적이 공격해오면 사다리를 세워 서로 받치면 높은 지휘대가 되어 정호늪으로 몰려드는 적을 환하게 바라보면서 공격이나 후퇴 신호를 보낼 수 있을 것이었다. 군사들에게 윤탁은 구덩이를 파라고 명령했다.

"강 가까이 1차 구덩이를 파면 이십여 보 물러나 또 2차 구덩이를 파고 갯버들과 갈대를 베어 구덩이를 숨기시오. 그러기를 몇 번 하여 북쪽에 있는 낮은 야산 언덕까지 이르면 되오."

계명繼明 등 아들 셋과 사위 하재흥河載興까지 데리고 싸움에 나선 삼가 토동에 사는 조의민曺義民은 윤탁 영장의 명에 자신 있게 대답했다.

"모래밭이니 구디기(구덩이) 파는 것은 누워서 떡 먹기 아입니꺼."

"자자! 빨리빨리 구디기 파로 가제이."

역시 삼가에서 온 이현좌李賢佐 김선명金先鳴 형제들이 기세 좋게 나서자 삼가 의병들은 맞장구치며 갯버들이 우거진 늪지대로 들어갔다.

"구디기 하나에 서너 명은 들어가야 한다니 그리 알아서 파래이."

의병들은 구덩이를 파려고 각자 대장의 인솔 아래 흩어졌다.

신초 대장도 영산 의병군을 모아 놓고 곽 장군의 전략을 상세하게 설명하였다.

영산 의병군은 대체로 신초와 사위 신응이 사는 영산현 원천과 부곡, 장가, 기곡마을의 이씨 선비들과 그 집안의 사내종들이었다.

"서너 명씩 들어가도록 구덩이를 파시오. 구덩이마다 화살을 충분히 준비해 두고 그 화살이 떨어지면 뒤에 있는 다음 구덩이로 옮겨가야 합니다. 제1열과 2열에 은신해 있다가 1열 군사들은 화살이 떨어지고 적병이 바로 앞에 닥치면 더 싸우려 말고 제3열 구덩이로 재빨리 달려가 2열 군사들이 잘 싸우도록 도와야 하오."

"아하! 그러니까 숨어 싸우다가 화살이 떨어지면 뒤로 빠져라 이거군요."

기강싸움에서 용맹했던 장가 출신 이확이 아는 척했다. 아장亞將 이확은 나중에 전공으로 현풍군수가 된 용장이었다. 배대유와 신응이 맞장구쳤다. 신유경이 곽 장군의 계책을 신묘하다고 탄복했고 이석경과 외재 이후경 형제들도 옳다고 고개를 끄덕였다. 아들 복재復齋 이도자李道孜가 목 베는 것을 삼가라는 당부를 강조했다. 부곡의 이씨들은 한강 정구의 문인들로 부자뿐만 아니라 사촌 종질까지 한집안 모두 의병군에 참여하고 있었다.

"곽 대장이 용하제. 군사들이 한 사람이라도 다치면 안 된다꼬 죽을 상 싶으면 도망치라꼬 했다카데."

"맞아! 공을 세울라꼬 적군 목을 베는 것도 좋지만 왜놈들이 칼싸움에 능한께로 함부로 달려들지 마라카데."

정호 늪에 구덩이 파는 작업이 다 끝나고 야산 군영도 마련되자 치고 빠지는 훈련을 북소리 신호에 맞춰 거듭했다. 훈련이 끝나자 윤탁 영장은 언덕에 있던 군사들과 깃발을 숨겼다. 강 건너 멀리서 바라보면 정호 늪에는 인적이 없어 보이도록 한 것이었다.

심대승과 배맹신, 박사제 군사들이 각자 진을 별이고 강언룡 치병장 군사들은 벽화산성으로 가서 성벽 위에 돌을 모으고 통나무를 올려놓아

벽화산성 성벽

싸움에 대비하였다. 또 권란 돌격장은 골짜기 중간중간에 바위를 숨겨 왜적이 나타나면 굴릴 수 있도록 준비해 두었다.

  윤탁 삼가 군사들과 신초 영산 의병들이 야산 언덕에 몸을 숨긴 지 이틀이 지나고 난 날 아침, 왜병이 탄 뗏목 대여섯 채가 강을 건너왔다. 구룡산 군영에서 환하게 내려다보였다. 왜적들은 정호늪 북쪽 야산과 서쪽, 동쪽 산에 군사들이 있다는 것을 아는지 모르는지 나루터를 건너자마자 경계하는 빛도 없이 서슴없이 늪으로 들어섰다. 갯버들과 갈대가 우거져 사람 허리에 오도록 자라 키가 작은 왜적의 머리만 보였다. 그들은 김해 창원을 거치며 조선 군사들과 싸워 쉽게 이겼으니 강을 건너 의령읍성을 무너뜨리고 전라도로 진격하는데 조금도 걱정을 하지 않았다.

정찰을 맡은 심기일과 이운장 수병장이 가까이 다가가 숨어서 그들이 뭘 하려는지 살폈다. 왜병들 속에는 조선 사람이 몇 명 있었는데 아마 함안에서 붙들려 온 듯하였다.

"저 사람들은 강 건너 월촌에 사는데?"

"왜놈들이 지리를 잘 모르니 길잡이로 앞장세웠어."

왜적은 조선 사람을 앞장세워 정호늪 이곳저곳에 기다란 깃발 말뚝을 박기 시작했다. 가만히 살펴보니까 땅이 무르거나 펄구덩이나 물웅덩이를 피해 깃발을 꽂고 있었다. 몇몇은 아래 모래톱 근처 강물이 얕은 곳에다 깃발을 꽂았다. 필시 군사들이 강을 건너 진격할 진로를 표시하는 것임이 틀림없었다.

"헤에! 저놈들이 꾀를 부리는군. 굳은 땅을 골라 밟으며 쳐들어오겠다는 거다."

"강물이 얕은 곳을 표해 놨는데! 지 넘들 마음대로 안 될꺼로!"

정찰 업무를 맡은 심기일이 심드렁했다. 늪 안쪽까지 깃발을 꽂자 왜병들은 돌아갔다. 성격이 조금 급한 곽 장군은 심기일의 보고를 듣고 당장 깃발을 뽑아 버리라고 했다.

"깃발을 뽑아 버리기보다 그것들을 강물 깊은 곳, 물웅덩이나 뻘밭에 옮겨 꽂는 게 좋을 듯하오."

신초가 다른 의견을 내자 곽 장군은 무릎을 치면서 좋아했다.

"역시 지수 형이 기략이 있네요. 신 만호 말씀대로 즉시 깃발을 물이 깊은 곳, 뻘밭이나 물웅덩이 근처로 옮기고 군사들도 새벽 일찍 제1열과 2열에 숨도록 하시오."

"예에!"

"내일은 분명히 왜적이 강을 건너 쳐들어올 것이요. 심 선봉장과 배 선봉장은 골짜기에다 복병을 숨겨 놓고 싸움이 한창일 때 그곳으로 유인하여 섬멸하시오. 그리고 이운장과 권란 돌격장은 쇠뇌 궁수를 모아 솥바위 바로 강변 언덕에 숨어 뗏목을 타고 강을 건너는 왜적을 공격하시오. 그러다 놈들이 강을 건너 많이 밀려들면 빨리 철수하시오."

"예에!"

곽 장군은 대장들에게 전략을 다시 상세하게 말하며 싸울 것을 명령했다. 수병장 오운과 허자대, 진비가 기강전투 후에 대장장이와 목수를 많이 동원하여 쇠뇌와 편전을 대량으로 생산하였으므로 의병군 수백 명이 소지하여 싸울 때 충분하게 쓸 수 있게 되었다. 그래서 서너 명에 하나씩 쓸 수 있을 것이었다.

정암진 대승첩

밤새 이슬비가 내리더니 이튿날 새벽, 안개가 짙게 끼었다.

뿌연 안개 속에 왜적의 도강작전은 전개되었다. 강가에는 왜적들이 나와 웅성거리더니 며칠간 만들었을 뗏목들을 강 상류 솥바위 앞에서부터 여러 곳에 옮겼다. 모래톱 근처는 물이 얕으니 걸어서 건널 모양으로 그쪽으로도 왜적들이 몰려갔다. 솥바위 근처 강에 처음에는 뗏목을 밀어 강물에 띄우더니 서로 연결하여 가교를 만들기 시작하였다. 그걸 그냥 가만히 놓아둘 의병들이 아니었다. 솥바위 서쪽 월나산 산등성이 본진에서 공격하라는 북소리가 울렸다. 징소리도 요란하게 울렸다.

"둥! 둥! 둥!"

"꽝! 꽝! 꽝!"

강변 가장 가까이 매복했던 이운장과 권란 돌격장은 공격 신호에 따라 쇠뇌를 쏘라고 고함쳤다.

"쏘아라! 뗏목에 오른 놈들을 겨냥해 쏴라!"

드디어 싸움은 시작되었다. 강변 갯버들밭 가장 가까이에 숨어 있던 제1열의 화살이 정확하게 뗏목에 올라 다리를 만들려는 왜병을 향해 날아갔다. 왜병이 물속으로 꼬꾸라졌다. 왜병들이 물속에서 머리만 내놓고 뗏목을 연결하려 했다. 연결된 뗏목이 강 이쪽으로 밀려 나왔다. 뗏목 가교를 왜적이 강 저쪽 뒤에서 강 복판 앞으로 밀어내는 것이었다. 아마 뒤에 있는 왜장이 무모하게도 병사들이 죽든 말든 계속 전진하라고 독려하고 있는지 그쪽에서도 북소리와 함성이 요란했다.

쇠뇌의 위력이 여실히 증명되는 싸움이었다. 그동안 이운장, 권란 돌격 부대의 궁수들이 열심히 훈련했기에 화살 하나에 적병이 하나씩 꼬꾸라졌다. 한 시진쯤 지나자 강에는 뗏목 다리가 걸쳐지고 본격적으로 왜적들이 몰려오기 시작했다. 그때쯤 이운장, 권란 돌격장이 이끄는 군사들의 화살도 떨어져 월나산 기슭으로 물러났고 제1열 구덩이에서 분전하던 군사들도 제3열로 물러났다.

이번에는 편전이 위력을 발휘했다. 삼가군의 허자대가 군기를 제조하는 책임을 맡으면서 편전을 많이 만들어 훈련했기 때문이었다. 편전이 멀리 날아가기도 하지만 가까이에서 쏘면 어디서 화살이 날아왔는지 보이지도 않아 적이 피할 수도 없었다. 애기살을 또 많이 생산해 군사들이 소지할 수 있어 보통 활보다 유리하였다.

굳은 땅에 꽂았다는 깃발 말뚝을 따라 쫓아와 보니 물웅덩이가 아니면 수렁이나 뻘밭이었고 갈대나 갯버들밭 속이라 뒤에서는 그 형편을 모르고 밀어붙이니 앞장선 왜적은 물에 빠지거나 뻘밭 수렁 속에서 허둥대기 마련이었다. 그런 적들을 향해 구덩이에 서너 사람씩 숨어서 쇠뇌와 편전, 보통 활을 쏘아댔다. 엎어지는 놈 자빠지는 놈 비명 치며 꼬꾸라지는 놈. 삽시간에 정호늪은 아수라장이 되어버렸다.

한낮이 기웃해도 안개가 짙으니 의병군은 몸을 숨기기에 유리했다. 강쪽에서는 갯버들밭 속에서 무슨 일이 일어나고 있는지 아는지 모르는지 수천 명의 왜적이 자꾸 강을 건너 밀려들었다. 말을 탄 왜장들이 군사를 이끌고 강을 건너고 있었다. 제2열, 제3열 화살이 떨어져 제4열이 싸울 즈음 왜적은 서쪽 의령읍성을 향해 집중적 공격을 하면서 밀고 들었다. 심대승 좌익선봉장과 박사제 도총 군사들은 싸우는 척하면서 천천히 뒤로 물러났다. 왜적은 이제야 저지선을 뚫어 이기게 되었다면서 의병군의 꽁무니를 따랐다.

순간 붉은 옷을 입고 백마를 탄 곽재우 장군이 골짜기 왼쪽 옆구리에서 나타나 활을 쏘며 내달렸다. 왜적은 〈천강홍의장군 곽재우〉라 쓴 붉은 깃발을 들고 활을 쏘고 창을 휘두르는 의병들을 당황하며 바라보았다. 화살은 말을 타고 거들먹거리며 달리던 왜장 하나를 거꾸러뜨리더니 백마와 군사들이 삽시간에 나무들 사이로 사라져 버렸다.

그런데 그게 다가 아니었다. 오른편 뒤 골짜기에서 또 붉은 옷에 백마를 탄 장수가 한 무리의 궁사들과 함께 나타나 활을 쏘는데 또 말을 타고 달리던 왜장 하나가 화살을 맞고 말에서 떨어져 버렸다. 역시 〈천강홍의장군 곽재우〉라 쓴 깃발이 펄럭거렸다. 왜병들은 붉은 옷 장수가 어느 틈에 백마를 타고 날아서 뒤에서 공격한다고 생각하고 놀랐다.

골짜기 좀 깊숙이 들어갔다 싶은데 앞에서 백마에 붉은 철릭의 장군이 또 활을 쏘며 숲속에서 나타났다. 역시 홍의장군 깃발이 왜군의 간담을 서늘하게 하였다. 그래도 왜적은 전진했다. 앞서 달아나던 군사들이 벽화산성 안으로 몰려 들어갔다. 왜적들은 이제야 조선 군사들이 독 안에 든 쥐처럼 됐다고 좋아하면서 산성으로 몰려갔다. 그러자 주몽룡 군관의 신호로 성 위에서 바위들이 굴러떨어지고 화살이 비 오듯 날아왔다. 왜적들은 숨 돌릴 새 없이 넘어지고 자빠져 숨을 거두었다.

성 위에도 홍의장군 깃발이 나타나더니 곧 사라지고 뒤에서 또 백마와 붉은 옷을 입은 곽 장군이 나타나 공격하였다. 좀 전에 저 성 위에서 나타났는데 어느새 날아서 뒤에서 나타나다니!

"이거 귀신이다."

"날아다니는 비장군이다!"

왜적들은 갈피를 못 잡고 겁을 내기 시작하자 공격하던 기세가 꺾여 버렸다. 처음 나타난 사람은 곽재우 장군이었지만 홍의장군 복장을 한 심기일과 안기종, 강언룡 대장이 차례로 백마를 타고서 내달리며 종횡무진 왜적을 참살하였다. 벽화산성에서 살아남은 자들은 왔던 길로 줄행랑을 쳤다. 도망치는 그들의 앞길에는 어느새 마름쇠가 쫙악 깔려 있었다. 마름쇠는 늪이나 개울에서 나는 마름 모양으로 사방에 뾰족뾰족한 바늘이 돋게 만든 쇠로 사람이나 말의 발에 밟히면 상처를 입혔다. 왜적들이 마름쇠를 밟아 자빠지거나 비틀거리면 숲속에서 화살이 날아왔다. 또 절벽이나 언덕 위에서 바위나 통나무가 굴러떨어져 몰사했다. 벽화산성까지 왔다가 살아서 돌아간 왜적은 몇 명 되지 않았다.

역시 배맹신 우익선봉장이 이끄는 동쪽에서도 똑같은 싸움이 벌어지고 있었다. 유격장 조사남을 비롯해 신갑과 박필이 홍의장군 복장으로 좌충우돌 적을 혼란에 빠트렸다.

해가 서산에 걸리자 강 건너 월촌 정암들에서 독전을 하던 왜장 안국사혜경은 더 버틸 힘이 없었던지 퇴각 나팔을 불고 북을 쳤다.

그러자 왜적은 일시에 무너지면서 돌아선 적병들이 강변으로 몰렸다. 한바탕 정호늪 서편에서 왜적을 무찌르던 이운장 유격대장이 이끄는 의병들이 어느새 솥바위 쪽에 나타났다. 헤엄을 잘 치는 군사들이 칼을 들고 강물 속으로 뛰어들었다. 자맥질을 해 왜병이 만든 뗏목을 향해 헤엄쳐갔다. 그들은 뗏목다리에 이르자 물속에 숨어 뗏목을 묶었던 밧줄을

정암나루 솥바위

잘라버렸다. 퇴각하는 적을 막고자 한 것이었다. 밧줄이 끊어진 뗏목은 둥둥 강물에 떠밀려 하류로 떠내려갔다. 그와 함께 왜병들은 강물에 빠졌고 어느 틈에 빠르게 달려온 심대승 배맹신 윤탁 삼가군사들이 강변으로 몰려나오며 화살을 퍼붓기 시작했다.

 백마를 탄 곽재우 장군이 서쪽에서 동쪽으로 강변을 달리며 죽순을 베듯이 적에게 창을 휘둘렀다. 조총 철환이 날아들었으나 다 피해버렸다. 뒤이어 우익 심대승 군사들이 당도하고 좌익 배맹신 군사들이 모래톱을 걸어 건너려는 왜적들을 향해 활을 쏘았다. 적들은 겁에 질려 살아보겠다고 강물 속으로 무조건 돌진하였고 물속에서 허우적거리다가 의병군의 공격에 숨을 거두었다. 강물은 핏물로 변했고 정호늪에는 왜병의 시체들이 산처럼 쌓였다.

 그때 용감하게 말을 달리며 창을 휘둘러 왜적을 참살하던 이운장 유격대장은 날아오는 조총 유탄에 가슴을 맞고 말에서 떨어지고 말았다. 이운장은 말에서 떨어지면서 강가 언덕 아래로 굴러서 그만 강물 속으로 빠져버렸다. 이것을 멀리서 보았던 박필 유격장이 빨리 달려갔으나 조총 철환이 그에게 집중적으로 날아들어 강물에 빠진 이운장을 구할 수가 없었다.

전투가 일단락되어 박필이 도로 그곳에 달려갔을 때 유격대장의 흔적을 찾을 수가 없었다.

"금방 물에 빠졌을 때 건졌더라면 살았을 것이다!"

하고 박필은 땅을 치며 후회했다.

심대승 선봉장이 뒤늦게 알고 헤엄을 잘 치는 군사들을 동원하여 강물 속을 뒤졌으나 왜적의 시체만 있었을 뿐 그의 시신은 물에 떠내려갔는지 끝내 찾을 수가 없었다.

완벽한 승리 정암진전戰

왜장 혜경은 패잔병을 이끌고 강 하류로 도망하자 적의 후미에서 교란 작전을 전개했던 조방과 조탄, 이정과 이숙의 칠원, 함안 의병군과 유숭인, 박진영의 함안 관군이 뒤쫓으며 진로를 방해했다.

비변사의 장계에 "5월 25일, 정암진 전투에서 유숭인 함안군수는 47급의 적을 베었다."는 기록이 있으니 이날 왜군의 후방 함안 쪽의 싸움도 아주 치열했음을 알 수 있다. 유 군수는 눈부신 전공으로 경상우병사로 7월 25일 승진하였다.

왜군은 동쪽 대산면으로 강을 따라가다가 그 밤을 들판에서 멈추었다. 왜적이 강을 건너올지도 모르므로 곽재우는 북쪽 강변을 따라 쉬지 않고 달리면서 배맹신 선봉장과 유격장 조사남, 신초 의병장 군사들과 함께 추격을 계속했다.

날이 어두워지자 적은 강 저쪽 법수 들판에서 멈추고 군막을 설치하고 모닥불을 피웠다. 의병군도 질세라 작대기 같은 긴 나무에 가지를 서너 개씩 달아 횃불을 밝혀 강변에 늘어서서 흔들었다. 나중에 소문난 오지五枝 횃불이었다. 적이 강 건너에 수천 개의 횃불이 오가는 것을 보고 대군이 있는 것으로 알아서 도강하지 못하도록 했던 곽 장군의 기묘한 계책이었다.

적은 이튿날 날이 새자 동쪽으로 대산 장포 들판으로 옮겨 갔다. 바로 거기는 돈지 맞은편으로 장포나루가 있었다. 거기서 왜적은 기강이나 낙동강을 건너 북쪽으로 달아나려는 낌새를 보였다. 강을 건너려 들판 남쪽에 있는 용화산에서 나무를 베어 또 뗏목을 만들려고 하는 것이 강 건너에서 보였다.

밤새 달려 기강에 도착한 곽재우가 그걸 가만히 두고 보지 않았다. 곽 장군은 배맹신 선봉장이 돈지 쪽에 진을 치도록 하고 조사남, 신초와 함께 낙동강을 건넜다. 그리고는 거룬강나루에서 북과 징을 치면서 군사들이 고함을 치도록 했다.

"홍의장군이 왔다! 건너오기만 해봐라!"

"홍의장군이 오셨다! 다 죽인다아!"

하고 홍의장군 깃발을 흔들면서 크게 고함을 치도록 신갑과 이확이 군사들을 독려하였다.

"건너오기만 해봐라! 홍의장군 나가신다!"

강 건너 용화산 기슭에서 왜장 혜경은 의병군이 함성을 지르며 힘차게 흔드는 홍의장군 붉은 깃발을 넋을 잃고 바라보았다. 왜적들은 정암진에서 백마를 타고 종횡무진 싸움터를 날아다니는 듯 누비던 홍의장군 곽재우가 나타났단 소리에 기겁하여 꼬리를 내린 개처럼 왜장 혜경만 바라보았다. 혜경은 결국 장포들판에서 낙동강을 건너기를 포기하고 용화산 남쪽 안인면 도흥진(지금의 부목) 쪽으로 돌아섰다. 우회한 왜군은 그 길로 칠원 안곡산을 넘어 낙동강을 건너 현풍 쪽으로 달아났다.
"싸울 생각이 통 없구먼. 그냥 물러나는데?"
신초와 곽재우는 안심하는 말을 주고받는데 그때야 심대승 선봉장으로부터 수병장 이운장 유격대장의 순절 소식이 왔다. 왜적과 싸우다 남강을 따라 달아나는 적을 쫓아 경계하며 밤새도록 달리느라 곽재우는 이운장의 순절 소식을 듣지 못했던 것이었다. 곽 장군은 크게 슬퍼하고 탄식하며 정암진으로 돌아가면서 배맹신 선봉장과 조사남 돌격장은 기강을 지키도록 하였다. 조사남 군사들과 신초 영산의병군은 거문강나루에 진을 치고 한숨을 돌리며 머물렀다.

이운장의 순절을 기리는 전적비가 훗날 정암진 대승첩지 백야마을에 세워졌다. 죽헌 이운장은 무과에 급제하여 용양위 좌부장左副將을 지낸 무인으로 의령 유곡에 살다 임진란이 일어나자 곽재우 의병군 유격대장, 수병장으로 활약하였으며 궁유면에 초혼묘와 순절비가 세워졌다.

정암진의 대승 소식은 곧 경상도 전역에 널리 퍼졌다.
초유사 김성일의 창의 권유와 함께 천강홍의장군 정암진 대승에 고무되어 곳곳에서 의병의 기치를 들고 나서서 왜적과 싸우기 시작하였다. 합천의 정인홍, 고령 거창의 김면이 우도에서, 좌도에서는 권응수가 의병의 모아 싸웠고, 박성, 곽윤, 황응남, 하종태, 이언함, 손인갑 등등 많은 선비와 무인들이 의병에 참가하게 되었다. 김면은 의병 1,600명을 모아 고령에서 거창으로 옮겨 싸우니 곧 무계전투였다.

모계 문위는 거창에서 의병들을 모집하고 김면과 함께 고령에서 왜군을 맞아 싸웠다. 대다수 의병장은 남명의 제자들이었다.

기강나루 뗏목배와 말뚝박기

정암진 싸움 후 선봉장 배맹신의 의병군은 잠시 숨을 돌릴 사이도 없었다. 얼마 전 폭우로 기강나루에 박아둔 말뚝이 강물에 떠내려가 버렸기 때문이었다. 말뚝을 새로 박느라 군사들이 땀을 흘리고 있었다. 이번에는 아예 기강을 통해 돈지 군영으로 들어오지 못하도록 합수 지점을 중심으로 말뚝을 강물 속에 박았다. 왜선에 밀려 말뚝이 빠지는 일이 없도록 깊이 박기로 하였다.

기강나루에는 일종의 부교浮橋인 뗏목 줄배가 설치되었다. 말이나 많은 군사들이 수시로 강을 건너 창날산으로 왕래하려니 넓고 큰 배가 필요했다. 그래서 강물 속에 말뚝을 박으면서 산에서 소나무를 베어 넓은 뗏목 여러 척을 만들었다. 뗏목 배를 이으면 임시 다리가 되고 따로 떼어 놓으면 줄배가 되도록 했다. 강 양쪽에 굵은 장나무를 박고 굵은 밧줄을 말뚝에 묶어 연결했다. 밧줄을 잡고 당기면 뗏목이 강물 위에 떠 왔다 갔다 할 수 있었다. 물에 뜨는 뗏목 위에다 청솔가지를 덮어서 말이나 사람이 타기에 편하게 만드니 한 번에 군사 20~30명이 탈 수 있었다. 뗏목 줄배는 필요할 때만 설치하고 평시에는 뗏목을 말뚝에서 풀어서 강 양쪽 갯버들 수풀 속에 숨겨 놓기로 했다.

그 외 군사는 훈련에 힘쓰며 세간리에 본영을 두고 권란 대장이, 장현에는 선봉장 심대승 부대가, 정암진과 삼가로 가는 대현고개 등 두 곳에 영장 윤탁의 삼가의병군 군영을 두었다. 윤탁은 삼가 구평龜坪 사람으로 곽 장군보다 여덟 살이 많았으나 항상 명에 따르고 있었다. 돈지에는 의병의 큰 훈련장으로 박사제 도총과 강언룡 훈련대장이 주관하고 있었고 낙강 건너 창날산에는 조사남 돌격장이 주장이 되어 5리쯤 되는 능선에 토성을 쌓고 경계하고 있었다. 그러나 농사철이라 집으로 돌아가 농사일을 하도록 조처하여 군사들을 집으로 보내기도 했기 때문에 의병군의 숫자는 절반으로 줄어들었다.

  정암진 대승첩 이후 적의 위협이나 공격이 한결 없어져 의령이나 삼가에는 안심하고 농사를 지을 수가 있어 산골로 피난하였던 사람들이 돌아와 평소와 다름없는 일상을 되찾게 되었다. 또 합천이나 고령에서 정인홍과 김면 의병장이 지키니 왜적이 감히 낙동강을 건너 침범하지 못했다.

제 5 장
낙강격전

낙동강을 오르내리며 격전을 벌이다

기음강 전투도(의병박물관 소재)

제 5 장
낙강격전

낙동강을 오르내리며 격전을 벌이다
洛江激戰

맹호과강猛虎過江

의병들의 훈련에 힘쓰면서 곽재우 장군이 돈지 군막에 머물고 있었던 7월 초순, 아침에 영산의병군의 돌격장 신갑이 말을 타고 급하게 나타났다.

"큰일 났습니다. 형님이 이끄는 의병군이 왜적에게 포위됐습니다."

"뭐어? 왜적이 어디에 나타났단 말이오?"

군사 훈련을 지켜보고 있던 도총 박사제가 물었다. 신갑은 숨을 몰아쉬며 대답했다.

"우리 의병 군막이 요강원 성담산에 있지 않습니까? 왜선 수십 척이 멸포나루를 지나 바로 욱개나루로 더 올라가지 않고 요강나루로 들어와 버리는 게 아닙니까? 마을 사람들이 급히 성담산으로 피난했습니다. 우리는 그것들이 전처럼 요강원을 지나갈 줄 알았지요."

"우리 의령 삼가 의병이 기강을 막고 지키고 있으니까 왜적들이 겁이 나서 더 올라오지 못하고 그곳으로 갔군."

박사제의 말에 배맹신과 조사남이 맞장구쳤다.

"맞아요. 기강에서 또 정암진에서 의병군에게 크게 패했으니 왜적들도 그걸 이젠 확실하게 알았을 터이니 감히 이곳에 범접을 못 하니 그곳으로 간 겁니다."

"놈들이 겁을 먹고서 거룬강으로는 못 올라오는 거지!"

그때 곽재우가 고개를 내저었다.

"아니요. 필시 그 왜선은 군량이나 무기를 싣고 왔을게요. 현풍, 창녕을 비롯해 영산읍성에도 얼마 전부터 왜적의 대군이 들어와 우글거린다고 하오. 필시 군수품을 실어 와서 요강나루에 배를 대고 거기서 영산읍성으로 운반하려고 온 거요. 거리가 십 리쯤 되니 밀양에서 오가는 육로보다는 뱃길이 쉽지요."

곽 장군의 말에 신갑이 고개를 끄덕이며 배를 타고 온 군사들은 적었으나 곧 영산읍성의 왜적이 몰려올 듯하다고 했다.

"장군님 말씀이 맞습니다. 왜선은 화물선인 듯합니다. 사람들이 성담산에 숨어 있을 줄 뻔히 알 텐데 우리를 공격하지는 않고 산에서 내려오지 못하게 경계만 펴고 배에서 곡식 자루 같은 걸 내리는데 읍성에서 우마차가 올 듯했습니다. 아마 읍성의 왜적들이 지금쯤 그걸 실어 가려고 많이 왔을 것 같습니다. 그러니 속히 출병하여 성담산에 숨어 있는 의병과 마을 사람들을 구해 주십시오. 우리는 수가 적으니 대적할 수가 없습니다."

신갑의 구원 요청에 잠시 생각에 잠겼던 곽재우는 흔쾌히 받아들였다. 낙동강을 건너간다는 선택은 외로운 결정이고 모험이었다. 이때껏 침략해 오는 적을 맞아 방어적인 전투였다면 이번에는 정반대로 공격해야 하는 싸움이었으니 신중한 움직임이어야 했다. 그러나 적이 요강나루에 와서 영산의병군과 사람들을 위협하니 그들을 구하려 출전하지 않을 수 없었다.

"갑시다. 우리가 경상우도에 기반을 둔 의병군이지만 바로 강을 건너면 좌도이니 안된다고 하면서 영산의병군의 위기를 어찌 두고 볼 수만 있겠소? 낙강을 지키는데 우도면 어떻고 좌도면 어떻소? 우리에겐 오직 왜적을 멸할 뿐이오."

곽재우의 결심은 확고했다. 좌도건 우도건 왜적이 분탕질하는 곳이면 당장 달려가 싸워 몰아내야 한다는 것을.

드디어 무더운 임진년 여름의 치열한 싸움이 시작된 것이었다.

속전속결! 곽재우 장군은 백마에 올라타고 명령했다.

"강을 건너 왜적을 치러 가자! 이번에는 화공이 좋겠소."

곽재우는 이번에는 화공火功이란 말에 선봉장 배맹신은 금방 장군의 전략을 알아챘다. 배를 타고 강 하류로 내려가 왜적의 배에 불을 지르고 공격하여 궤멸하겠다는 것이 아니겠는가?

"불화살을 넉넉히 준비하라 하겠습니다. 그리고 염초도 많이 필요하겠지요?"

"욱개나루에 가서 큰 배도 여러 척 구해서 우리 군사들이 타고 요강원으로 가면 좋겠어. 또 작은 배를 몇 척 구해 거기에 밀짚이나 보릿짚을 싣고 기름을 부어 불에 잘 탈 수 있게 준비하도록!"

곽재우군의 출병은 바로 맹호과강猛虎過江이라 용맹한 범이 강을 건너니 거침이 없다고 할 것이었다.

배맹신, 박사제, 안기종이 이끄는 의병들이 기강의 뗏목 줄배로 강을 건너 급하게 행군해 영산 욱개나루에 도착했을 때 또 다른 소식이 왔다. 적선 다섯 척이 요강나루에서 쇠나리(松津)로 옮겨가 짐을 내리고 있으며 영산읍성에서 왜적 수백 명이 수레를 가져와 화물을 옮기고 있다고 했다. 쇠나리는 요강나루 상류 서쪽 바로 곁에 있는데 세곡선과 창고가 있는 나루였다. 이 나루터는 송강(지금의 계성천)이 큰 강과 합류하는 곳이라 강폭이 넓지만, 절벽 아래 흐르는 물은 잔잔했다.

"화공을 하자면 요강원과 쇠나리 두 곳으로 나누어야겠다. 그리 준비하게."

곽 장군은 배맹신에게 조각배 네 척에 기름을 뿌린 보릿짚을 실어 쇠나리와 요강나루로 2척씩 가도록 하고 군사들을 실은 배는 칠원 욱개나루 남쪽 강변을 따라 내려갔다가 공격 신호가 떨어지면 강 건너로 재빨리 접근하여 불화살을 쏘도록 했다. 신갑이 지형 설명을 곽 장군에게 했다.

"욱개에서부터 쇠나리까지 십 리 되는 너른 들판이라 군사들의 움직임이 적에게 노출될 위험이 큽니다. 또 요강나루 북쪽은 영산천이 흘러 들면서 만들어진 늪지라 개울 폭이나 계곡이 넓고 사방이 갯버들이 우거진 습지라 사람이 다니기에 불편하고 또 논밭이 별로 없지요. 다만 군사들이 매복할 수 있는 똥뫼가 여러 곳 있습니다."

똥뫼(獨山)란 들판이나 늪 가운데 둥글게 솟은 야산으로 나루터 인근에 여러 곳 있었다.

"나도 자네 형 지수와 그곳을 지나다녔으니 지형을 잘 알지. 안기종 복병장은 쇠나리 옆 산 절벽에, 박사제·조사남 돌격장은 나와 함께 송진 똥뫼와 늪이나 갯버들 숲에 매복했다가 공격하도록! 그리고 주몽룡 돌격장은 성담산으로 직행하여 신초 만호를 도우게."

곽 장군은 군사들에게 적이 눈치채지 못하게 언덕과 갈대밭과 갯버들 숲속으로 잠행潛行하여 쇠나리 근처의 똥뫼와 야산과 이어진 갯버들 늪과 영산천 건너 요강원 똥뫼까지 매복하도록 명령했다.

그때 반갑게도 이백여 명 되는 창녕의병군들이 북쪽 들길에서 나타났다. 역시 영산의병군의 급보를 받고 온 것이었다. 앞장서 말을 타고 달려온 사람은 정암진 전투에 참전했던 이확 아장과 곽재우의 매형 권암 성천조였다. 옆에는 아들 성찬成瓚이 창을 들고 아버지를 호위하듯 따르고 있었다. 창녕의병군을 이끄는 사람은 정한강 문인 부용당芙蓉堂 성안의成安義 의병군 소모관이었다. 성안의는 지난해 문과에 급제 홍문관 정자로 충의위忠義衛 중길仲吉 성천희成天禧 의병장, 유학幼學 곽찬郭趲, 별장 조열曺悅 등과 의병을 천여 명 모아 왜적과 대적하고 있었다. 그러자 초유사로부터 군량을 조달하는 조도사 직임을 내렸다. 봉사 백앙伯仰 성업成嶪과 그의 동생 성급成岌과 훈련원부정 눌계訥溪 성립成岦, 그리고 중임重任 성정국成定國 판관, 고암의 이실而實 손약허孫若虛 등도 창과 칼을 들고 따르고 있었다.

요강나루와 쇠나리 화공火功

곽 장군은 창녕의병군이 이 근처 지리에 익숙할 것이므로 향도병嚮導兵으로 의령의병군 여러 부대에 분산 배치하여 길을 안내하도록 하였다.

의령 설뫼 출신으로 훈련원 봉사를 지낸 안기종 복병장은 의병군에 참여하면서 쌀 백 섬을 내놓았고 백여 명의 가동을 데리고 오기도 하였는데 이번에는 앞장서 싸울 선봉장으로 삼았다. 또 용맹이라면 첫손으로 꼽을 만한 장수가 바로 진주 사람으로 김산군수를 지낸 주몽룡 돌격장인데 정암진 싸움 때 의병군영으로 달려와 적을 무찌르는데 거침이 없었다. 이번에는 성담산의 구원 장수로 주몽룡이 활약하도록 했다.

뒤이어 소모관 오운, 돌격장 권란, 훈련대장 강언룡, 좌돌격장 장문장, 중위우부장 박필 등 세간리 본영과 장현의 심대승 군영에 있던 군사들이 욱개나루에 당도했다. 곽 장군은 그들을 각각 100여 명씩 나누어 송진(쇠나리) 일대의 들판과 야산, 똥뫼 기슭에 매복하도록 하고 권란에게는 성담산으로 잠입하여 주몽룡과 신초를 도우라고 했다. 곽재우는 가장 중앙이 되고 높은 똥뫼에서 지휘하기로 했다.

주몽룡 돌격장은 거침이 없었다. 신갑과 이확 아장의 안내를 받으며 돌격장 권란과 함께 200여 명 의병을 이끌고 요강원 앞 똥뫼(지금의 송진 공동묘지)[1]를 둘러 신초 의병군이 있는 성담산으로 숨어 들어갔다. 주몽룡이 산마루에서 아래를 내려다보니 마을과 창암(후에 이곳에 망우정이 들어섰다)이 보이고 강가 나루터에는 왜선 열 척이 정박해 있었다.

"빨리 왔구려. 그 사이 놈들이 공격해올까 봐 걱정했소. 주 대장!"

영산 의병군을 이끌고 있는 만호 신초가 반겼다.

"내가 누구요? 날고 기는 주몽룡이가 아니요? 신 만호가 곤경에 빠졌다니 홍의장군 명으로 당연히 구하러 오지 않았겠소? 거기다 장군님 따님이랑 사위가 이곳에 있다니 달려와야지요."

곽재우의 딸과 사위 신응은 바로 원천(지금의 도천) 요강원에 살고 있었다.

"고맙소. 주 대장! 싸리나무 횃불도 준비해 놨고 붉은 옷도 준비해 놨으니 주 대장이 홍의장군 복장으로 백마를 타고 나서서 놈들의 기를 확

---

[1] 송진공동묘지: 이곳에 곽재우 장군 말무덤이라 전해오는 의병묘인 대형고분이 있다.

꺾어 버립시다."

"좋소! 이번에는 내가 홍의장군 노릇을 해 봐야지요. 지난번 정암진 싸움에는 홍의장군으로 변장하고 싶었는데 차례가 돌아오지 않아 섭섭했소."

신초와 주몽룡, 권란은 크게 웃으며 승리를 위한 전의를 다짐하였다. 신초의 조카로 무과에 급제하여 부사과를 지낸 신순의辛順義가 달려와 있었다. 조전장 신방로辛邦櫓와 이진영李眞榮, 신응과 배대유, 배대륜裵大綸 종사랑, 장마 사람 진금천陳錦天, 옆 동리 오가리의 효선孝先 송경조宋慶祖 참봉과 동생 송흥조宋興祖, 과거에 뜻을 두지 않았던 선비인 부곡의 병장 이석경과 아우 이후경, 이숭경李崇慶 의장을 비롯해 벽진 이씨 문중 선비들이 모여들어 주몽룡과 권란을 반겼다.

주몽룡이 성담산에 도착했다는 신호를 중군에 보냈다. 요강나루와 쇠나리 앞 강 저편 칠원 용등 강가에 도착한 배맹신 군사들이 역시 신호를 곽재우 중군에 보내자 곧이어 공격을 알리는 연기가 중군의 진지인 송진산 꼭대기에서 피어올랐다.

동시에 북과 꽹과리 소리가 천지를 진동하듯 여러 곳에서 울려 퍼졌다. 군사들의 함성도 산과 늪 여기저기서 뇌성처럼 터졌다.

"하늘이 내신 천강홍의장군이 오셨다."

"홍의장군 곽재우 장군 나가신다!"

제일 먼저 홍의 철릭을 입은 주몽룡이 성담산 중턱을 말을 타고 달리며 활을 쏘았다. 부사과 신순의와 신갑이 뒤따라 마상에서 활을 쏘는데 무과 급제자답게 쏘는 대로 명중했다. 나루에서 양곡을 부리던 왜적들이 화살을 맞고 픽픽! 쓰러졌다. 그러자 왜적도 급히 조총을 산 위로 응사해 왔다. 백마를 탄 홍의장군이 총알을 피해 사라졌는가 싶었는데 이번에는 산이 아니라 북쪽 갯버들 수풀 쪽에서 홍의장군이 나타나 활을 쏘며 달려오는 게 아닌가? 곽재우 다음으로 장문장이 나서서 한 바퀴 돌다가 사라졌다. 곧 쇠나리 쪽에서 홍의를 입은 안기종이 백마를 타고 달렸다. 혼비백산 어느 틈에 산에서 날아 들판으로 간 것이 아닌가? 왜적들은 날아다니는 홍의장군이라 생각했는지 그만 총을 쏠 것도 잊고 백마를 타고 달리는 홍의장군을 바라만 보다가 화살에 맞아 넘어졌다.

왜적들이 육지의 공격에 정신을 뺏긴 틈에 기름을 부은 보릿짚을 실은 조각배는 쇠나리 왜선 쪽으로 빠르게 다가갔다. 헤엄 잘 치는 군사들이 노를 젓다가 섶에 불을 붙이고 강물 속으로 뛰어내렸다. 강물이 아래로 흐르니 불붙은 작은 배는 제 혼자 쉽게 나루터에 있는 왜선으로 흘러가 부딪쳤고 곧 불이 옮겨붙었다. 역시 요강나루 왜선에도 불이 붙었다. 동시에 배맹신의 군사들이 불화살을 쏘았다. 쇠나리 북쪽 산기슭에 숨어 있던 안기종 군사들과 요강나루 신초 군사들도 왜선을 향해 불화살을 날렸다.

왜적들은 정신을 차릴 수가 없었다. 산과 들판 쪽에서도 강 쪽에서도 불화살이 날아들고 홍의장군이 이리 번쩍 저리 번쩍 귀신처럼 하늘을 날아다니며 활을 쏘아대니 감당할 수가 없었다.

항거하던 왜적들은 영산읍성 쪽을 향해 달아나기 시작했고 배를 타고 왔던 자들은 배에 올라 도망가려 했다. 신초와 신갑, 신순의와 주몽룡 돌격장은 이를 놓칠세라 성담산성에서 나루터의 왜선을 향해 달리며 활을 쏘아댔다. 뒤따라 권란 돌격장과 김충민, 이석경 부곡의병들도 달리며 활을 쏘고 적이 바로 앞에 닥치면 칼과 창을 휘둘렀다. 쇠나리에서도 성담산과 같은 접전이 벌어졌다. 돌격장 안기종, 훈련대장 강언룡이 군사들에게 외쳤다.

"한 놈도 놓치지 말고 쏘아라!"
"저 배 위에 있는 놈들 쏴! 도망치려 한다꼬!"

제5장 낙동강을 오르내리며 격전을 벌이다

서쪽 송진산의 소모관 오운, 창녕의병장 성안의가 이끄는 의병군과 동쪽 송진산의 곽재우 장군의 중군의 좌돌격장 장문장, 중위우부장 박필 부대 앞에는 양쪽 나루에서 쫓겨 영산으로 내빼려는 왜군 수백 명이 몰려들었다.

"활을 쏴라! 한 놈도 놓치지 마라!"

곽재우는 고함을 지르며 활을 당겼다. 박필과 장문장은 말을 타고 창을 휘두르며 왜군들 속으로 달려 들어가 길을 막았다. 조사남 복병장과 박사제가 이끄는 군사들은 중군을 피해 도망치는 적을 다시 막으며 참살하였다.

해가 지고 날이 어두워졌을 때 싸움은 끝났다. 쇠나리에 있던 배 한 척과 요강나루에 있던 배 세 척이 배맹신 부대의 포위를 뚫고 도망갔으며 두 척은 불에 완전히 타 파선했고 다른 배들은 반파되었다. 영산천 냇물이 피로 붉게 물들었고 곳곳에 왜적의 시체가 즐비했다. 기습은 성공이었다. 아군도 여러 명이 전사했고 부상자도 수십 명에 이르렀다.

밤새 경계를 늦출 수 없었다. 횃불을 수십 개 밝히고 흔들며 함성을 지르고 북과 꽹과리를 쳐 군세가 대단함을 보였다. 탈출한 왜군이 영산 본영에 가서 의병의 공격을 보고했을 테니 곧 구원병을 보내리라 예상했었다. 그러나 날이 밝아도 왜군은 더 나타나지 않았다.

전사자들의 시신을 거두어 송진 통뫼 동쪽 편에 무덤을 만들어 매장하도록 하였다.[2] 한편 반파된 적선에 실려 있는 무기와 군량, 술과 각종 화물을 배맹신이 타고 왔던 배에다 옮겨 실어 기강 돈지로 운반하도록 조처하였다.

---

[2] 의병들의 무덤은 지금 망우정 북쪽 들판 야산인 송진 공동묘지에 고분 형태로 있는데 고로古老들이 '곽재우 장군 말무덤'이라 증언하고 있다.

곽재우는 신초와 의논했다.

"반드시 왜적이 이곳으로 복수를 한답시고 쳐들어올 것이오. 그러니 이곳은 안전하지 못해요."

"나도 그리 생각하네. 이곳 사람들은 여기서 십 리가 떨어진 기곡箕谷(지금의 길곡면) 골짜기로 피난하도록 하고 군사들은 북쪽 매말리(梅田)(지금의 남지읍 성사리)란 골짜기로 갔으면 하네. 수리실 서쪽 산을 넘으면 낙동강이고 남쪽으로 고개를 넘으면 기강나루야. 창녕의병군은 고개를 하나 넘어 고곡산성에 진을 치고 있어."

날이 밝자 신초의 의견을 들어 군사와 사람들을 옮기기로 했다. 아버지를 만나러 온 큰딸에게 곽재우는,

"이제 안심해라. 꼭 순산하도록 몸조심하고!"

하고 힘을 실어주었다.

사위 신응은 마을 사람들과 임신한 아내와 가족을 기곡 골짜기에 데려다 놓고 돌아와 왜적과 싸우겠다고 다짐했다.

말무덤산(馬墳山)의 격전

영산의병군은 신초와 신방즙의 의견대로 욱개나루에서 북쪽으로 10리 떨어진 매말리(梅田)로 군영을 옮기기로 했다. 창녕의병군은 일단 매말리로 갔다가 본거지인 북쪽 고개를 넘어 고곡산성鼓谷山城으로 가기 위해 출발했다. 북처럼 둥근 골짜기의 북실(鼓谷) 입구에 있는 고곡산성은 가야 시대의 석성으로 성 가운데 월송정月松亭[3]이란 정자가 있어 곽

---

3 月松亭 忠翼公忘憂堂郭再祐壬亂鍊武所《창녕현지》樓亭)

장군은 그곳에 인근 의병을 모아 훈련장으로 사용하고 있었다.

"고곡산성까지 가서 그곳 훈련상황을 돌아보려고 하오. 배맹신, 박사제와 강언룡, 조사남, 주몽룡 용장들은 돈지 군영과 창날산 군영으로 돌아가 기강나루를 지키시오."

"예!"

"혹시나 왜적이 우리 군사들을 뒤쫓아 공격해올지도 모르오. 그러니 심기일 기찰장(정찰 담당)은 안기종 돌격장과 함께 부대 후미에서 낙오병을 단속하고 적의 동태를 살피면서 기강으로 돌아가시오."

곽재우는 각 의장들의 임무를 정해준 다음 중군을 이끌고 창녕, 영산 의병군과 동행하여 매말리로 갔다.

"각자의 군영에 도착하면 싸움에 지친 군사들을 잠시라도 쉬게 하시오."

하고 지친 군사들이 휴식하도록 명했다.

매말리 골짜기에 도착하여 수리실 골짜기에 군사들을 머물게 하고 마을에 군영을 설치하고 경계를 서도록 하면서 배불리 먹고 쉬도록 하였다.

한편 배맹신, 박사제는 부상자를 배에 태워 옮겨 치료하게 하고 적선에서 노획한 양곡과 물품을 돈지 진영에 옮겨 놓느라 배고픈 줄도 모르고 부지런히 움직였다.

강언룡 대장과 조사남, 주몽룡 돌격장 등은 곽 장군의 지시대로 기강 창날산의 진지로 올라가 군사들을 경계 위치에 배치하고서 잠깐 쉬도록 하며 허기진 배를 채우게 하였다. 창날산 능선은 남쪽 나루터에서 북쪽 아까리(阿支) 계곡까지 편편하게 약 10리쯤 이어져 있었는데 서편 강쪽은 개비리라 불리는 절벽이었다. 그러나 적의 총탄을 피할 의지가 될 만한 성벽이 없었다. 그래서 곽 장군은 편편한 능선 가운데로 근처 흙과 돌을 끌어모아 낮은 담장을 만들도록 하였다. 담장이라도 있으면 거기에 의지해 몸을 숨기고 활을 쏠 수 있기 때문이었다. 그리고 구덩이를 여러 곳 파 은신처를 확보하고 또 바위와 돌을 많이 구해서 곳곳에 쌓아서 여차하면 바위라도 굴리는 투석전을 준비해 두고 있었다.

의병군 뒤에서 적정을 살피면서 돌아오던 기찰장 심기일과 안기종이 이끄는 후비 의병군이 욱개나루 이르렀을 때 쇠나리에서 망을 보던 군사가 달려왔다.

"심 대장님! 왜놈 수백 명이 영산에서 요갱이와 쇠나리에 몰려왔습니더."

"빨리 장군님께 연락하고 또 기강의 강언룡 대장에게도 통지해야겠군."

"오면서 보니까 또 다른 왜놈들 천 명이 넘는 대군이 송강을 건너기 시작했으니까 곧 욱개로 몰려올 낍니더."

"알았네. 자넨 망을 잘 보고 계속 연통해 주게."

심기일은 말을 잘 타는 군사 두 명에게 매말리와 기강으로 왜적의 동향을 보고하도록 보냈다. 그리고 군사들을 빨리 가도록 재촉하여 기강나루로 향했다.

왜적 대군이 욱개를 지나서 곧바로 기강이 있는 서쪽으로 향했다는 소식이 전해졌을 때 창날산 진영은 긴장에 휩싸였다. 왜적이 기강나루로 간다는 보고에 곽재우의 중군도 수리실 고개를 넘어 창날산을 향해 급히 출발했다.

기강나루 창날산 아래로 몰려온 수천 명의 왜적은 붉고 푸른 깃발들을 휘날리며 용메(龍山) 마을을 거침없이 지났다. 창날산 동쪽 늪 아호鵝湖에 대장으로 보이는 자가 당도하자 기음강용단이 있는 통뫼에 군막부터 설치했다. 왜장을 안내해 나타난 자는 조선 사람으로 보였다. 갓을 쓰고 하얀 두루마기를 입었는데 역시 말을 타고 왜장 곁에서 뭐라고 말하고 있었다.

일단 싸울 준비를 마친 왜적은 산을 바라보며 고함을 치며 기세를 올리기 시작했다.

그때까지 산 위에서는 의병 깃발만 펄럭일 뿐 적막이 흘렀다. 강언룡 대장의 공격 신호를 기다리고 있었다. 기병 후 연전연승을 이어 온 의병들은 대군이 몰려왔어도 조금도 흔들림 없이 산기슭 구덩이(참호) 속에서 산 아래 왜적을 내려다보며 쇠뇌와 활을 당길 준비를 하고 있었다. 옆에는 적이 가까이 오면 찌를 창과 칼도 있었다.

드디어 총성이 울렸다. 어디에 군사가 있는지 알지도 못하고 의병 깃발들이 서 있는 곳을 향해 왜병은 무조건 조총을 쏘며 개미처럼 떼 지어 산을 기어올랐다.

강언룡 대장의 공격 신호가 떨어졌다. 북과 꽹과리 소리가 산 남쪽에서 북쪽까지 울렸다. 말을 탄 조사남과 주몽룡은 산등성이의 담장 남과 북을 이리저리 달리며 고함을 쳤다.

"산을 오르는 놈들에게 쇠뇌와 활을 쏴라!"

뒤늦게 도착한 안기종과 심기일의 군사들은 미처 산을 오르지 못하고 나루터 주막 옆 산 중턱 기슭에 숨어 적을 향해 활을 쏘았다.

시간이 갈수록 싸움이 치열해졌다. 왜적들은 화살에 맞아 꼬꾸라지면서도 뒤에서 밀고 올라왔다. 왜적의 공격은 시간이 갈수록 격렬하게 계속됐다. 어떤 구덩이에서는 화살이 떨어졌다. 그러자 옆에 준비해 두었던 바위나 돌을 굴리거나 던졌다. 굴러떨어지는 바위에 맞아 적이 뒤로 나자빠졌다. 돌팔매질할 돌마저 떨어지자 창으로 가까이 오는 적을 찌를 태세를 갖추었다.

"화살도 돌도 떨어지면 뒤로 물러나라!"

조사남은 고함을 쳤다. 그 소리에 앞 구덩이에 있던 군사들이 뒤쪽 산 위 구덩이로 뛰어갔다. 조사남이나 주몽룡의 전통에도 화살이 떨어졌다.

"큰일이구나!"

그때 심기일이 산등성이 담장으로 달려왔다. 조사남이 전통에다 화살을 가득 담으며 걱정을 했다.

"야단났네! 왜놈들이 자꾸 기어오르는데 화살도 바위도 떨어져 가네."

"이거 보시오! 벌통이요. 마침 나루터 뱃사공이 벌을 키우기에 벌통을 몇 개 가져왔소."

심기일이 벌이 담긴 박통을 흔들어 보였다.

"이거라도 던집시다. 벌이 날아 왜적들을 쏘면 혼란이 일어날 거요."

"그럽시다. 그런데 아무리 완력이 좋아도 던져서 왜적들 가운데 떨어트리기 어려우니 말꼬리에 달아 봅시다."

그들은 급히 말꼬리에 벌통을 달았다. 그들이 타고 있던 말 두 마리의 꼬리와 등에 벌통을 매달았다.

"자! 달려라!"

말에게 채찍을 후려갈기자 말들은 산 아래쪽 왜적들 속으로 달려 내려갔다. 삽시간에 왜적 무리 속에서 비명이 터졌다. 벌통에서 벌들이 쏟아져 나와 왜적들의 얼굴에 목에 달라붙어 마구 쏘았기 때문이었다.

그때 아호 골짜기 안쪽 도초산에서 홍의장군 붉은 깃발이 보이더니 의병들이 숲속에서 쏟아져 나왔다. 매말리로 갔던 곽재우 중군이었다. 욱개에서 달려온 망꾼의 연락에 수리실(지금의 신전리) 고개를 넘어 지원하려고 급히 온 것이었다. 신초가 이끄는 의병들과 성안의가 이끄는 의병들도 함께였다.

그런데 또 다른 한 무리 의병들이 강가 백사장 나루터 쪽에서 나타났다. 〈칠원의병장 조방〉이란 깃발이 펄럭이었다. 바로 뒤에 〈함안의병장 제포만호 이숙〉의 깃발이 보였다. 그들은 어제 쇠나리와 요강나루 접전 소식을 듣고 합세하려고 출군出軍하였던 것이다. 그런데 기강나루 바로 아래 5리쯤 하류에 있는 용화산 도흥나루(道興津)에 왔을 때 강 건너 날물 들판에 왜군들이 기세 좋게 달려가는 것을 보았다. 그래서 지원하기 위해 급하게 나루를 건너 강변 백사장으로 몸을 숨기면서 기강으로 달려온 것이었다.

양쪽 옆구리의 생각지도 못한 공격을 받게 된 왜적은 삽시간에 무너져 내렸다. 백마를 탄 곽 장군은 곧바로 왜장의 군막을 향해 달리며 공격을 퍼부었다. 기음강용단의 왜장 군막에 불이 붙자 왜장은 후퇴 신호를 보내며 욱개 쪽으로 달아나기 시작했다. 북소리가 나팔 소리가 꽹과리 소리가 이곳저곳에서 울려서 왜적들을 정신 못 차리게 했다. 곽 장군 뒤를 따라 중군의 권란, 장문장, 박필이 나는 듯이 창과 칼을 휘두르며 적들을 베었다. 그중 단연히 신갑과 신순의의 활약이 돋보였고 칠원, 함안의병들은 접근전을 피하면서 달아나는 왜적들에게 화살을 날렸다.

안기종이 나는 듯이 말을 타고 달리며 창을 휘두르자 창날산에서 뒤쫓아 급하게 내려온 의장들도 달아나는 왜병들에게 활을 쏘거나 칼을 휘둘렀다. 뛰어서 달아나는 왜적의 등 뒤에 화살이 박히자 꼬꾸라졌다. 왜장을 따라 꽁무니를 빼는 조선 사람을 보자 신초가 곽 장군에게 고함쳤다.

"저, 저놈이 왜적의 앞잡이 공호겸이란 자야! 저놈은 얼마 전 왜적 길잡이가 되어 한양까지 다녀왔다고 해. 그러고는 껄렁패들을 몰고 다니며 지가 경상감사니 밀양부사니 자칭한다는 소문이네."

마분산의 의병묘

신초는 왜장과 함께 왔던 앞잡이 조선 사람 공호겸孔好謙[4]에 관한 얘기를 들려주었다. 곽 장군은 분노에 차서 소리쳤다.

"허어! 저런 반역자를 꼭 잡아 죽여야겠소. 공호겸이라 했지요?"

그러면서 공호겸을 향해 활을 당겼다. 빨리 달아나는 바람에 화살은 빗나갔다.

"곳곳에 의병으로 왜적과 싸워 순절하는 사람이 많은데 조선 사람이 적의 앞잡이가 되다니! 꼭 저놈을 잡아 죽여야 하지!"

오운이 신초의 얘기를 듣고 도망치는 공호겸을 보며 결의를 다졌다.

"영산의 왜적을 몰아내고서 저놈도 잡아 죽여야 하오!"

---

4 《선조수정실록》(권26, 25년 7월)에는 공휘겸孔撝謙으로 나오는데 《창녕군지》(1984년 간 p.695) '사화'에는 공호겸으로 나온다.

왜적들을 거문강 일대에서 몰아내기는 했으나 사상자들이 많았다. 화살도 떨어지고 굴리거나 던질 바위나 돌마저 떨어지자 산 위의 다른 구덩이나 담장으로 이동하려다가 적의 조총에 맞은 것이 대부분이었다. 벌통을 달고 적진으로 내려간 말 두 마리 중 한 마리는 왜적의 총과 칼에 찔려죽었다. 곽 장군은 의병 전사자들의 시신을 거두어 산 정상에 가매장하면서 말도 함께 묻었다. 싸움이 진정되면 전몰자들을 고향으로 반장返葬할 계획이었다.

훗날 창날산 이름이 말무덤산(馬墳山)으로 바뀐 내력은 격전 중에 홍의장군이 타던 말이 죽어 묻혔다고 전해오기 때문인데 사실상 의병묘義兵墓라 불러야 할 것이다. 또한 요강원 곁 송진공동묘지의 말무덤도 역시 의병묘이다.

세 고을은 왜적 소굴

현풍과 영산, 창녕의병군에게는 고충이 많았다.

왜란이 터지자 김해를 공취한 왜적은 김해와 창원을 거쳐 올라와 창녕을 점령한 후 현풍 대구를 거쳐 한양으로 향했다. 창녕을 지나간 왜적은 흑전장정黑田長政의 제3군 11,000명, 제4군 도진의홍島津義弘의 14,000명이나 되었다. 대군이 세 고을을 거쳐 갔으니 그만 쑥대밭이 되고 말았다. 그뿐만 아니라 왜적이 한양까지 진출한 후에는 그 후방은 왜적의 통로와 보급로 역할을 하게 됨에 따라 보충병 부대가 경상좌도에 상당한 병력을 주둔하게 되었다.

또 안국사혜경이 정암진 전투에서 곽재우 의병군에 패해 경상우도와 호남 진출이 좌절되자 창녕으로 와서 합천으로 가려고 했으니 경상좌도에만 왜적이 들끓게 되었다. 얼마 지나지 않아 제9군 왜장 우시수승羽柴秀勝이란 자가 1만여 명의 병력을 이끌고 세 고을에 주둔하게 되었으니 그야말로 현풍 아래쪽 고을은 왜적의 소굴이 되고 말았다.

세 고을의 의병군은 군영 설치조차 힘들어 골짜기들을 전전하지 않을 수가 없었다.

그러니 현풍 창녕 영산에는 왜적이 읍성과 고을을 차지하고 인근 촌락을 다니며 노략질과 행패가 극심하였다. 고을을 지켜야 할 창녕고을 이철용李哲容 현감은 진작 감사 김수의 명에 따라 김해로, 또 현풍현감 유덕신柳德信, 영산현감 강효윤姜孝胤은 왜적을 피해 다니던 김수를 따라 밀양으로 갔다가 영산으로 왔다가 초계로 따라 가버려 세 고을 관아는 텅 비어 주인 없는 읍성이 되어버렸다. 제승방략인가 뭔가 때문에 벌어진 일이었다. 그러므로 끊임없는 왜병의 출몰에 주민은 깊은 골짜기나 높은 산 속으로 숨어야 했다. 따라서 성천희나 성안의가 의병을 모집하는데도 타격이 컸지만 그래도 의기 넘치는 장정들이 천여 명이 모여 힘껏 싸웠다.

창녕 고을의 절들이 불에 탄 것도 보물을 약탈하러 온 왜적의 소행이었다. 크고 작은 절들이 많았는데 왜적의 노략질에 불탔다. 그뿐만 아니라 사람들이 숨어 있을 만한 골짜기나 산성을 찾아다니며 공략하고 사람을 죽였다.

창녕 고암의 대산성臺山城은 제법 깊은 골짜기의 산성으로 피난지로 적당하여 피난 온 사람들이 많았다. 왜적이 성산城山 골짜기까지 수색해 들어와서 공격했다. 성안에는 활이나 칼 같은 무장을 할 부기가 많지 않았다. 하지만 성안의 남자들은 농사짓던 쇠스랑, 괭이, 낫, 곰배, 도리깨까지 들고 싸워야 했다. 피투성이가 되어도 가족들을 보호하기 위해서 바위를 굴리고 돌팔매로 저항했다.

창녕 사람 조진남曺鎭南도 칼이 아니라 도끼를 들고 싸웠다. 성안으로 왜적들이 몰려들어도 용사들은 무기도 변변찮았지만 죽기 살기로 저항했다. 조진남은 아버지가 왜병과 싸우다 적의 조총에 다리를 맞고 쓰러지자 달려갔다.

"아버지!"

조진남은 아버지를 구하기 위해 쓰러진 아버지 몸 위에 쫓아가 엎드렸다. 왜적은 부자를 무참하게 죽였다. 대산성 싸움에서 살아남은 사람이 아무도 없었다. 전멸이라는 비참한 최후를 맞았다. 이름도 남기지 못하고 장렬하게 전사한 용사들이었다. 그래서 창녕 사람들은 누구도 왜적에 투항하거나 빌붙은 자가 없었다고 전해오고 있다.

창녕에 주둔해 갖은 만행을 저지르던 왜적은 드디어 서쪽으로 낙동강을 건너 의령 세간리 곽재우 의병군의 본영을 탈취하고 합천 쪽으로 가기 위해 7월 초순에 움직이기 시작하였다.

왜적이 영산을 출발해 박진朴津나루로 향할 것이라는 첩보를 접한 곽재우는 재빨리 의령 삼가 의장들을 세간리 본영으로 소집하여 전략을 짰다. 박진나루는 기병 초기 이 나루에서 파선되어 버려져 있던 세곡선에서 양곡을 가져온 일로 합천군수 전현룡이 곽재우를 토적이라고 감사 김수에게 모함하여 분란의 빌미가 되었던 나루이기도 하였다.

곽재우는 왜적의 공격에 대비하여 기강처럼 우박진에다 장목 말뚝을 박아 의령 쪽으로는 접근 못 하도록 하고 있었다. 그리고 뗏목 줄배도 만들어 놓았으므로 군사들이 강을 건너 창녕현 남곡의 고곡산성鼓谷山城으로 쉽게 오갈 수 있었다.

고곡산성은 산이 낮으면서 둥글고 험하지도 않아 큰길에서 접근이 쉬워 수비하기에 불리한 곳이었다. 그래서 곽 장군은 바로 서쪽 제법 높은 옻고개(漆峴) 산을 염두에 두고 있었다. 고곡산성 안의 월송정月松亭은 의병훈련장으로 창녕의병군의 진영이 있었다. 산성 안쪽 북실 골짜기에는 기마부대의 훈련장이 있었다.

임란 초기 왜적의 대군이 태풍처럼 휩쓸고 지나가자 창녕 목마산성의 관리자였던 남헌南軒 하형河亨과 아들 아전 하언호河彦浩[5]가 산성에서 키우던 군마 30여 필을 왜적에게 빼앗기지 않으려고 목장 일꾼들과 함께 북실로 말을 몰아와서 숨기고 있었다. 그것을 알게 된 곽재우가 초유사에게 보고하고 군마를 인수하여 의병군 기마부대를 만들기로 해 북실 골짜기에서 훈련 중이었다. 따라서 의병군 중에 말이 있으면 가져오고, 인근 고을의 군마들까지 합해 100여 필의 말을 모을 수 있었다.

기병 100여 명을 심기일과 신갑이 훈련시키고 있었다. 급하게 마필과 궁수를 모아 훈련한 지 얼마 되지 않아 실전에 배치하기에는 어려웠다.

구전구승九戰九勝 구진산성九陣山城

곽재우는 세간리 본영에서 심대승 선봉장과 함께 군사들을 이끌고 박진나루를 건너 고곡산성 서쪽의 옻고개산으로 갔다. 윤탁 삼가군도 뒤를 따라오도록 통지하였다. 옻고개산 정상은 넓은 평지로 군데군데 밭으로 개간하였거나 잡목들만 우거져 있어 싸울 때 몸을 숨길 만한 큰 나무나 바위도 없었다. 곽 장군은 급히 군사들에게 성담산처럼 산등성이

---

[5] 하형: 수병장, 하언호(1564~1597): 전공으로 향리를 면하고 사복시정. 부자가 정유재란 때 순절. 아들은 선무공신, 아버지는 통덕랑으로 추증.

둘레에 낮은 토석담을 쌓도록 했다. 또 적을 유인해 빠트릴 함정과 군사들이 은신할 구덩이를 산 아래에서 산등성이까지 파도록 했다. 300여 명의 의병과 인근 마을 한골(大谷)의 황사성黃士誠[6]을 비롯해 많은 장정들이 의병에 참여하려고 달려와 흙을 파 나르고 돌을 쌓아 며칠 사이에 번듯한 토석담이 생겼다.

"왜적이 마고麻姑 유리幽里를 지나 머리실(頭谷) 고개를 넘었소!"

망꾼이 말을 타고 달려와 보고를 했을 때는 해가 서산에 기웃했을 때였다. 삼가군도 도착하자 월송정에서 작전 회의를 했다. 왜적이 북실에서 50여 리 떨어진 창녕 고을을 떠나 고곡산성 조금 떨어진 머리실 앞에 당도했다니 적은 아마 수개리 들판에 군영을 설치할 듯했다.

"놈들이 오늘은 공격하지 않을 모양이오. 심 선봉장은 군사들을 이끌고 이곳 산성에서 진을 쳤다가 적의 공격이 거세지면 짐짓 패한 척 옻고개 본영으로 적군을 유인하시오."

"예!"

의령 장현에서 지키기만 했지 얼마 전 송진과 요강나루 전투에 참여하지 못했던 심대승은 싸우게 된 것이 기뻐 즐겁게 응답했다. 이번에는 심대승 대신 사과 벼슬을 한 아우 심대생과 강언룡이 장현을 지키고 삼가 쪽 길목은 박사제 도총, 기강나루는 조사남이 지키기로 했다.

"초장에 공격하여 적의 예봉을 꺾어 버리고 싶은데요? 할 수 없죠! 적을 유인하라니 멋지게 해 보겠습니다."

그러면서 심대승은 마음껏 적진을 달리면서 싸우지 못해 시무룩하게 대답했다.

"돌격장 권란과 독후장 정연은 북실 골짜기에 은신하였다가 밤 삼경

---

[6] 황사성(1564~1593): 호 대은大隱. 홍의장군 진영에서 아장. 낙강 전투에서 순절.

에 적의 군영을 기습하시오."

"예! 불화살을 준비하겠소. 북과 꽹과리도 준비하여야 하지요?"

"두 장군은 공격하는 척하기만 하시오. 북과 나팔을 불고 불화살을 쏘고 고함을 크게 치기만 하고 섣불리 적 군영에 쳐들어가 접전을 벌이는 경우는 없어야 하오. 그러다가 새벽에 북실 골짜기로 물러나 기병들과 함께 적의 후미를 타격해야 하오."

"알겠습니다. 편하게 잠을 못 자게 적을 괴롭히기만 하라는 명이군요. 하하하."

권란과 정연은 곽재우의 의중을 알아차리고 웃었다. 그러자 성안의가 뜨악한 표정으로 되물었다.

"아니! 야습이면 야습답게 일시에 들이닥쳐 불을 지르든지 기습을 해야지. 북만 치고 변죽만 울리다가 말다니요?"

"곽 장군의 기묘한 계책을 잘 모를 거요. 성 의병장은 우리와 두 번째 싸움이라서요. 이게 바로 허허실실 적을 교란하고 김을 빼는 작전이지요. 왜적들이 변죽만 울리다가 물러나는 걸 보고 우리 의병군이 겁을 내 쉽게 달려들지 못한다고 생각하도록 하자는 계략입니다."

기찰 심기일이 웃으며 곽 장군 대신 설명을 했다. 성안의가 무릎을 치며 웃었다.

"허어! 지난번 쇠나리 전투 때 북치고 꽹과리 치고 말을 탄 홍의장군이 이곳저곳에서 날아다니더니 그런 거였소? 왜적이 비장군飛將軍이라 했다지요."

곽 장군은 정색하고 다시 강조하였다.

"창녕의병군도 권란 장군을 따라가십시오. 절대 무리하게 싸울 것 없소. 우리 의병들이 자꾸 희생되어서야 안 되지요. 지난번 요강나루와 창날산 전투에서 수십 명이 전사했는데 소장은 너무나 가슴이 아팠소.

그러니 될 수 있는 한 근접전은 피하고 활을 쏘아 놈들을 죽이거나 쫓아내기만 하면 되오. 공을 다투어 목을 베는 일은 더더욱 피해야 합니다."

성안의의 질문에 대답한 다음 계속해서 의장들에게 전략을 말했다.

"적이 곧바로 박진나루로 갈지 모르니 배맹신 선봉장은 길목인 아까리 깍단(창아지)과 옻고개 길목을 지키시오. 그곳에서 매복했다가 싸워야 하오. 만약 적이 고곡산성을 공격하고 심 대장이 산으로 물러나면서 적을 유인하면 안기종과 신초, 신방즙 영산군은 그때 후미를 공격하도록!"

"그러니까 복병으로 적의 뒤를 치라는 말씀이군요."

"윤탁 영장은 중군으로 삼가군을 옻고개산 토석담 일대에 군사들을 배치하고 심 대장이 오기를 기다렸다가 쇠뇌를 퍼부으시오. 나는 심기일과 함께 기병의 훈련을 겸하여 적 진지 앞을 달려서 놈들의 혼을 빼놓을 작정이오."

밤 삼경이 되자 어딘가에서 징 소리가 한번 은은하게 울렸다. '덩!' 왜군 진지에서 보초를 서고 있던 왜병 하나가 어딘가에서 날아온 화살에 맞아 꼬꾸라졌다. '덩!' 또 징 소리가 울렸다. 초병 하나가 또 화살에 맞아 꼬꾸라졌다. 징 소리가 열 번 울렸다, 그때마다 보초병 하나가 비명도 치지 못하고 꺼꾸러졌다. 곽재우를 비롯해 심기일, 장문장, 박필, 그리고 이화과 성안의까지 정조준하여 한 발씩 활을 쏘았던 것이었다. 징 소리가 끝나자 양 사방에서 북과 꽹과리 소리가 '둥둥둥!' '깨갱깨갱!' 하고 울리기 시작했다. 나팔 소리도 났다. 불화살이 어둠을 뚫고 왜적의 진영으로 날아갔다. 군사들이 일제히 고함을 지르며 횃불에 불을 댕겼다. 구척장신 허수아비 의병들을 흔들어 대니 불빛에 번쩍거렸다.

잠을 깬 왜병들이 당황스럽게 막사 밖으로 달려 나왔을 때는 불화살이 떨어져 이곳저곳에 불이 붙고 있었다. 그런데 앞을 바라보니 온 천지에 횃불이 날아다니는데 화살이 비 오듯 쏟아지고 있었다. 불의의 공격에 기겁한 왜적들이 이리 뛰고 저리 뛰면서 조총을 쏘아댔다.

"공격하라! 기습이닷!"

왜장이 고함을 치며 진영 한가운데 달려 나오는데 저쪽에서 붉은 옷을 입은 장수가 백마를 타고 활을 쏘며 달리는 것이 보였다. 왜장이 누구냐고 물었다.

"며칠 전 싸움에 백마 타고 날아다니던 장군이 왔습니다."

"아아! 홍의장군이라꼬?"

왜장은 대답과 함께 겁이 나서 방패 뒤에 쪼그리고 숨어버렸다. 그런데 이상했다. 한참 지나니 우렁차게 들리던 고함도 그치고 불화살도 날아들지 않고 활활 타며 빛나던 수백 개 횃불도 일시에 꺼져버렸다. 불빛에 번쩍거리던 군사들도 자취를 감추었다.

"조선 놈들 별거 없었어. 그래도 경비를 강화하고 잠을 자지 말고!"

"옛!"

왜장은 그제야 안심이 되었는지 헛기침에 큰소리치면서 도로 막사 안으로 사라졌다.

이튿날 아침, 왜적은 붉고 푸른 깃발들을 앞세우고 기세 좋게 고곡산성으로 줄지어 몰려왔다. 산성 아래 박진으로 가는 길은 우마차가 다니던 서발길이라[7] 조금 넓기는 했지만 외길이었다. 한쪽은 옻고개산이요 한쪽은 아까리 깍단 낙동강으로 흘러드는 갯가라 갈대가 우거진 진흙탕 습지였으므로 산개散開하여 갈 수 없었다. 쉽게 적에게 노출되겠지만

---

[7] 서발길: 현풍과 창녕에서 진주감영으로 가는 길로 너비가 팔 서너 발, 약 4~5m.

왜적들은 지난밤 조선 군사들이 싸움을 걸었다가 힘없이 물러갔으니 만만하게 본 듯 별 경계도 않고 왔다.

왜적은 고곡산성의 군사들을 무시한 채 배맹신 선봉장이 지키는 옻고개를 향해 똑바로 전진했다. 곽 장군의 공격 명령이 없어 산성에 있던 심대승 군사들은 활을 몇 번 쏘아 위협을 하였을 뿐이었다. 적이 고곡산성 아래를 지나 옻고개에 다다랐을 무렵 옻고개산 산허리에 있던 곽 장군 진영에서 공격 신호인 북소리가 울렸다.

옻고개 산등성이와 낙강 쪽 갈대밭에 매복해 있던 배맹신 군사들의 쇠뇌가 왜적을 향해 날아갔다. 동시에 고곡산성에서 적의 후미를 공격했고 옻고개 중군 진영에서도 화살이 날았다. 삽시간에 벌어진 공격이라 왜적들은 어디에 피할 곳도 없이 고스란히 쇠뇌 화살받이가 되었다. 앞과 뒤 행렬이 공격을 받자 왜적은 강변 쪽 습지인 갈대밭으로 피할 수 없어 산성과 옻고개산 산 사이 계곡으로 몰려갔다. 그곳에는 곽 장군과 장문장이 지키고 있어 또 쇠뇌의 세례를 받아야 했다. 왜적은 아침에 출발했던 수개리 진영으로 겨우 후퇴했을 때 태반이 죽었거나 부상을 당한 상태였다.

왜장은 끈질겼다. 한 번쯤 후퇴는 있을 수 있는 것이라 부상병까지 닦달하여 미시(오후 2시경)에 또 몰려왔다. 이번에는 산성으로 공격해 왔다. 심대승은 싸우는 척하며 적을 토석담이 있는 옻고개산 산등성이로 유인했다. 윤탁 중군의 쇠뇌 화살과 돌들이 날아가자 적은 얼마 견디지 못하고 물러났다. 그래도 수개리 진영에서 달아날 생각이 없는지 왜적 진지에는 밤에 모닥불을 피우고 경계가 삼엄했다. 역시 지난밤처럼 북과 징을 치고 "홍의장군이 오셨다!" "너희들은 곧 몰살할 테니 항복하라!" 하는 고함에 왜적들은 잠을 자지 못하고 벌벌 떨기만 하였다.

사흘을 왜적이 물러가지 않고 매일 여러 차례 공격해 왔다. 영산에 있던 왜적들이 달려오고 현풍을 점거했던 왜적들도 지원을 오는지 자고 나도 적의 수가 줄어들지 않았다. 그러나 치고 빠지는 심대승 배맹신 군사들의 역습과 윤탁 중군의 항전에 왜적은 사상자가 자꾸 늘기만 하였다. 토석담 옻고개산 진을 공격한 왜적을 물리치기를 아홉 번이나 했다. 결국, 닷새 만에 적은 머리실고개를 넘어 영산으로 후퇴했다. 머리실고개에 진작 잠복해 있던 신초 군사들과 척후를 맡은 심기일이 후퇴하는 왜적을 추격 공격하며 장마 유리 고개까지 따라갔다.

구전구승九戰九勝이었다.

아홉 번 싸워 아홉 번 이겼으니 싸움은 치열했지만 의병군의 사기는 하늘을 찌를 듯 높았다. 의병의 결사 항전을 알려 주듯 후일 옻고개산 이름을 구진산성九陣山城[8]으로 바꿔 부르게 되었으니 곧 아홉 번 진陣을 쳐 아홉 번 다 이겼다는 내력이 담긴 산성 이름이었다. 하언호는 구진산성 싸움에서 용감하게 싸워 적을 아홉 명이나 베어 군공으로 향리鄕吏를 면하고 사복시정에 제수되었다.

쌍산역 궁중보물선

구진산성 싸움이 막 끝날 무렵, 기강나루를 지키던 조사남 돌격장이 말을 타고서 급하게 달려왔다. 월송정에서 있던 곽 장군에게 왜선에 대해 보고를 했다.

"왜선 18척이 기강을 지나 박진으로 향했습니다. 적은 군사로 힘껏 싸웠으나 왜선이 많고 적도 많아 어쩔 수 없이 놓쳤습니다."

---

[8] 구진산성: 6·25 때 격전지로도 유명하다.

"왜선이 그렇게 많이?"

의병군의 주력이 구진산성 싸움에 참전하고 있었으니 자연히 기강나루를 지키는 군사는 얼마 없어 왜선을 막을 수가 없었다.

"아마 물품과 군사들을 많이 싣고 북쪽으로 가는 모양입니다. 그런데 배 둘레에 크고 높은 방패를 둘러쳐서 쇠뇌를 쏘아도 뚫지를 못합니다. 놈들은 어쩌다 조총을 응사할 뿐 오직 북으로 배를 몰아가기만 하니 화포를 쏘아야 파선시킬 수 있을 듯합니다."

"우리에게 화포가 어디 있나?"

곽재우는 조사남의 화포 타령에 한숨을 쉬었다. 지금 조선군에게는 화포란 위력이 큰 무기였지만 이순신 장군이 이끄는 수군에게 있었지 의병군에게는 없었다. 화포 몇 방이면 낙강을 올라오는 왜선을 침몰시킬 수 있겠지만.

"당장 따라가 잡아야겠군. 배맹신 선봉장보고 기병 훈련대장 신갑과 하언호를 불러 출동할 준비를 하라고 하게."

그때쯤 군사들을 이끌고 박진나루를 건너 세간리 본영으로 가려던 심대승은 마침 강 상류로 가는 왜선을 만났다. 백사장에서 배를 향해 활을 쏘며 공격했으나 기강나루에서 그랬던 것처럼 방패로 막으며 북진을 계속했다. 배맹신은 군사들을 둘로 나누어 강언룡과 권란 돌격장이 이끄는 의병군은 낙동강을 따라 들붓나리(月坪)로 올라가며 공격하라고 하고 심대승은 박진나루를 건너 세간리와 신반을 우회하여 우러리나루(仰津, 蔚津)(지금의 적포교 인근)로 향했다. 박진나루에서 우러리나루는 이십여 리 떨어져 있는데 의령, 초계, 창녕 세 고을이 만나는 나루이기도 했다.

심대승의 보고까지 받자 배맹신 군사들을 뒤따르게 하고 곽재우는 먼저 신갑과 하언호가 훈련시킨 기병 100여 명과 함께 말을 몰아 달렸다.

이곳 지리를 잘 아는 신갑이 앞장서고 뒤이어 장문장과 주몽룡이 달렸다. 그들은 곧바로 창녕과 합천 초계, 고령 세 고을 경계지점 굽다리(曲橋)(지금의 이방면 송곡리) 못 미쳐 있는 우산나리(牛山津)로 달려갔다. 강물이 동에서 서쪽으로 흐르다 남으로 휘어 굽이치는 곳이라 물살이 세어 배가 쉽게 상류로 올라가기에 힘든 곳이었다. 이 나루터 동편에 소처럼 생겼다는 우뫼(牛山)가 있는데 그곳 절벽에 의지하여 위에서 아래로 공격하기에 좋은 곳이었다.

우산나리 강 건너는 초계 땅, 마을은 밤말(栗旨)인데 그쪽 나루는 밤마리나루라 불리었다. 창녕이나 현풍에서 초계, 합천으로 통하는 큰 나루였다. 동쪽으로 우뫼를 넘으면 굽다리(曲橋)요 그 다리를 건너면 바로 곽재우 선조의 선산이 있는 현풍 땅 유산리였다.

나루터에 이르러 신갑에게 명하여 우뫼에 군사들을 산 위로 올려 보내며 바라보니 강 건너 밤말(율지)에 한 무리의 군사들이 진을 치고 있었다. 날리는 깃발을 바라보니 〈합천의병장 정인홍 장군〉〈합천의병군 돌격장 손인갑〉이라 쓰여 있었다.

정인홍이 누군가? 바로 남명 스승의 수제자요 곽재우에게는 대선배이니 당연히 찾아가 인사를 해야 했다. 강을 건너기 위해 나루터로 가서 배를 기다리는데 저쪽에서 군사들이 배를 타고 왔다. 나이가 지긋한 장수가 배에서 내리면서 백마와 홍의 깃발을 보고서,

"홍의장군 곽재우 의병장 아니시오? 여긴 어인 일이시오? 반갑소!"

하면서 달려와 반갑다 연달아 환호했다.

허연 수염이 바람에 날리는데 풍모가 과연 무인이요 장수다웠다. 곽재우는 금방 상대를 알아보았다. 만난 적이 없었지만 펄럭이는 깃발을 보았으니 그가 의병장으로 크게 활약하고 있는 합천의병 중위장 손인갑

孫仁甲[9] 장군이란 것을.

"만나 뵈오니 반갑소이다. 손 장군은 항상 선두에 서서 과감하게 싸워 그 무공이 혁혁한 장수로 소문나 꼭 만나 뵙고 싶었습니다."

"어어! 헛소문이요. 곽 장군이야말로 하늘이 보내준 천강홍의장군이 아닙니까?"

둘은 손을 맞잡고 서로 덕담을 주고받았다.

나이 마흔아홉 살의 손인갑은 일찍이 무과에 급제하여 부산 가덕진첨절제사를 지냈는데 서른여섯 살 때 현풍 접경인 창녕 개복리(지금의 대합면)로 의갑, 예갑 동생들과 함께 이거하여 휘악정을 짓고 살고 있었다. 그는 창녕, 현풍 선비들과 교유하며 마을 앞 용호에서 낚시를 하며 지냈다.

임란이 일어나자 밀양, 영산으로 왜적을 피해 다니던 감사 김수가 영산에서 초계로 가면서 개복을 지나갈 때 만났고 창의할 것을 결심하였다. 그리고는 아들 손약허孫若虛와 함께 낙강을 건너 합천으로 갔다. 흩어진 관군과 부자들의 노복까지 모아 창의한 전 사헌부 장령 정인홍과 합세하여 합천의병군의 중위장中衛將을 맡았다. 여러 차례 왜적과 싸웠는데 그는 실질적으로 합천의병군을 이끌고 있었다. 그뿐만 아니라 곽재우를 토적으로 몰았던 합천군수 전현룡이 도망치자 초유사는 합천가수(임시 수령)로 그를 임명했다.

곽재우는 빙그레 웃으면서 말했다.

"전현룡을 잡아 죽이려 했다면서요?"

합천가수 손인갑은 껄껄 웃었다.

"도망친 전현룡을 잡아 충의로운 곽 장군을 모함한 일과 고을 버리고

---

9 손인갑(1544~1592): 자는 원백元伯, 호는 후지당後知堂. 의령 마수진에서 전몰.

도망친 죄를 물어 죽이려고 했지요. 곽 장군의 통유문이나 순찰사 김수에게 보낸 격문을 읽고 통탄을 금치 못했소."

손인갑은 의로운 무인이었다. 얼마 전 고령 무계전투에서 김면 장군과 함께 왜적을 섬멸하였으며 밤마리나루에서 아래쪽 삼학나루(三鶴津), 더 아래 우리리나루까지 30여 리 초계지역 강변을 오가며 현풍이나 창녕에서 낙강을 넘어오는 왜적을 상대해 싸우며 굳게 지키고 있었다.

"내암來庵 대장님이 어디 계신가요? 뵙고 싶은데요? 내암은 제 대선배 됩니다."

수인사가 끝나자 곽재우는 정인홍을 찾았다.

"아! 마침 강 건너 군영에 계십니다. 같이 가십시다."

곽재우는 손인갑이 타고 왔던 배로 강을 건너가 쉰일곱 살의 정인홍을 찾아 만났다. 정인홍 곁에는 전 군수 곽율郭慄, 전 좌랑 박성朴惺, 유생 곽준郭赵, 유학 권양權瀁 같은 의장들이 있었다. 현풍 사람 존재存齋 곽준은 곽재우의 당숙인데 초유사의 명으로 자여도찰방自如道察訪, 예곡禮谷 곽율은 남명의 문인으로 송암 이로의 추천으로 초계가수로 싸웠으며 곧(3개월 후) 초계군수가 되었다. 또 대암大菴 박성은 정구 문인으로 현풍 솔례 사람이었으니 곽재우는 고향 선배들을 만난 셈이라 더욱 반가웠다.

"왜선 18척이 기강과 박진을 지나 올라오고 있습니다. 그걸 치려고 따라 올라왔습니다."

곽재우는 정인홍과 곽율, 박성과 곽준에게 인사를 한 다음 이곳까지 오게 된 경과를 말하고 이제 강 양쪽에서 대적하자고 제안했다.

"홍의장군이 예까지 치달아 달려왔으니 과연 곽 장군은 우리 남명 스승님의 제자답군. 스승님의 가르침이 헛되지 않았어. 힘껏 싸우세."

"왜적과 싸우시는 내암 사형을 여기서 뵈오니 저도 용기백배올시다."

"계수 자네의 창의 기병이 효시가 되어 각처에서 의병이 일어났어요."

과단성이 있고 결기가 대단한 정인홍은 당장 의병군을 밤마리나루에 배치하며 결전을 다짐했다.

"손 장군. 우리도 앞으로 강에 말뚝을 박고 갈고리도 준비하시오."

곽재우의 얘기를 들은 정인홍이 박장대소를 하면서 당장 말뚝과 갈고리를 준비하자고 했다.

인사와 그간의 경과를 얘기하고 급히 강을 건너 우산나리로 되돌아온 곽재우는 소뫼 절벽 쪽에 진을 치고서 적선이 오기만 기다렸다.

그때 굽다리 쪽에서 한 떼의 의병군이 나타났다. 가까이 오면서 고함을 쳤다.

"계수 형님! 우리요!"

동생들이었다. 솔레에 사는 곽재지와 곽재기였다. 굽다리 쪽에서 망을 보던 현풍 의병군 군사의 연락을 받아 달려온 것이었다.

"형님이 의병을 모아 싸우는데 현풍의 곽씨 문중 젊은이들이 그냥 있겠소? 형님의 눈부신 활약에 고무되어 우리도 왜적과 싸우고 있습니다."

"아아! 우리 동생들 장하구나!"

곽재우는 두 동생을 안으면서 기뻐했다.

"우리 현풍 의병군은 유산과 목단리에 군영을 두고 고을 안에 주둔해 있으면서 갖은 행패를 부리며 돌아다니는 왜적과 싸우고 있습니다."

형제들과 얘기를 나누고 있는데 척후를 보던 심기일이 외쳤다.

"왜선이 올라옵니다!"

역시 왜선은 기강과 박진처럼 방패를 둘러치고 오직 상류로만 향했다. 낙강 양쪽에서 합천 의령 군사들이 호응하며 활을 쏘아댔지만 배는 점점 사정거리를 벗어났다. 갈고리를 던질 수가 없었다. 절벽 위에서 쇠뇌를 쏘는 곽재우군을 피해 초계 쪽 강변으로 붙어 올라갔기 때문이었다. 겨우 배 한 척을 밤마리나루 쪽에서 손인갑 군사들이 격파하였을 뿐이었다.

곽재우는 기병들과 함께 배를 따라 상류로 향했다. 동생들이 따라오면서 주의를 환기하였다.

"형님! 물문나루 옆 서산성으로 가지 마십시오. 서산성에 왜놈들이 버글버글합니다."

"서산성이 왜적에게 뺏겼구나!"

"예! 그러니 똑바로 성하리 쌍산역이 있는 박석나루로 가십시다."

현풍 고을 서쪽 강변의 물문(水門) 나루 옆에는 삼국시대의 성으로 알려진 서산성西山城이 있었다. 왜적들이 점령해 있다는 그곳을 우회해 현풍 북쪽 접경인 박석나루 옆 쌍산역雙山驛으로 향하였다. 박석나루는 고령이나 성주로 통했고 쌍산역은 성주뿐만 아니라 대구감영으로도 통하는 역참이었다.

곽재우의 기병은 뒤도 돌아보지 않고 쌍산역으로 향했다. 역시 박석나루를 지나는 왜선은 방패막이를 활용해 의병의 공격을 피하며 사문진沙門津(화원나루, 지금의 달성군 화원읍 성산)을 향해 달아났다. 그래도 꽁무니에 따르던 배 한 척이 강 동쪽으로 붙었기에 갈고리를 던져 잡아 격파하였다. 장문장과 신갑이 말을 탄 채 배에 올라 왜적을 향해 창과 칼을 휘둘렀다.

"돌아가자! 화살도 떨어지고 우리 군사가 적으니 더 올라가도 다 잡지를 못하겠구나."

곽재우는 분했으나 어쩔 수 없이 쌍산역에서 돌아서고 말았다.

대구감영의 관문이라 할 사문진(화원나루)에 도착해서 김해에서 실어 온 화물을 내린 왜선들이 3, 4일 후, 각처에서 약탈한 보화들을 싣고 도로 김해로 가려고 출발했다. 왜선이 박석나루, 물문나루를 지나 손터나루를 지나갈 무렵 초계에 있던 손인갑 의병진에 그 소식이 전해졌다.

"왜선 열두 척이 내려오고 있답니다. 제가 먼저 출발할 테니 뒤따라 오십시오"

손인갑은 정인홍에게 보고한 후 삼학나루로 군사들을 이끌고 달려갔다.

과연 그의 예측대로 삼학나루에 당도하니 왜선 열두 척이 빠르게 흐르는 강물에 기우뚱거리면서 오고 있었다. 곽재우의 조언대로 불화살과 갈고리를 많이 준비하여 갔으므로 어깨 힘이 좋은 군사들을 선발해 던지게 하였다. 불화살이 날아가고 또 화살이 날아 배 위의 왜적들이 자빠졌다. 왜선이 거침없이 떠내려가니 나루마다 매복했던 합천 초계 군사들도 배를 따라가면서 공격해 격침하였다.

적선이 한 척 남았을 때는 의령 여눕나루(지금의 의령 낙서 여의리)였다. 강 건너 나루는 마수진馬首津(지금의 창녕 유어 마수원)이었다. 손인갑은 넓은 백사장으로 말을 달리다가 모래밭 물웅덩이에 빠졌다. 왜선에서 조총 철환이 날아왔고 손 장군은 쓰러졌다.

뒤따르던 아들 손약허가 고함을 치며 말을 달렸다.

"아버지!"

아들 손약허가 교수 노개방盧盖邦과 함께 아버지를 구하기 위해 달려갔으나 그 역시 모래 수렁에 빠져버렸고 조총 총탄이 날아왔다. 의병들이 달려가며 활을 쏘고 부자를 구하려 했으나 늦었다. 의병들이 슬퍼해 땅을 치며 통곡하였다.

마수진에서 손인갑이 전몰한 때는 6월 22일이었다. 밀양 태생으로 28세에 무과에 오르고 30세에 부산 가덕진첨절제사, 훈련원 첨정을 지냈다. 묘소와 신도비가 창녕 대합 개복에 있으며, 부자의 충절을 기리는 쌍절각이 처음에는 의령 봉수면 신현에 세워졌다가 후에 지정면 성산리 기강에 있는 곽재우의 보덕각 옆으로 옮겨졌다.

뒤늦게 소식을 들은 곽재우는 손 장군의 전사를 애석해하고 탄식하였다.

선봉장 배맹신 의령의병군이 박진나루에서 북상하다가 낙강을 내려오는 왜선 세 척을 만났다. 손인갑이 잡은 열두 척이 아닌 조금 늦게 출발했던 다른 왜선들이었다. 들붓나루까지 북상하였던 유격장 조사남 군사와 강 건너 낙서 쪽의 배맹신 군사가 갈고리를 던져 배를 잡고 불화살을 쏘아 두 척을 침몰시키고 다른 배는 반파시켰다. 군사들이 배에 올라 27급의 적을 베었다.

곽 장군이 배에 올라보니 노략질한 보물들이 가득 실려 있었다. 바다 건너 왜국으로 반출하려고 실어 가던 중이었다. 자세히 살펴보니 한양에서 탈취한 궁중 보물들이었다. 태조太祖 임금님이 신었던 신발도 있었다.[10]

곽 장군은 이 보물들을 전황 보고서와 함께 초유사 학봉에게 보냈다. 그 보물들을 잘 보관하고자 초유사는 왜적의 피해가 없을 만한 남원으로 옮겼는데 얼마 후 왜적의 침공에 불타버렸다는 후문이 들렸다.

---

10 《난중잡록》 1, 임진 6월 17일조 참조.

요강에서 기강까지 지키다

낙강을 통해 대구나 고령 성주까지 군사들과 전쟁물자를 운송하기 위하여 왜선이 끊임없이 김해에서 올라왔다. 그것을 저지하기 위하여 기강 돈지의 군영을 배맹신 선봉장과 조사남 유격장이 지키고 있었다.

조사남은 지난번 싸움에 무너진 창날산의 함정과 구덩이, 성담을 보수하면서 거룬강나루를 지키고 있었다. 배맹신은 돈지 북쪽 지산마을 위의 지산성을 수축하고 망루를 높이 세워 거룬강뿐만 아니라 욱개나루까지 바라볼 수 있도록 하였다. 그러면서 군사 훈련을 열심히 하여 일당백의 용사를 양성하고 있었다.

무더위가 기승을 부리고 있었다.

세간리 본영에 머물러 있던 곽재우는 조금도 긴장을 끈을 놓지 않았다. 수병장 오운, 돌격장 권란과 함께 남쪽으로 치병장 강언룡이 지키는 정암진과 선봉장 심대승이 지키는 대현(한터) 진영을 순시하며 왜적의 움직임을 살폈다. 삼가에 진을 친 영장 윤탁과 도총 박사제의 진영도 살피고 북쪽 신반과 어루리나루를 지키는 복병장 안기종과 기찰장 심기일의 군영도 순시하면서 군사 훈련을 지켜보기도 했다. 그러면서 진주에 있는 김성일을 만나 향후 전세에 대해 논의도 하고 그간의 전과도 보고하였다.

늦은 오후, 영산의 신초 의병장으로부터 돌격장 조사남이 지키는 기강 진영으로 급보가 날아들었다. 마침 신반 낙서나루를 지키고 있던 안기종 복병장이 와 있었다.

"왜선 네 척이 임해진을 지나 멸포나루로 올라오고 있소."

말을 타고 달려온 전령이 조사남과 안기종에게 전했다.

"알았소! 내 급히 본영의 홍의장군께 전하고 돈지군영의 배 선봉장에게도 급보하여 방어토록 하겠소. 수고하였소. 저기 막걸리가 있으니 목이라도 축이고 가시오."

조사남의 말이 떨어지자마자 목이 말랐던 전령은 나뭇등걸 탁자 위에 놓인 막걸리를 급하게 마셨다.

"이번에야말로 투석기投石機를 써야겠소. 군기장 허자대가 만들어 보내온 투석기를 개비리 절벽에 설치했소."

투석기는 디딜방아처럼 생긴 장나무에다 돌을 얹을 수 있게 둥근 함지를 붙인 아주 간단한 기구였다.

"큰 돌을 가져다 시험 삼아 쏘아 보았는데 돌이 날아가 강 가운데 떨어졌다면서?"

"예! 화포 대신 쓸 수 있소."

"됐다 됐어! 왜선이 오면 당장 써먹어야겠다. 나는 불화살을 쏘려고 준비해 뒀는데 함께 쓰면 효과가 있겠군."

조사남의 말에 안기종은 왜적이 오기만을 기다렸다고 말했다.

"이번에야말로 적선을 꼼짝 못 하게 잡으면 배에 올라가 칼을 마음대로 휘둘러 왜놈을 몰살시키겠소."

"나도 그러고 싶소. 안 장군! 내 장도에 왜놈의 피를 묻힌 지 오래됐소."

드디어 왜선이 거룬강나루에 당도했을 때 강 속에 박아둔 말뚝에 배가 걸려서 헤매기 시작하였다. 조사남과 군사들은 때를 놓치지 않고 강가에 숨겨두었던 투석기로 돌을 쏘아 올렸다. 절벽이 높고 강은 낮으니 돌덩이들이 아래로 날아가서 연달아 왜선에 떨어졌다. 돌에 맞아 쓰러지는 자들이 보였다. 왜병들이 조총을 쏘며 대항했다. 조사남은 비격진

천뢰 같은 대포가 없음을 한탄했다.

"저 돌덩이들이 화약을 넣은 포탄이라면 멋지게 배가 폭파되었을 낀데!"

세간리 본영에서 곽 장군이 급하게 달려왔다. 배맹신은 지산산성에서 강가의 솔밭으로 군사들을 옮겨 진을 치고 그들 앞으로 몰려올 배를 지켜보면서 투석기의 효능을 실감했다. 배는 강 가운데서 말뚝에 막히고 또 창날산 절벽에서 날아오는 돌덩이를 피하려 자연히 돈지 지산 십리솔밭 쪽으로 배 네 척이 좁은 수로로 몰려들었다. 그걸 놓칠세라 북을 치며 공격 신호를 보내고 곽재우가 활을 당기니 의병들이 일제히 쏜 화살이 날아가기 시작했다.

창날산 절벽에서 투석기로 돌을 쏘던 조사남은 왜선이 강 반대편으로 몰려가자 지체하지 않고 군사들을 독려하여 강가로 내려왔다. 안기종이 먼저 강가 갈대밭에 숨겨두었던 뗏목배에 올라 지산 쪽으로 달려갔다.

"나를 따라 배에 올라 왜놈들을 죽여라!"

뗏목배를 여러 척 꺼낸 조사남도 질세라 배 위로 올라 강 가운데로 달려가며 활을 쏘았다.

"한 놈도 살려주지 마라!"

장검을 빼 들고 조사남은 고함을 쳤다. 왜선 네 척 중 세 척이 좁은 수로로 올라가니 배맹신 군사들이 맹공격을 퍼부었다. 뗏목배는 맨 뒤에 처진 배를 따라잡았다. 안기종과 조사남은 조금도 겁을 내지 않고 용맹스럽게 왜선 갑판 위로 뛰어올랐다. 뒤따라 의병들이 창과 칼을 휘두르며 배에 올랐다.

"죽여라!"

그때 신초가 이끄는 영산의병군이 도착해 역시 다른 뗏목배를 타고 따라붙었다. 왜병들이 조총을 쏘아댔다. 그러나 겁도 없이 신갑이 조사남의 뒤를 따라 왜선 갑판에 올라가 칼을 휘둘렀다. 앞서가는 안기종은 거침이 없었다. 칼을 휘두르며 뱃머리를 향해 달렸다. 적병들이 조사남과 신갑이 휘두르는 칼날에 맞아 비명조차 지르지 못하고 죽었다. 조사남은 죽어 넘어지는 왜적들의 목을 칼로 내려치며 배 앞쪽으로 돌진했다. 뒤처진 배의 왜적을 잡으며 그 앞의 배로 건너뛰었다. 신갑도 조사남에 뒤처질라 재빠르게 칼로 적을 내려치니 피가 온몸에 튀었다.

"억!"

순간 앞서 칼을 휘두르며 가던 조사남이 풀썩 엎어졌다. 죽은체하며 시체 속에 엎드려 있던 왜병이 갑자기 칼을 빼 휘둘렀는데 그의 배가 찔리고 말았다.

"조 장군!"

신갑이 급히 달려가면서 조사남을 향해 칼을 휘둘렀던 왜적에게 칼을 날렸다. 놈은 피를 흘리며 숨을 거두었다.

완전한 승리였다. 왜선은 지산 앞 아까리나루까지 올라가지 못하고 곽재우와 배맹신, 안기종의 의병군에게 몰살당하였다. 안기종과 조사남이 이날 이 배 저 배 용맹스럽게 쫓아다니며 70여 명 적을 베었다고 소문이 났다. 전투가 일단락되자 신갑이 곽재우에게 달려가 조사남의 부상을 알렸다. 곽재우는 조사남이 왜군의 칼에 크게 다쳤다는 소식에 탄식했다.

"내가 진작 접근전을 하지 말아라! 적의 목을 베지 말아라! 당부한 것이 바로 이런 불상사가 생길까 걱정해서였소."

"싸움터에서 죽고 다치는 게…… 너무 심려치 말게나!"

신초가 위로했으나 곽재우는 수심이 가득했다. 조사남의 부상이 가볍지 않았다. 한창 싸움이 격렬하게 전개되던 중이라 출혈이 심했으나 응급처치를 할 여유가 없어 피를 많이 흘렸다. 싸움이 끝나고 나서야 의원이 약을 바르고 상처를 싸매는 응급처치를 한 후 돈지 군영으로 옮겼는데 기절한 후 정신을 차리지 못했다. 곽재우와 배맹신, 안기종 등 함께 피 흘리며 싸운 용장들이 병상에 둘러서서 걱정했다. 곽재우는 조사남의 손을 꼭 잡고 빌었다.

"조 백능! 힘내! 꼭 이겨내야지. 백능! 백능!"

곽 장군은 조사남의 자字인 백능百能을 연이어 부르면서 정신을 차리라고 부르짖었다. 순간 조사남이 눈을 번쩍 떴다. 그리고 주위에 선 의병 장수들을 천천히 돌아보았다. 걱정스러운 얼굴들을 둘러 바라보다가 그는 힘내어 말했다.

"장군님! 대장부로 태어나서 나라를 위해 싸우다 죽는데 무엇 때문에 슬퍼하겠습니까?"

숨을 거두자 곽재우는 탄식했다.

"아아! 우리 의병군의 명장 하나를 잃었구나!"

33세의 백능 조사남은 재주와 학문이 뛰어나고 의기가 있었다. 장악원 주부로 있었는데 왜란에 분연히 일어나 곽재우 막하에서 군관, 돌격장, 유격장으로 용감무쌍하게 활약하였다. 기강(지산砥山) 싸움에서 순국하니 10월에 고향 가례 상정上井으로 반장返葬되었으며 후에 훈련봉사, 좌승지로 추증되었다.

전공 포상

의병들의 사기를 높이려는 뜻으로 관찰사 김성일은 경상도 의병장들에게 전공을 포상하도록 천거하니 조정으로부터 관직이 내려졌다.

임란 전에 벼슬을 한 관료였던 의병장들은 제법 우대하였으나 그 외 초야의 유생이나 이름 없던 무인에게는 낮은 관직을 내렸다. 또 관찰사 천거 소식이 전해졌어도 선조 임금이 몽진했던 의주에서 교지가 경상도로 오는데 두 달여 지체되었다. 또 한창 의병장들이 곳곳에서 왜적과 싸움을 하던 때라 대부분 임지에는 부임하지 않았다.

교지가 저 북쪽 의주에서 경상도로 내려오기는 두 달여 걸렸던 것이 김성일이 8월 초순 올린 장계에 밝혀져 있다.

'신이 좌도 순찰에 임명된 지 날짜가 이미 오래되었는데도 교서와 인신印信이 아직 오지 않았으니……'

하였는데 김성일 관찰사도 6~7월에 경상좌도 감사, 8~9월에 경상우도 관찰사로 옮겼다.

이때 김성일이 올린 장계에 곽재우의 창의에 대한 보고가 있었다.

> 곽재우와 권란 등이 가장 먼저 의병을 일으켰으며, 전 목사 오운이 또 소모관이 되어 현縣 전체에 개유開諭하여 2천여 명을 모은 다음 그 가운데 노약자를 제외시켜 그들의 보졸保卒로 주어 군기軍器를 만들어 싸울 때 쓰게 하였나이다. 이에 한 고을이 도 전체의 보장保障이 되어 왜적들이 감히 낙동강 서쪽을 엿보지 못하였나이다. 이들 몇 사람의 공에 대해서는 실로 도내의 사람들이 모두 다 알고 있는 바입니다.

곽재우의 활약을 먼저 쓰고 의령현감으로 올 김 모는 읍성 축성관으로 있을 때 고을 사람들에게 큰 해악을 끼쳤던 사람으로 그가 현감으로 온다는 소문을 듣고는 의병 모두 절망하여 흩어질 마음을 품고 있다고 했다. 곽재우 의병활동을 염려하고 지원하는 장계를 선조에게 올려 김수가 추천한 김 모는 의령현감 부임을 막고서 이로가 추천한 의병군 도총 박사제를 의령현감에 임명했다.

　이때 김수는 한성부판윤으로 경상도를 떠났다.

　또 다른 장계에서,

　　　신이 각 고을에 통문을 돌려 선비 중에 유식한 자를 선택하여 소모관을 시키고 무관 가운데 재주 있는 자로 가장假將(임시 수령)을 삼았나이다.

고 밝혀놓고 있다. 가장, 가수假守로 삼은 의병장들은 후에 정식 교지가 내려오면서 더러 직임이 바뀌기도 하였다.

　곽재우는 종6품 유곡찰방幽谷察訪(지금의 문경), 이어 형조좌랑, 돌격장 권란은 창녕현감, 수병장 전 광주목사 오운은 상주목사, 도총 박사제 의령현감.

제 6 장
상승불패

열 번 싸워 열 번을 이기니
패한 적이 없다

충익공 곽망우 선생 신도비문(의병박물관 소재)

제 6 장

상승불패

열 번 싸워 열 번을 이기니 패한 적이 없다
十戰十克 常勝不敗

낙강 동쪽 세 고을로

　낙동강 동쪽 연안의 현풍 창녕 영산은 같은 역사와 운명을 지닌 고을이라 할 것이다. 서쪽은 낙동강이요 동쪽은 높고 험한 산과 능선 사이의 고을이었다. 비슬산에서 남으로 천왕산 화왕산 영축산까지 고산준령으로 이어져 서라벌(신라)과 단절되어 있어 이 지역은 강 동안에서 일찍이 비화가야比火伽耶로 발전, 독특한 가야문화를 지닌 곳이었다. 신라 진흥왕 이후 고려 때까지 현풍이나 영산은 화왕군(창녕현의 옛 이름) 속현으로 세 고을이 하나로 존속하기도 했었다.
　경상좌도 관찰사(곧 우도 관찰사로 복귀) 학봉 김성일은 합천, 초계, 고령, 의령과 삼가 의병군에게 낙강 동쪽 세 고을에서 오랫동안 주둔하면서 약탈과 방화를 하며 준동하는 왜적을 쫓아내라는 명령을 내렸다.

그때 곽재우군은 의병의 훈련을 강화하면서 윤탁 영장과 박사제의 삼가의병군은 정암진과 신반현에, 권란과 오운의 의령의병군은 영산, 창녕, 현풍과 낙동강 위아래를 왕래하는 적을 지키고 있었다.[1]

조종도, 이로와 함께 의령으로 온 김성일은 곽재우를 만나 왜적 소굴 소탕을 거듭 당부했다.

"곽 장군. 이번에 내가 온 것은 낙강 동쪽의 세 고을에서 분탕질하는 왜적을 몰아내야겠다 싶어서 온 것이오. 의령이나 삼가가 안정되었으니 좌도의 현풍, 영산의 적을 공격할 기회가 이제 온 듯하오. 고령, 합천, 초계의 의병은 현풍을 치게 하고 창녕, 의령, 삼가의 군사로 영산을 치면 될 것이오."

"예. 세 고을 왜적을 몰아내겠습니다."

"그럼 승전을 기대하고 있겠소."

김성일은 초계, 합천과 고령으로 가서 정인홍과 김면, 김응수 의병장을 만나려고 떠났다. 그는 거창을 둘러서 진주로 돌아갈 것이라고 했다.

곽재우는 합천 초계 군사들과 함께 연합해 싸울 계책을 논의했다. 여러 의장의 의견을 들으면서 자신의 계책을 설명하고 공격하고 후퇴함에 정암대첩과 다름없이 일사불란하게 움직이기를 당부하였다.

"본영을 현풍 정면인 대니산에 두고, 심대승·배맹신 선봉장이 공격에 앞장서도록 하오. 그리고 삼가군의 윤탁 영장, 박사제 총관은 영산

---

[1] 김성일의 장계 참조.

봉화산에, 신초·신방즙 영산의병군은 영산읍성 십 리 밖인 일문역과 신당산성에, 성안의·성천희 창녕의병군은 창녕 오리정과 남쪽 남통고개에 매복하도록 하시오."

먼저 출발한 기병이 전초전을 벌였다. 현풍 고을 서쪽 낙동강 물문 나루 옆 서산성으로 달려가 위세를 보였다. 정암진 전투에서 큰 공을 세운 기찰장 심기일과 신갑, 안기종의 지휘로 천강홍의장군 깃발을 앞세우고 성 동문과 남문 앞에서 말을 달리며 성 위의 왜적에게 활을 쏘았다. 심기일이 홍의를 입고 백마를 몰며 홍의장군으로 나섰다. 전연 예상하지 못한 공격에 성안에서는 동요가 일어나고 왜병들이 성 위로 달려 올라갔을 때는 성 밖에는 아무도 없었다. 죽어 나자빠진 왜병의 시체만 있고 공격한 의병은 보이지 않으니 영문을 몰라 헤매기만 하였다.

관찰사의 명을 받은 이대기李大期 의병장과 탁계濯溪 전치원全致遠과 아들 전우全雨, 영수英叟 전제全霽 등이 이끄는 초계의병들이 저녁때 서산성 밖에 도착하였다. 전제는 물불을 가리지 않고 왜적 섬멸에 앞장서 온 20대의 혈기왕성한 장수였다. 또 현풍의 의병장 곽준과 곽재지가 군사를 이끌고 왔다. 심기일은 신갑과 함께 이대기 초계의병장과 곽준 의병장을 만나 곽재우 장군의 계략을 전달했다.

"장군께서는 우리 군사들이 적과 가까이 싸우지 않기를 신신당부하셨소."

"적에게 달려들어 싸우지 않으면 어쩌란 말이요? 홍의장군의 기묘한 계책으로 승전했다는 얘기는 들었소만······."

"무모한 접근전을 피하고 내 몸은 숨기면서 적을 기습 공격하라는 유격술 계책이지요. 장군은 우리 의병들이 혹여 다치거나 전사하는 걸 걱정합니다. 그러니 본진이 도착하기 전에는 우리는 서산성 주위를 다니면서 적이 어지럽도록 달리고 고함쳐 성세만 보이면 됩니다."

"그, 그럽시다."

이대기 의병장은 떨떠름하게 대답했다. 따라왔던 젊은이 전제는 매우 불만스러운 표정이었다. 당장 창을 휘두르며 돌진하고픈 모양이었다. 그러자 심기일은 다시 강조하였다.

"우리 중군이 오기 전까지 왜적과 정면 승부는 피하라고 한 것입니다."

그제야 이대기나 곽준은 알아들었다는 표정이었다.

곽재지와 동생 재기는 횃대를 많이 만들어 놓고 있었다. 쌍산역에서 만난 이후 형 곽 장군의 부탁으로 사람 키만 한 장대에 가지가 다섯 달린 오지五枝 횃대를 만들고 솜뭉치를 달거나 관솔을 달았다. 싸리나무 횃대도 만들었다. 싸리나무는 불이 붙으면 밝게 탔다.

안기종과 신갑은 밤이 되자 기병들에게 횃대를 들게 하고 다시 성으로 다가갔다. 곽준의 군사들과 초계의병들도 심기일 영장의 지시에 따라 횃대와 북을 들고 따랐다. 성 앞에 다다르자 북과 꽹과리 소리가 요란하게 났다. 동시에 횃대에 불을 붙이니 활활 타올랐다. 횃불을 켜 든 기병들과 함께 붉은 옷을 입은 홍의장군이 이리저리 나는 듯 달렸다. 현풍, 초계 군사들이 북을 두드리며 횃불을 흔들며 고함쳤다.

"왜넘들아! 홍의장군이 오셨다!"

"내일이면 니늠들은 다 죽는데이!"

"당장 도망치레이! 다 쥑이기 전에!"

불화살이 어둠을 뚫고 성안으로 날아갔다. 역시 성 위의 초병들이 조총을 쏘다가 화살에 맞아 쓰러졌다. 활활 타오르는 횃불이 어느 순간 꺼지면서 함성도 잠잠해져 버렸다.

공포에 떨던 왜적들이 얼마 지나지 않아 성문을 열고 현풍 본진으로 가려고 했다. 처음 얼마간 왜적들이 어둠 속을 뚫고 나왔다. 군사 대열이 제법 빠져나갔다 싶은 순간 심기일 영장은 공격 신호를 보냈다. 길 양쪽 숲에서 갑자기 화살들이 날았다. 이대기 초계 군사들이 매복해 있었다. 왜적들은 피할 사이도 없이 쓰러졌다. 신갑과 안기종, 장문장이 이끄는 기병들이 달아나는 적의 뒤를 따라 창과 칼을 휘둘렀다. 현풍 군사를 이끌고 심기일이 앞장서고 곽준과 곽재기가 따르며 서산성 안으로 돌진하여 남아 있던 적을 섬멸하였다.

현풍현 수복

현풍 싸움은 곽재우가 이끄는 의병군의 중군이 맞은편 대니산戴尼山에 도착하고서 시작되었다.

"우리는 왜적을 현풍에서 몰아내는 것이 우선입니다. 우리보다 많은 적과 싸우자면 정면 승부는 어렵소. 그러므로 적을 성 밖으로 끌어내어 달아나게 하되 그 진로에 매복했다가 절단을 내야 하오."

곽 장군은 현풍 공격을 앞두고 용장들에게 매복과 유격전을 펼칠 계책을 말했다. 곽 장군의 용병술을 조금도 의심하지 않고 모두 확고하게 믿고 따랐다.

현풍의 왜적은 굵은 소나무로 목책을 둘러치고 그 안에 병영을 짓고 주둔하고 있었다.

홍의장군 복장을 한 안기종과 심기일은 기병들을 앞세워 서산성 인근 옥산玉山에서 솔례마을까지 하루 두어 번씩 왜군 진영 앞 들판을 왔다 갔다 하면서 성세를 올렸다. 어떨 적에는 천천히 어떨 적에는 빠르게 달렸다. 〈천강홍의장군〉 붉은 깃발을 앞세웠다.

왜적이 눈치채지 못하게 초계 군사들이 현풍의병군의 안내를 받아 비슬산 아래 유곡 일대 산기슭으로 숨어들었다. 그들은 활이나 창 외에 가지가 다섯인 횃대를 한 짐씩 지고 산을 올랐다. 또 기름통을 짊어지기도 했다.

곽 장군은 대니산에 군영을 세우자 의장들과 함께 현풍 고을 가까이가 왜적들의 움직임을 살폈다. 좌돌격장 장문장과 중위우부장 박필이 성채 가까이 다가가 살폈으나 기척이 없었다. 왜적들은 어젯밤 서산성에서 도망쳐 오느라 피로가 쌓였는지 성채의 문을 굳게 닫고 기척이 없었다. 목책 문루에 초병이 있었으나 역시 바라만 볼 뿐이었다. 흔히 조선 사람들이 지나다니니까 그런가 싶은 모양이었다. 배맹신의 군사를 동문 야산에, 심대승의 군사를 남문 인근 차천車川 개울가에 매복하게 하였다. 수병장 오운과 아들 오여발은 합천의병군과 함께 북문 쪽 초계 군사들이 먼저 숨어든 비슬산 기슭 유가고개[瑜加峙]로 가게 하였다. 나중에 적이 성을 다 빠져나오면 삼면에서 공격하도록 명했다.

해시(밤 열 시경)가 되었을 때 곽 장군의 중군에서 봉화가 올랐다. 그냥 작은 불이 아니라 큰불이었다. 인근에 있는 보릿짚과 청솔가지를 모아 정월 대보름에 태우던 달집처럼 크게 만들어 불을 지른 것이었다. 들판 복판이라 사방이 환하게 밝아졌다. 그 불 가운데 백마를 탄 홍의장군이 우뚝 서 있었다. 붉은 깃발들이 펄럭거리는 것이 오리 밖 현풍 진영의 왜적들이 다 볼 수 있었다.

"하늘에서 내려오신 홍의장군 오셨다!"
"내일이면 니늠들은 다 죽는데이!"
"살라카면 지금 도망치레이!"

성 바깥 이곳저곳에 일시에 횃불이 켜지면서 함성이 울렸다. 가지 다섯에 켜진 횃불이라 횃대 열 개면 오십 개의 불이요 백 개면 오백 개의 불이라 성 밖은 온통 횃불로 가득 차 일렁거렸다. 수만 명의 군사가 공격하는 듯했다. 함성이 그친 듯하면 꽹과리와 북소리가 요란하게 울리고 징과 나팔 소리가 들렸다 하면 불화살이 날아갔다. 함성이 천지를 진동하듯 터졌다. 비슬산 기슭에 천군만마가 불빛을 받아 번쩍거리며 이리 달리고 저리 달렸다. 돈지강사에 있었던 함 속의 꼭두각시 허수아비 천군이었다. 의병疑兵을 줄에 달아 비슬산 북봉부터 남봉까지 쳐 놓아서 바람에 흔들렸기 때문이었다.

한 시진 정도 횃불과 함성, 꽹과리 소리가 났는가 하면 일시에 불도 꺼지고 사방이 정적에 빠져들었다. 왜적들이 잠시 정신을 차리는가 싶으면 또다시 대니산 앞 들판 가운데서 달집태우기가 시작되었고 함성이 터지고 북소리가 왜적의 가슴을 불안하게 두드렸다. 그러면 곧 쳐들어올 것같이 성채 앞에는 백마를 탄 홍의장군이 남문에서 북문까지 나는 듯 치달리며 활을 쏘아댔다. 그럴 때는 왜적은 제대로 겨냥을 하지도 못하고 성 아래를 향해 멋대로 조총을 쏘아댔다. 그 바람에 신이 나게 달리던 돌격장 권란이 조총의 유탄에 맞아 상처를 입기도 했다.

그러기를 이틀. 사흘째 되던 날 밤, 삼경에 조용하게 목책 성문이 열리더니 한꺼번에 왜적들이 쏟아져 나왔다. 공포 속에 이틀을 견딘 왜적들이 더 견디지 못하고 탈출을 시도한 것이었다. 왜적 선발대가 어둠 속 이곳저곳을 살피며 도둑고양이처럼 달렸다. 이윽고 말을 탄 왜장 여러 명이 대열 중간중간에 끼여 병사들을 재촉하는 듯 낮은 소리를 외치면서 갔다. 곽재우 중군이 있는 대동 들판을 피해 남쪽 창녕 쪽으로 왜군이 움직였다. 현풍에서 창녕 경계까지는 16리 정도 되었다.

다시 함성이 터지고 횃불이 밝혀지면서 꽹과리와 북소리가 왜적들의 간담을 서늘하게 울렸다. 왜적은 혼이 빠져 창녕을 향하여 줄행랑을 쳤다. 왜적들이 성에서 다 빠져나간 듯했을 때 공격의 불화살 수십 개가 하늘에 솟아올랐다. 현풍과 창녕 중간 대고개(竹峴)에 매복해 있던 선봉장 배맹신이 보낸 불화살 신호를 받아 여러 곳에 매복해 있던 심대승, 오운, 초계와 합천, 현풍 의병군의 응답이었다. 의병들은 퇴주하는 왜군 행렬을 향해 길 양쪽에서 쇠뇌를 쏘았다. 배맹신이 매복한 지점에는 길에다 마름쇠를 깔아 놓아 말이나 사람도 찔려 이리저리 쓰러지거나 다쳐 비명을 지르는 혼란이 벌어졌고 그 틈에 의병들은 과녁을 향해 연습하듯 활을 당겼다.

심기일과 안기종, 신갑이 이끄는 기병들이 정신없이 달아나는 왜적 행렬의 뒤를 천천히 쫓아가며 창과 칼을 휘둘렀다. 곽재우는 현풍의병군 곽준과 곽재지와 함께 현풍으로 돌진하여 남아 있던 왜적들을 수색해 죽였다. 새벽이 되어서야 현풍에는 〈천강홍의장군 곽재우〉라 쓴 붉은 깃발 수십 개가 목책 문루에 내걸리며 북과 나팔 꽹과리 소리가 신나게 울리자 산속으로 피난하였다가 왜적의 퇴치를 알고 달려 나온 백성들의 환호를 받았다.

이번 싸움에서 눈부신 활약을 하기는 수병장인 목사 오운이었다. 서문 앞에서 조총 철환이 날아오는데도 홍의장군 복장으로 말을 달리며 활을 쏘았는데 쏘는 족족 적을 쓰러뜨렸다. 52세의 믿음직한 자세와 용기는 의병 장수로 조금도 손색이 없었다.

현풍에서 배맹신 군사들의 공격에서 벗어나 달아난 왜적은 창녕 오리정에서 매복해 있던 성천희가 이끄는 창녕의병군에게 또다시 쇠뇌 세례를 받고 완전히 전의를 상실해 버렸다. 창녕에 주둔해 있었던 적들도 패주敗走 소식을 듣고서 현풍에서 쫓겨 온 군사들과 뒤엉켜 혼란스럽게 남통고개를 지나 영산 쪽으로 내뺐다. 신당산성과 영산읍성 십 리 밖 일문역에서 기다리고 있던 신초 영산의병군과 윤탁 삼가군의 매복 공격에 또다시 호되게 당한 왜적들은 허둥지둥 영산읍성으로 들어가 성문을 굳게 닫았다.

곽재우는 현풍에서 초계, 합천의병군은 하루 이틀 쉬었다가 본진으로 돌아가게 하고 곽준과 곽재지가 이끄는 현풍의병군에게 앞으로 왜적을 대항할 계책을 일러주었다. 그는 잠시 어머니가 머물고 있던 가태리에 가서 문안을 드리고 곽재희와 재록 형님들과 숙부, 일가들을 만나보고 창녕으로 향했다.

현풍의병군 중 윤생이라는 젊은이가 이끄는 군사들이 곽 장군을 따라 나섰다.

"우리는 요 며칠간 북을 치며 고함만 치고 횃불만 흔들어 제대로 싸워 보지 못했으니 장군님을 따라가 힘껏 싸우겠습니다."

윤생의 간절한 청에 따라오는 것을 말리지 않았다. 윤생은 서출로 제법 용감해 보였으나 공을 욕심내는 듯하여 곽재우는 탐탁하지 않았다. 그러나 오운의 천거에 고개를 끄덕여 묵인하였다.

창녕에서 곽재우는 의병군을 읍내 밖 오리정에 잠시 머물게 했다. 창녕은 완전히 쑥대밭이 되어있었다. 집과 절이란 절은 모두 불탔다. 약탈하고서 불을 질러 폐허가 되고 말았다. 다행스럽게 석탑 두 기가[2] 멀쩡하게도 폐허에 외롭게 서 있었다.

의병장 성안의에게 창녕의 방어를 당부하고서 영산읍성으로 향했다.

---

2 술정리 동·서삼층석탑: 신라 때 석탑. 국보와 보물로 지정됨.

왜적 부역자 공적孔賊 잡다

창녕 군영에서 전 천성만호 신초를 만난 곽재우는 문득 생각이 난 듯 물었다.

"신 장군! 그, 그자 있잖소? 지난번 기강 싸움 때 왜장을 안내해 왔던 앞잡이(向導將) 공호겸이라 했던가?"

곽재우보다 신초가 세 살 많았지만 형제처럼 친했다.

"아, 공호겸! 그놈이 아직 멀쩡하게 살아있어. 인근의 부랑자들을 끌어모아 무리 지어 다니면서 경상감사라고 자칭하고 거들먹거리고 약탈을 자행하고 사람들을 괴롭히고 있어."

"먼저 그자를 잡아 죽여야겠소. 그자가 왜적의 길잡이가 되어 한양까지 다녀왔다니 천인공노할 부역자가 아니겠소?"

"그렇지 않아도 내가 왜적 앞잡이를 죽일 방도를 궁량 중에 있었네. 지금도 영산 경내를 활보하고 다니며 사람들을 괴롭혀!"

"힘 좋은 용장과 군사를 100여 명을 줄 테니 신 장군이 맡아 사로잡아 주시오. 지난번 창날 기강 싸움 때 내가 활을 쏘아 잡으려 했는데 그만 놓치고 말았지요."

공호겸은 봉화산 남쪽 기슭 영산 큰들에 대궐 같은 집을 짓고 살았다. 바로 신초가 사는 동리 원천에서 가까웠다. 또 첩을 부곡 가매실에 두고 다녔다. 영산에서 십 리쯤 떨어진 원천마을에는 배씨, 신씨, 공씨 문중이 살고 있었고 세 문중이 합해 자손들의 교육을 위해 세운 서당이 있었다. 공호겸의 아버지와 신초가 그 서당에 함께 다녔기 때문에 아들 공호겸과는 서로 친밀하지는 않았지만 그리 괄시를 할 사이도 아니었다.

"군사는 필요 없네. 그저 날쌘 장사 두어 명만 따라가면 돼."

"그자 주변에 무뢰배들이 많다면서요?"

"그저 한 병 술과 장사 한 두어 사람이면 되네."

곽재우는 신초의 자신 있는 말에 의심하지 않고 고개를 끄덕였다.

"신 장군의 지략에 내가 따라갈 수 없으니 뜻대로 하시오."

곽재우의 허락을 받은 신초는 정말 맛이 좋은 한 병의 술을 들고 동생 신갑과 장사 박필을 데리고 큰들(大田)의 공호겸의 집을 찾아갔다. 집 주변에는 그의 졸개들이 경비를 서고 있다가 막아섰다. 신초가 의병으로 왜병과 싸우고 있음을 아는 졸개들이라 미리 경계했다. 그러나 신초가 공호겸의 아버지와 서당에 함께 다닌 인연을 내세우자 졸개들이 안으로 연락을 하더니 만나게 해 주었다. 서로 안부를 주고받은 다음 신초가 넌지시 말했다.

"내가 자네 부친과 동문이니 우리 사이가 아주 가까운 사이가 아니던가? 그래서 내 별장으로 초청해 대접하고자 하네. 내일이 내 생일이라 꼭 와 주었으면 하네."

신초의 호쾌한 초청에 간이 부어 겁을 잃은 공호겸은 조금도 의심 없이 응했다.

"아재(아저씨)의 초청인데 마다할 내가 아니지요. 별장이라니요?"

"아! 계성 옥천골 오르는 절촌(寺里) 개천가 절벽에 얼마 전에 초옥을 짓고 별장 삼아 한거하고 있네."

"아아! 알겠소. 사리 냇가면 그곳 경치가 일품이지요. 또 고려 때 요승이자 역적으로 몰려 죽은 신돈이 바로 그곳 일매골에서 득도하지 않았소?"

영산 신씨들에게는 듣기 거북한 신돈의 혼란스러운 행적을 거침없이 거론하며 신초의 기를 꺾으려 했다. 고려 때 신돈은 관룡사 아래 옥천사에서 태어났는데 젊었을 때 거기서 오 리쯤 떨어진 신당산성 옆 골짜기에 일미사(一味寺)란 절을 짓고 수행하여 득도했다. 절의 규모가 아주 크고 넓어서 대웅전이 있었던 골짜기는 일매골이라 불리고 그 일대인 신초의 별장 자리는 일매사의 강당 터였으며 근처가 절터라 동리 이름도 절골(寺里)이었다. 신돈의 사후 일미사는 사라졌지만 누구나 이곳에 절을 짓고 공을 들이면 신돈처럼 득도할 수 있는 명당이란 소문이 널리 퍼져 근처에 절이 십여 곳 생겼다.

한창 기세가 오른 공호겸은 졸개들을 거느리고 그 이튿날 생일잔치를 한다는 신초의 별장으로 왔다. 별장 대청 뒤 쪽문에 신갑과 박필 장사가 새벽부터 숨어 있었다. 졸개들이 마당과 대청 앞에 우르르 몰려 경계를 폈다.

술자리는 제법 거창했다. 장구도 잘 치고 노래 잘하는 영산 기생도 두 명 부르고 쇠고기에 갖은 요리가 큰 상에 그득히 차려져 있었다. 공호겸은 허리끈을 풀어놓고 술과 고기를 먹고 마시고 기생을 끼고 즐겼다. 만취한 공호겸을 신갑과 박필이 달려들어 잡아 묶기는 손쉬웠다. 따라왔던 졸개들도 하인으로 변장하고 있었던 군사들에게 잡혔다.

곽재우는 공호겸을 잡았다는 소식을 듣고서 창녕에서 계성으로 왔다. 계성현에서 일문역으로 가는 고개에서 공호겸의 목을 베었다. 왜적 앞잡이를 잡아서 목을 벤다는 소문이 퍼져 사람들이 많이 몰려와 부역자의 최후를 구경했다.

뒷날 이 고개는 공기지고개라 불리게 되었다. 공적孔賊을 죽인 고개라 공적고개라 불린 것이 공지기로 변한 것이다. 또 공호겸 역적의 집을 무너트리고 못을 팠는데 이곳을 새못(新池)이라, 가매실(부곡) 첩의 집도 못을 파니 그곳은 가적지加賊池(가잿골)라 불리었다.

신초의 별서別墅는 뒷날 문암정聞巖亭이라 편액하였는데 자미화(배롱나무)를 심어 여름 한철 붉은 꽃이 집을 둘러싸고 피어 장관을 이루었다.

영산성 수복 전초전

"영산성 싸움이야말로 좀 어려울 것 같소. 적이 계속 밀리기만 하였으니 분명 적장 우두머리가 영산을 사수하라고 명했을 것이오."

"당장 밀고 들어갑시다. 놈들이 숨도 돌릴 여유가 없게!"

곽 장군의 말에 윤탁 영장이 성급하게 주장했다.

영산읍성은 왜란에 대비해 몇 해 전 수축한 석성으로 둘레가 3,810자(1,257.3m, 최근 발굴조사는 1,500m)이고 높이가 12자 5치(4.125m)로 제법 규모가 있었다. 북쪽 태자봉을 분기점으로 동과 서쪽 낮은 언덕을 따라 남북이 긴 병(또는 배) 모양 5각형으로 평지에 지은 성이었다. 동·서·남 3곳에 성문과 성루, 옹성甕城이 있고 원형의 치성雉城이 6곳이며, 병목에 해당하는 태자봉 양쪽 좁다란 성벽에는 암문暗門이 4개가 있어 방어에 유리하였다. 그러니 왜적이 주둔하기에도 좋아 그들의 소굴이 된 지 오래였다. 읍성 북쪽에 영축산이 있고 가파른 절벽 위에는 가야시대의 축성으로 알려진 영축산성이 있었는데 그곳에는 피란민들이 많이 숨어 있었다.

영산 서쪽 십 리쯤에 봉수대가 있는 봉화산의 삼가의병 군영에서 왜적을 치기 위한 용장들의 회의를 열었다. 삼가의장 윤탁이 당장 공격하자는 말에 곽재우는 고개를 가로저었다.

"그렇지 않소. 우리 군사들도 현풍이나 창녕에서 사흘을 뜬눈으로 새우며 왜적들에게 허장성세를 부리느라 곤죽이 되었을 것이요. 그래서 현풍 고을 부호들이 보낸 쇠고기로 군사들을 배불리 먹이면서 천천히 창녕을 거쳐 왔소. 그러니 각자 진영의 안정을 우선 도모하도록 합시다."

"알았습니다. 우리 군사들도 장군께서 보낸 쇠고기로 배불리 먹었습니다. 모두 군사들을 추슬러서 다음 싸움을 위해 힘을 비축합시다."

영장 오운이 곽재우의 말에 찬성하자 여러 장수들도 따랐다.

곽 장군은 용장들이 군사를 이끌고 가서 지켜야 할 영산성 주위의 매복 지점과 공격 계책을 말했다. 태자봉 북쪽 암문이 두 곳으로 뒷말(後田) 대항골(大陷谷), 서문 쪽으로 서벌(西火)고개, 서남쪽 죽전, 남문 쪽 남산 절벽과 인산고개, 동남쪽 함박산 등에 용장들을 배치하기로 했다. 영산성의 북쪽 성벽은 병 모양으로 영축산 줄기와 연결된 태자봉 양쪽 기슭을 따라 병목처럼 좁고 길었다. 또 암문은 작고도 낮아 접근하기에 쉽지 않았다. 서문과 남문에는 공격에 불리하게도 성문을 보호하는 둥근 옹성까지 있었다. 그뿐만 아니라 성문 앞은 환하게 트인 들판이라 성을 공격해 들어가자면 우리 군사의 움직임이 노출되어 불리하였다.

동문은 아예 접근할 수 있는 통로가 냇물로 막혀 있었다. 구계九溪 골짜기의 개울인 남천南川이 동문 앞 유다리로 흘러 남문 쪽으로 빠지니 다른 문을 통과해야 동문으로 갈 수 있을 뿐이어서 동문 쪽 공격은 불가능했다.

그런데 윤탁이 기습 공격하자는 주장을 굽히지 않았다.

"놈들이 한숨을 돌리지 못하도록 급박하면 승산이 있습니다. 옹성이나 성문도 그리 크지 않고 튼튼하지 않아 문을 부수기에도 쉬울 듯합니다."

"날래고 힘센 군사 백여 명이면 쉽게 성문을 공략할 수 있을 것입니다."

도총 박사제도 윤탁 영장의 주장을 거들었다. 곽 장군은 고심 끝에 뛰어나게 날래고 힘센 군사들을 뽑아 기습공격을 하도록 작성하였다.

"오늘 축시(새벽 1시에서 3시 사이)에 조용하게 접근한 다음 성문을 깨부수도록 합시다. 본영 군사들은 모두 입에 재갈을 물고 뒤를 따르다 성문이 열리면 공격하시오."

곽 장군의 명이 떨어지자 윤탁과 박사제는 삼가의병군 중에서 날래고 힘센 군사 백여 명을 뽑았다. 긴 사다리와 굵은 장나무를 어깨에 멘 장사들이 독후장 정연의 지휘로 나뭇가지를 입에 물고 발걸음 소리까지 죽여 서문 옹성 앞으로 숨어들었다. 성문이 깨지면 중군이 몰려와 공격하기로 했다.

윤탁 영장과 함께 곽재우 장군도 말발굽 소리를 줄이려고 백마의 발굽에 덧신을 신겨 타고서 앞장서 나아갔다. 성문 앞에 당도하면 공격 신호를 전군에 보내 북 암문, 서, 남문에서 일제히 공격하도록 했다.

그런데 뜻밖의 일이 벌어졌다. 공격 신호가 떨어지지 않았는데도 공을 세우려고 욕심을 낸 윤생의 현풍의병군이 앞장서서 달리기 시작하였다. 삼가군의 뒤를 따라오던 군사들이었다. 미처 돌격대가 성문에 접근하지도 않았는데 그들은 고함을 치면서 성을 향해 달려들었다.

"왜적들아! 인자 니늠들은 다 죽었다아!"

"돌격! 활을 쏘아라!"

그런데 기다렸다는 듯 성벽 위에서 갑자기 조총이 발사되었다. 윤생 부대의 소란에 기습을 알아챈 것이었다. 조총 철환이 거의 성에 도달한 돌격대에 쏟아졌다. 그뿐만 아니라 옹성에서 기다렸다는 듯 적병이 쏟아져 나오며 조총을 쏘아댔다. 부지불식간에 당한 의병 돌격대는 더 앞으로 나갈 수가 없었고 철환을 피할 수도 없었다. 앞으로 달려가던 군사들이 힘없이 쓰러졌다.

"후퇴하라!"

곽 장군은 고함을 쳤다. 뒤따르던 고수鼓手가 후퇴 신호 북소리를 다급하게 울렸다. 말을 탄 주몽룡이 창을 휘두르며 돌진했다.

"장군을 보호하라!"

주몽룡의 외침에 방패를 든 군사들이 곽 장군 옆으로 모여들어 방어 태세를 갖추며 뒤로 물러서기 시작했다. 돌격대 뒤를 따르던 윤탁의 삼가군이 성 위에서 조총을 쏘는 적을 향해 활을 쏘았다.

영산성 수복 전초전인 기습작전은 실패로 끝났다. 전사자가 열두 명에 부상자가 쉰 명이 넘었다. 군령을 어기고 남 먼저 공격하려고 했던 윤생과 의병들을 잡아 매를 치고 현풍으로 돌아가도록 처벌했다.

그날 해거름에 뜻밖에도 문호장이 나타났다. 승려 차림이었다. 기다란 선장禪杖을 짚고 있었다. 곽재우는 몇 달 사이에 너무나 달라진 모습에 놀랐으나 내색하지 않고 반가워하며 물었다.

"아니! 그간 어디 가 계셨습니까? 호장님."

"천강홍의장군이 낙강 아래위를 누비며 왜적을 풀 베듯 쳐 눕히는데 내가 쫓아 와 봤자 소용없을 듯하였어. 그래서 왜적의 분탕질을 피해 영축산성과 구계 골짜기로 피란 나온 수천 명 영산, 무안 사람들을 지켰지. 보림사 스님들과 영산 무안 젊은이들을 의병으로 모아 훈련을 시켜 골짜기로 올라오는 왜놈들을 막아냈어."

"호장님께서도 의병을 모아 싸우셨군요."

문호장은 영산읍성 바로 북쪽 높이 솟은 영축산을 가리키며 말을 이었다.

"산 정상에서 동쪽으로 뻗은 산줄기를 따라 남북에 깊은 골짜기가 있네. 남쪽 구계골짜기는 계곡이 아홉이라 골골마다 절이 많아. 큰 절 보림사를 비롯하여 고봉사, 고령사, 죽림사, 서림사, 적조사, 법화암……."

옆에 있던 신초 의병장이 덧붙였다.

"또 북쪽 고개 너머에는 관룡사, 대흥사, 도암사, 북암, 청련암, 구봉사가 있고, 동쪽 고개 넘어 밀양 무안 땅은 사명대사의 출생지라 거기도 절이 많아요."

"그곳 스님들까지 뭉쳐 승병을 모아 밀양과 영산으로 몰려오는 왜적과 싸우고 있었네."

문호장의 말에 곽재우는 크게 감탄하였다.

"정말 잘하셨습니다."

"내가 모은 의병들을 동문 쪽 국정골에 매복해 놨네. 거기가 바로 밀양과 가매실로 통하는 영산의 또 다른 진입로거든. 이제 나를 사람들이 문호장이라 부르지 않고 임 대장이라 부르네. 사명과 나는 족질族姪 간이라……."

승병대장 사명대사의 속성은 임씨이며 바로 구계골 동쪽 고개 넘어 무안에서 태어났다. 그래서 문호장이 승병을 모으자 자연히 처가 성씨인 구계 문씨가 아닌 원래 성씨인 임 대장이라 불리게 된 모양이었다.

"영산 창녕은 일찍부터 왜적의 대군이 횡행하는 대로이기에 사람들을 피란시키고 보호하는 일도 의병이 할 일이지요."

"앞으로 영산성을 수복하면 성안에서 제일 높은 곳인 태자봉에 의병 본부를 세우고 방비하도록 할 걸세. 지세를 보면 네 곳에 진陣을 쳐야 하네. 먼저 태자봉에는 본영인 매진(梅津·陣)을 설치하고 남산에는 국진菊津, 죽사리에는 죽진竹津, 멀리 남쪽 쇠나리의 송진까지 말이네."

문호장의 4개 매국죽송 진영 얘기에 곽재우는 성을 어떻게 공략해야 할지 계책을 내심 세웠다.

곽재우는 먼저 문호장이 말하는 태자봉의 매진부터 확보할 작정이었다. 의병 지휘소가 들어설 만하다는 태자봉은 신라 태자의 묘가 있다는 전설의 명당으로 영축산에서 남쪽으로 뻗어 나온 산줄기였다. 영산읍

성안 북쪽에 있는 똥뫼로 솔터〔蘇塗〕라고도 불리었다. 솔터 옆에 북 암문이 두 곳 있었다.

  탐색전이 시작되었다. 현풍성에서 했던 그대로 적의 기세를 꺾는 유세誘說 작전이었다. 군사들이 갈 수 없는 구계골 쪽 동문만 빼놓고 들며 날며 고함을 지르고 북과 꽹과리를 쳤다. 밤에는 다섯 가지 횃불을 흔들며 적군의 사기를 꺾는 소리를 질렀다.

  "홍의장군이 오싯다! 당장 도망치레이!"

  "내일이면 다 쥑이겠다. 살라카면 지금 도망치레이!"

  삼가군을 이끌고 윤탁과 독후장 정연이 서문을, 심대승과 권란이 북쪽 암문을 공격하여 접전 끝에 물러났으며 또 강언룡과 주몽룡이 의령군을 이끌고 남문을 공격하여 싸움을 벌였다. 왜적도 성문을 열고 나와 조총을 쏘면서 반격했다. 곽재우는 꽹과리와 북을 치고 함성을 지르게 하면서 백마에 올라 북 암문에서 남문까지 달리며 기세를 돋우었다. 배맹신과 장문장은 신갑의 기병과 함께 서너 차례 공격하고 물러나기를 반복했다. 성안이 환하게 내려다보이는 남산 절벽 위에 있던 안기종과 심기일이 쇠뇌를 쏘았다. 이곳저곳에서 계속 반복되는 공격에 조총을 쏘아대던 왜적은 감당할 수 없었는지 성문을 굳게 닫고 버티었다. 그러기를 얼마 동안 계속해야만 될 듯했다.

  영산의병군 신초와 신방즙, 그리고 이석경이 여러 공성攻城 방책을 내놓았다.

  "화공을 합시다. 꼼짝 않는 적을 몰아내려면……."

  곽재우는 고개를 저었다.

  "화공은 안됩니다. 성을 수복하면 우리 백성이 돌아와 살아야 합니다.

적을 몰아내자면 우리 군사들의 많은 희생이 뒤따를 것 같아 곽재우는 고심을 거듭해야 했다. 곽재우는 용장들을 둘러보며 말했다.

"결국, 군사들의 희생이 클 정면 공격밖에는 없을 것 같소?"

그때 신갑이 갑자기 생각난 듯 말했다.

"장군님! 물구멍이 있습니다. 태자봉 옆 성안으로 통하는 수문!"

용장들이 어리둥절해 신갑을 쳐다보았다.

"영축산에서 흘러 내려오는 냇물이 성안으로 흘러들거든요. 그래서 태자봉 암문 옆 성벽 아래에 물구멍이 있습니다. 짐승이나 사람이 잘 드나들지 못하도록 삐죽삐죽 돌을 박아 놓았지요. 성안에서 물 흐르는 것만 보이기 때문에 왜적들이 잘 모를 겁니다. 그래서 수무이굴(숨은굴)이라 부르기도 하지요."

수문水門 안은 요철凹凸이 되도록 돌을 쌓아 만들었기에 사람이 기어서 겨우 드나들 수 있었다. 성 밖을 나다닐 수 있도록 만든 비밀통로였다. 폭이 열 자 정도 장방형 암거暗渠였다.

"몸집이 작으면서도 날랜 군사를 뽑아 뒷말 북 암문 쪽에서 숨어 들어가면 됩니다. 태자봉에 잠입해서는 북 암문 안쪽을 공략하도록 하지요."

곽재우는 신갑의 계책에 무릎을 쳤다.

"됐다! 신갑 돌격장의 계책이 신통하군! 당장 움직입시다. 태자봉 솔 터부터 확보합시다."

"옳습니다."

"신갑과 배맹신 선봉장은 날랜 군사 100명을 뽑아! 목숨을 걸어야 하는 돌격대이니까 지원자를 모아야 하네."

"예! 날래고 용감한 자를 뽑지요."

선봉장 배맹신의 대답에 곽재우는 다시 말했다.

"본관은 우리 의병들을 내 형제처럼 자식처럼 아끼고 있네. 우리 모두 싸움에 이기면서 죽지 않아야 하네. 의병을 일으켜 왜적과 싸우는 것은 우리가 살기 위해서이네. 행여 강요를 말게."

"장군님 뜻은 잘 압니다. 허수아비 군사로 적을 속이고 기묘한 전술로 적을 퇴치했잖습니까? 그 모두 우리 의병들의 희생을 줄이려고 하신 것이지요."

"그래! 배 선봉장과 신 돌격장은 태자봉 수문으로 잠입하여 성안에서 북 암문 두 곳을 열어야 하오. 그러면 심대승 선봉장과 권란 돌격장이 북 암문 밖에 기다리다 들이쳐서 성내에 혼란을 일으켜야 하오."

영산읍성 수복전

봉화산 진영에서 암거를 통해 성안으로 숨어 들어갈 계책을 의논 중

영산읍성 성벽

인데 망꾼이 들이닥치면서 보고했다.

"왜적 기마병 100여 명과 그 뒤를 조총을 든 왜적 수백 명이 따르며 서문을 나서서 곧장 이리로 오고 있소."

"뭐? 기마병이?"

모두들 놀라서 긴장했다. 곽재우는 잠깐 생각에 잠겼다가 대책을 말했다.

"차라리 잘 되었군. 서불(西火) 야산에 매복한 심기일 기찰장의 군사들은 적이 그냥 지나가도록 하라."

"그 후 도총 박사제 군영을 지나 윤탁 영장의 중군 앞에 다다르면 쇠뇌를 쏴라."

곽 장군은 적을 유인하기 위해 여러 방법을 썼으나 별 효과를 보지 못해 고심하던 차에 왜적 기병이 성문을 열고 기습을 하러 나왔다니 좋은 기회라 생각해 서문과 남문 밖에 매복해 있는 군사들에게 급히 대응책을 알렸다. 왜적은 아마 서문이나 남문 앞의 방어를 탐색하면서 원천(지금의 도천)을 지나 낙동강 쇠나리 나루로 후퇴할 길을 열어보려는 듯하였다.

왜적은 기마대를 앞세워 기세 좋게 〈천강홍의장군 곽재우 의병대장〉〈삼가의병군 영장 윤탁 장군〉 같은 깃발이 펄럭이는 봉화산 진영을 향해 달려왔다. 기마 군병이 서문을 벗어나 진영 중간쯤에 도달했을 때 공격 북소리가 울렸다.

서불 길 양쪽 야산에 매복해 있던 박사제, 정연의 삼가의병군이 먼저 쇠뇌를 쏘자 윤탁 중군도 공세에 합세하였다. 앞서 달려오던 자들이 화살을 맞아 말에서 떨어지자 선두는 급히 남쪽으로 방향을 틀었다. 그곳 죽전에는 곽재우와 박필, 안기종, 심대생 의령의병군이 지키고 있다가 활을 쏘았다. 쇠나리로 가는 길을 막아야 했다. 곽재우의 화살은 쏘는 족족 말 위의 적이 맞아 틀림없이 떨어졌다. 적도 죽을 각오를 하였는지 조총을 쏘거나 칼을 휘두르면서 남문 쪽으로 달아났다. 영산 입구 인산에서 남문 근처를 지키고 있던 권란과 장문장, 강언룡이 가만히 있을 리가 없었다. 적을 맞이하여 논두렁이나 고분古墳 언덕에 몸을 숨긴 채 활을 당겼다. 조금 더 지나니 칠원의병장 조방과 함안의병장 이숙이 나타나 활을 쏘았다. 그때 배맹신과 신갑이 이끄는 의병 기병이 중군 진영에서 쫓아 나와 적의 뒤를 쫓으며 활을 쏘고 창을 휘둘렀다.

왜적 기병은 서문에서 서불 들판을 한 바퀴 돌아 남문으로 들어가 버렸다. 말 십여 마리가 주인을 잃고 의병군에게 노획되었다. 영산과 창녕의병군, 심대승 군사들은 북쪽에 있어 왜적 기병의 공격을 받지 않았다.

저녁이 되어 어둠이 깔리자 배맹신과 신갑이 태자봉 옆 성 수문에 도착해 보니 어제 그제 비가 온 때문인지 계곡의 물이 불어서 넘쳐흐르고 있었다. 사람이 성 아래 수문 속으로 기어 들어가자면 물이 세차고 머리까지 잠길 듯 깊었다. 배맹신과 신갑은 걱정을 했다.

"이거 어쩌지요? 사람이 기어들기에는 물이 너무 많습니다."

"창과 활도 가지고 가야 하는데 어렵겠군."

동문 쪽 구계의병군이 매복해 있는 국정골로 가기 위해 따라왔던 문호장이 두 사람의 걱정을 들었든지 손을 저었다.

"걱정하지 말게! 내가 용력으로 잠깐 냇물을 멈추도록 할 테니 그때 들어가게!"

문호장은 냇가에 서서 호흡을 가다듬고 정신을 집중하더니 왼팔을 뻗어 냇가의 바위를 짚고 오른팔로 선장을 높이 들었다.

"얏!"

고함을 치며 문호장은 어른 키만 한 커다란 바위를 선장으로 힘껏 내리쳤다. 그러자 냇가에 있던 바위들이 우르르 무너지기 시작했다. 둑이 무너지자 냇물이 분수처럼 솟구쳐 굽이치며 터진 쪽으로 물길이 틀어져 흐르면서 성 수문 쪽은 물이 줄어들었다. 문호장이 용력勇力을 발휘하여 옮긴 바위들에는 움푹움푹 구멍이 파였다. 후일 이곳 구멍이 파인 바위들 주변을 사람들이 말재죽터라 부르게 되었는데 그 자국들은 문호장(임대장)의 손자국, 발자국, 칼자국, 말굽 자국과 등을 댄 등자국이라 전해오고 있다.

신갑이 재빨리 물구멍 속으로 앞서 들어가자 이어 군사들 100여 명이 따랐다.

"나는 동문으로 빠져나올 왜적을 국정골에서 맞을 것이야. 곽 장군은 왜적을 다 잡기보다는 몰아내는 데 중점을 두고 있어! 적을 다 잡으려면 발악하는 적과 격돌하여야 하는데 그러면 우리 쪽 피해가 막심할 터. 그래서 동문 쪽으로 놈들의 살길을 터 두는 거라네. 성내에 들어가거든 소란만 피워 적이 정신 차리지 못하도록 하게. 적이 도망갈 구멍이 없으면 죽기 살기로 덤벼들 테니 쫓기만 하자는 것이지."

문호장은 곽재우의 작전을 환히 알고 있어 배맹신에게 거듭 당부했다. 배맹신은 맨 마지막에 성 수문 안으로 들어갔다. 돌격대는 북 암문 쪽 두 곳으로 조용히 옮겨갔다. 돌격대가 성안으로 숨어들어 간 것을 확인한 심대승 선봉장이 하늘 높이 불화살 신호를 쏘아 올렸다.

곽재우는 서문과 남문 성문 가까이 보릿짚과 첫솔가지를 왜적 초병들 모르게 옮겨 쌓아두고 있었다. 불화살이 북쪽에서 오르자 서문과 남문 가까이 지키던 윤탁과 안기종이 고함을 쳤다. 죽전을 지키던 권란과 강언룡의 군사들이 남문 가까이 진격하여 긴 사다리를 성벽에 걸쳐 올라가며 공격에 가담했다.

"불을 질러라!"

고함에 북과 꽹과리 소리가 나팔과 함께 요란하게 났다. 성문 밖에는 보릿짚과 청솔가지에 불이 붙어 대낮처럼 환하게 밝아졌다. 심기일과 허자대 군사들은 남산 높은 절벽 위에서 아래 성안의 왜적을 향해 멀리 날아가는 강노剛弩 쇠뇌를 쏘았다.

북 암문 안쪽으로 숨어든 돌격대는 성문을 지키던 적을 향해 활을 쏘며 달려들었다. 순식간에 벌어진 일이라 적은 당황해 보이지 않는 곳에서 날아드는 화살을 등에 맞고 거꾸러졌다. 신갑은 용맹하게 달려 암문을 지키던 적을 베었다. 뒤따르던 돌격대원들도 창을 휘둘렀다. 신갑과 함께 성문을 열기 위해 달리는 돌격대를 엄호하려고 배맹신과 군사 이십여 명은 성문 위의 적을 향해 쉴새 없이 활을 당겼다.

드디어 신갑이 돌진하여 암문 수비병들을 베고 북 암문을 열자 심대승 선봉장의 군사들이 물밀듯이 들이닥쳤다. 창녕의 조열, 영산의 신초가 이끄는 군사들도 고함을 치고 창을 휘두르며 성벽 위로 진격했다. 의병군의 공격이 시작된 남문과 서문으로 많은 왜적이 몰려갔기에 북 암문 두 곳의 장악은 큰 어려움이 없었다. 이제는 심대승, 심대생의 군사들이 성안으로 이리저리 달리며 적을 공격하였다. 그때까지 배맹신은 낮은 돌담 뒤에서 우뚝 선 채 성벽 위의 적을 향해 활을 당기고 있었다. 그러다 어느 순간 가슴이 뜨거워졌다. 조총의 철환에 가슴을 맞은 것이었다. 도망치는 왜적 하나가 그의 곁을 지나갔다. 배맹신은 마지막 힘을 다해 칼을 휘둘러 적을 베었다. 그리고 쓰러졌다.

성안에서 의병의 공격을 받아 큰 혼란에 빠진 왜적은 더 버티지 못했다. 공격이 없어 조용한 동문 쪽으로 그들은 몰려 나가기 시작했다. 농문에서 얼마 나가지 못해 국정골의 문호장 임대장의 의병군 매복에 또 당한 왜적은 그날 밤으로 병력 절반을 잃고 밀양 쪽으로 도주했다. 미처 달아나지 못한 왜적들까지 추적하여 소탕하였다. 드디어 영산성은 의병들의 눈부신 활약으로 수복되었다.

날이 밝았을 때 배맹신의 전사 소식이 곽 장군에게 전해졌다.

"어둠 속에서 가까이 온 적을 향해 칼을 휘둘렀는데 갑자기 왜놈이 총을 쐈습니다. 그런데 우리는 선봉장이 다친 줄도 모르고 왜적과 싸우기만 했었지요. 날이 밝아 배 대장이 보이지 않아 찾으니 길모퉁이 돌담에 엎드려 숨을 거둔 후였습니다."

배맹신의 곁에서 싸웠던 군사 하나가 울면서 경과를 보고했다.

"또 용장 하나를 잃었구나! 가까이서 싸우지 말라고 당부했거늘!"

곽 장군은 세간리 한동네 살면서 소년 시절 8살 많은 그에게 글을 배우기도 했던 배맹신의 전몰에 눈물을 흘리며 탄식하였다. 지난번 정암진 전투 때 수병장 이운장이 전사하고 지산전투에서 기강을 지키던 유격장 조사남을 잃었으며 이번에 배맹신 선봉장이 전사하니 17의장義將 중 세 번째였다.

배맹신은 영산, 창녕, 현풍전투에서 항상 선봉장으로서 군사를 지휘하며 왜적을 격멸하여 낙동강 유역을 완전히 제압하였다. 그러나 무수한 왜적의 난사 속에서 고군분투하다가 순절하니 나이 33세였다. 천성이 강직하고 기상이 장웅壯雄하며 재예 총명하였다. 부친에게서 무예를 익혔는데 그중 궁마술弓馬術이 뛰어났다. 군사들에 앞장서 싸운 선봉장으로서 세운 전공과 순절한 충절로 병조참의에 추증되었다

영산성의 전투는 사흘 만에 승리로 끝맺었다.

곽재우가 이끄는 의병군이 낙동강 좌안의 현풍 창녕 영산 세 고을의 왜적을 몰아내고 한숨을 돌리게 되었을 때는 임진년 9, 10월경이었다.

낙강 좌안 싸움에 의령 의병군을 비롯해서 삼가, 현풍, 합천, 초계, 영산, 창녕, 함안과 칠원 의병군 등이 모였다. 연합군으로 참여하였던 군사들을 곽재우 장군은 격전을 벌였던 전쟁터를 정리한 다음 다시 본거지 군영으로 돌아가도록 하였다.

함안의병장 전 만호 이숙은 김성일 관찰사의 명에 따라 영산현감(가장)이 되어 영산을 지키게 되었고 영산의병장 전 만호 신초는 현풍현감이 되어 현풍을, 또 의령의병군 돌격장 권란은 창녕현감으로 창녕을 지키게 되었다.

한동안은 왜적이 발붙이지 못할 것이란 예측이 되었지만, 김해의 왜적들이 창원, 함안, 고성을 거쳐 진주로 향할 우려가 컸으므로 곽재우는 세간리 본영에서 정암진 군영과 기강 군영을 보강하면서 열심히 군사들의 훈련에 힘을 기울였다. 그러면서 집으로 돌아가 농사를 지어야겠다고 희망하는 의병들을 귀가시키기도 하였다. 앞으로 겨울이 닥치면 입히고 재울 곳도 마땅찮고 또 군량의 확보도 어려우리라 판단되어 조처한 것이었다. 그러나 남의 집 종살이나 머슴으로 살아야 하는 장정들은 앞으로 받을 면천免賤을 기대하며 의병군으로 남았다.

진주성대첩과 의령의병군 응전

10월 들어 예상했던 대로 3만여 명의 왜적은 진주성을 공격하러 몰려왔다.

삼가의병군 윤탁 대장은 적이 삼가 인근인 진주를 공격하려 하자 용감하게 진주목사 김시민金時敏을 돕기 위해 진주성으로 달려갔다. 도총 박사제, 독후장 정연과 함께였다.

곽재우는 진주로 향하는 왜적의 일부가 의령을 거쳐 삼가로 우회하여 진주성 동북쪽에서 공격할 것을 우려하였다. 선봉장 심대승과 오운 수병장, 기찰장 심기일, 복병장 안기종, 훈련대장 강언룡 등과 왜적이 진주를 공격한다는 소식에 어떻게 대응할 것인지 의장 회의를 열었다.

"김해와 웅천의 왜적이 창원을 거쳐 진주성을 치러 갈 때 이곳 정암진도 위험할 것이오. 함안, 고성을 지나면서 이쪽으로도 몰려올 것이 예상됩니다."

곽재우는 장수들을 둘러보며 말을 꺼냈다.

"적이 이번에는 수만 명이라 하니 큰일이오."

"함안군수였던 유숭인이 경상우도 병마절도사가 되었지 않습니까? 그런데 소문을 들으니 최근 창원성에서 왜적 대군에게 싸움에 연달아 져 군사들이 흩어지고 진주성으로 후퇴하고자 한답디다."

"또 한 번 함안과 고성은 쑥대밭이 될 것이오. 놈들이 의령을 그냥 지나치지 않을 것이니 정암진을 굳게 지켜야 할 것입니다."

심대승, 오운, 안기종이 유숭인의 창원 싸움 소식을 전하자 곽재우는 왜적이 함안 고성을 지나 의령으로 오지 않을까 염려했다. 창원 함안 고성에서 왜적 대군에게 참패한 유숭인은 단기필마나 다름없는 몇 안 되는 군사들과 함께 패잔 우병사가 되어 진주성으로 달려갔다니 기가 막힐 일이었다.

"그런데 유숭인 우병사를 김시민 목사가 진주성 성문 밖에서 문전 박대를 했다니 그게 무슨 소립니까? 진주성 안에 군사라야 만 명이 아니라 수천 명일 텐데요. 수성守城하려면 군사 한 사람이라도 더 필요한 시기인데 말입니다. 김성일 관찰사께서 각처의 의병장들에게 진주로 달려가 도우라는 명령까지 내렸는데……."

심대승의 의문에 오운이 대답했다.

"아마 유숭인 우병사는 종2품이고 김시민 진주목사는 정3품이 아니겠소? 유 우병사가 진주성에 입성하면 진주목사보다 상관이 되는 셈이니 아마 그게 껄끄러워 성 밖에서 지원해 달라고 요청하며 입성을 거절했을 겁니다."

곽재우가 오운의 말에 동의했다.

"김시민 목사의 판단이 옳습니다. 유 우병사의 성격에 진주성 싸움의 승패를 좌우할 전략을 내놓으며 무리하게 목사의 전략을 변경하려 할지도 모르지요. 김 목사는 지금쯤 진주성을 사수할 만반의 준비를 마쳤을 터인데 한 성에 장수가 둘이 되어서는 안 되지요. 김 목사의 대응에 감탄했습니다. 그 계책이 바로 진주성을 온전히 지킬 방법이니 이는 진주 사람의 복이라고 하겠습니다."

"아하! 그렇군요. 장군님이 김 목사의 계책에 탄복하니 반드시 이번 싸움은 이기겠습니다."

"우리의 동맹 의병군인 윤탁 삼가군이 진주성에 도착하여 김 목사를 돕고 있을 테니 우리 의령의병군은 정암나루를 지키면서 진주성으로 군사를 보내 밖에서 왜적을 겁박해야 합니다. 안팎에서 왜적을 정신이 없도록 교란작전으로 싸워 몰아내야 합니다."

"진주성이 풍전등화인데 우리도 진주성으로 달려가야지요. 제가 앞장서 달려가겠습니다."

선봉장 심대승이 앞으로 썩 나서며 지원했다.

"나도 그리 생각하고 있었소. 심 대장이 안기종, 박필 장수과 함께 이번에 진주성 싸움에 큰 공을 세우도록 하시오."

"예! 먼저 간 윤탁 대장과 합세하여 연락을 주고받으며 싸우겠습니다."

"다른 장수들은 정암진을 굳게 지키며 군사 훈련에 최선을 다합시다."

"예!"

의장 회의를 마치자마자 심대승은 안기종과 함께 지원군 200여 명을 거느리고 정암진 군영을 떠나 삼가를 거쳐 진주성 동편 향교가 보이는 뒷산인 비봉산으로 올라가 군영을 갖추었다.

김시민의 문전 박대로 진주성에 들어가지 못하고 어정쩡하게 물러난 유숭인 우병사는 함안에서부터 따라온 100여 명도 안 되는 군사들과 함께 진주 초입의 말뒤고개馬峴에서 진을 쳤다가 왜적 대군에 앞서 당도한 선봉대인 기마 부대와 맞닥트렸다.

유숭인은 분해서 죽을 지경이었다. 성에 들어가 함께 싸우겠다고 하는 그에게 김시민이 성문을 열어주지 않고,

"한 성에서 지휘장수가 둘이면 통솔권이 각각 나누어지니 전투를 일관성 있게 할 수 없으며, 군사들을 최대한 운용할 수 없을 것입니다. 그러므로 우병사께서는 성 밖에서 응전하여 주십시오."

하고 딱 거절했으니 초상집 개나 다름없는 대접에 분통이 터졌다.

거기다 왜적의 선봉 부대와 먼저 싸우게 되었으니 죽을 각오를 하고 응전해야 했다. 절대적으로 병력이 적은데 다 육상전에 능한 왜적들에게 연이어 패하여 진주까지 물러난 조선 군사들은 벌써 기가 죽어 제대로 저항 한 번 못하고 무너졌다. 무참한 패전이었다. 유숭인은 물론 함께 분전했던 선봉장 사천현감 정득열鄭得說, 가배량(거제) 권관 주대청도 전사하였다. 부관 박지영은 크게 부상을 당했다.

철저하게 공성전을 준비했던 김시민은 유숭인 우병사의 입성만 거절한 것이 아니었다. 일찍 도착한 윤탁의 200여 명의 삼가의병군과 초계 가장假將 정언충의 군사 100여 명도 성 밖에 머물며 응전하도록 했다. 뒤이어 김성일의 청으로 함양과 단성에 당도하였던 전라우병사 최경

희, 임계영 등의 전라도 응원군이 2천 명, 정인홍 합천의병장의 휘하 김준민 합천 가장의 500여 명 군사와 고성 가현령 조응도와 최강, 이달 고성의병장의 500여 군사도 성안으로 들이지 않았다. 성 밖에서 응전하기를 부탁하면서 오직 그가 평소 훈련시켰던 3,800여 명 군사들로 싸워 진주성을 지켜내려 했던 것이었다.

심대승 의령의병군은 적을 상대할 구덩이를 파고 돌과 흙으로 낮은 담을 쌓아 싸움에 대비하였다. 〈의령의병군 선봉장 심대승〉 〈천강홍의장군 곽재우〉 같은 붉고 푸른 깃발들을 수십 개 진영 앞에 세워 군세를 크게 보이도록 했다.

먼저 진주성에 도착했던 윤탁 삼가의병장은 초계 가장 정언충과 10월 5일, 왜적이 마현에 도착하여 군영을 짓기 시작했다는 소식을 듣고서 싸우러 달려갔다. 그러나 왜적의 본진 2만여 명이 도착한 다음이라 300여 군사로는 접전을 벌였으나 바위에 달걀 치기로 중과부적으로 물러나야 했다. 삼가군과 초계군은 심대승이 있는 비봉산 진영으로 돌아오니 군사가 500여 명으로 불어나 군사들의 사기가 크게 올랐다.

심대승은 윤탁과 정언충에게 앞으로 벌일 전략을 자세하게 설명하여 일사불란하게 싸우자고 제안했고 두 사람은 이의 없이 동의했다.

"밤에는 횃불로 기세를 올리고 낮이면 매복 공격으로 성을 향해 공격하는 왜적의 뒤꽁무니를 들이치거나 기습하여 정신없게 몰아붙이도록 합시다."

"번개처럼 빠르게 치고 재빨리 빠져야 하네."

500여 명으로 늘어난 의병군은 밤이면 다섯 가지 횃불을 흔들면서 진영을 이리저리 다니게 하여 많은 군사가 있음을 보여주고 또 꽹과리와 북을 치고 나팔을 불면서 큰소리로 외쳤다.

"홍의장군이 내일 오신다!"

"너희들은 내일이면 다 죽는다!"

비봉산 의병군의 북과 나팔 소리에 성안에서도 호응했다. 성 안팎에서 북과 나팔을 불어 왜적이 밤에도 긴장하도록 만들었다.

10월 6일, 이른 아침부터 왜적은 진주성 공격을 시작하였다.

적은 3만여 명의 대군이었으나 성안의 군사는 3,800여 명에 불과했다. 역시 적의 반의반도 되지 않은 병력으로 싸워야 했다. 김시민은 곽재우와 마찬가지로 의병疑兵(가짜 군사) 작전으로 적을 교란하며 결사 항전 방어하려 했다. 또 성안의 군사와 백성 모두 한마음 한 몸으로 적을 막아내자는 결의를 다지고 있었다. 활을 든 허수아비 군사를 많이 만든 다음 성안의 노약자는 물론 부녀자에게까지 남자 옷을 입히고 동원하여 성벽에 숨어 허수아비를 들었다 놓았다 하였다. 왜적은 활을 든 허수아비를 진짜 군사인 줄 알고 조총을 막 쏘아댔다.

곽재우는 적의 숫자나 무기, 전투능력 등을 보아 정면 공격은 피하고 적병을 분산시키며 교란시켜 퇴치하는 작전을 주장하였는데 심대승은 비봉산 진영에서 장군의 지시를 그대로 따랐다. 성을 포위 공격하고 있는 왜적의 뒤쪽에서 기습하거나 삼가, 초계 군사들과 함께 길목에 매복했다가 몰려다니는 왜적을 향해 활을 쏘거나 돌을 굴려 살상했다. 그러다 눈 깜작할 사이에 자취를 감추어 적을 교란했다.

며칠 후에 신갑이 기마병 50여 명을 이끌고 비봉산 진영에 도착했다. 기마병과 함께 곽재우 장군도 심대승 부대의 전투를 격려하려고 백마를 타고 바람처럼 나타났다. 또 진주성 외곽에서 싸우고 있는 의병군 진영을 돌아다니며 격려하던 김성일 관찰사도 종사관 이로와 함께 왔다. 의병군을 먹일 군량을 가져오기도 했다. 심대승 군영에 있었던 윤탁, 오운, 정언충, 박사제, 허자대 등이 김성일과 곽재우를 반갑게 맞이해 왜적들과 싸운 경과를 보고하기에 여념이 없었다.

곽재우 장군과 신갑의 기마병 50여 명, 김성일 관찰사까지 진영에 왔으니 의병군의 사기가 크게 솟았다. 신갑은 쉴 틈 없이 홍의장군의 복장을 하고 백마를 높이 타고서 칼과 창으로 무장한 기마부대를 이끌고 나섰다. 앞에는 〈천강홍의장군 곽재우〉란 깃발이 펄럭거렸다. 기병의 뒤를 따라 쇠뇌를 든 군사들이 달려 나갔다.

"허허실실 적을 속이며 참살하려는 곽 장군의 계책이구려."

김성일이 평소 싸움에 써왔던 곽재우의 기만술을 바라보면서 기대에 차 회심의 미소를 지었다.

"강한 군졸을 만나면 정면 공격을 피하고 번개같이 빠르게 움직이며 싸워야지요."

"손자병법에 나오는 거로군. 예졸물공銳卒勿功 동여뇌진動如雷震 이라 했던가?"

"적을 속이면서 기습공격을 해야 우리 군사들의 피해가 덜합니다."

적의 후방 교란작전을 전개하기 시작하였다. 신갑의 기병은 심대승과 윤탁 의병군과 함께 진주성 성벽을 향해 기어오르며 공격하고 있는 왜적의 뒷덜미를 향해 달려 나가며 고함을 쳤다.

"홍의장군이 왔다! 니늠들은 다 죽었데이!"

쇠뇌를 쏘기에 적당한 거리에 도달한 의병들이 방패를 앞세우며 화살을 쏘기 시작했다. 적의 조총이 날아와도 위력이 떨어질 만한 안전거리였다.

성을 공격하기에 정신이 팔린 적의 후방을 향해 기마대가 돌격하니 뜻밖의 기습에 왜적의 진영이 혼란에 빠졌다. 신갑의 기병대는 적 수십 명을 베며 바람처럼 적진을 한 바퀴 휘젓고 돌아왔다.

김성일은 신갑의 용맹에 탄복해 곽재우에게 물었다.

"저 청년장수가 누구요? 정말 무예가 출중하고 적을 베는데 거침이 없구료."

"바로 현풍 가수로 간 천성만호 신초의 동생 돌격장 신갑입니다. 용맹스럽기도 하지만 무예가 뛰어나 용호장군이라 불리는데 정암진 싸움 때부터 시작해 기마대를 이끌고 현풍, 영산 싸움까지 항상 앞장서서 활약했습니다."

"저런 청년장수를 그냥 두어서야 하겠소. 얼마 전 사천현감이 전사해 자리가 비었으니 사천현의 군사들을 맡겨야겠소."

김성일은 신갑의 용맹에 탄복하여 그 자리에서 당장 임시 사천현감으로 임명하겠다고 의병장들 앞에서 공언했다.

악전고투 끝에 10월 10일(양 11월 13일) 왜적은 물러났다. 진주대첩이라 불리는 1차 진주성 싸움은 승리로 끝이 났다. 김시민 목사가 왜적의 총탄에 부상하여 순국하니 그의 나이 39세였다.

신갑은 김성일의 추천으로 사천현감으로 부임하여 2차 진주성 싸움에 참전하였다.

임진 광풍은 계사년에도 여전하고

임진년에 불었던 광풍은 조선 전국을 휩쓸어 임금은 저 북쪽 의주까지 피나 갔다가 돌아오니 한양이나 궁궐이 초토화되어 있었다. 전쟁에 휩쓸린 백성들은 허기에 빠져 굶어 죽는 이가 속출하니 다들 죽을 고생을 해야 했다.

왜적이 쉽게 물러가지 않고 경상도 남쪽 해안가에 주둔하면서 인근에 수시로 출몰하니 그 피해가 막심하였다. 약탈과 살상을 피해 사람들은 봇짐을 싸 들고 고향 땅을 버리고 이리저리 안전한 곳을 찾아 피란하니 농사를 지을 사람이 없어서 버려진 논과 밭은 잡초가 무성한 황무지로 변하고 말았다.

계사년(1593년) 4월, 역적이나 토적으로 몰려 곤경에 빠진 곽재우를 선조에게 적극적으로 변호하고 김수와의 화해를 이끌고 조정했던 학봉 김성일 관찰사가 병사하였다.

학봉 김성일이 정초부터 병이 들자 곽재우는 여러 번 병문안을 가면서 좋은 약재를 구해 쾌차하기를 빌었다. 그러다 진주성에서 병사하니 문상하면서 크게 슬퍼하였다.

박사제, 심대승과 함께 진주에 문상을 다녀온 전 목사 오운이 학봉의 죽음에 아쉬워했다. 왜적의 분탕질이 뜸해졌지만, 긴장을 늦추지 못해 정암진 군영에 장수들이 모여 있었다.

"아아! 곽 장군, 장군의 적극적인 후원자로 천거자로 보호 역할을 해 주셨던 학봉 대감이었지."

곽재우는 초유사로 경상도에 당도했을 때를 기억해 말문을 열었다.

"학봉 대감이 초유사로 경상도에 발을 디디며 대소헌 조종도 사형과 송암 장인어른 두 분을 만나면서 창의 결전하라고 도민들에게 보낸 '창槍을 베개 삼을 때다. 떨쳐 나와 만 번 죽음을 무릅쓰고 창의하라!'고 한 초유사의 〈격문〉을 지금도 생생하게 기억하고 있소."

"그래! 초유사, 관찰사로 학봉 대감은 경상도 곳곳을 순행하며 의병을 규합하고 군량미를 모으며, 진주성을 지키도록 했으며 각 고을의 항전 상태를 살피고 독려하기도 하셨지. 올해 들어 성안에 퍼진 악성 괴질인 여질輿疾(장질부사)에 걸려 고생하시다가 4월에 56세를 일기로 병사하셨으니 참 애석한 일이오."

"저와는 좋은 인연이었지요. 돌아가신 부친과 친분이 두터워서 저에게는 학봉 대감도 마치 아버지와 같았습니다. 대감이 병석에 계실 때 여러 번 좋다는 약을 지어 병문안을 갔습니다만……."

"경상감사 김수와 갈등으로 위기에 몰렸을 때 장군을 의병장으로 인정, 의령돌격장으로 임명하여 화해를 도모했으며 윤탁의 삼가의병군을 합류시켜 창의 초기 100여 명에서 2천여 명의 큰 규모 의병군을 이끌게 하여 왜적을 쳐서 승리하도록 했으니 어버이나 다름없이 큰 배려를 베푸신 것이오."

심대승이 옆에 있다가 한마디 거들자 박사제도 맞장구쳤다.

"학봉 대감께서는 의병장 중 용맹한 장수들을 골라 도망가고 없는 군현의 가장假將을 삼거나 관직을 조정에 추천 임명토록 하여 사기를 높였지요."

"덕분에 우리 장군님도 처음으로 유곡도찰방이나 형조정랑에 추천 임명토록 하여 벼슬 없는 유생에서 정상적인 무장이 되도록 했었어."

곽재우는 의령과 삼가, 강을 건너 영산과 창녕 현풍을 의장들과 함께 순행하면서 의병군의 사기를 높이고 굶주리는 사람들을 만나면 군량으로 쓰고자 비축했던 양식을 나누어 주기도 했다.

학봉이 죽고 얼마 지나지 않아 6월에 진주성에는 큰 위기가 닥쳤다. 명나라와 왜적이 우리 조정을 배제한 채 강화회의를 벌이던 중이었다. 왜적은 1차 진주성 싸움에 패전한 것을 만회하기 위해 대군을 보내 공격하도록 했다. 10만여 명의 대군을 진주성 공격에 투입했고 성안에는 경상우병사 최경회崔慶會, 충청병사 황진黃進 등의 관군과 의병장 김천일金千鎰, 고종후高從厚 등의 의병군이었는데 1만이 채 되지 않았다. 10대 1의 상황이었다.

6월 14일, 왜군은 진주를 향해 진격을 개시했는데 함안을 거쳐 의령에 집결했던 평안 순변사인 이빈, 전라 순찰사 권율, 전라 병사 선거이 등의 관군과 의병군은 왜적을 맞아 힘을 다해 싸웠으나 물러나고 말았다.

그 후 곽재우 선거이 홍계남 등의 의병군이 전열을 정비하고 진주성을 구하기 위해 나섰으나 왜적의 10만 대군을 보고 병력 차가 커 도저히 이길 수 없다고 생각해 구원을 포기하고 지난해처럼 외곽지원만 하기로 하였다. 그러자 곽재우는 진주행 통로가 될 우려가 있는 정암진을 굳게 지키기로 했다. 그런데 삼가의병장 윤탁이 의기가 남달라 삼가 의병을 이끌고 지난번처럼 진주성으로 달려갔다.

6월 22일, 왜적의 공격이 시작되었고 진주성은 결국 여드레 만에 함락되고 말았다. 6만여 명의 군사들과 성안의 백성들이 참화를 당했다.

이 싸움에서 삼가의병장 윤탁 영장이 전사하고 말았다. 윤탁은 무과에 급제하여 훈련원부정을 지낸 삼가 구평 사람이었다. 1차 싸움 때도 심대승보다 먼저 진주성으로 달려가 싸웠고 이번에도 남 먼저 달려가 최경회, 김천일과 합세하여 분전하다가 전사한 것이었다. 후에 병조판서에 추증되었으며, 선무원종공신에 녹훈되었다. 촉석정충단矗石旌忠壇에 병향되었다.

또 곽재우 휘하 의병군의 용장이 전사했으니 신초의 아우이며 영산돌격장으로 맹활약했던 사천현감 신갑과 부사과 신순의였다.

지난해 신초는 학봉의 천거로 사천현감으로 가려는 아우를 처음부터 말렸다. 또 조카 신순의까지 신갑을 따라간다고 했을 때 걱정이 앞섰다. 둘 다 젊은 혈기에 불불을 가리지 않고 싸움터에 돌신할 것이 뻔했기 때문이었다. 신순의는 무과 급제한 부사과라 역시 촉망되는 젊은이였다.

"아우! 그리고 조카! 사천은 바로 바닷가라 왜적이 상시로 출몰하여 약탈을 자행하는 곳이어서 위험한 곳이라 소문이 났더군."

"걱정 마십시오. 이 동생이 어떤 사람입니까? 그까짓 왜놈들을 겁낼 제가 아닙니다."

"그러지 말고 내가 사천으로 가고 더욱 안전한 현풍으로 네가 가면 어떻겠니? 현풍에는 왜적이 출몰하지 않는 곳이라! 관찰사 어른께 내가 허락을 받을게."

"형님! 염려 마세요! 그까짓 왜적들 만나기만 하면 단칼에 베어 버릴 겁니다."

"아니다! 사천성이 외로운 세력이라 위급하니 어린 나이로 어찌 수비할 수 있느냐?"

"저 역시 임금님이 맡긴 일이라 소관이 형님과 다릅니다. 현재 사천의 위험이 현풍의 백 배나 되는데 어찌 형님을 위태한 성에 두고 제가 안전한 곳을 차지하겠습니까? 안됩니다."

신갑은 눈물을 흘리며 형님의 제안을 다시금 고사固辭했다. 눈물을 뿌리며 그들은 헤어졌다. 그들이 헤어진 고개를 훗날 사람들은 '이별고개'라 불렀다.

신갑은 신순의와 함께 앞을 다투어 나가 적 수십 급을 베었다. 신갑은 적과 응전 중에 포위되었으나 항복을 하지 않고 싸웠다. 치열한 싸움 중에 조총 철환이 왼쪽 어깨에 맞았다. 그는 숨을 거두면서,

"나의 불행은 말할 것도 없으나 나라의 운명을 어찌할꼬?"

하고 탄식했다.

스물다섯 살 신갑과 신순의는 진주성 싸움에 목숨을 바쳤다. 또 영산 의병군 조전장으로 활약했던 이진영李眞榮이 포로가 되어 왜국으로 끌려가고 말았다.

영산돌격장으로 또 기마군의 영산별장으로 항상 군사들의 앞에 서서 용맹스럽게 싸웠던 장래가 촉망되던 청년장수 신갑의 전몰 소식을 듣고서 곽재우는 안타까워 한탄했다.
"지용을 겸비한 훌륭한 장수라 남쪽 전부를 지킬 만한 의로운 젊은 인재를 잃었구나!"

신갑과 신순의는 진주성에서 전사하니 후에 신갑은 병조판서에, 신순의는 호조참판에 증직되었다. 포로가 되어 왜국으로 잡혀간 매계梅溪 이진영은 기주국 번왕의 정사 자문 시강으로 있다가 66세로 졸. 최근에 현창비가 영산 서리에 섰다.

신초가 술을 싣고 곽재우를 찾다

학봉이 별세한 후 얼마 지나지 않아 명나라 장수 총병摠兵 유정劉綎이 군사들을 이끌고 성주 팔거현에 와 주둔하자 중국말을 할 줄 알았던 곽재우는 유정을 찾아갔다. 의병군 장수들과 함께였다.
경상도 안의 왜적 동향을 알리면서 분탕질하는 왜적을 물리쳐주기를 청하러 간 것이었다. 또 명군의 장수와 우리 장수들의 무예 대결도 하도록 하여 환영하는 뜻을 밝혔다.
6월 22일부터 여드레 동안 2차 진주성 싸움이 벌어졌을 때 의령의병군은 진주성에서 얼마 떨어지지 않은 삼가 악견산성과 정암진 병영에서 혹시 삼가와 의령으로 오는 왜적을 막기 위해 진주성 싸움의 추이를 지켜보고 있었다.
그런데 싸움이 한창이었던 6월 24일에 부인 상산 김씨가 역병에 걸려

고생하다가 저세상 사람이 되고 말았다.

　부인 상사喪事에도 병영을 지키려 했던 곽재우는 막하 장수들의 등에 떠밀려 세간리로 돌아가 부인의 장례를 서둘러 지냈다. 진주성 싸움이 한창이라 그쪽도 마음을 놓을 수가 없었지만, 부인상을 당했으니 하는 수 없이 잠시 군영을 떠나야 했다. 그래서 군영의 일은 심대승 선봉장과 오운, 박사제에게 맡겼다.

　당나귀 두 마리에 술을 싣고서 신초가 영산 원천에서 세간리 초상집에 문상을 왔다. 원천에서 세간리로 오자면 지난해 아홉 번 싸워 아홉 번 이긴 구전구승의 격전지 구진산성을 지나 낙동강의 박진나루를 건너면 바로 세간리였다.

　술잔을 들며 곽재우는 절친한 신초에게 말하지 못하고 속으로 슬픔을 삭이고 있었다.

　부인 상산 김씨가 저세상으로 간 일이 자신의 잘못이라 생각 들었기 때문이었다. 학봉 대감에 뒤이어 부인까지 병사했으니……. 싸움터를 쫓아다니느라 좋은 약을 구해 병구완하지 못했으니 마음이 아팠.

　곽재우 열여섯 살 때 남명 스승의 외손녀 김씨와 결혼한 후 의령 세간리에 새집을 짓고 따로 살림을 차리고 부부가 오붓하게 살기는 2년 후였다. 김씨는 형과 활 아들 둘, 신응, 성이도에게 시집간 딸 둘을 낳았다.

　"곽 장군이 창의 기병하기 전까지는 부모로부터 물려받은 전답과 과거를 접은 후 열심히 일해 재산을 늘려 풍족하게 살았었지. 그러나 의병군을 모으면서 전답을 나누어 주는 바람에 살림살이가 갑자기 궁핍해졌지 않나?"

　"의군을 모으자면 그만한 희생 없이는 어렵지요. 특히 노비 문서를 불에 살아 노복들을 다 방면했지요."

"옷가지에 패물까지 의병 모으기에 내놓았으니 식구들의 끼니 걱정까지 해야 했지? 겨우 가례에 사는 자형 허언심에게 의탁하여 한동안 허기를 면하기는 했으나……."

"계속되는 싸움에 의군 뒷바라지에 부인도 달려와서 골몰하게 되어 고생을 심하게 해야 했소. 세간리에 의병군 본영이 설치됨에 따라 앞장서서 동리 부녀자와 함께 군사들의 취사까지 담당하는 열성을 보였어요."

둘은 술상을 마주하고 술을 마시며 다시 의병으로 싸운 일을 떠올렸다. 오랜만에 곽재우는 친구를 만나자 회한에 젖어 지난 일을 더듬어 보고 싶었다.

"참! 내가 합천군수 이숙과 박진영과 함께 김해성을 빠져나와 돈지 강사를 찾아가 창의하기로 결의한 일이 엊그제 같은데 벌써 1년이 지났군."

신초가 기병 초기의 일을 꺼냈다.

"참 많은 사람이 싸우다 전사했어요. 용맹스러운 이운장 수병장, 조사남 돌격장, 배맹신 선봉장. 그리고 기강싸움과 요강원싸움 때 전사한 군사들이 좀 많았습니까?"

곽재우는 함께 왜적과 싸우다 전몰한 의병들을 기억하고 있었다.

임진년에 심언명沈彦明, 심언청沈彦淸 형제가 전사(각각 통훈대부, 병사 등 추증), 김언수金彦秀도 많은 왜적과 싸우다 계사년에 전사(병조참의 증직), 이로의 동생 이지李늘는 진주성 싸움에 함께했는데 이듬해 군량을 운반하다 전사했으며(군자감 판관에 추증), 가동 30여 명과 함께 참전했던 강희姜熺는 계사년에 율진에서 전사(이조참의에 승직), 정응룡鄭應龍은 남강 성당진에서 전사(선무원종공신 녹훈)했으며 그 외 전몰

한 많은 의병들을 기억하고 있었다.³

"반장返葬하지 못한 전사자들을 기강과 송진 산에 의병묘를 큰 무덤으로 조성하여 제사를 지내도록 했으니 참 잊지 못할 거야."

"또 더욱 애석한 일은 윤탁 삼가의병장과 사천현감으로 갔던 신갑 돌격장이 이번 진주혈전에 참가하여 김천일, 최경회 장군 등과 함께 분전하다가 전사한 일이 아니겠소?"

"윤탁 영장은 삼가군을 이끌고 의령군에 합세한 이후 전략과 용맹에 뛰어나 항상 앞장서 싸웠던 장수였지."

곽재우는 부인을 현풍 선산에 장례를 지내며 한세상 편하게 지내지 못하고 일찍 세상을 떠난 부인의 죽음을 애통해했다. 그 당시 양반 가문의 사내라면 부인과 사별하고 나면 으레 재취 장가를 가기 일쑤였는데 그는 본부인을 잃고 난 이후 부실 고성 이씨 외에는 재취하지 않았다.

전쟁 중이라 현직에 취임할 수도 없어 의령 의병장으로 계사년 봄까지 싸움터에 있었던 곽재우는 뒤이어 절충장군으로 승진, 조방장을 겸하였고 계사년(1593) 12월에 성주목사에 제수되었다. 조방장을 겸무하게 되어 산성 수축에 힘을 쏟아야 했다. 곽재우에게 산성을 수축하는 일을 감독 주관하도록 서애 유성룡 정승이 선조에게 적극 주청奏請했기 때문이었다.

곽재우는 삼가현에 있는 악견산성岳堅山城을 수축하였다. 또 의령읍성 앞에 있으며 지난번 정암진싸움 때 왜적을 유인하여 섬멸했던 벽화산성을 돌아보고 성벽이 무너진 곳은 새로 쌓고 장대와 성문을 다시 짓고 달았다.

---

3 《의령군지》 (하) pp.2009~2030, 충의, 충절, 충훈 편 참조

이순신 수군과 김덕령 충용군과 합세해 싸우다

1594년 가을, 곽재우는 수군통제사 이순신 장군의 수군과 김덕령 충용군忠勇軍과 합세해 수륙 협공으로 거제 장문포長門浦(지금의 장목면)의 왜적을 섬멸하라는 명령을 받게 되었다. 하삼도 지방의 군무를 총괄하는 책임자로 와 있던 체찰사 윤두수가 경상우수사 원균의 건의를 받아 내린 명령이었다. 그때 왜적은 명과 화의가 진행되고 있었기 때문에 장기전을 예상하고 거제도 북쪽 장문포 앞바다 깊숙한 장목만 제일 안쪽 야산에 높은 누각을 짓고 성채를 쌓고 들어앉아 있었다.

체찰사의 명을 들은 이순신 통제사가 수륙 양군의 협공을 별로 찬성하지 않았다. 곽재우는 더욱 고개를 내저었다. 진주에 와 있는 김덕령 충용장군에게도 협공하라는 명이 떨어지자 좋아했다. 용맹하기로 널리 알려진 김덕령은 1천5백여 명 충용군을 이끌고 있었다. 충용군이나 충용장군이란 군명을 선조가 내린 것이어서 영호남의 의병군을 다 모아 지휘하도록 하는 특별한 대우를 김덕령이 받은 것이었다.

김덕령은 곽재우의 창의 기병을 높이 평가해 1594년(선조 27년) 정월에 편지를 보낸 적이 있었다. 곽재우에게 보낸 편지 앞머리에서 곽 장군의 웅장한 계책과 기개를 우러러보며 그 누구보다도 업적이 성대하다고 밝혔다.

> 장군께서는 남보다 뛰어난 재간과 지혜를 지니시고 세상의 도략韜略4을 구비하고 있으면서, 왜란 초기부터 지금에 이르기까지 왜적의 실정을 상세히 잘 알고 있으므로, 공격과 수비가 편리를 이용하여 어

---

4 도략: 육도와 삼략, 모두 옛날 병서를 이름.

느 때든지 왜적과 싸울 적에는 승전만 있었고 패전은 없었으니 덕령이 의지하여 맡은 일을 성취시키려 한다면 도와줄 분은 이제 와서 장군이 아니고 그 누구겠습니까?[5]

곽재우를 만난 도원수 권율도 거제의 왜적을 치라고 요청했다. 그 자리에는 조방장 홍계남, 충청도병마절도사 선거이도 있었다. 김덕령은 조금도 주저하지 않고 용맹스러운 기세로 승전을 장담했다. 견내량을 건너 그들은 이순신 통제사의 배에 올랐다. 곽재우는 이순신과 초면이었으나 군사 정보를 위해 서신을 주고받은 일이 있어서 구면이나 마찬가지였다. 이순신이 바다에서 연전연승하는 장수였다면 곽재우는 육지에서 열 번 싸워 열 번 다 이겼던 십전십극+戰+克의 장수가 아니었던가? 둘은 손을 맞잡고 오랜 친구를 만난 듯 반가워했다.

이순신 통제사는 9월 29일, 장문포 깊숙한 만灣 안으로 군선 50여 척을 몰아가 함포를 쏘며 공격하였다. 왜적은 성안에서 꿈쩍도 하지 않고 잠잠했는데 바닷가에 있었던 왜선 2척을 격파하였다. 이튿날 10월 1일, 곽재우와 김덕령의 군사들이 장문포 성 뒤로 상륙하여 밀고 들어갔다. 적은 성안에서 응전 않고 꼼짝도 하지 않았다.

성문 앞에 글을 쓴 팻말이 꽂혀 있었다.

우리는 지금 명군과 화친을 의논 중이라 서로 싸울 필요가 없다.

이순신과 곽재우, 김덕령, 홍여신과 선거이 등은 보름여 장문포를 공격했다. 그러나 싸움이 아무런 성과 없이 끝나고 말았다.

---

5 《국역 망우선생문집》 p.81 참조.

후문에 의하면 장문포 수륙협동작전을 알게 된 유성룡이 작전 중지를 명령하는 장계를 내려보냈지만 이미 그 시점에는 작전이 시작된 뒤였다고 한다. 무리하고도 독단적인 작전계획을 세웠다고 사헌부에서 들고 일어나 도체찰사 윤두수가 체직遞職되었다. 또 도원수 권율, 통제사 이순신, 곽재우와 김덕령에게까지 호된 질책이 떨어졌다.

장문포 해전은 정유재란이 있기 전까지의 마지막 전투였다.

장문포에서 돌아오자마자 초겨울에 사임하고 말았다. 성주목사가 된 지 1년 만이었다. 성주목사 직에서 물러난 후에도 조방장으로 심대승, 허자대, 박사제, 심기일, 안기종 등 의령 삼가의 의병군을 이끌고 삼가의 악견산성, 의령의 벽화산성을 수축하면서 산성 방비에 진력한 것은 차후 왜적의 공격이 있으면 산성에서 방어해야 한다는 생각 때문이었다. 왜와 명, 그리고 조정의 지루한 회담이 진행되어 여러 해 전쟁은 소강상태에 빠져들었다.

이듬해, 1595년(선조 28) 44세 되던 봄에 진주목사(정3품)로 제수되어 부임하였다.

진주목사로 부임하면서 의령 삼가의 의병군과도 결별하게 되었다. 그가 이끌었던 의병군이 김덕령의 충용군에 흡수 편성되었기 때문이었다. 진주 인근 군현의 의병군도 함께서 충용군은 3,000여 명으로 불어났으며 관군과 다름없는 위용을 갖추게 되었다. 충용군에 편성이 안 된 의병들은 자기가 살던 군현의 관군으로도 흡수되니 자연히 임진년에 창의 기병하였던 의병군은 사라진 셈이었다.

얼마 지나지 않아 곽재우는 몸이 불편하여 목사직을 수행할 수 없어 사임해야겠다는 뜻을 경상도관찰사 서성徐渻에게 알렸다. 서성은 왜란이 일어났을 때 병조좌랑으로 임금을 호종한 문신이었다.

관찰사 서성은 곽재우가 물러날 뜻을 비치자 단번에 말렸다.

"안 될 말이오. 병이 나면 그 병을 다스리며 공무를 수행해야 하지요."

서성의 만류에도 불구하고 사직 상소를 올린 곽재우는 가을에 드디어 현풍 가태리로 돌아갔다. 진주목사를 일 년도 채우지 못했다. 명과 왜 사이 강화가 지지부진으로 진행되던 1595년 가을이었다.

병조판서 이덕형이 임금께 올리는 글 중에서 "(곽재우)가 처음 의병을 규합하여 적을 토벌하는 데 공이 많았으나 강화를 좋게 여기지 않아 벼슬을 버리고 집으로 돌아갔다."라고 《선조실록》에 기록돼 있다.[6]

정유재란이 있기까지 고향에 살면서 문암 신초와 왕래하면서 의서를 많이 읽으니 훗날 불에 익힌 음식을 끊고 솔잎을 먹으며 신선으로 살고자 하는 뜻을 키우고 있었다.

---

6 《선조실록》, 권 70, 28년 12월 5일, 망우당 곽재우 p.219 참조.

제 7 장
화왕방어결전

외로운 성
화왕산성 방어전에 승리하다

화왕산성전투(의병박물관 소재)

제 7 장
화왕방어결전

외로운 성 화왕산성 방어전에 승리하다
火旺山城 防禦決戰

가태리로 돌아가다

을미년(1595) 봄에 진주목사로 부임하였다가 가을에 그만두고 가태리로 귀향하였던 곽재우는 한가롭게 소일하던 이듬해 봄, 반가운 손님을 맞이하였다. 함께 의병으로 싸웠던 현풍현감 신초가 술을 말에 싣고 찾아온 것이었다.
"허어! 진주목사를 그만두고 나니 한가로운 모양이구먼. 거문고 소리가 대문 밖까지 들리니 따로 신선놀음이 없겠네."
"어서 오십시오. 신 현감! 그러잖아도 형님이 보고 싶었소. 고향에 돌아와 먼저 현풍 현청을 찾아가 현신해야 하는데 인사가 빠졌소."
"어디, 곽 목사와 나 사이에 무슨 인사치레를 따져서야 하나? 그저 반가워 술을 들고 찾아왔네."

"잘 오셨소. 책을 읽고 거문고 타고 술을 마시면서 유유자적하지만, 지수 형님이 그리웠소."

"자주 찾아오는 사람들이 없는 모양이구먼. 사랑방이 텅 빈 듯하네."

"많은 용장과 의병들이 한 몸이 되어 싸우며 생사고락을 함께했지요. 그 일부는 진주의 김덕령 충용장 진영에 가 있지만…… 별일 없이는 자주 찾지 말라 당부해두었지요."

곽재우의 당부에도 불구하고 심대승, 박사제, 심기일, 안기종, 강언룡 등 용장들이 자주 찾아 왔다.

"너무 조심하지 말게나!"

"아닙니다. 내 사람을 끌어모은다는 오해를 살까 봐 그럽니다."

신초는 곽재우가 독자적인 군사 지휘권이 없는 조방장이란 관직에만 머물게 된 일은 무관無官의 의병장 출신이라는 선조 임금의 편견 때문이라 생각하고 있었으나 말하지 않았다.

"그래도 진주목사를 그만둔 것이 아쉽네. 서성 관찰사가 그렇게 말렸는데 고집을 부렸어."

"아닙니다. 왜와 명나라 간의 강화 회담이 해를 넘기면서 질질 끌고 있으니…… 원래 쥐를 잡으려고 키운 고양이, 쥐를 잡고 나면 소용이 없지요. 그와 같이 내 소임은 끝났으니 물러나야지요."

"토사구팽이 떠올랐구먼."

"……"

"아마 조정에서 자네를 그냥 버려두지 않을걸세. 문무를 두루 갖춘 지모 있는 인물이니 비변사나 우의정 이원익, 병조판서 이덕형 대감들이 합당한 벼슬을 내려야 한다고 여러 번 상주했다는 소문일세."

이몽학 변란의 불똥

신초 현풍현감이 다녀가고서 얼마 지나지 않은 1596년 7월, 전라도인가 충청도인가 사는 이몽학이란 자가 변란을 일으켰다는 소문이 가태리의 곽재우에게도 들려왔다.

소문을 들은 지 며칠 지나지 않아 신초가 이른 새벽에 말을 타고 급하게 찾아왔다. 그 뒤에는 서울에서 내려온 관원들이 있었다. 의금부 도사와 나장이었다. 신초는 당황해하면서 말했다.

"난데없은 벼락이 떨어졌네. 곽 목사 자네가 역적 이몽학의 동사자라고 고변됐다네."

이몽학의 동사자同事者로 고변되었다는 말에 어안이 벙벙해졌다.

"뭐라? 거기에 왜 내 이름이 나옵니까?"

"글쎄 말이야! 불똥이 이리 튀고 저리 튀었구먼. 곽 목사뿐만 아니고 진주에 진을 치고 있는 김덕령 장군에게도 불똥이 튀었네. 아니! 이몽학이 의병 모집을 핑계로 세력을 모으면서 이름난 의병장들 여럿을 앞세웠다네."

턱도 없는 무인誣引에 곽재우는 어안이 벙벙해서 되물었다. 급하게 한숨을 돌린 신초와 한양에서 왔다는 관원이 번갈아 가며 그간의 일을 얘기했다. 신초는 한양서 내려온 관원을 소개한 다음 한 발 뒤로 물러섰다.

"한양서 내려온 의금부 도사의 얘기를 들어보게."

의금부 도사 아무개라고 인사를 한 관원은 먼저 의병장으로 왜적과 싸운 곽재우를 존경한다는 말부터 꺼냈다.

"평소 곽 목사 상공을 존경해 왔습니다. 의병장으로 왜적과 싸우는 족족 다 이긴 용맹을 떨쳐 큰 공을 세운, 이순신 통제사에 버금가는 장군이기에 만나 뵙고 싶었습니다. 조정에서도 이번 변란 주모자들이 의병장 여럿을 고변한 것을 무고로 보고 별로 믿지 않습니다."

"아이구! 난 별로 한 것이 없소. 그저 왜적의 분탕질을 막으려 했던 것뿐이었소. 그런데 왜 내가 그 변란에 연유되었는지?"

"이몽학이란 자는 어사 이시발李時發의 휘하에서 충청도의 식량을 모으는 모속관募粟官 한현韓絢의 밑에 있었지요. 이몽학이 왜란과 흉년이 오랫동안 계속되어 사람들이 굶어 죽는 판이라 민심이 흉흉해지니 한현과 역적질을 하기로 결탁해서 지난 7월 초엿새에 홍산현을 처음 습격했지요."

"그리고는 임천, 정산, 청양, 대흥을 지나 홍주성까지 진격했다지 뭔가?"

"홍주에서 홍가신 목사의 방어를 무너뜨리기 어려워지자 물러났는데 그들 안에 내분이 일어나 김경창 등 몇몇이 주모자 이몽학을 죽여버렸답니다. 그리고 수천 명을 이끌고 있던 한현도 홍가신의 군에 패배해 붙들려 한양으로 압송되었지요."

"그런데 변란을 일으킨 자들이 문초를 받으면서 아무개 아무개가 난을 일으키기로 함께했다는 것에 의병장들의 이름이 나왔다지 뭔가?"

진주에 있는 김덕령 초승장군超乘將軍, 그 휘하 별장 최담령崔聃齡, 그리고 홍계남洪季男, 고언백高彦伯, 주몽룡…… 등등이었다.

"아니! 주몽룡 장군은 나와 함께 싸운 장수요."

곽재우의 놀란 소리에 신초가 거들었다.

"주몽룡 장군은 홍의장군이 처음에 창의 기병할 때 17의장 중 한 사람으로 충의로운 장수였소. 강덕룡 정기룡 의병장과 함께 영남의 삼룡三龍 장군이라 불리었소. 언제나 선봉에 섰어요."

"믿기 어려운 고변이지요. 그래서 김덕령, 최담령을 압송하러 진주로 간 사람들도 고개를 가로저으며 갔습니다. 일단 목사께서는 걱정을 마시고 현풍 관아로 가십시다. 압송하라 했지만 어찌 장군님께 착고着錮를 채우겠습니까? 거기서 며칠 기다리면 상감의 후속 조치가 내려올 겁니다."

곽재우는 눈을 지그시 감고 깊은 생각에 잠겼다.

2년 전 김덕령, 이순신과 같이 거제 장문포에서 왜적과 싸운 것이 생각났기 때문이었다. 용맹을 떨치며 장문포 왜성을 공격하던 김덕령이 진주와 고성 사이에 주둔하면서 고성에 출몰하는 왜적 잔당을 물리치기도 했다. 강화회담으로 왜적과의 큰 싸움도 없고 또 경상도 전라도 의병을 다 모은 충용군이라 점차 군량도 부족해지자 군사 3,000명 중 전라도에서 함께 왔던 500여 명만 남기고 집으로 돌아가도록 했다. 실질적으로 의병군의 퇴역이나 해체와 다름없었다. 그리고는 나머지 군사들과 함께 둔전을 일구어 군량을 얻도록 하면서 장기전에 대비하고 있었다.

그것을 곽재우가 진주목사로 있으면서 가까운 거리에서 김덕령의 조처를 보았다. 어쩌다 만나면 김덕령은 술을 많이 마시면서 떠들었다.

"제가 싸우러 광주에서 진주까지 왔는데 강화회담이라니요! 출전할 기회가 없으니 울화가 치밉니다. 그래서 요새 술을 많이 마십니다."

"싸움이 없으니 그럴 수밖에. 행여나 장졸을 엄히 다스리지 마소. 상하 간에 불평이 많으면 안 되거든요."

곽재우는 김덕령이 군법을 엄히 다스리고 울화가 치밀어서 술을 많이 마시며 화풀이를 부하들에게 한다는 소문을 듣고 있어 은근히 충고했다. 그러나 김덕령은 고치지 않고 평소에도 곽재우에게 하던 말들을 여럿에게 떠들어 그 소리가 조정까지 올라가 분란을 일으키기도 했다.

집에 있던 고성 이씨나 아들들이 심상치 않은 사태에 긴장하자 곽재우는 엄한 표정으로 입을 다물라고 말했다.

"내가 지은 죄가 없는데 모두들 걱정하지 말라. 또 어머니와 형님 동생들에게도 내가 의금부에 잡혀갔다는 것도 말하지 말거라. 곧 풀려날 것이니!"

당부를 마치자 태연한 표정으로 의금부 관원들을 따라나섰다. 신초 현감도 이씨와 아들들에게 걱정을 말라고 안심을 시켰으나 역시 수심이 가득했다.

현풍현청에 가서는 며칠을 머뭇거렸다. 신초는 그 사이 상황이 변하리라 예상을 해 한양 압송을 지체하고 있었다. 그의 예상대로 얼마 지나지 않아 의금부의 또 다른 나장이 내려왔다. 나장은 먼저 온 동료들에게 큰소리로 외쳤다.

"곽 목사를 풀어주라는 어명이 내렸네."

의금부 도사가 그 소리에 어리둥절하자 나장은 급히 말했다.

"김덕령과 최담령은 그대로 압송하라는 명이지만 나머지 의병장들은 무고하니 무죄 방면하고 돌아오라 했소."

"자자! 자세한 얘기는 안에 들어가 들읍시다. 곽 목사! 천만다행이네."

신초는 기뻐서 곽재우의 손을 꼭 잡고서 흔들었다. 뒤에 온 나장이 간단하게 급히 달려온 경위를 설명했다.

"정탁, 김응남 두 정승 대감 등이 상감께 무고함을 힘써 해명했습니다. 그래서 홍계남, 곽재우, 고언백 등은 풀어주라는 어명이 떨어져 달려온 것입니다."

우의정 약포藥圃 정탁鄭琢은 곽재우나 김덕령 등을 천거하여 조방장이나 충용군을 이끌게 하였으며 좌의정 두암斗巖 김응남金應南 역시 곽재우를 충의로운 명장이라 언급하고 있었다. 곽재우가 급히 물었다.

"김덕령은 어찌 되었소?"

"김 장군은 충용군을 이끌고 진주에서 운봉까지 반란군을 진압하고자 갔답니다. 그런데 난이 이미 진압되었다는 소식을 듣고서 그곳에 멈추어 권율 도원수께 고향으로 돌아갈 것을 청했답니다."

"그래! 고향이 광주이니 진주에 있어봤자 싸움이 없으니 군량만 축내고 힘이 빠졌으니 돌아가고 싶었겠지."

"도원수께서 고향에 가지 말고 진주 군영으로 돌아가라 했지요. 이몽학의 난은 평정되었지만, 아직 왜적은 경상도에 있으니 진주를 지켜야 한다고 말입니다."

"그런데? 김 장군을 잡아 올리다니!"

"상감께서 김덕령에 대해서는 의심을 풀지 않았습니다."

"허어!"

곽재우와 신초는 기가 막혀 한숨을 쉬었다. 무고가 틀림없는데 용장 하나는 풀어주지 않을 모양이었다.

후에 소식을 들으니 김덕령은 10여 일 이상 계속된 혹독한 심문과 장형杖刑에 못 이겨 죽었다고 했다. 곽재우나 다른 의병장들은 무죄 방면이 되었으니 선조 임금은 다행하게도 깨닫는 구석이 있었던 모양이었다.

"상감께서는 김덕령이 이몽학을 치려고 군사를 이끌고 간 것이 아니라 반란군과 합세하려고 갔다고 의심을 한 모양입니다. 급하게 운봉까지 달려간 것이 도리어 악재가 되었어."

한양의 소식을 들은 신초 현감이 가태리로 와서 그런 해석을 내놓았다.

"그렇군요. 너무 급하게 움직인 것도 탈이네요."

"곽 목사는 벼슬을 버리고 낙향하여 두문불출 책 읽고 거문고를 타며 강호처사로 자처하니 임금께서 아무런 의심을 하지 않으시지."

"쓸모없어진 칼을 갈지 않으니 녹슬고 무디어졌습니다."

"김 장군이나 최담령이 누누이 해명했건만 소용이 없었다네. 들려오는 소문에 의하면 혹독한 고문으로 팔다리가 부러져 죽었다고 하네. 그리고 장군의 별장 최담령이란 사람은 용하게 반병신이 되어 풀려났는데 그 뒤로 바보행세를 하며 평생 고향에 엎드려 숨어 살겠다고 했다네."

"이 소식을 들은 의병장 출신들의 심정이 오죽하겠습니까?"

"글쎄 말이야!"

이몽학이 세력을 규합하기 위해 군사 모집을 명분으로 내세웠던 의병장의 명의로 인하여 조정에서는 의병장 출신들에 대한 신뢰가 떨어지고 말았다. 따라서 선조 임금은 눈엣가시처럼 의심을 품고 의병장들을 멀리하게 되었으니 곽재우에게도 영향이 미쳐 논공행상에 불이익이 되었다.

정유재란 화왕산성 방어전 준비

선조 30년(1597) 7월, 14만여 명의 왜적이 다시 바다를 건너와 전쟁을 일으켰으니 바로 정유재란이었다. 가등청정이 대장인 부대는 밀양을 거쳐 창녕현 쪽으로 북상하여 초계를 거쳐 전라도로 가려 하였다.

재란 직전 경상좌도 방어사가 된 곽재우는 현풍의 석문산성石門山城을 수축하고 있었다. 산성은 낙동강 근처에 있었다. 장수의 병권을 주었다가 이몽학처럼 반역할까 두려워했던 선조로서는 등용을 건의하는 비변사의 의견을 받아들였지만, 그 휘하 군졸은 200여 명도 채 되지 않았다. 영의정 유성룡과 병조판서 이덕형을 비롯해 대신들이 곽재우의 충성과 전략과 전공이 뛰어나다고 끊임없이 상소하였기 때문이기도 하였다.

　방어사의 품계는 종2품 병마절도사와 같았으나 군비를 갖춘 군사조직의 장수라기보다는 군사력 강화를 위한 무관으로 주로 산성을 수축하는 임무를 맡겼다. 이때껏 많은 병사를 이끄는 장수로 임명하지 않으려 했던 임금도 이번에는 곽재우가 큰 장수 재목임을 깨달았는지 경상도 방어사 제수에 주저하지 않았다. 이때가 이순신이 백의종군 중이었으니 곽재우의 수심은 한층 깊었다. 그러나 다시 전란이 일어나리란 조짐에 방어사로 나아가지 않을 수 없었다.

　방어사 벼슬을 내리면서 임금은 당상관 공명첩 열 장과 당하관 공명첩은 品品마다 20장씩과 은자와 명주를 보내면서 전날 거느리고 있던 의병을 모아 왜적을 대적하라 하였다. 당하관은 품마다 20장씩이니 품계品階가 3품 통훈대부부터 종9품 장사랑까지 14단계로 이를 모두 합치면 280장이었고 당상관은 정3품 통정대부 이상이니 곽재우에게 선조가 상당한 대우를 한 셈이었다.

　군공을 포상하거나 군량을 내놓은 사람에게 발행하였던 공명첩은 성명이 적혀 있지 않은 일종의 백지 직첩職牒이어서 방어사가 군공이나 군량을 내놓은 공로를 따져 적당한 벼슬 이름을 써넣어 주면 되었다. 그런데 공명첩도 감사나 병사 등 상당한 지위에 있는 자가 발행했는데 곽재우를 방어사로 임명하면서 공명첩까지 내려주었으니 당시 조정에서 왜군의 재침을 대비하여 내린 시급한 조처였다고 볼 수 있었다. 곽재우는 공명첩을 크게 활용하여 성을 수축하는데 필요한 자재나 기술자, 그리고 군량 확보에 사용할 수 있었다.

　방어사가 된 후 곽재우는 경상좌도의 현풍, 창녕, 영산, 밀양 등 여러 산성을 점검하여 무너진 성벽을 다시 쌓고 군사들이 주둔할 막사나 창고, 장대, 암문 등 산성으로서 갖추어야 할 시설들을 보수하거나 신축하고 있었다.

그가 현풍 석문산성을 수축할 때는 현풍현감 신초가 거들고 있었다. 석문산성은 현풍현청에서 20리쯤 서쪽 밤마(지금의 달성군 구지면 오설리) 뒷산(지금의 석문산)에 있었다. 낙동강 동쪽에 있는 오래된 성인데 고령 우곡으로 건너가는 개진나루 하류에 있었다. 석성성이라고도 불리는데 성 둘레가 2,759자(약 500m)가 되는데 산마루에 올라서면 용사란 때 격전이 벌어졌던 낙동강변의 서산성이 보였다.

7월 중순, 왜적이 북상할 것이란 소식을 접한 곽재우는 네 고을의 산성 중 가장 완벽하게 수축을 마쳐 싸움에 유리한 곳이 어딘가 관내 영장들을 창녕현청에 모아 물었다. 참석한 사람은 현풍현감 신초, 밀양부사 이영李英, 창녕현감 장응기張應耆, 영산현감 전제全霽, 의병장이었던 성안의, 신방로 등이었다. 성주목사, 경상우도 조방장, 진주목사 재임 시절 부관으로 늘 함께하였던 의령의 안기종과 심기일이 배석하고 있었다.

현풍현감 신초는 간단명료하게 대답했다.

"지금 석문산성은 아직 보수가 덜 끝났으니 그곳에서 싸울 수 없소. 그리고 밀양은 남쪽과 너무 가까워서 진퇴가 어렵다고 보는데?"

계사년(1593)에 창녕현감으로 있다가 3년 뒤인 지난해(을미년) 밀양부사로 승진 영전했던 이영 부사가 고개를 끄떡였다.

"신초 영감의 말씀이 옳습니다. 제가 창녕에 있으면서 지방 재사들의 도움으로 산성 수축을 어느 정도 하였는데 밀양에 산성들은 여러 군데 있지만 많은 군사가 주둔해 지키기에는 규모가 작습니다. 적군은 많고

성을 지키는 아군은 적으면 불리하지요?"

그때 창녕현감 장응기가 선뜻 나섰다.

"창녕에는 여러 산성이 있습니다. 계성의 신당산성, 고곡에 구진산성과 고곡산성, 고암에 대산성, 이방에 성산산성 등이 있습니다만 소규모이지요. 그중에 화왕산성이 석성의 규모도 크고 무엇보다도 성안에 아홉 개의 샘과 세 곳의 못이 있어 장기 수성전에 유리합니다. 최고의 유리한 조건을 갖추었다고 생각합니다."

창녕현감을 따라왔던 성안의 의병장이 화왕산성火旺山城[1]의 타당성을 이야기했다.

"성천희 의병장이 작년 11월에 한양으로 가서 비변사에 계장啓狀을 올려 군사적 요충지인 화왕산성의 수축이 시급함을 아뢰었지요. 그 후 도원수 권율權慄 대감과 방어사 장군의 뜻에 따라 산성을 견고하게 고쳐지었습니다."

장 현감이 덧붙였다.

"군량도 창고에 충분히 비축해 두었고 병기도 많이 갖다 놓았습니다."

영산현감 전제가 썩 나섰다.

"영산읍성은 평지라 방어에 어렵고, 영축산성이 좀 크고 수비하기에는 좋지만 군사의 진출입이 어렵습니다. 제가 생각하기에도 이 부사나 장 현감 말씀대로 화왕산성이 최근 방어사 장군의 뜻대로 수축되어서 모든 시설이 제대로 갖추어졌으니 그곳이 어떨까요?"

"화왕산성이라? 지난번 본관이 순시할 때보니까 성을 지키는 지휘 장

---

[1] 화왕산 높이가 756m, 성의 넓이는 56,280평(임야 1,876정), 석성의 둘레는 5,983자(2.6km), 지금 동문 석벽이 남아 있는데 높이 1.6m, 폭 1m 큰 돌이다(《창녕군지》·상 문화재, 성곽, p.601 참조).

대將臺인 북각정이 성내가 환히 바라보이는 북각봉 바로 밑에 있었고 성 중앙 평탄한 곳에는 군사들의 막사와 군량 창고가 있고 서문과 동문에 성문 누각이 위용을 크게 드러내고 있었소. 북각봉과 배바위 쪽을 비롯해 암문暗門이 성벽 주위에 여섯 곳이 있어 군사들이 적군 몰래 드나들 수 있게 해 놓았으니 공격과 수성守城에 막힘이 없을 듯하였소."

곽재우의 말에 성안의 종사관이 더 설명했다.

"방어사 장군의 말씀이 옳습니다. 화왕산성은 높고 험준한 화왕산 정상에 있는 비화가야 시대의 옛 성이지요. 큰 불산 화왕산은 창녕현의 진산鎭山으로 북쪽 현풍의 비슬산 줄기와 이어져 있는 고산 준봉의 하나입니다. 오 리가 넘는 깊은 골짜기인 자하곡紫霞谷 좁은 오르막길을 숨이 턱에 닿도록 헐떡이며 올라야 산성 서문에 당도할 수 있습니다. 서문 앞은 아주 가파른 절벽 사다리 길이라 갈지之자로 생겨 서문까지 오르려면 숨이 껄떡 깜빡 넘어간다고 사람들은 깔딱고개라 부릅니다."

"깔딱고개라! 적이 오르기에는 힘들 곳이로군. 북쪽 산 정상 북각봉北角峰에서 시작되어 서쪽은 깎아지른 절벽이 남쪽까지 곧게 뻗어 접근하기 어렵고 말이오."

"성은 긴 세모꼴로 북쪽은 넓고 남쪽으로 가면서 좁아지는 모양으로 면적은 약 6만여 평, 성 둘레가 6천 자尺나 됩니다. 동쪽은 구룡산, 남쪽으로 관주산으로 이어지는데 정상에서 남쪽 배바위(船岩)까지 커다란 돌로 쌓았는데 아주 튼튼하지요. 성안에 아홉 개의 샘과 세 곳의 못이 있는 세칭 구천삼지九泉三池의 요새입니다. 더욱 조건이 좋은 것은 산성 바로 아래에 목마산성이 있으니 그곳에도 군사들을 매복시킬 수 있고 거기서 북문 북각봉으로 오르내리기에 수월한 능선이 있습니다."

"알았소! 그럼 네 고을의 군사들과 사람들을 화왕산성으로 모아 왜적과 싸우도록 합시다. 소식에 의하면 밀양 쪽으로 해서 이쪽으로 올 것이라 하니 급히 결전에 대비합시다. 네 고을 병기와 군량을 산성 안으로 빨리 들이고 군사들을 요소에 배치하도록 이영 밀양부사가 조방장을 맡아 처리하십시오."

방어사 곽재우는 네 고을의 영장들에게 명령을 내렸다. 그 자리 모였던 사람에게 우선 각자 맡을 진용을 결정하니 방어사 아래 종사관으로 성안의, 조방장으로 이영 부사, 조전장으로 신초, 장응기와 전제 현감, 신방로 의병장, 장서기掌書記는 배대유로 정했다.

임진 계사년의 의병군까지 모아 싸우라는 명에 따라 곽재우 방어사는 전에 함께 싸웠던 원근의 의병장들에게 화왕산성 방어를 위해 달려와 참전하기를 요청했다. 의성 사는 선비 수월당 김태金兌(1561~1609)가 방어사에게 달려와 "원수를 갚을 시기는 바로 이때다. …… 용기를 내어 앞장서기를 원하노라!" 하는 〈창의격문〉을 지어 각처에 보내도록 해 군사를 모으도록 했다.[2]

한창 산성 방어전을 위해 지휘 체제를 갖추고 무기와 물자를 준비 중인데 도체찰사 이원익으로부터 전령이 왔다.

"체찰사께서 대적이 침입하여 위태로워 외로운 성이라 지킬 수 없을 터이니 속히 군사들을 하산시켜 더 북쪽으로 옮기라 했습니다."

곽재우는 그 말을 듣고 잠시 말이 없었다. 옆에 있던 신초가 물었다.

"지금 체찰사 대감은 어디 계신가?"

"대감은 선산 금오산성으로 진영을 옮겼습니다. 곽 방어사 영감도 선산으로 오시라 분부했습니다. 그리고 경상우병사 김응서 대감은 합천으로 영을 옮겼고 도원수 권율 장군도 김산(지금의 김천)으로 물러났지요."

---

2 화왕입성동고록 참조(《창녕군지》·상 p.218). 원근에서 990명이 입성.

"허어! 또 싸워보지도 않고…… 임진년 그 짝이 났구먼."

"하여간 방어사 대감이 지키려는 성이 후원군이 없어 지키기가 어렵다고 근심하시면서 병졸을 헤쳐 대처하라십니다."

신초가 혀를 찼다. 체찰사의 명을 전달하러 온 전령은 말을 마치자 성 아래로 도망치듯 사라져 버렸다. 곽재우의 성난 표정이 물러날 기미가 없었기 때문이었다. 김응서나 권율 장군의 군사들이 왜적을 겁내 일찌감치 멀리 달아났으니 정말 화왕산성은 고립무원의 성이 된 것이었다. 그렇다고 남원에 주둔해 있는 명나라 군사가 지원하러 달려올 리도 만무했다. 그러나 곽재우는 결연하게 말했다.

"요동을 침범한 당 태종의 군사가 백만이 넘었으나 고구려군은 적의 위세에 동요하지 않고 완강하게 싸우고 저항해서 안시성을 지켜냈었지요. 본관은 여러 인근 고을들이 다 함락된다 하더라도 이 산성만은 방어해 낼 것입니다."

"옛날 제齊나라의 70여 성이 함락되었으나 오직 즉묵성卽墨城만은 보전되었다고 하던 전국시대 고사가 생각나는군."

"맞습니다. 즉묵성이 온전히 남았지요. 화왕산성도 그러합니다."

신초는 곽재우의 결심에 이 산성에서 목숨을 걸어야 한다는 다부진 생각을 가졌다. 배대유는 결전하겠다는 방어사의 뜻을 적어 이원익 체찰사 군영에 보냈다.

7월 20일경에 화왕산성 방어를 위해 싸우겠다면서 원근에서 왕년의 의병 출신 900여 장졸들이 곽재우 방어사 진영으로 모여들었다. 방어사 휘하 군졸 200여 명과 네 고을 관병까지 이제 천여 명이 넘어 사기가 올랐다. 새로 직임을 맡은 사람들은 창녕 영산의 의병군 출신들로 조전장에 이숙李肅, 성정국成定國, 독우 김충민, 장서기에 숙보熟甫 성안인成安仁, 노극홍盧克弘, 이응원李應元, 안숙安璹, 박종민朴宗閔, 이유길, 장무관

제7장 외로운 성 화왕산성 방어전에 승리하다

掌務官에는 박효선, 문홍도 등이었다. 조방장, 조전장 여덟 명을 중심으로 100여 명씩 군사들을 나누어 포진하도록 했다. 배대유는 본영에, 그 외 여섯 명 장서기도 조전장의 부장으로 싸우도록 하였다.

섬을 지고 사수死守하라

전라도로 가려고 울산에서 출발해 밀양, 영산을 거친 가등청정은 대군을 이끌고 창녕현으로 왔다.

화왕산성이 바로 올려다보이는 성 서쪽 오리정과 지포池浦(지금의 대지면) 들판에 얼마 지나지 않아 왜적 대군은 진을 쳤다. 그때 왜적의 상황을 기록하기를,

'창과 칼은 햇빛에 빛나고 깃발은 들을 덮었으며, 들을 채우고 이어지는 행렬이 눈길 닿는 데까지 끝이 없을…….'

정도였다고 했으니 왜적 대군의 규모가 엄청났고 산성의 방비가 허술해 보이면 당장 공격해 올 기세였다.

화왕산성 동문

그 하루 전 선발대가 산성 아래에 들어와 한 바퀴 성의 방어태세를 살피면서 돌아갔는데 그때쯤 곽재우 방어사의 신속한 조치로 성문을 굳게 닫고 수비할 준비를 완전히 마친 후였다.

왜적 대군이 진을 치고 있는 오리정과 지포면 들판을 북각봉에서 환하게 내려다볼 수 있어 적의 동태를 잘 살필 수 있었다. 또 왜적은 산성의 서편을 환하게 올려다볼 수 있기도 했으므로 지형적으로 피아의 유불리를 장담할 수 없었다. 그러나 곽재우는 그런 지리적 위치를 크게 활용하였다. 바로 서문 쪽에 많은 허수아비 군사와 창검과 깃발을 세워 성 안에 군사가 많은 듯 위세를 보이도록 해 방어전을 착실하게 준비했다.

기강전투와 현풍전투에서 사용했던 붉은 궤짝에 담겼던 천군 의병疑兵 허수아비를 단 밧줄을 북쪽 비슬산 남봉 달뫼(月尾山)에서 북각봉과 남쪽 관주산까지 단단히 묶어 연결해 놓으니 천군이 바람에 따라 이리저리 달렸다.

"저게 뭐야?"

천군 허수아비를 처음 본 가등청정이 부하들에게 물었다. 부하들은 곽재우 장군이 하늘에서 내려온 홍의장군으로 한 번도 진 적이 없는 싸움 귀신이란 소문을 듣고 있었기에 대답은 한결같았다.

"곽재우가 부리는 하늘의 군사들입네다. 곽재우란 자는 하늘에서 내려온 홍의장군이라 백마를 타고 뛰고 달리는 둔갑술에 능해 동에 번쩍 서에 번쩍 나타난답니다."

"그래서 비장군이라 합지요."

"어디 그뿐인가요? 활을 쏘면 백발백중이라 십 리 밖에서 쏜 화살이 날아와 우리 군사들을 죽인답니다."

"뭐야? 분신술에 은신술까지? 거기다 활도 잘 쏴?"

"그뿐만 아니라 검술이 기가 막힌답니다. 칼을 화살처럼 기합을 넣어 돌려 던지면 한꺼번에 우리 군사 열 명이 죽어 나자빠진다고 합디다."
"그게 바로 비검飛劍이랍니다. 날아댕기는 칼이지요."
"에이! 모두 헛소리만 하는군!"
가등청정은 고함을 쳐서 부하들의 말을 헛소리라 치부했지만, 속으로는 겁이 더럭 났다. 낮에 산성 가까이 다가가 바라보니 성루와 성벽에 군사들이 촘촘하게 늘어섰는데 칼과 창이 번쩍거리고 〈천강홍의장군 곽재우〉〈경상좌도 방어사 곽재우〉라 쓰인 큰 깃발뿐만 아니라 붉고 푸르고 누런 대장 깃발들이 군사들 앞뒤 옆 빽빽하게 세워져서 바람에 날리고 있었다. 밤에는 더욱 휘황찬란했다. 성루에는 횃불이 하나둘 켜지더니 삽시간에 온 성안이 환하게 밝을 정도로 산성 북쪽에서 남쪽까지 타기 시작한 것이었다. 어디 그뿐이 아니었다. 꽹과리 북 나팔 소리가 밤새도록 울리는데 십 리 밖 그들의 진영까지 똑똑하게 들렸다.
"군사들이 저렇게 많을 줄이야!"
"그뿐만이 아닙니다. 산성을 공격하려면 깎아지른 절벽을 기어 올라가야 성문이 있습니다. 북에서 남까지 성벽 아래쪽은 깎아지른 절벽입니다."
"뭐야? 절벽이라고? 그럼 요새가 틀림없구먼."
"우리 군사들이 접근하기에는 어렵습니다. 난공불락의 산성인 듯합니다."
"허어!"
가등청정의 부대는 오리정에 군영을 차리고 며칠을 지나도록 하왕산성 공격을 미루고 그저 지형 정찰을 계속하였다.

산성 안에서는 왜적의 대군이 쳐들어와 십 리 밖 지포(지금의 대지면) 들판에 주둔하자 그 군세에 군사들이 술렁이고 있었다. 저 많은 왜군이 조총을 쏘며 개미 떼처럼 죽기 살기로 기어 올라온다면 당해낼 재간이 없으리란 말이 은근히 흘렀다. 청야전술로 네 고을에서 온 피난민들도 크게 동요하고 있었다.

피난민 속에는 현풍 가태리에서 온 곽재우의 가족도 있었다. 동생 재지와 재기는 현풍의 의병군을 이끌고 와서 서문 방어를 책임질 중군장으로 활약하고 있었다.

"야아! 이제 다 죽게 생겼네! 보라모! 저렇게 군사가 많은데 우리는 천 명은 되나? 꼼짝 못 하고 죽게 생겼어."

동생 재지의 종이 떠들어대자 사람들이 겁을 냈다. 방어사의 동생 집의 종이니 무슨 말을 들은 모양이라 숙덕거리며 불안해했다. 거기다 또 곽재우 친족의 서얼庶孽인 윤생尹生이 그 말을 더 부풀려 떠들어내니 삽시간에 성안에 그 말이 퍼졌다.

"장군님! 이거 큰일 아닙니까? 우리 군사들이 엄청나게 많은 왜적을 보고 은근히 겁을 먹는 듯합니다. 성안에 나쁜 소문이 막 돌고 있습니다."

"당장 불온한 소리를 한 놈들을 색출해 단속해야 합니다."

조방장 이영 밀양부사와 성안의가 걱정을 했다. 그러자 곽재우는 조금도 흔들리는 자세를 보이지 않고 조용하게 말했다.

"성안에 있는 섶이란 섶은 다 서문 쪽으로 모으도록 하시오."

"섶이라니요? 적이 올라오면 화공을 하려고요?"

"글쎄! 불에 탈 나뭇가지나 풀, 뭐든지 다아 끌어모아 주시고 군사들도 서문 앞으로 다 모이게 해 주시오. 그리고 나쁜 소문을 퍼뜨린 두 놈도 잡아 오시오. 군율을 엄하게 해야 하오."

이영은 곽재우의 명령에 의아해하면서 급히 군사들을 동원해 불에 탈 만한 나뭇가지와 풀을 모으도록 했다. 곽재우는 섶 무더기 앞에 군사들이 다 모이자 일장연설을 하려고 앞에 나섰다.
 그 자리에는 곽재우 방어사가 화왕산성에서 왜적과 싸우기로 했다는 소식을 듣고 달려온 전날 의병장, 의병군으로 싸우다 전역한 군사들과 인근 군현에서 입성한 군사들 등 천여 명이 긴장된 얼굴로 모였다. 피난 온 사람들도 멀찍이 서서 방어사의 말을 들으려고 했다.
 의령의병군의 심대승, 허자대가 와서 중군장과 군기장을 맡았고, 초계에서 안극가와 안의, 나주 사람 문국선 군자감정, 영주에서 사월沙月 조임趙任과 형 조검, 삼촌 조광의 등 숙질 다섯 명이 오자 중군에서 싸우도록 했다. 또 칠원, 함안의병장이었던 조방과 곽재우의 통지를 받고 형 조탄이 8월 3일 금오산성에서 왔으며 조카 조형도趙亨道, 조동도, 박진영, 이명경 형제들과 이휴복 등이 함안에서 달려왔다. 곽재우는 조방 형제와 박진영, 이명경 형제에게 각각 유격장을 맡겨 100여 명의 군사들과 함께 싸우도록 해 방어진의 위용을 갖추고 있었다.
 곽재우는 장검을 빼 높이 들어 올리며 외쳤다. 그 아래쪽에는 그의 동생 재지의 종과 윤생이 밧줄에 묶여 있었다.
 "오늘 우리는 왜적 대군을 만났소. 그러나 이 산성은 난공불락의 요충지임이 틀림없소! 적은 공격하기에 어렵고 우리는 방어하기에 아주 쉬운 곳이오. 이제 우리에게 필요한 것은 죽기로 적과 싸워서 이기겠다는 용기와 각오가 필요하오!"
 곽 장군은 군사들 앞에 가득 쌓인 나뭇가지와 풀더미를 칼을 들어 가리켰다.
 "이 앞에 쌓은 섶이 바로 우리의 각오요 필살기요! 적이 쳐들어와 이 성이 무너진다면 섶을 지고 불에 뛰어들어야 할 것이오! 나라의 흥망이 곧 여러 군사, 우리 백성의 책임이오!"
 "옳소! 죽기를 각오하고 싸워서 성을 지킵시다!"

신초가 칼을 흔들며 고함을 쳤다.

"물러서면 죽음뿐이오! 각자 맡은 진영에 가면서 이 섶을 한 짐씩 지고 가서 진영 옆에 쌓아놓으시오. 적이 가까이 오면 함께 불덩이가 되어 죽겠다고 각오하면 능히 이 산성을 지킬 것이오!"

"옳소! 방어사 장군의 말씀대로 죽을 각오로 섶을 지고 싸워서 성을 굳게 지킵시다!"

"화왕산성에 놈들이 한 걸음도 들여놓지 못하게 싸웁시다!"

"그리고 헛소문을 퍼뜨려 군중의 심리를 어지럽게 한 두 사람은 즉시 목을 베어 죽이겠소."

곽재우의 결의에 찬 선언과 함께 밧줄에 묶인 두 사람을 군사들이 지켜보는 앞에서 처형토록 하였다. 군율에 따라 두 사람이 처형되자 그것을 지켜본 군사들과 피난민들이 겁에 질려 두려워하며 벌벌 떨었다.

민심을 동요케 한 자들이 처형되자 용감하게 싸워야겠다는 결의가 급속도로 번졌다. 인근 고을의 군사들과 자진하여 의병으로 싸우고자 모여든 장정 900여 명과 피난민들은 자신이 맡은 진지로 가면서 섶을 한 짐씩 지고 갔다. 누가 뭐라 하지 않았어도 화살이 모자라면 굴릴 바위와 돌을 모아 놓기도 하였다. 곽재우는 피난민들이 동문 성 바깥 언덕 초지草地에 많이 와 있었으므로 동남쪽 옥천 관룡사 계곡과 북쪽 감골 골짜기 쪽에 군사를 배치하여 피난민을 보호토록 하였다.

요망한 팥죽할멈

왜적은 산성을 공격하지 않고 며칠 관망만 하고 있었다. 정탐 군사를 여러 번 성 아래나 관주산과 솔고개(松峴) 쪽으로 보냈다.

관주산 기슭에는 왜적의 분탕질에 불에 타다 만 창녕현청이 있었고 솔고개(지금의 송현동)에는 향교와 그 동편에는 가야 시대의 크고 작은 고분 수백 기가 있었다. 곽재우는 치고 빠지는 전술로 적을 괴롭히기 위하여 그곳에 성정국 조전장과 성천조 현감이 군사들을 이끌고 솔고개에 매복하도록 하였다. 또 제2진으로 유격장 박진영의 군사가 월미골 입구에 매복하도록 했다. 또 솔고개 바로 뒤에 있는 숲이 짙어 적에게 노출되지 않은 목마산성에는 구진산성의 용사 사복시정 하언호와 아버지인 조도사 하숙河潚에게 말들을 잘 숨겨 놓도록 해서 기병대의 피해가 없도록 조처하고 있었다. 목마산성은 바로 북각봉 북문과 통하는 길이 있어 군사들이 그 산길을 통해 내려갔다 올랐다 하고 있었다.

오리정 직교사 절터 옆 길가에서 머리가 하얀 노파가 팥죽을 팔고 있었다.

산성 입구까지 갔다가 돌아오던 정찰 임무를 맡은 왜병들은 노파를 보고서 멈춰 섰다. 인왕사란 신라 시대 절 옆에 불에 타버려 폐허가 된 직교사 절터에는 커다란 당간만 서 있었고 조금 떨어져서는 3층 석탑[3]이 외롭게 절터를 지키고 있었다. 이 근처 절은 여러 곳이었으나 임진, 계사년에 왜적들이 불을 질러 모두 소실되었다. 그들 중 조선 말을 할 줄 아는 중이 있어 노파에게 심문하듯 물었다.

"아니! 할마씨는 피난 안 가고 여기서 팥죽을 팔아요? 조선 사람들 우리를 겁내서 산골로 다 숨어 버렸는데!"

사실 왜적은 임진, 계사년에 이 일대에서 패전한 것을 분하게 여겨 이곳으로 오면서 보이는 마을마다 불을 지르고 조선 사람을 만나면 찔러 죽이기를 마구 자행하였다. 그들이 지나간 곳에는 인적이 사라지고 불

---

[3] 보물 제520호 술정리 서삼층석탑. 신라시대 조성.

타고 부서져 초토화된 폐허가 되니 쓸쓸한 적막강산이 되고 말았다. 그런데 간이 큰 노파를 만났으니…….

"뭐 땜에 겁이 나요? 늙은 할마씨 잡아다 어디 쓸라꼬요?"

"아따! 간이 배 밖에 나온 할마씨구먼."

"팥죽 사 묵으소. 맛이 있구마는!"

"그럴까?"

왜 병사들이 팥죽 파는 할멈을 둘러싸고 저희들끼리 떠들며 팥죽을 사 먹었다. 노파가 물었다.

"오데 갔다 오능교?"

"조오기…….""

왜놈 중이 화왕산성을 올려다보며 손가락질을 했다. 그때 머리가 하얀 팥죽할멈이 입가에 묘한 미소를 띠며 말했다.

"조오기 산성에? 홍의장군 곽재우라 카는 장군이 지키는데?"

"그래! 조 놈으 산성을 쳐야 하는데 절벽에다 성문 쪽은 사다리 길이라 우리 군사들이 붙기만 하면 화살을 쏘아대니 방법이 없네!"

"아이구메! 바보네! 장군님들 무엇을 겁냅니꺼? 저 화왕산이 황새산이라 카는 기라."

"화왕산이 아이고 황새산이라?"

왜놈 중은 의아해서 팥죽할멈의 말꼬리를 잡고 파고들었다. 겁나게 좋은 정보를 얻을 수 있다 싶어서.

"황새가 우떻게 생겼능교? 앞 대가리는 높고 갈팍지지마는 뒤는 평평한 기라!"

"옳거니!"

왜놈 중은 무릎을 탁! 쳤다. 남쪽이나 북쪽의 산을 돌아가서 후면인 동문 쪽을 공격하면 될 것이란 생각이 팥죽할멈의 귀띔으로 알아챈 것이었다.

남쪽은 비들재란 고개를 넘으면 관룡사가 있는 옥천 골짜기이고 북쪽은 월미산 바깥골 골짜기이니 그곳을 오르면 바로 동문이 바라보이고 관룡사가 있는 구룡산인데 능선이 완만했다. 팥죽할멈과 왜놈 중 사이에 주고받은 얘기가 오리정 근처 망을 보던 망꾼에 의해 즉각 곽재우 본영에 득달같이 알려졌다.

"뭐라꼬? 팥죽 파는 할멈이라?"

신초가 다급하게 물었다. 망꾼이 왜놈 중과 팥죽할멈 사이의 일을 급하게 이야기했다.

"그런 요망한 할멈이 있나? 당장 잡아 혼찌검을 해야지!"

종사관 성안의가 당장 잡아 오자고 하자 곽재우도 성이 나서 고함쳤다.

"아니! 창녕 사람은 왜란을 맞아 한 사람도 왜적에 굴복하거나 빌붙은 자가 없다고 알고 있었는데! 영산의 공호겸이 같은 부역자가 또 있다니! 당장 잡아 오시오!"

그때 흰 수염을 바람에 날리며 문호장 임장군이 선장을 짚고 나타났다. 문호장은 임란 초 영산전투 이후 보림사와 영산성에 머물며 요강나루 성담산에 토석성을 쌓아 낙동강으로 올라오는 왜적을 막고 있었다. 곽재우와 신초, 창녕 영산의 의병장들이 반갑게 인사를 했다. 문호장은 팥죽할멈이 직교사 절터에 나타나 곽재우의 산성 방어를 훼방하려는 일을 알고서 달려온 것이었다.

"저 할멈이 그냥 늙은이가 아닐세. 요괴네! 오래전에 곽 장군 자네가 열아홉 살 때 거룬강에서 만났던 그 청의요괴 말일세!"

"악연이로구만! 악연!"

주위에 있었던 장수들은 예전 기강 나루터 주막에서 곽 장군이 청의

요괴를 만나 스미골노따이까지 따라가 죽이려다 실패한 일을 상기했다. 그 집 김 판관의 따님에게서 천군 의병疑兵과 칼과 병서를 얻은 일을 모두들 잘 알고 있었다. 그래서 단번에 오리정 팥죽할멈이 청의요괴란 말에 놀라워했다.

곽재우는 문호장의 말에 깜짝 놀라서 서슬이 시퍼레지며,

"이번에야말로 반드시 죽여야겠소!"

하고 결연히 자리에서 벌떡 일어났다.

그는 쇠뇌를 챙겨 들었다. 가까이 접근했다가는 청의요괴가 눈치를 채고 도망갈 우려가 있어 좀 떨어진 곳에서 쇠뇌를 쏘아 죽여야겠다고 작정했다.

"나도 가겠소. 직교사를 왜적이 불을 질러 태웠는데 그 근처에 은신하면 될 거야."

신초가 따라나섰다. 문호장이 선장을 땅에 힘있게 박으면서 조용히 말했다.

"내가 달려가 도망치지 못하게 할 테니 곧바로 와서 눈치채지 못하게 숨어 쇠뇌를 쏘게. 신초 자네도 협력하게!"

셋은 오리정으로 달려 내려갔다. 셋 모두 빠른 보법을 쓰는지라 잠깐 사이에 오리정에 닿았다. 팥죽할멈은 왜병들에게 팥죽을 다 팔았는지 전을 치우고 있었다. 먼저 달려간 문호장이 슬쩍 다가가 말을 걸었다.

"할멈! 팥죽 있으면 한 그릇 주게."

"다 팔고 없소."

문호장이 수작을 하는 사이 왜적에게 불탄 직교사 대웅전 앞 당간에 몸을 숨긴 곽재우가 쇠뇌를 당겼다. 신초도 질세라 급히 활을 쏘았다. 곽재우의 화살은 정통으로 청의요괴의 가슴에 가 박혔다. 신초의 화살도 어김없이 요괴를 향해 날아가 복부에 가 맞았다. 그러는 사이 곽재우

는 두 번째 화살을 날렸다. 순간 화살을 맞은 요괴는 비명과 요동을 치며 커다란 능구렁이 본래 모습을 드러내며 땅바닥에 쓰러졌다. 문호장이 선장으로 능구렁이의 대가리를 내려치며,

"이제 저세상으로 가거라!" 고함쳤다.

뒤따라왔던 영산현감 전제와 조전장 이숙과 성정국이 창을 찔러댔다. 목마산성을 지키고 있던 사복 하언호가 아버지 하형과 함께 기름을 지고 뒤따라서 구렁이 시체 위에 뿌리고 불을 질렀다.

"이놈이 용 못 된 깡철이라 불에 태워야지 그러지 않으면 되살아나 앙문惡問할지도 모릅니다. 그래서 기름을 가져왔습니더."

"어쩌면 그럴지도 몰라!"

다들 구렁이가 불에 타자 잠깐 지켜섰다가 산성으로 돌아갔다. 왜적의 추격은 없었다.

화왕산성 동문 격전

화왕산 본영으로 돌아간 곽재우는 곧 비들재와 월미산 바깥골 언덕에 매복해 있는 창녕현감 장응기와 종사관 성안의, 박진영 유격장에게 왜적의 공격이 있으리라 급보를 보냈다. 진작 곽재우 방어사는 그들에게 어떻게 공격할 것인지 계책을 말해주었다.

"장응기 현감과 성안인 장서기는 군사를 둘로 나누어 비들재 앞뒤에 매복했다가 왜적이 1진의 공격을 뚫으면 2진이 공격하면서 협력해 추격하시오. 비들재 초입의 신방로 조전장은 3진으로 왜적의 동향을 주시하며 북각봉 본영과 봉화로 연락하고 왜적의 구원병이 올지도 모르니 그에 대비해 철저하게 매복하였다가 협공하시오."

비들재에는 장응기 현감, 장서기 성안인, 봉사 성업成業, 송헌松軒 양효립梁孝立 등 군사 2백여 명이 고갯길 두 곳에 기름 부은 나무로 길을 막고서 바위와 돌을 굴릴 수 있도록 준비하며 매복하고 있었다. 3진으로 조전장 신방로가 장서기 박종민, 신방즙 등 100여 명이 매복하고 있다가 장응기 군사들의 뒤를 맡아 싸우도록 했다.

"달미 박월산과 여무산 사이 골짜기로 가서 매복할 성안의 종사관과 성천희 의장도 비들재와 마찬가지로 진을 두 곳으로 나누어 매복하되 1진이 뚫리면 2진이 나서고 3진으로 박진영 유격장이 월미골 초입 갈미봉 숲속에 매복하고서 왜적의 동향을 본영에 보고하면서 만약 왜적의 구원병이 오면 막아야 하오. 성정국 조전장은 목마산성과 교동고분 일대에 매복해 있다가 왜적 원군이 들이닥치면 출동하시오."

월미산 깊은 골짜기에는 창녕의병장으로 용감하게 싸웠던 부용당 성안의와 성천희가 진지를 두 군데 구축하고 있었다. 부용당의 아들 성이침成以忱, 참봉 이응원李應元을 비롯해 200여 명의 군사들이 언덕 위에서 바위와 돌을 준비하고 길에는 소나무를 베어 솔가지와 장나무를 2중 3중으로 걸쳐 막고서 불을 지르려고 기름도 준비하고 있었다. 역시 월미골 초입의 제3진 박진영 유격장이 이명경, 이명서, 이휴복 등의 함안 군사들이 매복하여 적의 동향을 본영에 연락하면서 종사관 성안의 군사들의 뒤를 맡아 싸우고자 했다.

혹시나 목마산성 쪽으로 공격할지 몰라 하언호와 그의 아버지 황형 수병장에게 군마를 숲속에 숨기고 비상시에 출동하도록 명령했다. 조전장 성정국과 장무관 문홍도로 하여금 목마산성에서 매복했다가 만약 월미산 계곡으로 적이 공격해 들어가면 후미에서 적을 교란하도록 했다.

남쪽 비들재는 관주산과 구현산 사이의 고개로 사람의 왕래가 잦아 산길치고는 넓었다. 창녕에서 옥천으로 통하는 이 고갯길은 완만하고 넓어 한꺼번에 많은 군사가 통행할 수 있어 왜적이 일시에 몰려들면 막기에 힘겨운 곳이었다. 곽재우는 비들재가 뚫리면 대응하기 위해 전재 현감과 신초 현감을 관룡사 입구인 옥천 골짜기로 200여 군사들과 함께 보냈다. 비들재 매복이 뚫리면 옥천 계곡에서 혈전을 벌여 막도록 했다.

동문 밖 능선은 월미골 안쪽으로 조전장 김충민, 장서기 노극홍이 지키다가 만약 월미골 싸움이 밀리는 듯하면 즉각 도우라고 명했다. 동문 성루에는 조전장 이숙과 칠원의병장 조방과 복수장군 조탄, 차천홍 등 함안 사람들이 지키도록 하고 서문 쪽은 밀양부사 이영을 비롯해 배대유, 안숙, 곽재기, 이유길이 지키도록 했다. 곽재우는 북각봉 본영을 지키는데 안기종과 고암 사람 손약허가 부관으로 방어사 깃발을 높이 세우고 봉화대를 마련하고 전령을 띄우고 상황변화에 따라 전투상황을 보고받았다. 또 중군장 심대승과 심기일이 어느 곳이든 전세가 불리한 곳으로 출동하기 위해 성 중앙에서 군사들과 대기하고 있었다.

장무관 박효원과 문홍도는 성안과 밖에 있는 피난 온 사람들 중 몸이 성하고 움직일 수 있는 노인이나 부녀자까지 동원하여 왜적에게 던질 장나무와 바위, 돌을 나르고 가마솥에 물을 끓이도록 준비하고 있었다.

정찰병들의 보고를 받은 왜장은 시험 삼아 500여 명씩 남쪽과 북쪽으로 화왕산성을 우회하여 공격하도록 명령하였다. 천여 명의 왜적이 남과 북으로 나누어 달려가는 것을 화왕산성 북각봉에서 바라보면서 곽재우는 봉화와 깃발 신호로 군사들을 움직였다. 또 왜적 만여 명이 관주산 아래 자하골까지 몰려와서 서문을 공격할 준비를 하는 것을 바라보며 고함쳤다.

"조금도 겁내지 마라! 깃발을 흔들고 나팔을 불고 북을 쳐라!"

곽재우의 명령에 산성이 떠나가라고 군사들이 함성을 지르고 꽹과리와 북을 치고 나팔을 불었다. 부녀자들도 남자 옷을 입고 나서서 깃발을 흔들었다. 남쪽 관주산 정상에서 북각봉을 지나 북쪽 월미산 꼭대기까지 이어진 천병 허수아비들이 바람에 이리저리 달리며 적의 간담을 서늘하게 했다. 산성 아래의 적은 쉽게 공격을 하지 못하고 동문 쪽 전황을 살피는 듯 머뭇거리고 있었다.

곽재우는 장서기 배대유에게 말했다.

"나는 곧 심대승 중군장과 함께 옥천 쪽으로 지원을 나가야 할 것 갔소. 허니 자장(배대유의 자字)은 이 부사와 함께 조금도 흐트러짐 없이 서문을 지키고 성 위의 성세를 적에게 크게 과시하는 걸 끊임없이 계속해야 하오."

"알겠습니다. 방어사께서는 염려 마시고 옥천 골짜기로 올 적을 막으십시오."

비들재 쪽은 곽재우가 우려했던 대로 너무나 쉽게 무너졌다. 500여 적병이 밀려드니 성안인, 봉사 성업, 양효립과 군사들이 쇠뇌를 쏘고 바위를 굴리고 장나무를 던져 불을 지르고 길을 막으려 했으나 중과부적이었다. 고갯길이 넓으니 일시에 많은 왜적이 조총을 난사하며 밀고 드는데 화살이 날아가도 쓰러지는 놈의 시체를 타고 넘으며 달려가는 것이었다. 장응기 현감과 성안인이 말을 타고서 적의 뒤를 추격하며 창을 휘둘러 수십 명을 베었다. 화살이나 바위에 맞아 미처 달아나지 못하는 적은 장 현감 뒤를 따르던 군사들의 몫이었다. 3진 신방로 군사들은 장응기 군사들이 왜적의 뒤를 쫓아 옥천 쪽으로 추격하여 지나가고 난 다음 다시 전열을 가다듬고 매복해 있었다. 혹시 있을 왜적 후속 부대의 침공에 대비한 것이었다. 또 후퇴하는 왜적이 있으면 공격할 계획이었다.

북쪽 월미산 쪽에는 더 치열했다. 지난날 창녕의병장으로 크게 활약했던 성안의와 성천희 휘하 성이침, 참봉 이응원 등이 철저하게 갈미봉과 여무산 사이 소내(牛川) 좁은 길을 막고서 기름 묻은 나무와 솔가지에 불을 질렀으므로 왜적이 쉽게 통과하지 못하였다. 왜적이 불에 타 죽으면서도 우리 군사들이 매복해 있는 언덕으로 조총을 쏘며 기어 올라와 접전이 벌어졌다. 동문 동북쪽 바깥골까지 적이 진입하자 기다리고 있던 동문의 제2선 공격대인 조전장 김충민이 방어사의 명령대로 달려가서 싸움을 거들었다.

목마산성을 지키던 조전장 성정국과 하언호 군사들이 월미골 적의 뒤를 쫓아 공격했다. 유격장 박진영은 성정국 군사들이 지나가고 나자 다시 전열을 가다듬고 왜적 원군이 공격해 올 것에 대비하며 갈미봉 숲속에 매복하고 있었다.

한나절이 지나도록 양쪽 골짜기에서 승전했다는 소식이 없자 산성 바로 아래 자하골의 왜군 본영에서 다시 2진 천여 명씩을 내보냈다. 그 바람에 월미골의 성정국 군사들은 1진과 2진 왜적의 앞뒤 협공을 당하는 형국이 되어 고전하게 되었다. 그때 수병장 하형이 조총 철환에 맞아 쓰러졌다. 하언호는 아버지를 구하러 달려갔다. 그러나 적의 집중 사격에 부자가 함께 전사하고 말았다.[4]

왜적의 후속 부대가 월미골로 공격해 오자 산기슭에 매복해 있던 박진영은 고함쳤다.

"공격하라! 활을 쏴라!"

---

[4] 하언호: 선무원종공신, 하형: 통덕랑에 추증됨. 《창녕군인물록》 p.69, p.180. 하언호 부자가 전사한 기록으로 볼 때 화왕산성 방어전 때 격전이 치열해 전사자가 많았음을 알 수 있다.

그때 종사관 성안의와 조전장 김충민의 군사들이 1진으로 들어와 공격하던 왜적을 궤멸시키고 성정국 군사들을 구하러 골짜기 입구 쪽으로 달려와 왜적 후속부대와 격렬하게 싸웠다.

밤이 어둡도록 싸웠다.

드디어 월미골의 왜적은 많은 사상자를 내고 수십 명만이 살아 돌아갔다. 후퇴해 도망쳐 나오는 적은 박진영 군사들의 몫이었다. 후일 이 바깥골 골짜기를 왜(倭)골이라 부르게 되었는데 우리 군사들이 왜적 수천 명을 몰살했다는 유래가 전해오기 때문이다.

100여 명을 잃고서 비들재를 통과한 왜적은 전제와 신초 두 현감이 이끄는 조선 군사를 옥천 골짜기 초입에서 부닥쳤다. 전제는 초계 사람으로 임진년에 탁계 전치원 의병장과 함께 크게 활약하여 그 군공으로 영산현감이 된 용맹한 젊은 장수였으며 신초는 전쟁 초부터 곽재우와 형제가 되어 전장을 누빈 역전의 용사라 두 사람은 적을 맞아 겁 없이 정면 승부를 걸었다.

"신초 대장군이 나가신다!"

"전제 용호장군이 너희를 몰살할 것이다.!"

군사들은 고함도 치고 북을 두드리며 응전을 독려해 기세를 드높였다.

또 일찍 곽 장군을 따랐던 의령의병군 기찰장이었던 심기일, 아장 이확과 계헌桂軒 이천전李天全도 적진 속으로 뛰어들었다. 이천전(1562~1597)은 이때 전사하니 후에 진무종일등공신으로 훈록되었다. 장수들은 옥천계곡으로 밀려 들어오는 왜적이 조총을 쏘건 말건 말을 타고서 적진을 어지럽히며 돌격해 창을 휘둘렀다. 군사들이 두 현감 뒤를 따라 물길을 가르듯 쇄도해 나가니 죽어 나자빠지는 것은 왜적이었다. 심기일과 함께 의령에서 달려온 쇠뇌 궁수들이 계곡 바위 뒤에 은신해 조준해서 활을 쏘는데 열에 일곱, 여덟 발은 왜적을 쓰러트렸다.

역시 왜적 2진 천여 명이 공격에 가담하게 되자 옥천계곡은 악전고투 피바람이 불기 시작했다. 비들재 초입에 매복해 있던 영산의병장으로 활약했던 신방로와 신방즙이 공격을 퍼부었으나 왜적은 많은 사상자를 내면서도 옥천 골짜기로 몰려갔다.

북각봉 본영에서 옥천에 왜적 원군이 몰려왔다는 망꾼의 상황보고를 받은 곽재우는 직접 지원하기 위해 백마를 타고 장창을 높이 들고 중군으로 대기하고 있던 심대승 중군장, 안기종, 오여발, 조임 등 군사들을 이끌고 산 아래로 달려 내려갔다.

"죽여라! 비장군 곽재우 장군이 드디어 오셨다!"

"니 넘들은 다 죽었다!"

군사들이 북을 두드리고 나팔을 불며 고함을 쳐 왜적의 사기를 꺾었다. 곽재우 장군의 원군이 산성골 위에서 쏟아져 내려오니 전재와 신초는 더욱 기운이 나서 적진을 종횡무진 누볐다. 왜적 꽁무니를 따라 추격해 온 장응기 창녕현감의 군사들은 전후 협공을 당하자 자련골 언덕 위로 올라가 길을 막으며 바위를 굴리고 적이 도망가지 못하도록 활과 쇠뇌를 쏘아댔다. 밤이 늦어 끝난 옥천전투에서 살아 돌아간 적은 수십 명에 불과했다. 후퇴하는 적은 비들재 입구에 매복해 있던 신방로 조전장의 군사들에게 몰살당했다.

서문 아래까지 와서 진을 치고 있었던 왜적은 남과 북 골짜기 양쪽의 공격이 실패로 돌아가자 밤늦게 십 리 밖의 본영으로 돌아가고 말았다. 하룻낮 하룻밤을 공격하려고 왔다가 결국 물러난 것이었다.

왜적은 사흘을 더 꼼짝 않고 성 위의 동정을 지켜보고 있었다. 그러다가 진영을 철거하는 것이 북각봉 망루에서 관찰되었다.

"놈들이 철수하나 봅니다."

"우리가 이겼구만!"

"쫓아 내려가 적의 뒷덜미를 후려칩시다!"

장수들은 더욱 기운이 나서 떠들었다.

"왜적들이 물러나니 됐소."

곽재우는 산성 방어에 성공하자 더는 왜적을 쫓지 않으려 했다. 신초가 그의 의도를 알아채고 장수들에게 말했다.

"또 적의 매복이 염려되니 더 쫓지 맙시다."

왜적 대군은 낙동강을 건너 초계 합천으로 향했다.

화왕산성 하산

왜적 대군이 화왕산성을 떠나 초계로 향하자 초계가 고향인 영산현감 전제가 나섰다.

"방어사님 저놈들을 그냥 둬서 안 됩니다. 초계로 향하면 큰 피해를 보게 됩니다. 뒤따라 가서 박살을 내야 합니다."

혈기가 왕성한 전제는 곽재우의 허락이 없어도 달려갈 기세였다. 곽재우는 한참 생각에 잠겼다가 말했다.

"적이 낙동강을 건넜으면 전 현감은 강을 건너지 마시오. 아직 강을 건너지 않았으면 적의 뒤꽁무니를 치되 가는 길에 매복을 조심하시오. 혼자 가는 것보다 지리를 잘 아는 성안의 종사관과 신초 현감을 함께 보낼 테니 매사 조심하시오."

"알겠습니다. 강을 건너지 않고 돌아오겠습니다. 낙오병이라도 있을 테지요."

전제가 이끄는 추격부대가 산성 아래로 급히 내려갔다. 낙동강을 건너려면 율진나루에서 배를 타고 건너야 하니 2만여 명의 대군이 단번에 건너갈 수 없을 것이었다.

"시석을 겁내지 않고 앞장서서 달려가는 전 현감이 용맹스럽기도 하지만 잘못하면 공을 다투는 것으로 보여 앞으로 낭패를 당할 수도 있으니 신 현감이 잘 타일러 너무 급하게 무리한 공격은 하지 않도록 하소."

곽재우의 걱정에 신초가 고개를 끄덕였다.

"저 사람 젊어 성질이 급하고 물불 가지리 않는 용맹은 인정하나 너무 혈기만 앞서 앞뒤 판단이 부족한 듯하오."

성안의와 신초도 군사들을 수습하여 급히 달려가는 전제 현감의 뒤를 따라갔다.

왜적은 곽재우의 판단대로 가등청정을 포함한 본진은 강을 이미 건넜으나 후속 부대가 이쪽 송곡나루 강가에 머물고 있었다. 전제의 추격과 공격은 효과가 있어 성안의와 신초가 도착했을 때는 강을 건너지 못한 왜적은 전멸상태여서 허겁지겁 강을 건너간 적은 많지 않았다. 뒤늦게 강을 건넜던 왜적이 조선군의 도하를 막는 데 힘썼다. 전제는 또다시 강을 건너 초계로 가고 있는 적을 치려고 했으나 신초와 성안의가 방어사의 군령이 엄중함을 알리며 극구 말렸다. 전제는 얼굴을 붉히며 항의했으나 곽재우의 군령을 거역할 수 없어 멈추었다.

이후 전 현감은 단독으로 화왕산성을 내려가 창녕과 영산 경내 낙동강을 오가며 왜적이 강 길을 오르내리거나 출몰하면 달려가서 싸워 왜병의 침입을 막아 고을 사람들의 칭송을 받았다.

전제 현감은 영산현 군사들을 이끌고 그해 겨울에 마지막 싸움인 조·명 연합군의 울산 도산성 공격에 참전하였다.

그의 물불을 가리지 않은 용맹은 뛰어났으나 권율 장군의 군령을 어기고 돌격했다는 공을 시기한 어떤 자의 무고한 고변으로 그 부하와 함께 처형되는 비극이 일어났다. 후에 화왕산성 방어 때 장서기로 활약한 배대유가 상소하여 신원되어 호조판서에 증직되었다.

낙동강을 건넌 왜적 대군은 초계를 거쳐 함양 거창을 거쳐 전라도 남원으로 진출하려고 했다.

전라도로 가는 길목인 안음현의 황석산성에서는 왜적을 맞아 격렬한 싸움이 벌어졌다. 거창, 함양, 안음 세 고을의 군사들이 황석산성에 집결해 있다가 왜적 대군을 만난 것이었다. 안음현감은 의병장 김면과 함께 싸웠던 한강 정구 문인인 존재 곽준[5]이었는데 그는 곽재우의 재종숙이었다. 그때 병으로 함양군수를 물러난 대소헌 조종도도 성안에 있었다. 대소헌은 이미 군수직에서 물러났으므로 그곳을 떠날 수도 있었으나 새 군수가 아직 부임하지 않아 감히 떠날 수 없어 산성을 지키고 있었다. 전투가 벌어지면서 소수의 군사로 힘을 다해 싸웠으나 화살이 떨어지는 격전 끝에 산성은 적에게 무참하게 유린되고 말았다. 곽준의 두 아들 이상履常과 이후履厚와 딸, 며느리 일가족이 전사하고 말았다. 처자와 함께하였던 대소헌 역시 화살이 떨어지자 부인과 함께 장렬하게 죽음을 맞이하였다.

남명 문인이자 곽재우의 동서인 동강 김우옹이 대소헌의 의로움을 시를 지어 위로하였다.

영남의 당당했던 나의 벗이여, 마음 웅대하고 기상노 호탕했네—/

---

[5] 곽준은 현풍 예원서원에 곽재우와 함께 배향됨.

평생토록 웃으며 말하던 그곳, 강은 드넓고 푸른 하늘은 높으리[6]

팥죽할멈의 고자질로 왜적의 공격을 받은 화왕산성의 동쪽 옥천 골짜기와 월미 골짜기에서 많은 사상자가 나 그것을 수습하고 난 곽재우는 병기와 성벽을 다시 고치고 전제 현감의 제안으로 낙동강을 오르내리는 왜선을 저지하기 위해 일부 군사들을 성 아래로 내려보냈다.

그런데 함께 성안에 와 있던 어머니가 갑자기 병으로 세상을 하직하고 말았다. 8월 29일이었다. 입성한 지 한 달이었다. 가태리에서 산성으로 입성할 때부터 배탈이 나서 여러 가지 약을 지어 먹게 했으나 끝내 효험을 보지 못했다. 유명을 달리한 어머니 김해 허씨는 계모였다. 곽재우를 낳아 준 어머니 강씨는 세 살 때 돌아가시어서 김해 허씨의 보살핌으로 자랐다. 그래서 그는 계모를 친어머니로 모시고 살아왔다. 그의 형으로 재희, 재록 두 분이 있고 동생 재지와 재기가 있으나 꼭 여묘살이를 하며 삼년상을 치르고 싶었다. 자기를 키워준 은혜를 꼭 갚아야겠다는 일념이었다.

서둘러 하산해야 했다. 어머니 장례를 소홀히 할 수 없었다.

"가태리 고향으로 가야겠소."

방어사의 직무를 소홀히 할 수 없어 곧바로 사직소를 작성하여 올리는 한편 후임자가 오기 전 임시로 그의 임무를 맡을 사람을 이영 밀양부사로 정하고 휘하 장군들을 모아 회의를 가졌다. 첫마디 말을 하고는 한참 침묵을 지켰다. 임금이 내리신 방어사 임무를 버리고 급하게 산성을 내려가는 일이 마음에 걸렸기 때문이었다.

"충과 효를 함께할 수 없을 때 옛 선인들은 효를 택했소. 효는 곧 충의

---

6 嶺表堂堂友 心雄氣亦豪 平生談笑處 江闊碧天高(김우옹의 시)

근본이기 때문입니다. 효를 다하지 못한 자가 충을 지킨다는 것은 허울 좋은 핑계일 뿐이지요. 그래서 어머니의 장례를 위해 방어사 직에서도 물러나 삼년상을 치르려고 합니다."

그의 결심을 말하자 아무도 앞서서 이의를 달지 않았다. 속으로는 방어사가 하산하지 않거나 장례를 지른 후 다시 방어사 직무에 복귀할 것을 기대했다. 역시 좌중의 뜻을 아는 신초가 선뜻 나섰다.

"방어사! 효도 중요하고 모친 삼년상도 중하지만 방어사를 믿고 각지에서 달려온 군사들과 피란민들은 어쩔 것이요? 나라가 위기인데 어찌 효만 중하다 할 것이요? 충도 중하지요."

"본관이 며칠 고민을 했습니다만 이제 내가 할 일은 끝난 듯합니다. 왜적 대군도 이 산성에서 물러가 큰 위기는 넘겼으니 내가 없어도 성을 지켜내는 데 어려움이 없을 것입니다. 제발 어머니의 초상과 삼년상을 이 아들이 하도록 해 주십시오."

장례는 소박했다. 성안에서 발인하여 현풍 가태리로 향했다. 산성에서 가태리까지는 북쪽으로 사십 리 남짓이었다. 가태리 동쪽 비슬산 남봉 기슭에 우선 매장했다. 난리가 계속되고 있어서 선산까지 갈 수 없었다. 일단 가묘假墓를 썼다가 후일 구지의 선산으로 반장返葬하면 될 것이었다.

울진 금매리 방어사점店

화왕산성 방어전을 성공적으로 이뤄 냈으나 낙동강을 따라 올라오는 왜적의 준동이 끊이지 않아 밀양, 영산, 창녕, 현풍 고을 일대는 여전히 위험한 곳이었다. 그래서 화왕산성으로 온 피란민들은 하산하지 못하고 있었고 화왕산성으로 피난하지 못한 사람들은 깊숙한 산골짜기로 가 숨어 지냈다.

왜적들은 가는 곳마다 집과 숲에 불을 질렀다. 또 닥치는 대로 사람을 죽이고 귀와 코를 베거나 손을 묶어 끌고 다닌다는 소문이 파다했다. 가태리도 안전한 곳이 아니었다. 현풍 인근 마을을 약탈하기 위해 왜적 잔병들이 돌아다닌다는 소문이 여전히 들려왔다. 곽재우는 산성으로 도로 돌아가면 상주 노릇을 할 수 없어 다른 피신처를 찾아야 했다. 그러다 동해 쪽 산골 마을을 떠올렸다. 바로 마름 진비의 고향이었다. 임진란이 터지자 손재주가 있었던 진비는 군기 제조를 담당했던 허자대 대장을 도와서 활과 창 같은 무기를 많이 만들었다. 곽재우의 설계에 따라 쇠뇌를 대량 만들기도 한 공로자이기도 했다.

"부르셨습니까? 방어사 대감."

마침 김해 허씨 장례를 돕기 위해 산성에서 따라왔던 진비가 빈소 앞에 와 무릎을 꿇었다.

"자네 고향이 울진이라 했던가?"

고향이 어딘지 묻는 곽재우의 의중을 눈치가 빠른 진비가 모를 리가 없었다.

"아! 예. 금매리 고향에 형제들도 여럿 있고 제가 사놓은 집과 밭이 있습니다. 대감이 가셔서 기거할 만한 집도 구할 수 있을 겁니다."

"허어! 자네 눈치 하나는 빠르구먼. 어머니 삼년상을 이곳 가태리에서 치르고 싶지만 왜적들이 들쑤시며 다니니 좀 조용한 곳으로 가서 상주 노릇을 했으면 하네. 그래 보니까 자네 고향이 울진이라 거기가 좋을 듯해서…… 자네를 불렀네."

"아아! 알겠습니다. 당장 제 아들놈을 울진으로 보내서 방어사 대감님 머물 곳을 준비하라 이르겠습니다."

"수일 내로 발행을 했으면 하니 준비를 서둘러 주게나!"

진비는 곽재우의 부탁을 받자마자 고향 형제들에게 아들을 보냈다.

며칠 후 곽재우는 동생 재기와 아들과 조카 등 식솔들과 함께 울진을 향해 떠났다. 진비가 길라잡이가 되어 앞장섰다. 소가 끄는 수레에 간단한 세간살이를 실었고 당나귀 등에는 먹을 양식도 실었다. 가태리에서 600여 리 길이라 며칠이 걸려 울진 금매에 도착하니 진비의 아들이 그의 형제들과 함께 마중을 나왔다.

"대감이 머물 마을은 금매 큰 동네에서 남동쪽으로 낮은 고개만 넘으면 됩니다. 오 리도 안 떨어진 골안골이란 골짜기에 있는 뜸입니다. 마침 그곳에 빈집이 있어 다행이었습니다. 난리 전에 살던 양반이 벼슬길이 열려 한양으로 떠났답니다."

진비 아들이 방어사 식솔들이 머물 동리와 집을 소개했다. 임시로 거처할 원남 금매 골안골(지금의 울진군 매화면 금매리 장정長亭)의 집으로 안내하였다. 진비가 지름길로 가면 금방이라고 했다.

"금매에서 산길 지름길로 가면 금방입니다. 짐을 실은 수레로 넓은 길을 가자니 조금 둘러가지요."

"나야 조용한 곳이면 어디든지 좋지. 그저 거룬강 돈지처럼 강변이었으면 시원해서 좋으련만 산골짝이라 조금 답답할 듯하구면."

진비의 말에 곽재우는 조금 속내를 드러내 보였다. 그는 산골 마을보다는 강물이 흐르는 의령 돈지 같은 강촌에서 은거하기를 원했다. 난리가 끝나고 나면 그런 곳을 찾아가리라 하고…….

낮은 골짜기 안 10여 호가 사는 작은 마을 골안골(후에 장진이 방어사골로도 불리게 된다.)인데 식구들이 살 만한 삼간초가에 길 쪽으로 사랑채도 있었다. 집 뒤에는 대나무밭이 무성하였다.

"이쪽 안지골, 납다무골, 골안골은 골짜기가 깊어 왜놈들이 얼씬도 안 한답니더. 숙부들이 사는 금매에서 가까우니 자주 왔다 갔다 할낀게 네 시킬 일이 있으면 뭐든 시키이소."

"고맙네! 집이 마음에 들구먼. 별로 고칠 곳이 없겠어."

곽재우는 집을 이리저리 둘러보면서 새삼 진비 형제들의 따뜻한 배려에 고맙다고 인사를 했다.

얼마간의 양식을 가태리에서 오면서 당나귀에 싣고 왔으나 함께 온 식솔들이 많으니 얼마 지나지 않으면 모자랄 형편이 뻔했다. 그러니 이곳에서 얼마나 지낼지 모르겠지만 살자면 일용할 양식부터 마련할 방도가 있어야 할 것이었다. 곽재우는 6백 리 타향이고 처음부터 남의 도움을 받아 생계를 이어간다는 생각을 하지 않았으므로 마땅한 호구지책이 필요했다.

"이 근처에 전답이 없으니 농사를 지을 수도 없고 또 전답이 있어도 지금 당장 수확할 것도 없을 테니…… 무얼해야 될꼬?"

아들 곽형이 냉큼 대답했다.

"산에 가서 나무를 해다 장에 팔면 안 되겠습니껴?"

"난리 통에 무슨 나무가 팔리겠노? 아까 들어오면서 보니까 금매 서쪽은 들판이고 동쪽은 산이던데 소나무를 베어 장작이나 만들면 될까?"

동생 재기가 고개를 가로저었다. 곽재우가 동생과 아들을 바라보다가 이윽고 말문을 열었다.

"골짝 산에 산죽은 흔하겠지?"

"아, 예! 산에 산죽 없는 데가 어디 있겠습니까? 그거야 흔하겠지요."

"그래! 그러면 그걸로 뭘 만들어 팔면 되겠구나."

"산죽으로 화살이나 만들지 뭘 만들어요? 전에 진비가 화살을 만들었지만…… 화살을 만들어 뭐 할려고요?'"

"화살이 아니라 삿갓이나 패랭이를 만들자는 거야. 집 뒤에 대밭도 있으니…….”

"패랭이요?"

"삿갓이라니요?"

동생과 아들은 대나무나 산죽으로 삿갓이나 패랭이를 만들자는 제안에 어안이 벙벙해졌다.

"형님! 그걸 만들려면 기술이 있어야지요?"

"내가 전날 돈지에 살 때 진비에게서 패랭이나 삿갓을 만드는 법을 배웠어. 그래 내가 그걸 직접 만들어 낚시할 때 쓰고 다녔구먼."

"아아! 그래서요?"

"진비가 당분간 가태리로 돌아가지 않고 있을 테니 패랭이를 만드는 기술을 너희들이 배우면 될 거야."

"진비에게서 기술을 배워요?"

"그걸 만들어 팔면 어떻겠냐? 우리 식구들이 많으니 대나무와 산죽을 베어다 손질을 해서 삿갓이나 패랭이를 엮으면 되지."

"그, 그거 하입시더. 당장 산죽이 어디 많이 있는지 골안골로 납다무 골로 가보겠습니더."

"저는 금매에서 오자면 지나는 방축골부터 새밭골, 안치골도 살펴보겠습니더."

동생 재기와 아들 형은 당장 산죽이 어디 많이 있나 둘러보러 인근 산골짜기로 갔다. 곽재우는 진비를 불러 자신의 계획을 얘기하자,

"그거 좋은 생각입니더. 대나무 손질하는 거, 삿갓 만드는 법 아주 쉽습니더. 금방 그거 만드는 법 배울 겁니더. 여기서 울진장이 멀지 않으니 장에 가져가면 얼마든지 팔 수 있습니더."

"그래! 대오리 만드는 법부터 여럿에게 가르쳐주게."

"예!"

진비는 신이 나서 당장 집 뒤 대밭에 달려가 대나무를 베어 왔다. 대오리를 만들자면 칼 같은 연장이 필요하다며 아들을 시켜 대장간으로 가서 사 오라 했다.

며칠 후에는 인근 골짜기를 돌아다니며 살폈던 동생과 아들이 산죽을 베어 지게에 가득 지고 왔다.

"곳곳에 산죽이 많이 있습니다."

곽재우는 동생과 아들들이 진비에게서 기술을 배우며 힘을 합쳐 산죽을 다듬고 대나무를 베어 대오리를 만들고 서툰 솜씨였지만 삿갓과 패랭이를 만들었다. 울진에 오일장이 선다니 장에 나가 팔면 될 것이었다. 이씨 부인과 제수씨, 아들과 딸, 조카까지 대나무 손질을 거들어 일하니 집안은 난데없이 죽세품 공장이 되고 말았다. 대청이 좁아 작업하기에 불편해 집 앞 공터에 지붕만 있는 제법 긴 작업장을 지었다. 훗날 방어사가 패랭이를 만들었던 기다란 집이 있었다고 길 장長, 정자 정亭, 장정이라 불리게 되었다고 전해온다.

한 달쯤 지나 모든 식솔이 모여 한창 패랭이를 만들고 있는데 대문간에 선비들이 서너 명 와서,

"방어사 대감 계신가요?"

하고 만나보기를 청하였다.

울진현에서 사는 선비들로 곽재우 방어사가 금매리에 왔다는 소문을 듣고 찾아온 것이었다. 뒤이어 울진현감도 술을 들고 찾아왔다. 곽재우는 현감에게,

"패랭이를 만드는 틈틈이 좋은 산죽을 얻으면 화살을 만들어 보내겠소. 왜적과 싸우는데 있어 화살이 많아야 하오. 황석산성에서 우리 재종숙 곽준 현감과 대소헌 조종도 사형이 화살이 모자라 전사하였지요."

그 후 곽재우는 삿갓과 패랭이를 만들면서 화살 만들기에 알맞은 산

죽을 얻으면 화살을 만들어 울진현에 보냈다. 울진의 명사들이 자주 만나러 와서 곽재우는 외롭지 않았다. 인근에 사는 농사꾼이나 나무꾼들과도 친하게 지냈다. 그들은 삿갓과 패랭이를 만드는 것만 보았으므로 그저 피란 온 양반인 줄만 알았다. 그러다 곽재우가 임란 때 홍의장군으로, 얼마 전에는 방어사란 장군이었음을 뒤늦게 알고서 다들 놀랐다.

훗날 울진에는 방어사가 은거하면서 삿갓과 패랭이를 만들었다는 뜸을 방어사점이라 부르기도 했고 화살을 만들었다는 말이 오랫동안 전해지기도 했다.

유지諭旨, 기복起復 출사하라

곽재우가 식솔들과 함께 울진 금매리로 왔을 즈음 뒤이어 조정에서 두 가지 유지有旨(곧 유지諭旨)가 연달아 날아들었다. 유지는 임금이 신하에게 내리는 글로 일종의 명령이기도 하였다.

임금의 뜻을 전하는 두 가지 문서를 갖고 온 사람은 현풍현감 신초였다. 화왕산성을 지키고 있던 방어사 진영으로 온 유지를 직접 전하기 위해 달려온 것이었다

첫 번째 유지는 두 장으로 9월 초하루와 5일 것이었다.

곽재우가 모친의 상사를 당해 병무에서 물러났음을 모르고 아직 방어사로 있는 줄 알고 내린 글이었다. 관직을 이탈하거나 도망간 자를 잡아서 목을 베어 거리에 내걸 것이니 조사하여 문서로 보고하라는 좀 강경한 내용이었으며 5일의 유지는 도피한 자를 잡아 형틀에 의거 처단하되 죄의 경중에 따라 곤장을 치거나 죄를 용서받아 스스로 나라를 위해 충성을 하도록 하라는 엄명이었다.

두 번째 유지는 그다음 날인 9월 초6일이었는데 기복起復 출사하라는 유지였다. "기복유지 경상우도방어사곽 개책" "우승지金"이 수결해 보낸 것이었다. 방어사 직을 내놓고 물러나 삼년상 상주 노릇을 하겠다는 사직소를 조정에서 받고서 내린 임금의 명령서였다.

부모상을 당했어도 나라의 위기에 상주 노릇은 그만하고 나라를 위해 일해야 하니 상복을 벗고 임지에서 일하라는 명령이 곧 기복이었다.

"허어! 난감하구먼. 경상도의 여러 장수들이 충청도로 돌아가 버려 왜적을 막을 자가 없다니! 그런데 삼년상에 전쟁의 일을 피하지 않는다는 법전을 힘써 따라서 출사하여 임무를 보살펴 나라의 보루로 삼는 조정의 희망에 부응하도록 하라니!"

경상도에 있는 여러 장수들이 모두 충청도로 돌아오고 그곳의 경비는 경卿을 믿었는데 지금 들은즉 상사를 당하였다 하니 극히 놀라웁다. 그러나 경은 애통을 참아서 예법만을 지키지 말고 다시 일어나서 군무를 보살펴서 나라의 기대에 맞추라.

곽재우는 신초가 가져온 유시를 다 읽고 나서 한숨을 쉬었다.

"어쩌겠나? 부모의 상중에는 벼슬을 하지 않는 것이 관례가 아닌가. 그러나 방어사가 3년 상제를 꼭 지내야겠다고 작정을 한 모양이지만 기복 출사하란 임금님의 유지 또한 무시할 수 없지 않겠나?"

"기복 출사가 꼭 능사는 아닙니다. 저의 불손이나 죄가 무거워 재앙이 어머니에게까지 미쳐 세상을 떠나셨으니 불효자이지요. 뒤늦게라도 아들의 도리를 지켜야 합니다."

"난리 통이라 위급한 때여서 모친의 시신을 풀숲에 임시로 매장하고 열흘도 지나지 않아 황급히 피란하느라 제전祭奠도 지낼 틈이 없었으니 얼마나 마음이 아프겠나?"

"제 마음은 죽고 형체만 남은 형편이라 하늘을 쳐다보고 울부짖을 뿐입니다. 그런데 기복 출사하라는 교지를 받게 되니 임금님의 유지 내용이 자세하고 간곡하니 또한 감격하여 목이 멥니다."

곽재우는 착잡한 심정을 신초에게 다 드러내지 못하는 듯한 표정이었다.

"전하께서 자네에게 방어사 직을 맡긴 것이 왜란 초기 왜적을 토벌한 공을 알고 계시기 때문이지."

"이제 저는 쓸모없는 사람입니다. 살이 쪄서 굼뜨고 말을 몰아 적진에 돌진해 왜적을 쳐부술 용력도 없고요. 또 생각도 얕고 짧아져서 형편에 따른 변화를 잘 처리할 지혜도 없습니다. 그저 상중의 슬픔을 무시하고 상복을 숨기고서 왜적과 싸워 나라를 지키려 해보지만……."

"그래! 방어사 자네 마음은 이해가 되지만……."

"상복을 벗고 나서면 도리어 인륜 도덕을 손상시키고 결과적으로 풍속을 무너뜨리는 퇴폐가 아니겠소? 그런 의리로 보아 기복 출사는 할 수 없습니다."

둘은 한참 동안 의견을 토로하였다. 은근히 출사하라고 신초는 권했고 곽재우는 기복 출사는 아무런 이익이 없으니 못하겠다고 버티었다.

"예전 송나라 때 그런 법이 시작되었다고 알고 있습니다만 왜란이 일어나고 나서 조정에 출사한 사람이 많이 있었지요. 그런데 힘과 마음을 다해 충성을 다 한 사람이 몇이나 있어요? 전하에게서 받은 은덕을 잊고 구차스럽게 살기를 도모한 사람이 더 많습니다."

"그렇기도 하지. 기복 출사해 놓고 제 살기에 급급하기도 했어."

"다시 말씀드리지만 그건 아무런 이익이 없는 겁니다. 아니, 지켜야 할 도리가 썩고 무너질 것이니 앞으로 절개를 지키고 의리에 죽을 사람이 있겠습니까? 실로 마음이 아픕니다."

"그러하게. 전하께 올리는 글이나 초草해 주게나. 화왕산성으로 돌아가 권율 도원수께 올릴 수 있게."

"예!"

곽재우는 밤이 늦도록 기복 출사를 사피辭避하는 상소문을 써 이튿날 아침 신초에게 내밀었다. 신초가 읽어보니 어제 둘이서 토론한 말들이 그대로 드러나 있었고 끝부분에 나라를 중흥시킬 계책과 함께 임금께서 백성을 내 몸같이 아끼고 사랑하며 민심 수습을 위해 올바른 정사를 끊임없이 펼칠 것을 간곡한 어조로 적고 있었다.

삼가 원하옵건대 전하!
백성들의 고단한 마음을 아셔서
지난날 허물을 온전하게 고쳐 수습하기를 바라나이다.
백성들의 마음이 튼실하게 되면 하늘의 뜻도 돌이킬 수 있을 것인즉 나라의 중흥 대업도 정한 시일을 기다릴 수 있을 것이옵니다.

초토草土에 어렵게 버티는 상중이라
심신이 어지럽고 헷갈리며 말이 매우 망령되고 어리석으니
삼가 원하옵건대 전하께서 마음에 두고서 용서하고 살펴주옵소서.

사피소를 올린 지 얼마 지나지 않은 11월 초닷새에 또 기복 출사하라는 유지가 내려왔다.

곽재우의 사피의 두 번째 답은,

성지聖旨가 또 내려왔으니 신은 마음이 떨리고 두렵고 민망하고 절

박함에 견딜 수 없나이다.
신이 비록 선행이 없으나 어찌 종군을 두려워하겠나이까?

서두에 그렇게 시작하였는데 자식된 도리를 먼저 쓰고서 상복을 벗고 군무에 종사할 수 없다는 뜻을 간절하게 적은 다음 나라의 중흥책에 대한 소신을 또 피력하였다. 이번에는 기묘사화의 피해자 조광조를 신원한 인종대왕의 마음을 본받아 선조 임금도 지난날의 허물을 뉘우치고 마음 고쳐 나라의 중흥을 이루는 정사를 시행해야 한다고 썼다.

그 시절 신하가 당대에 중요하게 다루어야 할 시급한 일을 임금에게 올리는 진언進言을 흔히 시무時務 상소라 하는데 임진왜란이 일어나기 9년 전에 율곡 이이가 올린 십만 군병 양성론을 곽재우는 기억하고 있었다. 그때 임금께서 십만 군사를 양성하여 각 도에 만 명씩 주둔시켜 변란에 대비하자는 율곡의 시무 십만양병론을 받아들였다면 만시지탄이지만 왜란을 잘 막아냈을 것이었다. 그래서 그는 사피소를 올리면서 신하의 도리를 다한다는 각오로 거침없이 가려서 받아들인다면 곧 실제 자신을 임용하는 것과 같다고 시무를 적었던 것이었다.

끝으로 노둔한 자기는 나라에 충성을 하려 해도 대적大賊이 나타나면 도망가기 바쁠 것이 뻔하니 쓸모가 없을 것이어서 사퇴해야 한다는 간절한 소를 올리고 나가지 않았다.

정유재란은 풍신수길이 죽고 통제사 이순신의 노량해전의 대승으로 왜란은 막을 내렸다.

곽재우는 일 년 몇 달 만에 울진에서 가태리 고향으로 돌아왔다.
지난해 2월, 그의 장인 이로가 정언에 제수되어 한양으로 가다가 김산金山에서 병이 위독해 55세로 세상을 떠났다. 그때 곽재우는 상중이라 문상하지 못하고 있다가 가태리로 돌아오자마자 먼저 의령 처가와 설뫼(所山)에 있는 산소를 찾아가 성묘했다.

가태리에 돌아와 얼마 지나지 않은 선조 32년(1599) 2월 봄에 경상우도 방어사에 제수한다는 교지가 내려왔다. 그는 아직 상제가 끝나지 않았다고 기복 출사를 사양하고 일어나 나가지 않았다. 또 9월에 경상좌도 병마절도사로 제수한다는 교지가 내려왔다. 대상大祥을 지냈으나 아직 달이 차지 않아 담복禫服을 못 벗고 있어 당장 나가지 못했다. 대상을 치른 다음다음 달에 지내는 제사를 담제라 하는데. 담복이란 상중인 사람이 담제禫祭 뒤 입는 옷이었다.

상주가 지켜야 할 예의범절을 다 마친 후 상복을 벗고서야 9월 19일에 울산 임지에 부임하였다. 그는 완벽하게 상제를 마친 것이었다.

제 8 장
영암 유배

한 시대에 쌍이 없는 장수
영암으로 귀양 가다

곽재우 홍의장군 기마상(의병박물관 소재)

제 8 장
영암 유배

한 시대에 쌍이 없는 장수
영암으로 귀양 가다
一代無雙將 靈巖 流配

울산 도산성에서

　1599년 곽재우는 삼년상을 다 마치게 되던 그해 9월에 경상좌도의 군무를 총괄하는 경상좌도 병마절도사로 제수한다는 밀부가 내려왔다. 그러나 10월이 되어서야 가태리에서 겨우 몸을 추슬러서 울산 병영으로 부임하였다. 그러나 병마절도사로 부임한 지 얼마 되지 않아 사직 상소를 올리고 고향으로 돌아오고 말았다.

　현풍현감을 지낸 바 있는 신초는 마침 보성군수로 나가게 되어 가태리의 곽재우를 찾아와 그간의 사정을 물었다. 그러자 곽재우는 고개를 흔들며 단호하게 말했다.

　"부임하여 병영을 순시하면서 점검해보니 내 휘하의 군사들은 100여 명밖에 되지 않았소."

신초가 깜짝 놀라 되물었다.

"무슨 말인가? 절도사 휘하에 군사가 100여 명뿐이라니!"

"도산성을 지키던 군사들이 모두 수군으로 배속되었기 때문이었소. 하도 기가 막혀 도산성 수축도 해야 하고 수군보다는 성을 지킬 육전의 군사를 증강해야 한다는 방어대책을 강구講究하였소."

"옳은 일이네. 아무리 그래도 육전에서 싸워 승리해야 진정한 승부이지."

"이런저런 개선할 점들을 상세하게 작성한 장계를 부임 두 달 만인 12월에 올렸습니다."

"그게 〈청선 도산성장請繕島山城狀〉이란 제목의 상소문이지?"

신초는 고개를 끄덕이면서 잘했다는 표정을 지었다.

"참 나도 좀 무모하기는 했지요. 전에도 주장했지만 나는 그때 수군보다는 육군을 강화하여야 하고 산성을 거점으로 하는 방어를 하여야 한다고 생각했었소. 사실 도산성을 둘러보니 성을 조금만 수축하면 훌륭한 방어거점이 될 수 있었지요. 상감의 뜻과 상당히 배치되는 상소였는가 봅니다. 그러니 장계를 올린 지 달포가 지나도 비답批答이 없고 조정 신료들도 내 뜻을 조금도 받아들일 것 같지 않았지 뭡니까?"

"그래서 사직 상소를 올리고 기다리지 않고 고향으로 돌아오고 말았군."

"나는 화왕산성처럼 높고 험준한 곳의 산성을 수축하고 지키자는 계책을 내놓았지요."

"절도사의 그 말이 옳은 주장이야. 성을 지키지 못하면 강한 왜적들을 어찌 막겠나?"

"지금 난리 바람에 변읍邊邑의 백성들은 칼날에 죽고 굶어서 배고파 죽고 추위에 얼어 죽고 살길 찾아 떠났으니 남아있는 사람이란 10에 3도 되지 못하였지요. 난리가 끝나고 왜적이 사라졌다고 하나 유리걸식하다 나중에 엉금엉금 기어서 고향으로 돌아왔으나 먹을 것이 없으니 살아나갈 방도 또한 없었지요. 그래서 나는 '2, 3년 한정하고 백성들을 건드리지 말고 마음대로 농사를 지어먹도록 하십시오.' 하는 소를 올리기도 했지요. 그런데 내 계책을 무시하고 비답이 없었으니 어쩝니까?"

"참 도산성을 수축하고 지킨다든지 경주 울산 등지의 군사들은 그동안 왜적과 싸운 경험이 많은 사람들일 텐데 그들을 수군으로 보내서는 안 된다고 주청하기를 잘했군."

"글쎄, 내 계책을 실현할 길이 없으니 지극히 민망했습니다. 그래서 병사 직을 사임하는 소를 올렸지요. 내 나이가 마흔아홉 살인데 '벌써 늙어서 털끝이 희었고 몸에 병이 있어 활동도 줄었으니 장차 나라를 욕되게 할 일이 있을까 실로 민망하고 염려됩니다.' 하고 소에다 쓰기도 했지요."

그때 올린 사직소에 병사 직을 수행할 수 없는 이유와 함께 당쟁의 병폐를 냉철하게 비판하기도 하였다.

> 신이 재주도 없는 몸이 병사라는 자리에 올랐으니 지극한 영광이라 한번 죽음을 아끼지 않고 성을 지켜보려 하였압더니……
>
> 얼마 남지도 않은 군사를 수군에 보내니 육군을 거느린 장수는 손을 묶은 것과 같사옵니다. 평시에는 병사라고 자리만 지키다가 만일 왜적이 오는 날에는 도망갈 겨를도 없을 것이니 신은 이것을 부끄러워하옵니다……
>
> 빨리 신의 직책을 갈고 무용 있는 장수를 보내옵소서.

그러나 조정에서는 그의 계책을 들어 주지도 않았으며 다만 사직하지 말라고만 했다.

 사직을 말리는 명에 곽재우는 다시 간절하고 직설에 가까운 사직소를 올리고는 임금의 비답을 기다리지 않고 과감한 용단을 내려 형제와 아들이 살고 있던 현풍 가태 구례동으로 낙향하고 말았다.

 그는 병영에 있을 때 사졸을 사랑하고 경비를 절약하니 모두들 부모와 같이 섬겼는데 떠난다고 하니 섭섭해 마지않았다. 그뿐만 아니라 타고 가는 말 한 마리에 가져갈 물건은 너무나 간소하니 전송하는 사람들이 감탄했다. 그러니 그의 청렴결백이나 강직한 성품이 그대로 드러나는 행장이었다.

 "큰일났구먼. 꼬투리 잡아 내팽개치기 좋아하는 사간들이 그냥 가만있지 않을 걸세. 사직소의 비답이 없이 임지를 떠났으니 큰 죄라 할 거야."

 신초가 앞으로 불어닥칠 강풍을 예견하는 듯 걱정스러운 말을 했다. 그러나 곽재우는 불안한 표정이 없이 담담하였다.

 "글쎄요. 제가 듣기로는 사직 상소의 내용보다는 체임遞任 허락도 없이 자리를 떠났다는 게 더 큰 죄가 아니겠느냐 하는 후문이 있기는 합디다."

 "다아, 사람마다 생각이 다른 거지. 무관은 후임이 올 때까지 떠날 수 없다고 하던데…… 죄인을 만들려고 하면 예전이나 지금이나 옴짝달싹 못 할 올가미 씌울 방도가 얼마든지 있을 테지."

 "너무 걱정하지 마십시오."

 "앞으로 어쩔 작정인가? 솔잎이나 먹는 양생술을 단련할 건가?"

 "솔잎을 먹다 말다 그렇지요. 가태마을 동쪽이 바로 비슬산이 아닙니까? 그래서 솔잎이 많은 산을 찾아왔으니 비슬산 기슭에 있는 용흥사

각료암에 가서 본격적으로 단련할 작정입니다."

그때 아들 청숙淸叔 곽형 형제가 농사를 짓고 사는 곽씨 집성촌 가태 구례동에서 동쪽으로 용흥고개를 넘으면 용흥사가 있었다. 용흥사는 창녕현 성산 안심 골짜기에 있는 큰 절로 각료암이란 암자가 비슬산 남봉 정상 깎아지른 듯한 절벽에 의지해 있었다.

"걱정스럽구먼. 사간들이 조용하기만을 바라네."

"신 군수! 내가 열아홉 살 때 영산의 신인神人이라 불리던 문호장 임 장군과 신 군수를 만나서 좋은 인연을 맺지 않았습니까? 너무 걱정하지 마십시오."

곽재우는 태연자약하게 걱정하는 신초를 바라보았다.

탄핵 죄명은 독만瀆慢

3년 상례를 마치고 경상좌도병마사에 취임해서 관내를 순시하고 난 후 그 결과를 간추려 간절한 마음으로 계책을 작성해 올린 상소에도 비답이 없자 그는 임지를 떠났다. 사직 상소 한 장 올리고서.

1600년 2월, 곽재우가 왕명은 기다리지도 않고 낙향해 버렸다는 경상 감사의 보고가 올라가자 조정에서는 곽재우의 상소와 근무지 무단일탈을 가지고 큰 분란이 일어났다. 일본과 화의를 주장하는 등 장계 내용도 큰 문제였지만, 왕명을 기다리지도 않고 자기 마음대로 낙향해 버렸다는 것이 더 큰 문제라고 떠들었다.

관리가 사직하고 싶을 때는 먼저 임금의 허락을 받아야 하는 것이 통례였다. 특히 그때 법은 변방의 군무를 맡은 병사나 수사水使 같은 무관은 반드시 후임이 온 뒤에 떠나야 했다. 그런데 그는 사직소를 올림과 동시에 자리를 떴으니 기관죄棄官罪라면서 대사헌 홍여순의 탄핵을 받게 된 것이었다.

남명 문하생들이 조정에 많는데 그들은 한때 동문이었던 김효원과의 인연으로 대부분 동인으로 소속되어 있었다. 자연스럽게 곽재우도 동인으로 분류되었는데 그 후 동인이 남인과 북인으로 갈라지면서 이번에는 북인이 되었다. 그러나 그는 당파의 내분이나 싸움을 못마땅하게 여겨서 당파에 적극적으로 가담 활동하지 않았고 초연했으므로 조정 안에서는 친분이 있는 이가 적었다. 그래서인지 그의 상소에 대해서 동조하거나 두둔하지 않았으며 크게 호의적인 사람도 드물었다. 그저 두고 보자는 어정쩡한 관망 태도였다.

항상 그에게 큰 힘이 되어주었으며 일찍 중앙 조정에 진출해 동인의 수장으로 여러 관직을 두루 거친 그의 큰동서 동강 김우옹이 지난해(1599년) 관직에서 물러나 청주에서 한거하고 있었던 때어서 변호에 힘쓰지 못했다. 또 그에게 호의적이었던 오리梧里 이원익 영상도 물러나 있었고 그의 장인 송암 이로는 2년 전에 별세하였으니 적극적으로 그를 위할 변론자는 드물었다.

대사헌 홍여순과 사헌부 감찰이나 장령들은 당장 그의 상소 태도나 장계 내용이 거칠고 거슬린다면서 탄핵해야 한다는 강력한 주장은 거침이 없었다.

"경상좌병사란 사람이 관직에 충실하지 않고 방만하게도 조정 대신들이 당파 싸움에 몰두하여 정사를 등한시한다고 욕설을 하다니! 조정 중신들은 나라에 산적한 문제들인 전쟁 피해 복구에 매진해야 할 텐데 붕당 싸움으로 서로 대립하고 배척하기만 한다 했소."

"어디 그뿐입니까? 실책을 거듭한 영상 이원익을 자리에서 물러나게 한 것을 비난하다니요."

"어진 정승을 물러가게 하고 육군을 증강하려는 자기의 계책도 들어주지 않고…… 또 뭐라 했소? 전란 수습책이라면서 왜군과 화친하는 전략이 필요한데 조정에서는 거론조차 하지 않고 있다니!"

여러 말을 들은 조정 중신들은 당장 곽재우를 체포해 추국할 것을 주장했다.

"그자는 공연히 녹봉만 축내니 그런 감투를 쓸 수 없다고 하더이다. 상감을 비방하고 뭇 조정 대신들을 욕보이는 소리를 하니 아주 방자하고 오만한 사람이요."

"곽재우를 당장 잡아다 국문하여 처벌하여야 합니다."

홍여순 일파가 잡아들여 벌을 주어야 한다고 주장하였다. 선조에게 곽재우의 사직소를 비방하며 '독만瀆慢'이란 '중죄를 지었으니 어찌해야 하겠습니까?' 하고 주달했다.[1]

> 곤수(梱帥)는 이미 중임을 받아 병권을 전제專制하고 있으니 임의로 버리고 가서는 안 되옵니다. 국법이 매우 엄할뿐더러 신하의 의리로 헤아려 보더라도 결단코 감히 할 수 없는 일이옵니다.
>
> 경상 좌수사 곽재우는 적을 토벌해야 하는 의리는 생각하지도 않고 화친을 통하기를 주장하면서 …… 천청天聽을 번거롭혔나이다.
>
> 그리고는 소장을 올리자마자 진鎭을 버리고 집으로 돌아갔으니 그의 교만하고 패려한 죄를 징치하지 않을 수 없나이다. 잡아다가 추국하여 율律에 의거 죄를 정하소서.

---

1 《선조실록》 1600년 2월 29일 "사간원에서 경상 좌수사 곽재우를 추국할 것을 청하니 윤허하다."

"곽재우가 거만하게 법을 흐리고 오만방자하여 상감마마와 조정 중신들을 업신여겼으니 이건 독만이란 죄를 지은 것입니다. 제 마음대로 한 장의 장계만 올리고 상감마마의 허락도 없이 낙향했으니 큰 죄라 아니 할 수 없습니다."

홍여순의 탄핵 이유를 들은 선조는 자신의 권위가 실추되었다고 생각하자 크게 화를 냈다. 분노는 대단했다. 홍여순이 춘추전국시대 공손연公孫衍이나 혜자惠子처럼 세 치 혀를 놀려 죄를 부풀리니 임금이 끔쩍 놀란 것이다. 위魏나라 혜왕처럼 들어주기는 하되 다 헛소리로 태연하게 흘려버려야 하는데 용렬한 선조는 그런 능청스러움이 없었다.

"당장 잡아 올려서 추국하시오."

선조의 명이 떨어지자 그해 3월에 의금부도사가 가태리 집으로 곧장 달려갔다. 아닌 밤중에다 홍두깨라더니 현풍 솔례와 가태마을의 일가친척들이 당황하고 벌벌 떨었다. 그래도 의금부도사는 곽재우가 의병장으로 활동한 이력을 높이 평가하고 있었던 모양으로 포승으로 결박을 한다든지 목에 칼을 채우지 않고 평상복을 입힌 채 압송해 갔다. 스물세 살의 큰아들 곽형이 급하게 포졸들의 뒤를 따랐다.

곽재우의 형제는 5형제로 큰형 재희는 일찍 세상을 떠나 형수와 조카뿐이라 둘째 형 재록이 이 화급한 일을 수습하려 했다. 동생 재지와 재기, 그리고 영산에서 달려온 스물아홉 살의 사위 신응과 몇 해 전 장가를 온 둘째 사위 경수敬修 성이도成以道[2]가 창녕에서 와 다섯이 구례동 재록의 집에 모여 머리를 맞대고 의논했으나 뾰족한 대책이 없었다.

성이도는 하동현감을 지낸 성천유成天裕의 아들로 동갑내기인 곽재우의 딸에게 장가를 오기는 정유재란 어름이었다. 그 시절 결혼을 하면 처

---

2 성이도(1582~1671): 호 두암斗菴. 생원. 90세까지 장수. 창산사 배향.

가에서 일정 부분의 재산을 사위에게 물려주는 풍습이 있었다. 그런데 임진년에 창의하면서 의병을 모으기 위해 부리던 종들은 문서를 불태워 방면하고 전 재산을 털어 응모한 장사들과 그 가족에게 나누어 주었기 때문에 새 사위 성이도에게 물려줄 재산이 전연 없었다. 물려준 것이라 곧 편지 한 통과 양생술이 적힌 문호장의 비서뿐이었다.

> 특별히 나누어 줄 것이 없게 되었다. …… 세속에서 주는 것이 아니지만 …… 부지런하고 착실하게 글을 읽고, 근신하여 몸을 지키고, 어버이를 효도로 섬기고, 임금을 충성으로 섬기는 것이니 (이 말은) 세상을 살아가는 데 있어 많은 노비를 가진 것보다 크지 않겠는가?[3]

어지러운 세상에 과거 공부에 목매달지 말고 비서를 읽고 단련하여 편안하게 살기를 바라서였다. 성이도는 광해 2년, 1610년에 식년시 생원으로 합격하였는데 장인의 양생술을 이어받아 연마하니 아흔 살까지 장수하였다.

그때 곽형보다 나이가 두어 살 적은 동생 곽활은 동석을 했으나 숙부들의 말을 경청할 뿐이었다.

내암 정인홍은 비록 벼슬자리에 나아가지 않고 있었지만 선조 임금의 두터운 신임을 얻고 있었다. 그러나 벼슬을 마다하고 고향에 은거하고 있는 사람이 큰 힘이 될 수 없었다. 정인홍은 합천에 엎드려 있다가 곽재우가 유배에서 풀릴 즈음인 1602년에야 사헌부 장령을 제수받았고 곧 승진하여 대사헌이 되었다.

---

3 《망우당집》에 사위 성이도에게 보낸 편지가 있다.('與女壻成以道書')

기관죄棄官罪와 추국推鞫

곽재우가 옥에 갇힌 지 달포쯤 지나고 나서 임금이 홍여순에게 물었다.

"저자를 어떻게 처벌해야 하느냐?"

홍여순은 또 세 치 혀로 임금을 농락했다. 큰 죄를 지었으니 큰 벌을 내려야 한다면서도.

"곽재우의 거역은 군율에 따라 장 일백 대를 치고 병졸로 강등하여 변방으로 쫓아 보내 군역을 지도록 해야 하나이다."

선조는 고개를 갸웃했다. 누구의 말이 옳은가? 대명률에 따라 겨우 장 백 대에 군졸로 보내겠다니! 임금은 고개를 내저었다.

"안 된다. 짐의 명령을 가벼이 여겨 거역하고 임의로 귀향한 자니 그 정도로는 안 된다. 더 엄한 형벌을 가하라."

"예! 다시 추국推鞫하여 형벌을 논의하겠나이다."

홍여순은 임금의 강경한 태도에 두말도 못 하고 물러났다.

다시 추국이 시작되었다. 달포 전 의금부 옥에 처음 갇혔을 때 보통 죄인이라면 우선 매부터 때려 반쯤 죽이든지 아니면 기를 꺾어놓고 심문을 하는데 곽재우에게는 심하게 매질하지 않았다. 가벼운 형벌에 그쳤다. 이번 추국도 역시 같았다. 다만 죄가 있고 없고가 아니라 임금이 다시 추국하라니 하는 척하며 공초供招를 작성하였다.

"좌병사 영감, 사직소 한 장 달랑 내놓고 도망치듯 임지를 이탈했으니 그 죄가 너무나 무겁소."

곽재우는 조용히 대답했다. 병으로 건강치 못함을 앞세웠다.

"어쩔 수 없었소. 울진에서 모친상 3년을 상주 노릇 하느라 제대로 먹지도 자지도 못해서인지 몸이 쇠약할 대로 쇠약하여 기력이 아주 없었다오. 본시 저에게 담천痰喘이 있어 가래와 기침이 멈추지 않고 또 심열心熱이 있어 담이 가슴을 막고 심열이 심하여 정신이 혼미하여 앞뒤 일을 자주 잊어버리니 어찌 직무를 감당할 수 있겠습니까? 그런데 지엄하신 분부를 자꾸 물릴 수 없어 좌병사 자리에 나아갔습니다."

"아, 그것도 한 달여 미적거리다가 늦게 가지 않았소? 이건 불경죄요, 거만한 태도가 역력하오."

"아닙니다. 제가 쇠한 몸을 추슬러 겨우 갔었지요. 막상 임지에 가서 점검해보니 처리할 일도 많을 뿐만 아니라 도산성을 비롯하여 여러 곳을 순시 확인할 일이 태산이라 무리해서 다니다 보니 그만 업무를 감당하지 못할 만큼 더욱 쇠약해졌습니다. 직책을 감당할 여력이 없어 어쩔 수 없이 몇 가지 계책을 간절하게 적은 장계를 올렸고 이내 사직소를 내고 떠났습니다."

곽재우는 그가 올린 상소문 내용을 다시 말했다. 그러나 장령은 그냥 무시하면서 체직하라는 명이 떨어지지 않았는데 고향으로 돌아간 것을 문제 삼아 추궁했다.

"사직을 허락한다는 명을 받잡지 않은 것은 큰 죄요. 병사가 자리를 무단이탈한 죄는 중죄임에 틀림없다오. 의로움을 들어 적을 물리친다는 거의소청擧義掃淸하여 의병을 일으켜 싸운 그대의 임진란 군공이 아무리 크다 하더라도 상감의 허락 없이 마음대로 돌아가다니요!"

"제가 미적거려 나라를 망칠 일을 저지를까 보아 빨리 물러나면 무용武勇 있는 장수를 골라 신속하게 후임자를 보내주실 줄로 알았습니다."

"그게 될 말이요? 장수가 자리를 비우다니요?"

"지금 왜적이 물러가고 별일 없을 때입니다. 만약 사변이 생겨 급하게 되면 저는 곧바로 갑옷을 입고 칼을 들어 군사들의 선두에 설 것입니다.

구태여 목숨만 건지려고 나라를 저버리지 않을 것입니다."

곽재우의 말은 구구절절 진정이 담겨 있었다. 심문해서 공초를 만드는 장령은 더 할 말이 없는지 다른 것을 물었다. 소의 내용을 물고 늘어졌다. 그는 소의 진정성을 또 한참 동안 설파했다.

"그래, 소를 올릴 때 사직해야만 할 사유만 간단히 적어 올릴 것이지 뭐 한다고 또 다른 상소에 여러 가지 계책을 길게 적어 올려 조정과 상감의 심기를 건드렸소? 왜적과 화친이 어쩌고저쩌고 또 영의정 오리 대감에 대한 쓸데없는 소리는 상감의 뜻에 역하고 간섭하는 소리지요."

"신하 된 자의 도리를 다하자고 한 일입니다. 신하 된 자는 임금님의 잘못이 있으면 간절하게 말씀을 올리는 것이 당연한 일이지요. 국록만 받아먹고 말 한마디 못하는 간사한 자처럼 비위에만 맞는 소리를 한다면 그게 바로 불충이 아니겠습니까?"

"허어! 끝까지 옳다는 주장이구려. 좌병사 영감."

곽재우는 옥중에서 공사供辭를 다시 써 올렸다.

먼저 자신은 용열하고 우매하여 천은을 망각하고 보답하지도 못하고 어리석게도 변성邊城 도산성을 지키려고 했다고 서두에 적었다. 그리고 수성계획을 세운 사유를 다시 적었다.

그러면서,

'심열心熱병이 도져 기침과 토혈吐血로 정신이 혼미해지고 정신이 없어 부득하게 파체罷遞하라는 체직 명을 받지 못하고 서둘러 물러났으니 어리석고 망령된 죄를 지었나이다. 고향으로 마음대로 돌아가게 된 죄는 만 번 죽어도 당연하옵니다.'

라고 적었다. 그리고,

'왜적은 나라의 큰 원수이며 백 세의 미움이며 토적討賊의 대상임에도 어리석은 계책을 진술하여 왜와 화친을 주장한 것은 지극히 우매한 일이었나이다.'고 썼다.

'와신상담하여 전쟁 때 수비守備해야 함에도 망진우계妄陳愚計를 올린 것은 무지하고 어리석고 망령된 말이었으니 어리석고 망령된 죄는 만 번 죽어 마땅하나이다.〔語多愚妄 愚妄之罪 萬死無惜〕'

하고 용서를 비는 공초를 써 올렸다.⁴

옥에서 이순신과 김덕령을 생각하다

곽재우는 한양의 옥에 들어앉아 보니 만감이 교차하였다. 그 비감은 벼슬살이에 대한 절망감이었고 나라를 살리고 지키기 위해 밤새도록 고민하고 성심으로 궁리해내 피땀으로 글자 하나하나 붓으로 써 내려갔던 계책들이 너무나 허무맹랑했음을 실감했다.

그는 어릴 때부터 읽고 공부한 《춘추》를 다시 읽고 싶었다. 그의 학문과 사상의 바탕이 되었던 책이었다. 재록 형과 사위들이 옥에 왔을 때 그 책부터 구해 오라고 부탁했다.

열네 살이 겨우 넘었을 즈음 《춘추》를 공부했다. 읽다가 이해하기 어려운 구절이 있어 숙부 만주재晩籌齋 곽규郭赳에게 물었던 적이 있었다. 그때 숙부는 열네 살 어린아이가 《춘추》를 읽고 있는데 매우 놀랐던 모양이었다.

"벌써 춘추를 읽고 있느냐? 그럼 네가 글의 뜻을 잘 알 텐데 나에게 물을 것이 뭐가 있겠느냐?"

---

4 《망우당전서》 p.229.

하면서 곽규는 조카에게 그 대의를 설명해 주었다.

"춘추는 공자님의 저술로 이 책에 담겨 있는 내용은 단순한 역사적인 사실만이 아니고 사건이나 인물이 예와 명분을 중시하는 공자님의 정치 이념 아래 비판 비평되고 있지. 이걸 공자님의 미언대의微言大義라 하는데 내용이 지극히 간절簡切하여 그것을 해석한 전傳을 또 읽어보아야 원뜻을 이해하기 쉽단다. 나중에 춘추좌씨전을 읽어보아라."

옥중에서 《춘추》를 읽다가 4년 전(1596년) 일이 문득 떠올라 밤잠을 설치게 했다. 왜적의 분탕질이 조금 잠잠해 전투가 소강상태였던 그때 이순신이 백의종군해야 했던 일이었다. 임금님의 처사를 대놓고 비방할 수야 없지만, 옥중의 그에게는 너무나 슬프고 실망스러운 일이 아닐 수 없었다.

삼도수군통제사인 이순신李舜臣 장군이 1597년(선조 30)에 임금의 출정 명령에 응하지 않았다고 하루아침에 파직하고 옥에 가두었던 일이 있었다. 세 치 혀로 모략하고 헐뜯는 무리가 있었으니 용렬한 선조는 파직과 투옥을 명했던 것이었다. 사실 그때 선조는 전쟁으로 민심을 얻지 못했는데 바다의 전투에서 전승을 거둔 이순신이나 창의해 혁혁한 승리를 거둔 곽재우 같은 의병장들은 민심을 얻었으니 그것이 큰 걱정거리였던 것이었다.

거기다 전년에 전라도에서 이몽학의 난이 일어났는데 그 배경에 바로 의병군으로 민심 얻은 의병장들의 역심이 발로된 것이라 선조는 생각하고 있었다. 그래서 곽재우를 비롯한 몇몇 의병장들은 잡아들였다가 큰 죄가 없다면서 얼마 후 방면했으면서도 민심을 크게 얻고 있었던 김덕령 장군은 10여 일 혹독한 장형에 팔다리가 부러져 숙게 하였다. 김덕령은 끝까지 그가 군사를 이끌고 간 것은 반란군을 진압하기 위해서였다고 주장했건만 받아들여지지 않았다.

이순신의 경우도 마찬가지였다. 이순신의 거역은 곧바로 이몽학을 떠올리게 만든 것이리라. 공초에서 누누이 거짓 정보였기에 출병하지 않았다고 역설했건만 받아들여지지 않았다. 모진 고문과 심문에 심신이 죽음 직전에 이르렀을 때 그래도 그의 충심과 올바른 판단이라 옹호하는 사람들이 있었기에 목숨을 보전할 수 있었다. 이원익 우의정 등의 도움으로 간신히 목숨을 구한 이순신은 도원수 권율의 수하로 가서 백의종군하라는 명이 떨어졌다. 그리하여 이순신은 1597년 4월 1일 옥에서 풀려났었다.

사태가 역전되어 원균이 왜군에 패전하여 죽자 그제야 깨달은 선조는 곧바로 백의종군하던 그를 다시 수군통제사로 명했으니 일국의 임금 판단이 명장의 생사기로를 얼마나 좌우하였는지 알 수 있을 것이었다. 만약 원균의 패전이 없었더라면 이순신은 어찌 되었을까? 아마 죄인 취급받아 좋은 전과를 기대하기 어렵게 되었을 것이고 왜군은 순조롭게 자기 나라로 돌아갔을 것이다.

김덕령의 죽음과 이순신의 백의종군이 그럴진대 이제 곽재우 자신에게는 어떤 결과가 내려질지 그는 옥중에서 그 둘을 생각했다. 만약 이순신 통제사가 마지막 싸움인 노량해전에서 왜적의 총탄에 맞아 전사하지 않고 요행히 살아남았더라면…….

— 아마 나와 똑같은 일은 당할 수도 있었을 거야.

곽재우는 극심한 절망감으로 하루하루를 보냈다. 부인 이씨가 옥바라지를 한다고 자주 들락거렸다. 정곤수도 오고 박제인도 친구 안극가도 왔다. 이원익 정승은 인편으로 위로하는 말을 전해 왔다. 또 그가 얼굴도 잘 모르고 만나보지 못했던 관원들도 유명했던 전승全勝의 의병장 곽재우 홍의장군의 얼굴도 보고 한마디 충언을 들으려고 옥으로 찾아왔다. 용사지란의 영웅을 만나보겠다는 소망이 컸던 것이었다. 옥졸들도 정암진의 대승 의병장 천강홍의장군 곽재우를 모르지 않았다. 그게 민심이었다. 죄를 침소봉대한 홍여순과 그 무리를 대놓고 비방하면서 머지않아 무죄 방면될 것이라고 장담하며 위로했다.

그러나 한 달이 지나고 두 달이 지나도 새로운 소식이 없었다. 옥살이 처음에 달려와서 구명운동을 한다고 사방으로 쫓아다니던 형 재록과 사위 신응과 성이도는 지쳐서 고향으로 돌아가고 말았고 아들 곽형과 부인만이 한양에 남았다. 마침 부인의 친정집이 서울에 있었기에 비록 장인 송암이 별세했지만 장모가 살아있어 사위의 옥바라지를 모른다고 하지 않았다. 아들 곽형과 부인이 의지할 작은 집도 마련해주고 양식도 대주어서 둘이서 걱정 없이 넉넉히 지낼 수 있었다.

옥에서 두 달여 지나서야 사헌부에서 나온 장령이 귀띔을 해 주었다.

"장杖 백 대에 장군님을 군졸로 변방으로 보낸다더니 그러지 않고 이제는 귀양을 보낸다는 말이 사헌부 안에서 돌고 있습니다."

"고맙네."

"좌병사 장군님이야말로 괜한 고생이지요. 상감의 훈계 한마디면 끝날 일을 사헌부 그 사람들이 입을 함부로 놀려서 이 지경이 된 겁니다."

"다들 제 할 일이라 생각하였겠지."

"아닙니다. 이건 왜란에 큰 공을 세운 장군님을 모함하고 끌어내리려는 술책일 뿐입니다. 사헌부 내에서 옳은 정신을 가진 관원들은 다 제 생각과 같습니다."

"고맙네. 행여 그 말을 더 떠들지 말게."

곽재우는 또 다른 일이 터질까 말조심을 하면서 부인과 아들에게 곧 귀양을 갈 듯하다고 언질을 주었다.

"어디로 보낸다고 합니까? 눈도 많이 오고 몹시 추운 함경도 같은 데가 아니면 좋겠습니다."

이씨 부인이 물었다. 그는 두 눈을 부릅뜨고 부인을 쏘아보았다. 더 잔말을 말라는 경고였다. 그 소식은 얼마 후 고향으로 전해졌고 모두들 모진 귀양살이를 어떻게 감당할지 걱정을 하게 되었다. 일 년이 될지 십 년이 될지 모를 귀양살이를 견디어내야 할 것이니 그 역시 낭패였다. 그래서 또 형 재록과 사위 둘이 한양으로 올라와 알 만한 관원들을 찾아다니며 수소문하고 하소연을 하였다.

이후 죄인 곽재우를 추국하여 어떻게 처벌했는지 선조실록에는 기록이 없다.

아마 차일피일 시일을 끌다가 선조의 노여움이 누그러지고 또 홍여순 일파도 곽재우의 사퇴가 크게 문제될 것이 없다고 여겼던지 유야무야 세월을 보내다가 귀양을 보내기로 하여 중죄인을 처벌하는 모양새를 갖추게 해 선조의 분노를 잠재운 듯하다.

한 시대에 쌍이 없는 장수 영암으로 유배 가다

초여름이 시작되는 5월 하순, 곽재우는 유배 길에 나서게 되었다. 한성에서 천 리 머나먼 길 전라도 땅 영암이란 곳이었다.

유배 길은 별로 외롭지 않았다. 한양 출입이 잦지 않아 그곳에 지인들이 많지 않았으나 옥중에 있을 때 찾아와 걱정해 주던 관원이나 유배지까지 호송하는 사령들도 다 그에게 호의적이었기 때문이었다. 아들 곽형이 멀찍이 뒤따라오면서 눈치껏 아버지의 건강을 염려하며 호송 군관들의 편의를 살피기도 하였다. 이씨 부인이 친정을 통해 마련한 노잣돈을 곽형에게 넉넉하게 쥐어 주었다.

초계 사람으로 사직서참봉社稷署參奉 뇌곡 안극가가 이별주를 들고 노량진까지 따라와서 그를 위로했다. 안극가는 장인 이로와 셋이서 과거시험을 보러 다녔던 인연이 있었다. 술을 큰 잔에 부어주면서 말했다.

"좌병사! 장 백 대를 맞으면 팔다리가 부러져 병신이 되거나 아니면 장살을 당하기 쉬운데 다행히 귀양으로 결말이 났으니 불행 중 다행일세."

"다아 날 아끼고 도와준 오리 대감이나 어르신들, 친구들 덕분이지요."

"전라도 영암이 얼마나 멀어? 한양에서 천 리가 넘을 텐데?"

"천 리든 만 리든 그곳에 가면 마음 하나는 편하지 않겠소?"

안극가는 왜란 때 곽재우 의병군에 동참해 싸운 용장이기도 하고 정유란 때 화왕산성 싸움에도 함께 동고同苦 참전했었다.

"이제 따신 밥은 먹지 말아야겠다는 생각이오. 오래전부터 담과 기침으로 고생하고 심열이 심하니 이걸 다스리기 위해서는 화식을 않고 벽곡辟穀을 했으면 싶소."

"벽곡이라니? 밥도 죽도 안 먹고 생쌀이라도 씹겠다면 모를까? 벽곡이라니? 솔잎이나 밤 대추를 먹는단 말인가? 그건 신선이나 하는 양생술일세."

"내 건강을 위해 그렇게 해 보려는 거지. 말이 신선이지 어디 신선 되기가 그리 쉬운가요?"

"선술이 어렵다고 하던데 밥도 육고기도 먹고 술도 먹고 솔잎도 먹게. 좌병사!"

"내가 좋아하는 술이야 끊을 수가 없지. 허허허."

안극가의 권에 곽재우는 허허로운 웃음만 보이자 따라 웃고 말았다.

뇌곡 안극가는 효자였다. 임진년 6월, 가동을 거느리고 부친 안기安沂

공이 왜병과 싸우다가 전사하자 그는 아버지 시체를 몸으로 감싸 시신을 거두고 결사 대항했다. 왜병이 그의 효성에 감복하여 마을 앞에 '충효리忠孝里'라는 세 글자를 써놓고 앞으로는 이 동리에 들어오지 말라면서 물러갔다는 얘기가 전해 오고 있었다. 그때 열일곱 살이던 둘째 아들 안철安喆도 전사를 했으니 아버지와 아들을 잃은 슬픔이 오죽했겠는가? 곽재우는 안극가의 의기에 감복하여 더욱 친밀해졌었다.

둘이서 술을 마시며 뇌곡은 이별시를 지어 곽재우에게 주었다.

> 한 시대에 쌍이 없는 장수요
> 삼신산에 기약 있는 사람이로다
> 강호에 두어 잔 술이요
> 시골로 홀로 돌아가는 몸이로다
> 한칼로 위태롭던 세상을 붙들었고
> 선술仙術로 늙는 것을 막으려 하네
> 사양斜陽에 나라 위한 눈물로 떠나는
> 이별 만을 위함도 아닌가 하노라[5]

안극가는 훗날 삼가현감을 지내고 고향으로 돌아가 낙동강과 황강이 합류하는 곳 호호정浩浩亭에 은거하면서 한강 정구, 망우당 곽재우와 교유하며 유유자적 지냈다.

---

5 一代無雙將 三山有約人 江湖數盃酒 鄕國獨歸身
尺劍扶危世 還丹制暮年 斜陽去國淚 不獨爲離筵 《홍의장군 곽망우당》 p. 133.

유배지에서 만난 사람들

세상인심은 언제나 의로운 사람 편이고 내남없이 왜란 때 의병장 천강홍의장군 곽재우를 잊은 적이 없었다.

이순신 통제사는 백의종군할 때 《난중일기》란 기록을 남겼기에 그의 행적을 후세 사람들이 잘 알 수 있었다. 그렇지만 곽재우가 겪은 유배 길이나 적소의 고단하고도 외로운 생활에 대한 기록은 고작 사위 신응에게 보낸 편지 몇 통 외에는 찾을 길이 없다. 다행스럽게도 외손자 신동망과 신시망이 외조부 곁에 살면서 그들의 자형 이도순과 나눈 얘기를 듣고서 《용사별록》에 기록해 후세에 남겼다.

곽재우는 귀양살이 첫머리에서 안극가에게 말한 것처럼 도가道家의 영향을 받아 벽곡 찬송을 다시금 결심했던 것이었다. 곧 유배 생활은 그의 일생에 큰 전기가 되었다. 열아홉 살 때 영산의 신인 문호장에게서 건네받았던 비기秘記 때문인지도 몰랐다. 그 비기는 둘째 사위 성이도에게 전해졌는데 그가 수련하여 90세까지 장수하였다.

선조 33년(1600년) 5월, 곽재우가 가는 유배지는 전라도 영암군[6] 바닷가였다. 월출산이 바라보이는 곳이기도 했다. 적소는 남산리 부암마을이라 불리었는데 인가도 드물었고 고기잡이 어부들이나 지나다니는 한적한 바닷가였다.

유배지 영암에는 보수주인保授主人을 자청하여 곽재우와 함께 바둑을 두면서 적적한 생활을 조금이라도 줄여준 고마운 사람들이 있었다. 보

---

[6] 전남 영암군 미암면 남산리 부암마을. 유배지는 바닷가였는데 지금은 방조제가 생겨 영암호가 되었다.

수주인이란 귀양 온 자를 맡은 아전이나 군교軍校나 드물게 관노官奴인데 고을 원이 정해서 명령하면 유배 온 죄인에게 숙식을 마련해 주고 도망가지 못하도록 감시하는 책임자였다.

"먼 길 오시느라 좌병사 대감 고생 많으셨지요?"

영암 경내에 들어서는 곽재우를 반갑게 맞이하는 사람들이 있었다. 소포嘯浦 나덕명羅德明과 한벽당寒碧堂 곽기수郭期壽란 의병장 출신 양반들이었다. 마중 나온 사람들이 여럿이라 호송해간 도사, 군관들을 뒤따르던 아들 곽형을 어리둥절하게 했다.

"저는 소포 나덕명이라 합니다. 옆의 이 사람은 보수주인을 자청하고 나선 부안군수를 지낸 한벽당 곽기수이고요."

"곽기수입니다. 앞으로 좌병사 상공을 모시고 한세월 지내보려고 합니다."

곽재우는 뜻밖의 마중에 영문을 몰라 하며 인사를 나누었다.

"두 분의 환대에 감사 올립니다. 반갑습니다."

"한벽당은 임란 때 의병장으로 명성을 드날린 홍의장군 곽재우 좌병사께서 영암으로 귀양을 온다는 소문을 듣고 영암군수에게 달려가서 유배인에게 숙식을 제공하겠다고 보수주인을 자원했지요. 군수가 반갑게 허락했고요."

소포 나덕명이 마중 나오게 된 연유를 이야기했다. 한벽당 곽기수가 덧붙였다.

"우리 둘은 바둑 친구로 지내지요. 우선 저기 주막에 들러 목이나 축이고 가시지요."

그들은 길옆에 있는 주막으로 곽재우를 안내하였다.

곽기수는 곽재우 좌병사가 평소 종씨宗氏라 존경하였는데 영암으로 유배 온다는데 너무나 기가 찼으나 한편 반가워 기쁘게 맞이하고 싶었던 것이었다. 곽기수는 그가 사는 제전마을에서 조금 떨어진 부암 바닷가 들판에 자그마한 오두막을 지어 별서別墅로 삼아 여름 한철이면 즐겨 찾았다. 그 초옥을 적소로 내놓겠다고 군수에게 제안했던 것이었다.

나이 지긋한 양반 둘은 곽재우와 호송 군관들에게 술을 한 잔씩 돌렸다. 한 사람은 키가 크고 몸이 건장하여 무인처럼 생겼고 한 사람은 선비풍의 호인好人 같아 보였다. 의금부도사를 지낸 소포 나덕명은 무인이었고 나주향교의 교수와 부안현감을 지낸 한벽당 곽기수는 문인이었다.[7]

"한벽당은 본관이 해미이니 곧 곽 상공의 포산과 같습지요? 우리는 의병장으로 임란 때 학봉 김성일 초유사 대감 휘하에서 습정習靜공 임환林懽 선생과 함께 왜적과 싸웠지요."

"반갑습니다. 소포, 한벽당 선생."

의병장으로 싸웠던 사람을 만나니 곽재우는 반가워 고개를 숙였다. 또 한벽당 곽기수가 해미 곽씨라 하니 곧 포산(현풍) 곽씨인 그와 성姓이 같은 뿌리이어서 더욱 반가웠다. 한벽당이 말했다.

"영암 학산 묵동에는 해미 곽씨가 많이 살고 있습니다. 장차 틈이 나시면 한번 방문해보심도 좋을 듯합니다."

"그래야지요."

곽재우가 고개를 끄덕이자 곽기수는 소포 나덕명에 대한 소개말을 이었다.

"무안 청호리 주룡마을(지금의 무안군 일로읍 청호리)에 사시는 소포 나덕명 도사께서는 본관은 나주요, 호를 귀암龜菴이라 쓰는데 몸집

---

[7] 소포 나덕명(1551~1610), 한벽당 곽기수(1549~1616): 전라도 의병장 출신.

이 우람하고 담력도 크고 성격도 무인처럼 활달하지요. 스물아홉 살 때 (1579년 선조 12) 진사시에 합격해서 의금부도사를 지냈습니다."

곽기수의 말을 받아 소포가 웃으며 손을 저었다.

"그게 마지막 벼슬이었습니다. 벼슬살이가 통 내 성격에 맞지 않아 다시는 그런 자리에 나가지 않았습니다."

"사인士人으로 지내다가 정유재란 때 의병을 이끌고 왜군을 치려고 화순 동복 쪽까지 달려갔는데 그 위세에 겁이 났던지 왜병이 도망갔었지요. 무혈 승리였지요."

소포가 자신에 대한 소개를 자세하게 하며 그 옆에 앉은 한벽당 곽기수를 돌아보며 말을 했다.

"한벽당은 자는 미수眉叟요, 서른한 살 때 사마시 진사과 합격하시고 서른다섯 살 때(1583년 선조 16) 별시 문과 병과로 급제하셨으니 대단한 분입니다. 그 후 호문관 박사, 호조좌랑, 예조좌랑 등 요직을 두루 역임하셨지요."

곽재우는 영암군 관아로 먼저 갔다.

관아에 들렀을 때부터 영암군수의 태도는 유배 온 죄수에 대한 권위적이거나 적대적인 언사도 없었고 호의적이고 혁혁한 공을 세운 경상도 의병대장으로 공대恭待하고 우대했다.

사실 당시 유배는 여러 가지였다. 탱자 가시 울타리 안에 갇혀 살아야 하는 고관이나 왕족의 위리안치圍籬安置부터 시작해 가벼운 죄를 지은 자에게는 가까운 곳에 유배를 보내는데 곧 자원부처自願付處나 본향부처本鄕付處 같은 것이 있었고 중도부처中道付處도 있었다.

한양에서 천리만리 머나먼 함경도, 평안도 또는 경상도, 전라도나 제주도 벽지나 섬으로 귀양을 가면 죽음의 길이어서 살아 돌아오지 못하는 경우도 흔했다. 보통 벼슬아치들의 유배형은 장 백 대에 귀양을 갔는데 장 백 대를 맞으면 적소에 가기 전에 죽기도 했다. 그래서 속전贖錢을 내면 형장의 고통을 면해 주기도 했다.

　영암군수가 위로하는 말을 했다.

　"경상도 사람은 함경도나 전라도로 귀양 보내는데 한양에서 이곳까지 천 리나 떨어진 먼 곳이지만요. 다행스럽게도 경상도와 전라도는 인접하니 멀지 않아 다행입니다."

　"그렇지요. 함경도나 제주도가 아니라 다행이지요."

　영암은 전라도라 경상도와 경계가 서로 접해 있으니 가까운 거리라 생각할지 모르지만 실제로 현풍과 최남단 바닷가 영암과는 700리 이상 멀리 떨어져 있었다.

　유배지에서 죄인의 대우는 지역마다 또 죄수에 따라 조금씩 달랐다. 집을 마련하여 살게 하면서 고을 백성이나 인근 지역에서 양식을 거두어주거나 유배인의 거처 보수주인에게 주기도 하였다. 또 돈을 거두어 곡식이나 반찬 같은 비용으로 주기도 해 의식주 모두 배소配所의 수령이 관리하고 있었다. 그러나 보수주인을 잘 만나야지 아니면 박대를 받으며 고초를 겪기도 했다. 또 형편이 나으면 가족이 따라가 함께 생활하기도 했다.

　유배 기한은 없어 종신이 원칙이니 유배 온 자가 언제 풀려날지 알 수가 없었다. 그저 풀려날 날만 기다리면서 배소에서 세월을 보내야 했다.

　"좌병사 상공. 먼 길 오시느라 노독이 많이 쌓였을 겁니다. 우선 며칠 우리 관아 객사에서 편히 쉬십시오. 적소가 마련되는 대로 그곳으로 가시면 됩니다. 마침 대감을 모실 곽기수 좌랑께서 안내할 겁니다."

　영암군수는 임란 때 곽기수의 의병활동을 크게 말했다.

"한벽당의 의병이 전라도로 침입하려는 왜병을 막아냈다고 해도 과언이 아닙니다."

"저도 한벽당의 거병을 잘 알고 있습니다. 정유재란 때도 의병을 일으켰지요."

군수가 곽재우의 말을 받아 더 크게 떠벌렸다.

"정유재란 때는 습정 임환 대장과 함께 금릉金陵(강진의 옛 이름)에서 의병을 일으켜 예교(지금의 순천 왜성)에서 왜군을 무찌르고 큰 공을 세웠지요.[8] 그 후 부모님 봉양을 위해 외직을 자청하여 부안현감으로 내려왔는데 그마저 최근 일흔 살이 넘은 부모님이 고령이라 사직을 했지요. 지금 임시로 사시는 교거僑居가 낭산朗山[9] 서쪽 석포리(지금의 부암마을)이지요?"

"아아, 거기는 밭이 있어 농막을 지어놓고 봄부터 가을까지 별장 삼아 다니지요. 내가 곽 상공 거처를 제공하고자 하는 곳이 바로 그곳입니다. 나는 지금 안주면(성천면의 옛 지명) 제전梯田에 한벽당을 짓고 부모님 모시고 살면서 책을 읽고 시를 지으며 조용히 삽니다."

인사를 주고받다 보니 한벽당은 마흔아홉 살인 곽재우보다 세 살이 많았고 소포는 한 살 위라 한벽당이 크게 웃으며 친구처럼 흉허물 없이 지내자고 제의했고 그도 그러자고 했다.

---

[8] 《한벽당문집》, 〈금릉창의록〉 참조.
[9] 낭산: 그때 월출산의 이름이 낭산이다. 영암의 옛 이름은 낭주朗州.

바닷가 부암에서의 유배 생활

농막 근처 부암마을에서 남송정 씻밭등까지 일대 2~3만 평의 밭이 있는 들판은 바로 곽기수의 소유였다. 별장 삼아 봄부터 가을까지 금릉에서 가끔 오가며 책을 읽거나 친구들을 불러 바둑으로 소일했다. 농사철이면 일꾼들도 머물렀고 그도 농사 감독을 위해 자주 가서 며칠씩 지내기도 했다. 군수는 귀양 온 사람에게 숙식을 제공하고 감시해야 하는데 그 일을 이곳 유력자에게 떠맡길 수 있었으니 일거양득이었다. 귀양을 오는 곽재우에게 후한 인심을 쓰면서 편의도 제공하는 인정을 베풀 수 있게 되었으니 참 좋은 일이었다.

한벽당의 농막이 있었던 곳은 지금은 인가가 있는 부암마을이나 그때는 어부들이나 드나드는 한적하고도 황량한 바닷가를 낀 들판이었다. 최근 그 바다도 영암호 둑이 생겨 들이 되기도 해 예전 모습을 찾기 힘들어졌다. 한벽당의 손자 취원당聚遠堂 곽성구가 후에 그 터에 집을 다시 새로 지어 모원재라 편액하고 할아버지께서 망우당의 거처를 제공하고 교유했음을 기억하게 했다.[10]

천 리 유배길의 노독이 풀리기를 기다리며 객사에 머문 지 며칠이 지났다. 아들 곽형이 아버지 곁에서 떠나지 않고 주막에서 오가면서 간호하며 안위를 걱정했다.

"걱정하지 말아라. 마침 한벽당이 바닷가 집을 적소로 제공한다 하니 잘되었지 뭐냐?"

---

10 현풍(해미) 곽씨 계공랑 카페(곽기수 16세손 곽상종조사) 영암 취원당기 해설과 망우당 유배지 조사 참고.

"농막을 찾아가 봤습니다. 바닷가 언덕에 있는 집인데 사방이 확 트여서 풍광은 좋기는 합니다만 겨울이면 바닷바람이 세답니다. 그리고 동리 사람들 얘기로는 그 넓은 집터에 예전에는 큰 부자가 살았답니다."

"큰 부자라니? 농막 근처 논밭이 모두 한벽당 소유라 하던데?"

"예. 수만 평 되어 보이는 들판인데 엄청 넓고 농사가 잘될 땅인 듯했습니다. 그런데 예전에 부잣집 늙은이가 그곳에 살았는데 재물이 많다고 소문이 나서 어느 해 화적이 와서 불을 지르고 집안사람들을 죽이고 분탕질을 쳐 결국 망했다고 얘기합디더."

"도둑 떼가 난리를 쳤구나."

"지금도 그 집터 근처에서 기와나 사기그릇 깨진 것도 나오고 그렇답니더. 쟁기로 밭을 갈면 흔히 나온답니더."

"집은 어떻더냐?"

"아이구, 오두막집치고는 3간이라 그럴듯해 보였습니다만 지붕이 너무 낮아서 기어들어 가고 나와야 하는데 허리를 펴고 살 형편은 아닙디더. 지붕도 언제 이엉을 이었는지 쌔까맣게 썩어 비가 줄줄 샐 듯했습니더."

십여 일이 지나자 노독도 풀리고 거처할 오두막집도 사람이 살 만하게 수리를 마쳤다고 하여 객사에서 부암 바닷가 집으로 옮겨갔다. 첫눈에 뜨인 것은 열 그루가 넘을 듯한 복숭아나무가 북쪽 언덕에 숲을 이루고 있는 것이었다. 나무마다 복숭아가 열려 익어가고 있었다. 그리고 앞쪽에 바다로 흘러가는 시내가 있는데 그곳에 네다섯 아름이나 될 속이 빈 고목과 그보다 조금 작은 느티나무 두 그루가 무성하게 잎을 달고 서 있어 여름 한철 그 그늘에서 보내면 좋을 듯하였다.

"고목에 가지와 잎이 무성해 마치 햇빛을 가리고 있어 푸른 덮개(青蓋) 같아 보이지요?"

그곳을 안내해 갔던 곽기수의 말에 곽재우도 고개를 끄덕였다.

"저도 그런 생각이 듭니다. 사방을 둘러보니 정말 환하군요."

"이 집 언덕이 그리 높지는 않지만 한눈에 바다와 네 고을의 경계와 백 리 밖을 모두 볼 수 있으니 별서를 나 혼자 취원당이라 부르기도 합니다. 현판을 걸지 않았지만…… 산과 바다 사방 풍경과 천태만상의 좋은 것 놀라운 것들이 모두 돗자리(几席) 틈으로 보이거든요."

"취원당이라? 좋은 당호입니다."

"그런데 들 복판이라 여름에는 모기가 많습니다. 모깃불을 피우고 지내야 할 겁니다. 쑥을 뜯어서 말려 태우면 좋지요."

"허허허! 별걱정을 다 하십니다. 한벽당."

따라왔던 나덕명이 거들었다.

"바둑판도 가져오고…… 저 앞 시냇가 고목의 그늘이 좋아 여름 한철은 더위를 피할 만합니다. 그래서 한벽당이 앉아 놀 수 있도록 그곳을 평평하게 만들어 벽간정碧澗亭이라 이름도 걸었습니다. 또 바다가 바로 앞이니 낚시도 자주 다니시면서 세월을 보내면 좋을 듯합니다."

"그러잖아도 바다를 보니 낚시를 자주 해야겠다는 생각이 듭니다. 용사지란 전에 살았던 곳 의령 돈지마을이 바로 낙동강과 남강이 합류하는 지점 강가라 잉어니 붕어니 하는 민물고기를 많이 낚았지요."

"여기는 바다니 광어나 우럭, 감성돔 같은 게 많이 잡힙니다. 회를 쳐서 먹으면 맛이 그만이지요."

곽기수는 곽재우가 불편함이 없이 지내도록 만반의 준비를 해 두고 있었다. 오두막집 옆에 또 움막 같은 작은 초막을 급히 지었는데 그곳에 자기 집 늙은 노복老僕 내외가 와서 살림을 살면서 시중을 들도록 조처했다. 새로 세간도 들이고 뿐만 아니라 옥살이와 귀양길에 오르면서 의복이 먼지와 땀에 절어 남루해져 있었는데 새 의관衣冠과 신발을 마련해

주었다. 방에는 간소한 서가와 탁자를 새로 들였고 지필묵도 갖추어 놓았으니 사람 사는 데 큰 불편이 없을 듯하였다.

일단 취원당 초막에 머물게 되자 곽재우는 아들을 집으로 돌려보냈다. 농사철이라 일이 많은 시기이기도 하지만 이곳 영암 배소의 상황을 일가친척에게도 알리고 또 한강과 내암에게도 알려야 했기 때문이었다.

한 달쯤 지나 뜻밖에도 이씨 부인이 스물한 살 되는 둘째 아들 곽활과 힘깨나 쓰는 젊은 머슴과 함께 나타났다. 현풍에서 거창 함양을 거쳐 육십령 고개를 넘어 지리산을 지나 남원으로 돌아 전라도를 관통해 수백 리 길을 허위 단심 달려왔으니 몰골이 말이 아니었다. 그는 반가우면서도,

"아니! 뭐 하러 왔소? 그 험하고 먼 길을 오다니! 부인이 보다시피 난 건강하오. 마침 이곳에 우리 종씨 어른을 만나 큰 은혜를 베풀어주어 편하게 지내게 되었소!"

하고 좀 퉁명스런 핀잔을 주었다.

그러거나 말거나 이씨 부인은 아들과 머슴이 함께 이고 지고 왔던 보따리를 풀어놓으니 옷가지와 버선 가죽신 벼루와 붓 책 같은 물건들이 쏟아졌다. 또 평소 아침저녁 활쏘기를 즐겨 했던 그의 활과 화살, 전통 箭桶도 또 거문고도 가져왔다.

"그리고 이제 나는 따신 밥 먹지 않으려고 하네. 솔잎 먹으려고 하네. 그러니 자네가 내 옆에 있을 필요가 없어요. 또 한벽당이 보내준 늙은 노비 내외가 같이 살고 있으니 아무런 걱정이 없으니 돌아가시오."

경상도 남자가 좀 감정 표현을 잘 하지 못하고 퉁명스런 소리나 잘 한다고 평이 나 있지만, 그도 처자식에 대해서는 근엄하고 항상 바른길을 가도록 단속했을 뿐 정이 담긴 소리는 마음속에 담아두고 살았다.

적소謫所에서 편지를 쓰다

며칠 지나지 않아 아들을 고향으로 돌려보내면서 이씨 부인도 따라가게 했다. 곁에 있겠다고 고집을 부리는 걸 귀양 온 자가 가족을 데리고 살 수 없다고 딱 잡아뗐다. 그때 부인이 임신 중이라 무거운 몸으로 유배지에서 지낼 수 없었기 때문이기도 했다. 그 후 부인은 집으로 돌아가서 몇 달 지나지 않아 다섯째 아들 곽목郭沐을 낳았다.

곽재우는 형님과 동생, 사위들 그리고 그의 안위를 걱정할 지인들에게 귀인을 만나 건강하고 편하게 유배 생활을 하고 있으니 안심하라는 여러 통의 안부편지를 들려서 아들과 부인을 보냈다.

그즈음 한양 소식을 곽기수가 듣고 달려와 전해주었다.

"지난달 6월에 이항복 영의정께서 귀양 가 있는 좌병사 상공을 석방하여 등용하라고 임금님께 상주上奏했다고 합니다."

"……."

"비변사에서도 전라도에 유배된 좌병사 곽 상공과 박명현朴名賢 등은 뛰어난 능력의 소유자이므로 잔약孱弱한 보堡에서 한가롭게 지내도록 하지 말고 파격적인 조치로 해진海陣으로 보내라고 했다고 합니다."

옆에서 듣고 있던 나덕명이 말을 이었다.

"뭐라 했소? 배 한 척씩을 거느리고 주장主將에게 소속되게 하는 것이 좋겠다고요? 하여간 비변사 그 사람들도 정신이 없지. 육전에 능한 분을 수군으로 보낸다니! 말도 안 되는 소리들!"

"임금님께서 그것이 안 된다고 하셨다오. 정배定配된 죄인인데 수군의 영장으로 삼으면 이는 죄인에게 상을 주는 거나 다름없다고 하셨답니다."

그것은 선조 임금은 여전히 영암에 유배된 사람 곽재우에 대한 큰 노여움을 풀지 않고 그대로 지니고 있음을 여실히 보여주고 있다 하겠다.

"허어!"

나덕명은 곽기수의 말에 탄식했고 곽재우는 한숨만 쉬었다. 말이 없었다. 임금님의 허락이 떨어지지 않았다 하였으나 마음에 동요가 없었다. 벼슬살이는 이제 원하지 않았다. 앞으로 마음 편하게 먹고 벽곡에 전념하려 할 뿐이었다.

그는 벽곡을 하기로 마음먹고 우선 끓인 음식부터 줄여 나가기로 하였다. 늙은 하인과 함께 산으로 다니면서 솔잎을 따고 삽주 뿌리도 캤다. 솔잎과 삽주를 말리고 가루로 만들어 물로 반죽하여 하루에 한 번쯤 먹기 시작하였다. 먹을 만하였다.

"점점 몸이 쇠약해지는 듯한데 그리 잡숫고 어찌 견디겠습니까?"

마침 고향으로 가는 사람이 있어 여러 통의 편지를 써 들려 보냈다. 고향에서도 편지가 인편으로 여러 통 오기도 했다.

그해(경자년) 8월 사위 백희 신응에게 편지를 보냈는데 이씨 부인에게 퉁명스럽고 냉담한 듯한 태도와는 달리 정이 깊고 자녀를 걱정하는 아버지의 따뜻한 마음이 완연히 담겨 있었다.

서로 멀리 떨어져 있어 소식을 전하지 못했구나. 그간 평안한가 늘 마음이 걸리네. 다들 건강이 어떠한지 미심쩍어 줄곧 그리운 생각[向慕]이 끊이지 않구나.

나는 겨우 붙어 있는 목숨[殘喘]에 의지해 보전하고 있는 때라 탄(아들) 등은 안부를 가늠하기 어려우니 참으로 걱정스러워 마음이 편치 못하구나[可慮]. 종과 말이 하나도 없으니 데리고 오고 싶지만 어찌하겠는가.

그리고 신백강辛伯剛(신응의 형), 배자장裵子張(배대유의 자字) 형제

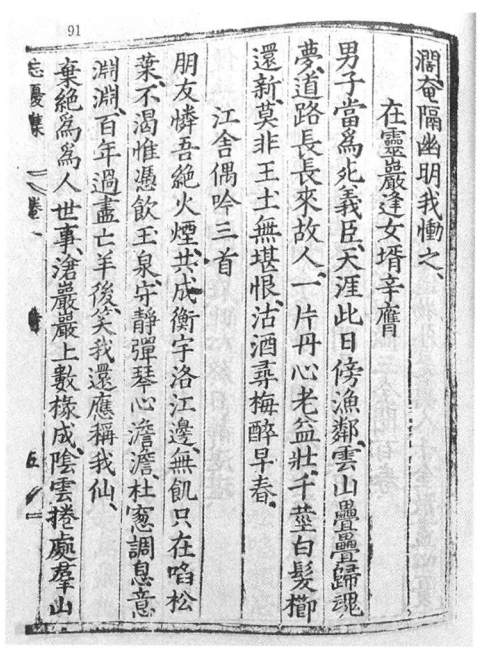

영암에서 사위 신응을 만나다

와 어진 계씨李氏 모두 별 탈 없이 잘 지내고 있는지 안부를 전해주게. 현풍에 가는 문안 편지도 전해주기 바라네.[11]

편지글 끝에 "갑자기 이별하게 되니 소슬한 가을바람에 고향 생각이 끊이지 않는다."고 소회를 적어 영산으로 돌아가는 사람 편에 보냈다.

장인의 편지에 걱정이 되었던지 그해 가을에 사위 신응이 다녀갔다. 불편함이 없는지 이리저리 살피고 며칠 장인 옆에 지내다가 영산 원천으로 놀아갔다.

---

11 與女壻辛伯禧膺書 / 庚子八月 日 在 靈巖謫所(국역: 소설가 승만석).

그때 그는 시를 한 수 지어 사위의 손에 쥐어 주었다.

>남자가 의신義臣으로 죽는 게 마땅하지만
>하늘 끝 먼 시골 이제 어부를 이웃해 사네
>높은 산에 구름이 첩첩하니 혼이 꿈속에서 돌아가고
>멀고 먼 길인데도 오랜 친구 찾아온다네
>
>일편단심은 늙을수록 더욱 굳세지고
>천 줄기의 백발은 빗을수록 더 희어지네
>나라님 땅 아닌 곳 없으니 한스러움 참을 수 없고
>술 사서 매화 찾으니 이른 봄에 취하누나
>
>"영암에서 사위 신응을 만남"[12]

그해 11월에 쓴 편지는 더욱 가족을 그리워하고 걱정하는 마음이 역력하게 나타난다. 신응과 결혼한 그의 딸이 곧 아들을 낳았음을 알린 사위의 편지에 기쁨을 감추지 못하고 답장을 보내기도 하였다. 또 이듬해 (1601년 8월, 선조 34 신축년)에 사위에게 보낸 답장에도,

"천 리 길이 막혀 있기에 소식이나 편지가 끊어져 있던 차에 홀연히 수찰(손편지)을 받으니 마치 얼굴을 바라본 듯 기쁘고 위로가 되네."

하고 편지를 주고받은 기쁨과 답답한 유배 생활의 애환을 내비치기도 하였다.[13]

---

12 男子當爲死義臣 天涯此日傍漁隣 雲山疊疊歸魂夢 道路長長來故人
　　千莖白髮櫛還新 莫非王土無堪恨 沽酒尋梅醉早春 －在靈巖逢女壻辛膺.
13 사위 신응이 보관해 있던 편지와 시를 둘째 아들 신시망이 《망우집》 편찬 때 실었다.

적벽정에서 와룡 선생과 대국하다

일 년이 잠깐 사이에 흘러갔다. 겨울이 다 지나가도록 한양에서는 귀양을 푼다는 소식이 없었다.

아니, 곽기수가 또 다른 소식을 전해주기도 했다.

"지난 2월에 비변사에서 장계를 올려 변방의 방어가 시급하므로 파직되었거나 소임을 다해 물러나 있는 무인들을 등용할 것을 청했다고 하네. 그 명단에 곽 상공도 들어 있었다고 하네."

"그 역시 임금님께서 고개를 저으셨겠지. 한벽당?"

옆에 있던 나덕명이 실망한 표정으로 물었다.

"그래, 곽 상공이 재략이 출중하고 전쟁이 있으면 큰 힘을 쓸 인물이라고 천거를 했건만!"

시내 곁 느티나무 고목 그늘 벽간정에서 셋이서 바둑을 두면서 조정에서 일어난 일들을 얘기했다. 벌써 봄이 무르익어 고목의 가지에 연녹색 잎이 무성해졌다.

"이번에도 상감의 노여움이 풀리지 않은 듯하구먼. 여직 소식이 없는 걸 보니까."

나덕명이 한숨을 쉬면서 탄식하는 소리를 했다.

"당세 제일의 명장을 유배지에서 썩게 하다니! 마음대로 계책을 펼칠 수 있게 합당한 자리를 제수하여 군무를 담당하게 해야 하는데 말이요."

"와룡 선생! 너무 비약했습니다. 버거운 자리를 맡으면 용렬한 제가 무슨 감당이 되겠소?"

"문제는 신하들의 방해도 있지만, 임금님의 의병장 출신 무관들에 대한 질시 어린 무시가 더 크지요. 곽 상공을 계속 변방의 실세 없는 외직

만 맡겨 억지로 벼슬살이를 하게 했습니다. 전사하신 이 통제사 장군도 마찬가지였지요. 통제사의 큰 승전으로 민심을 얻자 임금님이 시기했던 것처럼 곽 상공에게도 마찬가지로 홀대하고 있지요."

나덕명의 탄식에 곽재우는 말이 없었고 옆에서 듣던 곽기수는 고개를 끄덕였다.

"나라를 위해 생명을 바친 충신들에게 그 공로를 인정하고 합당한 벼슬을 제수하고 임금님 곁에 불러 중책을 맡겨야 합니다."

"아직껏 왜란 때 공신에 대한 포상이 없으니 이거 어쩝니까?"

취원당 좀 높은 곳 바닷가에 벼랑이 있었는데 그 바위가 넓적하였다. 동리 사람들이 그곳을 삼국지에 나오는 적벽대전 때의 절벽과 비슷하다고 적벽정赤壁亭이라 불렀다. 세 사람은 흔히 그곳에 나가 바람도 쐬고 바둑을 두기도 했다. 그러면서 곽재우는 나덕명이 삼국지에 나오는 유비의 책사 제갈공명처럼 재주가 있고 세상을 보는 눈이 남다른 것에 감탄하여 그를 와룡 선생이라 불렀다. 적벽정이 있으니 와룡 선생이 있어야 한다고 주장했던 것이었다. 와룡 선생 나덕명이 사는 동리에서 주룡강(지금의 영산강)을 배로 건너다니면서 곽재우와 회포도 풀며 바둑을 두기도 하고 시를 읊기도 하는 등 교유하면서 한가롭게 지냈으니 삼고초려하러 올 유비 같은 인물이 또한 있을지도 몰랐다.

"날 와룡 선생이라 부르니 곽 상공께도 마땅한 아호雅號가 있었으면 좋겠소. 며칠 전에 상공이 시를 짓다가 둔 초고를 보니 '망우선자忘憂仙子 망우와忘憂臥'란 구절을 얼핏 보았는데 그 구절이 참 상공의 마음과 일치하는 듯하였소. 세상 근심 잊어버리고 신선 망우가 누웠구나."

곽기수가 와룡 선생 나덕명의 제안에 손뼉 치며 좋아했다.

"망우선자라…… 그거 참 좋은 아호요. '논어 술이' 편에 그런 구절이 있지요? '발분망식發憤忘食하고 낙이망우樂以忘憂'라 공자님께서 제자 자로에게 말했지요. 상공이 안빈낙도 즐거움에 잠겨 갖은 시름을 잊으니 우리 셋이라도 지금부터 상공 아호를 망우忘憂라 그렇게 부릅시다."

곽재우는 수긍도 부정도 않고 웃기만 했다. 그 당시 글줄깨나 읽고 시를 짓는다 하는 유학幼學이나 선비라면 젊은 시절부터 으레 아호나 별호를 갖기 마련인데 그는 그러지 않고 있었다.

"좀 고집이 있는 듯했소."

"나이도 들고 벼슬자리도 높은 곽 상공이 젊었을 때 부르던 자字만 고집해서야 안 됩니다. 이제부터 망우라 우리부터 아호를 부릅시다."

날마다 바둑판을 들고 다니기 귀찮다면서 적벽정 바위에 곽기수가 그의 노비를 시켜 쇠꼬챙이로 바둑판을 그리게 했다. 셋은 그곳에서 바둑을 두며 한가로운 세월을 보냈다.

"바로 이것이 신선놀음이 아닌가? 세상 근심 다 잊고 지내니 곧 망우 선자로세."

곽기수의 말에 와룡 선생 나덕명도 동의했고 곽재우도 그렇다고 고개를 끄덕였다.

곽기수는 곽재우가 활쏘기를 즐겨 왔다는 이야기를 듣고 초막 곁 언덕에 간이 활터를 만들어 주었다. 그는 아침이면 활을 들고 나가 마음이 후련해질 때까지 오십 순이고 백 순이고 시위를 당겼다. 간혹 세 사람이 모여 과녁을 향해 활을 쏠 때도 있어 지난날 왜적과 싸우던 의병장들의 면모가 되살아나기도 하였다. 그는 귀양을 온 다음부터 끓인 음식이나 오곡을 점점 먹지 않으면서 벽곡을 하기 시작해 솔잎을 먹고 있었다. 이는 불로장생을 위해 몸과 마음을 편안히 하고 병에 걸리지 않게 단련하는 것으로 곧 양생술養生術을 하기 시작한 것이었다. '망우선자 망우와'란 시 한 구절을 초고에 써 놓은 것도 속마음의 반영이기도 하였다.

4월 하순에 또 곽기수가 한양 소식이 적힌 편지를 들고 와서 읽었다.
"한양에서 편지가 왔구먼. 지난 3월 하순에 경연이 있었다 하네요. 그때 지사知事 윤두수 대감이 상감에게 강력하게 곽 상공을 유배에서 풀어 등용해야 한다고 말씀을 올렸다고 합니다. 곽 상공은 당초에 큰 잘못이 있다 할지라도……."
곽기수는 편지에 적힌 윤두수 대감의 말을 그대로 줄줄 읽었다.
"성을 지키고 적과 대결함에 있어서 군졸이 그를 부모와 같이 믿고 적을 두려워하지 아니하며, 그는 또 청렴하고 검소한 사람으로 병사가 되었을 때 자기의 비용을 절약하여 군졸이 모두 기뻐하였습니다.……"[14]
그는 다음 얘기가 궁금해서 읽고 있는 곽기수를 눈여겨 바라보았다. 곽기수가 편지를 읽다가 빙그레 웃었다.
"왜 웃으시오?"
나덕명이 묻자 곽기수가 고개를 끄덕이며 말을 계속했다.
"몽촌 김수 대감이 그날 특진관特進官으로 참석했던 모양인데…… 임진년에 곽 상공과 불화가 얼마나 심했소? 그때 민심도 돌아서서 몽촌 대감의 처사가 성급하고 어쩌고 하며 인심도 잃었고 또 왜적과 싸우지 않고 도망 다녔다는 비난도 면치 못하였지요. 그런데 이번에 입시하여 윤 대감의 말을 거들어 곽 상공을 하루빨리 유배에서 풀어 등용하시라고 주장하였답니다."
"허어? 그래요? 사실 그때는 불화했으나 초유사 학봉 김 대감과 장인 (송암 이로) 어른 덕분에 서로 오해를 풀고 화해했었소."

---

14 紅衣將軍(기념사업회 발행) p.107 / 《선조실록》, 권135, 34년 3월 17일(을묘).

곽재우의 말에 와룡 선생 나덕명이 한숨을 내뱉었다.

"여직 풀어주라는 어명이 없는 걸 보니 이번에도 틀린 듯하오. 몽촌까지 나서서 용사지란 때 망우공의 공적과 그때의 경상도 사람들의 평판을 거론했는데도 묵살된 듯하오!"

"아무래도 이 초옥을 뜯고 번듯한 집으로 개축을 해야 할 것 같소. 유배 생활이 길어질 모양인데 망우공이 거처하기에 너무 비좁고 불편하니 말이요."

"한벽당! 그럴 필요가 없소."

곽기수의 말에 곽재우는 손을 내저었다. 지금 살고 있는 오두막집이 비록 지붕이 낮고 집이 협소하여 불편하기야 했지만 그를 위해 개축을 하겠다니 그럴 수가 없었다.

"아니요. 재목을 준비해 뒀다가 겨울이 지나면 번듯한 집을 지어야겠소. 그리고 취원당이라 현판도 번듯하게 걸고요."

선조 임금의 불신이나 냉담은 변함이 없었다. 그리고 그 1, 2년 후에 있었던 공신 책봉 때도 곽재우나 또 다른 의병장들의 전공을 높이 평가하지 않았던 것이니 임금의 마음은 차가웠고 유배 생활도 한정 없이 길어질 것이 뻔했다.

그는 이른 아침 활쏘기를 계속하면서 어부들과도 잘 어울려 그들이 잡아 온 생선을 가져오면 회를 쳐서 같이 술을 마시기도 하였다. 또 마을을 지나 묵동치墨洞峙란 고개를 넘어 성전못 부근으로 산책 다니기도 했고 곽기수, 나덕명과 셋이서 좀 멀리 있는 낭산(월출산)을 오르기도 했다.

전설 같은 이야기가 묵동마을에 지금도 전해지고 있다. 당초 동리 이름을 구리 동銅자를 써 묵동墨銅이라 기록했다고 한다. 그 연유는 높은 벼슬을 한 분이 인근 마을을 산책할 때에 관인의 꼭지에 다는 검은색 끈인 인수印綬에 구리로 만든 인장을 허리에 차고 다니는 것을 마을 사람들이 흔히 보았다고 하였다. 그 소문이 널리 퍼졌기 때문에 동리 이름을 먹처럼 검은 도장 끈(인수), 구리 도장이란 뜻의 묵동墨銅이라 썼다고 전해오고 있었다. 지금은 세월이 흘러 마을 동자를 써 묵동墨洞이라 표기하지만…….

제 9 장
망우선자

망우선자가
근심 잊고 누웠네

망우정 전경

제 9 장
망우선자

망우선자가 근심 잊고 누웠네
忘憂仙子 忘憂臥

양생술을 본격적으로 만나다

무더위가 기승을 부리던 칠월, 곽기수가 수염이 길고 얼굴이 맑고 허연 도사풍의 방갓을 쓴 사람을 데리고 취원당 초옥에 나타났다. 나덕명도 싱글벙글 웃으며 뒤따라왔다. 나덕명은 오랜만에 온 것이다. 보름 전에 광주에 볼일을 보러 간다면서 사라지더니 이제야 나타난 것이었다.

"망우공! 광주에 갔다가 그대와 마음이 통할 만한 사람을 만나 같이 왔소."

나덕명의 말에 곽기수가,

"소포 보고 내가 모셔오라고 했소. 망우공과 서로 통하는 점이 많아 서로 만나보면 참 좋을 듯하여서……."

하고 생색을 내는 듯한 말을 했다.

도대체 어떤 신분의 인사이기에 곽기수가 크게 반기며 내세우는지 궁금했다. 우선 손님을 마루에 오르도록 안내를 하고 늙은 노비 영감에게 송엽차를 내오라고 했다. 자리에 좌정하며 서로 맞절을 하고 나자 나덕명이 방갓을 벗은 사람을 먼저 소개했다. 눈썹 부근이 환하고 이마가 넓어 신선 같은 풍모를 지녀 범상한 인물이 아님을 한눈에 알 수 있었다.

"이 분은 광주 석보촌石堡村에 사시는 국서國舒 김영휘金永暉라는 분이시고…… 이쪽은 진작 소개했듯이 좌병사를 지낸 망우 곽재우 상공이시오. 서로 나이가 비슷할 겁니다."

곽기수가 다시 나덕명의 소개말에 덧붙였다.

"국서는 평생 문을 닫아걸고 세상을 멀리하며 양생 수련을 하시네. 수련가의 법을 좋아해서 은일자隱逸子로 소문이 널리 났지요. 망우공이 이곳 영암에 유배 와서 양생 수련으로 벽곡을 하고 조식을 하려 하는데 국서와 만나 대화를 하면 큰 도움이 되지 않을까 해서 모셔오라고 했네."

국서 김영휘가 곽재우의 손을 잡으며 반가워했다.

"곽 영공을 이렇게 만나 뵙게 되어 영광입니다. 만약 영암으로 귀양 오시지 않았으면 우리가 어찌 만날 수 있었겠습니까? 인연이 아닐 수 없습니다."

"맞습니다. 국서 선생! 귀한 인연이 아닐 수 없어 더욱 반갑습니다. 어제 그제 책을 보면서 양생술을 나 혼자서 궁구窮究하고 수련하려고 하였으나 서툴고 모르는 것이 많아 심오한 경지에 이른 분을 만나 배우고 익히고자 했는데…… 정말 반갑습니다. 국서 선생."

곽재우는 양생술의 은일자를 만나게 되어 너무나 반갑고 감격해 체면

도 없이 국서 김영휘의 두 손을 마주 잡고 좋아했다. 양생술에 관해 깊이 아는 것이 없어 배워야 할 처지였는데 마침 나이도 비슷하니 터놓고 지내고 싶었다.

그가 유배 생활을 하면서 점점 도교적 수련을 하려고 마음먹게 된 이유를 얘기했다.

"제가 젊은 시절 문호장이란 이인異人으로부터 비기 한 권을 얻어 읽은 적이 있는데 그것이 바로 신선이 된다는 양생술을 적은 책이었습니다. 남명 스승님의 영향이 컸지요. 논어를 배우며 수학하던 시절 스승님은 위백양의 《주역참동계周易參同契》¹를 바탕으로 한 "신명사도神明舍圖"를 그려두고 경의사상을 가르쳤지요. 그 후 《참동계》나 《포박자抱朴子》란 책도 구해 읽었습니다만……."

"허어! 이인을 만나다니…… 그거 참 기이한 인연입니다. 예전 진나라 때의 은사隱士였던 황석공이 하비下邳에서 장량에게 강태공의 병서를 남모르게 전해주었지요. 장량이 그 병서를 읽고 깨우쳐 한고조를 도와 개국공신이 되었지요."

"제가 어찌 장자방에 비할 수 있겠습니까? 언감생심입니다."

"장량이 후에 벼슬자리에서 물러나 벽곡을 하며 은거하였으니 어쩌면 영공도 그러할 듯합니다. 곽 영공께서 그간 오곡을 먹지 않는 벽곡도 하고 내단을 수련하며 호흡 조절법인 복기腹氣 조식調息도 한다 하니……."

"아니요. 이제 시작이라 하다 멈추다 미숙합니다."

"정신수련인데 세상 사람들이 오래 수련을 하면 장생불사나 신선이

---

1 《주역참동계周易參同契》: 도교사상 관련 중국 책으로 2세기경 오吳나라 사람 위백양魏伯陽이 지은 내단비결內丹秘訣. 책명의 뜻은 그의 사상이 《주역》과 같은 원리이며 뜻이 통하고 대의가 합한다는 것이다.

된다 하고 떠듭니다. 구겸지의 신천사도를 보면 예도를 제일로 삼고 복식(복약법)·폐련(명상법)·복기(호흡법)·도인(안마법)·벽곡(식이법) 등의 장생술이라 했지요."

구겸지寇謙之(365~448)는 중국 북위北魏 숭산의 도사로 뒷날 단학이라 불리는 내단수련을 강조했던 사람이었다.

둘은 그날 밤을 새워가며 위백양의 주역참동계나 갈홍의 포박자, 구겸지의 '신천사도新天師道'에 대해서 논하고 실제적이고도 실체적인 벽곡, 복기, 조식의 수련방법에 관해서 묻고 대답했다. 그는 국서의 시범을 보고 따라 하며 익혔다. 며칠간 그들은 적벽정 바위 위에나 취원당 마루에서 술을 마시며 오랜만에 마음이 서로 통하는 지기를 만나 장생술에 관해 얘기를 나누며 같이 수련을 하였다.

김국서는 떠나면서 '술에 취해서 곽 영공의 좌하에 시 두 수를 지어 올린다'란 제목의 시를 큰 소리로 도도하게 읊었다.[2]

그는 곽재우 영공이,

'시경과 서경을 읽은 장수로 제일의 공훈이 있으며 영준한 재간은 누구보다 훨씬 뛰어났으며 위대한 기개는 호걸 영웅'이라 '명성은 세계에 전파되었다.'라고 찬탄贊嘆하고,

이어 '왜적을 방어한 정암진 승전은 심부름꾼이나 하인(卒)들도 그 공로를 안다.' 하면서 임금이 그것을 모르고 가벼이 여기고 있음을 탄식하였다.

곽 영공이, '만리 국경의 장성이며 기세는 웅장도 하다'고 하고서 '후에 강호에 돌아가 벼슬을 마다하고 은거하는 처사의 기풍을 보네.'하고 끝을 맺었다.

---

[2] 《대동야승》 제54권 기옹만필 참조. 《망우당전서》 권5 p.376 곽재우에게 보낸 김영휘 시 醉呈郭令公座下 二首 참조.

유배가 풀리다

　임인(1602년) 봄이 되자 곽기수는 와룡언덕(臥龍邱)의 취원당 초옥을 개축했다. 언제 끝날지 모를 곽재우의 유배 생활에 비좁고 너무 불편할 듯한 집을 헐어서 새로 지었다.
　지난가을에 재목을 가져다 놓았고 해동하기 전부터 준비하더니 날씨가 따뜻해지자 그를 잠깐 부암마을 민가로 이사를 시킨 후에 집을 지었다. 개축 공사는 달포도 걸리지 않았다. 집터 땅이 단단하여 다지지도 않고 주춧돌을 놓았고 껍질을 벗긴 둥근 원목을 그대로 써 기둥을 세우고 대들보와 서까래도 걸쳤다. 삼간집은 전과 마찬가지로 동향인데 방은 전보다 넓고 동서로 봉창이 있고 마루도 넓어졌고 방문도 커졌다. 그런데 바닷가라 바람이 세다면서 전보다 지붕은 조금 높아졌지만, 추녀는 여전히 낮았다. 명색이 별서이니 기와를 얹지 않고 산기슭에 많이 나는 억새 이엉으로 지붕을 이으니 집이 검소해 보였다. 〈취원당〉이란 당호가 새겨진 현판을 추녀 끝에 달면서 낙성식을 겸한 술자리를 가졌다.
　"남쪽 방은 햇볕이 잘 들 테니 날씨가 서늘하면 가운데 방에, 따뜻하면 동편 방에 거처하면 될 겁니다. 만약 이 집에 오래 머물면서 망우공이 양생술을 단련한다면 병도 없어질 것이요 오래 사실 수 있을 거요."
　곽기수의 말에 와룡 선생 나덕명이 더 즐거운 표정이었다.
　"아침에는 동쪽 문을 활짝 열어 돋는 해를 맞이하고 저녁에는 서쪽 문을 비스듬히 열면 지는 해와 황혼을 바라볼 수 있으니 취원당이라 부를 만합니다."

　그런데 집이 완공되고 부암마을 민가에서 취원당 새집으로 이사를 한

지 얼마 지나지 않아서 영암군 관아의 이방이 해가 질 무렵인데 나졸 두어 명과 함께 나타났다. 그러고는 자기 경사인 듯 기쁜 표정으로 유배가 풀렸다고 전했다.

"유배를 푼다는 명령이 한양에서 내려왔습니다. 상공 나리. 역시 임금님께서 나리의 무죄를 용인한 듯 방면한답니다. 반갑지요?"

곽재우는 뜻밖의 전갈에 기뻐하거나 놀라지 않고 담담하게 받아들였다.

"고맙소이다. 군수께 감사하다고 전해주십시오. 그간 관에서 여러 가지로 저를 배려해 주신 덕을 잊지 않겠습니다."

"고향으로 돌아가실 때 관아에 들러 함께 술이나 한잔하고 가시라고 군수께서 말씀하셨습니다."

"고맙소이다. 그때 들르지요."

유배가 풀렸다는 소식에 곽기수나 나덕명이 반가워하면서도 한편 서운하다고 두 손을 잡고 이별을 아쉬워했다.

"조정에서 무슨 변화가 있었나 보오. 그런데 유배만 풀렸지 벼슬자리는 말이 없었구려."

"고향에 돌아가면 좋은 소식이 그쪽으로 가겠지요."

"벼슬에 대한 미련은 없습니다. 이제 고향으로 돌아가면 큰사위가 사는 낙동강 가에 여기 취원당처럼 초막을 짓고 솔잎이나 씹으면서 살아야지요. 그간 두 분께 큰 도움을 받아 감사드립니다."

"아니요. 그간 바둑에 활쏘기에 낚시에 담론하고 시를 지으면서 좋은 세월을 망우공과 함께했으니 우리에게는 크게 즐겁고 잊지 못할 추억이지요."

1602년 1월, 남명의 수제자인 내암 정인홍이 사헌부 장령으로, 곧 승진하여 대사헌이 되었다. 곽재우의 유배 생활이 끝나는 시기도 바로 이 때여서 드러난 기록은 없으나 정인홍이 알게 모르게 영향을 준 것이라 곽기수와 나덕명은 미루어 짐작하였다. 햇수로는 3년에 영암 유배에서 풀려나니 그의 나이 51세였다.

영암 유배지에서 현풍 가태리 구례로 돌아오자 곽재우는 영산현 원천 圓泉(지금의 창녕군 도천) 요강원에 사는 큰사위 신응에게 취원당과 비슷한 집을 요강원 창암에 지어달라고 했다. 그곳은 낙동강 강변 절벽으로 그가 열아홉 살 때 영산의 신인 문호장을 만나 양생술이 적힌 비기를 받은 곳이었다. 또 용사란 때 문암 신초 의병장과 함께 김해에서 올라오는 왜군을 맞아 쇠나리와 요강나루 사이 산과 들판에서 접전을 벌여 승전했던 곳이기도 했다.

강사를 짓는 동안 그는 가태리에서 동쪽으로 십 리쯤 떨어진 용흥고개를 넘어 비슬산 남쪽 봉우리에 있는 각료암으로 가서 본격적인 벽곡을 하며 수련에 몰입하였다.

몇 달 지나지 않아 창암의 강정江亭이 지어지자 그는 각료암에서 내려와 거처를 옮겼다. 세상과 인연을 끊고 장생불사 양생술養生術 수련에 거문고와 낚시로 세월을 보내려 강정에 〈망우정忘憂亭〉이라 편액하였다. 화식을 끊고 솔잎을 먹는 벽곡 찬송餐松하면서 숨을 길게 내쉬고 마시며 호흡을 조절하는(요즘의 단전호흡과 같은) 복기 조식을 단련하는 시 〈강사우음江舍偶吟〉을 읊기도 하였다.

   벗들이 연화煙火를 끊은 나를 안타까이 여겨
   낙강 변에 조촐한 정자를 함께 지었네

배 주리지 않음은 다만 솔잎을 먹기에
목마르지 않음은 오직 옥천玉泉 마시기여서네[3]

고요하게 거문고를 타니 마음은 담담하고
문 닫고 조식하니 뜻은 맑고 깊네
한 백 년 지낸 뒤에 망양을 탄식하며
내가 신선이라 일컬음이 도리어 가소롭기만 하리[4]

망우선자忘憂仙子 망우와忘憂臥

영암의 유배 생활을 하면서 벼슬살이의 허무함을 깨달은 곽재우는 양생술을 단련하면서 세상 근심을 잊으려 했다. 시름을 잊고자 낙동강 창암 절벽 위에 정자를 짓고 망우정이라 현판을 걸고 망우란 당호堂號를 쓰며 은거했다. 스스로 망우선자忘憂仙子가 근심 잊고 누워 지낸다(忘憂仙子 忘憂臥)고 시를 읊었다.

아래는 장강이요 위쪽에는 산인데	下有長江上有山
망우정사가 그 사이 있네	忘憂亭舍在其間
망우선자가 근심 잊고 누웠으니	忘憂仙子忘憂臥
밝은 달 맑은 바람 맞대어 한가하네.	明月淸風相對閑
	(망우정 원운原韻)

---

[3] 朋友憐吾絕火煙* 共成衡宇洛江邊 無饑只在啗松葉 不渴惟憑飮玉泉*
　*煙火: 화식火食, 끓인 음식. *玉泉: 침(약물), 침을 삼키는 양생술의 한 가지

[4] 守靜彈琴心澹澹 杜窓調息意淵淵 百年過盡亡羊*後 笑我還應稱我仙 一江舍偶吟.
　*亡羊: 망양탄, 망우당 시집《강정으로 돌아오다》pp.74~75 참조.

망우정은 조촐한 삼간집으로 마루에 방이 두 개 있고 사립문에 샛대(억새)로 엮어 만든 울타리라 이웃집들과 다를 게 없어 보였다. 문 옆 매화나무 한 그루에 꽃이 피어 있었고 그 옆의 자미화(배롱나무)는 가지가 앙상했다. 고성 이씨 부인은 아들 탄灘, 목沐과 함께 안채에 기거하면서 살림을 살고 있었다.

인근의 선비나 의병군으로 함께했던 사람들이 찾아오거나 만남은 끊이지 않았으나 언제나 조심스러웠다. 강 건너 사는 두암 조방이나 인근 원천의 문암 신초와 배대유, 부곡의 덕암 이석경, 외재 이후경과는 자주 왕래하며 친하게 지냈다. 또 정유란 때 조전장이었던 김충민이 바로 옆 쇠나리에 별서를 짓고 살면서 자주 찾아왔다.

망우정에 젊은 선비들이 많이 찾아와 곽재우에게 스승으로 배움을 청해도 응하지 않았다. 제자나 다름없이 망우정을 수시로 드나드는 온정리(釜谷)(지금의 부곡면)에 사는 이석경의 조카인 스물세 살 젊은 선비 자수子粹 이도순李道純[5]에게는 달랐다. 사위 신응이 이도순을 사윗감으로 점찍고 좋아했기 때문이었다. 부곡의병장으로 임진란 때 곽 장군 휘하에서 싸운 덕암 이석경을 비롯해 부곡의 여러 선비들이 성주의 정한강 제자였는데 이도순도 한강 문인이었다. 이석경은 망우정을 드나들며 부곡의 젊은 선비들도 대동하고 와서 교유交遊하고 있었다.

"하늘이 준 소임을 다했으니 이제는 유유자적하며 월야탄금에 낚시로 시름을 잊으련다. 어떤 빌미를 줘서는 안 되느니……."

이도순에게 넌지시 은거하는 그 뜻을 말했다.

---

5 이도순李道純(1585~1625): 자는 자수子粹. 호는 모재慕齋. 망우당의 문인이자 외손서. 망우정을 물려받음.

그에게는 큰 근심이 있었다. 나라에 대한 걱정과 수심. 그래서 그 시름을 잊고자 망우선자라 자칭하며 망우정이란 현판을 창암정사에다 달았던 것이었다. 바로 그는 알게 모르게 오래전부터 선조 임금의 주시를 받고 있었기 때문이었다. 의병장 출신들에 대한 임금의 의심은 눈엣가시처럼 사라지지 않았다.

사위 신응이 지은 요갱이 창암의 강사에 망우란 당호를 붙이면서 은거하기는 1602년(선조 32)이었다.

임금은 계속 벼슬을 내리며 그를 불렀다. 1604년(선조 37) 봄 찰리사, 5월에 선산부사, 8월에 안동부사, 10월에 부호군, 11월에 상호군, 이듬해 또 찰리사, 충무위 사정, 동지중추부사로. 3월에는 임금이 불러서 하는 수 없이 찰리사의 직책으로 상경하여 한성부 우윤을 명 받았다. 한성부는 수도의 행정과 사법을 맡은 관아로 우윤은 종2품 벼슬이었다. 더 사피辭避할 수 없어 맡아야 했다. 한성에 올라가 벼슬살이를 최초로 한 것이었지만 궁궐 안 임금 측근에서 자주 뵈는 조정의 문관은 아니었다.

공교로운 일은 바로 경상감사였던 김수가 한성부 좌윤으로 있어 상면하게 된 것이었다. 김수가 누구인가? 곽재우가 임란 초기에 경상도 의병장과 선비들에게 '왜적과 싸우지 않고 피해 다니기만 한 죄인이니 죽여야 한다'고 통문을 돌렸던 그 타도 대상이 아니던가? 또 김수는 곽재우가 역적이니 죽여야 한다고 상소를 올렸고 초유사 학봉 대감의 해명 상소가 잇달아 올라가 겨우 무마되었다. 그렇지만 일촉즉발 위기로 살벌했던 두 사람의 관계는 그간에 풀린 적이 없었다.

두 사람의 조우는 긴장감이 흘렀다. 그런데 뜻밖에도 김수가 손을 내밀었다. 그는 그때의 일을 잊은 듯 원망하거나 싫어하는 표정이 없이 덤덤한 자세를 가지고 있었다.

"곽 상공! 오랜만에 만났구려. 지금에 와서 생각해 보면 그때 영공이

했던 일은 정말 정의로운 일이었소. 의거나 다름없었소."

곽재우도 김수의 말에 조금 긴장을 풀고 대답했다.

"나라에 충성하고자 한 일이 서로 상충하여 벌어진 일이라 괘념치 마시오."

"아아! 상공도 그리 생각하니 다행이오. 앞으로 친하게 지냅시다."

그런데 얼마 지나지 않은 4월에 병이 심하다는 사유로 물러나 망우정으로 돌아왔다. 8월에 인동仁同현감에 제수되었으나 부임하지 않았다.

좌의정이며 도체찰사 오리梧里 이원익李元翼 대감이 망우정을 방문한 것도 그해 가을이었다. 곽재우가 한성부 우윤으로 있을 때 이원익과 자주 만나 더욱 친밀해졌으며 속마음을 털어놓은 편지를 주고받는 사이가 되었다.

정유재란 때 곽재우가 화왕산성을 방어하려고 할 때 충주에 있던 이원익 체찰사가,

"군사가 적고 몹시 위태로우니 외로운 성을 나와 다른 곳으로 옮기라."

하고 걱정을 하며 파진罷陣하기를 권했던 일이 있었다.

그때 물러서지 않고 산성을 굳게 지켜냄으로 재란 이후에 이원익은 방어사 곽재우의 능력을 높이 평가했다.

이원익 도체찰사는 주로 성주의 경상도 체찰사영에서 군사를 지휘했는데 순무巡撫 중 김해로 가는 길에 망우정을 들렀던 것이었다. 키가 작고 병약했던 오리 이원익은 곽재우가 끓인 음식을 먹지 않고 솔잎을 먹는 벽곡 찬송을 걱정했다.

"망우! 내가 어릴 적부터 몸이 허약하여 고뿔을 노상 달고 살았네. 망우도 병을 핑계로 벼슬자리에서 물러났지만, 밥을 먹고 고기를 먹어 몸

을 추슬러서 나라를 위해 일하는 것이 곧 신하의 도리네."

"신하 된 도리는 항상 자신의 잘못을 성찰하면서 임금의 역할에 대해서도 살피고, 임금의 잘못이 있으면 간언하여 바로잡아야 한다고 생각합니다. 또 자신의 상소가 실현될 가능성이 없거나 맡은 바 직책이 도리에 합당하지 않다고 판단된다면 물러나야 한다고 저는 확신하고 있습니다."

이원익은 망우정에 하루를 머물면서 가을 달을 바라보며 술을 마시면서 곽재우와 사심 없이 나랏일을 걱정하는 충심을 서로 나누었다. 떠나면서 그는 시 한 수를 남겼다.

> 속세 사람 신선들과 길이 각각 다르거니
> 나는 영화 부귀 구하는데 그대 몸은 여위고 외롭구나
> 의취意趣가 서로 따르는 곳을 알고자 하니
> 때마침 가을 달 밝고 술 한 동이 놓였구나.
>
> ─망우정[6]

이원익은 이듬해(1608년) 가을에 곽재우의 편지에 대한 답장을 보내왔는데 인정이 넘치는 편지에 고맙다면서 몸조섭을 잘해서 건강하라는 정감 어린 내용이었다.

> 가을바람은 서늘하고 가을 달은 밝은데 병든 이 사람은 이리저리 거닐며 남쪽을 바라보니, 새처럼 날개가 없어 창강(창암)에 날아가 선

---

[6] 塵客仙曺道自殊 我求榮達子枯孤 欲知意味相從處 秋月明時酒一壺
(이원익의 시 〈망우정〉, 《창녕군지》 상, p.319.)

생의 맑은 모습을 만나보지 못하니 유감스럽구려. 공의 서신에 담긴 뜻이 은근하여 세 번이나 되풀이 탄식하며 그리운 마음을 달랠 수가 없구려.

생生은 병이 오래되어 낫지를 않고 지금까지 죽지 않으며 지리支離하게 살고 있소. 이 지경에 스스로 슬퍼하고 스스로 웃을 뿐이오…….

곽재우는 이원익의 편지를 읽고서 희미하게 웃었다.
'오리 대감은 병을 핑계하지만 오래 사실 거야. 삼정승을 두루 거쳤으니 대궐 같은 기와집에 사실 만도 한데 초가삼간에 검소하고 욕심 없이 사시니 청백리로 알려졌으며…….'
그의 예상대로 오리 이원익은 광해, 인조까지 삼대로 영의정을 지냈고 여든여덟 살까지 장수했다.

"사실 선조 임금님은 너무했어! 후세 사람들은 의병장들이 혹시나 역모를 일으키지나 않을까? 지레 겁을 냈다고 하지만……."
사위 신응은 이도순을 만나면 지난해 있었던 공신책록이 부당했음을 토로하곤 했다.
"난이 끝난 지 4년 후쯤인가. 공신들에 대한 공적 조사를 시작할 때는 빙부 어른의 함자가 이순신, 권율, 이원익 등등 25~26명과 함께 일등 선무공신 대상으로 올라 있었지."
"홍의장군의 눈부신 의병 활약으로 경상우도가 온전하게 전화를 피하게 되었다는 공적이었지요?"
이도순의 응답에 신응은 분을 삭이며 투덜거렸다.
"그런데 누구는 어쩌고 하며 논란이 1년 내내 벌어지더니 이듬해 어찌 되었는지 아는가? 자수(이도순의 자字), 자네는!"

"당연히 우윤 상공께서……."

"아니야! 선무공신녹권에서 빙부 어른 성명 석 자가 쏙 빠져 버렸지 뭔가?"

"허어! 그런 일이 어딨습니까?"

2년(1606년) 후인 지난해 4월에야 선조 임금은 곽재우를 선무원종공신 1등으로 공신녹권에 올린다고 했다.

"전년에 행한 논공행상이 공정성을 잃었고 당파적이었다는 여론 때문이었지. 그런데 선무공신이 아니었어."

"선무공신 아니라니요?"

"그 공신을 돕고 따라서 공을 세웠다는 '원종'이란 말이 덧붙은 공신이었어."

"아니! 우윤 상공의 공적이 축소 왜곡되고 말았네요."

이도순은 신응의 탄식에 같이 안타까워했다. 신응은 젊은 선비 이도순을 장래 사윗감으로 점찍어 놓고 있었다. 임진년 난리 나던 해 태어난 큰딸과 맺어지기를 바랐다. 그래서 이도순이 망우정에 오면 붙들고 얘기하기를 좋아했다.

이도순은 사촌 형 이도유(1566~1649), 배대유 아들 배홍우와 배홍록 형제, 강 건너 함안에 사는 동갑내기 조임도趙任道와 함께 친하게 지내면서 글도 읽고 망우정에 수시로 들락거리며 망우 곽재우의 말동무도 되었고 낚시도 따라가고 어쩌다 주인이 낚시하러 가고 강사가 비면 홀로 지키기도 하였다.

이른 봄날 망우정에 온 손님들

왜란이 끝난 지 8년, 1607년(선조 40) 이른 봄,

"동망아! 이제 집에 가자. 잉어 두어 마리 건져 올렸으니 됐다."
강물에 드리운 낚시를 건져 올리며 외할아버지 곽재우가 웃으며 외손자에게 낮게 말했다.

낚시하며 쓰고 있던 패랭이를 벗어 손에 들고 배에서 내렸다. 정유재란이 끝나갈 무렵 모친상을 당해 울진으로 가서 삼년상을 치르면서 그가 패랭이를 만들어 팔아 생활했었던 일은 널리 소문나 있었다. 망우정에 온 이후 그는 손수 패랭이를 만들어 낚시할 때면 쓰고 다녔다.

동망이라 불린 열두 살 소년은 사위 신응의 아들인데 곽재우의 서동이자 낚싯배 사공이기도 하였다. 글도 가르치고 예의범절도 가르치며 외손자 훈육에 그는 재미를 붙이고 있었다.

곽재우의 큰사위 자字가 백희인 신응은 올해 나이가 서른여섯 살로 영산현의 세족世族 영산 신씨 자손으로 장인을 따라 의병군으로 싸우기도 했다. 일찍이 글공부도 하고 무예도 익혀 군공으로 의영고義盈庫 봉사가 되었다. 그는 부모로부터 물려받은 전답이 있어 머슴을 셋이나 부리며 망우정 동쪽 뜸에 살고 있었다. 대부분 전답이 원천 들판 쪽에 있었다. 큰사위로서 장인어른을 가까이 모시고 사는 셈이었다. 망우정에는 장모 고성 이씨가 사는 안채가 있어 처남 내외나 처제들이 수시로 내왕하면서 곽재우의 수발을 들며 살고 있었다.

동망은 귀한 손님들이 망우정을 찾아온다는 것을 알고 있었다. 그래서 더욱 기대에 부풀었다.

낙동강 가 망우정이 지어진 지 5년 만에 반갑고 귀한 손님을 맞이하게 된 것이었다. 당대의 거유巨儒로 널리 알려진 한강 정구가 조카사위 여헌旅軒 장현광張顯光과 함께 성주에서 출발해 망우정을 방문하겠다는 통지가 와 있었다.

창녕현감과 함안군수를 지낸 정한강은 창녕과 함안에 친한 선비들과 제자가 많았다. 한강은 통천군수로 있을 때 의병을 일으켜 왜군과 싸웠다. 또 조정에서 곽재우 의병장에 대한 비방과 모함이 많았는데 선조가 곽재우 인물됨에 대해 한강에게 묻자,

"곽재우는 작은 진鎭만을 맡아 싸우기에는 보다 큰 그릇입니다."

라고 대답하여 남명 후배 문인인 곽재우를 변호하였으며 각별한 사이였다.

한강은 이십 몇 년 전 함안군수로 있을 때 도흥진道興津나루(지금의 함안군 대산면 부목리)에서 배가 가라앉아 고령에서 싣고 온 비석 돌을 빠트린 일이 있었다. 자맥질 잘하는 사람을 동원해서라도 뒤져 찾기 위해 오겠다고 함안에 사는 올해 59세의 선비 입암立嚴 조식趙埴[7]에게 연락이 온 것이었다. 입암은 한강이 함안군수로 있을 때 친밀해진 사이였다. 그의 아들 간송澗松 조임도는 친구 이도순과 동갑인 23세로 글공부에 열중하고 있던 여헌 문인이었다.

창암에 은거 중인 곽재우에게도 망우정을 방문하겠다고 통기해 왔었다.

입암은 한강과 여헌이 오겠다고 하자 함안 영산 창녕 인근의 선비들과 의논하고 사우회師友會를 갖자고 통지했다. 예전 한강이 함안군수로 있을 때 낙동강을 오르내리며 뱃놀이를 즐긴 적이 있어 배를 띄워 노래

---

[7] 입암 조식(1549~1607): 함안 선비. 낙동강 합강정의 간송 조임도(1585~1644)의 부친.

도 하고 시를 지으며 하루를 즐겁게 보내고자 하였다.

 한강과 여헌이 온다는 날, 아침 일찍 말을 타고 나타난 사람은 곽재우의 지기知己인 영산현 원천에 살고 있는 보성군수를 지낸 문암 신초였다.
 뒤이어 칠원 반구정에서 조각배를 타고 강을 건너온 사람은 훈련봉사 두암 조방이었다. 조두암은 칠원웃개(지금의 함안 진동마을) 나루 동쪽 자그마한 바위(작은 제왕담) 옆에 집을 짓고 반구정伴鷗亭이란 별서別墅 현판을 붙이고 지냈는데 바로 강 건너편 망우정과 마주 보고 있었다. 조방은 뱃놀이를 주선하는 입암 조식의 아우여서 한강을 맞이하여 안내하기 위해 온 것이었다.
 "일찍 오셨습니다. 어서 안으로 드십시오."
 대문간에서 신초와 조방을 맞은 사람은 곽재우의 장남 곽형이었다. 그 뒤에 동생 곽탄郭灘이 허리를 굽혔다. 곽형은 현풍 가태리에 살았고 동생 곽탄은 어머니 이씨 부인과 함께 망우정 안채에 살고 있었다. 곽형은 한강과 여헌이 온다는 소식을 듣고 현풍에서 달려온 것이었다.
 곽형이 동생 활과 함께 사는 가태리는 창녕과 가까운 비슬산 남쪽 골짜기 마을로 현풍보다는 창녕장 내왕하기가 쉬웠다. 또 망우정이 있는 이곳과는 팔십 리쯤 떨어져 있었다.
 안에서 딸이 소반에 솔잎차를 담아 내왔다. 신초는 마루 안쪽에 창과 환도가 활과 함께 시렁에 있는 것을 바라보았다. 거문고도 벽에 기대 있었다.
 "망우는 여전히 활은 쏘고 있는군."
 신초의 말에 곽재우는 고개를 끄덕였다. 그는 아침마다 집 뒤 언덕에 마련해 둔 간이 활터에 나가서 활을 당기고 있었다. 정신 집중에도 좋고 어깨 힘이나 체력 보존에도 큰 도움이 되었기 때문이었다. 그가 활을 쏘면 사위 신응과 아들 탄이나 목이 나와 아버지와 함께 활을 쏘고 과녁 인근에 떨어진 화살을 주워서 가져왔다. 아들들의 실력이 영 형편없어서 아버지는 간혹 혀를 차며 자세를 고쳐주기도 했다.

"나야 무인도 문인도 아닌 어중잽이지만 아침마다 활시위를 당겨야 기운이 돌아옵니다."

"아직도 망우당은 십시십중十矢十中이제? 난 활을 놓은 지 오래되어 십시오중이나 될라나?"

"어디 나야 명궁 소리나 들었소? 그저 흉내나 내었지. 이젠 그것도 힘에 부칩니다."

곽재우의 겸손에 신초와 조방이 크게 웃었다.

오후 한낮이 기웃했을 때 한강을 태운 배가 요강나루에 도착했다. 성주에서부터 한강을 모시고 온 젊은 선비 둘이 배에서 내리는 선생을 부축했다. 곽재우와 신초, 조방이 배 가까이 가서 한강과 여헌을 맞이했다.

"어서 오십시오. 오시는 동안 고생하셨습니다. 한강 선배님. 그리고 여헌!"

"강정나루에서 여기 창암까지는 하류이니까 배가 쏜살같이 달려서 오기가 수월하였어요. 망우! 그간 별고 없었지요? 문암공도 벌써 와 있었구료? 모두들 잘 지내시지요?"

"아, 다들 별 탈 없이 세월을 보내고 있습니다. 한강 선배님."

한강을 따라서 온 네 명의 젊은 선비들이 곽재우와 신초 앞으로 와서 읍을 하면서 인사했다.

아들 형과 사위 신응, 이도순이 손님들께 역시 읍하며 인사를 올렸다. 서로 인사를 하며 안부를 주고받으니 요강 나루터가 한순간 떠들썩해졌다.

이튿날(맹춘 28일)⁸ 뱃놀이를 함께한 사람들은 35명이었다.

낙강선유洛江船遊

이튿날 욱개나루에서 빌린 큰 배가 요강나루에 도착하자 선유船遊(뱃놀이)를 즐길 사람들이 탔다.

어른들의 뒷바라지를 위해 사위 신응과 아들 탄과 신동망이 곽재우를 따라 배에 올랐으며 신초와 조방, 이도순도 따랐다.

배를 탄 사람들을 나이 많은 순으로 보면 한강의 생질이며 화왕산성 수성 때 곽재우 휘하 장서기였던 옥촌 노극홍이 55세로 창녕에서 왔고 영산에서 창의했던 의병장 영모당 신방집, 부곡에서 온 외재 이후경과 복재 이도자 형제가 50대였으며 영산의 진사 유해俞諧, 창랑수 이도유가 40대이며, 20대인 소우헌消憂軒 이도일李道一, 올해 22살로 동갑인 외재의 아들인 익암益庵 이도보李道輔, 복재의 아들 이해李瀣도 왔다. 또 한강과 함께 온 젊은 선비들인 24세 젊은 선비 금곡瑟谷 이란귀李蘭貴와 경률景溧 류무용柳武龍, 고령의 이시함李時醎, 칠곡의 이충민李忠民 등이었다.

한강과 곽재우 일행을 실은 배는 마침 동풍이 불어 돛을 올리자마자 바람을 가득 안아서 순조롭게 강 상류를 향해 출발했다.

"허어! 창암이 절경이로구먼."

배가 강 가운데로 가면서 창암의 망우정이 환하게 바라보였다. 정한강이 이곳 풍치가 좋다고 하자 조방이 말을 받았다.

"북쪽으로는 깎아지른 듯한 산기슭을 베고 남으로 큰 강(낙동강)을 바

---

8 맹춘孟春: 음력 정월, 양력으로 3월 경.

라보며 푸른 낭떠러지는 병풍처럼 가린 듯 백사장은 눈이 내린 듯 하얗지요. 곳곳이 구름에 잠긴 산이며 사방을 바라보면 넓고 시원하니 참으로 하늘이 만들어 낸 절경이지요."

배가 강 가운데 들어서자 강변 양쪽 십 리나 되는 넓고 긴 하얀 모래사장이 눈앞에 펼쳐졌다. 곧 반구정에 도착하니 뱃놀이 때 먹을 음식을 준비하던 입암과 아들 조임도가 탔다. 작은배에는 안줏거리를 싣고 큰배 뒤를 따르게 했다.

서서히 물길을 거슬려 올라 우포(칠원 우포, 지금의 칠서 진동) 곧 욱개(상포진上浦津) 나루였다. 그곳은 근처에서 가장 번창한 나루로 수많은 배가 정박해 있고 강안 양쪽에 큰 5일장이 서기도 했다. 거기서 임란 때 곽재우와 같이 의병장으로 활동했던 갈촌 이숙, 광서 박진영과 도곡 안정道谷安侹 등이 배에 올랐다.

광서 박진영은 한강 문인이기도 했으며 문암 신초와는 인연이 깊었다. 곧 임진왜란 때 진주성에서 전사한 신초의 아우 신갑이 박진영의 누이와 결혼했기 때문이었다. 신갑이 사천현감으로 2차 진주성 싸움에서 25세 젊은 나이에 전사했고 그의 누이는 과부로 평생 혼자 지냈다. 그러니 박진영은 문암을 만나면 일찍 저세상으로 간 매부와 홀로 사는 누이 생각에 더욱 목이 메어 손만 잡고 할 말을 잊곤 했었다. 도곡 안정은 한강의 제자로 곽재우와 종유從遊하며 학문을 배우고 칠원 영동(지금의 칠북면)의 도곡정사에서 살면서 가까운 무릉산 장춘사에서 글공부하던 조임도와 교유하던 젊은 선비였다.

배가 나루를 벗어나자 수십 길 벼랑이 곧추서 있는 경양대景釀臺 아래였다. 조방이 절벽 아래위를 가리키며 안내를 했다.

"사람들이 절벽 아래 강물이 수십 길 넘게 깊다고 여기를 제왕담帝王潭이라 합니다. 저 벼랑 위는 넓고도 평평해서 앉아 놀기 좋아 선비들은

이 절벽 일대를 경양대라고 부릅니다."

"그거 그럴듯하군."

한강이 맞장구치며 고개를 끄덕거렸다. 제왕담 강물도 내려다보고 경양대 높은 농단壟斷도 올려다보았다. 또 그 서쪽 작은 바위벼랑 노어암鱸魚巖도 감상하며 탄성을 연발했다. 배는 거침없이 도흥나루를 향해 올라갔다. 경양대 벼랑이 끝났는가 싶은데 또 커다란 바위 절벽이 산줄기에서 툭 튀어나와 강물에 잠겨 있고 조금 떨어져 마을이 보였다.

"저어기 보이는 마을이 내내촌입니다. 바로 앞 이 절애絶崖가 용화산의 머리, 그러니까 용두바위라 부른답니다. 용화산이 구구곡 구구봉이라 봉우리가 아흔아홉 골짜기에 아흔아홉 봉우리라 합니다."

산줄기가 남쪽으로 굽이치며 빙 도는 안쪽에 있고 마을 앞 강가에 또 작은 덤이(지금 남지철교가 있는 곳의 바위) 있었다. 조방이 얘기를 계속했다.

"지세를 보면 바로 저 덤바구가 여의주라 할 것입니다. 용두바위와 저기 높게 솟은 큰 벼랑 상봉대翔鳳臺 사이에 있으니까요. 용화산 봉우리의 백미라 할 것입니다."

"아, 정말 그렇습니다."

사람들이 찬탄을 연발했다.

배는 어느덧 도흥나루에 도착했다. 점심이 준비된 나루터에는 사람들이 많이 나와 있었다. 이 나루가 함안 경내라 한강이 온다 하니 박충후朴忠後 함안군수가 마중을 나와 있었다. 박 군수는 임진란 때 함창현감으로 의병군을 이끌고 싸웠는데 사육신 박팽년의 후손이었다. 그리고 두 선생의 제자들과 함안향교의 나익남羅翼南 교수와 교생들까지 나와 기다리고 있었다. 또 의병에 참가했던 인사들도 여럿 나와 있었다.

한강은 배가 닿자마자 앞서 내렸다. 빗돌을 찾았는지 궁금해서였다. 빗돌을 찾기 위해 나온 일꾼들의 책임자가 그에게 와서 읍하고서 고개를 내저었다.

　"대감, 영 찾을 길이 없습니다요. 글쎄! 자맥질을 잘하는 자를 시켜 물속을 헤매고 다니고 또 쇠사슬과 갈고리를 달아 나루터 인근 강바닥을 샅샅이 끌고 훑고 다녔지만 아무것도 걸려 나오지를 않았습니다."

　"허어! 고생이 많았구먼."

　한강은 고개를 끄덕이며 실망한 표정이 역력했다. 곽재우가 위로하는 말을 했다.

　"이십여 년이 넘었으니 행방이 묘연한가 봅니다. 섭섭하시겠지만 그만 단념하시는 게 좋을 듯합니다."

　"그때 홍수로 강물이 범람하여 도저히 손쓸 수 없었기에 그만두었는데 이제는 갈수기라 강물도 적어 건질 수 있을 듯했는데……어쩔 수 없구려."

　도홍나루에는 한강과 이십여 년 전부터 친하게 지낸 일흔 살의 독촌獨村 이길李佶, 작계鵲溪 성경침成景琛을 비롯하여 매죽헌梅竹軒 이명호李明憲, 여헌의 문인 국암 이명경과 의병으로 정유란 때 화왕산성에서 곽재우와 함께 싸웠던 영모재 이명념, 이명각, 이명여 등 함안 사람들이 나와 있었다. 박 군수가 나루터 조금 높은 곳 평지에 있는 차일막을 가리키며,

　"저쪽으로 가시지요. 점심을 준비해 놓았습니다."

　차일막 아래 음식이 차려진 자리에 앉자 선비들 사이에 수인사가 오가고 함안의 젊은 선비들이 자리를 옮겨가며 술을 따랐다.

　"오늘 스승과 제자가 한데 모였으니 곧 사우회師友會라 할 것입니다."

　망우 곽재우가 술잔을 들면서 한강에 고개를 돌려 건배사를 권했다.

　"자아, 오늘 이렇게 여러분을 만나 뵈오니 반갑고 기쁩니다. 모두들

술을 한 잔씩 합시다."

한강의 권주에 일제히 잔을 서로 들어 올렸다. 쇠고깃국과 밥이 상에 오르고 술잔을 주고받으며 흥겨운 잔치가 벌어졌다.

용화산하 동범록

점심을 먹은 후 다시 배에 오르자 배는 돛을 올리고 상류로 향했다. 바로 청송사라는 오래된 절이 있는 골짜기와 동박골이란 골짜기를 지나며 구경하였다.

이명암이 낙동강과 남강이 만나는 기강에 이르자 곽재우의 첫 전승지라고 소개했다.

"북에서부터 몇백 리를 흘러온 장강 낙동강과 지리산에서 발원한 남강이 이곳에 이르러 서로 합수되는 곳이 바로 여기입니다. 강폭이 크게 넓어지니 마치 바다와 같지요? 바로 망우공께서 장사 열 명과 함께 왜군과 싸워 첫 전승을 거둔 곳이기도 합니다. 실록 지리지에 이곳을 기음강이라 기록했는데 보통 거룬강, 기강이라 부르지요."

이명암의 설명이 계속되는데 어느덧 배는 기강의 넓은 강심에 도착하여 빙그르르 뱃머리를 하류로 돌렸다. 곽재우가 한마디 했다.

"두암이나 문암은 나와 함께 합류 합심을 해 낙강 상하류를 오르내리며 싸웠지요."

문암이 일어나 여럿에게 술을 붓고 권했다. 그러자 교생들이 돌아다니며 술잔에다 술을 가득 따랐다. 이번에는 안주로 오늘 아침 강에서 건져 올린 잉어회가 상 위에 올라왔다. 조임도가 술과 안주를 실은 쪽배에서 회를 잘 치는 뱃사람을 시켜 만든 것이었다.

용화산하 동범록

 기생들이 청아한 목소리로 노래를 불렀다. 거문고 소리가 뱃전을 두드리는 물결 소리와 어울려 평화롭고도 한가한 이른 봄날을 더욱 빛나게 했다.

 배는 강물 따라 아래로 빠르게 달렸다. 물살이 빠르니 돛도 필요 없고 노도 필요 없었다. 배가 다시 도흥나루에 도착하자 정한강이 제안했다.

 "그런데 여러분과 함께 배를 타고 낙동강 물줄기 중 가장 아름다운 용화산 아래에서 선유하면서 산수를 즐겼으니 얼마나 기념할 만한 일이겠소? 오늘 모인 사람들을 녹명錄名하여 남기도록 했으면 좋을 듯한데 어떻겠소?"

 한강의 제언에 곽재우가 찬성하고 여헌도 거들었다.

"그거 좋습니다. 한강 선생의 말씀을 듣고 보니 오늘 이 사우회가 얼마나 값지고 기쁜 일인지 깨달았습니다."

"나도 요산요수樂山樂水 뜻깊고 성대한 오늘 동범同汎에 녹명해 두었으면 좋으리라 생각합니다."

한강이 진사 매죽헌 이명호를 바라보았다. 매죽헌이 곧 참석자들의 함자銜字를 쓰기 시작했다. 동범록은 정한강을 처음에 적고, 그다음은 망우 곽재우, 박 군수, 장여헌을 적었다. 이후로는 나이순으로 적는데 관작의 서열대로 하지 않았다. 성명, 자字, 호號, 생년, 사는 곳만을 적었다. 모두 23문중의 35명이었다. 한강이 이 기록의 제목을《용화산하동범록龍華山下同泛錄》이라고 하자고 말하자 모두들 찬성했다.9

한강과 여헌, 함안 사람들이 배에서 내리며 곽재우와 작별했다. 한강은 안동부사로 제수되어 곧 부임해야 하므로 도흥나루 여각에서 자고 이튿날 아침 강을 건너 돌아가야만 했다. 곽재우 일행이 탄 배가 요강나루를 향해 떠나자 서로 손을 흔들며 즐거웠다고 또 만나자고 고함을 지르기도 하였다.

그날의 뱃놀이 행적을 적은 "용화산하동범록 추서"를 입암의 아들 조임도가 남겼다.

이슥한 밤의 망우정

요강원 나루에 배가 닿는데 아들 탄과 목, 그리고 이도순이 마중 나와 있었다. 이도순은 욱개나루까지 갔다가 돌아와 있었다. 이도순은 신동

---

9 《용화산하동범록》은 문헌화 되어 한강의 종자형 안정安侹의 집에 갈무리됨.

망에게 물었다.

"동망아 구경 잘했니?"

"참 재미있었어요. 저어기 거문강까지 갔다 왔어요."

"아버지를 따라가 좋았구나."

가져갔던 짐들을 배에서 내려 옮기기 위해 신응의 머슴들도 나왔다. 곽재우가 아들 형과 사위 신응의 부축을 받으면서 먼저 내리고 문암과 신방집, 외재, 복재 형제가 뒤따랐다. 영산, 부곡에서 온 외재 이후 경과 벽진 이씨 젊은 선비들도 곽재우에게 하직 인사를 올렸다. 서로 헤어지는 것을 아쉬워하며 작별인사를 나누는 광경이 아름다웠다.

"다행이다. 모두 무사히 헤어졌다니⋯⋯ 마흔여 명이 모여서 돈독한 교분을 나누며 성대하게 하루를 보내고 큰 사고 없이 넘어갔으니. 입암과 치원(조임도의 자) 군이 세심하게 준비한 덕이다. 그 사람들이 고생 많았다."

"며칠 후에 치원이 이리로 와서 인사를 올리겠답니다. 그는 이번 동범선유에 큰 감흥을 받은 모양입니다. 저에게 선유의 소회를 피력하였습니다. '자수! 도흥진에 모인 붕우와 고을의 어른들은 모두 우리 부자가 일찍이 교유한 사람들이어서 너무나 반갑고 고마웠소. 그날 모인 재사才士 중에 흠앙欽仰할 만한 분이 있고 사모할 만한 분이 있습니다.' 고 말했습니다. 치원이 '흠앙할 것은 두 현인의 덕업과 문장이 아니겠는가?' 하고 '또 사모할 것은 곽선옹郭仙翁의 기개와 풍절이 아니겠는가?'[10] 했습니다."

"치원 그 젊은 선비가 장차 여헌의 고제高弟가 될 것임이 틀림없네. 자수! 자네는 치원 군뿐만 아니라 함안이나 부곡의 젊은 선비들과도 잘 지

---

10 간송의 〈용화산하동범록 추서〉에서.

내게."

곽재우는 이도순의 솔직한 생각을 듣고서 안심하는 표정을 지었다.

조임도는 호가 간송으로 훗날(49세 때) 내내촌에서 도사면 기강진(지금의 남지 용산리)으로 이거移居했고 강 건너 동박골에 합강정을 지어 강을 건너다니며 글을 읽었다. 또 망우당이 세상을 떠나면서 망우정을 이도순에게 물려주자 여현정이라 이름을 바꾼 〈여현정기〉 기문을 지었고 《망우집》의 발문도 썼다.

곽재우는 이튿날부터 며칠 상한傷寒으로 문밖출입을 못 하고 앓았다. 이른 봄날이라 양지쪽은 따뜻한 기운이 감돌았지만, 배를 타니 강바람이 여전히 차가워 한기가 들 정도였다. 찬 강바람을 쐬고 나니 기침과 열이 나고 아침에 일어나는 것이 힘들었다. 아들 탄과 이씨 부인이 상한에 좋은 탕약을 달여먹게 했다. 곽재우는 평소 의서를 보고 인근 산야를 다니며 벽곡에도 이롭고 몸에 좋다는 약초를 캐 와서 썰고 말리고 약을 짓는데 조예가 있어 집에는 약재들이 늘 준비돼 있었다. 그래서 동리 사람들이 병이 나면 망우정으로 찾아왔다.

큰아들 형이 현풍 집으로 돌아가고 난 후 며칠 지난날 의령에서 사람들이 왔다.

용사란 때 함께 싸웠던 안기종과 심기일이었다. 그들은 전처럼 말 등에 곡식 자루와 술을 싣고 왔다. 쌀이나 밀, 콩 같은 곡식이 든 자루는 안채의 이씨 부인에게 전하고 술은 망우정 마루에 올려놓곤 했다. 곽재우의 병색 짙은 얼굴을 보고 둘은 걱정을 했다.

"괜찮네. 며칠 전 한강 선생이 와서 같이 낙강을 오르내리면서 뱃놀이를 했는데 아직 초봄이라 한기가 들었어."

"조심하셔야지요. 약은 드셨습니까?"

"내가 의서를 읽은 사람이라…… 이런 상한쯤이라 약 몇 첩 다려 먹으면 괜찮아지네."

곽재우의 담담한 태도에 둘은 더 말하지 못하고 의병군으로 동참했던 사람들의 안부를 이리저리 전하며 담소를 나누었다. 지난해 의병군 선봉장으로 활약했던 심대승이 병사하여 곽재우는 의령 상가를 다녀왔지만 아쉬운 마음으로 그를 추억하는 얘기를 많이 하였다.

둘은 늦은 오후에 의령으로 돌아갔다.

이튿날 해가 중천에 떴을 무렵 곽재우는 오랜만에 자리를 털고 사립문을 밀고 나섰다. 아들 탄이 괭이와 망태를 메고 뒤를 따랐다.

"오늘은 신출神朮(삽주 뿌리)도 캐고 도라지나 더덕도 보이면 캐자구나. 해수咳嗽에 좋은 거거든. 토복령(망개 뿌리)도 조금 필요하고……."

산으로 솔잎과 약초를 구하러 나서면서 오늘 할 일을 아들에게 당부했다.

낙강 선유 꼭 일 년 후인 이듬해(1608년) 2월 초하루에 선조 임금이 승하昇遐했다는 소식을 들은 곽재우는 향을 사르고 북쪽을 향해 절을 올렸다. 그를 옭아매고 있었던 시름이 풀리려나? 망우정에 봄이 오기는 올 것인지.

제10장
유선자망우

망우정의 유선자
중흥삼책소를 올리다

망우정의 유허비

제10장
유선자망우

망우정의 유선자 중흥삼책소를 올리다
儒仙子 忘憂

망우정의 선자仙子 망우

 망우정에는 외손서가 된 이도순과 부곡 선비들이 드나들고 인근 함안에 사는 조임도 함께하여 곽재우는 외롭지 않았다. 의병군으로 함께 싸웠던 안기종, 심기일, 주몽룡, 박사제가 간혹 술을 말에 싣고 오기도 하였다. 인근에 사는 영산 선비들의 발길도 끊이지 않았으나 부산을 떨며 드나들지 않도록 했다. 그는 명절이 되면 현풍 신당 선산에 성묘를 가거나 가태리에 들러 일가친척들을 만나보는 것이 일상이었다.
 그런데 곽재우는 선비들이 스승으로 섬기려 하는 것을 마다하였다. 훗날 그의 제자로 거론되는 사람은 이도순과 사위 성이도 등 몇 명에 불과할 정도로 망우정으로 선비들이 많이 찾아왔지만, 결코 제자로는 받아들이지 않았다. 명철보신의 한 방편이라고 사람들이 생각하였다.

그저 집안 아이들과 손자들에게 《명심보감》이나 《소학》을 가르치는데 그쳤다.

낙강선유 이듬해(1608년) 2월에 선조 임금이 승하하고 새 임금 광해가 등극하였다. 광해 임금은 등극하자마자 용사란의 명장으로 알려진 곽재우를 불러올리려 했다. 그해 7월이었다. 경상좌도 병마절도사를 제수했는데 부임하지 않았다.

망우정에 자주 들락거리는 신초가 왔다. 신초는 보성군수를 마지막으로 벼슬이 없어 산관散官으로 계성 절촌(사리)에 있는 문암정에서 한가롭게 지냈다. 그러면서 수시로 망우정에 와서 낚시로 소일하는 곽재우와 두암 조방, 셋이서 술잔을 기울이며 세상 돌아가는 이야기로 하루를 보내곤 했다. 역시 강 건너 사는 두암도 조각배를 타고 건너오면 아들 곽탄이 안채에 알려서 이씨 부인이 술상을 차려 내오곤 했다.

"상감으로부터 교지가 내려왔다면서? 빨리 올라오라고."

"병을 핑계 대고 몸만 생각하는 거 아닌가?"

지난번에 올린 상소에 병을 핑계 대고 올라가지 않은 것을 아는 두 사람이 알고서 은근히 충동하는 말을 했다. 곽재우가 올라가지 않자 광해 임금은 다시 용양위 부호군을 제수하였는데 역시 부임할 수 없는 사정을 적은 소疏를 올리니 또 한나라 장량의 벽곡을 예로 들며 선술을 핑계 대지 말고 부임하라는 임금의 비답이 날아왔다.

"그뿐만 아니라 병이 있다니 경상감사를 시켜 의복과 말을 주어 호송하라고 했다면서?"

"갈 수 없으니 어쩌겠소?"

"에이! 상감이 그렇게 망우를 귀한 명장으로 여겨 부르는데 외면하다니!"

"그저 나는 상감이 정사를 잘하도록 상소할 뿐이지요. 몸이 말을 듣지 않는데 관직을 가지면 허울뿐이 아니겠소?"

"허어! 고집은 여전하군."

"난 이제 벼슬자리와 멀리하고 싶소. 재촉하는 교지가 내려왔지만…. 그저 술이나 마십시다."

신초는 곽재우가 받은 교지를 펼쳐 읽었다. 두암 조방도 고개를 기울이고 보았다.

"상감께서 잘 아시네. 정암진 대첩으로 왜적이 진격할 길을 막았으니 그 공적이 위대하다고 하지 않았나?"

"지금의 명장은 오직 경卿 한 사람뿐이다. 그런데 병을 핑계 대고 산에 들어가 벽곡하며 솔잎만 먹는다 하니 어찌 병을 핑계하고 국사를 몰라라 하고 자신만 보전하려 하는가? 하셨구먼."

"임금에 대한 신하의 의리로 보좌하라고 명하셨구먼. 당장 행장을 꾸려 임금님 뵈러 가게."

신초가 당장 한성으로 올라가라고 권했으나 곽재우는 입을 다물고 웃기만 했다.

신초의 타박에 곽재우는 고개만 저었다. 그러면서 상소만 올릴 뿐이라고 완고하게 버티었다.

지난번 올린 임해군을 처벌해야 한다는 곽재우의 "토역소討逆疏"에 신초는 고개를 갸우뚱하고 있었다.

역모로 광해 임금의 형 임해군이 교동도로 정배된 후 조정에서는 이이첨, 정인홍을 비롯한 삼사 관원들은 임해군을 죽여야 한다는 주장을 했고, 영의정 이원익, 좌의정 이항복, 대사헌 정구 등은 형제간의 정을 해치지 않는 선에서 처벌하자고 주장했다. 곧 척은론과 전은론의 대립이었다.

그때 임해군의 모반 사실을 곽재우에게 전한 인사는 정인홍과 가까운 사람이었다. 대북파의 주장을 그대로 전달하였으므로 그는 임해군의 역모 실상을 잘 알 수 없었다. 그는 춘추대의에 큰 뜻을 두어 모반을 꾀했다면 벌해야 한다는 격한 상소를 올렸다. 그 상소는 광해 임금의 속마음에 꼭 들었던 모양이어서 충성으로 성심을 다하는 자세를 보고 매우 칭찬한다면서 억지라도 일어나 나오라는 비답을 내렸다.

이듬해(1609년) 광해 임금은 경상우도 병마철도사, 삼도수군 통제사, 용양위 부호군을 연달아 제수하였으나 그는 나아가지 않았다. 그저 임금이 올바른 정사를 하도록 상소하기만 했다.

그해 10월에 불행하게도 사위 의영고 봉사 신응이 서른여덟 살에 갑자기 병을 얻어 죽으니 그의 마음을 아프게 하였다. 얼마 전 이도순과 결혼한 큰딸과 어린 아들 신동망과 4살 먹은 신시망 둘을 남기고 저세상 사람이 된 것이었다. 다행스럽게도 이도순을 손녀사위로 삼은 것이 곽재우로서는 큰 위안이 되었다.

곽재우는 사위 신응이 창의 초기부터 의병으로 싸워 의기가 있는 인물이라 여겼다. 사위의 급서에 '예와 공손함으로 사람을 움직였다."라고 문상객들에게 말하며 아쉬워했다. 신응은 시를 잘 지어 영산 고을 사람들의 칭송을 받아 시인으로 학행이 있었다.

그는 외손자 신동망과 신시망이 바로 한 동리에 사니 곁에 두고 가르쳤다. 그 영향으로 외할아버지 곁에 지내며 배웠던 택은灦隱 신시망이 효행으로 이름났으며 곽재우 사후에 남긴 글과 자료들을 모아 연보를 정리하여 인근 용산리에 사는 간송 조임도의 발문을 받아 《망우집》을 편찬하는 일을 성이도와 함께하였다.

소疏 중흥삼책中興三策

"또 무슨 상소를 올릴 참인가? 망우. 전에 도산성을 수축해야 한다면서 임금님의 비위를 거스르는 글을 올리더니……."

"그땐 귀양으로 끝났지. 까딱 잘못 썼다간 이번에도 귀양 가네."

1610년(광해 2) 봄에 신초와 조방이 왔다가 곽재우가 또 상소문을 쓴다 하기에 이구동성 또 무슨 상소를 쓰나 걱정스런 표정을 지으며 물었다.

"한번 보시겠소? 백성이 편해야 나라가 부하고 나라가 부하여야 군사가 강하고 군사가 강하여야 적을 막고 적을 막아야 중흥이 된다는 방책입니다. 두 분 의견도 들어보고 합당하면 추가해 넣으려 합니다."

아직 완성되지 않은 상소문 초고를 그들 앞에 내놓았다. 제목이 〈중흥삼책〉이었다.

"세 가지 중흥책이라? 뭐 또 상감의 심사를 불편케 할 상소가 아닌가?"

신초와 조방은 초고를 한참 동안 읽었다. 곽재우의 필체나 문장은 이름난 명필가나 문장가에 필적할 만한 것이었다.

"어떻소? 이번에 자장이 한양에서 원천 본가에 내려왔다 가면서 지필묵 일습을 선물로 가져왔습디다. 큰 붓부터 세필을 쓸 수 있는 작은 붓까지 일곱 가지인데 중국에서 들어온 거랍니다."

화왕산성 방어전 때 장서기로 왜적과 함께 싸웠던 자장 배대유가 가져온 지필묵을 탁상 위에 펼쳐 놓자 둘은 이것저것 살폈다. 종이도 상품으로 시골에서는 구하기 어려운 물건이었다.

"귀한 거를 받았구먼, 붓이라면 자호紫毫와 랑호狼毫라 하던데 이건 토끼인가? 이리 털인가?"

조방의 말에 신초가 자랑했다.

"조정에서 당대의 명필로 소문이 난 배 자장이 내게도 좋은 벼루와 상품 종이를 가져왔었소. 어른 대접을 받은 거지. 이런 시골에서 명품을 구하기 어렵지요. 한양에서는 쉽게 구할 수 있다오."

"그래, 망우공. 이 좋은 벼루에 먹을 갈아 최고급 종이에 상소문을 쓰겠다는 거요? 그러면 상감께서 즐겨 보실 것이 틀림없겠소."

할아버지 옆에 앉아 벼루에 먹을 갈고 있는 외손자 신동망이 또렷또렷 눈망울을 굴리며 어른들의 말을 귀담아듣고 있었고 이도순은 언제나 그렇듯 술잔에 술이 떨어지면 술을 부어 권하곤 하였다. 이도순은 그 사이 신응의 딸과 결혼했으니 곽재우의 외손서가 되었다. 마치 남명이 곽재우를 제자로 삼고 곧이어 외손서를 삼았듯이……

"내가 스승으로부터 논어를 배우면서 또한 많이 읽고 연구한 책이 춘추가 아니겠소? 춘추대의에 입각해서 임금님께서 정사를 처리하는데 도움이 될 세 가지 계책을 올릴까 합니다."

"내가 망우 자네의 상소를 읽어보니 정말 훌륭한 방책이네. 이러한 글을 써낼 위인은 무관이나 무사가 아니라 문관이고 학자일세. 그런데 임금께서는 자네에게 내리는 벼슬이 모조리 무관 자리이니…… 임금님이 망우를 몰라도 너무 모르는 처사일세."

"문암 말을 듣고 보니 그렇구면. 병사니 통제사니 하는 무관 벼슬이 아니라 내직으로 불러 아침저녁 정사를 논의할 사헌부나 육부의 판서 자리를 맡겨도 부족함이 없고 또 그래야 망우의 원대한 포부를 펼칠 수 있을 거 아닌가!"

신초와 조방의 말에 곽재우는 고개를 가로저었다.

"이제 상감께서 제 말에 귀를 기울여 정사를 잘하였으면 하는 바람 외에는 없습니다. 벼슬은 이제 내가 노쇠하고 유약해져서 감당하기가 벅

찰 겁니다."

신초와 조방이 다년간 얼마 후 4월에 곽재우는 사직소와 함께 〈중흥삼책소〉를 광해 임금께 올렸다. 상소문을 들고 올라가기는 둘째 사위 성이도였다. 성이도가 그동안 한양을 오가며 그의 사직소를 올리는 심부름을 해왔다.

중흥삼책을 크게 나누어 세 가지로 나누었는데 첫째 주승지도主勝之道 곧 임금이 적을 이기는 방책, 둘째 병승지모兵勝之謀 곧 군사로 나라 지킬 계략, 셋째는 근보지계僅保之計 곧 나라를 보전할 계책 등이었다.

서두에 자신의 건강이 좋지 않아서 부르심에 따르지 못한 죄를 청하면서,

> 약물까지 내려주셨으니 약을 먹고 조리하고 치료하면 응당 큰 효험이 있을 것입니다.
> 그러니 병이 나으면 엉금엉금 기어서라도 한양으로 가서 전하의 은혜와 무거운 총애를 받은 것을 만분지일이라도(아주 작은 물방울과 먼지) 갚고자 하나이다.

하고 하늘이 전하를 도와주는 천운을 맞았으나 신하들의 충성이 미진함에 부지런히 하늘의 도움을 바라면서 나라가 흥할 계책을 우매하고도 노둔한 신하가 깊이 생각한 끝에 얻은 계책을 올린다고 적었다.

"삼가 원하옵건대……"로 시작한, 주승지도는 임금이 밤낮으로 부지런하고 항상 삼가고 마음을 합당하게 살피고 지키면서 사욕을 극복해 예를 회복하는 도리를 가져야 한다고 했다. 그러면서 어진 사람을 옆에

두고 간사한 자들을 멀리하기를, 또 충신을 믿고 사악한 자들을 물리치라고 했다. 그리고 백성들에게 큰 은혜를 임금이 잘 알아서 베풀고 지극한 은택을 베푸시라고 적었다. 그러면 외적도 물리치고 나라의 운명이 끝없이 뻗어 나갈 것이라고 '서경'의 말을 인용하면서 설파했다. 곧 덕을 쌓고 어진 정치를 베풀어야 적을 이길 수 있다는 주장이었다.

병승지모는 군병을 통솔함에 있어 병졸 중 특출한 자를 발탁하고, 고관의 직위를 줄 자를 산림에 숨어 있는 어진 선비들에서 찾아내야 한다고 했다. 그와 반해 탐관오리와 군율을 어기는 장수는 목을 베어 형벌과 정사를 엄히 다스리면 국토가 더욱 공고해질 것이니 적과 싸우게 되면 반드시 승리할 것이라고 국방의 책략을 피력하였다.

근보지계는 《시경》과 《역경》의 기록을 들먹이면서 적의 형세와 우리의 실력을 헤아려 사전에 방비해야 한다면서 전쟁이 나면 지켜야 할 곳을 가려서 양곡을 비축해야 두어야 함을 꼽았다. 구체적으로 강화도와 같은 천혜의 요충지에 군량을 비축하여 뜻밖의 변고에 대비하라고 했다. 세자로 하여금 영남을 지키게 하거나 호남이나 호서를 다스리게 하는 방안도 제시하였다.

이상의 세 가지 계책은 패배를 승리로 이끄는 수단임을 강조하면서 상소문을 끝맺었다.

곽재우의 국정에 대한 충언을 읽은 광해 임금의 비답이 곧이어 내려왔다. '흰 무지개가 태양을 꿰뚫는 충성을 지닌' 사람이라 칭찬하면서,

'경의 우국충정은 잘 알겠으니 은거할 생각을 버리고 속히 상경하여 나의 빈자리를 채우기 바란다.' 하였다.

광해 임금이나 조정의 대신들은 망우 곽재우의 중흥삼책소를 읽은 후,

"곽재우를 병사나 절도사 같은 무관이기보다는 현자로 보고 그에 합당한 우대를 하여야 합니다."

하고 건의하였다.

현자란 곧 단순한 무인이나 호걸이 아닌 사대부의 학자로 대우를 하겠다는 것이었다. 곽재우는 더 이상 사퇴할 수 없어 6월에 호분위 부호군(종4품)으로 제수받자 한양으로 갔다. 그는 사위 성이도를 데리고 갔는데 뒤이어 이씨 부인이 종종걸음으로 따랐다. 한양에는 이씨 부인의 친정이 있으니 처가에서 마련해 준 남산 아래 자그마한 집에 머물게 되었다.

현자로 임금에게 알려진 곽재우가 남산 집에 기거한다는 소문이 나자 평소 그를 만나보고 싶어 하던 선비들이 찾아와 사랑방은 문전성시를 이루게 되었다. 그가 임진란의 명장이라는 평가와 함께 그의 벽곡 찬송하는 신선 같은 모습이라든지 상소문의 의기와 높은 벼슬에 초연함이 사람들의 열렬한 지지를 받게 만들어 인기 있는 유명 인사로 명성이 드높아진 것이었다.

7월에 오위도총부 부총관(서반, 종2품), 8월에 한성부 좌윤에 또 체직하여 함경도관찰사 겸 병마수군절도사 겸 함흥부윤을 제수하는 파격적인 어명이 떨어졌다. 광해 임금은 서북 변방 오랑캐의 방어를 담당하라는 명령이었으나 그는 먼저 역관과 원접사에 대한 죄를 논핵하며 사직소를 올리고 나아가지 않았다.

"명나라 사신을 영접하려고 주상께서 찾아갔다가 만나지 못한 것은 역관이나 원접사의 잘못입니다. 그들을 엄하게 처벌해야 합니다. 그런데 그냥 지나치고 있습니다. 이런 해괴한 일이 벌어져도 유야무야 넘어가려 하니 저는 더 참을 수 없습니다."

정승에서 물러나 있던 오리 이원익, 한음 이덕형 정승을 찾아가 자기 생각을 말하고 떠나야 하는 심경을 토로하였다. 이원익은 그때 칭병하고 스스로 물러나 칩거하고 있었다. 곽재우는,

"장수와 정승이 서로 화합해야 조정의 여론이 안과 밖 하나 되는데 그런 일을 주도해야 할 대감께서도 들어앉아 계시니 저도 또한 곧 떠나야겠습니다."

하고 충격과 분개로 벼슬살이에 미련이 없음을 실토하였다.

이원익은 병약하여 힘없는 소리였으나 곽재우의 귀향을 막으려 들지 않았다.

"나도 병이 들어 곧 죽게 될 형편인데 그대도 산속으로 들어가 버린다니 이승에서 만날 기약은 끝난 셈이구려. 돌아가는 행차를 멀리서 바라만 보아야 하니 슬픈 회포를 다 풀지 못하겠구려."

"같은 도성 안에 있어 대감을 자주 뵈올 수 있었는데 이제 돌아가면 서신으로 안부 여쭙겠습니다."

"그렇소. 나도 때때로 만나 임금을 사랑하고 나랏일을 근심하는 그대의 지극한 정성을 듣고 보아 이 용렬한 사람도 감동했지요."

서로 아쉬워하면서 작별을 하였고 한음 이덕형 정승은 시를 지어 보내며 송별하였다.

> 필마로 훌쩍 떠나 성문을 나가니
> 누구의 말처럼 먼 고향 산천 생각이 한결같은가
> 한때 놀라운 영화는 도리어 의리를 생각케 하고
> 세상에 드문 공명은 은혜를 위주한 것 아니네.

곽재우는 마지막으로 한양을 떠나야만 할 네 가지 이유를 상소문에 썼다. 잘못하면 닥칠 위험을 무릅쓰고 충성스러운 마음으로.

역관과 원접사를 처벌하지 않았고 상벌 기준이 제대로 없으며 조정의 붕당이 임금님을 기만하고 있으니 나랏일을 더 맡을 수 없겠다는 솔직하고도 강경한 내용이었다.

"상소문을 승정원에 가져가서 임금님께 올리도록 말하게."

사위 성이도에게 내밀었다. 조정에서 일어나는 여러 가지 일들이 통 그의 생각과 달라서 시국의 폐단을 거론하며 개선책을 올렸으나 그의 뜻이 받아들여지지 않자 낙향하기로 결국 작정하였던 것이었다.

"내 마음과 계책이나 말이 여러 중신들의 마음과 계책이나 말과 서로 다르니 나는 조정을 떠날 수밖에 없구나."

"그래도 변방의 방어를 맡으라고 함경도관찰사에다 병마수군절도사까지 제수하셨는데?"

"여러 말 말고 귀향하도록 준비하게."

상소문을 성이도에게 맡기고 현실 정치에 염증을 느껴 실망만 가득 안고 한강을 건너고 말았다.

승보원에 잠시 머물고 있는데 광해 임금은 사직소를 받아보고 선전관을 보내,

"경이 올린 소장을 세 번이나 받아보고 충성 때문에 일어난 그대의 분개를 칭찬하는 바네. …… 경은 떠나는 일을 그만두고 빨리 돌아오도록 하라."

하고 돌아오기를 재촉했다.

충주까지 선전관을 보내 돌아올 것을 명하기도 했다. 그러면 곽재우는 신병을 이유로 나아가지 않고 시국의 폐단을 비판하는 상소를 충주목사 장세철을 통해 올리기만 했다. 문경 새재를 거쳐 합천 가야로 갔다. 해인사에서 입적한 최치원 선생을 평소 존경해 그의 문학과 행적을 흠모했던 터라 이번에 그 자취를 찾아보고 싶었다. 광해 임금은 뒤따라

가야까지 승정원 주서 원탁에게 비답을 들려 보내 만류하였다. 곽재우는 임금의 마음을 깨우치려는 간절한 말을 담은 답장 격인 상소문을 썼다. 새로 쓴 초고를 임금에게 올리기 전에 백사 이항복에게 보내 의견을 물었다. 상소 올리기를 중지하라는 이항복의 답신이 곧 왔다.

"지난날 상소로 할 말을 다 했고 남은 말이 없을 것이니 그대는 자꾸 되풀이하며 허비할 필요가 없다고 생각하오. 조금 기다려보오."

백사 이항복은 천천히 상소를 올리라고 일러 주었다. 백사는 곽재우의 열정 어린 상소가 임금의 뜻을 거스르는 고집스럽고 과격한 언사가 있는 듯하여 염려하였다. 그리고 올린 상소가 잘 반영되지 않으니 그만두라는 충고도 담겨 있었다.

곽재우는 끝내 올라가기를 거절하고 해인사 백련암에 들어가 두 달여 지냈다. 가야산에 숨어들어 종적을 감추었던 고운 최치원의 발자취를 더듬으며 자신도 본받아 그러기를 원했다. 경술년 늦가을 가야산에 머물 때 지은 시 〈동구洞口에 이르러〉에 고운처럼 살고 싶다는 그의 심정이 담겨 있었다.

> 가을 산 어딘들 송백이 없으랴만
> 유독 풍골 있는 가야산을 좋아해
> 고운은 아직 신선 되어 계시는가
> 묵묵히 정신 모아 물과 돌에 물어보네.[1]

곽재우가 극론에 가까운 상소를 올릴 뿐 관직의 복귀를 계속 거부하자 임금은 하는 수 없어 함경감사를 면직하고 말았다.

---

[1] 秋山何處無松柏 爲愛伽倻獨有骨 孤雲猶在度人否 默默凝神問水石.

"세상일은 내 뜻대로 할 수 없구나. 더 벼슬길에 나가지 않으련다."
백련암까지 동행했던 사위 성이도에게 푸념하듯 말했다.
"푸른 소나무 바위 가에서 배고프면 솔잎을 따먹고
흰 구름 흙더미 속에서 목마르면 샘물 마시고 살면 되네."

망우정의 자미화紫微花

낙강 선유가 있은 지 4년 후인 1611년(광해 3 신해년) 여름, 망우정 뜰에 심은 자미화紫微花(배롱나무)에 빨간 꽃봉오리가 돋아날 즈음, 예순 살의 망우 곽재우는 시원하고 한가로운 바람에 마루에 누워 자미화를 바라보고 있었다.

뜰의 자미화는 망우정을 지을 때 사위 신응이 원천에 있는 신씨 종가에서 뿌리 옆에 난 가지를 얻어와 심은 것이었다. 문암 신초도 계성 사리에 문암정을 짓고는 종가의 배롱나무 뿌리에서 난 가지를 여러 개를 가져가 심었다는데 여름 한철 빨갛게 꽃이 피어 아름답다고 자랑하곤 했다. 여름 한철 100일간 핀다고 백일홍나무라 했던가? 해마다 스스로 껍질을 벗고 깨끗해지니 날로 새로워지는 일일일신 선비의 풍모라 했던가? 반들거리는 푸른 잎들 위로 쭝긋 솟아오른 빨간 봉오리를 바라보며 세월의 덧없음을 느끼고 있었다.

망우정을 짓고 조각배를 타고 낚시와 거문고를 즐기며 비우고 버리기 어느덧 무위無爲의 10여 년이 흘렀다. 시름을 잊고자 망우라 당호를 내걸었지만 나라에 대한 근심 걱정은 떠날 새가 없었다.

곽재우에게는, 망우정 앞 장강 낙동강이 도道요 구름에 잠긴 산은 법이었다. 낚시는 기다림 거문고는 어짊(賢)이며, 솔잎은 비움(空) 술 한 병은 부드러움이며, 탁상의 종이와 붓은 울림[鼓] 벽의 칼과 활은 의義요 빛남이었다.

논어에 '물은 움직이고[動] 산은 고요하다[靜]' 하였으니 쪽배를 타고 강에 나가 낚시를 하고 산을 베고 한가로이 누운 삶이 지자知者와 인자仁者의 도리인 것이었다. 망우정에서 지은 〈강사우음〉 시가 그것을 말해주고 있었다.

강바람에 누우니 세속 일 알 바 없는 조용한 강호라 그 편안하고도 명월청풍의 마음이 굴곡 없이 그대로 한 편의 시가 되었다. 조각배를 타고 낚시하고 맛 좋은 술 한 단지를 옆에 두니 개 짖는 소리, 외로운 갈매기와 어울리고 울타리 없는 집에 밝은 달을 완상하니 누구나 이태백, 소동파 같은 시인이 된다고 읊으니 시름을 내려놓을 만하였다.

> 바위틈 개 짖는 소리 메아리로 알리로다
> 물에서 나는 갈매기 그림자도 외롭구나
> 강호에서 조용히 지내니 세속 일 바이없고
> 달 밝은 낚시터에 한 단지 술이로다.[2]

오랜만에 망우정에 반가운 손님이 찾아왔다. 의병군으로 생사를 함께하며 싸웠던 지헌止軒 안기종과 강언룡, 뇌곡 안극가였다. 안기종은 의령 방동榜洞에 살면서 집에다 지헌止軒이라는 편액을 걸었으니, "그침에 있어, 그 그쳐야 할 곳을 안다.[於止, 知其所止]"라는 《대학大學》의 글귀를 따온 것인데 그곳에서 한가롭게 지내면서 벼슬에 뜻을 두지 않았다.

---

2 巖間犬吠知聲應 水裡鷗飛見影孤 江湖閒適無塵事 月夜磯邊酒一壺〈강사우음江舍偶吟〉.

그들은 술 한 동이와 쌀이 든 곡식 자루를 말에 싣고 와서 곡식 자루는 곽재우 모르게 안채 이씨 부인에게 넘기고 술 단지만 들고 망우정 마루 앞에 서자 아들 곽탄이 손님이 온 기척을 냈다.

"아버지! 방동의 안 감정과 강 찰방, 호호정의 뇌곡 어르신 오셨습니다."

마루에 누워 자미화를 바라보며 시 한 수의 시상을 정리하던 곽재우는 세 사람이 온 것을 그제야 알고서 벌떡 자리에서 일어났다.

"어어! 지헌이 왔는가? 아니! 초정도 뇌곡 사형도 왔구려."

유곡도찰방을 지낸 초정 강언룡 뒤에 섰던 안극가가 크게 웃었다.

"망중한이 따로 없구먼. 한성부 좌윤이니 함경도 감사니 하는 벼슬자리 내팽개치고 팔자가 늘어졌구먼."

"아따 사형은 황강가 정자에서 더 편하게 책을 읽는다면서요?"

안극가는 삼가현감을 끝으로 합천 황강과 낙동강이 만나는 강가에 호호정浩浩亭을 짓고 인근 선비들과 교유하면서 제자도 가르치고 있었다. 오래전에 송암 이로와 셋이 어울려 과거 보러 다녔던 친근한 사이였는지라 그들 사이는 흉허물 없는 끈끈한 정으로 뭉쳐 있었다. 안극가는 호호정에서 남마 욱개나루나 김해 쪽으로 내려오는 배가 있으면 얻어 타고 망우정에 들러서 며칠간 곽재우와 담소하고 지내면서 낚시로 소일하곤 하였다. 그럴 때면 강 건너 사는 조방도 어울렸다.

"이제야 찾아뵙습니다. 마침 뇌곡 사형과 연통이 되어서……."

용사란 때는 물론 정유란 때까지 심대승, 심기일과 함께 곽재우의 중위장이나 부관으로 화왕산성 방어까지 참전하여 휘하 장수로 활약했던 안기종은 그동안 군자감 판관, 군자감정 등 여러 관직을 거쳤다. 그 후 의령 방동에 살면서 자주 곽재우를 찾았다. 그런데 지난해(1610) 병을 얻어 죽은 심기일도 안기종과 함께 망우정을 자주 방문하였다. 그들은 식량이나 돈을 이씨 부인에게 몰래 가져다주면서 궁핍하게 사는 옛 상관을 걱정했다. 심기일의 부음을 듣고서 곽재우는 애석해하며 의령 초상집까지 찾아가 문상을 한 것이 오래되지 않았다. 둘이서 늘 단짝으로 동행하던 사람 하나가 죽고도 혼자 온 안기종을 보자 더욱 마음이 아팠다.

심기일의 집안 형제 항렬로 의령 의병군의 중추적인 역할을 다했던 선봉장 심대승이 5년 전 저세상 사람이 되었는데 심기일마저 떠나보내고 나니 의병군으로 함께 싸웠던 용장들이 이제 몇 사람밖에 남지 않아 마음이 허허로웠다.

이운장, 조사남, 배맹신, 신갑, 윤탁 영장 등이 1592~1593년에 전사했고 노순이 1595년, 정연이 1597년, 곽재우의 자형 허언심이 1603년에, 심대승이 1606년에 차례로 저세상 사람이 되었다. 정질과 권란, 허자대와는 서로 소식이 뜸해졌다. 그러고 보니 살아서 안부라도 주고받는 의병군 의장들은 박사제, 오운, 강언룡과 안기종, 주몽룡 등 다섯 사람뿐이었다.[3]

창의 초기부터 중군장, 소모관을 맡아 인근 마을 명문 사족들을 권유하여 의병을 모으는 데 큰 역할을 했던 죽유竹牖 오운은 상주목사를 거쳐 1594년 합천군수로 나갔다가 후에 영주로 가서 살았다. 오운은 《용사난리록龍蛇亂離錄》을 저술하여 송암 이로가 지은 《용사일기》를 보완했으며 《동사찬요東史纂要》란 역사책을 지어 간행하기도 하며 만년에 저술 활동을 하며 지내고 있었다.

---

[3] 박사제는 1619년, 오운은 1617년, 강언룡은 1613년, 안기종과 주몽룡은 1633년까지 살았다.

곽재우가 지난해 한성에 올라가 관직을 잠시 맡았다가 귀향하게 된 얘기가 나오니 자연히 예전 경상감사였던 몽촌夢村 김수 얘기가 나왔다. 안극가가 말을 꺼냈다.

"지난해 몽촌 영감을 만났다지? 이젠 임진란 때의 불화를 꺼내기가 뭣하지만…… 공교롭게도 작년 6월에 호분위 부호군으로 상감의 부름을 받아 올라갔을 때 말이네."

부호군으로 불려 한성에 올라가 오위도총부 부총관을 겸무하게 되었는데 그때 호조판서를 지낸 김수가 도총관으로 와 있었다. 6년 전인 1605년 3월에 곽재우가 한성부 우윤으로 올라갔을 때 김수는 한성부 좌윤이었으니 두 번째 조우遭遇였다. 안극가가 말했다.

"껄끄러운 사이라 서로 만나기에 거북하리라 생각 들었는데 몽촌은 옹졸하게 옛 구원 따위는 지니지 않은 듯 보였다며?"

"그러면 그 양반도 대인다운 풍모를 지녔구먼요. 오래전 임진년인가 경상도 순찰사에서 한성판윤으로 올라가 임금님을 뵈올 때 대감을 크게 비방하지 않고 토벌하겠다는 격문을 보낸 것에 대해서도 별말 없이 난처하게 하지 않았다 했지요?"

안기종이 옛일을 들추며 김수의 사람됨을 은근히 비웃었다.

"을사년 그때도 몽촌이 싫어하거나 원망하는 기색은 없이 '지금 와 생각해 보니 그때 영공이 한 일이 참으로 정의로운 의거라'고 했었지."

"다 지나간 일이라 나도 잊어버렸습니다."

김수는 대범하게 임금을 호위할 때 서는 운검雲劍을 대신 서겠다고 자청했다. 그때 별운검은 2품 이상 무관 2명이 약 2자 반쯤 되는 장도를 메고 왕의 양쪽에 서서 호위했다. 별운검으로 명 받으면 곽재우도 의장에 쓰는 무거운 보검寶劍을 메야 했다. 김수는 예순다섯 살로 그보다 다섯 살이 많았으나 정정한 편이라 벽곡으로 쇠약한 곽재우를 염려했었다.

"몽촌이 그랬다면서? '곽 상공은 벽곡하며 밥을 먹지 않고 솔잎을 먹은 지 여러 해가 되어서 몸이 쇠약한 듯하니 운검을 어찌 어깨에 멜 수 있겠소? 내가 대신하겠소.' 했다면서?"

"어쩌면 세월이 흐르니 속이 너그럽게 넓어졌구먼요. 역적으로 몰아 죽이려 했으면서!"

안기종이 안극가의 말을 받아 비아냥거렸다. 그러나 곽재우는 고개만 끄덕거릴 뿐 그렇다 저렇다 말이 없었다. 얘기하고 싶은 표정이 아니라서 안극가는 또 다른 화제를 꺼냈다.

"그 사이 여러 벼슬이 내렸지만 사피하기를 멈추지 않았지? 망우 자네가 올린 중흥삼책 상소는 상감의 마음에 쏙 들어 비답을 내렸지?"

그 일이 작년이었다. 안극가가 지난번 올린 사직 상소 얘기를 꺼냈다.

"임금이 그 신하의 계책을 들어주지 않으려면 그 신하를 물리침이 옳고, 신하가 임금에게 건의했으나 그 의견이 행해지지 않으면 신하는 스스로 물러나는 것이 옳다! 하고 상소했던가?"

"제 뜻은 그렇소. 저의 계책을 들어주시지 않으면서 높은 벼슬만 내려 주는 것은 사람을 쓰는 도리가 아니지요.'"

"그렇기도 하지만 망우 자네의 의견이 반영되지 않는데도 중한 책임만 맡은 것은 신하의 도리가 아니란 말이지!"

"그래서 신은 마땅히 물러가야 합니다. 하고 상소했지요."

"정말 보기 드문 신하의 태도일세. 지금 이 조정에 망우 같은 도리를 지키는 자가 과연 몇이나 될까?"

초정 강언룡과 안극가 말에 안기종이 끼어들었다.

"하도 망우공이 올라가지 않으려 하니까 상감께서 경상감사에게 말과 의복을 주어 호송해 상경하도록 했지 않습니까?"

"내가 벽곡 찬송을 하고 있는데 관직에 나아가면 그것을 중단해야 하겠기에 할 수 없이 상감의 부름을 어겼다고 고했지."
"어명을 자꾸 거절하면 그것도 죄가 되어 또 귀양 갑니다."
안기종이 거들었다. 곽재우는 그 말에 '허허!'하고 웃었다.
안기종은 강언룡과 진양의 허국주, 독촌 이길 등과 기로계를 하면서 망우정 방문을 끊임없이 했다. 환갑을 지낸 늙은이들의 친목 모임을 기로계라 하며 곳곳에 뜻맞은 선비들이 모여 시를 짓거나 시절을 얘기하며 지냈다.

안기종과 안극가가 다녀간 그해 가을, 11월에 편지를 들고 한양에 갔던 사위 성이도가 이원익 대감의 답장을 들고 돌아왔다. 얼마 전 사위가 한양을 간다 하기에 그편에 이원익, 이항복 등에게 안부 서신을 보낸 적이 있었다. 이원익은 답서에서 "한결같이 꿈속에서도 그리운 생각이 잊히지 않는데 성이도를 만나 손수 쓴 서신을 받아보니 기쁩니다." 하고 "그 자신도 병이 깊어 다시 관직에 나갈 생각이 없는데 영감(망우)께서는 신출神朮(삽주)을 다시 먹는다 하는데 솔잎의 신묘함보다 못하고 그 모두 흰 쌀밥의 힘보다 못하다."고 하면서 "나와 같이 쌀을 먹는 사람도 아침저녁을 지탱하기 어려운데……." 하고 은근히 벽곡하는 것을 염려하는 말을 적었다.
그러나 밥을 먹지 않고 솔잎을 먹는 것이 하루이틀이 아니라 오래되었으니 곽재우는 멈출 생각이 없었다.
겨울이 가고 임자년이 되니 곽재우는 회갑을 맞았다.
설날 아침에 현풍 신당의 선영으로 가태리의 동생과 아들들과 함께 가서 성묘를 했다. 성묘 후 오랜만에 형과 동생, 아들들이 사는 가태리로 돌아갔다. 그는 아들 곽형 집에 며칠을 머물면서 솔례리의 친족들까지 불러 모아 잔치를 벌였다. 회갑년을 맞아 오랜만의 회포를 풀기 위해 음식을 많이 장만하여 친족들과 술을 마시며 한껏 환갑을 맞은 새해를 즐겼다.

망우정의 유선자儒仙子

1616년(광해 8년) 망우정에는 예순다섯 살의 백발의 유선자가 송엽차를 마시며 유유자적 한가하게 무위의 세월을 보내고 있었다. 낮이면 10살 된 외손자 신시망과 함께 강에 나가 낚시로 소일하는 날이 많았다. 밤이면 달을 벗 삼아 마루에 앉아 거문고를 타거나 흥얼흥얼 시를 읊었다.

망우정에서 살면서 매일 아침 활터에 나가 몇 순씩 쏘던 활쏘기도 그만두었다. 시위를 당기기에 힘이 부치는 듯하였다. 같이 활을 쏘는 아들 곽탄과 외손자 신동망까지 십시 오중은 하는데 그는 시위 당기기에도 힘이 부쳐 화살은 과녁을 빗나가거나 못 미쳐 떨어지곤 했다.

"이젠 늙었나 보다. 운기 조식이나 하며 무리하지 않아야겠다."

낙강선유 2년 후인 1609년에 사위 신응이 아쉽게도 서른여덟 살로 죽었는데 신응의 사위가 된 이도순은 곽재우의 한숨에,

"이제 활쏘기가 다소 무리인 듯하시면 산책을 하시면서 지내시지요."

하고 위로를 했다.

영암 배소에서부터 의서를 많이 읽은 그는 동리 사람들이 아프다고 찾아오면 맥을 짚고 약을 처방해 주기도 해서 인근에서는 웬만한 의원보다 용하다는 소문이 났다. 그는 산이나 들에서 구할 수 있는 약초를 먼저 들먹이고 어떻게 조제해서 어떻게 먹으라고 자세하게 일러주곤 했다. 가난한 동리 사람들이 돈 들이지 않고 병을 치료를 할 수 있도록 말

해 준 것이었다.

곽재우는 3년 전 올린 상소 "영창대군 구원소"를 마지막으로 광해 임금과의 소통을 끊어버렸다.

"역시 배모정이야. 모정이 간신들의 모략 중상을 변명해 무사했으니 말이야."

그해 겨울 신초가 와서 영창대군 구원소 때문에 일어난 조정의 대신들의 참소讒疏를 모정 배대유가 곽재우의 충심을 해명하는 소를 올려 무마한 사실을 떠올렸다. 그러자 옆에 앉았던 조방이 거들었다.

"나도 그때 여덟 살 먹은 영창대군이 뭐 알겠느냐? 역적모의를 하는지 도적질하자는 공론을 하는지 아이가 어찌 알겠느냐? 조금도 죽일 만한 죄가 없소. 하며 상소문을 쓸 때부터 나도 염려했었소."

곽재우가 상소문 초고를 두 사람에게 내밀며 의견을 물었을 때부터 두 사람은 걱정이 앞섰다. 옳고 그르고를 관두고 광해 임금의 심사를 긁는 소리가 역력했기 때문이었다. 그런데 상소문에는 조금도 거침없이 여덟 살 아이를 죽이려는 조정 신하들과 임금을 향해 무죄를 주장하였다.

신초가 상소문의 문구를 읽으며 과격한 어투를 지적해 고쳤으면 했다.

"이거 말이네. 망우! 온 나라 백성도 천지도 귀신까지 무죄를 알고 있는데 조정 신하들만이 죽이기를 청한다고 했으니 이거 임금이 청맹과니나 다름없다고 말한 거네."

그는 고개를 좌우로 흔들었다.

"임금께서 대군을 죽이기로 작정을 했으니 그 마음을 안 간신들이 따른 것이지. 그러니 신하들 잘못부터 지적해야 하는 거요. 장차 인목대비께서 자결할지도 모르오. 그때는 어떻게 변명할지 또 모르지요."

"그렇기도 하지! 장차 일어날 일이 걱정이기도 하지."

"어쩌면 장차 혼군昏君이란 소리를 들을지도 모르지요."

광해 임금이 등극할 때부터 적장자인 영창대군을 옹립하려는 세력이 있었고 임해군의 옥사가 일어나 잠시 잠잠해졌었다. 그러나 후에도 은밀하게 영창대군을 임금으로 세워야 한다는 소리가 떠돌자 광해는 몇몇 간사한 신하들의 우려를 받아들였던 것이었다. 등극 초기 과감한 개혁으로 영민한 군주라 평가되던 것과 점점 다르게 흘러갔다.

그런데 벼슬을 그만두고 강호에 들어앉아 있던 곽재우가 영창대군 일에 남 먼저 강력한 반대 상소문을 올리자 그것을 읽은 광해 임금은 기뻐하지 않고 얼마 전 제수했던 전라도 병마절도사 일도 없던 것으로 해버렸다. 역시 간사한 신하들이 곽재우를 징벌해야 한다고 떠들었는데 그때 사헌부 장령이었던 모정 배대유가 적극적으로 해명하는 소를 올려 무마되었다. 역시 망우정 이웃 마을 사람으로 정유재란 때 장서기로 활약했던 인연이 힘을 발휘한 것이었다.

광해 임금은 그 일로 몇 해 후에 일어난 인조반정으로 임금 자리에서 쫓겨나 귀양 가는 신세가 되고 말았으니 곽재우는 장차 일어날 일까지 예견하고 있었던 것이었다.

그런 파란을 겪은 후 곽재우의 칩거는 더욱 길어지며 죽음을 맞을 때까지 계속되었다.

지난해(1615년) 의령현청에 다녀온 것 외에는 망우정에서 두암 조방과 낚시하며 세월을 보냈다. 기를 온몸으로 움직이며 숨을 고르게 쉬며 침을 모아 삼키는 운기조식하며 가부좌를 한 채 무념무상의 경지에 빠져드니 바로 학처럼 고고한 유선자의 모습이었다.

이인異人이나 신선이란 소리를 듣게 되는 것이 젊었을 때 문호장으로부터 배운 양생술 수련이 있었기 때문이었다. 망우정에 은거하면서 지은 〈차곽상사운〉이란 시에 둔갑술遁甲術 곧 육출기六出奇를 즐겨 익힌 사실을 밝히기도 했다.

나이 젊어 기이함을 즐겨 여섯 번이나 기이한 일 했더니……
늘그막에야 조식調息함에 스승 없음이 한스럽네[4]

육출기는 기문奇門에 나오는 팔문생사법八門生死法과 비슷한 술법이었다. 생사법은 곧 호흡법이라 할 것이다. 사람이 태어나면서 숨을 내쉬며 죽을 때는 숨을 들이마시며 운명하니 곧 죽음을 말할 때 "숨을 거두었다." 하는 이치가 곧 생사법–복기조식이라 할 것이다.
젊은 시절에 기이함을 즐겨서 그런 도술을 익히기도 하였으나 유학을 공부하는 선비라 절제하고 나타내지 않았던 것이었다.

의령에 간 것은 남명 스승의 분황례焚黃禮가 있었기 때문이었다. 그때 영남의 유현 남명 조식이 임금으로부터 추증 시호가 내려졌었다.[5] 자손이 시호諡號 교지를 받게 되면 신위 앞에 봉안하고 그 시호 교지를 불사르는 예를 올리는데 이를 분황례라 하였다.
남명 스승의 아들 조차석曺次石이 그때 의령현감으로 있으면서 시호 교지를 받았으므로 현청에서 분황례를 거행하게 되었다는 통지를 받고 곽재우는 의령으로 갔다.

4　年少嘗奇六出奇 晚來調息恨無師〈차곽상사운-次郭上舍韻〉.
5　1615년(광해군 7) 남명 조식, 증 대광보국숭록대부 의정부 영의정으로 추증. 시호는 문정공文貞公.

수제자 내암 정인홍의 주청으로 남명 스승을 배향하는 산청의 덕천서원德川書院, 삼가의 용암서원龍岩書院, 김해의 신산서원新山書院 3개 서원이 사액을 받아 사액서원으로 승격했으니 이번 시호 추증도 그의 영향이라고 참석자들이 말했다. 분황예식을 갖는다는 통지를 받은 남명의 제자들과 인근 사대부들이 많이 참관하였다. 붉은 종이 교지를 불사르는 의식은 엄숙하고도 경건한 절차에 따라 진행되었으며 축하 잔치에는 오랜만에 동문 간의 우애를 다지는 기회가 되었다.

이듬해(1616년) 10월, 뜻밖에도 장례원 판결사, 정3품 당상관의 벼슬이 제수되었다. 그때 좌의정이었던 내암 정인홍의 영향인 듯하였으나 65세의 곽재우는 망우정에서 일어나지 않았다.

그는 11월에 의령 가례에 사는 누님의 부음을 듣고서 가서 조문하였다. 17의장 중 의병군의 군량을 조달하는 전향으로 활약했던 허언심의 부인으로 남동생의 의군 활동을 크게 도왔다. 압호정壓湖亭 허언심이 곽재우의 창의 기병 계획에 돕기를 주저하자 아들 허도와 함께 남편을 설득하여 군량 수천 섬과 집에서 부리던 가복家僕 수백 명을 보내도록 하였다. 또 아들 허도가 장사랑으로 의군으로 동참하여 활약했으니 누님으로 남동생을 적극적으로 도왔던 것이었다. 허언심은 후에 동지중추부사로 추증되었다.

망우 하늘로 오르다

누님의 장례를 치르기 위해 의령 가례를 다녀온 후 곽재우는 자신의 죽음을 예견하게 되었다. 누님의 변고가 피붙이인 그에게 곧 닥쳐올 예고란 느낌으로 변했다. 그는 얼마 전부터 배가 부르며 가벼운 복통이 오기 시작했는데 점점 갈수록 심해지고 있었다. 창출 백출 등 위장에 좋다는 약초를 캐 법제法製하여 먹기도 했다. 즐겨 마시던 술도 줄이고 자주 송엽차를 마셨다.

1617년 이른 봄 입춘, 눈이 펑펑 쏟아지는 날, 말을 탄 문암 신초가 망우정을 찾아왔다. 역시 술 한 동이 말 등에 달고 왔다.

"오랜만에 눈이 오는구먼. 입춘 서설일세. 요새는 강이 꽁꽁 얼어 낚시도 못 나가제?"

"얼음을 깨고 그 구멍에 낚시를 넣고 잉어를 낚는 재미도 있소. 그런데 어찌 눈이 이리 많이 내리는 날 오셨소?"

"갑자기 망우 생각이 간절히 나더군. 꿈에 망우가 나타났으니 어쩌나? 술 한 동이 들고 찾아와 보고 가야지."

"허어! 나도 문암 형이 보고 싶었소. 그간 두루 잘 지내시지요?"

"나야 잘 지내지."

신초가 온 걸 안 안채에서 이씨 부인이 술상을 차려 아들 곽탄이 내왔다. 아들이 두 사람 앞에 술을 가득 따른 잔을 올리자,

"강 건너 두암도 오시라 하게."

하고 조방을 오라고 신초가 말했다. 그가 망우정에 오면 세 사람이 어울려 술을 마시며 담소했으니 곽탄에게 눈이 오든 말든 다녀오라고 한 것이었다. 곽탄은 미끄럽게 얼음이 언 낙동강을 건너 달려갔다.

"드시오. 난 요새 술도 잘 먹지 않소."

"몸이 전에보다 많이 쇠약한 듯하구먼. 술 한 잔도 겁내다니. 예전엔 말술을 마셔도 끄떡없던 망우가 아닌가?"

"그런 시절이 있었나요? 허허허. 자아 듭시다."

곽재우는 신초와 함께 술잔을 비웠다.

"이제 저도 갈 때가 되었나 봅니다."

"가다니? 어디 갈 데가 있나? 얼마 전에 의령 가례에 다녀왔지 않은가?"

"누님이 저세상으로 가시고 나니 다음이 내 차례인 듯해요."

"허어! 나이 많은 나도 끄떡없는데…… 망우는 이제 신선놀음도 그만두려는가?"

"이제 그것도 끝나가지 않나 싶습니다."

"그래, 자네의 아호가 망우 아니던가? 잊을 망忘 근심할 우憂. 근심을 잊기 위해서가 아니라 시름을 잊을 수가 없다는 뜻이었다는 생각이 들어. 망우의 시름은 의병을 일으켜 왜적과 싸울 때는 나라의 치욕을 씻고 종묘사직을 지키는 데 있었고, 솔잎 먹으며 벽곡할 때는 양생술로 신선되고자 하는 듯 핑계 대고 자취를 감추는 일에 있었고, 임금께 직언 상소를 여러 차례 올릴 적에 그 시름은 나라의 기강을 바로잡고 도의를 바로 세우는데 있었제."

"허어! 문암 형이 어찌 내 마음을 그리 헤아리시오? 사실 군자는 한평생 근심을 한다더니 내가 그렇소."

그때 어깨에 앉은 눈을 털며 방문을 열고 누군가 들어섰다. 강 건너 두암 조방이었다. 곽탄이 두암의 반구정까지 가서 신초가 왔다고 알려 미끄러운 얼음 강 길을 건너온 것이었다.

"맛 좋은 술을 문암이 가져왔다기에 쫓아왔소. 눈이 오는데 어찌 오셨소?"

"입춘 아닌가? 원천에서 창암은 엎어지면 코 닿을 이웃 동네인데!"

곽탄이 안채에 들어가 술잔을 가져와 가득 술을 따라 어른들에게 올렸다.

눈이 소복소복 입춘 절기를 축하하듯 내리는데 세 사람은 담소하며 술잔을 비웠다. 몇 순배 술잔이 오고 간 다음 곽재우는 상아래 놓인 놋대접을 당기더니 고개를 옆으로 숙여 귀를 갖다 댔다. 이때까지 마셨던 술이 귀에서 흘러내렸다. 두 사람은 덤덤하게 그것을 바라보았다.

"병이 심한 듯합니다. 망우. 효험이 있다는 약을 구해 드시오."

조방이 곽재우의 와병을 걱정했다. 그러자 그는 고개를 가로저었다.

"이제 약도 다 소용없는 듯하오. 가태에 사는 아들이 인삼과 영지를 어렵게 구해 왔는데 내가 먹지 않겠다고 했소. 내 명이 하늘에 매였는데……."

"그래도 좋은 약을 쓰면 차도가 있을 거네."

"글쎄요. 하여간 앞으로 더 약을 먹지 않겠다고 병문안 온 동생과 아들에게 분명하게 말했소."

"허어!"

"그리고 내가 죽으면 이 망우정을 아들에게 물려주지 않을 작정입니다."

"그거 또 무슨 소리요?"

"요순 임금은 천하를 어진 이에게 물려주었잖소? 나는 강사를 어진 이에게 물려줄 작정이오."

곽재우의 뜬금없는 소리에 신초가 고개를 끄덕였다.

"아하! 망우의 제자 모재 이도순을 말하는구먼. 모재는 덕암 이석경의 조카이며 한강의 문인이기도 해서 그 문장 필법이 뛰어나고 산수를 좋아하지."

"그렇지. 망우정을 물려받을 만한 선비이지. 그렇지만 자손에게 맡기는 것이 좋을 텐데."

조방의 말에 곽재우는 진작 생각을 굳혔다는 듯 그 뜻을 굽힐 생각이 없어 보였다.

신초와 조방이 입춘날에 다녀가고 난 두 달 후, 4월 초열흘에 망우선자 곽재우는 망우정에서 숨을 거뒀다.

한낮이었는데 갑자기 천둥 번개가 치며 소나기가 세차게 퍼부었다. 곽재우가 항상 낚시질하던 요강나루 옆 절벽에 우렛소리와 함께 번개가 뻔쩍이며 내리꽂혔다. 순간 회오리바람이 강물을 휘젓고 물을 끌어 올렸다. 드디어 자줏빛 서기瑞氣가 하늘로 치솟아 올랐다. 마을 사람들은 기이한 용오름에 놀라서 바라보았다.

고성 이씨 부인과 아들 며느리들은 곽재우의 임종을 지키기 위해 방 안에 있었다. 그러나 방이 비좁아 들어가지 못한 외손자 신동망과 신시망, 사위 성이도와 이도순, 의령의 안기종이 마루에 있다가 이 놀라운 광경을 볼 수 있었다. 갑자기 내리는 소나기를 피해 추녀 아래에 섰던 신초와 조방, 부곡의 선비들도 용오름을 바라보고 있었다. 용오름이 솟는다는 소리에 다들 마루에 나와 서서 강과 하늘로 뻗어 오른 자주색 상서로운 기운을 바라보았다. 처음 강 한가운데서 솟아오른 용오름은 거센 빗줄기를 타고 망우정 절벽 바로 앞으로 빠르게 다가왔다. 드디어 망우정 지붕 위에 곧추섰다.

"스승님이 하늘로 돌아가시는군요."

이도순이 슬픔을 억누르며 두 손을 모았다. 안기종도 굵은 빗줄기 사이로 천강홍의장군이 백마를 타고 하늘을 날아오르는 환상을 보았다. 그러다 사람들에게 부르짖었다.

"하늘에서 내려오신 장군님이 이제 신선이 되어 하늘로 오르셨네!"

외조부 곁에서 10년을 넘게 글을 배우며 낚시를 함께했던 신동망은 하얀 두루마기를 입은 할아버지가 신선이 되어 하늘 사다리를 타고 오르는 것을 바라보고 옆에 선 동생에게 속삭였다.

"할배가 신선으로 화化하여 하늘에 오르신다."

어린 신시망은 형의 말에 밝게 빛나는 용오름의 서기를 바라보았으나 자주색 빛만 번쩍일 뿐이었다.
용오름이 사라지자 곽재우는 숨을 거두고 잠자듯 눈을 감았다.

망우선자 곽재우의 별세 소식에 조문하고자 인근 군·현의 선비들과 의병에 참여하여 함께 싸웠던 사람들이 많이 왔다. 그 속에는 의병군으로 참전하여 평민으로 된 노복 출신들도 영령 앞에 무릎을 꿇고 절하면서 눈물을 흘렸다. 그뿐만 아니라 부음을 듣고서 멀리 깊은 산속이나 궁벽한 골짜기에 사는 사람들조차 놀라고 슬퍼하지 않는 사람이 없었다는 소문이 퍼졌다.

광해 임금은 곽재우의 죽음을 애도하면서 부의와 함께 예조좌랑 유약柳瀹을 보내 제사를 지내도록 했고 또 곽재우의 생애를 적은 전기를 세자시강원 보덕인 배대유에게 짓도록 해 춘추관 사관으로 하여금 실록에 수록하도록 하였다.

호상護喪을 맡은 안기종이 장례 절차를 엄숙히 지켜 8월에 구지산 신당 선영 언덕에 장례를 치르기까지 성심을 다했다. 그리고 망우당을 향사하는 충현사의 건립을 주도하여 홍의장군 휘하의 17의장의 소임에 충실하였다.

타계한 날부터 반장返葬하는 8월까지 넉 달 동안 조문객들은 만사挽詞와 제문祭文을 지어 빈소에 올리며 눈물을 흘렸다.

진사 성람成擥은,
"아아, 공이 세상에 사신 것이 66년이나 되었으니 장수하지 않았다고는 말할 수가 없는데도, 오히려 장수하지 않았다고 말하는 것은 …… 사람들이 공을 사랑하고 좋아하기를 그치지 않은 까닭이라……."
하고 애도하는 제문을 지어 올렸다.

이외 오봉 신지제, 현감 곽영희, 부사 곽홍지, 도사 안숙 등 여러 사람의 제문이 올려졌다. 그리고 만사도 많이 빈소에 올려졌는데 제주도에 유배 중이던 동계 정온을 비롯해 망우정에 드나들던 이도자 이도보, 배대유의 아들 배홍우, 사위 성이도와 망우정을 물려받은 이도순 등 많은 선비들이 조문하며 만장을 남겼다.

사위 성이도는 현풍 선영에 가서 현궁玄宮(묘실)을 언덕 빈 땅에 정하고 나서 돌아와 지은 만사에서,

"먼지 묻은 상자 속에는 긴 칼만 남았고 텅 빈 강 위에는 조각배만 버려져 있습니다. 적막한 정자 아래에는 처량하게 이슬비만 자욱하게 내립니다."

하고 장인의 죽음을 슬퍼하고 있었으며 이도순은 병 치료를 일찍이 하지 않아 하루 저녁에 바쁘게 살평상(簀)을 거두고 세상을 떠났다고 후회하고 애통해하면서,

"강사의 절벽은 몇 길이나 되는가 맑은 낙강은 세차게 흐릅니다."
"아아, 우리 선생의 절의는 산처럼 높이 솟았고 물처럼 길게 흐릅니다."

하고 스승의 절의를 산고수장山高水長으로 비유해 추도하였다.

외손자 신동망은 이도순과 함께 접객을 맡아 문상객들이 문전에 당도하면 애감록에 녹명을 하고 부의금이 있으면 부의록에 기록하는 일을 몇 달 계속했다. 그러면서 제문과 만사를 일일이 기록하기도 해 외조부의 행적을 남기려 했다.

망우정을 떠나 현풍 선산에 안장된 시기는 가을 8월이었나.

아침 일찍, 망우당의 장례가 진행되었다. 호상 안기종의 주도로 제반 절차에 따라 발인제를 지내고 출상했다. 욱개나루에서 돛이 두 개 달린

큰 배 두 척을 빌려 상여와 문상객을 실었다. 상여가 요강나루에서 출발해 이방 굽다리까지 가서 육로로 현풍 신당 선영으로 갈 예정이었다.

요강나루에서 상여가 배에 실리기 전에 영산 사대부들의 노제路祭가 있었다.

이도순 등 선비들과 함께 오랫동안 망우정을 오가며 교유했던 외재 이후경은 마침 병이 들어 움직이지 못해,

"삼광(해 달 별)과 오악의 정기를 타고난 인물로 어릴 때부터 기상이 우뚝했으며…… 의병을 일으킬 때 집안의 재물을 다 흩어주었으며 기강과 정암진에서 왜적을 쫓아내 여러 고을이 왜적에게 유린당하지 않게 해 위엄과 명성을 떨치게 되고……나와 같이 보잘것없는 사람과도 일찍부터 서로 알게 되어 서로 교유한 지가 오래되매 두터운 정이 가장 간절했습니다."

라고 제문을 지어 아들을 시켜 제수를 올린다고 하였다.

노제가 끝나자 배는 낙강 상류를 향해 떠났다. 배에는 붉고 푸른 만장 수십 개가 꽂혀 강바람에 펄럭거리고 상주들은 곡을 하며 따랐다. 장지까지 따라가지 못하는 선비들과 인근 동리 사람들이 다 나와 눈물 흘리며 망우정을 떠나는 영령을 향해 절을 올려 전송했다.

배는 임진년 왜란 때 싸웠던 요강나루에서 쇠나리를 거쳐 욱개나루를 지나니 십여 년 전 정한강, 장여헌, 문암, 두암, 간송 등 40여 명 함안 영산의 선비들과 선유했던 도흥진이 바라보였다. 도흥나루에서 함안 선비들이 와서 노제를 지냈다. 도흥나루 곁 용화산 절벽을 지나니 낙동강과 남강이 합류하는 기강이라 의령 쪽 거둔강 나루터에 배가 멈추니 초정 강언룡과 의령 사람들이 노제를 지낼 제수를 갖고 배에 올랐다. 노제는 망우당 영령뿐만 아니라 왜란 때 이곳에서 전몰한 돌격장 조사남을

망우정(여현정)

비롯한 의병들을 추모하는 술이 강에 뿌려졌다.

  순풍에 배는 넘실넘실 움직여 상류로 향하니 기강을 지나고 곧 박진나루였다. 세간리 동민들이 다 나와서 배를 맞아 또 노제를 올렸다. 배는 박진나루를 출발해 우러리나루, 적포 가매실나루, 이방 현창나루, 등림나루, 초계 삼학나루를 거쳐 밤실 율지나루와 우산진을 지났다. 지나온 나루터 모두 곽재우가 지난날 의병군을 이끌고 강을 오르내리며 지키기 위해 격전을 벌였던 싸움터였다. 안기종을 비롯하여 의병군에 참전했던 용장들이 나루터를 지나면서 홍의장군을 다시금 떠올리며 슬퍼했다. 고령 객기 손터나루를 지나 굽다리 조금 위쪽 대암리(지금의 ナ지면 대암) 강변에 배가 이윽고 도착했다. 현풍 솔례 곽씨 문중 사람들이 모두 나와 상여를 맞이하여 노제를 지냈다.

남명의 제자이며 흥덕현감을 지낸 곽영희郭永禧가,

"한 잔 술을 경건하게 올려 영결을 고합니다."

하고 제문을 읽고 영전에 올렸다.

이윽고 상두꾼의 요령과 북소리가 상엿소리와 어울리며 행상이 구지산 신당 선영에 도착하니 해가 기웃했다. 무덤은 곽망우의 유언에 따라 낮은 봉분으로 지어졌으며 안장安葬 절차는 상주들의 오열 속에 무사히 마쳤다.

망우정은 곽망우 사후 여현정與賢亭으로 이름이 바뀌었다.

어진 제자 이도순에게 물려주었기 때문이었다. 망우정을 드나들며 곽재우를 존숭했던 간송 조임도가 그렇게 된 내력을 밝힌 〈여현정기〉가 마루에 걸렸다. 조임도는,

"이군은 곽공의 외손서라. 곽공께서는 자손이 많지 않아 이군에게 강사를 의탁함도 이러한 까닭도 있음이라. 나는 곽공과 이군의 명철함과 현명함을 믿도다."

"그래서 정자 이름을 여현정이라 함이 좋지 않겠는가. 청하건대 망우정을 여현정으로 바꿈이 아름답지 않겠는가. 여현이란 말이 곽공의 글에서 나온 말이니 여현정으로 고쳐 부름이 나 또한 옳다고 생각하노라."

하고 주장하자 이도순도 그 의견에 따랐다.

그런데 이도순은 얼마 지나지 않아 부곡에서 마산정馬山亭(지금의 남지읍 마산리)으로 이사를 했다. 망우정에서 서쪽으로 10리 쯤 떨어진 도초산 기슭의 마을이었다. 부곡보다 가깝고 친구 간송이 살고 있던 함안 내내(지금의 함안 칠서면 계내)와 강 건너 이웃이고 농토가 그쪽에 많았기 때문이었다.

문암 신초도 이듬해(1618년) 3월에 절친했던 곽재우를 따라 저세상으로 갔다. 일흔 살이었다. 망우와 문암 셋이서 오가며 한세월을 보냈던 두암 조방은 친하게 지냈던 선배이며 벗이었던 둘과 영영 이별하고 보니 허망한 심정으로 강 건너 낙동강 변의 반구정에서 외롭게 거문고를 타며 갈매기를 벗 삼아 소일하며 20여 년을 더 지내다 1638년 82세로 별세하였다.

　사후 보성군수를 지낸 신초는 숭정대부 병조판서 겸 의금부사에 시호는 충장忠壯, 조방은 가선대부 호조참판으로 각각 추증되었다.

　또 안채에 살았던 이씨 부인과 곽탄은 조금 북쪽 쇠나리 똥메 뜸으로 이사를 했다. 그곳은 들판에 솟은 똥메(獨뫼)에 의지하여 서너 집이 있었는데 바로 망우정이 남쪽에 빤히 바라보이는 곳이라 다니기에도 쉬웠다. 망우정이 여현정으로 주인이 바뀌었으니 곽탄은 어머니를 모시고 농토가 있는 들판 뜸으로 이사한 셈이었다.

　여현정으로 바뀌고 나서 이도순과 친한 조임도, 박사일朴士一, 수보綏甫 배홍지裵弘社[6] 같은 선비들이 와서 술 마시고 시를 지으며 지냈다. 이때 조임도가 이도순에게 그날의 흥취를 시를 지어 보였다.

　　　　오래전에 소동파는 적벽에 놀았는데
　　　　우리들 이 모임 또한 멋스럽네
　　　　맑은 강의 밤 흥취 온전히 옛날 같으나
　　　　단지 그때의 가을 칠월이 아니네.

6　배홍지(1598~1633): 자는 수보(受甫, 綏甫). 배대유의 조카. 동생과 시묘하니 효자, 선무랑.

종 장
終 章

망우정 아래엔 쓸쓸히 물만 흐르네
忘憂亭下水空流

　여현정을 곽재우로부터 물려받은 이도순은 단명했다. 1625년 10월, 도사면 마산정에서 병을 얻어 마흔한 살에 숨을 거두니 스승 망우당이 가신 지 8년 후였다. 만사挽詞에서 조임도는,
　"방에는 고아와 과부가 있고 집에는 노친 있으니 지금 군의 이 죽음 혹 돌이킬 수 있을까?"
　하고 탄식하면서 여러 계획은 허사가 되고 뛰어난 도량은 애석하며 출중한 재능과 덕행도 슬퍼할 뿐이라면서,
　"여현정 아래 같이 놀던 곳은 차마 소리 없이 흐느끼며 홀로 왕래하지 못하겠네."
　하고 친구 이도순의 죽음을 애도하였다.
　이도순 사후 여현정이 주인을 잃은 듯 관리가 잘되지 않자 쇠나리 똥메에 사는 곽탄이 오가며 집을 돌봤다. 이도순의 자녀들이 모두 어렸기

때문이었다. 또 망우정 옆에 사는 외손자 신동망이 서재 삼아 쓰기도 하였다.[1]

이도순이 죽은 지 10년 후 어느 날, 간송 조임도가 여현정에 들르니 곽탄이 맞이하여 술 석 잔을 부어 올렸다. 조임도는 그날의 일을,

"망우정 주인 곽탄이 큰 잔으로 석 잔씩 술을 따르고 아침밥을 지어 제공했다. 탄은 죽은 좌윤 곽상공의 부실에서 난 아들이다. 상공께서 돌아가신 후 강사가 오래도록 비게 되자 탄이 그 곁에 와서 살면서 수리한 것이 많았으니 그 뜻이 가상하여 주인이라 하였다."

하고 망우정을 지키고 있던 곽탄을 주인이라 부르며 가상하게 여겼으며 시 한 수도 읊었다.

> 망우정에 살던 분 이미 떠나고
> 망우정 아래엔 쓸쓸히 물만 흐르네
> 속세 피해 신선술 배웠다 한들 이와 같아
> 그대여 지금 취하지 않고 무엇 바라는가[2]

외손자 신동망은 삼가 대평마을의 이씨 문중으로 장가를 들었으니 수헌 이회일睡軒李會一[3]의 사위가 되었다. 장인은 인근에서 학덕이 높아 제자가 많았던 이흘李屹의 맏아들이었다. 신동망은 어릴 때부터 곽재우

---

1 여현정으로 이름이 바뀐 망우정은 이도순 사후 망우당의 아들 곽탄, 외손 영산 신씨(창삼유허비 참조), 이도순 후손(벽진 이씨) 문중 등에서 관리하였는데 6·25때 소실 그 후 재건됨. 최근 창녕군에서 개축함.
2 忘憂亭上人已去/ 忘憂亭下水空流/ 逃世學仙猶若是/ 君今不醉欲何求(배 안에서).
3 이회일李會一(1582~1618): 자는 극보極甫, 호는 수헌睡軒. 이흘李屹의 맏아들. 1610년(광해군 2)에 진사.

곁에서 자라고 글을 배웠다. 나중에 자형이 된 이도순과 함께 강에서 낚시를 하거나 망우정에서 거문고를 타며 한담을 나눌 때 꼭 옆에서 외할아버지의 얘기를 경청했다. 할아버지는 용사란 때 왜적과 싸운 일을 잘 얘기하지 않았다. 얘기가 잘못 흘러 나가면 자신의 자랑밖에 되지 않을 것을 염려했기 때문이었다. 그러나 이도순과 신동망에게 한두 마디씩 건넨 이야기는 진솔하고 담백한 것으로 후손들이 귀담아들을 것들이었다.

그래서 신동망은 일찍이 홀로된 어머니를 모시고 농사일을 하는 틈틈이 망우정을 서재 삼아서 안기종과 강언룡의 도움을 받아 외조부의 행적을 정리하였다. 동생 신시망에게 말했다.

"다아 외조부님 행적을 정리해 보고 싶어 그런다. 자형(이도순)과 내가 외조부님 곁에서 십수 년 지내면서 겪고 보고 들은 일을 적어 놓으려고 한다. 언젠가 후손 된 도리를 다해야 하지 않겠나?"

"후손 된 도리라니요?"

"후손은 마땅히 선조의 위업을 보존하고 선양해야 되는 거라. 외조부께서 남기신 눈부신 업적을 방치하면 안 되거든. 누가 시원찮은 내 글을 토대로 외조부님 세계世系를 정리하고 문집도 만들면 나중에 증직을 받는데 밑바탕이 되면 좋지 않겠나?"

"성님! 좋은 말씀입니다. 저도 성님 따라 외조부님 자료를 모을랍니다."

"내 이 글 제목을 용사별록이라 부칠 것이다."

여러 해가 지나 서른 살이 된 동생 신시망은 성이도와 외조부의 행적을 정리한 글을 참조하여 새로 지은 글을 들고 합강정으로 조임도를 찾아갔다.

"제가 외조부님의 세계를 조사해 밝히고 또 출생부터 별세하실 때까지의 행적을 정리한 연보를 부족하나마 정리해 보았습니다."

 조임도는 감수를 요청하는 신시망의 말에 깜짝 놀라 칭찬하는 말부터 나왔다.

 "아니, 자네가 어머니께 효도하고 형제와 우애한다고 알고 있구먼. 그런데 이제 외조부의 세덕世德을 드러낼 것을 생각하다니! 참 좋은 생각일세."

 "세계와 연보를 만들고 보니 제 짐작으로 빼고 넣을 척도를 감히 결단하지 못하겠습니다. 선생님께서 외조부님 생전에 망우정에 자주 왕래하셔서 그간의 경과나 행적을 잘 아시지 않습니까?"

 "어허! 늙고 옹졸한 나에게 상의하다니. 기특한 생각일세. 자네의 설명을 듣고서 빼고 넣는 일을 하지 않을 수 없구먼."

 "서문도 써 주시기 바랍니다."

 "그럼세."

 조임도는 1636년(인조 14, 병자) 12월에 쓴 "후학 용화산인 조임도가 공경히 발문을 짓는다." 하고 발문에서 그간의 일을 밝혀놓았다.

> 연보가 완성되고 나서 신군辛君이 책머리에 한마디 말을 써 줄 것을 요청하였다.
>
> 아! 나는 선생에 대해서 일찍이 찾아뵙고 가르침을 받았으며, 신군에 대해서는 바야흐로 이웃에 살면서 학문을 함께 연마하였다.
>
> 돌아가신 분을 우러르고 살아있는 벗을 굽어보면 모두 정분과 의리가 있으니, 또한 어찌 감히 문장 솜씨가 졸렬하다는 이유로 사양하겠는가.

 신시망은 이모부 성이도와 함께 편찬한 문집을 보완하여 정리한 세

망우정 유허비

계와 연보가 완성되자 간송 조임도의 발문을 앞에 실은 문집 《망우당집》을 펴냈다. 그때 형이 쓴 《용사별록》을 부록으로 책 끝에 실었다.

안기종의 주도로 별세 이듬해 망우당 곽재우를 향사하는 사당인 충현사를 현풍 가태리에 건립하였는데 그 후에 망우당을 기리는 서원과 비석이 여러 곳에 세워졌다.

숙종 때인 1677년 가태리의 예연서원이 사액서원이 되었고 1709년에 충익공이란 시호를 내리며 병조판서에 추증하였다. 1739년 대첩지 기강 언덕에 〈유명조선국 홍의장군 충익공 곽선생 보덕 불망비 有明朝鮮國紅衣將軍忠翼公郭先生報德不忘碑〉라 새겨진 불망비가 세워졌다. 30여 년 후에 보덕각報德閣[4]이 세워졌다.

1789년(정조 13) 4월에 이광정이 '문무를 겸전한 유선자'라고 사적과 풍도를 조명한 명문장의 비문이 새겨진 〈충익공 망우 곽재우 유허비忠翼公忘憂郭再佑遺墟碑〉가 충의대절의 상징이면서도 결코 순탄치만 않았던 만년, 근심을 잊고자 했으나 근심에 잠겨 보냈던 창암 망우정 옆에 건립되었다.

---

4 1983년 7월 20일 경남문화재자료 제66호로 지정.

*참고문헌

《의령군지》(상·하), 의령군지편찬위원회, 2003.
《함안군지》(상·하), 함안군지편찬위원회, 1997.
《창녕군지》, 창녕군지편찬위원회, 1984, 2003.
《창녕군인물록》, 창녕문화원, 2001.
《홍의장군곽망우당》, 곽망우당기념사업회, 1959.
이선근·신석호, 《홍의장군》, 홍의장군곽망우당기념사업회, 1972.
《망우당 전서》, 곽망우당기념사업회, 1987.
여진, 《의병장 곽망우당》, 도서출판 청운, 1988.
이재호 역주, 《국역 망우선생문집》, 집문당, 2002.
《강정으로 돌아오다》(망우당 곽재우 시집), 의령문인협회, 개미, 2009.
김해영, 《망우당 곽재우》, 경인문화사, 2012.
《망우당 곽재우》, 남명학연구원, 예문서원, 2014.
장달수의 한국학 카페.
《함안의 역사와 문화 2》, 함안문화원, 2021.

해 설
김복근

사초에 기저를 둔 곽재우 의병 전사戰史,
그 돌올한 상상력과 유려한 언술

해설

사초에 기저를 둔 곽재우 의병 전사戰史, 그 돌올한 상상력과 유려한 언술

김복근
한국문인협회 자문위원·문학박사

　김현우 작가의 장편실록소설 《천강홍의장군 곽재우》는 우선 재미가 있다. 역사적인 사실과 작가의 돌올한 상상력이 유려한 언술과 어우러지면서 박진감 있는 이야기로 실감 나게 전개된다.
　작가는 이 소설을 쓰기 위해 70년대 후반에 우연히 발견한 《용사별록》을 해독하면서 저간의 역사적인 사실史實과 전설을 채록하여 주인공의 성격을 작가 특유의 문체와 사상으로 새김질하여 한 편의 환상적 드라마를 연출했다. 사초에 나오는 정사와 새로 밝힌 사료를 바탕에 두고, 사서에 나오지 않는 이야기는 지명조사와 현장답사를 통해 수집했다. 어렵게 확보한 사초와 사료를 적의한 시점에 전조와 복선, 진술로 실록이나 평전처럼 실감 나게 구성하면서 재료에 불과한 스토리를 필연적인 플롯으로 전환하게 된다. 크고 작은 일화는 인과관계를 형성하면서 작가의 지성과 촘촘한 구성력으로 역사적인 사실에 생명력을 부여한다. 공간적·시간적 배경은 작가 특유의 문장력과 구성에 의해 사건과 사건으로 맞물리듯 이어지면서 그 당위성이 구조화되어 독자의 눈길을 강한 흡인력으로 견인하게 된다.

이러한 사실은 그가 새롭게 밝혀낸 사초와 사료에 기저를 둔 서사적 진술을 통해 쉽게 확인할 수 있다. 곽재우의 파란만장한 일생을 기록하기 위해 외손자 신동망과 신시망이 임진 계사년 두 해의 행적을 《용사별록》으로 서술하고, 훗날 성이도와 신시망이 시문과 연보를 보충했다. 곽재우는 낙강에서 신응과 이도순, 조임도, 한강 정구와 뱃놀이를 하면서 많은 이야기를 나누었다. 이를 기록한 시화와 만록이 《망우집》이고, 부록으로 수록된 사료가 《용사별록》이다.

곽재우는 불세출의 영웅이다. 임진왜란에서 패퇴한 도요토미 히데요시(豊臣秀吉)는 간자에 의해 조선의 군사력을 다 파악하고 있었으며, 이순신의 해군과 권율의 육군, 명나라 군대가 원군을 올 것까지 정확하게 예측했다. 그러나 곽재우와 의병이 있을 줄은 꿈에도 생각하지 못했다. 일본의 사가현 가라츠시 나고야성 박물관은 임진왜란의 실패 원인을 "곽재우 장군과 의병들, 이순신 장군과 수군의 활약"에 두었다고 평가한 결론을 영상물로 제작하여 방영할 정도이니 곽재우의 활약은 실로 대단하다 아니 할 수 없다.

곽재우에 대한 영웅담만큼 소설도 여러 편 발표되었다. 그러나 《천강홍의장군 곽재우》는 종래의 소설과 달리 일찍이 임진왜란이 일어날 것을 예측하고, 사냥과 놀이를 통해 군사훈련을 하였으며, 군사지략가임을 드러나게 하는 등 새로운 사실을 밝혀냈다. 특히 사전에 군량미를 비축하였으며, 활동 공간도 의령에서 의주와 한양, 북경으로 확장된다. 전투 공간은 의령을 넘어 낙동강과 남강을 따라 창녕·함안·현풍·고령·영산·밀양·합천·초계·삼가·거창·진주에서 울산·거제 등 경남 일원으로 확대되고 있으며, 훗날 전라도 영암으로 유배를 가면서 그 활동 공간은 더욱 넓어지고 있다.

사실 글쓴이는 이 글을 쓰는 데 적합하지 않은 사람이다. 소설을 전공하지 않았고, 소설평을 해본 일도 없다. 사양하다 선배 작가의 강권으로 미력한 붓을 들게 됐다. 부족하지만 "사초에 기저를 둔 곽재우 의병 전사"라는 주제로 곽재우에 대한 새로운 시선, 사료에 근거한 현대적 해석, 전조에 의한 유기적 구성, 우리말 구사와 유려한 언술로 나누어 언급함으로써 주어진 소임을 다하고자 한다.

1. 곽재우에 대한 새로운 시선

곽재우를 제대로 호칭하려면 "천강홍의장군 충익공 병조판서 망우당 현풍 곽공 재우 선생"으로 불러야 할 것 같다. 그만큼 그의 업적은 크고 신비롭다.

《연려실기술》,《선조실록》,《광해군일기》 등의 사초에 의하면 곽재우는 벼슬에 나가지 않고 한가로이 시를 읊고 술과 낚시로 세월을 보내던 시골 선비였다. 남명 조식曺植의 문하에서 공부했고, 그 인연으로 조식의 외손녀와 혼인했다. 1585년(선조 18) 34세의 나이로 정시문과에 응시해 뽑혔으나 얼마 후 글의 내용이 선조의 마음에 들지 않아 취소됐다. 이 일로 인해 곽재우는 벼슬에 대한 뜻을 접었다. 그런 그가 의병을 일으키게 된 것은 임진년에 왜군이 조선 땅으로 침략했기 때문이다. 곽재우는 무인 출신은 아니었지만, 군사를 일으켜 왜군과 맞서 싸웠다. 그는 훗날 현풍 비슬산자락 가태리와 영산 창암의 망우정에서 선인처럼 지내다가 1617년(광해 9) 66세의 나이로 죽었다. 병조판서에 추증되고 충익忠翼이란 시호를 받았다. 전쟁에서 스스로 떨쳐 일어나 적을 물리쳤으나 살아생전에 공을 마다한 것으로 알려진 인물이다.

김현우는 장편실록소설 《천강홍의장군 곽재우》에서 곽재우에 대한 사초와 《용사별록》이라는 사료를 통해 새로운 사실을 많이 밝혔다.

지금까지는 책 읽던 선비가 갑자기 의병을 일으킨 것으로 알려졌지만, 사실은 학문과 함께 활쏘기, 말타기 등 무예와 서예, 산술, 언어까지 미리 준비된 상황에서 자신있게 군사를 일으켰음을 알 수 있다.

1-① 사어서수射御書數, 곧 활쏘기 말타기 같은 무예와 서예와 산술을 계수 곽재우는 과거 공부를 하면서 여가가 있으면 연마했다.

의주와 중국을 드나들며 군사훈련과 편전이란 새로운 무기에 대한 사용법을 익혔고 중국말도 할 수 있었다.

1-② 박수덕 군관과 친해지니 자연히 실전을 방불케 하는 교습을 받을 수가 있었다. 군 연병장을 들락거리면서 군사들이 사용하는 창, 칼, 활, 방패 등 실전 무기를 가지고 병사들과 훈련을 똑같이 받았다. 목사의 아들이라 박수덕 군관은 편의를 제공하려 했지만, 마다하고 군사들과 똑같은 자세로 훈련에 매진했다.

1-③ 이게 편전片箭이라는 겁니다. 평소에 쏘는 활은 화살이 백 보 이백 보를 나가지만 완력이 없는 군사들이 쏘면 화살이 가다가 그 힘이 꺾여 중도에 힘없이 떨어져 버리는 게 대다수입니다. 그래서 개발된 것이 편전입니다. 이건 중국 사람들도 모르는 군사기밀입니다.

1-④ 1578년(선조 11) 그가 스물일곱 살 때 아버지를 따라 명나라 북경에 가는 기회를 잡기도 하였으며, 중국말을 알아듣게 되고, 말하기도 했다.

1-⑤ 명나라 장수 총병總兵 유정劉綎이 군사들을 이끌고 성주 팔거현에 와 주둔하자 중국말을 할 줄 알았던 곽재우는 유정을 찾아갔다. 의병군 장수들과 함께였다.

또한 임란 전에 범을 잡는다는 핑계로 자굴산에서 군사훈련을 했다.

1-⑥ 곽재우는 고함을 치면서 화살을 날렸다. 거대한 몸집이었다. 흔히 용감하고 거센 싸움을 용호상박龍虎相搏이라 했던가? 범을 향해 마주선 곽재우의 자세는 바로 그와 같았다. 화살은 범의 머리 급소에 가 꽂혔다. 꼬꾸라질 듯하며 공중으로 치솟는데 두 번째, 세 번째 화살이 빠르게 날아갔다. …… 사냥꾼과 몰이꾼들이 쏜 화살도 여러 발이 배나 가슴 급소에 꽂혔다.

《창녕군지 하》(p.910)와 《함안군지》(p.196)의 기록에 의해 곽재우와 함께 활약한 의병장이나 용장들을 많이 찾아냈다.

1-⑦ 이숙과 신초는 창의하여 홍의장군 곽재우 휘하에서 의병군으로 함안과 영산에서 협동작전으로 왜군과 싸웠다. 박진영은 고향에 돌아가 의병을 모으니 그의 부친 동천桐川 박오朴旿가 의병 대장이었으며, 함안 군수 유숭인 휘하에서 크게 활약하였다.

곽재우는 군량미를 구하기 위해 그의 자형 허언심을 찾아가 군량을 강제로 뺏은 것으로 알려져 있으나, 설득에 의해 확보하였음도 드러났다.

1-⑧ 곽재우의 끈질긴 강청強請에 자형은 결국 노복 수십 명과 양곡을 내놓기로 약속하였다. 또 앞으로 군량미 확보에 힘을 쓰겠다고 다짐했다.

하늘에서 내린 용마인 백마를 타고, 스미골 판관댁 아가씨가 준 궤짝 속의 옷감으로 옷을 지어 입었음을 밝히면서 전조에 의해 필연적인 결과를 도출하고 있다.

1-⑨ 곽 대장이 타고 다니는 용마와 색이 같은 백마 다섯 필이었다. 그 다섯 필과 함께 철릭 다섯 벌도 가져왔는데 곽 대장이 입고 있는 붉은색 옷이었다. 그뿐만 아니라 〈천강홍의장군 곽재우〉 붉은 깃발도 다섯 개였다.
1-⑩ 곽재우를 만난 도원수 권율도 거제의 왜적을 치라고 요청했다. 그 자리에는 조방장 홍계남, 충청도병마절도사 선거이도 있었다. 김덕령은 조금도 주저하지 않고 용맹스러운 기세로 승전을 장담했다. 견내량을 건너 그들은 이순신 통제사의 배에 올랐다. 곽재우는 이순신과 초면이었으나, 군사 정보를 위해 서신을 주고받은 일이 있어서 구면이나 마찬가지였다.

김현우 작가의 《천강홍의장군 곽재우》는 지금까지 곽재우에 대한 평전과 소설, 극본에 언급되지 않은 사실을 새롭게 밝혀냈다. 곽재우는 남명의 제자로서 학문만 한 것이 아니라 무예와 서예, 산술을 연마했다. 특히 의주에서 군사들이 사용하는 병기를 가지고 병사들과 같이 실전훈련을 받았으며, 또한 쇠뇌나 편전 같은 병기 사용을 전수받아 후일 왜군의 조총에 대응하였다. 그가 의주에서 중국말을 배워 스물일곱 살 때 아버지를 따라 명나라 북경에 갔을 때나 후일 성주에서 명나라 장수 유정을 만났을 때도 중국말을 할 수 있었다는 사실도 밝혔다. 임란 전에 범을 잡는다는 핑계로 자굴산에서 군사훈련을 했다.

이숙과 신초, 박진영, 조방 등 많은 의병장과 심대승, 배맹신 등 한 몸이 되어 싸운 17의장과 신갑, 손인갑 등 용장들의 활약상을 찾아냈으며, 군량미도 사전에 확보하였음이 드러났다. 또 정암진 싸움에 삼가, 의령 연합의병군의 분전과 의령읍성으로 진출하려는 왜군을 벽화산성으로 유인 궤멸하여 큰 승리를 거둔 사실을 새롭게 밝혀냈다.

도원수 권율과 홍계남, 선거이와의 수륙 협동 작전과, 견내량을 건너 이순신 통제사를 만나 군사 정보를 주고받으면서 서로 반가워했다는 사실과 정유재란 때 화왕산성 싸움을 성을 지키기만 해 "수성守城"이라 해왔으나 왜군이 산성 동문 좌우 골짜기로 우회한 공격으로 인해 치열한 전투가 있었고, 수천 명의 왜군을 격퇴하여 산성을 방어했음도 또한 밝혔다.

이 이외에도 크고 작은 일화들이 씨줄과 날줄로 연결되면서 곽재우에 대한 새로운 사실을 찾아내어 기록하는데 주력했다.

2. 사초에 근거한 현대적 해석

김현우의 《천강홍의장군 곽재우》는 사초와 사료에 기저를 두고 있다. "사료가 없으면 역사도 없다."는 말처럼 사료는 역사의 근간이 되고 소설의 기저가 된다. 사초와 사료는 수없이 많이 있으며, 그 종류와 형태도 다양하다. 전문가들은 사료를 문자 기록과 구비전설口碑傳說, 실물實物의 세 종류로 구분한다.

문자 기록은 문자에 의해 기록된 문서를 말하며, 구비 전설은 사람들의 입에서 입으로 전해지다가 문자로 서술되어 내려오는 사료로서 각 민족의 상고사는 대개 이러한 사료에 근거해 쓰이는 경우가 많다. 전설이라 함은 어떠한 사건에 관한 이야기가 사람들의 의견을 더하여 서술된 것을 말하고 실물은 유물이나 유품을 의미한다.

역사소설을 쓰기 위해서는 역사적인 인식과 통찰력, 혜안이 있어야 가능한 일이다. "역사소설은 60이 넘은 이후에 써야 한다."는 이어령의 말처럼 역사 소설가에게는 역사적인 사실을 종합적으로 분석하고 해석하는 능력이 요구된다. 수집된 사료는 사실에 대한 진위眞僞를 확인해야 하며, 새로운 구성과 재해석의 과정을 거쳐야 한다. 이러한 작업을 하기 위해서는 오랜 삶의 연륜과 지혜가 요구된다. 소설《천강홍의장군 곽재우》는 작가가 오랫동안 역사적인 사초와 사료를 취재하여 구성하고, 재해석한 결과의 산물이어서 신뢰가 간다.

2-① 거룬강(岐音江, 岐江) 바로 그곳은 북쪽에서 흘러오는 낙강洛江이 동으로 물길이 돌아 흐르면서 '동東'자 붙어 '낙동강洛東江'이라 불리게 되었다는 유래가 전해오는 강폭이 갑자기 넓어지는 곳이었다. 지리산 골짜기에서 진주를 거쳐 흘러오는 남강南江과 합류하는데 의령 쪽은 거룬강나루, 영산 쪽은 창나루(倉날)라 불리었다.(《세종실록지리지》에는 이곳 기음강은 가야진이라 기록되어 있다.)

2-② '곽郭장군과 천병'. 요괴를 쫓아내 임진왜란 때 곽재우 장군이 사용한 의병疑兵, 홍의, 철립, 장도와 병서가 든 궤櫃를 얻게 된다는 창녕지

방에 구전되어 오는 전설.(《창녕군 구전문학》. p.235.)

  2-③ 이때 왜적을 토벌해 순절한 장졸들과 백성의 원수를 갚지 않는다면 얼마나 분한 일이겠소? 그래서 죽더라도 백성의 도리를 다하여 회한悔恨이 없도록 창의하여 싸우고자 하오! 곧 왜적을 토벌하여 나라에 보답하겠다고 선조님을 모신 사당에 어제 가서 고유하였소. 또 적과 싸워야 할 수령 방백이 겁을 먹고 적을 피해 다니기만 하니 비록 초야의 서생書生일망정 비분강개하지 않을 수 없고 무인武人도 아니지만도 어찌 나서지 않을 수가 없겠소?

  역사적으로 유의미한 사실이라도 그것을 분류하고 재정리하지 않으면 유용한 자료로 활용할 수가 없다. 김현우 작가는 이 소설을 쓰기 위해 반세기에 가까운 세월 동안 자료를 수집했고, 발굴된 자료를 정리하여 재해석했다. 사료가 전하는 역사적 사실은 극히 일부의 정보에 지나지 않는 경우도 있고, 그 내용 또한 의식적이건 무의식적이건 그것을 만들거나 남긴 사람에 의해 선택된 것이어서 편견이 있거나 불완전한 경우도 많다. 사료는 역사를 구성하는 근본이 되는 것으로 사적 진실이 갖추어지지 않거나 확실하지 않으면 역사라고 할 수 없다. 이러한 문제를 구명하고, 곽재우에 대한 역사적인 사실을 밝히기 위해 작가가 활용한 사초와 사료는 실로 다양하다. 문자 기록과 구비 전설, 향토사를 연구하면서 찾아낸 지명과 지역에서 사용하는 토박이말을 사료로 활용하여 역사적인 진실을 밝히는 데 주요한 구실을 하고 있으며, 역사적 사료에 의해 사실을 밝혀 나가는 작가의 소명의식이 예사롭지 않다.

3. 전조에 의한 유기적 구성

전조前兆는 무슨 일이 일어나기 전에 나타나 보이는 기미나 어떤 일이 일어날 것인가를 미리 예상하도록 하는 현상을 말한다. 유사한 술어로는 복선伏線이 있다. 복선은 소설에서 앞으로 전개될 사건을 미리 짐작하게 하는 것이다. 어떤 사건이 우발적으로 일어나는 것이 필연적이라는 사실을 알려주기 위해 사건의 가능성을 생각과 감정, 다른 사람의 행동으로 미리 암시하는 것이다.

소설 문학에서 주인공의 생각과 감정, 행동이 필연적으로 이루어지게 하는 것은 대단히 중요하다. 우연은 원인을 밝히지 않고 결과만을 제시했을 때 생긴다. 우연히 반복되거나 원인을 제시한 직후 결과까지 제시하게 되면, 독자는 흥미를 잃어버리게 된다. 따라서, 결과를 생각할 수 없을 만큼 적당한 거리를 두고 원인을 서술한 다음 독자들이 원인을 잊어버렸을 때쯤 그 결과를 제시함으로써 필연적으로 이루어지는 사실을 느끼도록 하는 것이 중요하다.

김현우는 《천강홍의장군 곽재우》에서 적의한 시점에 전조와 복선을 적절하게 구사하여 소설 읽기의 재미를 강하게 유발하는 효과를 준다.

3-① 며칠 후에 만나세. 곧 계수 자네 오늘내일 기이한 인연을 만날 운수네. 하나는 악연이고 하나는 좋은 인연인데 자네가 대처를 잘하면 불운을 피하겠지만 그렇지 못하면 악연이 따라다닐 걸세.

3-② 어제 문호장이 그랬다. 쓸데없는 의협심은 사람을 다치게 하고 악연을 만드니 신중히 처신하라던 말이 문득 떠올랐지만 개의치 않았다. 그는 조금도 두려워하지 않고 요귀를 향해 달려들었다. 주위에 눈에 띈 것이 강가에서 빨래할 때 빨래판 대신 쓰는 둥글납작한 돌덩이였다. 그

무거운 걸 번쩍 들어 요귀를 향해 던졌다.

3-③ 부디 가져가서 잘 간수해 뒀다가 장사님께서 큰일을 하시거나 난관에 부닥쳤을 때 황금색 궤짝을 열어보시면 큰 도움이 될 것입니다. 붉은색 궤 안에 든 것도 꼭 필요할 때가 있을 것입니다. 아버지께서 평소 하신 말씀이 이 궤짝에 든 물건들은 나라에 큰일이 생겼을 때 아주 긴요하게 쓰일 것이라 하셨으니 앞으로 큰일을 하실 장사님께 꼭 드리고 싶습니다.

3-④ 곽재우는 벽장 속에서 보관해 두고 있던 스미골 김 판관네 아씨로부터 받은 붉은색과 황금색 궤 두 개를 꺼냈다. 먼저 붉은색 궤를 열었다. 홍포紅布를 들어내니 그 아래에는 칼 두 자루가 있었다. 먼저 꺼낸 칼자루에는 충의근왕忠義勤王, 또 하나에는 정도향응正道響應이라 새겨져 있었다.

3-⑤ 배맹신이 홍포를 헤집다가 궤짝 바닥에 있는 족자 한 폭을 발견해 펼쳐 보였다. 그는 족자에 적힌 글을 큰 소리로 읽었다.

"천강홍의장군天降紅衣將軍! 하늘이 내린 붉은 옷을 입은 장군이라!"

"바로 계수 곽재우가 기강 돈지에서 낙강을 지킬 용이요 남쪽을 지킬 적제신장이니 하늘이 내린 장군이라네! 그래서 낙강 용왕이 용마도 보낼 꺼네. 이제 나아가 왜구와 싸울 때는 홍의장군이라 쓰인 홍포를 깃발로 만들어 당당하게 들고 나가게. 저 깃발만 보고도 왜구는 벌벌 떨걸세."

3-⑥ "저 할멈이 그냥 늙은이가 아닐세. 요괴네! 오래전에 곽 장군 자네가 열아홉 살 때 거문강에서 만났던 그 청의요괴 말일세!"

"악연이로구만! 악연!"

전조는 독자의 흥미를 강하게 유발함으로써 재미를 강화하거나 심리적 준비 단계를 거치게 함으로써 앞으로 다가올 사건이 우발적인 것으로 받아들여지지 않게 하려는 작가의 의도와 밀접한 관련이 있다. 하나의 단편적인 예이지만, 김현우 작가는 복선과 전제를 소설의 전편에 깔고, 이야기를 자연스럽게 풀어나가면서 독자의 흥미를 유발한다. 이야기를 읽을 때 다음에 일어날 일을 미리 추측하고 예상하면서 글 속에 숨겨진 단서를 찾아 읽으면 글의 스토리를 이해하는데 도움이 된다. '단서'와 '복선'은 모두 冒頭에 나오는 이야기의 전제가 되어 앞으로 이어질 이야기의 실마리가 된다는 점에서 제도적 장치를 단단히 하고 있는 셈이다.

이런 예는 소설의 군데군데서 크고 작은 일화로 연계되어 필연적인 사실로 연결되어 소설 읽기의 재미를 더해준다.

4. 우리말 구사와 유려한 언술

《천강홍의장군 곽재우》의 또 하나 특징은 우리말 구사와 물 흐르듯이 유려하게 흘러가는 문장력과 언술을 들지 않을 수 없다. 작가는 오랜 기간 향토 지명사를 연구한 전문가답게 소설의 전편에 새롭게 느껴지는 지명을 구수한 입담으로 다양하게 펼치고 있다. 다음 장면에 전개될 이야기가 궁금하여 책장을 넘기게 유도하는 내공이 남다르다. 얼마나 많이 읽고 쓰고 사유하였는가, 그 깊이를 가늠하기 어렵다.

4-1-① 자굴산 깊은 골짜기인 쇠목재 아래 갈골(乫谷: 加乙谷)(지금의 가례면 갑을리로 '가블'이라 불리기도 한다)에 있는 큰절이었다. 그가 태어나고 자란 세간리에서는 유곡동 깊은 골짜기와 신덕산의 정삼이재 갈골버재 같은 높은 고개를 여러 곳 넘어야 보리사가 있었다.

4-1-② 이두문(吏讀·吏頭)인 기음강을 사람들은 거문강, 거름강이라 불렀다. 기강은 곧 낙동강의 갈림길(岐), 갈라진 강이란 데서 유래하는데 산청 근처 상류는 경호강, 진주 부근은 남강, 의령 부근에서는 정암강, 더 하류는 기강이라 불리지만 본류를 통칭하여 남강으로 불렀다.

4-1-③ 똥뫼(獨山)란 들판이나 늪 가운데 둥글게 솟은 야산으로 나루터 인근에 여러 곳 있었다.

4-1-④ 아홉 번 싸워 아홉 번 이겼으니 싸움은 치열했지만 의병군의 사기는 하늘을 찌를 듯 높았다. 의병의 결사 항전을 알려 주듯 후일 옻고개산 이름을 구진산성九陣山城으로 바꿔 부르게 되었으니 곧 아홉 번 진陣을 쳐 아홉 번 다 이겼다는 내력이 담긴 산성 이름이었다.

눈에 뜨이는 몇 개의 문장을 예로 제시하였지만, 토속적인 지명과 나루터, 산이름 등이 자연스럽게 이어져 나온다. 문장력도 마찬가지다. 서정적인 표현과 함께 구체적인 사실을 짜임새 있는 문장으로 서술하여 공감을 사게 한다.

4-2-① 호장의 말이 떨어지자마자 바로 눈앞에 번쩍! 하고 세찬 회오리바람을 뚫고 강물 속에서 강렬한 빛이 솟구쳐 올랐다. 강물이 회오리바람에 말려 오르기 시작했다. 우르릉! 우레가 울리고 비가 세차게 쏟아지고 칼날 같은 번개가 쉴 새 없이 번쩍거렸다. 둘은 겁이 났으나 문호장의 호령에 세찬 비바람을 맞으며 버티고 서서 소용돌이로 끓고 있는 강물과 연달아 벼락이 떨어져 꽂히는 용화산을 응시하였다.

4-2-② 용화산은 차가운 낙동강을 베고 누워 있었다.

4-2-③ 왜적들이 육지의 공격에 정신을 뺏긴 틈에 기름을 부은 보릿짚을 실은 조각배는 쇠나리 왜선 쪽으로 빠르게 다가갔다. …… 역시 요

강나루 왜선에도 불이 붙었다. 동시에 배맹신의 군사들이 불화살을 쏘았다. 쇠나리 북쪽 산기슭에 숨어 있던 안기종 군사들과 요강나루 신초 군사들도 왜선을 향해 불화살을 날렸다.

　4-2-④ 나무마다 복숭아가 열려 익어가고 있었다. 그리고 앞쪽에 바다로 흘러가는 시내가 있는데 그곳에 네다섯 아름이나 될 속이 빈 고목과 그보다 조금 작은 느티나무 두 그루가 무성하게 잎을 달고 서 있어 여름 한철 그 그늘에서 보내면 좋을 듯하였다.

　4-2-⑤ 곽재우에게는 망우정 앞 장강 낙동강이 도(道)요 구름에 잠긴 산은 법이었다. 낚시는 기다림 거문고는 어짊(賢)이며, 솔잎은 비움(空) 술 한 병은 부드러움이며, 탁상의 종이와 붓은 울림(鼓) 벽의 칼과 활은 의(義)요 빛남이었다.

　다산 정약용은 "문장이란 학식이 속에 쌓인 다음 문장으로써 밖으로 표현되는 것과 같다. 마치 고량진미가 창자 안에서 퍼지면 기름기가 피부에 나타나며, 맛 좋은 술이 입안으로 들어가면 붉은빛이 얼굴에 오르는 것과 같은 것"이라고 했다. 김현우 작가의 문장은 자신이 고구한 사초와 사료를 바탕으로 마치 고량진미처럼, 잘 익은 술처럼 자연스러운 문장으로 형상화되어 유려한 언술로 표출된다.

5. 사초와 상상력의 혼융

　머리에서 말한 바 있지만, 김현우 작가의 장편실록소설 《친강홍의장군 곽재우》는 우선 재미가 있다. 그 뿌리에는 역사적인 사실과 작가의 돌올한 상상력이 유려한 언술과 어우러지면서 박진감 있는 이야기로 실감 나게 전개되기 때문이다.

"역사소설은 역사로부터 빌려온 사실과 소설적 진실성을 지니는 허구를 접합하여 역사적인 인간의 경험을 보편적인 인간의 경험으로 전환하는 문학 양식이다. 이러한 전환에 필요한 작가의 상상력이나 의도를 조절하는 주제는 역사적 사실을 변형, 수정, 가감하는 기준이 된다."는 한국민족문화대백과사전의 말을 빌리지 않더라도 김현우 소설은 실로 다양한 스펙트럼을 보여준다.

먼저 곽재우에 대한 새로운 시선으로 평전과 소설, 극본에 언급되지 않은 사실을 밝히고 있다. 곽재우는 학문만 한 것이 아니라 무예와 서예, 산술, 중국어를 연마했다. 특히 의주에서 박수덕 군관을 만나 실전을 방불케 하는 교습을 받았으며, 편전이라는 새로운 군사무기를 전수받기도 했다. 스물일곱 살 때, 아버지를 따라 북경에 갔으며 중국말을 할 수 있었다는 사실도 밝혔다. 임진왜란 전에 범을 잡는다는 핑계로 자굴산에서 군사훈련을 했으며, 견내량을 건너 이순신 통제사를 만나 군사 정보를 주고받으면서 서로 반가워했다는 사실 또한 새롭다. 우연히 의병을 일으킨 것이 아니라 어떤 필연성과 사전 준비에 의해 의병이 일어났음을 밝히고 있다.

흔히 소설을 허구적 진실이라고 하지만, 김현우 작가는 우연히 발견한 《용사별록》을 해독하면서 사초와 사료에 바탕을 두어 새로운 역사적 사실을 밝히는데 주력했다. 작가는 이 소설을 쓰기 위해 사실史實과 전설을 채록하면서 오랜 세월 자료를 수집했으며, 발굴된 자료를 정리하여 재해석하는데 많은 시간을 소요했다. 곽재우와 의병에 대한 역사적인 사실을 밝히기 위해 작가가 활용한 사초와 사료는 다양하다. 문자 기록과 구비 전설, 향토사를 연구하면서 찾아낸 지명과 지역에서 사용하는 토박이말을 사료로 활용하여 역사적인 진실을 밝히고 있으며, 주인공의 성격을 작가 특유의 문체와 사상으로 새김질하여 역사적 사실을 밝히고자 하는 작가의 소명의식이 없으면 하기 어려운 작업을 했다.

소설 《천강홍의장군 곽재우》를 읽으면서 직접 작품 세계로 유영할 것을 권하고 싶다. '사초에 기저를 둔 곽재우 의병 전사'는 다양한 인물 설정과 전조와 복선이 크고 작은 이야기로 이어지면서 독자의 흥미를 불러일으키기에 필요충분조건을 갖추고 있다. 시점마다 작가의 숨은 의도가 퍼즐처럼 배어 있어 읽는 이의 눈길을 오래 머무르게 할 것으로 본다.

의령 정암의 곽재우 기마상

천강홍의장군 곽재우
김현우 장편실록소설

1쇄 펴낸날 2021년 8월 20일

지은이	김 현 우
펴낸이	오 하 룡
펴낸곳	도서출판 경남
주 소	창원시 마산합포구 몽고정길 2-1
연락처	(055)245-8818
이메일	gnbook@empas.com
출판등록	제1985-100001호(1985. 5. 6.)
편집팀	오태민 심경애 구도희
ISBN	979-11-6746-012-7-03810

ⓒ김현우

＊잘못된 책은 바꿔 드립니다.
＊저자와 협의 인지 생략합니다.

〔값 20,000원〕